Irma Joubert

Pontenilo

Francke

Irma Jouberts Trilogien im Überblick

Neethling-Trilogie
1 Und über uns die Sterne
2 Das Mädchen aus dem Zug
3 Warten auf den Wind

Fourie-Trilogie
1 Pontenilo
2 Hinter dem Orangenhain
3 Gewundene Pfade

Plötzke-Trilogie
1 Sehnsuchtsland
2 Das Kind aus dem versteckten Dorf
3 erscheint voraussichtlich im Herbst 2022

Bibliografische Information der Deutschen Nationalbibliothek
Die Deutsche Nationalbibliothek verzeichnet diese Publikation in der Deutschen Nationalbibliografie; detaillierte bibliografische Daten sind im Internet über https://dnb.dnb.de abrufbar.

ISBN 978-3-96362-219-9

Deutsch von Thomas Weißenborn
Umschlagbilder: © shutterstock.com / Freshstockplace; Adeliepenguin © dreamstime.com / Zroakez
Umschlaggestaltung: Francke-Buch GmbH / Christian Heinritz
Satz: Francke-Buch GmbH
Druck und Bindung: CPI books GmbH, Leck

www.francke-buch.de

Für Elize

Vorwort der niederländischen Übersetzerin

Während des Zweiten Weltkrieges waren viele weiße Afrikaaner sehr deutschfreundlich. Das kann auf niederländische und deutsche Leser sehr befremdlich wirken. Um die Haltung von jemandem wie Boelie verstehen zu können, ist es deshalb wichtig zu wissen, welche historischen Entwicklungen dazu beigetragen haben.

Der Burenkrieg und die Zeit danach

Vor 1902 gab es zwei unabhängige Burenrepubliken, Transvaal und den Oranje-Freistaat. Beide sind durch die *Voortrekker* gegründet worden, jene Buren, die zwischen 1835 und 1854 die englische Kapkolonie verlassen haben und ins Landesinnere Südafrikas gezogen sind, um dort unabhängig zu sein. Im zweiten Burenkrieg (1899-1902) – in diesem Buch oft »Englischer Krieg« genannt – machten die Engländer dieser Unabhängigkeit ein Ende. Fortan gab es die Union von Südafrika, die ein Teil des britischen Weltreiches war.

Das war den weißen, Afrikaans sprechenden Buren natürlich ein Dorn im Auge. Darüber hinaus hatte das englische Auftreten im Burenkrieg für viel böses Blut gesorgt. Tausende Frauen und Kinder waren in Konzentrationslagern eingepfercht worden – die Engländer können deswegen tatsächlich als Erfinder von Konzentrationslagern betrachtet werden – und viele von ihnen waren an den Folgen der erbärmlichen Lebensumstände dort gestorben. Der Verlust der Unabhängigkeit und die Wut über die englischen Kriegsverbrechen führten zu einem tiefen Hass auf alles, was sich englisch nannte.

Im Friedensvertrag von 1902 war den Buren ein gewisser Autonomiestatus eingeräumt worden. In der Folgezeit begannen sie schnell, sich politisch zu organisieren. 1910 gründeten die beiden

Burengeneräle Jan Smuts und Louis Botha die *Suid-Afrikaanse Party* (Südafrikanische Partei, SAP). Die kam unmittelbar darauf an die Macht. Viele Afrikaaner waren allerdings der Ansicht, dass sich die SAP den Engländern gegenüber zu loyal verhielt. Deshalb wurde 1913 eine weitere Partei gegründet: die *Nasionale Party* (Nationale Partei, NP) von James Hertzog. Jener Hertzog bildete 1924 ein Kabinett mit der vorwiegend englischen *Labour Party*.

Die SAP und die NP schlossen sich 1934 zur *Verenigde Party* (Vereinigte Partei) zusammen. Die Befürworter dieser Fusion wurden *Smelter* (Verschmelzer) genannt. Die Gegner bildeten einen radikalen Flügel, der sich unter der Leitung von Daniël Malan abspaltete und als *Gesuiwerde Nasionale Party* (Gereinigte Nationale Partei) formierte. In dieser Partei wurde das Ideal einer eigenständigen Burenrepublik am Leben gehalten. So entwickelte sich der afrikaanische Nationalismus zu einer rassistischen Version, die schließlich zum Apartheidsregime führte.

In der Folgezeit kam es 1939 zu einem Zerwürfnis innerhalb der *Verenigte Party*, weil Smuts sich auf die Seite der Engländer schlug, als diese Deutschland den Krieg erklärten. Im Gegensatz dazu wollte Hertzog neutral bleiben. Er gründete 1941 erneut eine eigene Partei, die *Herenigde Nasionale Party* (Wiedervereinte Nationale Partei). Die *Gesuiwerde Nasionale Party* schloss sich ihr an. Das Programm dieser Partei bestand vor allem aus zwei Anliegen: der Einführung der Apartheid und dem Abbruch aller Verbindungen zu Großbritannien. Deshalb ist es nachvollziehbar, dass diese weißen Afrikaaner ihre Hoffnungen auf einen deutschen Sieg gesetzt haben. Damit verbunden war die Erwartung, dass die Engländer in diesem Fall etwas kleinmütiger auftreten würden, was den Unabhängigkeitsvorstellungen der Buren entgegengekommen wäre.

Die Familie Fourie spiegelt daher das afrikaanische Volk wider: Der Großvater ist ein Anhänger von Smuts, der Vater von Hertzog, Boelie und in geringerem Maße auch De Wet sind ein Teil der radikalen Bewegung unter der Führung von Malan.

Dass Deutschland schließlich den Krieg verlor, hat unter den weißen Afrikaanern für große Unruhe gesorgt. Das wird dazu beigetragen haben, dass die *Herenigde Nasionale Party* 1948 die Wahl gewonnen hat, jene Wahl, die von Boelie und Pérsomi und ihren Freunden mit solcher Anspannung verfolgt worden ist. Daniël Malan wurde Ministerpräsident und mit einem Gesetz nach dem anderen richtete die neue Regierung das Apartheidsregime auf.

Das Voortrekkermonument

Das Voortrekkermonument ist ein gigantischer Granitbau in Pretoria. Es wurde zu Ehren der sogenannten *Voortrekker* errichtet, der Buren, die zwischen 1835 und 1854 die englische Kapkolonie verließen und in das Landesinnere von Südafrika zogen, um dort unabhängige Staaten zu errichten. Dieses Ereignis wird der »Große Treck« genannt.

Der Grundstein für das Monument wurde 1938 gelegt, am 16. Dezember, also am *Dingaansdag* oder *Geloftedag* (Gelöbnistag). Für die Afrikaaner ist das immer noch ein wichtiger Feiertag, an dem sie sich an die Schlacht am Blutfluss im Jahr 1838 erinnern, als eine kleine Gruppe *Voortrekker* eine Übermacht von Zulus unter der Leitung von König Dingaans besiegte. Unmittelbar vor der Schlacht hatten die Buren gemeinsam ein Gelübde abgelegt: Wenn Gott ihnen den Sieg schenken würde, dann sollten sie dessen an diesem Tag für alle Zeit gedenken.

Den Entwurf des Monuments lieferte der Architekt Gerard Moerdyk. Für das Bauwerk wurden absichtlich nur Materialien aus Südafrika verwendet, die einzige Ausnahme bildete der italienische Marmor, mit dem es innen ausgekleidet wurde.

Im Monument befindet sich die dreißig Meter hohe Heldenhalle mit einem 92 Meter langen Marmorrelief von Romano Romanelli, auf dem die wichtigsten Ereignisse des Großen Trecks und der Schlacht am Blutfluss dargestellt werden. Interessant für die Leser von »Pontenilo« ist vermutlich, dass Gerard Moerdyk der Großvater väterlicherseits von Irma Joubert ist. Viele ihrer Familienangehörigen, sogar ihr Hund, haben für die Gravuren Romano Romanellis Modell gestanden.

Dorienke de Vries

Ihr Mund ist staubtrocken.
Ihr ganzer Körper verkrampft sich
und ihr Magen fühlt sich an wie ein Stein.
Ihre Hände zittern so sehr,
dass sie den Umschlag beinahe nicht aufreißen kann.
Sie holt das Telegramm heraus.
Ihre Augen gleiten flüchtig über die beiden
kurzen Zeilen.
Dann sieht sie die Worte:
WÄHREND DES FRONTEINSATZES
IN NORDAFRIKA VERMISST STOP
Das Telegramm gleitet ihr aus der Hand,
flattert zu Boden,
bleibt regungslos liegen.

1. Kapitel

Die Leute aus dem Dorf hatten schon lange auf eine schöne Geschichte gewartet. Und als sie sich langsam, aber sicher vor ihren Augen abzuzeichnen begann, wagten sie nach und nach, fröhlich zu werden.

Das Dorf liegt isoliert und abgelegen. Schon seit Jahrhunderten klammert es sich wie in einem Märchen an einer Bergwand hoch in den Alpen fest. Ein schmaler, steiler Weg führt dorthin, mit Kurven so scharf geschwungen wie die Haarnadeln von Donna Veneto. Die Eisenbahn kommt nicht so weit nach oben, nur zweimal in der Woche ein Bus. Die Menschen können ihn schon von ferne mühsam den steilen Hang hinaufkeuchen hören, und wenn sich die älteren Mädchen auf den ausgetretenen Treppenstufen vor der Kirche auf die Zehenspitzen stellen, können sie den Bus in der Kurve von Guiseppe anhalten sehen und sich dann Stückchen für Stückchen zurücktasten, bis sein Hinterteil weit über die niedrige Steinmauer hinausragt. Die Vorderräder wenden sich scharf nach rechts und die Drehzahl des Motors schnellt in die Höhe, damit es der Bus aus der Kurve herausschafft und sich weiter nach oben zubewegt.

Dann läutet Pater Enrico allerdings die Schulglocke, obwohl es manchmal noch ein paar Minuten zu früh ist. Wie ausgelassene Kaninchen springen und rennen die Kinder den Berg hinunter zum Dorfplatz. Nur die Klasse von Schwester Theresa verlässt das Gebäude in einer ordentlichen Reihe, denn die Schwester ist sehr streng.

Die Leute im Dorf sind nicht reich, aber seit dem Großen Krieg von 1914 bis 1918 gibt es in Italien sowieso fast keine reichen Menschen mehr. Selbst der Baron von Veneto, der hoch über dem Hang in einer steinernen Villa wohnt und die Aussicht über das ganze Dorf genießt, ist weniger reich, als es sein Vater vor dem Krieg gewesen ist.

Das ist ein schrecklicher Irrtum gewesen, dieser Krieg, aber jetzt ist er zum Glück vorbei.

Noch weiter oben befindet sich das Kastell, auf der anderen Seite der Ponte del Bartolini, der altertümlichen kleinen Brücke über dem Fluss Bartolini. Das Kastell steht schon sehr lange leer und ist am Verfallen. Nur die dicken Steinmauern stehen noch unverrückbar auf dem Platz, wie sie vor Jahrhunderten hochgemauert worden sind.

Es ist eine traurige Geschichte, die von der Prinzessin, die als Letzte dort gewohnt hat. Denn sie wurde, so erzählt man sich, zu einem Opfer auf dem Schlachtfeld der Politik.

Es ist eine Geschichte, die die älteren Frauen immer noch den jüngeren Mädchen erzählen und manchmal auch den Neuankömmlingen im Tor, den Leuten, die den Dorftratsch noch nicht kennen. Gegenseitig erzählen sie sich diese Geschichte nie, dazu ist sie viel zu traurig.

Heutzutage spielen die Kinder zwischen den dicken Kastellmauern. Die Mädchen sind Prinzessinnen, die in langen Abendkleidern und mit Blumenkränzen in den Haaren über die bemooste Tanzfläche schweben. Die Jungen sind Ritter, die aus den Schießscharten schauen und jeden erkennbaren und erdachten Feind unter Feuer nehmen. Und wenn die Abenddämmerung hereinbricht und die Kinder von ihren Müttern an den Ohren weggezogen worden sind, kommen die Pärchen für ihr Stelldichein hierher.

Genau an diesem Ort haben die Leute es gesehen: Da passiert etwas. Etwas, was eine Geschichte werden könnte.

Im Dorf unterscheidet man zwischen traurigen, ekelhaften, schlüpfrigen und schönen Geschichten. Eine traurige Geschichte ist … nun ja, traurig, und eine ekelhafte Geschichte gibt es von Zeit zu Zeit in jedem Dorf und in jeder Familie. Eine schlüpfrige Geschichte ist eine, die manche Frauen – natürlich nicht alle! – in einer Pause während der Arbeit hinter vorgehaltener Hand weitererzählen, eine Geschichte, die nicht für die Ohren der jungen Frauen bestimmt ist und die die Männer nur hinter verschlossenen Türen zu hören bekommen.

»Also, Frau, wirklich, bist du dir da sicher? Solchen Tratsch solltest du lieber für dich behalten, hörst du? Mit so etwas kommst du nur in Schwierigkeiten.«

»Aber, Mann, du kennst mich doch. Bin ich denn eine, die einfach so irgendwelche Gerüchte in die Welt setzt?«

Dann halten die Männer lieber ihren Mund, um des lieben Friedens willen.

Im Dorf hat es schon immer Geschichten gegeben, sogar eine ganze Menge.

Traurige Geschichten wie die von der Prinzessin im Kastell oder die von der ältesten Tochter von Sofia und dem alten Luigi.

Auch schöne Geschichten gab es, zum Beispiel die von dem französischen Flüchtlingskind, das Guiseppe Romanelli in den Bergen gefunden hat, genau da, wo jetzt die Kurve von Guiseppe ist, und das er mit nach Hause genommen hat. Das kleine Mädchen ist erst ein bisschen verwildert und spindeldürr gewesen, aber Mama Romanelli hat es wieder ordentlich aufgepäppelt und schön herausgeputzt. Sie selbst hatte schließlich keine Tochter. Nicht dass das Kind den Romanellis ähnlich gesehen hätte mit seinem zarten Körperbau, seiner Pfirsichhaut und seinen grünen Augen. Die Romanellis sind groß und dunkel. Letztendlich ist die Kleine aber doch eine echte Romanelli geworden, denn Guiseppe hat sie geheiratet, kurz bevor er im Großen Krieg an die Front geschickt worden ist.

Eine schöne Geschichte. Und so oft erzählt, dass jeder alle Details kennt.

Dann gibt es natürlich auch noch die Geschichte von Don Veneto in der steinernen Villa hoch über dem Dorf. Mensch Maier, sagen die Frauen zueinander, was hat das lange gedauert, bis er endlich darüber hinweg gewesen ist, dass ihm die Großnichte von Graf Aosta dem Zweiten den Laufpass gegeben hat, und das auch noch zwei Wochen vor der Hochzeit, indem sie mit diesem französischen Studenten durchgebrannt ist, der in den Sommerferien auf dem Bauernhof des Barons Oliven gepflückt hat. Eigentlich eine traurige Geschichte, obwohl sie von einigen Frauen natürlich als schlüpfrige Geschichte erzählt wird. Aber auch die ist schon lange vor dem Krieg so oft erzählt worden, dass sie völlig verschlissen ist.

Dann kam Don Veneto eines Tages – kurz vor dem Krieg, die Leute erinnern sich noch gut – mit einer ganz frischen, bildschönen, jungen Braut aus Venetien zurück. Blonde Haare und blaue Augen, ein bisschen geziert; sie schien eine österreichische Mutter oder Großmutter gehabt zu haben. Manche behaupten, dass sie nur deshalb gekommen ist, weil sie als einfaches Bürgermädchen über ihrem Stand geheiratet hat, aber von dieser Sorte Tratschgeschichten hat das Dorf nie viel gehalten. Seinerzeit sind jedenfalls alle froh gewesen, dass Don Veneto so eine schöne Frau gefunden hat, auch wenn er einige Jahre älter als sie gewesen ist.

Den ganzen Krieg über hat die junge Donna Veneto treu auf ihren Baron gewartet und nicht ein einziges Mal Partei für die Österreicher und gegen Italien bezogen. Allerdings kam sie auch nicht wirklich oft unter die Leute, das ist wahr. Nur sonntags und mittwochsabends bei der Messe – und obwohl Don Veneto nicht zu Hause war, hat sie doch an Weihnachten in dem großen Speisesaal der Villa das traditionelle Weihnachtsessen für das ganze Dorf ausgerichtet.

Nachdem Deutschland gezwungen war, einen Friedensvertrag zu unterzeichnen, und alle Männer des Dorfes wieder nach Hause gekommen waren, ist eines Tages die kleine Gina geboren worden. Sie hat das blonde Haar und die tiefblauen Augen ihrer Mutter und sie ist über den Dorfplatz gehüpft, durch die Häuser des Dorfes und über die wilde Blumenwiese, die zum Dorf gehört. Sie ist die Prinzessin geworden, eine Prinzessin aus der Steinvilla über dem Dorf direkt unter dem Kastell.

Jeden Samstagnachmittag legen die Männer des Dorfes ihre Meißel, Schaufeln und Spitzhacken zur Seite und die Frauen legen ihre Schürzen ab. Anschließend treffen sie sich mit den anderen aus dem Dorf zu einem gemütlichen Beisammensein. Die Männer spielen auf dem Dorfplatz Boccia, die Jungen spielen mit einem selbst gemachten Ball auf der kleinen Ebene im Westen des Dorfes Fußball und die Mädchen hüpfen Springseil oder Hickekästchen, wobei der erste Preis ein Prinz ist.

Jeden Samstagnachmittag findet man Don Veneto, Guiseppe Romanelli, Pater Enrico und den Dorfarzt am Schachbrett. Im Sommer geht das bis spät in die Nacht, eine Flasche Wein, die Pater Enrico selbst gekeltert hat, zwischen ihnen auf dem Tisch, manchmal lange unangetastet. Sie spielen nicht nur Schach, sie reden auch. Lange und tiefgründige Gespräche sind das, selten leichtherzig dahingesagt. Das soll heißen: Drei von ihnen reden, denn Guiseppe hat es eigentlich noch nie so mit dem Reden gehabt, deswegen nickt er nur und hört zu. Und wenn er doch etwas sagen möchte, dann warten die anderen geduldig.

An den meisten Samstagnachmittagen sitzen sie auf der kleinen *patio* vor Guiseppes Haus, das dichte Blätterwerk über ihren Köpfen, in Sichtweite der Menschen auf der Straße. Maria Romanelli macht währenddessen ihre wunderbare *pasta con ragu* und manchmal auch *canneloni* oder *ravioli.* An kalten Wintertagen sitzen sie in der Küche um den hölzernen Tisch herum. Dann heizt Maria den Ofen an und in dem gusseisernen Topf köchelt die *ministrone*-Suppe oder die *polenta* langsam und wohlriechend vor sich hin.

Die Frau des Arztes lebt seit Menschengedenken nicht mehr – sie ist bei der Geburt von Pietro gestorben, ihrem ältesten Sohn. Eine traurige Geschichte. Der Priester hat nur die Nonnen, die ihm seine einfachen Mahlzeiten zubereiten, und Donna Veneto überlässt das Kochen ihren Dienstmädchen. Deshalb sind sie an allen Samstagen im Haus von Guiseppe und Maria Romanelli zu finden.

Es war ebenfalls im Haus von Guiseppe, dass Gina die drei Romanelli-Brüder kennengelernt hat. Marco ist damals schon etwas älter gewesen und konnte bereits lesen. Wenn sie im Feld hinter dem Haus gespielt haben, hat er immer auf sie aufpassen müssen. An den Winterabenden ist er es gewesen, der ihnen Damespielen beigebracht oder ihnen vorgelesen hat. Die Geschichte von Pinocchio hat ihnen am besten gefallen, denn Guiseppe hat für sie eine echte Pinocchiopuppe mit richtigen Fäden gemacht.

Nur ihre Nase konnte nicht wachsen. Meistens hat Marco allerdings dagesessen und hat gezeichnet oder seine eigenen Bücher gelesen und dann hat er gesagt, dass sie ihn in Ruhe lassen sollten.

Lorenzo war der Jüngste und genauso alt wie sie. Als sie erst einmal in der Schule waren, hat sie sich ganz schön anstrengen müssen, um bessere Noten zu bekommen als er. Selbst hat er sich nicht ins Zeug gelegt, denn er war ein echter Wildfang, der ganze Nachmittage wie eine Gämse auf den Felshängen hinter dem Dorf herumgeklettert ist. Seine Hausaufgaben hat er eigentlich nie gemacht, sodass Schwester Theresa in einem Jahr vier Holzlöffel an ihm kaputt geschlagen hat. Er hat sich alles getraut. Er konnte mit dem Kopf nach unten, nur an den Beinen hängend, in den höchsten Bäumen schaukeln, er konnte an Sommertagen am längsten von allen unter Wasser bleiben, sodass Gina nach einer Weile Angst gehabt hat, das schwarze Wasser des Teiches hätte ihn für immer verschlungen, er konnte flach auf dem Bauch liegend die steilsten Schneehänge hinunterrutschen, sodass sie sich sicher war, dass er sich früher oder später den Hals brechen würde.

Er konnte auch gut zeichnen, aber er hat immer nur freche Bilder gezeichnet. So wie zum Beispiel … nun ja, frech eben.

Und er hat nie die Finger von den Bändern ihrer Zöpfe gelassen. Sie fand ihn überhaupt nicht nett!

Antonio war ihr Kamerad, von klein auf. Er hat sie nie ausgelacht, wenn sie sich nicht getraut hat, in einem Baum bis ganz nach oben zu klettern. Er hat ihr geholfen, wenn sie beim Damespielen nicht weitergekommen ist, und gelegentlich hat er sie sogar gewinnen lassen. Er hatte eine Geige, die Guiseppe selbst für ihn gebaut hat, und er hat ihr gezeigt, wie man darauf spielen muss. Er hat ihr vorgezeichnet, wie man eine Blume malt, eine einfache Blume.

Er ist es auch gewesen, der sie gefunden hat, nachdem Lorenzo sie einmal an einen Baum gefesselt hatte und danach weggelaufen war. Die Raupen sind ihr an den Beinen hinaufgekrochen und sie hat furchtbar geweint.

»Hör doch auf mit dem Weinen«, hat Antonio gesagt. »Dein ganzes Gesicht ist knallrot.« Er hat an dem Seil herumgefingert.

»Lorenzo hat mich festgebunden«, hat sie geschluchzt. Sie hat versucht, so tapfer zu sein wie die Prinzessinnen in den Geschichten, aber die Tränen sind ganz von selbst gekommen. »Und dann ist er weggerannt! Und er hat mich ausgelacht!«

Das war das Schlimmste überhaupt: dass er über ihre Hilflosigkeit gelacht hat.

Als die Knoten gelöst waren, hat Antonio gesagt: »Geh dir jetzt dein Gesicht waschen und dann erzählst du deinem Vater und deiner Mutter nichts davon. Ich werde Lorenzo gehörig versohlen.«

»Aber Lorenzo lässt sich das nicht gefallen, der ist stark«, hat sie ihm erwidert.

»Ich bin noch stärker«, hat Antonio entgegnet. »Geh jetzt.«

Am nächsten Tag ist Lorenzo mit einem üblen blauen Auge in der Schule erschienen und ist sehr wütend auf sie gewesen. »Du alte Petze!«, hat er zwischen den Zähnen hindurch gezischt.

Antonio hat nichts gefehlt.

»Warum haust du Lorenzo nicht jedes Mal eine rein, wenn er so ungezogen ist?«, hat sie später Antonio gefragt.

»Er ist mein Bruder«, hat Antonio geantwortet.

So ist Antonio ihr besonderer Kamerad geworden. Und Lorenzo hat sie danach nie mehr an einen Baum gebunden.

Von Politik verstehen die Leute im Dorf nicht viel. Der Priester schon, schließlich liest der nach jedem Posttag die Zeitungen der letzten Woche. Manchmal fährt er nach Turin oder sogar nach Mailand für einen Termin.

Der Baron von Veneto kennt sich da sicher ebenfalls aus, denn er hat auch gelegentlich Termine, dann aber irgendwo anders. Was für Termine das sind, wissen die Leute nicht.

Guiseppe Romanelli ist auch auf der Höhe der Zeit. Wie das gehen soll, ist ein Rätsel, schließlich macht er jahrein, jahraus nichts anderes, als seine Marmorbilder zu meißeln. Eines nach dem anderen pickt er aus dem Stein, in dem sie jahrhundertelang verborgen gewesen sind, gibt ihnen sorgfältig eine Form, schleift und poliert sie glatt und schickt sie mit dem Zug nach Turin. Von da aus finden sie ihren Weg nach Mailand, Neapel und Venedig, nach Rom und, das behaupten manche, sogar über den Ozean nach Amerika.

Eigentlich kommt Guiseppe aus einer alten Bildhauerfamilie, einer Familie von Berühmtheiten. Nur weil er den Mund nicht richtig aufbekommt, genau wie sein Vater, deswegen ist er hier im Dorf hängen geblieben.

Der Dorfarzt weiß ebenfalls alles, schließlich arbeitet sein Sohn Pietro als Journalist bei einer großen Zeitung in Rom. Obwohl sein Sohn der Faschistischen Partei gegenüber einen Treueeid ablegen musste und deshalb nicht alles schreiben kann, bekommt er doch alles mit. Und er berichtet es danach seinem Vater, der es wiederum den Menschen im Dorf weitererzählt, weil er weiß, dass er ihnen vertrauen kann. In den Häusern hier sitzen keine Lauscher und Tratschweiber.

Dazu kommt, dass der Baron und der Arzt jeweils ein Radio besitzen. Im Sprechzimmer des Doktors können die Leute auch Radio hören.

»Was genau ist das ... äh ... dieser Faschismus?« Das war eine Frage von einem der Menschen, die jedes Mal dabei waren, um den vier schlauen Köpfen beim Schachspielen zuzuschauen. Die Männer des Dorfes schlossen manchmal heimlich Wetten untereinander ab, wer gewinnen würde. Das wissen die Frauen nicht und Pater Enrico weiß es auch nicht, denn der ist gegen Glücksspiele. Auf den Baron haben bisher nur sehr wenige Männer jemals Geld gesetzt, denn der gewinnt nur sehr selten.

Der Arzt hat sich auf die Frage hin zurückgelehnt, nach seiner Pfeife gefingert, ein Streichholz angerissen und behaglich zu paffen angefangen. Der Priester hat sich geistesabwesend seinen gewaltigen Vollbart gekrault, Guiseppe hat sein Taschenmesser zum Vorschein geholt und damit begonnen, sich sorgfältig die

Fingernägel zu säubern. Der Baron hat sich seinen Tonbecher noch einmal vollgegossen und mit nach innen gezogenen Wangen die Figuren auf dem Schachbrett angestarrt. »Hm«, hat er gemacht.

»Ein *fascis* war ein Bündel aus Stöcken, die um den Griff eines Beiles gebunden waren«, hat der Doktor zu erklären angefangen. »In der römischen Zeit sind sie zu einem Symbol für Herrschaft geworden. Sobald der Beilträger im alten Rom die *fascis* ergriffen hat, hat die Menge ihm Platz gemacht.«

Die Pfeife des Arztes hat nicht so richtig gezogen, er hat noch ein Streichholz anreißen müssen.

»Hm. Stimmt«, hat Don Veneto ihm beigepflichtet. Er hat immer noch auf die Figuren gestarrt. Er musste als Nächster seinen Zug machen.

»Faschismus ist also eigentlich ein sehr alter Begriff. Er bedeutet, dass die Leute sich um eine Form von Diktatur vereinigen, man könnte es auch als Cäsarismus bezeichnen. Oder Napoleonismus, wenn es dieses Wort gäbe.« Der Doktor hat noch eine Weile schweigend dagesessen und seinen eigenen Worten nachgehangen.

Die Leute aus dem Dorf haben mit gespitzten Ohren zugehört, schließlich ist der Doktor ein intelligenter Mann, der sehr gelehrt reden kann.

»In gewisser Hinsicht ist es aber auch ein neuer Begriff«, hat der Priester mit seiner tiefen Stimme ergänzt. »Wegen der Faszination für den Kommunismus und den Kapitalismus.«

Der Priester ist ebenfalls nicht auf den Kopf gefallen.

»Und den Sozialismus. Und den Zionismus«, hat der Doktor ergänzt.

Guiseppe hat genickt und seinen rechten Daumen untersucht.

»Das sind ein paar Ismen zu viel für mich«, hat Sofia sich beschwert und sich umgedreht. »Ich gehe lieber schauen, wo sich dieser Nichtsnutz von Luigi herumtreibt. Er hätte längst mit seinen Tomaten wieder hier sein sollen.«

»Das kommt alles durch den Krieg«, hat der Baron erklärt. »Es gibt viel zu viele Soldaten, die jahrelang im Schlamm der Schützengräben gelegen haben, um für ein besseres Leben zu kämpfen. Ich muss es ja wissen, denn ich war einer von ihnen.« Der Baron lässt keine Gelegenheit verstreichen, um den Leuten im Dorf seine Rolle im Krieg ins Gedächtnis zu rufen.

»Nach dem Großen Krieg gab es bei den Menschen zu Hause allerdings nur Armut und eine Hungersnot, auf den Straßen herrschte Verzweiflung und die Regierung versank im Chaos und in Eigeninteressen«, hat er ergänzt. »Deshalb hat der Faschismus den Fuß in die Tür bekommen.«

»Ja«, hat der Priester mit einem Nicken bekräftigt. »Und so konnte Mussolini die Macht an sich reißen. Er hat Ordnung versprochen und eine ganze Menge alter Soldaten haben sich seinen Schwarzhemden angeschlossen.«

»Er ist ein Meister, wenn es um das Manipulieren von Massen geht«, hat der Doktor gesagt. Es hat sich unzufrieden angehört, beinahe zynisch. »Er tut gerade so, als würden mit dem Faschismus die ruhmreichen Tage des Römischen Reiches wieder zurückkehren.«

Die Männer im Dorf haben andächtig gelauscht. Das ist kein leichter Stoff gewesen und man musste sich auf dem Laufenden halten.

Trotzdem gab es noch etwas, das ihnen durch den Kopf ging.

»Der König steht aber doch hinter ihm?«, hat einer von ihnen zur Sicherheit wissen wollen.

Die Leute hier sind immer loyal gewesen, wenn es um das italienische Königshaus ging. Kam das Haus Savoyen nicht von hier, aus ihrer eigenen Gegend, aus Piemont?

Einmal im Monat kommen die Leute vom Kino aus Turin hier vorbei und zeigen im Innenhof der Kirche einen Film. Normalerweise geschieht das an einem Abend unter der Woche, denn an einem Freitag oder Samstag haben sie in der Stadt genug zu tun. Sie spannen ein großes Tuch zwischen den steinernen Mauern des Innenhofes auf und stellen für die Älteren ein paar Reihen Bänke auf. Das ganze Dorf kommt zum Schauen, sogar die Schule beginnt am nächsten Tag eine Stunde später, weil alle ausschlafen wollen. Vor dem Film laufen immer zuerst eine Dokumentation und ein paar Meldungen aus der Wochenschau. »Propaganda«, sagt der Doktor dann in der Regel missgelaunt. »Auf so einfache Weise kann man die Leute indoktrinieren.«

Die Dorfbewohner scheren sich nicht darum. Sie schauen es sich an und denken anschließend, was sie wollen. Wenn König Victor Emmanuel und seine bildschöne Königin Elena (eine Prinzessin aus Montenegro, flüstern die Frauen vergnügt) auf der weißen Leinwand ihre Aufwartung machen, fängt das Publikum an zu klatschen und ein paar von den grobschlächtigen Jungen beginnen sogar zu pfeifen.

Die Bilder der faschistischen Anführer werden allerdings mit einem beinahe eisigen Schweigen begrüßt. Dann nickt der Arzt und sagt: »Hier sind sie nicht dumm.«

Nehmen wir nun zum Beispiel das eine Mal, wo Mussolini versucht hat, der wirtschaftlichen Rezession mit einem Projekt beizukommen, dem man den Namen »Gold fürs Vaterland« gegeben hatte. In jeder Zeitung, in jedem Radiosender und vor jedem Film hat er das Volk persönlich aufgerufen, freiwillig der Regierung all sein Gold zu schenken. Im Gegenzug sollte jeder einen Ring aus Stahl bekommen, auf dem »Gold fürs Vaterland« eingraviert war.

Das wurde die Geschichte des Monats. Die Männer des Dorfes haben sich gefragt, ob der Baron von Veneto sein Gold von jetzt an abgeben würde. Die Frauen verspürten keine große Lust, dem Staat ihren Schmuck zu schenken – das meiste davon waren Erbstücke aus der Zeit der Großeltern vor dem Großen Krieg. Und ihren Ehering mussten sie doch sicher sowieso behalten, schließlich war der vom Priester gesegnet worden! Den abzugeben, gehörte sich nicht, wahrscheinlich war es sogar eine Sünde. Der Dorfpriester hat lange darüber nachgedacht und anschließend verkündet, dass er es auch nicht wisse. »Wenn es nun für die Kirche in Rom wäre, ja, dann … aber für den Staat? Nein, wirklich, ich weiß es im Augenblick noch nicht.« Damit war die

Angelegenheit entschieden und niemand im Dorf hat auch nur irgendwas gegeben, nicht einmal Don Veneto.

»Hier sind sie nicht dumm«, hat der Doktor dann ebenfalls wieder gesagt.

»Ja, ja«, hat der Arzt schließlich mit einem spöttischen Nicken verkündet. »Sicher, das Haus von Savoyen steht hinter Mussolini. Aber das wird dem König noch leidtun, darauf könnt ihr Gift nehmen. Sehr, sehr leid.«

Dann hat der Baron seinen nächsten Zug getan.

Auf dem Höhepunkt der Weltwirtschaftskrise muss Marco Romanelli in die höhere Schule in der nächstgelegenen Stadt, denn er ist intelligent. Der Arzt beteiligt sich an den Kosten, genauso wie der Neffe von Guiseppe, der in Florenz wohnt und dort sogar Professor an der Universität ist. Und selbst der Baron. Zwei Jahre später ist auch Antonio in die Stadt gezogen. Die meisten anderen Jungen haben um diese Zeit herum die Schule verlassen, um Marmor zu brechen oder auf den Streuobstwiesen und in den Weinbergen des Dorfes zu arbeiten. Manche werden sogar Ziegenhirten in den Bergen. So kommt es, dass allein Lorenzo und Gina bei Pater Enrico in der Abschlussklasse sitzen.

»Ein Glück nur, dass sie Frieden geschlossen haben, die beiden«, stellen die Leute zufrieden fest.

Frieden kann man das nun wirklich nicht nennen, höchstens einen brüchigen Waffenstillstand, schließlich kann Lorenzo seine Streiche nicht lassen.

»Ich wollte … du würdest von irgendwo herunterfallen und dir den Hals brechen!«, schimpft Gina ärgerlich und beschleunigt ihre Schritte, um von ihm wegzukommen.

»Ich binde dich wieder an einen Baum, hörst du!«, ruft er ihr lachend hinterher. »Und dieses Mal ist Antonio zu weit weg, der wird dich nicht retten!«

In dieser Nacht tut sie wegen ihres schlechten Gewissens kein Auge zu, und als sie dann doch endlich einschläft, jagt ein Albtraum ihr einen gewaltigen Schreck ein. »Ich habe natürlich nicht gemeint, dass du dir wirklich den Hals brechen sollst«, verkündet sie am nächsten Tag, schon bevor die Schule beginnt.

Lorenzo wirft seinen Kopf in den Nacken und fängt laut an zu lachen.

Wenn er so lacht, sieht er genauso aus wie Antonio. »Was bist du doch für ein Trottel«, erwidert er gutmütig.

Doch als es Zeit ist, nach Hause zu gehen, hat Gina seine Arroganz schon wieder rasend wütend werden lassen. »Mann, jetzt geh bitte an irgendeinem steilen Abhang spielen!«, schreit sie und rennt schnell weg. Wenn doch nur Antonio hier wäre! Er würde Lorenzo die Leviten lesen. Wenn doch nur schon das nächste Jahr wäre, dann ginge Lorenzo ebenfalls auf die andere Schule in der Stadt.

Einmal im Vierteljahr kommen Marco und Antonio mit dem Bus für ein Wochenende nach Hause. Und in den Ferien auch. Gerade bei solchen Gelegenheiten sehen die Menschen es genau vor sich: Es wird mit Sicherheit etwas passieren. Denn in der Dämmerung kann man Antonio auf dem kleinen Pfad zur Villa des Barons laufen sehen. Und kurze Zeit später sieht man ihn dann zusammen mit Gina, wie die beiden die Ponte del Bartolini überqueren, auf dem Weg zu den steinernen Mauern des Kastells, die sich schwarz vor den weißen Berggipfeln dahinter erheben. Er überragt sie um einen Kopf. Sie laufen nebeneinander – zwar nicht Hand in Hand, aber doch zusammen.

Ihre kleine Prinzessin und der schlauste der Romanelli-Brüder.

Im Jahr darauf zieht auch Lorenzo in die Stadt, weil er auf die höhere Schule kommt. Marco studiert zu diesem Zeitpunkt schon an der Universität von Turin und Antonio steht kurz vor seinem Abschluss. Gina bleibt im Dorf zurück und hilft Schwester Marguarita mit der Kindergartengruppe, schließlich wird die Schwester auch nicht jünger und die Kinder werden immer quirliger. Sie wartet auf Antonio, denn der wird sie eines Tages holen kommen, das weiß jeder. Doch er ist auch schlau und wird erst noch studieren. Architekt will er werden, nicht Lehrer wie Marco.

In dieser Zeit eröffnet Herr Rosenfeld ein kleines Geschäft im Dorf. Die Leute sind darüber sehr froh. Vor einigen Jahren haben sie schon einmal so einen Laden gehabt, der auch von einem jüdischen Geschäftsmann betrieben worden war, doch der ist kurz nach dem Großen Krieg mit all seinem Hab und Gut nach Amerika ausgewandert. Seitdem ist ihnen nichts anderes übrig geblieben, als auf den Bus zu warten. Dann haben sie dem Busfahrer eine Einkaufsliste mitgegeben, der Ladenbesitzer in der Stadt hat daraufhin alle Vorräte in eine Kiste gepackt und erst drei Tage später haben sie endlich ihr Pfund Kaffee oder ihr Stück Stoff bekommen. Und wenn im Winter die Schneestürme wirklich heftig gewesen sind, manchmal auch erst zwei oder drei Wochen später.

Herr Rosenfeld ist zusammen mit seiner molligen Frau und seinen beiden Töchtern aus Litauen hierhergezogen. Die Situation dort ist unerträglich, berichtet das mollige Frauchen mit dem seltsamen Akzent. Die Juden haben keine Rechte, sondern werden auf jede nur denkbare Weise verfolgt.

Die älteste Tochter heißt Rachel. Sie und Gina freunden sich recht schnell miteinander an. Rachel ist auf eine ganz eigene Weise hübsch: ein bisschen bleich und ein bisschen mager, aber mit rabenschwarzem Haar und rabenschwarzen Augen. Und freundlich, lieb.

Aber eben Jüdin.

»Du kannst dich nicht mit ihr befreunden«, sagt Donna Veneto, während Gina vorsichtig den dicken Knoten in ihrem Nacken mit einer langen Haarnadel befestigt. »Sie gehört nicht zu unserem Stand und sie ist auch keine Katholikin, sondern eine Heidin.«

»Ja, Mama«, antwortet Gina und fragt dann: »Bist du schon katholisch gewesen, als du Papa geheiratet hast?«

Daraufhin wird sie von ihrer Mutter nach draußen zum Spielen geschickt.

In den eisig kalten Weihnachtsferien, während Antonio sich auf das Studium an der Universität vorbereit und Marco beinahe fertig studiert hat, tauchen im Dorf große Probleme am Horizont auf. Eine ekelhafte Geschichte.

Denn Marco Romanelli hat sein Herz an Rachel Rosenfeld verloren.

Während sich die Ferien weiterschleppen wie ein Mann auf Schneeschuhen, beginnt die Geschichte von Marco und Rachel gerade Flügel zu bekommen. Langsam, aber sicher dringt es in die Häuser hinein, obwohl die Leute versuchen, alles vor der Tür zu halten.

Man holt sich schließlich nicht ohne Not Unglück ins Haus.

»Was wird nur dein Vater dazu sagen?«, will Gina wissen, während sie Antonios Hand mit ihrem Zeigefinger streichelt – auf und nieder, jeden seiner langen Finger entlang.

»Wozu?«, fragt er träge. Auf einer Felsplatte vor dem Kastell sitzen sie, die Beine lang ausgestreckt, in der wässrigen Wintersonne.

»Wir haben doch gerade von Marco gesprochen! Und von Rachel! Du hörst wieder einmal nicht zu, Antonio.«

»Hm. Ich muss dich einfach zu sehr anschauen, davon kommt das. Du bist bildhübsch, weißt du das eigentlich?«

»Was wird dein Vater nun dazu sagen?«, wiederholt sie noch einmal ihre Frage.

»Nichts, das weiß ich jetzt schon«, antwortet Antonio und legt sich auf den Rücken. »Ich will, dass es wieder Sommer wird.«

»Das wird es auch sicher, aber eben noch nicht jetzt«, erklärt Gina bestimmt. »Deine Mutter wird etwas dazu sagen müssen – sie redet doch schließlich immer im Namen von beiden.«

»Hm.«

»Antonio, Rachel ist Jüdin. Marco kann doch keine jüdische Frau heiraten?«

Antonio dreht sich auf die Seite und legt seine Hand unter sein Kinn. Sein dichtes, schwarzes Haar glänzt in der Sonne und in seinen Augen erscheinen wieder diese neckischen Lichtlein, so als würde er sich über irgendetwas lustig machen. »Warum denn nicht?«, möchte er wissen.

»Nun … wir sind doch … *Mein* Vater würde so etwas niemals zulassen!«

Das Lachen in seinen Augen verstärkt sich. »Aber dein Vater spielt doch auch mit Herrn Rosenfeld Schach, wenn Pater Enrico keine Zeit hat?«

Verdutzt schaut sie ihn an. Männer können manchmal so dumm sein! »Antonio, Schachspielen ist doch etwas ganz anderes als Heiraten!

Er lacht laut auf. »Bist du dir da so sicher?«, fragt er.

Sie überhört seine Bemerkung, weil er sie nur wieder aufziehen will, das weiß sie.

»Und?«, drängt sie ihn. »Wie sieht es nun aus mit Marco und Rachel?«

»Ich weiß das sicher nicht, Gina. Ich weiß das wirklich nicht.«

Während das Dorf in diesen Wintertagen sein Äußerstes leistet, um die Geschichte von Marco und Rachel vor der Tür zu halten, streckt etwas anderes seinen ekelhaften Kopf durch den Rahmen und drängt sich in die Gespräche.

Kurz vor Weihnachten berichtet der Doktor, dass sein Sohn Pietro Gerüchte gehört hat, wonach Italien plane, in Abessinien einzumarschieren.

Ach, was soll dieses Abessinien schon sein? Das sagen die Frauen und rühren in den riesigen Töpfen, um das Weihnachtsessen vorzubereiten.

Anfang des neuen Jahres reisen die Romanelli-Brüder wieder mit dem Bus ab, der Priester läutet die Schulglocke und die Männer und Frauen machen sich wieder an ihre tägliche Arbeit. Doch schon kurz darauf erzählt Pietro seinem Vater, dass in bestimmten Fabriken in Mailand Lastwagen, Panzer und Geschütze hergestellt und verschifft werden, alles unter strengster Geheimhaltung.

»Nachts scheint es Truppenbewegungen zu geben, in der Nähe des Hafens«, verkündet der Arzt eines Tages.

»Sie werden nicht auf Kriegsschiffe verfrachtet, sondern auf gewöhnliche Frachter, sodass sie keine Aufmerksamkeit erregen«, behauptet er eine Woche später.

»Pietro hat gehört, dass ungefähr dreißigtausend Mann in Neapel eingeschifft worden sind«, erklärt er und faltet sorgfältig den Brief zusammen.

»Dreißigtausend!« Die Menschen im Sprechzimmer erschrecken darüber – das hört sich nach Krieg an, das wissen sie.

Die meisten wissen nicht einmal, wo dieses Abessinien überhaupt ist. Deshalb legt der Doktor in seinem Sprechzimmer einen Atlas auf den Tisch und ein Buchzeichen in die entsprechende Seite, sodass jeder sehen kann, worum es geht.

Nach einiger Zeit wird es Sommer und die Gebrüder Romanelli kommen die Ferien über nach Hause. Doch die Geschichte bleibt wie eine winterliche Gewitterwolke über dem Dorf hängen.

Während der ganzen Sommerferien behalten die Leute Antonio und Gina im Blick – bei Marco und Rachel schauen sie weg, aber sie sehen es trotzdem.

Im August lässt der amerikanische Präsident Roosevelt Mussolini wissen, dass aus dem Konflikt mit Abessinien eine Gefahr für den Weltfrieden entstehen könnte. Das liest der Priester nicht in der Zeitung, denn die Zeitungen stehen unter einer strengen Zensur. Es ist der Sohn des Arztes, der ihm das erzählt. Und der weiß so etwas.

Am 3. Oktober hören Don und Donna Veneto und der Doktor es mit ihren eigenen Ohren aus dem Radio: Bewaffnete italienische Truppen sind in Abessinien einmarschiert. Am nächsten Morgen kommt jeder ins Sprechzimmer des Arztes, um Radio zu hören, und dann hören es alle: Italien ist im fernen Afrika in Abessinien einmarschiert.

»Aber warum denn?«, fragt der alte Luigi verwirrt. »Was sollen wir denn mit einem Teil von Afrika anfangen?« Schließlich ist Afrika schwarz und da wohnen Menschenfresser mit Haaren, die von ihrem Kopf abstehen, in die ein Stück Knochen hineingeflochten ist – und ihre Opfer kochen sie in großen Kesseln, bis sie weich sind.

Der Doktor beugt sich über den Atlas, der schon seit Monaten auf dem Tisch liegt. »Schaut«, sagt er, »hier ist Abessinien.«

Das wussten sie schon.

»Und da ist Eritrea und da liegt das Somaliland – diese Länder gehören schon beide zu Italien.«

Oh. Das haben sie noch nicht gewusst.

»Und hier ist das Rote Meer.« Sein Zeigefinger gleitet an einem schmalen, blauen Streifen entlang.

Die Leute schauen. Vom Roten Meer haben sie natürlich schon einmal gehört, das kommt schließlich in der Geschichte von Mose vor. Bisher war es jedoch noch nicht zu ihnen durchgedrungen, dass das etwas mit Afrika zu tun hat, eigentlich dachten sie, dass das bei Ägypten ist.

»Ägypten gehört doch auch zu Afrika«, stellt der Arzt klar. »Schaut, hier ist der Nil, der Fluss, in dem Mose ausgesetzt worden ist. Und das ist das Rote Meer, durch das die Israeliten trockenen Fußes marschiert sind.«

Oh. Gut. Ein komisches Gefühl, dass es diese Orte wirklich gibt.

»Der Suezkanal eröffnet unserer Handelsflotte einen kürzeren Weg in den Osten«, erklärt der Doktor. Sein knochiger Zeigefinger wird zum Schiff, das von der Spitze des italienischen Stiefels über das Blau des Mittelmeeres in den schmalen, von Menschenhand gemachten Durchgang bei Ägypten fährt und über das Rote Meer die offene See in Richtung Indien und Japan erreicht. Die Leute sind darüber fast schon erleichtert: Das Schiff ist hindurchgefahren.

»Seht ihr«, sagt der Arzt. »England beherrscht den Zugang zum nördlichen Teil des Roten Meeres«, dabei tippt sein fahrender Finger ein paarmal auf das Land der Pyramiden, des Pharaos und des Nils. »Wenn wir nun den südlichen Zugang in den Händen hätten«, und sein Finger fliegt nach Abessinien und landet in der Hauptstadt Addis Abeba, »dann sichern wir nicht nur unsere Handelsrouten, sondern auch unsere Kriegsflotte.«

Ja, jetzt sehen sie es. Das klingt logisch.

Trotzdem haben sie noch eine Frage. Die italienischen Soldaten sind im Westen von Abessinien einmarschiert und König

Victor Emmanuel der Dritte hat also Kaiser Haile Selassie in gewisser Weise vom Thron gestoßen. Übrigens ein seltsamer Name – der hört sich irgendwie heidnisch an. Und es ist auch ein komisches Männchen, mit seltsamen Klamotten, sehen sie in der Zeitung, die der Priester dabeihat. Aber wie dem auch sei – es ist doch nicht in Ordnung, einfach so in ein anderes Land einzumarschieren?

»Was denkst du, Antonio?«, will Gina wissen, während er ein Wochenende zu Hause verbringt.

»Krieg ist nie gut, jetzt nicht und sonst auch nie«, erklärt Antonio und streichelt mit seinem Zeigefinger die blonden Haare, die sich aus dem Zopf hinter ihrem Ohr gelöst haben. »Bevor du nach Hause gehst, musst du dir den Zopf schnell noch aufmachen und ihn neu flechten.«

»Und du musst dir schnell noch das Gras aus deinem Gestrüpp holen«, neckt sie ihn mit einem glücklichen Lächeln und zieht einen Grashalm aus seinen Locken.

Anschließend setzt sie sich aufrecht hin. »Ich habe eigentlich keine Lust mehr auf diese langen Zöpfe.« Sie zieht sie an den Spitzen in die Höhe, wickelt sie sich um den Kopf und hält sich die Spitzen im Nacken fest. »Was hältst du davon, Antonio? Wie steht mir das?«

Sie liest die Antwort in seinen Augen. »Wunderbar«, sagt er.

»Schaust du mich überhaupt an?«, fragt sie streng.

»Ich schaue mir die Augen aus«, erwidert seine tiefe Stimme.

Etwas außerhalb des Dorfes, da, wo die Sonne untergeht, auf dem kleinen Bergplateau, wo die Jungen samstags mit einer ausgestopften Socke Fußball spielen, steht der Glockenturm. Er steht dort einfach so mehr oder weniger in der Wildnis, schon seit Jahrhunderten. Und schon seit Menschengedenken ohne Glocken. »Der stammt noch aus der römischen Zeit, wahrscheinlich aus dem zweiten oder dritten Jahrhundert nach Christus«, behauptet Marco.

»Wie komisch, dass der hier so für sich steht«, sagt Rachel und schaut sich um. »Die Kirche steht doch dort hinten, ein Stück höher, oder?«

»Die Kirche ist erst viel später gebaut worden, sie ist auf keinen Fall älter als zweihundert Jahre«, erklärt Marco. »Im Altertum befand sich das Dorf wahrscheinlich hier auf der Ebene. Danach sind die Menschen vermutlich in eine Gegend gezogen, wo es mehr Platz gab, und der Glockenturm ist allein übrig geblieben.«

Sie betrachtet den Berg. »Und was ist mit dem Kastell?«, will sie wissen.

»Das stammt wahrscheinlich aus dem Mittelalter, genau wie die Ponte del Bartolini«, antwortet er. »Ich selbst halte das Kastell manchmal für einen finsteren, unheimlichen Ort.«

»Erzählst du mir noch einmal die Geschichte von der Prinzessin in dem Kastell?«

»Nein, weißt du, die ist viel zu traurig. Die Kirche ist wunderschön, vor allem innen drin. Hast du sie schon einmal besichtigt?«

Sie blickt ihm geradewegs in die dunklen Augen. Dann sagt sie ernst: »Du weiß doch, dass ich keine Christin bin, Marco.«

Darüber haben sie noch nie zuvor gesprochen.

»Ja, das weiß ich.« Er wendet seinen Blick zur Seite und lässt ihn über das Tal schweifen, das tief unter ihnen in einem bläulichen Nebel zwischen den Spitzen der Berge zu erkennen ist.

»Schau mich mal an, Marco.«

Langsam wendet sich sein Blick zu ihr zurück. »Lass uns über etwas anderes reden, Rachel.« Denn Worte würden der ganzen Situation nur eine konkrete Gestalt geben.

»Du weißt doch, dass es viel besser für dich wäre, wenn du dir ein Mädchen unter den Hunderten von Mädchen an der Universität suchst, ein gut katholisches Mädchen, oder?«

Er schüttelt den Kopf und zuckt mit den Schultern. »Ich will dich und niemand anderen«, entgegnet er.

»Du weißt doch, dass es für uns keine gemeinsame Zukunft geben kann, oder?«

Sie schweigt für eine Weile. Als sie weiterredet, klingt ihre

Stimme belegt, fast schon gedämpft, so als würde sie durch eine dicke Daunendecke hindurch sprechen. »Dein Vater und deine Mutter werden unsere Freundschaft niemals gutheißen und meine Eltern auch nicht.«

Jetzt ist sie diejenige, die ihren Blick abwendet und am Berg entlang in die Tiefe schaut.

Auch er schaut wieder in die Tiefe. Seine Stimme ist gelassen, während er sagt: »Es ist schon zu spät, Rachel. Die Freundschaft zwischen uns ist schon lange eine Tatsache.«

Lange bevor das Rote Kreuz es über die Zeitungen in aller Welt verbreitet, weiß das Dorf schon vom Senfgas in Abessinien. Schließlich weiß Pietro alles darüber, er darf allerdings nicht darüber schreiben.

Die Männer kennen Senfgas gut: der erstickende, dichte Qualm, vor dem man wie eine Ratte aus dem stinkenden Schlamm des Schützengrabens flieht, geradewegs ins ratternde Maschinengewehrfeuer hinein. »Das ist unmenschlich«, sagen sie zu ihren Frauen.

Die Flugzeuge kreisen über den kleinen Dörfern in diesem fernen, ostafrikanischen Land und nebeln mit dem Senfgas die Häuser, die Schule und das Krankenhaus ein, so meldet es das Rote Kreuz. Mussolini hat persönlich seine Zustimmung dazu erteilt. Dann werfen die italienischen Flugzeuge über dem Lager des Roten Kreuzes Bomben ab. »Um dafür zu sorgen, dass die in Zukunft ihre Klappe halten«, erläutern die Männer ihren Frauen.

Herr Rosenfeld bekommt eine Zeitung von seinem Neffen aus Frankreich. Er liest den Leuten, von denen eine ganze Reihe Französisch verstehen können, von den öffentlichen Hinrichtungen vor, davon, wie Geiselnehmer umgebracht und ihre Leichname verstümmelt werden. Sie betrachten die Fotos von ausgemergelten Menschen in Lumpen in Arbeitslagern.

Der Sohn des Arztes erzählt, dass sich einige italienische Soldaten neben aufgehängten Leichen oder neben einer Kiste mit abgehackten Köpfen fotografieren lassen. Er behauptet, die Gefangenen würden lebendig aus Flugzeugen geworfen. Ekelhafte Geschichten.

»Die Welt ist verrückt geworden«, stellt der Priester fest und streicht sich über den Bart.

»Das ist sie schon seit dem Krieg«, stimmt ihm der Baron zu. »Vor 1914 haben wir noch in einer anständigen Welt gelebt.«

»In Litauen haben wir solche Dinge mit unseren eigenen Augen gesehen«, berichtet Herr Rosenfeld. »Und in Russland auch, während der Pogrome gegen die Juden. Ein Glück, dass Italien antikommunistisch ist.«

»Mussolini ist allerdings ebenfalls ein Antisemit«, erwidert der Doktor beiläufig.

Anschließend wenden sie ihre Aufmerksamkeit wieder dem Schachspiel zu.

Als ob sie noch nicht genug von den Geschichten über Senfgas und enthauptete Leichen hätten und obendrein noch die Geschichte von Marco und Rachel, köchelt schon wieder eine weitere Geschichte vor sich hin.

»Das kann ekelhaft werden«, verkündet der Priester kopfschüttelnd.

»Warum können wir die anderen Länder nicht einfach in Ruhe lassen?«, fragt der Baron wütend. Sein ganzes Gesicht ist zu einem tiefen Stirnrunzeln zusammengezogen. Guiseppe hat ihm meisterhaft Schach geboten und jetzt weiß er nicht, wie er seinen Kopf aus der Schlinge ziehen soll.

»Franco ist sehr faschistisch, deswegen unterstützen ihn Mussolini und Hitler«, erklärt der Arzt und reißt ein Streichholz an. »Meiner Ansicht nach ist der Tabak feucht geworden, er will nicht angehen.«

»Aber wir haben doch nur sehr wenig mit Spanien zu tun?«, wirft der Priester ein. »Die Feuchtigkeit hier macht auch der Gartenlaube zu schaffen – und ab und zu sehe ich verrottete Karotten.«

»Sie sind dran«, erinnert Herr Rosenfeld den Baron.

»Ja, ja, ich muss ein wenig nachdenken«, antwortet der verärgert.

»Wenn wir dieses Mal bloß draußen bleiben können«, sagt der alte Luigi und setzt sich schwerfällig auf das kleine Mäuerchen der *patio*. »Ich kriege so einiges mit und da kommt ein schweres Unwetter auf uns zu, darauf könnt ihr Gift nehmen. Im Krieg habe ich …«

»Wir sind doch längst mittendrin«, entgegnet der Arzt schwermütig. »Mein Sohn sagt, dass täglich Flugzeuge nach Westen fliegen und unsere Soldaten schon seit einer Weile an der Seite Francos und seiner Rebellen kämpfen.«

»Dann ist Mussolini tatsächlich verrückt geworden«, seufzt Luigi. »Gießt mir auch ein Tröpfchen ein, ich würde das Gebräu von Pater Enrico gerne einmal probieren.«

Endlich macht der Baron seinen Zug, dabei sieht er allerdings nicht glücklich aus.

»Mussolini ist gefährlich, das ist ein Fanatiker«, sagt der Doktor, während er Luigi eine Kleinigkeit einschenkt. »Passt nur auf: Das brutale Auftreten der italienischen Soldaten in Abessinien wird sich in Spanien wiederholen.«

»Er ist gnadenlos«, ergänzt der Priester mit einem zustimmenden Nicken.

»Und auch dumm«, fügt der Arzt hinzu. »Er verfängt sich je länger, je lieber immer mehr in Hitlers Spinnennetz.«

Anschließt macht Guiseppe seinen Zug.

»Schachmatt«, verkündet Herr Rosenfeld in seinem Namen.

Sie stehen auf der Ponte del Bartolini, der Brücke über dem Fluss mit demselben Namen. Eigentlich kann man ihn keinen Fluss nennen – es ist nur ein schmales Bächlein, das durch die Jahrhunderte eine tiefe Kluft herausgewaschen hat und nun fröhlich plätschernd über die Felsen zum großen Fluss strömt.

Hinter ihnen brauen sich finstere Wolken zusammen. Heute Nacht wird der Sturm mit großer Gewalt über dem Dorf losbrechen. »Wir müssen jetzt wirklich nach Hause zurück, denn wenn ich zulasse, dass dich der Regen nass macht, wird deine Mutter furchtbar wütend auf mich sein«, sagt Antonio und wirft sich mit einer schnellen Bewegung seine Gitarrenhülle über die Schulter.

Gina lacht. »Ich würde ja gerne einmal sehen, wie sie wütend auf dich ist«, erwidert sie. »Du kannst bei ihr doch nichts verkehrt machen. Übrigens beim Rest des Dorfes auch nicht.«

»Dann wollen wir das Schicksal lieber nicht heraufbeschwören«, erklärt Antonio und nimmt ihre Hand. »Nach Hause mit der schönen Prinzessin.«

Das Frühlingsfest ist eines der großen Feste im Dorf. Die Frauen schaffen frisch gebackene *focaccias* und Teller voller *bicotti* heran, die Männer nehmen Körbe voller Kirschen, Birnen, Äpfel, roter Pfirsiche und glänzend blauen Trauben aus den Streuobstwiesen mit nach Hause und stellen Ziegenkäse und geräucherten Schinken auf den Tischen aus, neben den Oliven, die vom Öl glitzern, in dem sie zwei Tage eingelegt gewartet haben. Die Nonnen stellen vorsichtig den Wein des Priesters auf das schmale Tischchen, das mithilfe der Kinder aus dem Kloster nach draußen getragen worden ist, und schenken gerade so viel ein, dass jeder ihn einmal probieren kann. Das ist außerordentlich schade!

Guiseppe und Marco, Antonio und Lorenzo kommen mit ihren Geigen und Gitarren zu dem Frühlingsfest. Seit Herr Rosenfeld hierhergezogen ist, ist auch ein Cello dabei, das ganze Dorf tanzt bis tief in die Nacht, bis das letzte Freudenfeuer nur noch ein paar glimmende Kohlen sind und im Osten am Horizont schon das Licht zu strahlen beginnt.

Das Frühlingsfest im Jahr 1938 ist anders als sonst. Vieles hat sich verändert.

Marco ist endgültig zurück ins Dorf gezogen. Er steht jetzt vor den höheren Klassen und bringt den Kindern Latein und Mathematik, Englisch und Musik bei, sodass sie nicht mehr in die Stadt umziehen müssen. So können viel mehr Kinder hier die Schule abschließen, sagen die Leute zufrieden.

Jeden Abend, sobald die Dämmerung hereinbricht, geht er mit Rachel spazieren. Auf die andere Seite der Ponte del Bartolini.

Das wird eine traurige Geschichte, vermuten die Menschen.

Oder ekelhaft, warnen andere.

Auch Lorenzo ist jetzt zum Studium in Turin, wie seine Brüder. Sie sagen, dass er Jura studieren möchte, er möchte Jurist werden, kannst du dir das vorstellen? Schlau sind sie ja schon, diese Romanelli-Brüder.

Als er tatsächlich einmal zu Hause ist, um das Frühlingsfest von 1938 herum, redet er ganz anders als seine Brüder. Und Reden schwingen kann er!

Nun ja, das konnte er schon immer.

»Was hältst du denn vom ›Anschluss‹?«, fragt er Antonio geradeheraus.

»Dem … ›Anschluss‹?«, will Maria wissen. »Noch ein Löffelchen *brodo*, Guiseppe?«

»Das ist das Wort für … hm … den Zusammenschluss, Mama, bei dem Hitler vor rund sechs Wochen Österreich dem Deutschen Reich einverleibt hat«, erläutert Antonio. »Bekomme ich auch noch ein Löffelchen *brodo?* Du kannst daraus aber gern auch einen richtig großen Löffel machen, bitte.«

»Das ist erst der Anfang«, behauptet Lorenzo aufgeregt und hält ebenfalls seinen Teller hin. »Deutschland und Italien werden der ganzen Welt eine Lektion erteilen, wartet nur ab! Hier, ich nehme gern noch etwas, Mama.«

Marco runzelt die Stirn. »Du redest, als würde dir Hitlers Art, die Dinge anzugehen, gefallen«, entgegnet er ernst.

»Natürlich gefällt mir die. Deutschland hat sich nur das zurückgeholt, was ihm der Versailler Vertrag gestohlen hat. Hitler ist der starke Mann Europas und Mussolini ist der schlaue. Zusammen sind sie unbesiegbar«, verkündet Lorenzo.

Jetzt legt Antonio seinen Löffel zur Seite. »Lorenzo, wie kommst du denn auf diesen Unsinn?«, will er wissen. »Ich fürchte, die Mussolini-Jugend hat dir Flausen in den Kopf gesetzt. Und ich habe noch gesagt …«

»… dass ich nicht auf die Versammlungen gehen sollte«, vollendet Lorenzo seinen Satz. »Nun, ich habe es trotzdem gemacht und ich bin auch froh darüber, denn jetzt weiß ich wenigstens eine Menge Dinge, von denen dieses rückständige Dorf hier noch nicht einmal geträumt hat.«

Da steht Guiseppe Romanelli auf, mit einem sehr ernsten Gesicht.

Seine ganze Familie schaut zu ihm auf. Sie wissen alle, was jetzt kommt.

»So redet man nicht über unsere Leute«, erklärt Antonio in seinem Namen. »Du kannst denken, was du möchtest, und das Geschwätz der Mussolini-Jugend für bare Münze nehmen, aber unsere Leute lässt du aus dem Spiel.«

Da steht Lorenzo ebenfalls auf. Danach Antonio. Und Marco.

»Setzt euch wieder hin«, ruft Maria Romanelli. »Wir essen noch.« Alle nehmen wieder Platz und essen weiter.

Die Worte bleiben jedoch im Raum hängen und nicht allein dort: im ganzen Haus, im ganzen Dorf. Selbst als das Frühlingsfest schon lange Zeit vorbei ist und Antonio und Lorenzo mit dem Bus zurück nach Turin gefahren sind, sind die Worte immer noch da.

Man darf es sicher nicht schade finden, wenn ein Mord missglückt ist, oder?, fragen die Frauen einander. Das ist doch sicher Sünde, oder?

Ein Anschlag auf einen politischen Führer ist kein Mord, sagen die Männer. Es ist eine nationale Katastrophe, dass der missglückt ist.

»Der Anschlag auf Hitler ist auch schon missglückt«, erklärt der Arzt ärgerlich.

Der Priester sagt nichts, weil er zwischen zwei Gedanken hin- und hergerissen ist: Sünde auf der einen Seite und Nationalismus auf der anderen.

»Worüber redet ihr denn nun schon wieder?«, fragt Sofia ungeduldig, während sie sich ihre Mehlhände an der Schürze abwischt. »Ich will dieses mordlüsterne Geschwätz hier im Haus nicht haben, kapiert? Ich bin doch jetzt schon mit den Nerven fertig.«

»Pietro hat gesagt, dass es einen Anschlag auf Mussolinis Leben gegeben hat«, erklärt Luigi gewichtig. Er hat gut zugehört, deshalb weiß er jetzt alles.

»Du liebe Güte!«, ruft seine Frau geschockt. »Hast du gesagt, ›ein Anschlag auf sein Leben‹? Das ist doch Mord!«

»Ja, Frau, ein Anschlag auf sein Leben, der Doktor hat es selbst gesagt. In Kobarid, glaube ich, durch ein paar Slowenen, die gegen den Faschismus sind. Aber es war vergeblich.« Luigi schüttelt seinen grauen Kopf. »Er lebt noch«, fügt er zur Erläuterung hinzu.

Da richtet Sofia ihre Schultern. »Ich weiß ganz genau, was ›vergeblich‹ bedeutet, Luigi Androtti«, verkündet sie laut und deutlich. »Du brauchst mich nicht zu behandeln, als ob ich dumm wäre!«

»Nein, mein Schatz«, erwidert der und nimmt den Korb. »Dann gehe ich jetzt mal ein paar Tomaten für das Abendessen pflücken.«

In dieser Zeit sehen die Menschen in einem dieser Turiner Filme, die vor dem Hauptfilm gezeigt werden und über die sich der Arzt immer so aufregt, dass die Soldaten des italienischen Heeres mittlerweile den deutschen Paradeschritt imitieren. Wie hölzerne Soldaten mit einem stockartigen rechten Bein marschieren sie in Rom über den Platz.

Den *Passo Romano*, nennt Mussolini ihn, den römischen Schritt.

Das erzählt die blecherne Stimme, die aus dem straff gespannten Laken ertönt. Großer Ruhm steht Italien bevor, denn unser Volk ist stolzer Träger der westlichen Zivilisation, der Erbe des Römischen Reiches.

»Unser Volk und unsere Führer machen Hitler alles nach«, erklärt der Arzt laut und deutlich.

An diesem Abend sehen nur wenige Menschen den Hauptfilm. Der Doktor steht auf und geht weg. Die anderen Männer folgen ihm, um zu hören, was er denkt. Hat sein Sohn, der Journalist in Rom, vielleicht etwas gesagt? Die Mütter schleifen ihre Kinder nach Hause, um sie ins Bett zu stopfen, und anschließend sitzen sie da und warten auf ihre Männer. Nur ein Grüppchen junger Leute bleibt sitzen, aber auch sie beachten kaum, was auf der Leinwand läuft. Schließlich sind mit dem Weggang ihrer Väter und Mütter auch die Grenzen des Anstands mehr oder weniger verschwunden.

In den letzten Tagen des Jahres 1938 bekommt das Gesicht von Marco Romanelli immer ernstere Züge. Und Rachels Lachen verstummt. Im Sprechzimmer hören die Menschen die Nachrichten im Radio und am Mittwoch danach lesen sie sie in der Zeitung, die mit dem Bus aus der Stadt gekommen ist. Die Leute hören und lesen, aber sie behalten die Worte lieber für sich. Auf jeden Fall vorläufig, einfach weil sie es wissen. Doch wie ein giftiges Gas dringen die Worte und das Wissen in alle Ecken und Ritzen hinein.

»Antonio, was wird denn nun geschehen?«, will Gina wissen. Sie ist so froh, dass er wieder einmal übers Wochenende hier ist, denn er wird es wissen – er weiß immer, was zu tun ist.

Er gibt ihr keine Antwort.

»Wie kann das sein?«, fragt sie mit wachsender Verzweiflung in der Stimme. »Gerade als wir gedacht haben, dass alles gut wird, nachdem Herr und Frau Rosenfeld so lange mit deinen Eltern gesprochen haben und dann gemeinsam herausgekommen sind … Antonio! Was jetzt?«

Denn Mussolini tritt in Hitlers Fußstapfen. Sein neuestes Rassengesetz bestimmt, dass alle Juden aus dem Staatsdienst entfernt werden, Vollzug sofort.

Das Gesetz verbietet auch jede Eheschließung zwischen Juden und Italienern.

Ganz egal, wie sehr sie sich lieben.

2. Kapitel

Die Farm liegt träge ausgebreitet zwischen dem Fuß des Waterbergs und dem Flussbett des Nijls auf der einen Seite und dem unfruchtbaren Ödland am Rand der tief eingeschnittenen Felsenkluft. Seit Jahrhunderten schon werden hier Sand, Steine und Torf in der Sonne gebraten. Den Berg durchzieht ein großer Riss – aus ihm entspringt der Fluss, der zunächst als kleines Bächlein zwischen den Bäumen hindurchplätschert, über Felsbänke tropft und sich in untiefen Tümpeln zwischen Sandbänken etwas ausruht.

»Was haben wir doch eine schöne Farm«, stellt Klara fest.

»Ja, so von hier oben aus betrachtet, sieht sie wunderbar aus«, erwidert Boelie. »Das ist das Bild, das ich im Gedächtnis behalten möchte, wenn ich morgen wieder an die Universität zurückfahre.«

Der Weg von der Farm weg schlängelt sich rechts von ihnen dahin – flach und staubig, unter dem geschlossenen Eingangstor hindurch, über die kleine Brücke und an dem Steinhaufen vorbei, bis er sich schließlich in den tanzenden Luftspiegelungen am Horizont auflöst, hinter denen das Dorf liegt.

»Es ist hier nur leider so trocken«, sagt De Wet.

»Es ist Winter«, antwortet Boelie. »Da ist es immer trocken.«

Tief unter ihnen steht das Alte Haus, in dem Opa und Oma wohnen. Ein einsames Rauchwölkchen kringelt sich aus dem Schornstein heraus und verschwindet am wolkenlosen Himmel. Ein Stückchen davon entfernt steht ihr eigenes, steinernes Haus mit den Nebengebäuden, dem Pferch, dem Auffangbecken und der windgetriebenen Pumpe und noch weiter hinten befindet sich der Familienfriedhof, auf dem ihre Urgroßeltern begraben sind, zusammen mit dem einzigen Bruder ihres Vaters, der schon jung gestorben ist.

Am Ufer des Nijls entlang, das ganze Stück bis an den Rand der Schlucht, stehen die Orangenbäume der Streuobstwiese ordentlich in Reih und Glied.

»Die Streuobstwiese sieht trotz allem schön grün aus«, verkündet Klara. Die Stute, auf der sie sitzt, fängt an, unruhig zu werden.

»Das wollen wir hoffen«, erwidert De Wet, »sonst taugen die Bäume nur noch als Brennholz.«

Auf der einen Seite des Weges befinden sich die eingezäunten Weideflächen für das Vieh, mit Trinkbecken darin und noch mehr windbetriebenen Wasserpumpen. Die Ackerflächen sind auf der anderen Seite des Weges, das ganze Stück bis hinunter zum Fluss.

Am Rande des Ödlands auf der anderen Seite des Nijls steht ein graues Häuschen, das Elternhaus von Gerbrand Pieterse. Einsam steht es auf der kahlen Fläche, ohne Bäume um es herum – das einzige Fenster glänzt in der Sonne wie ein erblindetes Auge.

Klara blickt in eine andere Richtung. Das Gefunkel der Sonne auf der Fensterscheibe tut ihr in den Augen weh.

»Ich wünschte, Papa würde da irgendwo einen Staudamm bauen«, erklärt Boelie geistesabwesend. »Wenn wir das machen würden, könnten wir das ganze Regenwasser auffangen, das jetzt ins Meer strömt. Dann könnten wir mehr Ackerflächen anlegen und sie bewässern. Oder die Weidegründe vergrößern.«

»Wenn ihr genau hinschaut, könnt ihr selbst das Haus von Christine sehen«, ruft Klara. »Schaut doch, da!«

Die Familie Le Roux sind die Nachbarn und Christine ist schon von klein auf Klaras beste Freundin.

»Papa wird im Augenblick kein Geld ausgeben«, erläutert De Wet als Reaktion auf Boelies Worte und streicht Bruines beiläufig über den Hals. »Wir müssen jeden Groschen zusammenkratzen, wenn ich nächstes Jahr auch studieren möchte.«

»Man könnte sogar überlegen, Weintrauben anzubauen, mit der Entwässerung gibt es schließlich keine Probleme«, träumt Boelie weiter.

»Du hättest besser Landwirtschaft studieren sollen«, sagt Klara, »statt zu lernen, wie man Dämme und Brücken baut. Ich mache mich so langsam wieder auf den Heimweg. Kolkop wird unruhig.«

»Ja, es ist ja sicher auch schon demnächst Essenszeit«, pflichtet De Wet ihr bei. Er steckt seinen Fuß in den Steigbügel und schwingt sein rechtes Bein locker über den Sattel. »Mein Magen fängt schon ganz ordentlich an zu protestieren. Und ab morgen gibt es nur noch Internatskohl, Maispüree und gekochtes Fleisch auf dem Teller.«

»Die Wohnheime der Universität sind kein bisschen besser«, erklärt Boelie und besteigt sein Pferd. »Wir kümmern uns um die Pferde, wenn du uns in der Zeit einen Kaffee machst, Klara. Ich komme um vor Durst.«

Jedes Jahr wird am ersten Wochenende des dritten Quartals das Voortrekkercamp veranstaltet, das auch dieses Jahr wie immer beginnt. Das Gelände bei Donkerpoort ist genauso heiß und staubig wie in den vergangenen Jahren und der Boden ist steinhart – es ist mühsam, die schweren Zelte aufzubauen.

»Wenn du mich fragst, ist das Bosveld der heißeste und staubigste Ort der ganzen Welt«, offenbart Klara Christine. Die schaut sie mit ihren großen, blauen Augen an. »Das sagst du jedes Mal, Klara.« Klara lacht. »Das kann schon sein.«

»So, was machen wir jetzt?«, will Annabel wissen und vorsichtig staubt sie sich die Vorderseite ihrer Uniform mit ihrem Taschentuch ab. Sie ist eine neue Voortrekkerin und das ist ihr erstes Camp. Wie sie sich in das Lagerleben einfügen soll, ist Klara ein Rätsel.

Annabel ist heute Nachmittag ein bisschen spät dran gewesen. Als sie schließlich in ihrer neuen Uniform aufgetaucht ist, war der Rest schon fast abfahrbereit. Ihr Rock war zu kurz, hat Klara sofort bemerkt. Ihr Hut war zu weit in den Nacken geschoben und ihre Haare hingen lose heraus. Trotzdem hat sie hinreißend ausgesehen – alles steht ihr einfach unglaublich gut. Annabel ist einfach bildhübsch, wie ein Filmstar.

»Wir werden dieses Zelt aufbauen«, antwortet Klara, während sie sich daranmacht, das schwere Segeltuch auseinanderzufalten.

»Wir?«, fragt Annabel völlig verdutzt. »Du bist anscheinend nicht besonders schlau. Wo sind denn De Wet und Bram?« Sie schaut sich um, ob sie Klaras Bruder und seinen Zimmergenossen irgendwo entdecken kann.

»Die bauen ihr eigenes Zelt auf und das tun wir auch«, verkündet Klara mit Bestimmtheit. Annabel ist allerdings schon auf dem Weg zu dem Ort, wo die Jungen aus der Abschlussklasse beschäftigt sind. »De Wet! Bram!«

»Die hat wirklich nur Jungen im Kopf«, bemerkt Lettie und schiebt ihre schwere Brille mit den dicken Gläsern auf ihrer verschwitzten Nase nach oben. »Ich hoffe sehr, dass De Wet nicht auf sie hereinfällt.«

»Ich denke, er durchschaut das«, antwortet Klara, obwohl sie sich da nicht allzu sicher ist. Sie kennt ihren Bruder schließlich schon eine Weile: Er genießt mit Sicherheit all die Aufmerksamkeit. Sie selbst wünscht sich immer noch, dass er eines Tages Christine heiratet, dann wird Christine ihre Schwester. Bis dahin wird sie die aber erst noch aus ihren Junge-Mädchen-Träumen herausreißen müssen, sonst schlägt Annabel schneller zu.

»Es ist schade, dass Gerbrand nicht dabei sein kann«, sagt Christine jetzt. »Der ist so stark wie ein Pferd. Mit seiner Hilfe wären wir schnell fertig gewesen.«

Christine ist recht klein. Ihre blonden Locken kleben ihr um das Gesicht herum und sie geht etwas stümperhaft ans Werk. Eigentlich macht sie alles stümperhaft, überlegt Klara. Sie ist wie ein Porzellanpüppchen und genauso hübsch.

»Es ist besser so, dass Gerbrand nicht hier ist«, antwortet Klara, mit seinem Weggang hat sie sich allerdings noch nicht wirklich abgefunden.

Gerbrand ist immer ein Teil ihres Lebens gewesen, genau wie Christine. Er ist der älteste Sohn von Lewies Pieterse, dem Beiwohner von Klaras Vater. Die Eltern von Christine sind Onkel Freddie und Tante Anne le Roux von der Nachbarfarm. Onkel

Freddie ist auch Mitglied im Provinzialen Rat. Als Boelie in die vierte Klasse gegangen ist und De Wet in die zweite, haben Gerbrand, Christine und sie gemeinsam die erste Klasse der Kleinstschule auf der Farm besucht. Christine ist zwar ein Jahr älter als sie, aber sie ist ein Einzelkind und ihre Mutter hätte es nicht gern gehabt, wenn sie schon mit sechs Jahren in die Schule gegangen wäre. Deshalb ist sie ein Jahr später gemeinsam mit Klara eingeschult worden.

Die kleine Schule steht auf der Grenze zwischen der Farm von Onkel Freddie und ihrer eigenen. Gerbrand, Christine und sie sind die einzigen Kinder in ihrer Klasse gewesen. Ansonsten ist manchmal für eine Zeit lang ein Kind dazugestoßen, so wie die Tochter von dem Mann, der die Brunnen gegraben hat. Sie weiß nicht einmal mehr den Namen des Mädchens. Oder der Sohn von dem Hausierer, der hier ab und zu ein bisschen geblieben ist. Aber der war Jude, deswegen hat niemand mit ihm gespielt. Und zwei Jahre lang ist auch Stinkkosie Els bei ihnen gewesen, aber dann wieder sitzen geblieben. Also sind sie eigentlich immer zu dritt gewesen.

Nach der Volksschule ist Gerbrand zusammen mit ihnen auf die Mittelschule gegangen, ins Internat, weil die Regierung für die armen Kinder das Schulgeld bezahlt. Und dann ist er eines Tages verschwunden, im letzten Monat. Die Oberstufe hatte er schon zur Hälfte hinter sich, dann war er weg – um in den Bergwerken zu arbeiten.

Sie versteht gut, warum, doch es tut ihr noch immer weh, sich Gerbrand wie einen Maulwurf in einem Bergwerksstollen vorzustellen. Er gehört in eine offene Landschaft.

Sie schüttelt den Kopf, streicht sich fest entschlossen die goldbraunen Strähnen, die sich aus ihren Zöpfen gelöst haben, hinter die Ohren und sagt: »Chrissie, halte diese Zeltstange mal fest. Wenn wir das Zelt auseinandergefaltet haben, musst du die Spitze hier in das oberste Loch stecken. Wenn wir alle zusammenarbeiten, haben wir das Zelt im Nullkommanix aufgebaut.«

Am Abend zünden sie ein großes Lagerfeuer an. Christine,

Lettie und Klara sitzen zu dritt zusammen, Annabel hat sich dagegen bei De Wet niedergelassen. De Wet sieht aus wie eine Katze, die süßen Rahm geschnuppert hat. Blöder Idiot, denkt Klara verärgert.

Während die Holzscheite immer weiter herunterbrennen, singen sie Lieder, die Voortrekkerlieder, die sie bei Fräulein Lena lernen. Über ihren Köpfen glänzen die Sterne und der Mond schwebt freihändig am Himmel.

Ich liebe alle, die um mich herumsitzen, all die Menschen, die hier so schön miteinander singen, denkt Klara. Ich liebe mein Land, mein schönes Land, und mein Volk. Ich bin eine Afrikaanerin und ich bin froh, dass ich in der Union von Südafrika und im Bosveld wohne.

In diesem Augenblick tritt Onkel Jan Kommandant, ihr Anführer, aus dem Ring. Groß und fast schon schwarz steht er im fahlen Licht des Feuers.

»Jungen und Mädels, unserem Volk, den Afrikaanern, steht eine großartige Zeit bevor. Wer von euch hat schon einmal von der Voortrekker-Hundertjahrfeier gehört?«

Einige der älteren Kinder heben ihre Finger. In diesem Jahr ist es genau hundert Jahre her, dass die Voortrekker das britische Joch abgeschüttelt und die Kapkolonie verlassen haben und daraufhin das Gelöbnis am Blutfluss abgelegt haben. Deswegen werden die Afrikaaner jetzt ein Monument errichten und ein großes Fest veranstalten. »Als Teil dieses Festes«, berichtet Onkel Jan, »organisiert der Brüderbund einen symbolischen Ochsenwagenzug. Geplant ist, dass zehn Ochsenwagen durch das ganze Land fahren. Der erste Wagen soll in den nächsten Tagen, am 8. August, schon vom Denkmal für Jan van Riebeeck in Kapstadt losfahren und von dort aus die lange Reise nach Pretoria antreten, um dort rechtzeitig zur Grundsteinlegung am Dingaanstag anzukommen. Und jetzt wollt ihr sicher gerne wissen, wie unsere Abteilung bei den Festlichkeiten eingespannt sein wird, oder?«

»Ja, Onkel Jan«, rufen alle Kinder rund um das Feuer.

»Die Organisatoren hätten gern, dass achttausend Kinder in Voortrekkerkostümen dabei sind«, verkündet er mit einem stolzen Lächeln. »Wir werden in einem Zeltlager übernachten, gemeinsam mit Tausenden anderer Afrikaaner aus dem ganzen Land. Und wir werden auch bestimmte Aufgaben übernehmen, wie zum Beispiel nachts Wache schieben und …«

Ein aufgeregtes Geplapper bricht los, sodass Klara nicht mehr verstehen kann, welche Aufgaben sie noch übernehmen werden. Nach Pretoria! In einem Zeltlager übernachten! Nachts …

»Das ist noch nicht alles«, ruft Onkel Jan laut.

Nicht alles? Um das Feuer herum wird es wieder still.

»Wir werden uns auch an dem Fackelzug beteiligen«, verkündet Onkel Jan. »Tausende von Voortrekkern werden aus dem ganzen Land in einem Staffellauf mit brennenden Fackeln nach Pretoria kommen. Am 16. Dezember, also dem Dingaanstag, werden alle diese Fackeln gemeinsam eine große Flamme entzünden, die symbolisch für die Flamme der afrikaanischen Kultur steht, eine Flamme, die nie mehr verlöschen wird.«

Klara ist jetzt schon völlig begeistert. Es kommt ihr so vor, als sei diese Flamme schon in ihr selbst entfacht worden.

Das wird das schönste und großartigste Wochenende ihres ganzen Lebens. Tief innen drin glüht sie vor Vaterlandsliebe. Sie hat jetzt schon Lust auf die kommenden Wochen und Monate und alles, was noch vor ihr liegt. Sie weiß jetzt schon, dass sie, Klara Fourie, etwas für ihr Land und ihr Volk werden möchte.

In der darauffolgenden Woche holt Onkel Freddie sie vom Internat ab. Klara findet es immer wunderbar, nach Hause zu fahren. Heute Abend werden sie wieder alle gemütlich beisammen sein – auch Oma und Opa aus dem Alten Haus werden kommen und bei ihnen essen. Ihr Großvater sitzt dann am Kopf der Tafel, auf dem Platz, auf dem ansonsten ihr Vater sitzt, Papa und Mama sitzen nebeneinander gegenüber von Oma und De Wet und sie selbst sitzt mit Irene am anderen Tischende, wo sich die beiden Hunde Waakzaam und Dapper unter Irenes baumelnden Beinen auf den Boden legen. Nur Boelie wird nicht dabei sein, denn der ist auf der Universität. Nach dem Essen wird ihr Großvater die Hausandacht leiten. Und ihre Großmutter hat für den Nachtisch gesorgt, so wie immer: Dampfnudeln oder Butterknödel mit Zucker und Zimt oder Kuchen mit Vanillesoße. De Wet und sie müssen berichten, was in dieser Woche alles in der Schule passiert ist, wobei Irene immer die meisten Fragen hat. Irene geht noch in die Farmschule und wechselt erst in drei Jahren ins Internat im Dorf.

Kaum sitzen sie tatsächlich am Tisch – Opa hat das Tischgebet gesprochen und Klara möchte gerade über die Hundertjahrfeier berichten –, da fragt De Wet: »Papa, auf welche Seite sollte unsere Regierung sich deiner Meinung nach schlagen, wenn es Krieg gibt?«

Ihre Mutter schaut mit einem Ruck auf. »Was ist das denn jetzt für eine Frage, De Wet? Wer redet denn von Krieg? Erzähl uns doch lieber, wie es dir in dieser Woche in der Schule ergangen ist.« Sie reicht De Wet seinen Teller mit Essen.

»In der Schule war alles prima, Mama. Danke.« Und zu seinem Vater: »Wenn du mich fragst, ist der Krieg viel näher, als wir denken, Papa.«

»Vermutlich hast du recht, De Wet«, pflichtet Opa ihm bei, während er sich umständlich seine Serviette in den Kragen steckt. »Ich fürchte, dieser Hitler ist ein ehrsüchtiges Kerlchen.«

»Wer ist Hitler?«, will Irene wissen.

»Kann sein«, erwidert Papa. »Aber Chamberlain wird ihn sicher im Zaum halten.«

»Wer ist Chamberlain?«, will Irene wissen.

»Sprich nicht mit vollem Mund«, ermahnt sie ihr Vater.

»Der Premierminister von England«, erklärt De Wet.

»Ich kann mir nicht vorstellen, dass Chamberlain mit all seinem schönen Geschwätz die Zügel straff genug angezogen hat«, entgegnet Opa.

»Das bezweifle ich auch, Opa«, stimmt De Wet ihm zu. »Letzte Woche habe ich noch in der *Transvaler* gelesen, dass …«

»Wie kommst du denn an diese Zeitung?«, fragt sein Vater streng.

Klara schließt für einen Moment die Augen, denn sie ahnt es schon: Das wird wieder die alte Leier. Papa und Opa sind Anhänger der *Verenigde Party* und solche Leute lesen nur *Die Vaderland*. De Wet und Boelie fühlen sich mehr von Malan und seiner Partei angezogen. Das wird also wieder der übliche Zank.

»Die gibt es bei uns in der Schulbibliothek, Papa«, antwortet De Wet gelassen. »Manche Kolumnisten glauben, ein Krieg in Europa sei unvermeidbar.«

»Das wird ein großes Problem werden«, prophezeit sein Großvater. »Darauf kannst du Gift nehmen …«

»Wenn ein Krieg ausbricht, wird Hertzog trotzdem neutral bleiben«, erwidert Vater überzeugt.

»Gut«, nickt De Wet. »Aber was ist mit General Smuts, Opa? Denn der hat sich doch bei den Engländern ordentlich eingeschleimt.«

»Jannie Smuts ist ein schlauer Kerl«, antwortet sein Großvater feurig, während er mit seinem Taschenmesser ein Stück Schaffleisch von dem Knochen schneidet. »Ich weiß das, schließlich kenne ich ihn persönlich.«

»Ja, Opa, er ist schlau, aber ich sehe noch nicht, wie er England im Falle eines Krieges unterstützen soll«, erklärt De Wet ruhig.

»Ach, dieser Krieg wird eine rein europäische Angelegenheit werden«, meint sein Großvater. »Das wird uns gar nicht betreffen.«

»Das bezweifle ich, Opa«, widerspricht ihm De Wet. »Die Partei von Malan ist die einzige, die deutlich sagt, dass sie niemals auf britischer Seite gegen Deutschland kämpfen wird.« De Wet legt sein Besteck ordentlich auf seinen Teller. »Malan wird das Ruder übernehmen und Südafrika auf den Weg zur Republik führen, die dann endlich kommen wird!«

Es ist nur gut, dass De Wet Jura studieren möchte, überlegt Klara tief beeindruckt. Er hört sich jetzt schon an wie ein richtiger Rechtsanwalt.

Papa denkt da offensichtlich anders. »Wie kommst du denn darauf, De Wet?«, will er verärgert wissen.

»Das lese ich in den Zeitungen, Papa«, antwortet De Wet gelassen. »Diese ganze Polemik läuft schon seit Wochen so.«

»Du solltest deine Zeit lieber mit Schulaufgaben verbringen, anstatt deine Nase in die Zeitungen zu stecken!«, weist ihn sein Vater streng zurecht.

»Ich mache meine Schulaufgaben doch, wie es sich gehört, Papa«, entgegnet De Wet. »Das ist alles erst der Anfang, ihr werdet es noch sehen. Malan wird …«

»Jetzt hör mir mal gut zu, mein Junge«, beginnt sein Großvater heftig – wenn er einen der Jungen »meinen Jungen« nennt, dann verheißt das nichts Gutes. »Jetzt hör mir mal gut zu, mein Junge, Malan mag zwar ein Pfarrer und ein Gottesmann sein, er kommt jedoch aus der Kapprovinz. Er denkt, dass die Zivilisation am Oranjefluss endet, er hat keine Ahnung von der Situation hier im Bosveld, das hat man schon 1933 gemerkt. General Smuts dagegen kennt unsere Welt hier durch und durch, er kennt ganz Südafrika. Als ich gemeinsam mit ihm im Englischen Krieg[1] gekämpft habe …«

»Hierbei wollen wir es erst einmal belassen, Cornelius, bevor wir wieder mit dem Krieg anfangen«, fällt ihm Oma ins Wort. Klaras Großmutter ist eine kleine, liebe Frau. Opa hört auf niemanden, wenn jedoch seine Frau etwas sagt, ist er ganz Ohr.

Für einen Augenblick schaut er sie streng an, dann knickt er ein und sagt: »Lasst uns singen. Klara, Psalm 130.«

Ja, ja, denkt Klara, während sie sich hinter die alte Tretorgel schiebt. Heute Abend singen wir also nicht »Preist den Herrn« oder »Singt fröhlich, erhebt die Stimme« und noch nicht einmal den wunderschönen Abendgesang. Heute Abend ist es »Aus der Tiefe ganz verloren«.

Ihre Familie kann schön singen. Opa nicht, der brummt sich nur etwas in den Bart. Mama auch nicht – sie singt aus voller Brust, trifft aber nicht immer den Ton. Klara hätte es gern, dass

---

1 Anm. d. Übers.: Gemeint ist der zweite Burenkrieg von 1899-1902.

ihre Mutter etwas leiser sänge, vor allem in der Kirche. Oma singt dagegen sehr schön und von ihr haben sie auch alle gelernt, wie man das Klavier im Vorraum spielt. Alle Kinder haben ihr musikalisches Talent geerbt. Zum Glück, sagt ihr Vater immer – mit einem neckischen Lächeln in Richtung ihrer Mutter.

Als sie fertig gesungen haben, sagt Opa: »Irene, gib mir doch bitte mal die Bibel. Und meine Brille.«

Auf der Anrichte liegt ihre neue Familienbibel, doch ihr Großvater weigert sich standhaft, aus der neuen afrikaanischen Bibel zu lesen. Man kann doch mit dem Allmächtigen nicht in der gewöhnlichen Alltagssprache reden! Deswegen zieht Irene die oberste Schublade der Anrichte auf und holt die Bibel in hochholländischer Sprache heraus. Opa liest das Hochholländisch langsam und getragen, aber gut und mit großem Geschick. Er liest ein ganzes Kapitel aus dem Alten Testament. Seine Stimme klingt kräftig und schwer und das große Buch ruht sicher in seinen Händen. Nachdem das Kapitel zu Ende ist, klappt er die Bibel zu und sagt: »Lasst uns beten.«

Gemeinsam knien sie neben seinem Stuhl. Wenn sie unter sich sind und Papa die Hausandacht leitet, bleiben sie einfach sitzen, aber Opa hält das für zu wenig Ehrerbietung.

Es ist schön, wieder bei ihrer Familie zu sein, wieder im schummerigen Esszimmer um den langen Tisch herum zu sitzen mit der Petroleumlampe über ihrem Kopf und den beiden Hunden zu ihren Füßen. Es wird wunderbar sein, heute Nacht wieder in ihrem eigenen Zimmer schlafen zu können, in ihrem eigenen Bett mit der Patchworkdecke, die ihre Mutter gemacht hat, und der Kerze, die man noch lange, nachdem man sie ausgeblasen hat, riechen kann, denkt Klara, während Opas Gebet sie süßlich einlullt.

Nach dem Abendessen schließt ihr Vater das Radio an die große Batterie an, die unter dem Tisch auf dem Boden steht, und versucht, den Sender zu finden. Sie hören sich immer zuerst die Nachrichten und den Wetterbericht an und danach die Fortsetzungsgeschichte. An Samstagabenden lauschen sie auch dem brandneuen Wunschkonzert. Klara geht in die Küche, denn Kaffeemachen ist ihre Aufgabe, von klein auf.

Ihre Küche ist groß. An der Wand steht ein großer Ofen und in der Mitte ein weiß geschrubbter Küchentisch mit sechs Stühlen darum herum. Auf dem Tisch steht ein Tablett mit Tassen, Zucker und Milch. Das bereitet Lena nachmittags schon vor, bevor sie weggeht. Alles ist ordentlich mit einem Netz abgedeckt, um es vor den Fliegen zu schützen.

Die schwarze Kaffeekanne steht auf dem Ofen.

Klara schenkt den Kaffee ein – für Opa gießt sie etwas kochendes Wasser dazu, denn er trinkt ihn schwarz – und bringt das Tablett in den Vorraum. Opa steht in der Eingangstür. Er klopft sich an der Schuhsohle seine Pfeife aus und kratzt mit einem Streichholz die Aschereste heraus. Papa sitzt immer noch neben dem Radio und hat Mühe, den Sender zu finden, De Wet lümmelt sich auf dem Sofa, die Beine lang vor sich ausgestreckt. Als sie eintritt, steht er schlaksig auf und nimmt ihr das Tablett ab.

»Wir fahren mit unserem Kommando auf die Hundertjahrfeier zur Grundsteinlegung des Monuments«, sieht sie endlich eine Chance, ihren Bericht loszuwerden.

»Wir fahren auch! Ich singe in einem Chor, der dorthin fährt, einem sehr großen Chor. Wir müssen alle ein neues Kleid anziehen«, schnattert Irene auf einmal los. Klara bekommt kein Wort mehr dazwischen. Irgendwo zwischen den Chören und den Beträgen, die das alles kosten wird, alle zur Hundertjahrfeier zu karren, zwischen Malan und Smuts oder wer auch immer Hertzogs Nachfolger werden wird, und den Lecksteinen für das Vieh und Hitler, der der Teufel selbst ist, wünscht sie allen eine gute Nacht und geht ins Bett. Wir haben mehr über den Krieg gesprochen als über die Hundertjahrfeier, überlegt sie noch, bevor sie einschläft.

Nach diesem Wochenende findet sie es zum ersten Mal schön, wieder ins Internat zurückzufahren. Selbst am Sonntagmorgen auf dem Weg zum Gottesdienst haben sich Papa und De Wet über die Frage gestritten, wie es nun mit der Welt im Allgemeinen und der südafrikanischen Union im Besonderen weitergehen soll. Der Knoten in ihrem Magen ist je länger, je fester geworden.

Sie kommt sich auch irgendwie ein bisschen dumm vor, schließlich hat sie wirklich keine Ahnung, was so alles passiert. Das gefällt ihr nicht. Vielleicht sollte sie auch ab und zu in der Pause einmal in die Bibliothek gehen und einen Blick in die Zeitungen werfen.

In der Schule ist die Hundertjahrfeier das Tagesgespräch. Am Freitag tragen sie nicht mehr länger ihre Schuluniformen, sondern lange Voortrekkerkleider mit einem quadratischen Umhängetuch und einer Mütze. Die Jungen haben Lederhosen und Kittel an.

Die Transvaler berichtet täglich über das Vorankommen der Wagen und den wachsenden Enthusiasmus. Männer lassen sich Bärte wachsen, Frauen laufen nur noch in Voortrekkerkleidung herum. Klara macht das Zeitunglesen Spaß, so kommt es ihr vor, als sei sie ein Teil des Geschehens. Eines Nachmittags stößt sie sogar auf einen Artikel über das Voortrekkermonument, das gebaut werden soll. Daneben befindet sich ein Foto von dem Gipsmodell. Sie kann das Ende des Jahres beinahe nicht mehr abwarten, denn dann wird sie auch mit einer Fackel in der Hand losrennen und in der Nähe des Monuments kampieren.

Am 2. September berichtet die Zeitung, dass Hertzog am Tag zuvor eine handgeschriebene Erklärung herausgegeben hat, in der steht, die südafrikanische Union werde im Falle eines Krieges zwar ihren Verpflichtungen nachkommen, darüber hinaus jedoch neutral bleiben. Wie die Zeitung weiter berichtet, soll die Erklärung auch von Smuts, Havenga und Pirow[2] unterzeichnet worden sein.

---

2 Anm. d. Übers.: Nicolaas Christiaan Havenga (1882-1957) war bis 1934 und dann wieder ab 1948 Finanzminister von Südafrika und Oswald Pirow (1890-1959) war seinerzeit Verteidigungsminister. Besonders Letzterer war ein Verfechter der Apartheid und sympathisierte offen mit Hitler, Mussolini und Franco.

Zornig schlägt sie die Zeitung zu. Sie möchte nichts von diesen Kriegsgeschichten wissen – sie mag nicht einmal Cowboyfilme mit ihrem stumpfsinnigen Herumgeballer und den Leuten, die tot von den Pferden fallen.

Sie schlendert zurück zum Internat, doch währenddessen lässt es sie nicht los. Vage erinnert sie sich an das Gespräch zwischen ihrem Vater, ihrem Großvater und De Wet. Letzterer hat gesagt, dass es Krieg geben würde.

Auf der anderen Seite liegt Europa ganz weit weg. Und wenn der Premierminister sagt, dass die Union neutral bleiben wird, dann muss man sich deswegen bestimmt keine Sorgen machen.

Sie liest über Paare, die heiraten, wenn die Ochsenwagen durch ihr Dorf kommen, und über Babys, die neben den Wagen getauft werden. Sie betrachtet die Fotos von alten Männern, die vor Rührung weinend die vierfarbige Fahne der alten Republik Transvaal schwenken, wenn die Wagen mit den Reitern daneben vorbeikommen, und von jungen Frauen in Voortrekkerkleidung, die Blumen auf die Wagen werfen.

Doch alle diese Artikel stehen auf den Seiten drei und vier. Die Titelseite berichtet über die Krise rund um die Tschechoslowakei und später über die von Hitler vorgenommene Annexion des Sudetenlandes in das Deutsche Reich.

Das will sie alles gar nicht lesen!

Trotzdem tut sie es.

Hertzog betrachtet dies als eine rein europäische Frage, berichtet die Zeitung. Zum Glück, denkt Klara. Damit bin ich einverstanden.

Selbst aus Natal kommen Ochsenwagen. Ihre Fahrt hat am Blutfluss begonnen und hat danach über die Drachenberge geführt. Es kommt auch einer vom Ostkap, von der östlichen Grenze, genau wie vor hundert Jahren.

Sie liest, dass Chamberlain nach Deutschland geflogen ist, um mit Hitler zu verhandeln, und dass er danach über »Friede in unserer Zeit« gesprochen hat. Das ist gut, denkt sie. Gut, dass sie über Frieden verhandeln.

Im Oktober gibt es kurze Ferien, in denen Boelie für ein paar Tage nach Hause kommt.

De Wet und Boelie haben draußen ein gemeinsames Rondavel, in dem sie schlafen. Die Wände hängen voller Poster. Auf der Seite von De Wet hängt eine Zeichnung von einem Löwen mit aufgesperrtem Maul und eine von einem Elefanten, der seinen Rüssel hoch in einen Baum schiebt. Und dort hängen auch ein paar große Fotos von seinen Rugby-Idolen. Für eine Weile hat dort auch ein großes Poster von Mae West gehangen, auf dem sie sich nur mit einem Badeanzug bekleidet auf einer Bank geräkelt hat – ohne Rock! Mama hat es allerdings gesehen und dann hat De Wet das Foto sofort von der Wand holen und im Ofen verbrennen müssen. De Wet ist tagelang wütend auf seine Mutter gewesen, aber irgendwann hat sich das wieder gelegt.

Auf Boelies Seite hängen eigentlich nur Bilder von Robey Leibbrandt, denn das ist sein Idol. Leibbrandt ist ein Boxer, der beste der Welt, wenn man Boelie glaubt. Dass er bei den Olympischen Spielen nicht die Goldmedaille bekommen hat, war einfach nur Schiebung, das sagen alle – ebenfalls wieder, wenn man Boelie glaubt. Gleichzeitig mit seinem Studium hat Boelie auch mit dem Boxen angefangen. Er kann es mittlerweile ziemlich gut, das behauptet er jedenfalls. Doch wenn Mama dabei ist, redet er nie über das Boxen, schließlich ist sie ganz furchtbar dagegen.

Die Olympischen Spiele sind vor zwei Jahren gewesen, in Berlin.

Als Boelie gehört hat, dass der *African Mirror* darüber berichten würde, hat er sie alle ins Kino mitgeschleppt.

In ihrem Dorf gibt es keine so großen Lichtspielhäuser wie in Pretoria. Sie schauen sich die Filme einfach auf einer großen Leinwand im Gemeindehaus an. Zunächst kommt ein Zeichentrickfilm mit Micky Maus, dann der *African Mirror* mit diesem Engländer, der mit blecherner Stimme die Nachrichten vorliest, anschließend der Cowboyfilm und darauf die Pause. Der Cowboyfilm ist eigentlich Teil einer Serie. Jeden Monat gibt es eine neue Episode, doch wenn man eine davon verpasst, ist das nicht besonders schlimm. Es kommen immer Cowboys darin vor, die auf Pferden um einen Berg herumgaloppieren, und Indianer, die in spitzen Zelten wohnen und mit Pfeil und Bogen schießen, und ein Planwagen, der am Rande eines Abgrunds umkippt, sodass sich ein Rad in der Luft weiterdreht. Und eine hübsche, junge Frau steht einfach da und schreit, statt irgendjemandem zu helfen.

Die Karten für die vorderen Reihen sind die teuersten, denn ab der Mitte des Saales kann man nicht mehr so gut sehen. Die vordersten Stühle kosten sechs Penny, die hinteren vier. In der Pause bezahlt man einen Penny für ein Eis. Die Kinder aus der Volksschule dürfen sich für einen Penny ganz vorn auf den Boden setzen, aber dann dürfen sie nicht mehr aufstehen. Die älteren Jungen und Mädchen sitzen alle ganz hinten. Sie interessieren sich nicht für den Film, sondern nur füreinander.

Nach der Pause beginnt dann der Hauptfilm. Gegenwärtig gibt es nur noch Tonfilme, aber in der Zeit von Mama und Papa hat es ausschließlich Stummfilme gegeben, meistens mit Charlie Chaplin. Dann hat jemand Klavier gespielt und man musste auf der Leinwand lesen, was die Charaktere gesagt haben. Papa hat einmal erzählt, dass es nicht einfach gewesen ist, auf der Leinwand alles zu lesen, wenn man gleichzeitig hinten sitzt und ein Mädchen küsst, aber daraufhin hat Mama gesagt, dass er nicht so einen Quatsch erzählen solle, schließlich seien Kinder dabei.

Klara kann sich nicht vorstellen, dass Mama und Papa so etwas jemals gemacht haben. Das ist doch unanständig!

So sind sie also Ende 1936 mit der ganzen Familie ins Kino gegangen, wo der *African Mirror* die Eröffnung der Olympischen Spiele in Berlin gezeigt hat. Doch als sie wieder nach Hause gegangen sind, sind sie alle wütend gewesen. Mama ist böse gewesen, weil Boelie gesagt hatte, der Film sei mit Clark Gable, aber dann ist es »King Kong« gewesen. Mama hat gesagt, zwischen King Kong und Clark Gable bestünde ein Riesenunterschied, für den Fall, dass Boelie das noch nicht mitbekommen habe. Irene hat herumgequängelt, weil sie vor dem riesigen Affen Angst bekommen hat, und dann hat sie in der Nacht in Mamas und Papas Bett kriechen wollen. Boelie ist wütend gewesen, weil die Kameraleute Robey Leibbrandt nicht deutlich genug ins Bild gesetzt hatten, und Papa hat sich über Boelie geärgert, weil der am Ende des Filmabends die englische Nationalhymne nicht mitgesungen hatte. Jeder muss »God save the King« mitsingen, so steht es schließlich im Gesetz.

Am zweiten Ferientag sagt Klaras Vater: »Wir müssen mal einen Blick auf die windgetriebene Pumpe werfen, mit dem Wasser ist etwas nicht in Ordnung. Ich weiß genau, dass das nicht am Grundwasser liegen kann, denn die Wasserader ist all die Jahre gut gewesen.«

»Ja«, antwortet Opa, »ein Elend, dass das Wasser so brackig ist. Das frisst mit der Zeit kleine Löcher in die Metallrohre und dann gibt es Lecks und das Wasser versickert im Boden.«

Boelie und De Wet schauen sich an, denn sie wissen schon, was jetzt gleich kommt.

»Du hast recht«, stimmt ihr Vater ihm zu. »Wir werden wahrscheinlich die Rohre herausholen müssen, und wenn es da tatsächlich ein Problem gibt, werden wir neue legen müssen. Ich hoffe nur, dass das auch das Problem ist und nicht das Grundwasser.«

Am Abend kommen die Großeltern zum Essen ins Große Haus und Opa fängt bei Tisch sofort an, alle herumzukommandieren. »Lulu, du musst morgen früh gleich eine ganze Reihe Eimer vollzapfen, schließlich werden wir das Wasser den ganzen Tag abstellen müssen.«

»Gut, Papa«, sagt Mama. »Das machen wir.«

»Das gilt auch für dich, Cornelia.«

»Ich werde mich darum kümmern, Cornelius«, erwidert Oma. »Sorgt ihr lieber dafür, dass die Rohre nicht ins Loch zurückrutschen – du weißt, was das im letzten Jahr für eine Schweinerei gewesen ist.«

»So langsam wissen wir, wie man das machen muss, Frau«,

brummt Opa, der sich über ihre Dreistigkeit ärgert. Rohre freilegen ist schließlich Männerarbeit! »Es ist nur schade, dass Gerbrand nicht hier ist und mit Hand anlegt. Das war ein geschicktes Kerlchen.«

»Und stark wie ein Baum«, pflichtet Vater ihm bei.

»Ein Baum von einem Kerl, das kann man wohl sagen«, platzt Oma heraus. »Der hat es so faustdick hinter den Ohren, der wird irgendwann im Kittchen landen.«

»Ach nein«, hält Mama ihr schnell entgegen. »Gerbrand ist ein lieber Junge. Mit Lewies als Vater hat er bisher einfach keine Chance gehabt. Ich finde, dass wir ihm so eine Chance geben sollten. In dem Jungen steckt mit Sicherheit mehr, als du denkst.«

Mama hat recht, denkt Klara. Aber Oma eigentlich ebenfalls: Gerbrand hat auch eine wilde Seite, eine Seite, vor der sie manchmal Angst gehabt hat. Nicht vor Gerbrand selbst, aber vor diesem wilden Zug in ihm.

Sie erinnert sich an das eine Mal, als sie in die dritte Klasse gegangen ist. Gemeinsam mit Boelie und De Wet ist sie ins Feld gegangen, weil ihre Mutter sie gebeten hatte, Blumen für das Weihnachtsessen am nächsten Tag zu pflücken. Auf der anderen Seite der Schlucht sind sie Gerbrand begegnet, der da mit seiner Zwille in der Hand herumgelaufen ist. »Für die Tauben oder vielleicht ein Perlhuhn«, hat er gesagt.

Sie haben dann Blumen gefunden und gepflückt. »Nimm dir auch welche für deine Mutter mit«, hat sie zu Gerbrand gesagt.

»Mund halten«, hat er gesagt und seine Zwille gespannt.

Dann haben sie das Kaninchen gesehen. Kein großes, dickes Kaninchen, sondern ein kleines, plüschig weißes Kaninchen. Gerbrand hat allen hinter ihm bedeutet, still stehen zu bleiben. Er hat einen Stein aus seiner Tasche geholt, ihn in den Lederstreifen seiner Zwille gelegt und mit seiner Schulter festgeklemmt. Anschließend hat er das Gummi so weit wie möglich gespannt und sorgfältig gezielt.

Das Kaninchen hat regungslos in der heißen Bosveldsonne gesessen.

Klara hat ihn aufhalten wollen, aber De Wet hat seine Hand auf ihren Arm gelegt.

Dann hat Gerbrand den Stein weggeschossen.

Das Kaninchen hat sich in einer Staubwolke mehrfach um sich selbst gedreht, es ist allerdings noch nicht tot gewesen, sondern nur benommen. Gerbrand ist losgerannt, hat es ohne Probleme eingeholt, hat das betäubte Tierchen am Rückenfell gegriffen und ihm den Hals umgedreht. Klara hat es knacken gehört.

»Fleisch! Fleisch für Weihnachten!«, hat Gerbrand gejubelt und mit dem schlaffen Kaninchen in der Luft einen Indianertanz aufgeführt. Wenn sie heute daran zurückdenkt, gruselt es sie immer noch.

»Warum hast du nicht gewollt, dass ich ihn daran hindere?«, hat sie auf dem Heimweg schluchzend De Wet gefragt.

»Dann hätten sie bei Gerbrand zu Hause an Weihnachten kein Fleisch gehabt«, hat der geantwortet.

»Hör auf mit dem Geheule und putz dir die Nase«, hat Boelie gesagt. »Wir nehmen dich nie wieder mit ins Feld, nur dass du es weißt.«

Am nächsten Tag haben sie alle um die reich gedeckte Weihnachtstafel herumgesessen. Christine und ihre Eltern sind auch da gewesen und natürlich Oma und Opa. Klara hat ihrer Mutter geholfen, die Kerzen mit den Wildblumen zu einem Bukett zu dekorieren – es hat sehr schön ausgesehen. Auf der Anrichte hat das Essen bereitgestanden: eine Hühnerpastete von Oma, die gesalzene Zunge, die Tante Anne mitgebracht hat, und die goldbraun gebratene Lammkeule mit Backkartoffeln. Papa sagt immer, dass kein Mensch auf der Welt eine Lammkeule so lecker zubereiten kann wie Mama.

Während des Essens ist Klara auf einmal durch den Kopf geschossen, dass sie bei Gerbrand zu Hause nur ein Kaninchen als Weihnachtsessen haben. Sie hätte das gerne ihrer Mutter erzählt, aber dann hätte sie auch erzählen müssen, wie das Kaninchen ganz schlaff geworden ist, und das hat sie nicht gewollt. Es war beinahe so, als würde sie sich für das schämen, was Gerbrand getan hatte.

»Seine Schwester Pérsomi ist auch schon so eine Wilde.« Die Stimme von Irene holt Klara in die Gegenwart zurück.

»Aufessen, Irene«, weist ihr Vater sie zurecht.

De Wet wird erst wach, als sein Vater an der Tür laut verkündet: »Wenn die Herren, bevor wir loslegen, noch einen Kaffee wollen, müssen sie langsam in die Gänge kommen.«

De Wet fliegt aus dem Bett, springt in seine Klamotten und rennt in die Küche. Boelie und er prallen in der Türöffnung beinahe zusammen, denn ohne Kaffee kann ein Mann den Tag nicht beginnen.

»Zuerst die Leiter aufstellen«, erklärt Opa, der schon neben der Windpumpe auf sie wartet. Er hat heute das Sagen und sein Schnurrbart zittert vor Vergnügen. Nicht, dass er viel selbst Hand anlegen wird. Er gibt die Kommandos und die anderen tun die Arbeit.

Sobald die Leiter bereit ist, läuft Opa erst noch einmal um sie herum und betrachtet die ganze Sache äußerst kritisch, bevor er sagt: »Gut, dann können wir mit dem Herausziehen anfangen. De Wet, du holst mal die Wasserpumpenzange.«

Das geht ganz schön flott, denkt De Wet, während er zur Garage trabt. Er und Boelie möchten heute Nachmittag noch versuchen, eine Bergantilope zu schießen, und dafür wollen sie lieber nicht nach drei Uhr losziehen. Doch sie wissen beide, dass zuerst die Arbeit hier fertig sein muss.

»Jetzt gut festhalten, Männer«, befiehlt Opa. »Das wird schnell gefährlich, wenn wir gleichzeitig das oberste Rohr losdrehen und das unterste fest. Da braucht es ein gutes Zusammenspiel, denn, Männer, ihr wisst ja: Wenn die Rohre ins Rutschen kommen und wieder im Loch verschwinden, dann sind wir den Rest des Tages damit beschäftigt, sie wieder herauszufischen.«

»Wir halten sie gut fest, Opa«, beruhigt Boelie ihn.

»Sollte Onkel Lewies nicht zum Helfen kommen?«, will De

Wet wissen. »Und Piet vielleicht auch? Ich habe ihn vor Kurzem noch auf dem Hof herumhängen sehen.«

»Bitte nicht«, entgegnet Papa. »Lass Lewies lieber die Abwasserkanäle graben. Er war übrigens derjenige, dem letztes Jahr die Rohre aus der Hand gerutscht sind. Ich habe Jafta und Linksom zu den Kühen geschickt. Wir können also jetzt erst einmal frühstücken, danach haben wir die Rohre im Handumdrehen aus dem Boden geholt.«

Aus dem Handumdrehen wird ein ganzer Vormittag Knochenarbeit im Schweiße ihres Angesichts. Die Sonne brennt auf ihre nackten Oberkörper. Selbst im Winter kann es im Bosveld noch mörderisch heiß werden.

Gegen Mittag kommt Klara und bringt ihnen eiskalte Orangenlimonade. Dankbar sucht sich De Wet ein kühles Plätzchen unter einem dürren Akazienbaum und lehnt sich mit dem Rücken gegen den Stamm.

Christine hat Klara begleitet, sie ist für den Vormittag zu Besuch hier. Sie hat ein luftiges, blaues Kleid an, ihre blonden Haare glänzen in der Sonne und ihre Zähne blitzen, als sie lachend fragt: »Seid ihr hart am Arbeiten, De Wet?«

Ich habe bisher noch nie bemerkt, dass sie so hübsch ist, denkt dieser verwundert, doch er antwortet nur: »Es geht so. Es dauert nicht mehr lange, dann sind die paar Rohre wieder schön an ihrem Platz. Danke für die Limonade, die habe ich jetzt gebraucht.«

»Kann ich dir noch einen Becher einschenken?« Ihre Stimme hört sich in seinen Ohren plötzlich so süß wie Honig an.

Er schaut ihr hinterher, während sie wieder weggeht. Zum ersten Mal bemerkt er den leichten Schwung ihrer Hüften, ihren federnden Schritt.

»Christine ist ganz schön hübsch geworden, findest du nicht auch?«, fragt er Boelie, während sie für einen Augenblick allein sind.

»Die wäre nichts für mich«, antwortet Boelie. »Ich stehe nicht auf so ein Püppchen. Ich habe sie lieber etwas feuriger. Wie ein

Wildpferd. Oder wie ein Rennpferd, wenn du weißt, was ich meine.«

Erst als sie in der Dämmerung den Berg wieder heruntersteigen, eine Antilope an den Füßen an einen Stock gebunden, den sie zwischen sich tragen, haben sie die Gelegenheit zu einem richtigen Gespräch. »Ich bin auf einer Versammlung der *Gesuiwerden* gewesen«, verkündet De Wet.

Boelie dreht sich mit einem Ruck zu ihm um. »Und?«

»Ich könnte mich mit ihren politischen Ansichten anfreunden.«

»Ja«, sagt Boelie. »Weiß Papa davon?«

»Er weiß, dass ich mit der *Gesuiwerden Party* sympathisiere, aber von der Versammlung habe ich ihm nichts erzählt.«

Boelie nickt. »Ich bin auch ein Anhänger von denen«, erklärt er. Und dabei belässt er es, ohne das Thema weiter auszuführen.

Am ersten Dienstag der Weihnachtsferien fahren sie mit dem Zug nach Pretoria. Nicht die Familie, sondern das Voortrekkerkommando.

Klara ist sogar die Einzige aus ihrer Familie, die mit dem Zug fährt, schließlich hat De Wet mittlerweile seine Abschlussprüfung gemacht und gehört nicht mehr zu dem Kommando. Der Rest der Familie ist schon früh am Morgen abgereist, gleich nachdem sie sie am Bahnhof abgesetzt hatten.

Es ist komisch, dass De Wet nicht dabei ist. Daran muss sie sich erst gewöhnen.

Vorn an der Lokomotive ist ein großes Schild mit dem Wappen der Voortrekker befestigt, darüber die gekreuzten Flaggen Südafrikas und der Voortrekker. Als sie heute Morgen den Zug in den Bahnhof dampfen gesehen hat, ist ihr Herz vor Stolz so angeschwollen, dass es beinahe geplatzt wäre. Christine ist genauso stolz gewesen, hat sie gesagt, und Lettie hat Tränen in den Augen gehabt. Selbst Annabel hat gesagt: »Ein wirklich schöner Anblick, echt jetzt.« Das ist das erste Mal seit vergangenen Freitag gewesen, dass Annabel wieder nett zu ihr gewesen ist.

Am Freitagmorgen ist die Abschlussfeier in der Schule gewesen. Alle Abschlusskandidaten waren da, die Prüfung hatten sie hinter sich. Zuerst hat der Direktor alle Preise verteilt. De Wet hat den Preis für den besten Schüler in der Abschlussklasse bekommen: einen glänzenden Pokal, auf dem in großen Buchstaben das Wort »DUX« eingraviert war. Besonders schön ist dieser Pokal übrigens nicht: Er sieht aus wie ein alter Mann mit einem langen Gesicht und furchtbaren Schlappohren. Der Pokal für den besten Sportler, den er ein paar Monate davor bekommen hat, ist sehr viel schöner und auch größer.

Lettie hat den Preis für die beste Schülerin der Oberstufe bekommen – den bekommt sie jedes Jahr, obwohl ihr Annabel diesmal dicht auf den Fersen gewesen ist. Klara selbst war wenigstens Dritte, aber das weiß sie nicht so genau.

Anschließend ist der Moment gekommen, in dem die Hausältesten bestimmt werden. Klara hat heftig die Daumen gedrückt, dass sie und Christine alle beide Hausälteste werden, denn dann bekommen sie ein eigenes Zimmer, das man abschließen kann, und sie dürfen dann abends bis elf Uhr aufbleiben.

Unter den Hausältesten gab es nur sechs Mädchen. Die Namen von Christine und Lettie sind nicht dabei gewesen, wahrscheinlich weil sie zu lieb sind. Annabel ist dagegen schon Hausälteste geworden und Klara auch.

Dann hat der Direktor gesagt: »Und die Leiterin der Hausältesten von 1939 ist … Klara Fourie!«

De Wet hat sie als Erster beglückwünscht, denn der hat schließlich schon auf der Bühne gestanden. Er hat sie fest an sich gepresst, vor den Augen der ganzen Schule, schließlich ist sie in Tränen ausgebrochen. Niemals, aber auch überhaupt niemals hätte sie gedacht, dass sie jemals Leiterin der Hausältesten werden würde!

Alle hatten erwartet, dass Annabel das werden würde. Und deshalb hat die ihr noch nicht einmal gratuliert.

In Pretoria werden die Kinder mit großen Bussen vom Bahnhof auf das Campinggelände gebracht. »Meine Beine sind von der Sitzerei auf der Reise ganz lahm geworden, ich bleibe lieber stehen«, verkündet Annabel, denn im Bus gibt es mehr Kinder als Sitzplätze. Doch als zwei Jungen ein bisschen zur Seite rücken, um für sie Platz zu machen, arbeitet sie sich dennoch zwischen die beiden.

Sie fahren durch den Süden Pretorias, bis sie ein Schild sehen, auf dem »Fonteine Vallei« steht. Von dort aus geht es in die entgegengesetzte Richtung. »Wir sind gleich da«, erklärt einer der Offiziere, die mit ihnen fahren.

Klara streckt den Hals, um besser sehen zu können. Rechts neben der Straße befindet sich ein felsiger Hügel, an dessen Hang endlose Reihen weißer Zelte aufgestellt sind, alle ordentlich in Reih und Glied. So muss das Konzentrationslager auch ausgesehen haben, denkt Klara. Von dem Monument ist nichts zu erkennen.

Bevor sie aussteigen dürfen, sagt der Offizier: »Im Zug haben wir euch ja schon gesagt, wo sich eure Zelte genau befinden. Geht also jetzt zuerst euer Zelt suchen – der Lastwagen mit eurem Gepäck wird in ungefähr einer halben Stunde hier sein. Die Fahnenzeremonie ist pünktlich um drei Uhr.«

Sie schlendern auf den Wegen zwischen den Zelten hindurch. Alle haben einen Namen: Emily-Hobhouse-Weg, Maria Koopmans-De-Wet-Weg und zig andere. Jedes Zelt hat eine Nummer. Nach einer ganzen Weile finden sie schließlich ihr Zelt. Zum Glück sind sie alle vier zusammen. Anschließend rennen sie zurück und holen ihr Gepäck.

Klara, Lettie und Annabel haben ihre Koffer gefunden, doch der Koffer von Christine ist noch nicht eingetroffen. »Wir gehen schon mal vor«, erklärt Annabel. Christine sieht aus, als ob sie jeden Augenblick in Tränen ausbrechen könnte.

»Ich warte solange mit dir«, beruhigt Klara sie. »Dann können Annabel und Lettie schon einmal dafür sorgen, dass wir in unserem Zelt vier Plätze nebeneinander bekommen.« Schließlich teilen sie sich ihr Zelt mit noch sechs anderen Mädchen, die sie nicht kennen.

Annabel nimmt ihren Koffer nicht in die Hand, sondern bleibt stehen und schaut sich um. »Ich suche uns schnell ein paar starke Männer, die uns beim Tragen helfen.«

»Ich kann meinen Koffer auch allein tragen«, widerspricht ihr Lettie ängstlich.

»Vergiss es!«, ruft Annabel. »Du wirst schon sehen, wie sehr sich die galanten Herren darum reißen werden, uns die Koffer zu tragen.«

Und so ist es. Annabel hält ihren Kopf ein wenig schief und zuckt mit einer gespielten Mutlosigkeit und einem bedauernden Lächeln mit den Schultern. Unmittelbar darauf kommen drei Jungen angelaufen. »Können wir dir helfen?«, will einer von ihnen von Annabel wissen.

Die schaut sie völlig überrascht an. »Meint ihr das ernst? Aber ... die Koffer, die sind wirklich furchtbar schwer, ehrlich!«

Einer der Jungen macht einen Schritt nach vorn und schnappt sich den größten Koffer. »Ach, macht nichts, das ist doch eine Kleinigkeit!«, verkündet er.

»Puh«, reagiert Annabel. »Du musst ja ganz schön stark sein.«

Die drei Jungen begleiten Annabel und Lettie, ganz gebeugt unter dem Gewicht der Koffer. Nach ein paar Metern wirft Annabel einen Blick über die Schulter und reckt einen Daumen in die Höhe: Plan geglückt. So macht man das also!

»Sie ist wirklich gut«, stellt Christine mit einem Anflug von Bewunderung in der Stimme fest.

»Sie benutzt die Jungen einfach nur«, erklärt Klara. »Und die sind so dumm, dass sie ihren Plan nicht durchschauen. Für mich wäre das nichts.«

»Was wäre nichts für dich?«, fragt Christine mit einem Lächeln. »Dass sie die Jungen benutzt oder dass die Jungen das nicht merken?«

»Beides«, antwortet Klara. »Schau, da kommt noch ein Lastwagen. Da ist dein Koffer sicher dabei.«

Der Paradeplatz ist eine staubige, offene Fläche mit zwei Fahnenstangen am Eingang. Sie hissen die Fahne der Union und die Voortrekkerfahne, aber natürlich nicht die englische, den *Union Jack*. Danach singen sie das Fahnenlied. Es schallt aus Hunderten, ja Tausenden von Kindermündern. Die Klänge steigen in den blauen Himmel hinauf und rollen entlang der felsigen Hänge wieder hinunter.

Wir sind alle Afrikaaner, wir gehören zu diesem stolzen Volk, denkt Klara, während sie aus voller Brust mitsingt.

Kurz bevor die Versammlung aufgelöst wird, sagt einer der Offiziere: »Für alle, die sich den Bauplatz für das Monument anschauen wollen: Wir gehen in fünf Minuten los.«

»Ich kann es einfach nicht abwarten«, eröffnet Klara Christine. »Ich habe Fotos von dem Gipsmodell gesehen, das sieht so großartig aus!«

Nachdem sie jedoch den felsigen Hügel zum Standort des Monuments hinaufgeklettert sind, finden sie dort nur eine Reihe Pfähle, ein paar Stapel Holzlatten, Löcher im Boden und Steine. »Ich … ich hatte mir etwas … ganz anderes vorgestellt«, verkündet Klara ganz verdattert.

»Das ist wirklich nicht sehr eindrucksvoll«, stimmt Lettie ihr zu.

»Was hattet ihr denn erwartet?«, fragt Annabel in einem besserwisserischen Ton. »Wir sind hier schließlich zur Grundsteinlegung, nicht zur Einweihung!«

Am nächsten Morgen werden sie schon früh in Reihen aufgestellt. Klara und Annabel bekommen jede eine Fahne in die Hand. Wenn sie müde werden, können Christine und Lettie übernehmen. Sie sollen an der Menschenmenge vorbeimarschieren und eine Ehrenwache für die Wagen bilden, die nach einer Reise von mehr als vier Monaten nun jeden Augenblick auf dem Festgelände auftauchen werden.

Sie marschieren und die Menge jubelt. »Fein, nicht wahr?«, sagt Christine, während sie die Fahne von Klara übernimmt. Anschließend nehmen sie ihre Plätze ein und warten.

Die Wagen hätten um acht Uhr ankommen sollen, aber um zehn Uhr ist immer noch kein Wagen in Sicht.

»Die haben sicher einen Platten«, mutmaßt einer der Jungen.

»Oder jemand hat den Ochsen hinter den Wagen gespannt«, behauptet ein anderer.

»Nun ja, Eile mit Weile«, sinniert ein dritter.

»Ihr habt Ahnung von so etwas, wie ich höre«, spielt Annabel das Spielchen mit.

Alle Jungen fangen an zu lachen und beginnen danach mit ihr ein kleines Schwätzchen.

Annabel ist groß und schlank. Sie hat schöne Beine und eine goldbraune Haut. Ihr dunkles Haar hat sie normalerweise zu einem Zopf geflochten, doch wenn sich irgendeine Gelegenheit dazu bietet, trägt sie ihre seidenweichen, langen Locken offen. Sie hat dunkle Augen mit Augenbrauen, die zu hinreißenden Bögen epiliert sind, hohe Wangenknochen, leicht rötliche Backen, volle Lippen und perlweiße Zähne.

»Die Jungen sind alle verrückt nach ihr«, stellt Lettie leise fest, während sie sich den Schweiß von der Nase wischt.

»Sie ist schlau«, sagt Christine.

Als endlich, endlich die ersten Wagen durch die Menschenmenge hindurchrollen, vergisst Klara die Sonne und den Staub und den Durst. Schweigend betrachtet sie alles und eine heiße Glut breitet sich in ihr aus. Jetzt sind wir alle zusammen, denkt sie, das ganze Volk. Mein Opa und meine Oma, De Wet und Boelie mit ihren Pferden, Irene mit ihrem grauen Kleid in dem großen Chor. Mein Vater und meine Mutter, meine Freundinnen hier um mich herum, alle erleben wir diesen Augenblick wie eine große Familie.

Nach dem Abendessen laufen die Voortrekker ein ganzes Stück aus dem Lager hinaus und stellen sich hinter einem kleinen Hügel auf. Sie tragen jeweils eine Fackel, die noch nicht angezündet worden ist, und damit warten sie auf die beiden Fackeln, die vor genau zwei Wochen vom Standbild Jan van Riebeecks und von

Dingaanstad aus gestartet und von den Voortrekkern quer durch das ganze Land getragen worden sind.

In langen Reihen stehen die Kinder auf beiden Seiten des Weges. Über ihnen glänzen die Sterne und um sie herum ist die ganze Gegend in eine märchenhafte Finsternis gehüllt.

Plötzlich sehen sie in der Dunkelheit zwei tanzende Lichtlein herankommen.

Alle Voortrekker zünden ihre eigenen Fackeln an einer der beiden Fackeln an, deren Träger an ihnen vorbeimarschieren. Daraufhin schließen sie sich den beiden an, sodass ein langer Zug aus Licht entsteht, der sich langsam in Richtung des Festgeländes bewegt.

»Wie ist das schön!«, ruft Christine begeistert. »Schau doch mal nach hinten, Klara.«

»Halte deine Fackel gerade, Christine!«, fordert Annabel sie ängstlich auf. »Sonst steckst du mir gleich noch den Hut an!«

»Und das Öl tropft auch heraus«, warnt Lettie. »Wenn du nicht aufpasst, steckst du dich noch selbst an!«

»Ruhe, Mädels!«, ermahnt sie der Offizier streng. »Und passt auf, was ihr macht. Wir wollen hier jetzt nicht noch ein Feuerwerk haben!«

Während sie über den Hügelkamm ziehen und die Menschen auf dem Festgelände sie sehen, entsteht ein gewaltiger Jubel. Feuerwerksraketen schießen in den nächtlichen Himmel hinauf und ein Regen von Sternen schwebt träge in Richtung Erde zurück.

»Herrlich!«, seufzt Christine.

In der Nähe des Lagers brennt schon ein riesiges Freudenfeuer, das die vordersten Fackelträger mit ihren Fackeln entzündet haben. Klara wirft ihre eigene Fackel genau in die Mitte des Feuers – jetzt lodert ihre Flamme gemeinsam mit allen anderen Flammen hoch hinauf. »Nun wirf schon!«, sagt sie zu Christine, die noch zögernd davorsteht.

Auf allen umliegenden Hügeln und rund um ganz Pretoria werden Freudenfeuer entzündet. Die Flamme, über die Onkel Jan Kommandant vor Monaten gesprochen hat, die Flamme der afrikaanischen Kultur, die nie mehr verlöschen wird, brennt hoch und heiß vor ihnen und um sie herum. Und *in* uns, denkt Klara, vor allem *in* uns.

Es wird an diesem Abend sehr spät, bevor sie alle schlafen gehen.

An diesem Donnerstag ist es erneut sehr heiß.

Das Pferd stampft unruhig mit den Hufen, wirft wild seinen Kopf in den Nacken. »Mein Pferd hat langsam die Nase voll von der Warterei«, beschwert sich De Wet bei Boelie.

»Du wirst dich schon noch an das Tier gewöhnen«, beruhigt Boelie ihn. »Das ist nun mal nicht der gutmütige Bruines – das hier sind schon richtig gute Pferde.«

Vielleicht wäre Bruines nicht einmal so eine schlechte Wahl gewesen, überlegt De Wet, doch sein Vater hat sich nicht erweichen lassen: Er durfte zwar gemeinsam mit Boelie am Reiterkommando teilnehmen, aber dafür musste Boelie auf einer der Farmen rund um Pretoria ein Pferd für ihn besorgen. Bruines wird nicht in einen Waggon verfrachtet, und damit Ende der Diskussion. Und solange De Wet noch in die Schule ging, durfte er sich auch keinen Bart wachsen lassen.

Jetzt stehen sie da und verstauben langsam in der heißen Sonne Transvaals.

Um sie herum schnauben die Pferde – die Männer sprechen in gedämpftem Ton miteinander und hier und da steckt sich jemand eine Pfeife an.

Boelie und De Wet bilden einen Teil des Kommandos Transvaal, das warten muss, bis der Scheinangriff beginnt. Ihnen schräg gegenüber sitzen Tausende von Zuschauern unter ihren Sonnenschirmen auf dem Hang des Lytteltonhügels.

»So, und du willst also nächstes Jahr auch in Pretoria studieren?«, möchte Henk wissen, ein Freund von Boelie. Er beugt sich vor und streicht über den Hals seiner Stute, um sie zu beruhigen. »Wenn ich Boelie richtig verstanden habe, bist du im Rugby fast genauso gut wie er.«

De Wet wirft seinem Bruder einen skeptischen Blick zu. »Das höre ich zum ersten Mal. Fast so gut wie du, wirklich?«

»Ja, Brüderchen, fast so gut«, bestätigt Boelie.

»Hm«, macht De Wet.

»Nun ja, in der letzten Zeit hast du ganz ordentliche Fortschritte gemacht«, gibt Boelie zu, »aber manchen Menschen wird so etwas einfach in die Wiege gelegt.«

In der Ferne beginnt der Horizont zu zittern.

»Man kann gleich erkennen, dass ihr beiden Brüder seid«, bemerkt Henk und zieht sich sein Halstuch aus.

Um Punkt halb zehn ertönt der Befehl: »Zum Angriff!«

Um sie herum beginnt das Gewehrfeuer zu knattern. Deckung suchend rücken sie vor. Links und rechts von ihnen explodieren Geschosse, der Krach ist ohrenbetäubend. »Absitzen! Schießt euch einen Weg frei!«, schreit der Anführer. Sie rennen und schießen und werfen sich flach auf den Boden und brüllen einander Befehle zu, trotzdem bekommen die Leute vom Ostkap langsam, aber sicher die Oberhand.

Gegen zehn Uhr ist der Angriff vorbei. »Das war ein Heidenspaß, wirklich!«, ruft Henk enthusiastisch.

»Nur schade, dass wir ins Gras gebissen haben«, erwidert Boelie.

Sie schließen sich wieder dem Rest der Gruppe an und beginnen zusammen mit den übrigen viertausend Bürgern, langsam zum Lager zurückzuschlendern.

Als De Wet und Boelie am Nachmittag endlich Klara zwischen all den Kindern in ihren Voortrekkertrachten gefunden haben, berichtet sie ihnen: »Ich habe heute geholfen, die Wagen in Position zu bringen! Und heute Abend gibt es ein großes Freudenfeuer, darauf habe ich solche Lust! Ich bin wirklich stolz darauf, eine Afrikaanerin zu sein.«

De Wet nickt langsam. »Ja, das ist toll, nicht wahr? Dieses Gefühl, meine ich.«

»Man hat den Eindruck, dass alle Afrikaaner wieder eins sind, so als hätten sie alle politischen Unterschiede vergessen, so als spiele die Politik keine Rolle mehr«, erklärt Klara begeistert. Ihre

Wangen sind feuerrot und ihre grünen Augen schauen ihn strahlend an.

»Politik spielt immer eine Rolle«, widerspricht Boelie ihr. »Aber vielleicht bekommen dadurch ein paar mehr Leute den Durchblick. Ich hoffe jedenfalls, dass Opa jetzt auf andere Gedanken kommt.«

Während sie zum Lager zurücklaufen, fragt De Wet: »Ist das wirklich nötig gewesen, dass du so etwas sagst? Hast du nicht gemerkt, wie du damit Klaras Begeisterung ausgelöscht hast?«

Boelie zuckt nur mit den Schultern. »Klara soll endlich mal erwachsen werden«, verkündet er. »War das nicht Annabel, mit der du gerade eben irgendwo abseits gestanden und herumgemacht hast?«

»Sie hat mich nur gefragt, ob ich heute Abend am Lagerfeuer neben ihr sitzen möchte.«

»*Sie* hat dich gefragt?«, will Boelie völlig verdattert wissen.

»Ja, Brüderchen«, antwortet De Wet gelassen. »Manchen Menschen wird so etwas einfach in die Wiege gelegt.«

Während Klara und Christine an diesem Abend nach dem Lagerfeuer gemeinsam zum Tank gehen, um sich zu waschen und ihre Zähne zu putzen, fragt Christine: »Glaubst du, De Wet ist in Annabel verliebt?«

Ihre Stimme hört sich etwas dünn an.

»Ach nein. Er findet sie sicher ganz nett, aber nicht auf so eine besondere Weise«, versucht Klara sie zu trösten. Sie ist müde und möchte nur noch unter ihre Decke kriechen, um zu schlafen, denn morgen wartet der wichtigste Tag der ganzen Woche auf sie.

»Klara, ich habe heute Abend gesehen, wie …« Christine stockt und wirft Klara im Halbdunkel einen Blick zu. Ihre Stimme wird noch dünner. »Ich … Er hat sie geküsst, Klara.« Sie wischt sich über die Wange. »Ich habe es selbst gesehen.«

So ein … Rindvieh!, denkt Klara. So ein kompletter Idiot! Wie kann er nur darauf hereinfallen, wenn Annabel ihm schöne Augen macht? Sie kann sich nicht vorstellen, dass …

»Ach, das hat gar nichts zu bedeuten«, tröstet sie Christine. »Jungen sind nun einmal so. Die küssen jedes Mädchen, das sie kriegen können. Und du weißt doch, wie Annabel ist …«

Selbst glaubt sie allerdings kein Wort davon. Und als Annabel am Abend sehr spät zurückkommt und sich geräuschvoll bettfertig macht, tun Klara und Christine so, als würden sie schon schlafen.

Die Sonne linst am Morgen des Dingaanstags gerade erst ein kleines Bisschen über den Horizont, als schon der erste Kanonenschuss die Luft erzittern lässt. Klara schießt vor Schreck in die Höhe – sie hatte fest geschlafen. Jetzt fangen vier Kanonen an zu feuern, alle zehn Sekunden, und das zwanzig Minuten lang. Das schwere Dröhnen rollt donnernd an den Abhängen entlang, verbreitet sich über die Ebene und verstreut sich zwischen den Gebäuden der Stadt, stößt gegen den Magaliesberg und wallt von da aus in die Ebene zurück. Das Radio überträgt die Kanonenschüsse noch weiter, bis zum Limpopo und dem Blutfluss, bis nach Port Natal, Kapstadt und Windhuk, bis in jeden Winkel, in dem ihr Volk wohnt.

Der Ehrensalut durchzittert alle Menschen, sodass es schon beinahe ehrerbietig still ist in dem Zelt, in dem sich die Mädchen ankleiden.

Als die Kanonen das Feuer eingestellt haben, stehen die Voortrekker schon fertig auf dem Appellplatz, bereit für die Fahnenzeremonie. Der ganze Monumenthügel wimmelt vor Menschen. Und ständig kommen noch mehr, mit Ochsenwagen und Pferdefuhrwerken, in Bussen und Autos und einige sogar zu Fuß.

»Das sind Tausende«, stellt Christine fest, während sie zum Frühstück anstehen. »Und es werden immer mehr.«

»In der Zeitung steht, dass sie hier für heute rund hunderttausend Leute erwarten«, erklärt Lettie. »Das wird die größte Versammlung von Afrikaanern in der Geschichte.«

»Ich hoffe nur, dass es heute nicht wieder so brütend heiß wird wie gestern«, bemerkt Annabel. »Ich mag es überhaupt nicht, wenn mir überall der Schweiß ausbricht.«

Die Sonne fängt schon an, aus dem strahlend blauen Himmel herunterzubrennen – nur im Osten sind ein paar Wolkenfetzen zu erkennen.

Der Grundstein soll in der Nordostecke des Monuments gelegt werden. Tausende Menschen haben sich deshalb schon dort ein Plätzchen gesucht. Noch mehr Leute haben es sich auf den Hängen des Monumenthügels bequem gemacht – ein Meer von Menschen und Sonnenschirmen, auf Decken und Stühlen. Und überall stehen Lautsprecher, die dafür sorgen, dass alle mitbekommen, was geschieht.

»Das überleben wir nicht«, jammert Annabel laut.

»Ich habe jetzt schon Durst«, meckert Christine.

»Lutsch auf einem Stein herum«, rät ihr Lettie.

Langsam setzt sich der Zug in Bewegung.

»Da wo wir sind, sehen wir überhaupt nichts!«, schimpft Annabel.

»Wir werden hier bei lebendigem Leib geröstet in dieser Sonne«, behauptet Lettie. »Heute erwischt es dich mit Sicherheit, Christine. Du bist jetzt schon knallrot.«

»Ruhe, Mädels«, ermahnt sie ein Offizier streng. »Stellt euch gerade hin.«

Plötzlich erklingt aus dem Lautsprecher über ihren Köpfen eine Stimme: »Jetzt wird die alte Fahne über dem Fundament des Monuments gehisst.«

Sie sehen nichts davon.

Pfarrer Kestell leitet sie im Gebet. Alle singen »Preist den Herrn« aus voller Brust mit. Die Stimme, die danach aus den Lautsprechern ertönt, ist ganz leise und gedämpft, um die Heiligkeit des Augenblicks nicht zu zerstören. »Nun wird das Tagebuch von Jan van Riebeeck auf dem Fundament niedergelegt …«

Es folgt eine ehrerbietige Stille.

»… und nun die Abschrift des Vertrages zwischen Retief

und Dingaan … und ein vergoldeter Druck des Gelöbnisses bei Danskraal …«

Selbst Annabel rührt sich nicht, sie wird von dem Augenblick ganz in den Bann gezogen.

Die Menge wartet.

»Nun bekommt jeder der Grundsteinleger eine Maurerkelle …« Die blecherne Stimme wird noch tiefer und weicher. »… der Grundstein sinkt auf seinen Platz und die Mütter des Volkes mauern ihn fest. Das Monument wird auf festem Grund stehen.«

Mein Herz ist zu voll, denkt Klara. Es ist zu klein und wird noch überlaufen.

Während sie sehr viel später zum Lager zurückmarschieren, um dort zu Mittag zu essen, verkündet Christine ernst: »Wenn meine Enkelkinder mich später einmal fragen, woran ich mich bei der Grundsteinlegung des Voortrekkermonuments noch erinnere, dann werde ich sagen: ›An den Rücken von Annabel‹, denn mehr habe ich nicht gesehen.«

»Aber wir haben doch alles gehört«, antwortet Lettie.

»Wir sind immerhin dabei gewesen«, sagt Klara. »Und wir haben die Atmosphäre gefühlt!«

In dieser Nacht stehen sie zu viert Wache neben der Stellage, die über dem Grundstein aufgerichtet ist und in der die brennende Fackel befestigt ist. Jetzt sehen sie den Grundstein mit eigenen Augen und wissen, was darin eingemauert ist. Bewegungslos stehen sie da – in Haltung, aber trotzdem ohne Regung – und schauen geradeaus. Über ihnen glänzen matt die Sterne und ab und zu lässt sich ein Stückchen des Mondes zwischen den Wolkenfetzen erkennen. Aus der Tiefe kommen die Geräusche des Lagers zu ihnen hinaufgeschwebt, doch um sie herum ist es still – die Gegend ist schon in tiefen Schlaf gehüllt.

Was für ein wunderbares Jahr ist das gewesen, überlegt Klara. Und vor allem diesen Tag werde ich nie mehr vergessen – dieser Tag hat sich mir im Gedächtnis eingegraben, für Zeit und Ewigkeit.

3. Kapitel

Das Jahr 1939 beginnt anders als alle Jahre davor. Klara muss sich schon zwei Tage vor dem offiziellen Schulstart beim Internat melden, so wie alle Hausältesten. Sie bekommt ein eigenes Zimmer, weil sie die Hauptleiterin ist. Zum ersten Mal in ihrer Zeit im Internat teilt sie sich kein Zimmer mehr mit Christine.

Zum ersten Mal ist auch De Wet nicht mehr dabei. Er ist gemeinsam mit Boelie mit dem Zug zur Universität abgefahren. »Ganz ruhig, nächstes Jahr darfst du auch mit«, hat er sie aufgeregt vertröstet, während sie auf dem Bahnhof etwas unwillig von ihm Abschied genommen hat.

Ja, denkt sie, aber nur, wenn ich Papa davon überzeugen kann, dass Mädchen auch studieren sollten. Denn sie sieht seinen Gedankengang jetzt schon vor sich: Es ist schon teuer genug, zwei Söhnen das Studium zu finanzieren. Wozu braucht eine junge Frau wie du denn all die Gelehrtheit? Du musst einfach nur einen guten Mann finden und ihn heiraten.

Für das Fach Afrikaans bekommen sie ganz am Anfang einen ganzen Stapel Bücher – Herr Wieringa möchte gleich ans Werk gehen. Zum ersten Mal sind auch zwei niederländische Bücher dabei. »Wir beginnen mit *Een zwerver verliefd*« (Ein verliebter Herumtreiber), verkündet der Lehrer. Er setzt sich auf die Kante seines Pultes und schlägt das Buch auf.

»So ein blödsinniger Käskopp«, schimpft Annabel in der Pause. »Warum müssen wir auf einmal niederländische Bücher lesen? Wir haben doch unsere eigene Sprache!«

»Ich mag auch diese Sprache sehr«, widerspricht ihr Klara. »Und wenn du mich fragst, ist das ein schönes Buch. Dieser arme Tamelone.«

»Ich kapiere überhaupt nichts davon«, klagt Christine. »Du musst mir die Geschichte mal erzählen.«

In den Aprilferien dieses Jahres kommt Gerbrand zum ersten Mal wieder nach Hause. Eigentlich hat er nur über das Osterwochenende Urlaub, er hat jedoch den Donnerstag davor und den Dienstag danach ebenfalls freibekommen, sodass er vier ganze Tage auf der Farm sein kann.

Niemand hat geahnt, dass er nach Hause kommen würde, nicht einmal seine Mutter. Schließlich schreibt er nie einen Brief, sondern schickt nur ab und zu einen Briefumschlag mit Geld darin. Als Papa an diesem Donnerstagabend De Wet und Boelie vom Bahnhof abholt, kommt auch Gerbrand überglücklich zum Vorschein und grüßt so beiläufig, als würde er jedes Mal mit ihnen nach Pretoria fahren. Dann wirft er sich seinen Seemannssack über die Schulter und verschwindet in der Nacht in Richtung des Häuschens am Brackrand.

Klara ist zehn Jahre alt gewesen, als sie das Häuschen, in dem Gerbrand mit seiner Familie wohnt, zum ersten Mal gesehen hat, aber sie erinnert sich daran, als wäre es erst gestern gewesen. Sie hat still in der Küche gesessen und gelesen – eigentlich hat sie aufpassen müssen, dass die Milch für den *vla* nicht überkocht –, als plötzlich das entsetzte Gesicht von Pérsomi in der Eingangstür erschienen ist.

»Tante Lulu!«, hat sie laut und schrill geschrien. »Wo ist Tante Lulu? Sie muss sofort kommen, denn Sussie ist wieder neben sich, sie wird schon ganz blau!«

Klara hat sich zu Tode erschrocken. Sie hat ihr Buch fallen lassen, doch bevor sie irgendetwas hat sagen können, ist Pérsomi auf ihren dünnen Beinchen schon wieder wie der Blitz davongeschossen.

»Pérsomi, warte!«, hat Klara ihr hinterhergeschrien.

»Lass sie nur laufen«, hat Mama aus der Vorratskammer gerufen. »Hol mal die Medizinbox, dann fahre ich den Pick-up schnell aus der Scheune.«

Klara ist ins Badezimmer gerannt und hat die kleine Kiste geholt.

»Steig ein«, hat Mama gesagt, die Mühe gehabt hat, den Pick-up zum Laufen zu bekommen.

»Ich will nicht mit«, hat Klara niedergeschlagen gestammelt. Sie hat Angst vor Sussie, wenn sie in diesem Zustand ist – vor einigen Jahren war ihr das schon gelegentlich in der Schule passiert.

Und wo Gerbrand Pieterse wohnt, hat sie überhaupt nicht sehen wollen.

»Los jetzt, steig ein!«, hat ihre Mutter streng befohlen.

Und da ist sie eingestiegen.

Hustend und stotternd sind sie durch die Streuobstwiese zum Fluss gefahren. Wo der Feldweg am Flussufer endet, haben sie angehalten. Der Nijl ist hier nicht breit, im Winter ist er manchmal sogar ganz ausgetrocknet. Dann kann man bequem hindurchlaufen, einfach über die flachen Felsen. Nur wenn es hoch auf dem Berg geregnet hat und das Wasser nach unten stürzt, kommt niemand durch. In diesen Zeiten gehen die Pieterse-Kinder nicht in die Schule. Etwas weiter flussaufwärts gibt es zwar eine kleine Brücke, doch zwischen dem Weg, der dorthin führt, und dem Brackrand gibt es ein paar tiefe Schluchten.

Manchmal regnet es so stark, dass man sogar mit der Brücke nicht mehr über den Fluss kommt – denn die ist nur bei niedrigem Wasser trocken. Dann sagt Papa immer: »Es wird höchste Zeit, dass die Regierung eine Brücke über den Nijl baut. Wie soll es denn gehen, wenn wir irgendwann einmal dringend auf die andere Seite müssen?«

Am Hügel führt ein Trampelpfad in die Höhe, der vom Wasser völlig ausgewaschen ist. Auf diesem Trampelpfad ist Mama vor ihr hergerannt und Klara hinterher.

Ihr wäre niemals erlaubt worden, die Pieterses zu besuchen. »Die sind sehr arm«, hat De Wet gesagt, als sie ihn einmal danach gefragt hat. Er ist schon manchmal hingegangen, wenn er mit Gerbrand ins Feld hat gehen wollen, um Kokosnüsse oder wilde Früchte zu suchen.

Die Pieterses wohnen am Brackrand, einem Fleckchen ausgetrocknetem Boden am Hang neben dem Fluss, das jemand vor Jahren umgepflügt hat, in der Hoffnung, man könne dort etwas anbauen. Der Boden ist hier tatsächlich karg und voller Steine, zudem liegt das Eckchen im Westen und damit in der prallen Sonne. Die Gegend rund um das Häuschen herum ist kahl und felsig, kein Grashalm ist zu erkennen. Auf der einen Seite ist der Boden gehackt, hier liegt das Innere der Erde trocken und staubig in der Sonne.

Klara hat das Häuschen schon von ferne gesehen. Es ist eine viereckige Hütte gewesen, in der Mitte eine Tür und auf der linken und der rechten Seite jeweils ein kleines Fensterchen. Hier und da sind die Wände noch schmutzig weiß gewesen, an anderen Stellen war der Putz abgeplatzt und schmieriger Lehm zum Vorschein gekommen.

Ein klapperdürrer Hund ist ihnen entgegengerannt. Mama ist hineingegangen, aber Klara ist zaudernd draußen stehen geblieben. Sie hat nicht gewusst, ob sie wirklich hineingehen wollte.

Sussie ist ungefähr so alt wie Gerbrand. Sie leidet unter Fallsucht und deswegen kann sie nicht mehr in die Schule gehen.

Ein wenig zögerlich ist Klara dann schließlich doch hineingegangen. Nach dem grellen Sonnenlicht ist es im Zimmer schummerig gewesen. Sie hat in einem Raum gestanden, der bis zum anderen Ende des Hauses gegangen ist, wo eine gammelige Hintertür nur noch mit einem Scharnier befestigt gewesen ist. Es ist bedrückend gewesen. Der Zementboden war ausgetreten und hat hier und da Risse gehabt. Mitten im Zimmer hat ein Holztisch mit vier Stühlen darum gestanden. Neben der Hintertür war ein Ofen an der Wand. Eine Ofentür gab es nicht, die beiden vorderen Beine waren weg und durch Steine ersetzt, damit der Ofen gerade stand. Klara hat Brei gerochen, der kurz davor war anzubrennen. An der Wand stand eine Wagenkiste, in einer Ecke eine umgedrehte Teekiste mit einem Primuskocher darauf und einer Wanne mit dreckigem Fett. Ein kleines Kind ist schnell unter dem Tisch verschwunden und hat sie mit großen Augen angestarrt.

Von links hat Klara ein geschäftiges Geraschel gehört. Ein verschlissener Stofflappen hat das Schlafzimmer vom Wohnzimmer getrennt, das waren die beiden einzigen Zimmer im Haus.

»Ich weiß wahrhaftig nicht, wie sich's Kind innen Kopp setzen konnte, Sie hierherzuholen, Frau Fourie«, ertönte die schwere Stimme von Onkel Lewies von hinter dem Vorhang. »Die schreit ja g'radezu nach 'ner Tracht Prügel.«

»Bloß nicht, sie wollte doch nur helfen«, hat Mama protestiert. »Ich bin froh, dass es Sussie wieder gut geht. Nimmt sie denn noch regelmäßig ihre Medikamente, Jemima?«

Mit Mama im Schlepptau ist Tante Jemima hinter dem Vorhang zum Vorschein gekommen. »Ja, gnä' Frau«, hat die müde gesagt.

Klara ist nach draußen geflüchtet. Doch Onkel Lewies ist ihr gefolgt – ein kleiner, untersetzter Mann, so sehr sonnengegerbt, dass seine Haut wie altes Leder ausgesehen hat. Er hat eine verschlissene kurze Hose angehabt, ein schlabbriges Hemd, das irgendwann einmal weiß gewesen sein muss, und *rampatchas* an den Füßen. Die Sandalen hatte er selbst aus alten Autoreifen geschnitten, das weiß Klara. Um sie herum hat ein durchdringender Geruch nach Tabak in der Luft gehangen. Er hat sich seine kurze Pfeife immer mit verkrumpelten, angerotteten Tabakblättern gestopft.

Klara ist vor Onkel Lewies ein bisschen auf der Hut gewesen – er schlägt seine Kinder, als ob es nichts wäre.

Zum Glück sind Mama und Tante Jemima auch nach draußen gekommen, zusammen mit dem kleinsten Jungen. Nur das Kleinkind, das unter dem Tisch gekauert hat, ist nicht dabei gewesen.

Tante Jemima ist ein kleines, dürres Frauchen mit wirren, roten Haaren, die zu einem schlampigen Knoten zusammengebunden sind. Hier und da hat sie graue Strähnen. Sie hat eine ganz weiße Haut, fast schon bleich, und trübe, blaue Augen. »Als junge Frau ist Jemima sehr hübsch gewesen«, behauptet Mama immer. »Aber sie hat im Leben nie eine Chance bekommen.«

Klara und Christine haben sich schon öfter gefragt, wie Tante Jemima als hübsche, junge Frau ausgesehen haben muss. Jetzt sieht sie nur noch müde und verlebt aus. Und mürrisch.

»Pérsomi!«, hat Onkel Lewies über den Hof gebrüllt. Doch Pérsomi ist nirgendwo zu entdecken gewesen.

Gerbrand ebenso wenig. Darüber ist Klara froh gewesen. Sie hätte es überhaupt nicht gut gefunden, ihm in diesem Haus zu begegnen und morgen wieder neben ihm die Schulbank zu drücken.

»Hannapat!«, hat Onkel Lewies gebrüllt. Das Kind ist hinter dem Haus zum Vorschein gekommen. »Los, geh ma' Wasser holen! Deine Mudder braucht Wasser!«

»Wir gehen dann mal wieder«, hat Mama gesagt. »Ich lasse für Sussie heute Abend ein Schüsselchen Suppe bringen, das steht schon auf dem Herd.«

»Danke, Frau Fourie«, hat Onkel Lewies gesagt. »Meine Fresse, ist das hier ein Elend. Piet in Johannesburg und dann mein Rücken, der jeden Tag Stress macht, und mein Herz und Sussie mit ihr'n Krämpfen, meine Fresse, ich hab's echt nich' leicht …«

»Auf Wiedersehen, Jemima«, hat Mama seine Litanei beendet. »Wenn Sussie noch mehr Medizin braucht, dann musst du es nur sagen – ich schaue dann, ob ich im Krankenhaus wieder etwas bekommen kann.«

»Gut, gnä' Frau«, hat Tante Jemima geantwortet.

Anschließend sind Klara und Mama den Hügel wieder hinuntergelaufen, zurück zum Fluss. Klara hat sich noch kurz umgeschaut und gesehen, wie Hannapat ihnen barfuß gefolgt ist – ein kleines Mädchen mit einem Zinkeimer in der Hand.

»Warum haben sie kein Wasser im Haus?«, hat Klara wissen wollen, sobald sie wieder im Pick-up gesessen haben.

»Vom Fluss zu ihrem Haus kann man keine Wasserleitung legen, nicht einmal von der Quelle«, hat Mama erklärt. »Und es ergibt auch keinen Sinn, einen Brunnen zu bohren. Denn selbst wenn du auf eine Wasserader treffen würdest, wäre das Wasser so brackig, dass man es für nichts gebrauchen kann.«

Klara ist so unglaublich froh darüber, dass Gerbrand nicht zu Hause war. Sie hat ihm nie erzählt, dass sie dort gewesen ist, und hat sich noch am selben Tag vorgenommen, auch nie mehr dorthin zu gehen.

Plötzlich wünschte sie, Gerbrand wäre nie in den Bergwerken arbeiten gegangen. Er ist in einer offenen Gegend aufgewachsen. Wie muss es für ihn sein, sich wie ein Maulwurf durch Stollengänge zu graben? Sie bekommt schon Platzangst, wenn sie nur daran denkt.

Am Freitagmorgen wird schon vor Tagesanbruch an die Hintertür geklopft. Klara ist gerade dabei, vorsichtig Brennspiritus in das kleine Gefäß des Primuskochers zu gießen. Sie dreht sich um. »Gerbrand!«, ruft sie froh. »Du kommst gerade richtig für eine Tasse Kaffee.«

»Ja, die beiden Schlafmützen liegen noch im Bett, wie ich sehe«, entgegnet er und nickt über seine Schulter in Richtung des Rondavels. Dann nimmt er ihr die Streichhölzer ab und zündet den Spiritus an.

»Du hättest selbst auch noch ein bisschen liegen bleiben können«, verkündet Klara und geht zum Vorratsraum, um Zwieback zu holen.

Gerbrand hat sich verändert. Es ist, als wäre er erwachsen geworden, überlegt Klara. Er ist immer schon gut gebaut gewesen, aber nun ist ein regelrechter Schrank von einem Kerl. Nicht größer – De Wet ist immer noch größer als er –, aber kräftiger. Sein dichtes, rotes Haar ist ordentlich geschnitten. Und er sieht zum Glück nicht bleich aus – sie hat Angst gehabt, dass er in den unterirdischen Stollen völlig ausbleicht.

Als sie wieder in die Küche zurückkommt, steht er am Primuskocher und pumpt. »Ich möchte Bergschildkröten suchen gehen«, erklärt er. »Um diese Zeit des Jahres liegen sie schon früh am Tag in der Sonne.«

Ein Schaudern durchfährt Klara, von den Haarspitzen bis in die Zehen hinein, sodass ihr schlecht wird und sich das komische Gefühl in ihrem Magen in einen knallharten Stein verwandelt. »Ah, bah, Gerbrand!«, gruselt sie sich. »So etwas solltest du mir nicht erzählen!«

Er bricht in schallendes Gelächter aus. »Also gut«, erwidert er.

»Ich will … äh … Honigwaben suchen gehen, deshalb bin ich so früh aufgestanden.«

Klara graut es noch immer, sie muss allerdings trotzdem lachen. »Du bist schon immer früh aufgestanden, auch als du noch klein warst. Wenn du mal irgendwann länger liegen bleibst, wissen wir alle, dass du krank bist.«

»Oder tot«, ergänzt er. »Hast du schon Kaffee in den Filter getan?«

Während sie sich kurze Zeit später am Küchentisch gegenübersitzen, die Hände um die Kaffeebecher, will sie wissen: »Wie geht es dir jetzt?«

»Gut.«

»Nein, ernsthaft«, bohrt sie weiter. »Wie geht es dir da in dem Bergwerk?«

»Gut«, antwortet er wieder und steht auf. »Ich gehe sie mal eben wecken.«

Klara schaut ihm nach, während er zum Rondavel schlendert. Es hat keinen Sinn, das weiß sie. Er redet nicht über sich.

Sie füllt schon einmal zwei weitere Becher mit Kaffee und zapft den Kessel mit neuem Wasser voll. Die Jungen können literweise Kaffee trinken und dabei ganze Dosen voll Zwieback leeren – und das alles einfach nur zum Frühstück.

»Ich kriege das einfach nicht in meinen Kopf, wie Opa diesem Jan Smuts hinterherschwätzt«, brummt Boelie, noch bevor sie am Tisch sitzen. Er gießt sich einen Extralöffel Zucker in den Kaffee.

»Ich habe schon drei Löffel hineingetan«, versucht Klara ihn aufzuhalten.

»Opa ist doch eigentlich ein Mensch mit Verstand«, erklärt Boelie weiter und reichert seinen Kaffee um einen weiteren Löffel Zucker an.

»Worum geht es denn?«, mischt Klara sich ein.

»Och, einfach nur etwas, worüber wir gestern Abend im Zug gesprochen haben«, antwortet De Wet. Er macht sich Zucker in den Kaffee und wippt mit seinem Stuhl nach hinten.

»Ich *hatte* schon Zucker hineingetan und du fällst gleich um oder zerbrichst den Stuhl«, warnt Klara ihn.

»Hm«, macht De Wet und lehnt sich noch weiter nach hinten. »Meiner Meinung nach sieht Opa in Smuts immer noch so etwas wie seinen Anführer, so wie damals im Englischen Krieg.«

Gerbrand taucht ein Stück Zwieback in seinen Kaffee. Er lässt ihn zu lange aufweichen, denkt Klara – wenn er ihn gleich aus dem Kaffee holt, tropft die ganze Matsche auf den Tisch.

»Du musst den Zwieback …«, fängt sie an, ihn zu ermahnen.

Doch er führt den Becher an seinen Mund und lässt den schlaffen Zwieback geschickt in seine Kehle gleiten. Seine Augen lachen. »Lange genug geübt!«, erläutert er.

»Die Leute in den Bergwerken sagen, dass schlimme Zeiten kommen werden«, berichtet Gerbrand und nimmt das letzte Stück Zwieback aus der Dose.

»De Wet und ich haben uns der *Ossewa-Brandwag*[3] angeschlossen«, erzählt Boelie. »Du solltest dich mal hier und da in Johannesburg erkundigen, Gerbrand! Dort sind sie auch stark aufgestellt, vor allem unter den Bergarbeitern.«

Gerbrand zuckt mit den Schultern und schüttelt den Kopf, ein Zeichen, dass er nicht versteht, worum es geht.

»Die OB ist eine Kulturorganisation«, erklärt De Wet. »Sie ist im letzten Jahr nach der Hundertjahrfeier gegründet worden, ich vermute, um den Geist der Hundertjahrfeier lebendig zu halten.«

»Wir arbeiten für die Befreiung der Afrikaaner und für eine eigene Republik«, ergänzt Boelie und steht auf. »Und wir sind durch und durch antibritisch. Du solltest wirklich Mitglied werden, Gerbrand.«

»Ich werde mal schauen«, erwidert Gerbrand vage, »aber ich habe es nicht so mit der Politik.« Er schlürft den letzten Rest Kaf-

3 Die *Ossewa-Brandwag* (Ochsenwagen-Brandwache) war eine nationalistische Afrikaaner-Organisation, die ihren Namen vom »Großen Treck« ableitete und dem Nationalsozialismus gegenüber positiv eingestellt war.

fee aus seinem Becher und steht auf. »Ich gehe dann mal wieder Berg… hm, Honigwaben suchen. In der Schlucht.«

»Wenn du bis heute Nachmittag damit warten kannst, kommen wir mit«, schlägt De Wet vor.

»Wir könnten ja heute Nachmittag schwimmen gehen«, entgegnet Gerbrand. »Jetzt gehe ich Honigwaben suchen.«

Anschließend marschiert er nach draußen.

»Solange du mir die leeren Waben hinterher nicht zeigst!«, ruft Klara ihm noch zu.

Doch er antwortet nicht und sie weiß gar nicht, ob er sie überhaupt gehört hat.

Später am Vormittag kommt Christine kurz vorbei. »Die Jungen gehen heute Nachmittag im Teich schwimmen«, berichtet Klara. »Sollen wir mitgehen?« Denn allein dürfen sie das nicht.

»Ich weiß nicht«, erklärt Christine zögerlich. »Der Vater von Annabel kommt heute Nachmittag vorbei, um etwas mit meinem Vater zu besprechen, und Annabel will ihm Gesellschaft leisten.«

Klara versteht sofort. Christine ist nicht wohl dabei, Annabel mit De Wet zu sehen.

Annabel kommt öfter zu Besuch, aber sie werden niemals zu ihr nach Hause eingeladen. »Sie haben ein sehr schönes Haus«, hat Lettie einmal erzählt, »aber gemütlich ist es da nicht. Das kommt … Ihr dürft davon nichts weitererzählen, verstanden?«

»Ehrenwort«, haben Klara und Christine einmütig versprochen.

»Die Mutter von Annabel … die trinkt zu viel«, hat Lettie daraufhin leise geantwortet.

Christine hat es nicht gleich begriffen. »Sie trinkt zu viel?«

»Ja, du weißt schon … Wein oder Cognac«, hat Lettie verlegen erläutert. Der Vater von Lettie ist Arzt, deswegen weiß sie bestimmte Dinge.

»Oh, das!«, hat Christine erschrocken gerufen. Zum Glück hat es niemand anderes gehört. Und seitdem haben sie nie wieder darüber gesprochen.

Als De Wet später hereinkommt und Christine einlädt, ebenfalls schwimmen zu gehen, stimmt die schließlich doch zu.

Nach dem Mittagessen sagt Mama: »Wenn ihr heute Nachmittag schwimmen geht, müsst ihr auch Irene mitnehmen.«

Klara merkt, wie alle Vorfreude von ihr weicht. »Nein, Mama!«, protestiert sie. Doch ihre Mutter geht schon zum Gemüsegarten, um William Anweisungen zu geben, wo er die Karotten und die Bohnen für den Winter aussäen soll.

Kurz nach zwei setzt Annabels Vater seine Tochter und Christine bei ihnen ab. Das Grüppchen folgt dem Feldweg in Richtung Schlucht. Irene schlendert langsam mit Waakzaam und Dapper zunächst hinterher, dann rennt sie voraus, je nachdem, was die Hunde unterwegs entdecken. Gerbrand ist nicht dabei – er wird sich sicher irgendwo unterwegs zu ihnen gesellen.

»Wenn ich gewusst hätte, dass deine kleine Schwester Irene auch mitgeht, hätte ich auch meinen kleinen Bruder Reinier mitgenommen«, erklärt Annabel beinahe vorwurfsvoll. »Jetzt sitzt der allein zu Hause.«

»Ich habe auch nicht gewusst, dass sie mitkommen soll«, verteidigt sich Klara.

Recht schnell verwandelt sich der Feldweg in einen Ziegenpfad. Keuchend erklimmen sie nacheinander den Berg. Das letzte Stückchen bis zum Wasserfall ist steil. De Wet streckt seine Hand aus und hilft zuerst Annabel nach oben und anschließend Christine. Boelie scheint schlecht gelaunt zu sein – er läuft ein ganzes Stück vor den anderen her. Klara klettert deswegen ohne Hilfe über die Felsen.

Unter dem Wasserfall ist ein Teich – kein besonders großer, aber schon so tief, dass man nicht bis zum Grund sehen kann. Zu dieser Zeit des Jahres steht das Wasser darin bis zum Rand.

Auf einem Felsvorsprung über dem Teich sitzt Gerbrand und wartet schon auf sie. »Wer zuerst drinnen ist!«, schreit er und zieht sich mit einem Ruck sein Hemd über den Kopf.

Ganz schnell sind sie alle im Wasser, außer Annabel. Die hat ihr Kleid ausgezogen und trägt einen modernen, hellblauen Badeanzug, der ihren schlanken Körper vollendet in Szene setzt und so geschnitten ist, dass ihre langen, sonnengebräunten Beine ins beste Licht gerückt werden. Jetzt steht sie auf dem Felsen am Rand des Teichs und streckt vorsichtig eine Zehe ins Wasser.

Klara wirft ihren Brüdern, die dastehen und Annabel mit glasigen Augen anstarren, einen unwirschen Blick zu. Gerbrand fallen beinahe die Augen aus dem Kopf. Jetzt hört mal auf, so zu glotzen!, würde sie ihnen am liebsten zurufen.

Plötzlich zieht sich Gerbrand an einem überhängenden Ast aus dem Wasser. Er rennt zu Annabel und klemmt sie sich mit einer Handbewegung unter den Arm. Sie kreischt und zappelt, aber er stürmt mit ihr ins Wasser.

»Das ist nass! Das ist kalt!«, schreit sie. »Lass mich los, Gerbrand! De Wet, hilf mir!«

Gerbrand schüttelt sich vor Lachen und taucht sie kopfüber ins Wasser. Erst als sie mitten im Teich sind, lässt er sie wieder los.

»Hey, Gerbrand! Jetzt sind meine Haare klatschnass!«, schimpft Annabel und schwimmt mit langen, eleganten Zügen ans Ufer.

»Alle, die in unserem Teich schwimmen wollen, müssen erst getauft werden!«, ruft ihr Gerbrand fröhlich hinterher.

Dapper steht am Rand des Teiches und bellt sich ganz heiser vor lauter Aufregung. Waakzaam ist verschwunden, den Berg hinauf.

Annabel steigt aus dem Wasser und macht es sich auf einem warmen Felsen gemütlich. Sie setzt eine große Sonnenbrille auf und wendet ihr Gesicht der Sonne zu.

»Komm rein, Dapper!«, ruft Irene. »Keine Angst, komm rein, komm zu deinem Frauchen!« Sie sagt irgendwas in der Hundesprache, was Dapper offensichtlich versteht. Irene spricht schon von klein auf die Hundesprache. Vorsichtig prüft Dapper das Wasser mit seinen Pfoten. Er wagt sich zwei Schritte nach vorn, doch dann dreht er sich schnell um und schwimmt zurück ans Ufer.

Klara muss lachen. »Obwohl du ›Dapper‹ (›Tapfer‹) heißt, bist du kein besonders tapferer Hund!«, ruft sie dem Hund hinterher.

»Macht nichts, Dapper, ich weiß genau, wie es dir geht«, bemerkt Christine, die ebenfalls immer noch am Rand steht. »Ich habe auch ein bisschen Angst vor diesem dunklen Wasser.«

»Ach ja?«, sagt Gerbrand und kommt ihr bedrohlich nahe.

»Nein, Gerbrand! Nein!«, ruft Christine ängstlich und versucht zu fliehen. Doch er kann sie schnappen und schwimmt mit ihr ins Tiefe. Voller Todesangst klammert sie sich an ihm fest. »Bitte, Gerbrand!« Sie weint beinahe. »Ich habe wirklich sehr …«

Dann verschwindet er mit ihr unter der Wasseroberfläche.

Einige Sekunden später tauchen beide Köpfe wieder auf. Die blauen Augen von Christine sind so groß wie Untertassen. Gerbrand lacht sich schlapp. »Macht Spaß, oder?«, fragt er.

»Nein! Es ist …« Sie schluckt große Mengen Wasser, während er sie erneut untertaucht. Als sie wieder auftauchen, ist De Wet zur Stelle. »Jetzt ist es aber genug«, verkündet er ganz ruhig Gerbrand gegenüber. »Sie ist jetzt wirklich genug getauft worden.« Er nimmt sie an der Hand und schwimmt mit ihr zum Ufer.

Gerbrand lacht. »Jetzt ist Klara an der Reihe.«

Doch Klara ist zu schnell für ihn. Sie taucht unter und schwimmt unter ihm hindurch zur anderen Seite des Teiches. Schließlich ist sie nicht umsonst mit zwei Brüdern aufgewachsen. »Ich habe mich schon selbst getauft!«, ruft sie herausfordernd von der anderen Seite.

Eigentlich ist das Wasser zu kalt und deswegen klettert sie heraus und setzt sich zu den beiden anderen jungen Frauen in die Sonne. Annabel liegt immer noch mit ihrer Sonnenbrille da und Christine sitzt ein Stückchen weiter weg, hat die Knie angezogen und beobachtet De Wet. »Das ist schon wirklich ein echt gut aussehender Kerl, das kann man nicht leugnen«, sagt sie leise zu Klara.

»Sei weise, Christine«, warnt diese sie.

»Ich weiß«, antwortet Christine. »Es stimmt ja. Wenn wieder so etwas passiert wie damals, dann wirft es mich erneut komplett aus der Bahn.« Sie legt sich auf den Rücken und schließt die Augen. »Schön, oder?«

Als Klara kurz aufschaut, sieht sie in einiger Entfernung die einsame Gestalt sitzen. Sie ist groß geworden, denkt Klara, aber sie bleibt doch furchtbar dünn. »Komm auch schwimmen, Pérsomi!«, ruft sie freundlich.

Das Mädchen gibt keine Antwort, sondern zieht sich zurück, bis es nicht mehr zu sehen ist.

Später am Nachmittag, auf dem Nachhauseweg, sagt Klara zu Gerbrand: »Deine Schwester Pérsomi war auch da, aber sie hat nicht zu uns kommen wollen.«

»Ja, die rennt schon die ganze Zeit hinter mir her, bereits das ganze Wochenende«, antwortet der.

»Du hättest sie mitnehmen sollen, hörst du?«, schimpft Klara ihn verärgert.

Er zuckt mit den Schultern. »Sie hat doch auch einen Kopf, oder? Dann kann sie doch auch selbst entscheiden, was sie machen will.«

An diesem Abend, während alle schon schlafen und nur Klara und De Wet noch auf der Veranda sitzen und die Sterne betrachten, sagt sie: »Sieh zu, dass du Christine keinen Kummer machst, kapiert?«

Er schaut zur Seite. Im sanften Licht des halben Mondes sieht sie, dass seine Augen sehr ernst aussehen. »Ich weiß es, Klara, und ich verspreche dir, dass ich das nie tun werde.«

»Mein Entschluss steht fest: Ich werde Journalistin!«, verkündet Annabel an einem kühlen Wintermorgen kurz vor den Juliferien. »Mein Vater findet das gut, also werde ich im nächsten Jahr zum Studieren nach Pretoria ziehen.«

»Journalistin?«, fragt Christine erstaunt.

»Ja, Christine, das sind die Leute, die für die Zeitung schreiben, du weißt schon«, erwidert Annabel sarkastisch. »Was willst du denn im nächsten Jahr machen?«, will sie anschließend von Lettie wissen.

»Medizin studieren«, antwortet die sofort. »In Johannesburg, denke ich. Da hat mein Vater auch studiert.«

»Ich weiß nicht, ob das so ein geschickter Beruf für eine Frau ist«, entgegnet Annabel. »Das ist so … ein Männerding.«

»Meiner Meinung nach wäre Lettie eine gute Ärztin«, erklärt Klara.

»Du gehst doch hoffentlich auch nach Pretoria, oder?«, fragt Annabel sie. »Wir müssen uns darum kümmern, dass wir im selben Wohnheim landen, das wird ein Heidenspaß.«

Klara spürt erneut dieses vertraute, beklemmende Gefühl. »Ich hoffe, dass ich gehen kann«, offenbart sie, »aber dazu muss ich erst noch meinen Vater davon überzeugen, dass Frauen auch studieren sollten. Das Studium meiner Brüder kostet schon ein Vermögen, sagt er und er sieht nicht ein, wozu eine Frau die ganze Gelehrsamkeit braucht.«

»Wenn du nicht studierst, ist meine Mutter mit Sicherheit auch dagegen«, verkündet Christine.

»Was willst du denn studieren?«, möchte Annabel von Klara wissen.

»Sprachen«, antwortet Klara wie aus der Pistole geschossen, »aber ich will nicht Journalistin werden. Eher Lehrerin, denke ich.«

»Hm«, macht Annabel. »Und du, Christine?«

»Ich weiß es noch nicht.« Christine schweigt für einen Augenblick. »Ich würde mich eigentlich am liebsten um kranke Menschen kümmern und ihnen helfen.«

»Das kannst du wohl vergessen«, macht Annabel ihr einen Strich durch die Rechnung. »Du hast doch bei den Voortrekkern noch nicht einmal die Sanitätsprüfung geschafft.«

Christines Blick wird immer unsicherer. »Ja, das stimmt. Vielleicht sollte ich lieber etwas mit kleinen Kindern machen. Ich weiß es nicht.«

»Für irgendetwas musst du dich aber entscheiden«, erklärt Annabel. »Du solltest wirklich langsam mal aus dem Quark kommen, Klara, und die Sache mit deinem Vater besprechen. Wir haben nur noch sechs Monate, dann ist die Schulzeit vorbei.« Sie steht auf und klopft sich das dürre Gras von der Schuluniform. »Kommt, gleich klingelt's.«

Ich *muss* wirklich mit meinem Vater sprechen, denkt Klara an diesem Abend im Bett. Vielleicht sollte ich De Wet bitten, dabei zu sein – er ist in so etwas ziemlich gut. Oder vielleicht sollte ich …

Doch die ganzen Juliferien gehen ins Land, ohne dass daraus etwas wird.

Am 25. August hat Irene Geburtstag, sie wird zwölf. Dieser Tag fällt auf einen Samstag und deshalb darf sie sich für dieses Wochenende ein paar Freundinnen zum Übernachten einladen. Papa ist sogar damit einverstanden, mit ihnen beim Wasserfall picknicken zu gehen. »Eigentlich bin ich zu alt für so etwas«, hat er sich zunächst noch gewehrt.

»Ich komme auch mit, Papa«, hat Klara ihm daraufhin angeboten. »Lädst du Pérsomi auch noch ein, Irene?«

»Nein«, hat sie entschieden geantwortet. »Die ist viel zu wild.«

Schließlich ist sogar Mama mitgegangen. Es ist ein ganz schön anstrengender Tag geworden. Aber trotzdem schön, auf eine ganz bestimmte Weise, überlegt Klara.

Den Abend lassen sie ruhig angehen. Die Eltern haben es sich gemütlich gemacht und hören Radio. Papa sitzt tief versunken in seinem Lehnstuhl und wartet auf das Wunschkonzert. Er ist ein echter Musikliebhaber, wenn es um klassische Musik geht. Klara hat ihr Geschichtsbuch auf dem Schoß, doch sie liest nicht – das Buch hat sie nur aufgeschlagen, um ihr Gewissen zu beruhigen. Mama stopft eine Socke. Sie hat die runde, glänzende Muschelschale ordentlich in die Rundung der Ferse gleiten lassen und sich ihre Brille auf die Nasenspitze gesetzt. »Ich bin froh, dass Boelie und De Wet wieder einmal für ein langes Wochenende nach Hause kommen«, sagt sie. »Diese Woche werde ich für genügend Zwieback sorgen, den sie mit nach Pretoria nehmen können.«

Plötzlich hören alle drei das Signal, das einen Sonderbericht ankündigt. Aus dem Radio ertönt eine knarzende Stimme, die verkündet: »Es folgt eine Meldung, die wir soeben empfangen haben.«

Mamas Hände werden ruhig und sie lässt die Socke mit der dicken Muschelschale darin in ihren Schoß sinken. Papa runzelt ein bisschen die Stirn und beugt sich vor, um besser hören zu können.

»Aus England kommt die Meldung, dass Deutschland und Russland soeben einen Nichtangriffspakt geschlossen haben. Weitere Einzelheiten sind noch nicht bekannt. Der Südafrikanische Rundfunk wird Sie über eventuelle weitere Entwicklungen auf dem Laufenden halten. Wir machen nun weiter mit dem Wunschkonzert.«

Irgendwann mitten in der Ouvertüre 1812 von Tschaikowski erklärt Papa plötzlich: »Das bedeutet nur, dass Polen jetzt in der Klemme sitzt zwischen zwei großen Kanonen, zwischen seinen beiden uralten Feinden. Uns betrifft das überhaupt nicht.« Doch die Falte auf seiner Stirn verschwindet nicht und die Socke mit der Muschel darin bleibt bewegungslos auf Mamas Schoß liegen.

Am Freitag, dem 1. September, wird in der Schule der Frühlingstag gefeiert. Die Kinder bringen Blumen mit, um damit die Klassenräume zu verschönern, die Mädchen flechten sich Blumen in die Haare, der Geruch des Frühlings schwebt durch das Schulgebäude und weit hinaus über das ganze Bosveld. In ganz Südafrika ist heute Frühlingstag – der Sommer steht vor der Tür.

In Deutschland und Italien ist der Sommer allerdings vorbei und in Frankreich und England regiert schon der Herbst. In Polen weht ein noch kälterer Nordwind – über Europa bricht der Winter herein.

In diesen herbstlichen Tagen, am 1. September 1939, explodiert die europäische Zeitbombe: Deutschland marschiert in Polen ein.

Die Bombe spaltet Europa in zwei Teile, lässt ein Geschwür aufbrechen, das über zwanzig Jahre lang gewuchert hat, bringt einen Vulkan zum Ausbruch, der seit dem Friedensvertrag von Versailles unruhig gewesen ist.

Das Echo dieses Knalls dröhnt bis Südafrika. Die Menschen

dort wissen jetzt, dass eine Entscheidung über die Neutralität nicht mehr länger hinausgezögert werden kann.

Die Entscheidung fällt ausgerechnet am Anfang des langen Wochenendes, auf das Klara sich so sehr gefreut hat, weil sie da zum ersten Mal seit langer Zeit wieder alle gleichzeitig zu Hause sein werden.

Sie sitzen im Wohnzimmer. Ihre Mutter und ihre Oma beschäftigen sich mit ihrer Häkelarbeit, um etwas in den Händen zu haben, Irene sitzt auf dem Boden neben Waakzaam und mit Dapper auf dem Schoß und ihr Vater hat es sich in seinem Sessel gemütlich gemacht. Opa geht ab und an nach draußen, um ein Pfeifchen zu rauchen, und kommt anschließend wieder herein, aber hinsetzen möchte er sich nicht. De Wet hat es sich in einem Sessel bequem gemacht, die langen Beine vor sich ausgestreckt, Boelie hat den Kopf direkt neben dem Radio und sorgt dafür, dass das zitternde Zeigerchen auf dem immer wieder weggleitenden Sender stehen bleibt.

Auch Onkel Freddie, Tante Anne und Christine sind da. Onkel Freddie marschiert im Zimmer auf und ab, auf und ab.

»Ihr werdet demnächst die Batterie austauschen müssen, die hier ist am Ende«, warnt Papa.

»Hol die Autobatterie aus dem Daimler«, sagt Opa. »Aber baut sie vor Sonntag wieder ein.«

Boelie gibt De Wet mit einem Nicken zu erkennen, dass er die Autobatterie holen soll, und beugt sich dann erneut über das Radio – der Sender ist schon wieder am Verschwinden. De Wet runzelt ein wenig die Stirn.

»Klara …«, beginnt er.

Klara reckt beide Hände in die Höhe und fängt kopfschüttelnd an zu lachen. »Das ist Männerarbeit«, erklärt sie. »Ich setze den Kaffee auf.«

Dann arbeitet De Wet seinen langen Körper doch aus dem Sessel und eilt in die Garage.

Das Radio bittet die Zuhörer eindringlich, nicht anzurufen, weil die Leitungen überlastet seien. Die Börse von Johannesburg ist geschlossen und das Sendegebäude des Südafrikanischen Rundfunks wird bewacht.

Beim nächsten Sonderbericht hält Irene Dapper die Ohren zu. »Man kann nie wissen, was er alles versteht«, erläutert sie.

Alle Urlaubsgenehmigungen für die Bediensteten der Polizei und des Militärs werden zurückgenommen, heißt es in dem Bericht, und Militär und Polizei werden in Bereitschaft versetzt.

»Lass uns mal lieber rausgehen«, sagt Irene zu Dapper. »Dann erzähle ich dir eine Geschichte.«

Boelie schaut verstört auf. »Glaubt die denn immer noch, dass sie wirklich die Hundesprache sprechen kann?«, fragt er irritiert.

»Ach, lass sie doch«, antwortet Opa.

»Irene muss irgendwann mal erwachsen werden«, verkündet Boelie mit Bestimmtheit.

An diesem Samstagmorgen schickt Vater Boelie ins Dorf, nur damit er eine Zeitung kauft. Er soll zum Bahnhof fahren und dort so lange warten, bis beide Zeitungen zu kaufen sind, sowohl *Die Transvaler* wie auch *Die Vaderland*. Sie kommen mit dem Zweiuhrzug.

In der *Transvaler* wird berichtet, dass Südafrika aller Wahrscheinlichkeit nach ebenfalls betroffen wäre, sollte England Deutschland den Krieg erklären, weil Smuts hinter den Kulissen versuche, eine Mehrheit für sich zu organisieren.

»Hinter den Kulissen?«, fragt Klaras Vater mit einem Stirnrunzeln. »Was ist denn das nun für eine Mauschelei?«

Onkel Freddie seufzt einmal tief auf, bevor er antwortet: »Die Frage köchelt doch schon eine Weile vor sich hin, Nachbar. Und wenn es zwischen Hertzog und Smuts zum Bruch kommen sollte ...« Bekümmert schüttelt er den Kopf. »Ich weiß wirklich nicht, was daraus noch werden soll. Niemand kann mit Sicherheit sagen, ob Hertzog seine Mehrheit halten kann.«

Tante Anne wirft einen scharfen Blick in seine Richtung. Anschließend nimmt sie wieder ihre Tasse, den einen kleinen Finger etwas in die Luft gestreckt, und trinkt noch ein Schlückchen Tee.

Onkel Freddie reibt sich seufzend das Gesicht. »Was ist denn, wenn es Smuts gelingt, die meisten Stimmen im Volksrat zu bekommen? Was sollen wir dann machen?«

»Du bist doch für Hertzog, Nachbar«, antwortet Papa. »Ich glaube, dass Hertzog den Knoten zerschlagen kann, falls es dazu kommen sollte.«

»Wenn es dazu kommt«, berichtigt ihn Onkel Freddie schwermütig.

Im Abendjournal, um elf Uhr, wird die Meldung verbreitet: England hat Deutschland ein Ultimatum gestellt, seine Truppen aus Polen zurückzuziehen. Wenn Deutschland das nicht tut, wird ihm England den Krieg erklären. Das Ultimatum verstreicht am nächsten Tag, am Sonntag, um zwölf Uhr englischer Zeit.

Boelie schießt in die Höhe. »Diese schmierigen Engländer!«, ruft er entrüstet.

»Boelie!«, weist ihn sein Vater zurecht.

»Chamberlain hat wirklich alles versucht, um den Frieden zu bewahren, aber der Teufel selbst scheint in Hitler hineingefahren zu sein«, verteidigt Opa feurig die englische Politik.

»Schlägst du dich jetzt etwa auf die Seite der Engländer?«, ruft Boelie entsetzt aus.

»Boelie, reiß dich zusammen!«, ermahnt ihn sein Vater mit erhobener Stimme. »Du entschuldigst dich jetzt auf der Stelle bei deinem Großvater!«

Doch Boelie steht auf und eilt mit schnellen Schritten nach draußen.

Als sie am Sonntag kurz vor elf aus der Kirche kommen, schaltet Boelie sofort das Radio wieder an. Um halb zwölf läuft schließlich das Ultimatum aus.

Niemand achtet darauf, was er isst. Sie kauen und schlucken, doch letztendlich tun sie nichts anderes als dasitzen und warten.

Dann ertönen zwölf schwere, abgemessene Glockenschläge geradewegs von Big Ben in London über das Radio in ihr Wohnzimmer im Herzen des Bosvelds. Es folgt eine kurze Stille und anschließend erklingt die schwere Stimme des Sprechers in seinem makellosen britischen Englisch: »England erklärt, dass es sich von nun an im Kriegszustand mit Deutschland befindet.«

Keiner sagt etwas. Schweigend sitzen sie da und hören zu, während das Schicksal der Welt entschieden wird.

Chamberlain spricht im britischen Unterhaus, die BBC schaltet eine Livesendung, die auch in Südafrika zu empfangen ist. Das Radio im Bosveld knackt und piept und der Empfang ist noch schlechter als sonst schon. Die Botschaft ist jedoch nur allzu klar und deutlich: Es gibt keinerlei Anhaltspunkte dafür, dass Deutschland sich aus Polen zurückzieht. Nur mit Gewalt kann Hitler jetzt noch gestoppt werden.

»England hat alles Menschenerdenkliche getan, um den Frieden zu bewahren. Jetzt muss jeder die Ruhe bewahren und seine Pflicht tun«, verkündet der britische Premierminister. »In Augenblicken wie diesem sind die Beistandsbekundungen aus den fernsten Winkeln des britischen *Empires* eine Quelle der Ermutigung. Möge der Herr seinen Segen all denen schenken, die die Waffen aufheben werden, um die Demokratie gegen die Aggression eigenmächtiger Diktatoren zu verteidigen.«

Boelie schnaubt leise vor sich hin. Klara wirft ihrem Vater einen verstohlenen Blick zu, doch der scheint die Signale von Boelies Verachtung nicht wahrzunehmen. Er hört regungslos zu, sein ganzes Gesicht ist ein einziger Ausdruck von Sorge.

»Das ist für uns alle ein trauriger Tag«, erklärt Chamberlain mit kratziger Stimme, »aber für niemanden trauriger als für mich selbst. Alles, wofür ich mich eingesetzt habe, alles, worauf ich gehofft habe, alles, woran ich während meiner ganzen öffentlichen Laufbahn geglaubt habe, ist an diesem Vormittag zertrümmert worden. Es bleibt mir nur noch eins zu tun und das ist, dass ich all meine Macht und meinen Einfluss für den Sieg der Sache einsetze, für die wir so viele Opfer gebracht haben.«

Die Stimme schweigt, das Radio knarzt weiter. Boelie schaltet es aus.

»Das ist mit ziemlicher Sicherheit genau dasselbe, was auch

Präsident Kruger gesagt hat, als er auf der ›Gelderland‹ Südafrika verlassen hat«, behauptet De Wet.

Eine niedergeschlagene Stimmung macht sich auf der Farm breit, schlimmer als die Einsamkeit eines durchschnittlichen Sonntags. Opa und Oma gehen zurück nach Hause, um ein Nickerchen zu machen, schon vor drei Uhr klebt Opa allerdings wieder am Radioapparat. Papa schlendert zum Pferch, wo er sich eine Pfeife anzündet und lange Zeit den dünnen Wolkenschleier am Horizont anstarrt. Anschließend kommt er zurück und setzt sich neben das leblose Radio.

In der Küche sagt Boelie: »Wenn wir jetzt dieses Land ins große Elend stürzen wollen, Klara, dann muss sich diese Khaki-Regierung von uns nur in den Krieg einmischen. Darauf kannst du Gift nehmen: Das wird ein einziges Elend!«

Um Viertel vor drei erreicht sie eine BBC-Sendung aus dem englischen Daventry über Kurzwelle und um sechs Uhr gibt es eine weitere Sendung. Punkt sieben Uhr sitzen sie erneut alle vor dem Radiogerät. Jetzt ist es König George höchstpersönlich, der eine Ansprache hält. Er ruft alle Mitglieder des *Commonwealth* dazu auf, in diesem Kampf die Einheit zu wahren.

Schnaubend vor Entrüstung rennt Boelie nach draußen. Seine Mutter schaut ihm besorgt hinterher.

»Wenn diese ganze Frage auf eine Abstimmung im Parlament hinausläuft und Malan und Hertzog an *einem* Strang ziehen, dann haben Smuts und seine Anhänger keine Chance«, erklärt Onkel Freddie.

»Glaubst du wirklich, Nachbar?«, erwidert Papa.

»Ich weiß es nicht«, gibt Onkel Freddie zu und reibt sich mit einer müden Handbewegung über sein Gesicht. »Ich weiß nicht, was ich machen soll.«

»Hierbei geht es um mehr als um die Frage, ob du deinen Sitz verlieren könntest«, weist ihn Tante Anne scharf zurecht.

»Und wenn Hertzog überstimmt wird und wir doch Krieg bekommen?«, will Klaras Mutter wissen. »Blüht uns dann nicht dasselbe wie 1914? Wenn jetzt ein Kriegsgesetz verabschiedet wird, wird das nicht wieder zu einem Aufstand führen? Ich will so etwas nicht noch einmal erleben.«

»Ich auch nicht«, stimmt Oma ihr zu.

Klara weiß es genau: Es hat Jahre gedauert, bis die tiefe Wunde, die durch den Aufstand von 1914 in der Beziehung zwischen Papa und Opa entstanden ist, wieder geheilt war. Und die Narbe ist geblieben – und wird auch nicht mehr verschwinden.

Das Radio bestimmt im Augenblick den Rhythmus im Haus, überlegt Klara, als sie am Montagmorgen aufwacht. Die kalte Hand schließt sich immer noch um ihr Herz. Sie geht in die Küche, pumpt den Primuskocher auf und setzt Kaffee auf. Sie gießt fünf Tassen voll und bringt sie ins Wohnzimmer. Sogar ihre Mutter sitzt neben dem Radio. Nur ihre kleine Schwester schläft noch.

Schweigend trinken sie ihren Kaffee.

»Ich gehe zum Pferch«, verkündet Papa und setzt sich den Hut auf.

Klara hört Lena in der Küche am großen Ofen herumhantieren. In Kürze wird sie den Geruch von Brei wahrnehmen können. So tröstend vertraut.

Um Viertel nach acht beginnt die BBC-Sendung, die über drei verschiedene Kurzwellenfrequenzen übertragen wird. Doch auf allen Frequenzen sind die Nachrichten dieselben.

Klara geht und packt ihre Koffer, sie muss zurück ins Internat.

Um halb elf wird das Parlament zu einer Sitzung zusammentreten, meldet das Radio.

Klara hilft ihrer Mutter, für Boelie und De Wet Zwieback einzupacken. »Nein, Mama, ich bekomme im Internat genug Zwieback«, hält sie ihrer Mutter entgegen, die ihr ebenfalls eine Dose einpacken möchte. »Ich nehme nur ein paar von Omas Plätzchen mit.«

Im Wohnzimmer sagt Opa: »Meiner Meinung nach kann Südafrika nicht mehr länger neutral bleiben. Die deutsche Aggression ist einfach zu niederträchtig.«

»Wenn Smuts sich nicht an die Neutralitätserklärung von 1938 hält, begeht er Wortbruch«, erwidert Papa.

Klara hört, wie ihr Großvater vor Verärgerung laut wird. »Dann erzähl mir doch einmal, wie wir dann unsere Zusage erfüllen sollen, dass die britische Flotte Simonstad als Basis benutzen darf. Wie soll das gehen, wenn die Union neutral bleibt?«

Als sie mit einem Tablett mit Kaffee in den Flur kommt, ist die Spannung mit Händen zu greifen. Sie flieht in die Stille ihres Zimmers.

Kurz bevor sie am späten Nachmittag ins Dorf fahren, um die Jungen zum Nachtzug nach Pretoria zu bringen und Klara am Internat abzuliefern, erreicht sie die Nachricht, dass das britische Passagierschiff »Athena« von einem deutschen U-Boot torpediert worden ist – auf dem Weg nach Amerika mit zahllosen Amerikanern an Bord.

Anschließend fahren sie ins Dorf.

Später am Abend hat das Radio anscheinend noch gemeldet, dass Hertzog die Abstimmung verloren hat und Smuts dabei ist, ein neues Kabinett zu bilden, das hört Klara allerdings erst am nächsten Tag in der Schule.

»Ich weiß nicht, was mein Vater jetzt machen soll«, erklärt Christine besorgt. »Er darf seinen Sitz wirklich nicht verlieren.«

Am Dienstag, dem 5. September, ist *Die Transvaler* viel dicker als sonst. Das merken sie, als sie in der vierten Stunde Unterricht in der Bibliothek haben. Die wichtigste Nachricht beschäftigt sich allerdings nicht mit dem Krieg. Die wichtigste Meldung beschäftigt sich mit den Flammen, die vor neun Monaten aus allen Winkeln des Landes zum Monument getragen und dort zu *einer* brennenden Fackel zusammengeführt worden sind. Diese Flamme, das Symbol der Ideale des Afrikaanervolkes, muss brennen bleiben, bis das Monument fertiggestellt ist. Danach soll sie im Zentrum des Monumentes einen Ehrenplatz bekommen, sodass die Flamme der Hoffnung für Zeit und Ewigkeit dort brennt.

Für Zeit und Ewigkeit.

Und jetzt ist jemand, wahrscheinlich sogar eine Gruppe von

Menschen, nachts dort eingebrochen und hat die Flamme ausgelöscht. An der erloschenen Fackel ist eine englische Fahne befestigt worden und darauf waren die Worte zu lesen: »*To hell with Hertzog and neutrality*« (Zur Hölle mit Hertzog und der Neutralität).

Klara fängt vor Wut an zu kochen. Auch Annabels Wangen glühen. Lettie liest den Artikel noch einmal durch und Christines Augen sind vor Entsetzen ganz groß.

»Wie können sie es nur wagen!«, ruft Annabel. »Unsere Fackel! Die haben wir selbst getragen!«

Nun ja, vielleicht nicht wirklich selbst, denkt Klara, aber ja, die Engländer haben wieder einmal unsere Flamme ausgelöscht – genau wie 1902.

Sie blättern weiter. Sowohl *Die Transvaler* wie auch *Die Vaderland* äußern in ihren Leitartikeln scharfe Kritik an Smuts. In den Kreisen der Afrikaaner ist er nun als Verräter gebrandmarkt, sagen die Zeitungen.

»Ich schließe mich auch der *Ossewa-Brandwag* an!«, verkündet Klara feurig.

»Können da Frauen überhaupt Mitglieder werden?«, will Lettie wissen, während sie die Zeitung zuschlägt.

Darüber hat Klara noch gar nicht nachgedacht.

»Wenn das nicht geht, gründen wir eben einfach unsere eigene Organisation«, behauptet Annabel begeistert. »Die Engländer sollen nicht denken, dass sie einfach tun und lassen können, was sie wollen. Nur über meine Leiche!«

Nur Christine sagt kein Wort. Mit bleichem Gesicht hört sie ihren Freundinnen zu.

Am 7. September berichtet *Die Transvaler*, dass doch noch eine Flamme brennen geblieben ist. Es hat unter der Hand eine Reserveflamme gegeben, die nun lustig weiterbrennt und Tag und Nacht bewacht wird.

In Klara flammt die Hoffnung wieder auf. Der Krieg kann uns nicht treffen, denkt sie. Der findet weit weg von hier statt, in Deutschland, Frankreich und England, in Italien und Polen – auf der anderen Seite der Welt.

4. Kapitel

Die Menschen im Dorf haben gewusst, was auf sie zukam. Als Deutschland in Polen einmarschiert ist und das englische Ultimatum hat verstreichen lassen, haben sie es gewusst. Sie haben schließlich den Großen Krieg miterlebt – jeder hier, der über zwanzig ist, hat ihn miterlebt. Überlebt.

Der Arzt hat nur den Kopf geschüttelt. »Das einzig Gute am Großen Krieg ist der Waffenstillstand gewesen, der 11. November 1918«, hat er schwermütig festgestellt. »Und jetzt wollen sie wahrhaftig wieder alles in Trümmer legen.«

Anschließend hat für die Menschen im Dorf das Warten begonnen – für den Baron von Veneto, für den Doktor und Pater Enrico, für Guiseppe Romanelli, Herrn Rosenfeld und den alten Luigi, für die Männer in den Weinbergen und auf den Streuobstwiesen und in den Bergen, für die Frauen an ihren Töpfen und Pfannen und in ihren Gemüsegärten, am Waschzuber und hinter der Nähmaschine. Die kleinen Mädchen warten und flechten sich die Haare nach der neusten Mode, die Jungen spielen jeden Nachmittag vor der Melkzeit Fangen oder kicken einen Ball. Gina Veneto hilft immer noch in der Vorschule von Schwester Marguarita aus, Rachel Rosenfeld öffnet pünktlich ihren kleinen Laden.

Doch sobald sie ein fremdes Geräusch hören, schauen alle sofort auf, denn sie warten alle.

Auch die drei Romanelli-Brüder warten auf das Unvermeidbare.

»Vielleicht halten wir uns diesmal heraus, aus dem Krieg, meine ich«, hofft Gina eines Samstagnachmittags, als sie Antonio und Lorenzo mit dem Bus nach Hause kommen sieht. Sie zeigt zum Himmel. »Schau doch nur, Antonio, die große Wolke da spielt mit der kleinen davor Fangen.«

»Hm«, macht der und zupft ein bisschen auf seiner Gitarre herum.

»Ich glaube, dass es da oben ganz schön windig ist und die Wolken deshalb so über den Himmel jagen.«

»Hm«, macht er. Er zieht eine der Saiten etwas fester an und lauscht andächtig auf das Plong-plong. »Möchtest du das neue Lied hören, das ich komponiert habe?«

Sie nickt ihm lächelnd zu. »Wunderschön«, stellt sie fest, nachdem er fertig gesungen hat.

»Wir werden es mit einer Band beim Weihnachtskonzert der Universität aufführen.«

»Gut, wirklich«, erwidert sie. »Vielleicht findet der Krieg ja nur in Polen statt. Das ist weit weg von hier.«

»Vielleicht«, bemerkt Antonio vage.

»Guck mal, die große Wolke verschluckt die kleine.«

»Vielleicht, aber ich bezweifle es. Ich denke, die wartet nur auf den richtigen Augenblick und schlägt dann zu.«

»Redest du jetzt von der Wolke?«, fragt sie verwirrt.

»Nein, von der italienischen Regierung. Von Mussolini. Er ist gerissen, Gina – der schaut erst, woher der Wind weht. Es ist gut möglich, dass er sich auf die Seite von England und Frankreich schlägt.«

»Aber er hat doch einen Freundschaftsvertrag mit Deutschland unterschrieben?«

Antonio lächelt und legt seine Gitarre vorsichtig neben sich auf den Felsen. »Ja, Gina, Adolf und er sind jetzt ganz dicke Freunde.«

Sie springt auf und wirft ihm einen wütenden Blick zu. »Lachst du mich etwa aus?«

Er lacht und zieht sie zu sich herunter. »Du wirst langsam eine echt strenge Lehrerin!«

Doch Gina richtet sich erneut auf. »Schau mir ins Gesicht, Antonio, und sei jetzt wenigstens für den Augenblick mal ernst.«

»Gut, ich bin ernst.«

»Glaubst du, dass es auch hier Krieg geben wird? Einen großen Krieg?«

Er wählt seine Worte mit Bedacht, um sie nicht aus der Fassung zu bringen, äußert allerdings schließlich doch, was er denkt: »Ja, Gina. Der Krieg ist jetzt schon Realität. Wenn du mich fragst, wird er sich in den nächsten paar Monaten über ganz Europa ausbreiten, vielleicht auch bis nach Japan im Fernen Osten und über den Ozean bis nach Amerika und nach Afrika hinein.«

Sie legt sich auf den Rücken. Die kleine Wolke ist verschwunden und die große Wolke wird immer dunkler. »Vielleicht gibt es heute Nacht einen Sturm«, bemerkt sie. »Einen Schneesturm.«

»Hm. Vielleicht.«

Lange Zeit bleibt es zwischen ihnen still. Schließlich will Gina wissen: »Antonio, wenn Italien nun ebenfalls in den Krieg einsteigt … Wenn Mussolinis Soldaten … Du meldest dich doch sicher nicht auch, oder?«

Er zieht sie enger an sich heran. Als er zu sprechen beginnt, klingt seine Stimme kräftig und sicher. »Ich gehe nicht zur Armee, Gina, davor brauchst du keine Angst zu haben. Ich bin mit Mussolinis Politik überhaupt nicht einverstanden und ich glaube darüber hinaus, dass Krieg niemals die Lösung sein kann.«

»Aber wirst du dich dann … dem Widerstand anschließen?«, fragt sie zögernd.

»Nein, ich will mich gar nichts anschließen, ich halte mich überall heraus. Ich will mein Studium abschließen und dann ein eigenes Geschäft aufbauen. Ich träume von einer Zukunft nicht nur für mich, sondern für uns.«

Er spürt, wie sie sich entspannt – sie kriecht dichter an ihn heran. »Erzählst du mir, was du nächstes Jahr vorhast?«

Er lächelt. »Ende nächsten Jahres beende ich mein Studium. Doch schon lange davor, in den Sommerferien, gehe ich zum Baron von Veneto und bitte ihn um die Hand seiner schönen Tochter. Und dann heirate ich sie – sobald ich auf eigenen Beinen stehe – und dann ziehen wir nach Turin.«

»Und wo wirst du dann wohnen?«

»Da in Turin baue ich uns ein wunderschönes Haus, groß genug für ganz viele kleine *bambini* …«

»Nein, Antonio, erzähl mir erst noch ein bisschen von dem Haus, bevor du mit den Kindern anfängst!«

Er bricht in schallendes Gelächter aus. »Nein, das Haus kann ich dir schon seit Langem aus dem Kopf aufzeichnen. Ich habe es schon so oft skizziert, bei jeder kleinen Veränderung immer wieder neu.«

Gina seufzt zufrieden. »Und du versprichst mir, dass du mit dem Krieg nichts zu schaffen haben wirst?«

Er stützt sich auf seine Ellenbogen und richtet sich etwas auf, legt die Stirn auf eine Hand und betrachtet Gina eine ganze Weile. Seine schwarzen Augen sehen sehr ernst aus. »Gina, ich verspreche dir, dass ich mit dem Krieg nichts zu schaffen haben werde. Wenn Mussolini möchte, dass ich an die Front gehe, muss er schon ein Regiment Soldaten mit geladenen Gewehren hierherschicken und mich holen.«

Am späten Nachmittag, während die Sonne hinter den hohen, verschneiten Berggipfeln zu verschwinden beginnt und die Ziegenhirten, die Weinstockschneider und die Steinmetze nach Hause zurückkehren, legt sich ein weiterer Schatten auf das Dorf. Denn an den sauber geschrubbten Tischen, an den Töpfen mit dampfender *polenta* und *spettatino* und den Flaschen mit dem selbst gekelterten Wein schleicht sich bei allen Familien der Krieg in die Abendgespräche hinein und dringt bis in die Herzen der Häuser.

»Benito Mussolini wird mit Sicherheit in den Krieg einsteigen, der wartet nur ab«, erklärt Lorenzo ohne eine Spur des Zweifels in der Stimme. Er steht vor dem schwarzen Kohlenofen und reibt sich die Hände, bis sie warm werden. Draußen liegt schon eine dünne Schneedecke über den Feldern, dem Dorf und den Berghängen – es dauert nicht mehr lange, dann ist Winter. »Er *muss* es einfach, er kann nicht anders.«

»W-w-warum d-d-denkst du d-d-das?«, fragt sein Vater mit einer Falte auf der Stirn.

»Weil Mussolini Italien vergrößern will – er möchte ein italienisches Reich aufbauen zum Wohl von uns allen«, antwortet

Lorenzo, während er die Kaffeekanne vom Ofen holt. »Möchte noch jemand eine Tasse Kaffee?«

Guiseppe schüttelt den Kopf und zeigt auf die Korbflasche auf dem Tisch.

»Du bist wieder einmal auf dieses billige Studentengeschwätz hereingefallen!«, brummt Antonio ärgerlich und hält ihm seinen Becher hin. »Hier, schenk mir noch etwas ein.«

»Du hast einfach keinen Blick für das große Ganze«, hält Lorenzo ihm vor, während er eingießt. Anschließend geht er zum Tisch, entkorkt die Flasche und schenkt seinem Vater einen Becher Wein ein. »Er hat keine Wahl, er *muss* einfach in den Krieg …«

»Mussolini muss überhaupt nichts dergleichen«, fällt ihm Antonio ins Wort und setzt sich ans Ende des Tisches. »Das Einzige, was er muss, ist die Bedürfnisse der Menschen in den Blick nehmen, über die er regiert. Und soweit ich weiß, hat niemand das Bedürfnis, sein Leben auf dem Schlachtfeld zu verlieren.«

Lorenzo gibt seinem Vater den Tonbecher mit Wein und schaut dann wieder seinen Bruder an. »Du verstehst nichts davon und du willst auch nichts davon verstehen, weil du dich hinter deiner Gleichgültigkeit versteckst«, ruft er aggressiv. »Mussolini versucht unsere Handelsflotte im Mittelmeer zu schützen. Das *muss* er tun und das tut er auch.«

»Willst du damit etwa sagen, dass er Schiffe wichtiger findet als Menschen?«, fragt Maria Romanelli, während sie sich ihre Hände an der Schürze abwischt. »Ihr könnt euch an den Tisch setzen, das Essen ist fertig.«

»Nein, Mama«, antwortet Lorenzo, der einen der Holzstühle unter dem Tisch hervorzieht und sich daraufsetzt. »Aber die Leute werden vor Hunger krepieren, wenn die Schiffe nicht mehr ungehindert fahren können. Weißt du nicht, dass achtzig Prozent aller Nahrungsmittel und Rohstoffe, die Italien braucht, über den Suezkanal oder Gibraltar zu uns gebracht werden?«

»Und das bedeutet …?«, will Maria wissen, während sie die *fagioli* für die *pasta* noch ein letztes Mal mit dem langen, hölzernen

Löffel durchrührt. »Marco, könntest du bitte das Brot und den Ziegenkäse aus dem Schrank holen?«

»Das bedeutet, dass wir die Kontrolle über die beiden Zugänge zum Mittelmeer bekommen müssen, über das Gebiet rund um Suez und Gibraltar«, erklärt Lorenzo.

»Meiner Meinung nach könnte Mussolini seine Flotte besser beschützen, wenn er sich nicht mit England anlegt«, entgegnet Antonio. Guiseppe nickt zustimmend und lässt sich schwerfällig auf seinen Stuhl am Kopfende des Tisches sinken.

»Wir, also Italien, müssen uns auch ausdehnen. Wir müssen größere Absatzgebiete bekommen, aus ökonomischen Gründen«, erläutert Lorenzo. »Die Engländer werden uns dabei mit Sicherheit nicht helfen, egal wie dick die mit uns befreundet sein mögen. Die sind doch viel zu sehr mit dem Aufbau ihres eigenen Weltreiches beschäftigt.«

Marco, der gerade das selbst gebackene Brot in dicke Scheiben schneidet, legt entrüstet das Messer hin. »Mussolini steckt mit Deutschland unter einer Decke«, entgegnet er Lorenzo wütend. »Schau dir doch einmal dieses Foto hier an, da, in der Zeitung, die gestern gekommen ist: Die beiden Verschwörer marschieren wie zwei Marionetten nebeneinander in demselben idiotischen Stechschritt, den rechten Arm ausgestreckt in demselben idiotischen Salut, dem Hitlergruß. Aber schau doch mal genau hin: Hitler läuft einen halben Meter vor Mussolini und der folgt ihm wie ein Schaf, das zur Schlachtbank geführt wird!«

Lorenzo springt auf und schiebt seinen Stuhl rasend schnell nach hinten. Er stellt sich direkt vor Marco und schaut ihm geradewegs in die Augen. »Du hast nur Vorurteile, weil er es auf die Juden abgesehen hat«, behauptet er mit Nachdruck. »Mussolini ist …«

»Jetzt hört endlich mit eurer Politik auf, dann können wir essen«, unterbricht Maria sie streng und stellt die Schüssel mit der *pasta* mit einem Rumms auf den Tisch. »Marco, Lorenzo, hinsetzen! Antonio, könntest du beten?«

Sie essen, doch das Tischgespräch verläuft zäh, so wie es in diesen Tagen allzu oft passiert, und das Essen schmeckt nicht mehr.

Nach der Mahlzeit sagt Lorenzo: »Ich gehe zum Baron Radio hören, die Nachrichten.«

»Aber draußen ist es bitterkalt«, warnt ihn Maria.

»Ich komme mit«, verkündet Antonio. »Wir ziehen uns Mantel und Schal an, Mama.« Und zu Marco: »Kommst du auch?«

»Nein«, antwortet Marco geistesabwesend. Er zieht sich ebenfalls seinen Mantel an und geht nach draußen, verschwindet jedoch in die entgegengesetzte Richtung.

Nachdem sie schon ein gutes Stück gegangen sind, sagt Antonio: »Du solltest die Juden aus dem Spiel lassen, Lorenzo – so bekommst du nur Schwierigkeiten mit Marco.«

»Marco sollte lieber selbst die Juden aus dem Spiel lassen!«, erwidert Lorenzo. »Bei einem hübschen Schmollmund und einer schönen Figur starrt er sich die Augen aus dem Kopf und hält sich vor der Wahrheit die Ohren zu.«

»Marco liebt Rachel«, erläutert Antonio. »Ignoriere einfach, dass sie eine Jüdin ist, sieh sie schlichtweg als Mensch. Dann wirst du vielleicht …«

»Marco verleugnet unser Volk und unsere Kultur«, schimpft Lorenzo weiter. »Und auch unsere Religion! Tonio, sie ist nicht katholisch, sie ist nicht einmal eine Christin! Das akzeptiere ich einfach nicht, niemals!«

»Aber Marco ist dein Bruder.«

Lorenzo schweigt für eine Weile, schließlich sagt er: »Manchmal reicht eine Blutsverwandtschaft nicht aus, Tonio. Manchmal muss ein Mann das tun, was seiner Überzeugung nach das Beste ist.«

Schweigend marschieren sie weiter. Auf dem felsigen Trampelpfad, der zu dem großen, steinernen Haus am Hang führt, sind ihre Schritte deutlich hörbar.

Schließlich bemerkt Lorenzo: »Sagen die Engländer nicht, in der Liebe und im Krieg sei alles erlaubt?«

»Und das siehst du auch so? Meinst du wirklich, dass jemand für die Liebe oder den Krieg sogar seinen Bruder verleugnen darf?«, will Antonio entsetzt wissen.

Es dauert eine Weile, bis Lorenzo antwortet: »Es ist Marco, der sich von *uns* abgewandt hat, Tonio. Wir ziehen noch an einem Strang.«

»Ich bezweifle, dass du und ich wirklich noch an einem Strang ziehen«, entgegnet Antonio leise.

Doch Lorenzo klopft ihm lachend auf die Schulter. »Das tun wir, Brüderchen, mit Sicherheit. Schau doch nur: Jetzt marschieren wir gemeinsam im Mondschein den Berg hinauf zur Villa des Barons. Und morgen fahren wir wieder zusammen nach Turin und gehen an die Universität. Wir mögen unsere Meinungsverschiedenheiten haben, aber wir ziehen an einem Strang.«

Der Baron hat Mühe, sein Radio richtig einzustellen. Der Apparat knackt und knistert und fängt gelegentlich an, schrill zu pfeifen, er empfängt jedoch keinen Sender. »Lass es gut sein, das Wetter ist zu schlecht«, erklärt Donna Veneto und steht auf. »Ich gehe schlafen, ich bin müde.«

»Ich fürchte, Donna hat recht«, bemerkt Don Veneto. »Die Nachrichten können wir heute Abend wohl vergessen.«

»Was wurde in der Sendung um ein Uhr berichtet?«, will Lorenzo wissen. »Gibt es etwas Neues über den Krieg?«

»Nicht viel«, verkündet der Baron und stellt sich mit ausgestreckten Armen vors Feuer. »Es ging nur um die Rebellen in Albanien, die sich gegen die italienische Herrschaft auflehnen.« Er holt sich noch eine Olive aus der Schale und setzt sich wieder hin.

»Von diesem Land habe ich noch nie etwas gehört«, meldet sich Gina.

»Hey, Gina, natürlich kennst du Albanien!«, reagiert Lorenzo ungeduldig. »Erinnerst du dich denn nicht an die italienische Niederlage in Albanien, damals, 1920?«

Sie schüttelt den Kopf. »Nein. Da war ich ja erst ein Jahr alt, also kann ich mich wohl kaum daran erinnern.«

»Jetzt tu nicht so dumm!«, schimpft er. »Wir haben das doch in der Schule gehabt, bei Pater Enrico höchstpersönlich! Das musst du doch noch wissen, Gina!«

»Ich weiß nichts mehr von dem, was ich da gelernt habe«, bekennt sie. »Ich fand es einfach nicht interessant.«

»Aber da geht es doch um die Dinge, die um uns herum passieren, jeden Tag. Das hättest du mal hören sollen, Gina, ich bin an der Universität bei einer Versammlung gewesen, da haben sie gesagt, dass Mussolini ein neues Römisches Reich aufrichten will, das sich im Osten bis nach Palästina ausdehnen wird, im Westen bis nach Libyen und im Süden bis Kenia. Er möchte Malta, Korsika und Tunesien annektieren und deshalb bin ich fest davon überzeugt, dass er in den Krieg eintreten wird, entweder jetzt oder später. Er will ...«

»Und das findest du interessant?«, will sie verblüfft wissen.

»Ja, natürlich. Es ist doch für alle interessant, die auch nur ein bisschen Verstand haben. Gina, du kannst doch nicht durchs Leben gehen, ohne zu wissen, was um dich herum geschieht!«

»Was ich tue, ist meine Sache«, fährt sie hoch. »Und jetzt hör auf, mich wie ein Kleinkind zu behandeln!« Sie fängt an zu lachen. »Sonst sorge ich dafür, dass Antonio dir wieder ein blaues Auge verpasst!«

Lorenzo seufzt. Doch schließlich gibt er mit einem Lächeln auf. »Denke aber daran, dass ich dich dann wieder festbinde, wenn Antonio nicht hinsieht, einfach am Tischbein und das Radio direkt neben dir, sodass du den ganzen Tag die Nachrichten hören musst. Was hältst du davon, Bruderherz?«

»Was haben die Kinder doch wieder für verrückte Ideen, nicht wahr, Don Veneto?«, lacht Antonio. »Los jetzt, Gina, schenk uns lieber noch ein Tässchen Kaffee ein.«

»Kinder!«, ruft Gina entrüstet. »Du bist gerade einmal ein Jahr älter als wir, du Opa!«

Als sich das Gespräch auf den Dorfklatsch beschränkt und Gina von ihren süßen Kleinen in der Klasse zu erzählen beginnt, steht Lorenzo auf.

»Ich gehe mal wieder«, sagt er. »Vielen Dank, dass wir vorbeikommen konnten, Herr Baron. Schade, dass das Radio heute Abend nicht mitreden wollte.« Und zu Antonio: »Kommst du mit?«

»Nein, geh schon mal vor. Ich komme gleich nach.«

Als Lorenzo nach draußen geht und die Tür öffnet, bläst ein eiskalter Wind ins Haus.

»Mit all seinem Gerede vom Krieg macht er mir Angst«, offenbart Gina.

»Ach was, der hat einfach nur Flausen im Kopf«, wehrt Antonio ab.

»Nun gut, zerbrich dir darüber mal nicht dein hübsches Köpfchen«, fordert Ginas Vater sie beruhigend auf. Mit Mühe arbeitet er sich aus seinem tiefen Lehnsessel. »Komm, ich ziehe mich auch zurück.«

»Glaubst du, dass Lorenzo bei der Armee mitmachen wird?«, will Gina wissen, nachdem ihr Vater den Raum verlassen hat. »Ich meine, wenn der Krieg kommt?«

»Er wird sicher erst sein Studium beenden müssen. Mein Vater möchte sein Geld nicht zum Fenster hinauswerfen«, antwortet Antonio, während er aufsteht. »Ich lege noch eben ein Scheit aufs Feuer und dann setzt du dich hier zu mir aufs Sofa und wir überlassen das Kriegsgeschwätz anderen Leuten. Ich habe wirklich bessere Dinge zu tun, du nicht auch?«

Sie lächelt zufrieden. »Was meinen Sie nun genau mit ›besseren Dingen‹, Herr Romanelli?«, will sie wissen und kuschelt sich an ihn.

Das Weihnachtsfest ist jedes Jahr das gleiche. Die Welt liegt unter einer dicken, blütenweißen Schneedecke verborgen. Die Straßen sind verlassen, ein eiskalter Wind stürzt sich von den Berggipfeln herunter, bläst durch die Schluchten und wirbelt über die Hochebenen und durch die Täler.

Im Süden, wo sich die weißen Häuschen selbst im Winter noch behaglich in der Sonne baden können und das Meer tagsüber eisblau glitzert, gehen die Menschen in die Mitternachtsmesse. Am ersten Weihnachtsfeiertag wird das Weihnachtsessen für das ganze Dorf auf dem Dorfplatz aufgetischt, manchmal auch im Innenhof der Kirche. Doch das geschieht alles auf der anderen Seite der

Berge, im Süden. Die Leute haben davon im Radio gehört oder vielleicht auch von einem Familienmitglied, das dorthin umgezogen ist und gelegentlich noch schreibt, vor allem zu Weihnachten.

Hier im Norden, hoch an den Berghängen der Alpen, ist die Messe um zwölf Uhr mittags und das Weihnachtsessen findet in der Villa des Barons statt, sodass die Menschen rechtzeitig wieder zu Hause sind. Denn hier bricht schon vor vier Uhr die Nacht herein und die nächtlichen Nebel kommen angekrochen – finstere Wolken ballen sich am Himmel zusammen und draußen wird alles erst grau und dann schwarz.

Doch in den Häusern, die Türen und Fenster sorgfältig verschlossen, ist es warm. Feuer knistert in den schwarzen Öfen, Töpfe köcheln dampfend vor sich hin und der kräftige Rotwein vertreibt die Kälte aus den Knochen.

»Ich würde Rachel gern einladen, Weihnachten mit uns zu feiern«, verkündet Marco bereits eine Woche vor dem Termin.

»Rachel? Zu Weihnachten?«, fragt Maria. Sie steht auf und wischt sich den Teig von den Händen. »Aber die Juden feiern doch gar kein Weihnachten.«

»Ich fände es aber schön, wenn sie es mit uns zusammen feiern könnte«, erklärt Marco.

Maria beißt sich auf die Unterlippe. »Ich weiß nicht, Marco. Hältst du das wirklich für eine gute Idee? Meinst du, das geht gut?«, will sie zweifelnd wissen.

»Gina kommt auch und die beiden sind gute Freundinnen. Und sie kennt uns doch auch alle. Sie wird sich sicher bei uns wie zu Hause fühlen«, hält Marco ihr entgegen.

»Also g-g-gut. L-l-lass sie mal k-k-kommen«, zerschlägt Guiseppe den gordischen Knoten.

»Also gut«, nickt auch Maria. Sie beugt sich wieder über ihren Teig und fängt an, ihn mit aller Kraft zu kneten. »Gina und sie werden hier wohl übernachten müssen, denn wenn wir Sturm oder heftige Schneefälle bekommen, kannst du sie nicht nach Hause bringen«, überlegt sie während des Knetens.

»Kann ich dir helfen?«, bietet Marco ihr an.

»Nein, lass ruhig, ich bin gleich fertig. Obwohl – du kannst die Backformen für das Brot einfetten. Das Olivenöl steht noch im Schrank.«

Als Lorenzo hört, dass Rachel Rosenfeld zu Weihnachten eingeladen ist, ist das wie Öl aufs Feuer. »Das ist eine Jüdin!«, bricht es aus ihm heraus. »Wie könnt ihr es wagen, an so einem heiligen Tag eine Heidin in den Kreis der Familie zu holen? Das ist die reinste Ketzerei!«

Da packt Antonio ihn fest am Arm.

Die Leute sehen die beiden Brüder laufen, über die Ponte del Bartolini, am Kastell vorbei. »Das gibt Probleme«, bemerkt Sofia zu ihrer Nachbarin, die in der wässrigen Sonne damit beschäftigt ist, ihre Wäsche abzuhängen. »Schau doch nur, wie Lorenzo beim Laufen mit seinen Armen in der Luft herumfuchtelt.«

»Antonio wird sie schon lösen«, erklärt die Nachbarin, während sie sich die dicken Bündel Bettwäsche unter die molligen Arme klemmt. »Antonio löst sie immer.«

Während die beiden Brüder nach einer Weile den felsigen Weg hinunterkommen und über den Dorfplatz zurück zum Haus der Familie Romanelli schlendern, gehen sie in der Tat wieder gelassen nebeneinanderher, Schulter an Schulter.

»Antonio ist der Einzige, der Lorenzo im Zaum halten kann«, behauptet Sofia an diesem Abend Luigi gegenüber. »Ich würde ja gern Mäuschen spielen und schauen, was da so vor sich hin köchelt bei den Romanellis.«

»Mach dir darüber mal keine Gedanken, Herzchen«, antwortet ihr Luigi in beruhigendem Tonfall.

»Es geht mit Sicherheit um Rachel, darauf kannst du Gift nehmen. Bevor du mir gleich widersprichst, Luigi, kann ich dir sagen: Alles dreht sich um die Geschichte mit dieser Familie Rosenfeld«, entgegnet Sofia streitlustig.

»Ich widerspreche dir doch gar nicht, Herzchen«, dabei schenkt er seinen Weinbecher noch einmal voll.

Kurz nach Weihnachten beginnen neue Gerüchte die Runde zu machen, geflüsterte Geschichten, die Marco Romanelli die

Haare zu Berge stehen lassen und seine Gedanken so in Beschlag nehmen, dass er, ohne es zu merken, seiner Klasse eine Seite nach der anderen aus *Cuore* vorliest, sodass das außereheliche Enkelkind von Sofia und Luigi in einen tiefen Schlaf fällt. Einfach so, auf der harten Schulbank am helllichten Tag.

Schließlich kommt der Sohn des Arztes übers Wochenende zu Besuch, ohne es wie sonst immer vorher anzukündigen. Eines Freitagnachmittags kriecht sein kleiner Fiat wie eine Maus den steilen Bergweg hinauf. Die Jungen, die gerade Fußball spielen, sehen ihn zuerst und rennen ins Dorf, um die Neuigkeit zu verbreiten.

Die Leute fragen sich, was dieser plötzliche Besuch zu bedeuten hat. Ungelegen kommt er ja nicht – das niemals –, aber eben unerwartet. Er war schließlich wie immer zu Weihnachten nach Hause gekommen und jetzt ist das neue Jahr erst ein paar Tage alt. Seltsam. Sie sagen, dass er für eine Reportage in Turin gewesen ist, erzählt Sofia gegen Abend, und dann ist er kurz ins Dorf gefahren, um seinem Vater Guten Tag zu sagen.

Ja, ja, sagen die Leute, aber glauben tun sie es nicht.

Sie sind hier schließlich nicht auf den Kopf gefallen.

Als der Doktor und sein Sohn am Samstagnachmittag den Berg erklimmen und erst zur Melkzeit wieder den steilen Abhang hinuntersteigen, wissen sie es sicher: Pietro ist gekommen, um etwas zu erzählen.

Am Sonntag lässt sich der Doktor nichts anmerken, am Montag und Dienstag ebenfalls nicht – er sagt nur, dass Pietro für eine Reportage in Turin gewesen ist. Am Mittwochnachmittag sehen die Leute allerdings, wie er an der steinernen Treppe, die zur Schule führt, auf Marco wartet. Und am Donnerstag steigen die beiden den Berg hinauf, über die Ponte del Bartolini.

Und am Freitag noch einmal.

Dann braucht der Doktor nichts mehr zu erzählen. Die Leute wissen es schon.

»Erzählst du mir jetzt die Geschichte von diesem Kastell? Ja?«

Marco schaut in ihre dunklen Augen. Heute muss er es sagen, das weiß er ganz genau. Geschichten von Burgen und Prinzessinnen sind nur Märchen, aber heute müssen sie der Wirklichkeit ins Auge blicken.

Er weiß nur überhaupt nicht, wie er es anstellen soll.

Er zieht Rachel dichter an sich– ein kühler Windhauch streicht an ihnen vorbei. »Das ist eigentlich keine schöne Geschichte, das habe ich dir doch schon gesagt«, erwidert er geistesabwesend.

»Erzähl sie mir trotzdem«, bedrängt sie ihn und schmiegt sich an ihn.

Er zuckt mit den Schultern, beginnt aber schließlich doch.

»Vor langer Zeit, als Napoleon der dritte Kaiser von Frankreich gewesen ist, hat in Turin eine bildhübsche Prinzessin gewohnt. Ihr Name war Clotilde und sie war die Tochter von Victor Emmanuel, dem damaligen König von Piemont. Seinerzeit ist Italien noch kein Staat gewesen, sondern ein Flickenteppich aus kleinen Ländereien, denn das war, bevor Cavour und Garibaldi uns zu einem Volk vereinigt haben.«

Sie fängt an zu lachen. »Marco! Du sollst mir eine Geschichte erzählen, höre also auf mit deiner Schulmeisterei und lass die Geschichtsschreibung außen vor.«

»Aber das ist eine wahre Geschichte und deshalb hat sie ganz viel mit Politik und Geschichte zu tun«, verteidigt er sich.

»Also gut, trotzdem will ich nicht *jedes* Detail wissen. Mach einfach eine schöne Geschichte daraus.«

Er schaut sie mit gespielter Strenge an. »Rachel Rosenfeld, möchtest du nun die wirkliche Geschichte hören oder einfach nur ein Märchen? Ganz abgesehen davon habe ich dir ja schon gesagt, dass es keine schöne Geschichte ist.«

Sie spitzt die Lippen und denkt angestrengt nach. »Ich möchte die Geschichte von der Prinzessin in der Burg dort hören«, verkündet sie und zeigt nach oben.

»Also gut, mehr bekommst du auch nicht erzählt«, entgegnet er. »Dieser Kaiser Napoleon der Dritte … ich kann ihn nicht aus der Geschichte herauslassen, Rachel, der spielte eine der Hauptrollen.«

»In Ordnung«, gesteht sie ihm zu, »dann lass ihn drin.«

»Vielen Dank. Dieser Napoleon der Dritte hatte einen Neffen und dieser Neffe ist ein übler Herumtreiber gewesen, ein Tunichtgut allererster Güte.«

Rachel grinst. »Du kannst ihn nicht besonders leiden, nicht wahr?«, fragt sie neckisch.

»Warte nur ab. Wenn du die ganze Geschichte gehört hast, steht er bei dir auch nicht mehr hoch im Kurs!«

»Ich bin ganz Ohr.« Sie kuschelt sich noch enger an ihn an.

»Dieser nichtsnutzige Neffe von Napoleon hat unsere kleine Prinzessin von Piemont nur einmal kurz gesehen und da hat er sich schon in den Kopf gesetzt, dass er sie haben muss. In dieser Zeit hat Cavour gerade versucht, ganz Italien zu einer Nation zu vereinigen. Napoleon der Dritte hat daraufhin versprochen, dass er Cavour bei der Befreiung Italiens von den Alpen bis zur Adria helfen würde, allerdings nur unter einer Bedingung.«

»Hm?«

»Rachel, es ist nicht einfach, dir eine Geschichte zu erzählen, wenn du so dicht neben mir sitzt!«

Sie lacht. »Dein Problem!«, neckt sie ihn mit gespielter Frechheit. »Was war das denn für eine Bedingung?«

»Prinzessin Clotilde sollte seinen Neffen heiraten, den Herumtreiber.«

»Und hat sie das gemacht?«

»Sie hatte keine andere Wahl. Als junge Braut hat er sie auf das Kastell gebracht. Nach ein paar Monaten ist er weggegangen und hat sich nur noch selten blicken lassen. Die schweren Tore des Kastells sind auf seinen Befehl hin verschlossen geblieben. Nur die Dienstmädchen sind ins Dorf heruntergekommen und haben Essen gekauft und die haben erzählt, dass die Prinzessin jeden Tag dasitzt und darauf wartet, dass irgendwas geschieht. Zig Jahre lang.«

Es ist eine ganze Weile still. Schließlich will Rachel wissen:

»Und hat dieser Napoleon diesem anderen Kerl dann noch bei der Vereinigung Italiens geholfen?«

»Nein«, antwortet Marco, »er hat zwischendrin einen Rückzieher gemacht. Schließlich hat der Deutsche Bismarck diesem Cavour geholfen, den gordischen Knoten zu zerschlagen und auch Venetien ins vereinigte Italien einzugliedern.«

»Schon wieder Deutschland!«

»Ja, es ist immer wieder Deutschland.« Er holt tief Luft. »Rachel, wir müssen reden. Pietro, der Sohn des Arztes, hat gesagt …«

Er merkt, wie sie sich anspannt. »Ich weiß es schon. Ich … Wir haben gesehen, dass er hier gewesen ist. Wir müssen weg, stimmt's? Wir müssen schon wieder weg.«

Marco nickt langsam. »Das wäre besser, ja, aber es ist nur für eine Weile. Vielleicht in die Schweiz, die ist ja gleich um die Ecke. Ich werde euch helfen, Rachel, ich werde …«

Sie reißt sich von ihm los. »Wir sind schon öfter von irgendwo weggegangen, wir schaffen das auch allein.«

»Das würde ich niemals zulassen.« Er zieht sie wieder an sich heran. »Rachel, ich finde das so furchtbar.«

Bedächtig schüttelt sie den Kopf. »Ich hatte gedacht, dass wir hier, so hoch oben in den Bergen … Und das ganze Dorf ist so nett zu uns …«

»Das Dorf wird immer genauso nett bleiben«, erklärt er. »Alle wollen euch helfen. Wir machen uns Sorgen um euch, auch wegen all dieser Geschichten, die jetzt die Runde machen, und deshalb muss ich heute unbedingt mit dir reden.«

Als sie weiterhin schweigt, fährt er fort: »So ein Hitler wird nicht ewig an der Macht sein, Rachel. Sobald der Krieg vorbei ist, kommt ihr wieder zurück und wir bauen uns hier gemeinsam eine Zukunft auf.«

Sie wirft ihm einen traurigen Blick zu. »Und wer soll uns verheiraten? Der Priester oder der Rabbiner?«

Er streicht ihr die dunklen Locken aus dem Gesicht. »Derjenige, der es auf eine Weise tun kann, dass wir noch lange glücklich sind.«

Sie lächelt ein bisschen schief. »Ich habe heute eigentlich nur ein paar Geschichten hören wollen, um für einen Augenblick an etwas anderes zu denken als … als an das alles. Und dann ist die Geschichte von der Prinzessin im Kastell auch wieder so traurig gewesen.«

»Ja, das ist eine der traurigsten Geschichten unseres Dorfes«, gibt er zu. Es ist für einen Augenblick still und dann fügt er leise hinzu: »Er ist siebenunddreißig gewesen, sie vierzehn.«

Die Leute sind sich alle einig gewesen: Egal wie sicher es hier im Dorf auch sein mag und wie sehr die Menschen an Herrn und Frau Rosenfeld und ihren beiden Töchtern hängen, es wäre doch besser, wenn sie Italien verließen. Denn Mussolini marschiert mit hölzernen Schritten in Hitlers Kielwasser und die Geschichten über die Judenverfolgung in Deutschland und Österreich werden mit jedem Tag schlimmer.

Marco Romanelli ist mit ihnen gegangen, einfach nur um dafür zu sorgen, dass sie irgendwo in der Schweiz oder in Frankreich Unterschlupf finden. Danach wird er zurückkommen ins Dorf und zu den Kindern seiner Klasse.

Doch als sich der Bus eine Woche später langsam durch die Kurve von Guiseppe schleicht und den Hügel hinauf zum Dorfplatz kriecht, sind sie alle wieder da, mit ihrem Hab und Gut.

»Frankreich ist keine Option, die Juden flüchten in Scharen aus diesem Land. Und die Schweiz hat die Grenzen geschlossen«, berichtet Marco und fährt sich müde durch sein schwarzes Haar. »Das Land wurde völlig überrannt von Flüchtlingen aus Frankreich, Italien, Deutschland und Österreich, sogar aus Ländern wie Polen und Russland. Nur die reichsten Leute können sich dort noch einen Platz erkaufen.«

Niemand im Dorf ist für so etwas reich genug.

Die Sorgen haben tiefe Linien ins rote Gesicht von Herrn Rosenfeld gezeichnet, Frau Rosenfeld steht entgeistert da und schüttelt den Kopf und Rachel ist noch bleicher als jemals zuvor. Gina legt einen Arm um ihre mageren Schultern. »Dieser Krieg ist wirklich schrecklich«, sagt sie. »Ich finde es schlimm, dass ihr kein Land finden konntet, das euch aufnimmt, aber ich bin auch froh, dass ihr wieder zurück seid. Hier bei uns seid ihr sicher, das verspreche ich dir.«

Am nächsten Morgen öffnet Rachel den kleinen Laden wieder, so als wäre sie nie weggewesen. Die Frauen kommen und kaufen Mehl, Kaffee und Stopfgarn, denn die Vorräte zu Hause sind schnell aufgebraucht.

Das Leben geht wieder seinen ruhigen, jahrhundertealten Gang.

Anfang März sagt der Arzt zu Marco: »Die Familie Rosenfeld sollte doch lieber versuchen wegzukommen. Es wird immer gefährlicher.«

»Das weiß ich.« Marco seufzt tief und fährt sich mit allen zehn Fingern durch sein dichtes Haar. »Ich habe nur keine Ahnung, wo wir hingehen sollten. Selbst die spanische Grenze ist geschlossen.«

Der Doktor schaut ihn ernst an. »Du kannst nicht mit, Marco. Es wird lebensgefährlich für dich, wenn du mit ihnen assoziiert wirst.«

Marco Romanelli schaut kurz ernst zurück. »Das weiß ich, Herr Doktor, das weiß ich. Aber ich weiß auch, dass ich nicht anders kann.«

5. Kapitel

Das Haus in Sunnyside ist nicht groß. Es hat eine kleine Veranda mit roten Fliesen, ein dunkles Wohnzimmer, einen Flur mit Rissen in den Wänden, eine kleine Küche mit einem Tisch in der Mitte, zwei Schlafzimmer und auf der hinteren Veranda eine Waschecke. Weit hinten im Garten hinter dem Haus stehen noch zwei Verschläge: die Außentoilette und das Außenzimmer.

In diesem Außenzimmer richten sich De Wet und Boelie nun häuslich ein.

»Wir sind zwar nicht in einem Studentenwohnheim, aber wir haben wenigstens ein Dach über dem Kopf«, erklärt Christine und hängt ihr nagelneues Kleid auf einen Haken. »Ich denke nur, dass De Wet nicht so glücklich darüber ist, dass er aus dem Studentenwohnheim ausziehen musste.«

Klara klappt ihren leeren Koffer zu und schiebt ihn unter das Bett. »Meiner Meinung nach kümmert die beiden das nicht besonders«, entgegnet sie. »Sie haben sich doch die ganze Zeit über das Essen dort beschwert. Und wenn deine Tante Maggie dir nicht angeboten hätte, dass wir hier alle wohnen können, hätte mich mein Vater niemals studieren lassen.«

»Und meine Mutter hätte mich niemals gehen lassen, wenn ihr nicht alle mitgegangen wärt«, ergänzt Christine. »Für Tante Maggie ist es ebenfalls gut, dass wir hier sind – sie ist sonst sehr allein. Andererseits ist sie aber auch eine strenge Tante, verstehst du? Du hast selbst mitbekommen, wie viele Regeln sie für uns aufgestellt hat.«

Klara setzt sich auf ihr Bett und betrachtet ihre Freundin. »Christine, wie viele neue Kleider hast du eigentlich?«

Christine zuckt mit den Schultern. »Du weißt doch, wie meine Mutter ist«, entschuldigt sie sich. »Ich werde nicht einmal alles auspacken, schließlich haben wir nicht genug Platz im Schrank.

Und eine der Regeln ist übrigens, dass wir nicht auf den Betten sitzen dürfen.«

Klara springt auf. »Du lieber Himmel, das hatte ich ganz vergessen!«

»Und die Koffer müssen oben auf den Schrank, nicht unters Bett, erinnerst du dich?«

Klara zieht ihren Koffer wieder heraus. »Ich fürchte, mit dieser Tante von dir werde ich noch große Probleme bekommen«, verkündet sie seufzend. »Du musst mir helfen aufzupassen.«

»Kann ein Mann jetzt nirgendwo in diesem Haus einen Kaffee bekommen?«, will Boelie von der anderen Seite der Tür wissen.

»Pass auf, du darfst nicht hereinkommen!«, warnt ihn Klara. »Wir sind hier fertig, wir kommen gleich in die Küche.«

Die Küche fühlt sich fremd an. Ganz anders als die Küche auf der Farm, wo der Kaffee den ganzen Tag über auf dem Rand des großen Ofens in einer Kanne heiß gehalten wird. Hier zapft man erst Wasser in einen Kessel und dann schaltet man den kalten elektrischen Herd an, bringt das Wasser zum Kochen und setzt Kaffee auf – genau so viel, wie ihr braucht, sagt Tante Maggie, alles andere ist Verschwendung.

»Möchtest du eine oder zwei Tassen?«, fragt Klara, während sie Wasser in den Kessel laufen lässt.

»Sicher zwei«, antwortet Boelie. »De Wet kommt auch. Mach den Kessel also lieber ganz voll und bring auch Zwieback mit.«

Klara stellt den Kessel vorsichtig ab und dreht sich gelassen um. »Eine Sache solltest du dir gleich klarmachen, Brüderchen«, verkündet sie fest entschlossen. »Christine und ich sind nicht hier, um euch zu bedienen.«

Boelie beginnt zu lachen. »Nun ja, das werden wir ja noch sehen«, entgegnet er gemütlich. »Wer hat denn vorhin in der Straßenbahn mitfahren müssen, um dir den Weg zur Universität zu zeigen? Und wer hat gleich danach die schweren Koffer in dein Zimmer getragen?«

»Oh ja«, erwidert Klara, als ob ihr das erst jetzt wieder einfällt, »könntest du bitte meinen Koffer gleich noch oben auf den Schrank heben? Der ist mir zu schwer.«

»Ich darf doch euer Zimmer nicht betreten«, ruft Boelie ihr in Erinnerung.

»Jau, dann muss ich wohl in den sauren Apfel beißen und Kaffee aufsetzen«, gibt Klara klein bei.

»Mindestens … hm … zwei Wochen lang?«, hakt Boelie nach.

In den darauffolgenden beiden Wochen gibt es allerdings nur wenig Zeit zum Kaffeetrinken – eigentlich gibt es für gar nichts viel Zeit, nicht einmal zum Schlafen. Die Erstsemester haben große Schwierigkeiten, ihre Veranstaltungsräume zu finden, sie müssen rennen, damit sie es rechtzeitig zum Sportplatz schaffen, von dem komplizierten Veranstaltungsplan sind sie völlig verwirrt, sie müssen dies und dürfen das nicht, sodass Klara nach einer Weile das Gefühl hat, auf einem fremden Planeten gelandet zu sein.

In der Pädagogischen Hochschule, wo Christine auf Lehramt studiert, ist es ganz genauso. »Wir müssen beim Laufen immer auf den Boden schauen und dürfen uns im Süßwarenladen nichts kaufen«, berichtet sie am ersten Abend entrüstet. »Und von morgen an muss ich mir ein Schild umhängen, auf dem mein Name steht und noch alles Mögliche andere, so was wie mein Gewicht und der Name meines Kuschelsteins.«

»Ist das dein Kuschelstein?«, will De Wet wissen und nimmt den sauber geputzten Stein vom Tisch.

»Ja«, antwortet Christine, »aber ich muss noch ein Gesicht darauf malen.«

»Der ist aber furchtbar groß, wenn man ihn den ganzen Tag mit sich herumschleppen muss«, stellt De Wet fest. »Sollten wir dir nicht besser im Garten einen kleineren suchen?«

Die intensiv blauen Augen von Christine schauen ihn an. »Daran hatte ich überhaupt nicht gedacht«, gibt sie verblüfft zu. »Ganz schön schlau von dir, De Wet.«

Auch Klara hat in diesen Wochen einiges zu erzählen. »Unsere Erstsemesterstreiche sind ganz schön hart, aber Annabel meint, auf dem Campus ist es noch viel schlimmer. Sie sagt, dass sie keine Minute Schlaf bekommt – sie würde am liebsten alles hinschmeißen.«

»Wie dem auch sei, hier ist kein Zimmer mehr frei«, behauptet Christine hastig.

»Wir können jederzeit ein Bett zwischen unsere beiden stellen«, erklärt De Wet.

»Solange ihr diese Sorte Scherze nicht macht, wenn Tante Maggie dabei ist«, warnt Klara. »Die setzt euch, ohne mit der Wimper zu zucken, auf die Straße.«

»Wer sagt denn, dass das ein Scherz gewesen ist?«, fragt De Wet unschuldig.

»Ich finde die englischen Lehrbücher sind das Schlimmste«, sagt Klara, die ihn einfach ignoriert. »Von meinem Psychologielehrbuch verstehe ich keine Silbe.«

»Ach, daran gewöhnst du dich schnell genug«, tröstet sie Boelie mit der Weisheit eines höheren Semesters.

»Und dann die Bibliothek! Die ist echt verwirrend. So viele Bücher!«

»Ich habe mir sagen lassen, das sei die wichtigste Funktion einer Bibliothek«, erklärt De Wet trocken.

Schließlich hält Klara für eine Weile ihren Mund.

»Es ist wirklich nicht nur schön, wenn man Brüder hat«, sagt sie am Abend zu Christine, als sie schon im Bett liegen. »Die denken immer, dass sie alles besser wissen.«

»Diese Brüder von dir sind aber auch ein paar hübsche Kerle«, antwortet Christine. »Vor allem De Wet.«

»Morgen Abend ist eine Versammlung der OB, kommst du mit?«, will Boelie an einem Donnerstagabend von De Wet wissen.

»Was ist die OB?«, fragt Christine.

»Die *Ossewa-Brandwag*. Das ist eine Kulturorganisation, so ähnlich wie die *Voortrekkers*, aber eben für Erwachsene, glaube ich«, antwortet Klara.

»Aber nein, das ist mit Sicherheit nicht so ähnlich wie die *Voortrekkers*«, entgegnet Boelie verärgert.

»Vielleicht solltet ihr auch mitkommen, dann wisst ihr wenigstens auch, was mit den Afrikaanern in diesem Land geschieht«, schlägt De Wet vor.

Christine schaut ihn mit großen Augen an. Sie schweigt für einen Augenblick, sagt jedoch schließlich zögernd: »Ich glaube, das sollte ich besser nicht tun, De Wet.«

Er spürt, wie sein Herz weich wird. Plötzlich. Unerwartet.

Auch Boelie und Klara schweigen. Sie haben noch nie offen darüber gesprochen – dass Onkel Freddie im letzten Jahr beschlossen hat, sich auf die Seite von Smuts zu schlagen, als erkennbar geworden ist, dass dessen Leute über Hertzogs Parteigänger mit ihrer antibritischen Politik die Überhand gewinnen würden.

»Ich verstehe es wirklich nicht«, hat Papa gesagt. »Onkel Freddie ist immer ein Anhänger von Hertzog gewesen, all die Jahre. Was ist denn nun auf einmal in ihn gefahren?«

»Er hat mit Sicherheit Angst um seinen Sitz«, hat Opa überlegt. »Du weißt doch, wie Anne ihn angegangen ist.«

»Aber ein Mann hat doch auch seine Prinzipien«, hat Papa nur kopfschüttelnd geantwortet. Anschließend hat er sich seinen Hut aufgesetzt und ist zum Pferch gegangen.

»Onkel Freddie unterstützt also jetzt die Kriegstreiberei von Smuts?«, hat Boelie verdutzt gefragt.

Danach haben sie wirklich nie mehr darüber gesprochen, denn es war damals schon in trockenen Tüchern, dass sie bei Tante Maggie wohnen würden, und diese Absprache wollte niemand riskieren.

Klara durchbricht das Schweigen. »Ich würde gern mitkommen.«

Ja, denkt De Wet, Klara wird das gefallen. Während der Hundertjahrfeier hat er schon gemerkt, dass in ihr dasselbe patriotische Feuer brennt wie in ihm.

»Ich glaube, Henk geht auch«, verkündet Boelie. »Dann kann er uns schön abholen.«

»Wer ist denn Henk?«, fragt Christine.

»Boelies Zimmergenosse aus dem letzten Jahr«, antwortet Klara. »Hat er nicht auch Bauingenieurwesen studiert, Boelie?«

»Braam kommt auch mit«, erklärt De Wet zum Schluss. »Und vielleicht …«

»Die sollen selbst sehen, wie sie hinkommen«, bemerkt Boelie. »Henk hat eine Tin Lizzie, er kann nur uns drei abholen.«

»Eine was?«, will Klara wissen.

»Ein bestimmtes Modell von Ford«, erläutert De Wet. »Den T-Ford aus dem Jahr 1928.«

»Dann kann ich sowieso nicht mit«, freut sich Christine erleichtert. »Das Auto ist zu klein.«

Es liegt De Wet auf der Zunge zu sagen, dass sie für so eine schlanke junge Frau sicher noch ein Plätzchen finden würden, aber das verkneift er sich lieber. Es ist gut, dass sie eine Hintertür gefunden hat, durch die sie entkommen kann.

Der große Saal des Stadthauses ist rappelvoll. Zu sehen gibt es das übliche Bild: Flaggen und Fahnen auf dem Podium, Parolen an den Wänden, vorn ein paar Stuhlreihen und Stehplätze dahinter. Menschen begrüßen einander und winken sich aufgeregt zu. Der ganze Raum zittert vor Erwartung.

»Ich kann Braam zwischen all den Leuten hier nirgendwo entdecken«, bemerkt De Wet, doch Klara scheint ihn nicht zu hören. Sie hört Henk aufmerksam zu, was der zu erzählen hat.

Hm, denkt De Wet und reckt den Hals, um über all die Menschen hinwegzusehen.

Als die Oberhäuptlinge endlich würdevoll und vornehm ihre Plätze auf dem Podium einnehmen, wird das Publikum still und wartet.

Die Versammlung wird durch Bibellesung und Gebet eröffnet. Dann ergreift der Hauptredner des Abends das Wort. »Rundum die zehn Ochsenwagen hat ein gemeinschaftliches Band geherrscht, das uns alle aneinandergeschmiedet hat«, behauptet er. »Doch wie sieht es jetzt aus, wo alle diese Feierlichkeiten vorbei sind? Werden jetzt all die Liebe und der Stolz auf unser Volk tatsächlich wieder durch Neid, Hass und politische Streitigkeiten an den Rand gedrängt werden?«

Dieser Mann trifft den Nagel auf den Kopf, denkt De Wet. Wenn er es etwas weniger theatralisch sagen würde, könnte er sogar ein guter Redner sein.

»Das Motto der OB lautet: ›Mein Gott, mein Volk, mein Land, Südafrika‹ und unsere Losung ist: ›Pflicht und Dienst zur Ehre Gottes und des Vaterlands‹.«

Der Sprecher macht eine dramatische Pause. Seine Zuhörerschaft ist ganz im Bann des Augenblicks. Schließlich reißt er beide Arme in die Höhe und ruft: »Einer für alle und alle für einen!«

In der Menge fliegen alle Arme in die Höhe. »Einer für alle und alle für einen!«, dröhnt es durch den Saal.

Boelie sieht ganz verzaubert aus, bemerkt De Wet aus dem Augenwinkel. Und neben Boelie sitzen Klara und Henk, beide genauso verzaubert – aber vermutlich nicht durch diesen Augenblick.

Sie ist immer noch mein Schwesterchen, denkt De Wet. Henk muss auf seine Schritte achten.

»Die OB gründet sich auf die Philosophie des Nationalsozialismus«, fährt der Sprecher leidenschaftlich fort. Sein Gesicht ist vom Reden ganz rot geworden und er wischt sich immer wieder den Schweiß von der Stirn. »Wir haben im Augenblick rund dreihunderttausend Mitglieder.« Er ist für ein Weilchen still und nimmt einen Schluck Wasser aus dem Glas, das vor ihm steht. Boelie scheint jedes Wort aufzusaugen.

Das Publikum wartet gespannt, was nun kommen wird.

Das wäre der richtige Moment für eine dramatische Mitteilung, überlegt De Wet amüsiert, den Kerngedanken der Ansprache.

»Und genau deswegen, meine Damen und Herren, genau deswegen können wir niemals, ich wiederhole: *niemals*, die Kriegstreiberei dieser Khaki-Regierung unterstützen.«

Seine Zuhörerschaft beginnt ohrenbetäubend zu jubeln.

Was für eine weltbewegende Botschaft, denkt De Wet. Das ist

schlichtweg das, was jeder hier schon lange weiß. Wenn doch nur Braam hier wäre – der hätte das genauso gesehen.

Unvermittelt muss er an Christine denken. Sie sitzt jetzt allein zu Hause. Was wird sie wohl gerade tun? Vielleicht wäre es doch gut gewesen, wenn sie mitgekommen wäre – vielleicht hätte sie auf diese Weise etwas mehr von der Welt kennengelernt.

»Der Afrikaaner hegt in seinem Herzen eine tiefe Bewunderung für Deutschland«, hört er den Redner noch vage im Hintergrund.

Sie hat Angst vor allem und jedem, Angst, dass sie etwas tun könnte, was ihren Vater in Verlegenheit bringen würde, wird ihm auf einmal klar.

»... und allein Verachtung für diese britische Judenregierung, die wir haben, die unser Land in einen Krieg gestürzt hat – und das noch an der Seite der größten Feinde unseres Volkes!«

Die Anwesenden fahren beinahe aus ihrer Haut, so begeistert sind sie – Boelie mit eingeschlossen.

Der Vater von Christine gehört auch zu dieser Khaki-Regierung.

»Unsere sogenannte Armee, diese Truppe, die das Deutsche Reich jetzt militärisch angehen will, meine Damen und Herren, diese Truppe ist nicht mehr als ein schlechter Scherz.« Der Redner rattert ein paar Statistiken herunter. Für De Wet bleiben es nur Zahlen, die in diesem überfüllten Saal ziellos zwischen den Wänden umherschwirren.

Sie hat immer noch Angst vor dem Gekeife und Geschimpfe ihrer Mutter.

»Unglaublich, nicht wahr?« Boelie versetzt ihm einen Stoß in die Rippen.

»Ja, ja«, bestätigt De Wet.

Und schließlich: Ist es wirklich nötig, dass sie in allem auf dem Laufenden ist?, fragt sich De Wet. Sie ist eine junge Frau mit einem sanften Charakter – eine Versammlung wie diese hier würde sie furchtbar aus der Fassung bringen.

»Aber jetzt, meine Damen und Herren«, poltert der Redner weiter, »jetzt melden sich viele junge Männer, *afrikaanische* junge

Männer, hauptsächlich aus dem Teil unseres Volkes, der von Armut niedergedrückt wird, aus finanziellen Gründen bei der Armee. Unsere afrikaanischen Söhne werden von unseren größten Feinden gekauft: von England und von den mächtigen Juden mit Geld. Das Blut unserer afrikaanischen Söhne wird für den Bau des britischen *Empires* fließen!«

Die Entrüstung des Publikums kennt nun keine Grenzen mehr. Gut, das ist wahr, überlegt De Wet. Leider ist das wirklich wahr.

»Und genau deswegen muss die OB ausgerüstet werden, um Sabotageakte auszuführen und wenn nötig sogar selbst den bewaffneten Kampf aufzunehmen«, ruft der Redner. »Alle Verbindungslinien müssen sabotiert werden, vor allem wenn sie für den Transport unserer Männer in den Norden gebraucht werden. Telefonzentralen, Eisenbahnlinien, Armeezüge, Häfen – alles.«

Hoffentlich ist sie noch wach, wenn wir wieder nach Hause kommen.

Auf dem Heimweg sagt De Wet: »Diese Redner sollten aufpassen, was sie sagen – sie begeben sich auf ein gefährliches Terrain.«

»Wie meinst du das?«, will Boelie sofort wissen.

»Die OB tut so, als sei sie eine Kulturorganisation. Aber Sabotage oder möglicherweise ein bewaffneter Kampf passt so gar nicht zu einer Kulturorganisation.«

»Dann muss die OB eben einen eher militärischen Charakter bekommen«, entgegnet Boelie entschieden, »sonst bekommen sie nichts auf die Reihe. Mindestens die Hälfte des Polizeiapparats wird sich uns anschließen und jetzt, wo der größte Teil der Armee in Nordafrika ist, sollte die Machtübernahme nicht allzu schwierig werden.«

»Von welcher Machtübernahme sprichst du denn?«, will De Wet wissen.

Boelie antwortet nicht darauf.

»Boelie, ich habe dich etwas gefragt«, lässt De Wet nicht locker.

Schweigen.

»Telefonzentralen oder Häfen geht ja noch, aber Armeezüge

in die Luft jagen? Mit Menschen darin?«, fragt De Wet. Plötzlich ist es von äußerster Wichtigkeit, dass er von Boelie eine Antwort bekommt.

Schweigen.

»Ich würde gerne wissen, wie es mit dem Monument vorangeht.« Klara versucht, dem Gespräch eine andere Richtung zu geben. »Die Fotos in der Zeitung sind ziemlich unscharf. Man kann vom Gebäude selbst kaum etwas erkennen und sieht nur das Gerüst.«

»Vielleicht sollten wir selbst einmal hinfahren und schauen«, entgegnet Henk. Die unbehagliche Stille bleibt in der Luft.

»Das Monument wird ganz und gar aus Natursteinen errichtet, aus Granit«, erklärt Henk.

»Ja, ich habe gestern in der Zeitung gelesen, dass sie Granitblöcke gebrauchen, die aus den Steinbrüchen in der Nähe von Mopani kommen«, erläutert Klara. »Ich bin froh, dass sie auf diese Weise ein gutes Stück Bosveld im Monument verbauen.«

Ich sollte lieber heute Abend mit Boelie reden, wenn wir wieder in unserem Zimmer sind, beschließt De Wet.

»Mopani?«, fragt Henk. »Von diesem Ort habe ich noch nie etwas gehört.«

»Henk kommt vom Kap«, erklärt De Wet. »Das hört man schon an seinem Akzent.«

»Das ist eine Bahnstation in der Nähe von Messina«, erläutert Klara. »Weißt du denn, wo Messina liegt?«

»Ist das irgendwo in der Union?« De Wet hört den neckischen Unterton in Henks Stimme sehr gut heraus.

Klara allerdings ebenfalls. »Ja, in der Union, etwas südlich von Kairo, Herr vom Kap«, antwortet sie schnippisch.

Hm, lass dich nicht unterkriegen, Schwesterherz, denkt De Wet zufrieden.

Zu Hause wartet Christine mit einer großen Kanne Tee auf sie. »Habt ihr einen schönen Abend gehabt?«, will sie wissen.

»Das ist ein herausragender Abend gewesen. Du hättest wirklich dabei sein müssen«, antwortet Henk.

»Sehr informativ«, ergänzt De Wet. »Und was hast du gemacht?«

»Plätzchen gebacken«, erwidert sie mit einem breiten Lächeln, »für den Moment, wenn ihr wieder zurückkommt.« Sie beugt sich vor und öffnet die Ofentür. »Riecht doch mal!«

Als Henk sich nach einer Weile verabschiedet, begleiten ihn Boelie und De Wet zum Auto.

»Ihr habt wirklich eine sehr hübsche Schwester«, bemerkt Henk am Tor.

»Ja«, stimmt Boelie ihm zu, »und sie kann auch einen guten Kaffee machen.«

Am darauffolgenden Freitag läuft Klara Henk vor die Füße. Im wahrsten Sinne des Wortes, denn sie darf immer noch nicht hochschauen, während sie läuft – mit gebeugtem Haupt muss sie gehen, dabei blind wie ein Maulwurf sein und sich selbst einen Weg in der Fremde bahnen. Und so läuft sie schnurstracks – bumm! – in ihn. Alle ihre Bücher fallen zu Boden und die handschriftlichen Aufzeichnungen, die sie so sorgfältig geordnet hat, liegen im Gras verstreut.

»Hübsche Erstsemester sollten beim Laufen die Augen aufmachen«, hört sie eine amüsierte Stimme.

Sie bücken sich beide gleichzeitig, um die Bücher aufzuheben – mit noch katastrophaleren Folgen. »Aua!«, ruft sie ärgerlich und reibt sich den Kopf.

»Hübsche Erstsemester sollten auch beim Bücken die Augen aufmachen.« Ein Lachen macht sich in seiner Stimme breit, obwohl auch er sich den Kopf reiben muss.

Sie wird stinksauer. »Ich *darf* beim Laufen nicht die Augen aufmachen, Henk, und das weißt du so gut wie ich! Das ist ein Teil dieser lächerlichen Regeln, die sich eine Bande bescheuerter älterer Semester – so wie du einer bist – ausgedacht hat! Und ich finde sie mehr als nur zum Kotzen! Das Mindeste, was *du* hättest tun können, ist, die Augen aufzumachen und zu sehen, wo *ich* laufe, damit du mir aus dem Weg gehst! Und dann dich bei mir entschuldigen, nachdem du mir eine Kopfnuss versetzt hast. Oder haben die Leute vom Kap keine Manieren?« Ihr Kopf schmerzt fürchterlich.

Er brüllt vor Lachen. »Es tut mir wirklich furchtbar leid, dass ich dir eine Kopfnuss verpasst habe, Klara«, bringt er zwischen den Lachsalven hervor. »Ich habe das nicht mit Absicht gemacht. Aber ich bin tatsächlich mit Absicht mitten auf dem Weg stehen geblieben, als ich dich habe kommen sehen – da bekenne ich mich schuldig.«

»Oh«, erwidert sie. »Das war dann ziemlich dumm von dir.«

»Das hängt davon ab, wie man es betrachtet«, erläutert er. »Für mich ist es eine außerordentlich angenehme Erfahrung gewesen. Abgesehen von der Kopfnuss – dein Kopf ist genauso hart wie meiner. Und jetzt halte still, dann mache ich noch einen Versuch, deine Bücher aufzuheben.«

»Danke.« Sie merkt auf einmal, wie unsicher sie wird, und weiß nicht, was sie sagen soll.

»Weißt du was«, schlägt er vor, »ich lade dich auf ein Tässchen Kaffee ein, so als ordentliche Entschuldigung.«

»Ich bin gerade auf dem Weg zu einer Vorlesung«, hält sie schnell dagegen, »und ganz abgesehen davon darf ich nicht einmal mit dir sprechen. Du bist einer der älteren Semester.«

»Dann sieh es eben als Auftrag an, den du zur Studieneinführung erledigen musst«, erwidert er nonchalant. »Ich hole dich morgen früh zu Hause ab, auf diese Weise bekommt keiner mit, dass du dich mit einem älteren Semester abgibst, und dann gehen wir irgendwo in Sunnyside einen Kaffee trinken.«

Was soll sie dazu sagen? Seine freundlichen Augen, mit denen er sie ansieht, machen sie ein bisschen nervös.

»Jetzt musst du sagen: ›Gut, Henk, vielen Dank‹«, souffliert er ihr.

Sie hört das Lachen in seiner Stimme. Er kann doch nicht ahnen, was sie denkt? »Gut, danke«, hört sie sich selbst sagen.

Anschließend stürmt sie davon.

Boelie und De Wet verrät sie nicht, wohin sie geht, nur Christine. Und Annabel, die den ganzen Samstag zu Besuch ist. »Ich habe wirklich keine Lust auf all ihre Fragen und wir gehen sowieso nur kurz einen Kaffee trinken. Da ist nichts dabei.«

Trotzdem gibt sie sich mit ihrem Äußeren sehr viel Mühe. Schon früh wäscht sie sich die Haare und gibt dabei ein bisschen Essig ins Wasser, weil das ihren goldbraunen Glanz so schön hervorbringt. »Was soll ich überhaupt anziehen?«, fragt sie die beiden anderen, die mit ausgestreckten Beinen neben ihr in der Sonne sitzen, während sie sich die Haare trocknen lässt.

»Das hängt davon ab, wie er aussieht«, antwortet Annabel.

»Er ist ... kräftig gebaut, nicht so groß wie De Wet und er hat braunes Haar, das sehr kurz geschnitten ist, genau wie das von Boelie.« Klara überlegt einen Augenblick, bevor sie fortfährt. »Er hat braune Augen und trägt eine Brille. Und seine Augen scheinen die ganze Zeit zu lachen.«

»Hm«, macht Annabel. »Du bist verliebt. Also musst du dein rotes Kleid anziehen.«

»Ach Quatsch, Mädel, ich bin überhaupt nicht verliebt«, wehrt Klara verärgert ab. »Und dieses rote Kleid ist das einzige neue, das ich habe! Das kann ich doch nicht anziehen, wenn wir einfach nur irgendwo einen Kaffee trinken gehen!«

»Der erste Eindruck ist alles entscheidend«, erklärt ihre Freundin.

»Das ist kein erster Eindruck«, protestiert Klara. »Er hat mich vorher doch schon mal gesehen, an dem Abend von der Versammlung. Und gestern auf dem Campus, als er mir auf die Füße getreten ist.«

»Du bist *ihm* auf die Füße getreten«, korrigiert Christine sie.

»Was hattest du denn während der Versammlung an?«, will Annabel wissen.

»Mein weißes Kleid.«

»Gut, dann zählt dieser Abend nicht, denn Weiß steht dir wirklich überhaupt nicht. Und gestern, als du ihm vor die Füße gelaufen bist?«

»Was ist mit gestern?«

»Was hast du da angehabt?«, fragt Annabel ungeduldig.

»Ihr blaues Kleid, sie hat ihr dunkelblaues Kleid angehabt«, antwortet Christine nervös.

»Das *blaue* Kleid? Das ist ja noch schlimmer«, bemerkt Annabel resolut. »Nein, das ist jetzt wirklich das erste Mal, wo du einen guten Eindruck hinterlassen kannst. Zieh dein rotes Kleid an.«

Um elf Uhr holt Henk sie mit seiner Lizzie vor dem Gartentürchen ab. Er hält ihr die Autotür auf, sodass Klara einsteigen kann. Anschließend muss er die Tür mit einem festen Schlag zuwerfen, denn das ganze Ding ist schon ziemlich Schrott.

»Du siehst wunderbar aus, Klara«, bemerkt er, während er das Auto anlässt.

Ihr Herz macht einen Sprung. »Danke«, erwidert sie ein bisschen verlegen. »Wo fahren wir hin?«

»Wir haben doch letzte Woche entschieden, dass wir uns einmal anschauen wollen, wie es mit dem Monument aussieht.«

»In der Tat.«

»Nun, ich habe mir Folgendes gedacht: Wie wäre es, wenn wir uns irgendwo zwei Flaschen Limonade kaufen und die dort trinken?«, schlägt er vor.

Überrascht schaut sie ihn an. »Geht das denn? Das wäre unglaublich!« Dann schießt ihr etwas durch den Kopf: »Aber meinst du nicht, De Wet und die anderen würden auch gern mitkommen?«

»Wahrscheinlich schon, aber dann nehmen wir sie eben das nächste Mal mit.«

Das nächste Mal.

Sie betrachtet seine Hände, die das Lenkrad umschließen. Breite Finger, kurz geschnittene Nägel, fast rechteckig. Starke Hände sind das. »Bist du auf einer Farm aufgewachsen?«, fragt sie.

»Auf einer Apfelplantage, ja, in der Nähe von Grabouw. Das ist … hm … ein ganzes Stück von Mopani.«

Sie schaut ihn ernst an. »Von Norden aus kurz vor dem Südpol, oder?«

Er lacht ein wenig. »Na ja, vielleicht ein bisschen näher an Mopani als am Südpol.«

Sie halten vor einem kleinen Geschäft. Mit zwei Flaschen Limonade kommt er kurze Zeit später wieder heraus. Anschließend fahren sie weiter.

»Und warum studierst du dann nicht in Stellenbosch? Das wäre doch viel näher bei deinen Eltern.«

»Ich habe mir sagen lassen, dass es in Pretoria die hübschesten Mädchen gibt«, antwortet er.

Tief in ihrem Bauch fängt es an zu glühen.

Sie fahren nach Johannesburg. Die Eukalyptusbäume werfen lange Schattenmuster auf die Straßenoberfläche – von Pretoria nach Johannesburg bilden sie eine Art riesiger Ehrenwache auf beiden Seiten des Weges.

»Wir sind gleich da«, verkündet Henk.

Der schmale Weg zum Monument ist nicht steil, aber voller Schotter. »Arme Lizzie, der tun jetzt sicher die kleinen Räder weh«, sagt Klara.

»Lizzie ist ein Burenmädel – die würde auch barfuß über diese Schotterpiste fahren«, beruhigt Henk sie.

»Oh. Ich hätte sie für eine Amerikanerin gehalten.«

»Für ein Mädel hast du es ganz schön drauf.«

»Wie meinst du das, ›für ein Mädel‹?«

Henk lacht, antwortet ihr allerdings nicht.

»Schau, wir sind da.«

Sie steigen aus und gehen langsam den Hang hinauf. Der Bau ist in vollem Gang. Sie betrachten ihn sich und laufen dabei drum herum. Anschließend brechen sie in Gelächter aus. »Alles, was man sehen kann, sind Gerüste«, prustet Klara zwischen den Lachsalven. »Da hätten wir uns auch einfach nur die Fotos anschauen können.«

»Jetzt wissen wir es wenigstens mit Sicherheit«, verkündet Henk. »Komm, dann setzen wir uns wenigstens kurz unter diesen Baum da und trinken unsere Limonade.«

Sie schlendern den Hang wieder hinunter und setzen sich unter ein kleines, armselig gewachsenes Doringbäumchen. »Genau wie das Bäumchen aus diesem Gedicht von Totius«, bemerkt Klara.

Henk nickt. »Ja, es sieht tatsächlich so aus, als wäre es in seiner Jugend von einem Ochsenwagen überfahren worden.«

»Bist du auch bei der Grundsteinlegung dabei gewesen, Henk?«

»Ja, ich habe zum Reiterkommando gehört, genau wie Boelie und De Wet.«

Zwischen den dürren Zweigen hindurch brennt ihnen die Sonne auf den Kopf.

»Ich war auch mit dabei«, berichtet Klara. »Ich habe geholfen, einen der Wagen zu ziehen.«

»Und du bist doch auch bei dem Fackelzug dabei gewesen. Du bist mir damals schon aufgefallen«, erzählt Henk und dreht eine der Flaschen auf. Die Glut von eben kehrt zurück, dieses Mal heißer und intensiver.

»Diese Hundertjahrfeier ist ein fantastisches Erlebnis gewesen«, offenbart Klara.

»Das fand ich auch, Klara. Es hat sich angefühlt, wie …« Er überlegt einen Augenblick. »… wie wenn die Flamme der Fackeln überall gebrannt hätte, auch in mir drinnen. Vor allem in mir drinnen. Das hört sich seltsam an, oder?«

Der Boden, auf dem sie sitzen, ist hart und voller Steine – die wenigen Grashalme sind schon vor einer ganzen Weile in der Sonne verdorrt.

»Überhaupt nicht«, erwidert sie. »Überhaupt nicht. Das gibt genau das Gefühl wieder, das ich auch erlebt habe. Ich bin *so* stolz gewesen, nein, ich *bin* so stolz, eine Afrikaanerin zu sein.«

Die Limonade ist lauwarm und alle Kohlensäure ist aus ihr verschwunden.

Er nickt bedächtig und lächelt. »Ich auch«, antwortet er. »Ich auch.«

»Das Zeug schmeckt lecker«, sagt sie.

»Ja. Schön ist es hier, oder?«

»Sehr schön.«

Auf dem Nachhauseweg schweigen sie, aber es ist eine gemütliche, behagliche Stille.

Als sie vor dem Gartentürchen von Tante Maggie ankommen, schaltet Henk den Motor aus und sagt: »Ich bin nach Pretoria gegangen, weil ich Bergbau studieren wollte. Und das kann man nun einmal am besten in Transvaal.«

»Ja«, stimmt sie zu. »Das klingt logisch.«

Er schaut sie an. »Ich bin sehr froh, dass ich das getan habe, Klara, sonst hätte ich dich vielleicht nie kennengelernt.«

Sie spürt die Glut in ihrem Bauch plötzlich in ihrem ganzen Körper. Wenn sie bloß nicht rot wird! »Ich fand auch, dass das ein sehr schöner Tag war«, antwortet sie schnell.

»Hast du Lust, kommenden Samstag ins Kino zu gehen?«, will er wissen.

Die Hitze hat mittlerweile ihre Zehen erreicht, ihre Fingerkuppen und ihre Haarwurzeln. »Ja, das mache ich gern.«

Anschließend begleitet er sie über den rot gefliesten Fußweg bis an die Haustür.

Während Klara und ihre Brüder am Morgen des 10. Aprils in der Straßenbahn sitzen und zur Universität fahren, sehen sie an jedem Laternenpfahl die Plakate: Deutschland ist in Dänemark und Norwegen einmarschiert.

An diesem Abend sitzen sie alle bei Tante Maggie im Wohnzimmer und hören Radio.

»Gestern hat Deutschland Dänemark und Norwegen ein Ultimatum gestellt, wonach sich beide Länder unverzüglich unter den Schutz des Deutschen Reiches zu stellen hätten«, verkündet der Nachrichtensprecher in nüchternem Tonfall.

»Jetzt fängt es an«, ruft Boelie und reibt sich vergnügt die Hände.

Am darauffolgenden Abend kommt die Meldung, dass Dänemark sich widerstandslos ergeben hat. Norwegen leistet dagegen Widerstand – in diesem Augenblick werden Häfen, Flugfelder, Militärbasen, Radiostationen, Telefonzentralen, Bahnhöfe und Regierungsgebäude von den Nazis besetzt.

»Das läuft in die richtige Richtung«, behauptet Boelie.

»Du weißt schon, dass es um Deutschland geht, junger Mann?«, weist ihn Tante Maggie streng zurecht.

Da hält er seinen Mund. Denn im Wohnzimmer von Tante Maggie steht auf dem Klavier ein großes Foto von einem jungen Mann in Uniform. »Das ist der Verlobte von Tante Maggie. Der ist im Weltkrieg gefallen – von den Deutschen erschossen«, hat ihm Christine schon am ersten Tag im Flüsterton mitgeteilt. »Deshalb hat sie nie geheiratet.«

Das Klavier ist ein heiliger Ort im Haus. »Du kannst gern darauf spielen, aber nur leise«, hat Tante Maggie Klara gleich zu Anfang erklärt. »Aus Respekt.«

Später, während sie in der Küche beisammensitzen und Kaffee trinken, sagt De Wet: »Wir müssen besser aufpassen, was wir sagen, wenn Tante Maggie dabei ist.«

In der Wochenschau im Kino sehen sie an diesem Samstagabend Hitlers Panzerdivisionen wie große Käfer über die norddeutsche Tiefebene kriechen.

»Bei den Deutschen klappt einfach alles wie am Schnürchen – schau doch nur einmal, wie ordentlich in Reih und Glied die Panzer fahren«, flüstert Henk leise Klara ins Ohr.

Klara wünschte, der Hauptfilm würde endlich anfangen, diese ganzen Kriegsbilder möchte sie sich wirklich nicht anschauen. Heute Abend wird ein nagelneuer Film mit Clark Gable und Vivien Leigh gezeigt. Irgendetwas mit einem Wind, der irgendwohin weht – der Titel fällt ihr gerade nicht ein.

Am 10. Mai überfällt Deutschland die Niederlande, Belgien und Luxemburg.

Das bedeutet das Ende des »Sitzkrieges«, in dem Deutschland während der letzten acht Monate ziemlich inaktiv gewesen ist, ist am nächsten Tag in der *Transvaler* zu lesen. Der »Blitzkrieg« hat begonnen: Jetzt wird die deutsche Wehrmacht zuschlagen.

Am selben Abend hören sie im Radio, dass Churchill jetzt Premierminister von Großbritannien geworden ist, anstelle von Chamberlain.

Am 15. Mai meldet das Radio einen Waffenstillstand: Die Niederlande haben sich ergeben.

»Das geht mir jetzt alles viel zu schnell«, seufzt Tante Maggie. »Schalte das Ding bloß aus.«

Doch der Krieg lässt sich nicht ausschalten. Die Panzer rollen weiter, unaufhaltsam. Die Front verschiebt sich immer weiter nach Westen.

Am 28. Mai kapituliert Belgien.

Und Frankreich liegt offen vor den Panzerketten.

»Wir müssen irgendetwas unternehmen, um all die Kriegsgeschichten aus unseren Köpfen zu bekommen, bevor wir für unser Examen büffeln müssen«, erklärt Annabel während einer Vorlesung. Sie und Klara haben nur in Afrikaans und Englisch gemeinsame Veranstaltungen und da sitzen sie auch nebeneinander.

»Was denn zum Beispiel?«, will Klara wissen.

»Nun ja, vielleicht … einmal ins Kino gehen?«, schlägt Annabel vor.

»Da sehen wir doch erst recht, was alles passiert, im *African Mirror*«, entgegnet Klara.

»Da hast du recht. Wie wäre es mit einem Picknick? Mit allen zusammen, auch mit De Wet und den anderen Jungs.«

»Hm. Aber wo sollen wir das machen?«

»Bei den Fontänen? Oder lieber am Monument?«

»Nein«, antwortet Klara. »Das ist zu weit weg, da kommen wir mit der Straßenbahn nicht hin. Was hältst du von Magnoliadal? Das ist ein schöner Park und da werfen die Bäume ordentlich Schatten.«

»Und dann laden wir Braam auch mit ein«, verkündet Annabel enthusiastisch. »Ich habe ihn schon eine ganze Weile nicht mehr gesehen. Damit hätten wir eine Gruppe, die schön groß ist.«

Früh am Morgen an jenem Samstag – die jungen Frauen stehen noch in der Küche und streichen Brote – klopft jemand an die Hintertür. Klara macht auf. »Gerbrand!«, ruft sie fröhlich. »Das ist ja eine schöne Überraschung! Komm herein!« Sie betrachtet ihn von Kopf bis Fuß, während er an ihr vorbeigeht. Er sieht gut aus.

»Puh, was bist du groß geworden«, stellt Annabel überrascht fest. »Bist du wegen des Kaffees hier?«

Gerbrand schnappt sich ein belegtes Brot und schiebt es sich mit einem Bissen in den Mund. »Ja, schenk mal ein«, sagt er mit vollem Mund. »Ich wollte eigentlich mit Klara sprechen. Und mit De Wet.«

»De Wet und Boelie sind kurz noch eine Runde laufen gegangen«, erklärt Klara. »Musst du an diesem Wochenende nicht arbeiten?«

»Nein. Ich …«

»Dann kannst du ja mit uns kommen, Gerbrand«, lädt Christine ihn froh ein. »Wir gehen alle zusammen picknicken und heute Nachmittag schauen wir bei De Wets und Boelies Rugbyspiel zu. Und, oh ja, Henk auch.«

»Ja, und genug zu essen ist auch da«, bekräftigt Klara.

»Gut«, stimmt Gerbrand zu und stopft sich noch ein ganzes Brot in den Mund. »Aber heute Nachmittag muss ich wieder zurück.«

»Jetzt hör endlich auf, die Brote zu essen!«, schimpft Annabel gespielt. »Sonst werden wir nie mit dem Streichen fertig.«

Mit der Straßenbahn fahren sie nach Magnoliental. Die Jakarandabäume am Wegesrand sind kahl. Große Plakate an den Laternen verkünden die neuesten Entwicklungen im Krieg.

Die Rasenflächen von Magnoliental sind grau und dürr. Die Wintersonne zaubert eine fahle Spiegelung auf das Wasser des Baches. Braam ist schon da, zusammen mit zwei jungen Frauen, die eine große Dose voller Plätzchen mitgebracht haben. Sie breiten ihre Decken aus und stellen das Essen solange unter einen Baum. Die jungen Frauen machen es sich in der Sonne bequem, die Männer zaubern einen Tennisball und einen Cricketball hervor und beginnen ein paar Bälle zu schlagen.

»Hey, ihr Damen, jetzt seid ihr mal dran!«, ruft Boelie nach einer Weile. »Los jetzt, auf die Beine!«

»Ich mache da nur mit, wenn ich auch mal die Angabe machen darf«, ruft Annabel herausfordernd zurück.

»Wir werden sehen«, erwidert Boelie.

Es wird ein fröhliches Stündchen, in dem sie alle die kommenden Examen und die finsteren Kriegswolken auf der nördlichen Halbkugel für einen Augenblick vergessen. Doch als Gerbrand mit einem wütenden Schlag den Ball aus ihrem Sichtfeld schießt und ihn niemand mehr zwischen all den Sträuchern finden kann, setzen sie sich in die Sonne und strecken sich gemütlich auf ihren Decken aus. Und allzu schnell ist der Krieg den eigenen Landesgrenzen nicht mehr fern.

»Deutschland zieht den alliierten Truppen ganz ordentlich das Fell über die Ohren«, verkündet Braam zufrieden. »Dieser Krieg wird im Handumdrehen vorbei sein, das könnt ihr mir glauben.«

»Ich wäre froh darüber«, erwidert Klara. »Dann können wir wenigstens wieder ein normales Leben führen.«

»Das sehe ich genauso«, stimmt Annabel ihr zu. »Wisst ihr eigentlich, dass man nicht einmal mehr anständige Seidenstrümpfe bekommen kann? Es ist einfach zum Verrücktwerden.«

Als Klara für einen Moment aufsteht, um eine Flasche Limonade von unter einem Baum zu holen, steht Gerbrand plötzlich neben ihr und fängt leise an zu sprechen.

»Klara, ich habe bei dem Bergwerk gekündigt. Ich gehe weg. Ich bin hier, um euch das zu sagen.«

»Was sagst du da?« Wie erstarrt bleibt sie stehen und schaut ihn mit einem fragenden Blick an. »Wo gehst du denn hin, Gerbrand?«

»Ich habe mich freiwillig gemeldet. Bei der Armee. Ich muss am Montagmorgen um elf Uhr im Ausbildungslager sein.«

»Gerbrand! Willst du denn … an die Front? Warum?«

Er schaut sie geradewegs an. Seine Augen brennen in den ihren. »Ich kann nicht länger untertage arbeiten«, verkündet er ernst.

Sie schweigt für eine Weile. »Das verstehe ich«, sagt sie anschließend.

Er nickt. »Das habe ich mir gedacht.«

Schließlich dreht sie sich um und geht zurück zu den anderen, die immer noch daliegen und über den Krieg sprechen – privilegierte Afrikaanerjungen, die von ihren Vätern zur Universität geschickt worden sind, um sich Wissen zu erwerben; privilegierte Afrikaanermädchen, die sorglos daliegen, um braun zu werden, das Gesicht der Sonne zugekehrt.

Eines Nachmittags bringt Boelie eine Zeitung mit nach Hause. Die Titelseite ist ganz der Nachricht gewidmet, dass britische, französische und belgische Soldaten auf dem Strand von Dünkirchen in der Falle sitzen. Hunderttausende von Menschen. Gestrandet. Ohne Nachschub.

Am 5. Juni berichtet das Radio, dass in der Nacht, in einer nahezu übermenschlichen Aktion, mithilfe von Schiffen in allen Formen und Größen eine Viertelmillion britische Soldaten von diesem unbekannten französischen Strand evakuiert worden sind.

»Was für eine fantastische, patriotische Aktion.« Tante Maggie ist ganz angetan. »Egal was ihr ansonsten von den Engländern halten mögt: In Zeiten der Not stehen sie füreinander ein und sind mutig.«

»Was für ein Schauspiel«, brummt Boelie später in der Küche. »Wo ist denn die angeblich so großartige *Royal Navy* auf einmal gewesen? Alte Männer in Fischerbooten mussten die ganze Arbeit machen? Was für eine Bande von Feiglingen!«

»Sprich bitte etwas leiser!«, ermahnt ihn Klara eindringlich.

Boelie marschiert ärgerlich nach draußen und wirft die Hintertür mit einem lauten Knall hinter sich zu.

Als sie später am Abend im Bett liegen, erzählt Klara Christine: »Gerbrand hat sich bei der Armee gemeldet.«

»Bei der Armee? Will er an die Front?«, fragt Christine in die Dunkelheit hinein. »Hat er das gesagt?«

»Ja, letzten Samstag.«

Der Wecker auf dem Nachttisch tickt die Zeit vorbei.

»Warum denn, Klara?«

»Es ist … freier und mit Sicherheit auch ein größeres Abenteuer als in den Bergwerken. Und vielleicht bezahlen sie ihn auch besser.«

»Oh.«

Klara schläft schon fast, als Christine auf einmal fragt: »Wo ist er denn jetzt? Gerbrand, meine ich.«

»In einem Ausbildungslager. In der Nähe von Pretoria, bei Cullinan. Er hat sich da am Montagmorgen gemeldet.«

»Oh.«

Es bleibt für eine ganze Weile still. Schließlich sagt Christine: »Vielleicht denkt er, dass das seine Pflicht ist. Er ist sehr mutig.«

»Vielleicht«, antwortet Klara, »aber ich bezweifle es. Nun ja, jetzt muss er wenigstens nicht mehr untertage arbeiten. Komm, lass uns schlafen.«

Der Schlaf will sich jedoch nicht mehr einstellen. Bis tief in die Nacht hinein liegt sie da und denkt an ihn. Sie erinnert sich an die Fotos aus dem Weltkrieg, die sie irgendwo gesehen hat: die Soldaten in den Schützengräben. Und das Porträt auf dem Klavier im Wohnzimmer von Tante Maggie.

Vielleicht hat Gerbrand nur ein Gefängnis gegen ein anderes eingetauscht, überlegt sie.

Vielleicht.

»Diese Examensprüfungen überfallen einen einfach so, lange bevor man so richtig vorbereitet ist«, beklagt sich Annabel an einem trüben Wintermorgen vor dem Beginn der Vorlesung. »Und ich kapiere immer noch nicht, warum wir diese blöden niederländischen Bücher überhaupt lesen müssen.«

»Ich brüte immer noch über diesen englischen Lehrbüchern«, erwidert Klara und reibt sich die Hände, damit sie warm werden. »Geschichte geht eigentlich noch, aber das Psychologiebuch kommt mir einfach nur spanisch vor.«

»Lass uns über nettere Dinge reden«, schlägt Annabel hastig vor. »Geht Henk und du auch auf den Winterball?«

»Ja, aber der ist erst nach den Prüfungen. Ich habe das Gefühl, dass diese Examensperiode niemals enden wird.«

»Ich auch. Aber der Ball ist wenigstens etwas, worauf man sich freuen kann.«

»Und danach diese wunderbaren drei Wochen zu Hause. Wieder im eigenen Bett schlafen und die Kochkünste deiner Mutter.«

»Wenn meine Mutter kocht, werden sie nicht so wunderbar«, gesteht Annabel, »aber gut. Verrückt, ich sehne mich mittlerweile wirklich nach Hause, das hätte ich nie gedacht. Ich freue mich sogar auf meinen Bruder, diesen Rotzlöffel von Reinier.«

Ich bin doch wirklich gesegnet, denkt Klara im Stillen. Ich bin in einem glücklichen Zuhause aufgewachsen. In einer glücklichen, ausgeglichenen Familie. Alle haben so ihre Macken, aber wir lieben uns trotzdem und halten viel voneinander. Wir sind einfach glücklich.

Alles hat einmal ein Ende – also auch die Prüfungen. Und auch das wieder, bevor man es so richtig erwartet.

Der Ball ist am Freitagabend und am Samstag werden sie dann mit dem Zwölfuhrzug nach Hause fahren. »Wir werden wohl im Zug schlafen müssen«, überlegt Christine.

Klara hat am Freitagmorgen ihre letzte Prüfung. Christine ist schon am Donnerstag fertig. Als Klara in ihr Zimmer kommt, ist dort ein einziges großes Durcheinander. Überall liegen Klamotten. »Ich kriege das niemals alles in meine Koffer«, verkündet Christine, Tränen in den Augen.

»Nimm doch einfach nur das mit, was du wirklich brauchst«, schlägt Klara ihr vor. »Lass den Rest hier. Du hast zu Hause doch noch genug zum Anziehen, oder?«

In Christines großen, blauen Augen bricht die Sonne durch. »Was für eine schlaue Idee, Klara!« Sie springt auf. »Das Packen kann dann bis morgen früh warten. Ich gehe mir die Haare waschen, denn heute Abend möchte ich mich von meiner besten Seite zeigen.« Ihre Augen bekommen einen verträumten Ausdruck. »Für De Wet. Es ist das aller-, allererste Mal, dass er mich irgendwohin eingeladen hat.«

»Das weiß ich«, antwortet Klara. »Das wird sicher ein großartiger Abend werden.«

Als Henk kurz nach sieben Uhr seine Lizzie vor dem Gartentürchen parkt, sind die jungen Frauen immer noch dabei, sich zu pudern und herauszuputzen. »Wir kommen gleich!«, ruft Klara durch die Tür De Wet zu. »Gebt uns noch fünf Minuten.«

Beinahe zwanzig Minuten später sind sie bereit, ins Wohnzimmer zu gehen. »Sehe ich so gut aus?«, fragt Christine unsicher. Sie trägt ein hellblaues Kleid aus weicher Georgette-Seide, das sich eng um ihre Taille schließt und sich dann zu einem Glockenrock weitet, der ihr über die Fußknöchel fällt. Klara hat ihr geholfen, ihre Locken am Hinterkopf hochzustecken, links und rechts von ihrem Gesicht jeweils ein Löckchen. Zwischen den Locken haben sie kleine Stoffröschen festgesteckt, die dieselbe Farbe haben wie das Kleid.

»Du siehst wirklich aus wie ein Bild in einem Märchenbuch«, beruhigt Klara sie.

Während Klara in dem großen Spiegel an der Innenseite der Schranktür noch einen letzten Blick auf sich selbst wirft, wird ihr klar, dass sie auch hübsch aussieht. Das Dunkelgrün ihres taftseidenen Kleides unterstreicht ihre grünen Augen. Auf der Vorderseite ist das Kleid etwas kürzer geschnitten, sodass ihre silbernen Schühchen gerade noch zu sehen sind, und hinten läuft es in eine kurze Schleppe aus. Ihr goldbraunes, glänzendes Haar fällt ihr lose über die Schultern, die dauergewellten Spitzen wippen leicht. Sie wendet sich ein wenig zur Seite und betrachtet noch einmal ihren tief ausgeschnittenen Rücken. Sie ist ganz kribbelig vor Aufregung.

De Wet und Henk sehen in ihren Anzügen ebenfalls sehr vornehm aus – zwei galante Herren. »Ihr seht großartig aus«, sagt De Wet. »Heute Abend werden Henk und ich bestimmt von allen beneidet.«

Der Saal ist mit Pflanzen und Kerzen geschmückt – das Orchester spielt leise im Hintergrund. An einem der Tische auf der linken Seite haben Braam und seine Freundin ein Plätzchen für sie frei gehalten.

»Ist Boelie noch gar nicht da?«, will De Wet erstaunt wissen. »Der ist doch schon vor wer weiß wie langer Zeit Annabel abholen gegangen!«

Braam wirft ihm einen vielsagenden Blick zu. »Du weißt doch, wie Annabel ist! Sie wartet bis zum letztmöglichen Augenblick und sorgt dann für einen dramatischen Auftritt.«

Der erste Tanz ist ein Walzer. Das ist ein Tanz, den jeder kennt, und so füllt sich die Tanzfläche schnell mit Paaren.

Henk und Klara tanzen zum ersten Mal miteinander. Klara ist zunächst noch etwas angespannt, doch sie schaffen es schnell, einen gemeinsamen Rhythmus zu finden.

»Das gelingt uns wunderbar, findest du nicht auch?«, flüstert Henk ihr ins Ohr.

Sie wirft ihm einen neckischen Blick zu. »Walzer ist auch nicht gerade der schwerste Tanz der Welt«, antwortet sie. »Lass uns mit einem abschließenden Urteil warten, bis wir einen Tango hinter uns gebracht haben.«

Henk lacht. »Dafür solltest du dir lieber einen anderen Tanzpartner suchen – der Tango übersteigt meine bescheidenen Fähigkeiten, oder besser gesagt, die meiner Füße.«

Neben ihnen tanzen De Wet und Christine. Klara sieht, dass De Wet seinen großen Körper nach vorn neigt, um Christine etwas ins Ohr zu flüstern. Sie sieht auch das strahlende Gesicht, mit dem Christine zu De Wet aufschaut.

Sie sind gerade wieder an ihrem Tisch angekommen und De Wet hat sich angeboten, für alle etwas zu trinken zu holen, als Klara bemerkt, wie sich alle Köpfe zur Tür drehen.

In der Türöffnung steht Boelie, gut aussehend und breitschultrig in seinem Smoking. Annabel an seiner Seite.

Einer bildhübschen, sensationell gut aussehenden Annabel.

Ihr straffes, tiefrotes Abendkleid aus Satin mit einem frechen

Schnitt unterstreicht ihre vollendeten Rundungen. Ihr Haar hat sie hochgesteckt, mit einer zielgerichteten Nachlässigkeit, und ihre Lippen sind blutrot geschminkt. Die samtweiche Haut ihrer nackten Schultern glänzt im gedämpften Licht. Für einen Augenblick scheint sie zu zögern, dann kriecht ein vages Grinsen in ihre Mundwinkel. Sie reicht Boelie einen Arm und schwebt neben ihm elegant auf den Tisch zu. Boelie sieht aus wie eine Katze, die süßen Rahm geschnuppert hat – eine Katze, die eine Krawatte trägt.

Braam, der neben Klara sitzt, verschlägt es für einen kurzen Moment den Atem. Klara schaut bewusst nicht De Wet an. Sie will gar nicht sehen, wie er reagiert. Und zu Christine in ihrem blauen Märchenkleid schaut sie ebenso wenig.

Der nächste Tanz ist ein Quickstep und sofort füllt sich die Tanzfläche wieder. Als das Orchester zu einem langsamen Foxtrott ansetzt und Henk seine Arme fest um ihre Schultern legt, vergisst sie Christine und De Wet und Annabel in ihrem engen Kleid. Und Boelie.

»Es wird Zeit für ein Spielchen, Leute!«, ruft der Orchesterleiter in sein Mikrofon. »Alle Männer kommen jetzt zu mir und holen sich einen Ballon für ihr Mädchen.«

Unter einer Menge Gelächter binden die Männer ihren Tanzpartnerinnen einen Ballon um eines der Fußgelenke. »Tiefer, der muss den Boden berühren!«, ermutigt der Orchesterleiter sie und erläutert dann: »Das Paar, das es am längsten schafft, ohne dass sein Ballon platzt, hat gewonnen. Es ist alles erlaubt, welche Technik auch immer. Die einzige Regel ist: Ihr müsst so viele Ballons wie ihr könnt zum Platzen bringen und dabei euren eigenen beschützen.«

Das Orchester setzt ein und der Mann hinter dem Mikrofon fängt an zu singen. Die Paare tanzen, treten, stoßen einander an und flüchten vor den tretenden Füßen.

Klara und Henk sind ziemlich schnell raus – die Schleppe von Klaras Kleid beschränkt ihre Bewegungsfreiheit. Als sie zum Tisch zurückkehren, sitzen Boelie und Annabel auch schon dort.

»Mein Kleid ist für so etwas zu eng«, lacht der rote Mund von Annabel ausgelassen.

De Wet und Christine sind ebenfalls schnell wieder da. Christine hinkt ein wenig. »Irgendein Riese ist mir auf den Fuß getreten«, erklärt sie.

»Aber ihren Ballon haben wir erst noch kaputt getreten, bevor es uns erwischt hat«, fügt De Wet hinzu und legt seinen Arm um ihre schlanken Schultern.

Während das Gewinnerpaar unter lautem Jubel seinen Preis in Empfang nimmt, setzt das Orchester wieder ein. »Ein Tango!«, ruft Annabel fröhlich und springt auf. »Los, Boelie, hier kannst du dich nicht herausreden, das ist mein Lieblingstanz!«

Boelie schüttelt allerdings fest entschlossen den Kopf. »Viel zu schwer für mich.«

Sofort dreht sie sich zu De Wet um und sagt: »Aber du kannst doch Tango tanzen, De Wet, das weiß ich sicher. Wir haben doch noch bei euch im Wohnzimmer gemeinsam geübt.«

Anschließend marschieren De Wet und Annabel gemeinsam auf die Tanzfläche. Und tanzen einen Tango. So wie ein Tango getanzt werden muss. Um sie herum bildet sich ein großer Kreis und alle klatschen mit. Auch Christine. In ihrem blauen Kleid. Mit einem tapferen Lächeln auf den Lippen.

Später am Abend, als sie die Kerzen ausgeblasen haben und Klara sich in ihrem Bett schon umdreht, um einzuschlafen, sagt Christine: »Mit ihr kann ich es nicht aufnehmen, Klara.«

Langsam dreht Klara sich wieder zurück und wirft einen Blick auf den schemenhaften Berg aus Bettzeug, zu dem ihre Freundin jetzt geworden ist. »Versuche, daraus keinen Wettkampf zu machen«, rät sie. »Sei einfach du selbst, du bist großartig.«

Der Wecker tickt und tickt.

»Das ist nicht genug, Klara«, erklärt Christine. »Das ist einfach nicht genug.«

Am nächsten Morgen wird Klara wach, weil leise an das Fenster geklopft wird. »Wer ist das?«, will Christine schlaftrunken wissen. Klara öffnet den Vorhang einen kleinen Spaltbreit. Draußen steht Gerbrand. Öffnet das Fenster, bedeutet er ihnen.

»Erst anziehen«, erwidert Christine leise. »Tante Maggie schlägt uns tot, wenn sie sieht, dass wir im Nachthemd Besuch empfangen.«

Als sie endlich die Tür öffnen, sind sie alle beide vollständig angezogen, die Haare zu einem Pferdeschwanz zusammengebunden.

Auf der Schwelle steht Gerbrand in vollem Ornat. Die roten Litzen liegen wie breite, blutrote Flügel auf seinen Schulterklappen. Man kann sie nicht übersehen.

Klara hat ihn noch nie in Uniform gesehen. Er sieht älter aus, erwachsener. Auch gut versorgt. Das macht sie froh. »Wow, deine Uniform steht dir wirklich gut«, bemerkt sie.

»Ich komme, um euch Auf Wiedersehen zu sagen«, verkündet er. »Wenn ihr wieder nach Pretoria zurückkommt, bin ich schon weg. An der Front.«

Seine Worte lassen sie zusammenfahren. »Komm rein, Gerbrand«, fordert sie ihn auf.

»Du gehst dann weg?«, fragt Christine entsetzt.

»Ja, nach Ostafrika. Kenia. In zwei Wochen.«

»Oh, das habe ich nicht gewusst«, erwidert Christine.

Klara lässt Wasser in den Kessel laufen und holt die Tassen aus dem Schrank. »Der Zwieback ist alle«, bemerkt sie. »Das Semester ist zu Ende.«

»Ich kann sowieso nicht lange bleiben«, erwidert Gerbrand. »Ich wollte euch einfach noch einmal sehen.«

»Aber für einen Kaffee hast du doch noch Zeit, oder?«

»Ja.«

»Wir fahren auch gleich nach Hause, mit dem Zug«, erklärt sie. Er nickt. Zwischen ihnen macht sich eine seltsame Stille breit, die sich unbehaglich anfühlt.

Jetzt ist der Krieg nicht mehr etwas, was sich auf der anderen Seite der Welt abspielt, in Deutschland, England und in Polen, ahnt sie. Er ist hier, bei uns in der Küche. »Pass gut auf dich auf«, sagt sie.

»Ja.«

Das ist ein Freund von uns, wir haben von der allerersten Minute an gemeinsam die Schulbank gedrückt, denkt Klara.

Aber jetzt ist alles anders.

Sie bekommt einen Kloß im Hals. »Gerbrand, ich werde dir einen Schreibblock mitgeben. Wirst du mir dann schreiben?«

Er schaut sie skeptisch an. »Ich? Schreiben?«

»Ja, du, Gerbrand Pieterse. Du kannst schreiben, das weiß ich, ich habe neben dir gesessen, als du es gelernt hast.«

Er lacht. »Ja, das waren Zeiten, was?«

»Ja«, sagt Christine, »aber jetzt gehst du weg.« Ihre Augen sind sehr groß. »Ich glaube, ich muss weinen.«

»Bloß nicht«, wehrt Gerbrand ab. »Ich habe keine Ahnung, wie man Mädchen tröstet.«

»Ganz ruhig«, brummt Klara. »Wir heben uns das Weinen auf, bis du weg bist.«

»Weint ihr wegen mir?«

»Ja, Gerbrand Pieterse, wegen dir. Hier ist dein Kaffee. Und jetzt mach irgendeinen Witz, damit die Stimmung besser wird.«

Gerbrand ist jedoch noch nie ein großer Witzeerzähler gewesen und deshalb trinken sie einfach nur Kaffee miteinander.

»Dann gehe ich wohl mal«, sagt Gerbrand schließlich.

»Nimm diesen Schreibblock hier mit, bitte«, fordert Klara ihn in flehendem Ton auf.

Er schüttelt den Kopf, nimmt ihn dann aber doch. »Schade ums Papier, ich schreibe ja doch nicht«, erklärt er.

»Willst du dich nicht noch von De Wet und Boelie verabschieden?«, will Christine wissen.

»Nein.«

Das ist wegen der roten Litzen auf seinen Schultern, weiß Klara. Wenn Boelie ihn hier im Garten entdeckt, geht er ihm wahrscheinlich an die Gurgel.

Gerbrand steht auf.

»Gerbrand …?« Christines Stimme wird dünn.

»Tschüss, Christine«, sagt er und dreht sich um. »Klara, komm doch noch kurz mit.«

Sie schlendert hinter ihm zum Gartentürchen. Seine Stiefel glänzen frisch geputzt, sieht sie.

Er öffnet das Türchen, wendet sich um und holt einen Briefumschlag aus der Tasche. »Das ist für meine Mutter«, verkündet er.

»Bitte, Gerbrand, bring ihr das selbst vorbei«, fleht Klara ihn an. »Die Armee bezahlt dir die Zugfahrkarte, wenn du dich zu Hause verabschieden willst, das weiß ich.«

»Gib ihr einfach den Briefumschlag.«

»Das ist deine *Mutter*, Gerbrand. Es wird ihr das Herz brechen, wenn du einfach so verschwindest. Ich bitte dich!«

»Nein«, erwidert er. »Ich fahre nicht auf die Farm. Gib meiner Mutter einfach den Briefumschlag und sag ihr viele Grüße von mir. Sie soll sich wegen mir keine Gedanken machen. Und sag das auch zu Pérsomi.«

Anschließend dreht er sich hastig um und geht den Weg hinunter zur Straßenbahnhaltestelle.

Lange Zeit steht sie da und schaut ihm nach.

Er verschwindet um die Ecke, ohne sich noch einmal umzudrehen oder ihr zu winken.

6. Kapitel

Die Leute im Dorf schauen weg. Sie hören nicht hin und versuchen, nicht daran zu denken. Sie suchen eifrig nach Geschichten, mit denen man es wegerzählen könnte, zudecken oder ganz wegwischen.

Und trotzdem taucht es in den Gesprächen immer wieder auf. Unvermeidlich und unentrinnbar.

Blitzkrieg – so bezeichnet die Zeitung die Angriffstaktik der deutschen Armee nach acht Monaten relativer Ruhe. Die Menschen sind völlig entsetzt, als Hitlers Panzerarmeen Europa überrollen und sich die Front immer weiter nach Westen verschiebt.

In seinem Studentenzimmer in Turin faltet Lorenzo aufgeregt die Zeitung zusammen. »Jetzt *muss* Mussolini sich in den Kampf stürzen, sonst ist alles vorbei, ohne dass wir auch nur einen Schuss abgegeben haben«, sagt er frustriert zu seinem Zimmergenossen.

»Der Krieg ist weit weg von hier, stimmt's, Papa?«, will Gina wissen.

»Sehr weit weg, mein Püppchen, mach dir deswegen keine Gedanken«, antwortet der Baron.

Aber das muss sie doch, denn die Berichte über den Krieg beherrschen das Dorf vollends.

Am 10. Mai erklärt Mussolini England und Frankreich den Krieg. Das Radio liefert die Nachricht zu dem Baron von Veneto ins Haus. Der wiederum berichtet es im kleinen Geschäft der Rosenfelds, die Frauen erzählen es weiter auf dem Dorfplatz und über die Wäscheleinen hinweg und die Männer bei der Feldarbeit, die Ziegenhirten und die Steinmetze schütteln missmutig die Köpfe.

An diesem Abend vernehmen es alle Dorfbewohner mit ihren eigenen Ohren. Oder jedenfalls diejenigen, die den Arzt aufsuchen, um Radio zu hören.

Am 11. Juni kommt der Baron und berichtet, dass die deutschen Truppen bis ins Zentrum von Paris vorgedrungen sind.

Von diesem Augenblick an trudeln Geschichten von Familien aus Turin, von Freunden aus dem Aostatal, dicht bei der französischen Grenze, und selbst aus dem kleinen Kasinokönigreich am Meer, Monaco, ein: Ein endloser Strom von Armeelastwagen voller italienischer Soldaten macht sich auf den Weg nach Frankreich, Schiffsladungen voller Waffen und anderer Armeeausrüstung werden Tag für Tag in die französischen Hoheitsgewässer geschickt.

Das Radio und die Zeitung von Pater Enrico erzählen dieselbe Geschichte. Frankreich wird jetzt von drei Seiten überflutet: im Norden und Osten von den Deutschen und im Süden von den Italienern.

Als die Leute von dem Kino aus Turin einen Monat später wiederkommen und einen Film zeigen, spricht das ganze Dorf am nächsten Tag nur über den Propagandafilm des Vorprogramms und nicht über den Hauptfilm.

Denn sie haben die Deutschen tiefer und tiefer nach Frankreich eindringen sehen, sie haben mitbekommen, wie die Franzosen die Kapitulationserklärung unterschrieben haben – in demselben Eisenbahnwaggon bei Compiègne, in dem Deutschland 1918 gezwungen worden ist, sich den Bestimmungen des Vertrags von Versailles zu unterwerfen.

Sie haben gesehen, wie Adolf Hitler, Hermann Göring und andere Führer in ihren deutschen Uniformen den Gedenkstein aus Granit betrachtet haben.

Die Kamera hat eine Nahaufnahme der Plakette eingefangen, die auf dem Stein angebracht ist: »*Here, on the eleventh of November 1918, succumbed the criminal pride of the German Empire – vanquished by the free peoples which it tried to enslave.*« – »Hier hat sich am 11. November 1918 der verbrecherische Stolz des Deutschen Reiches geschlagen gegeben – überwunden durch die freien Völker, die er zu versklaven versucht hat«, übersetzt der Doktor und die Menschen verstehen: Hitler hat die Niederlage von Versailles gerächt.

»Hoffentlich gibt er sich jetzt zufrieden«, brummt der Arzt unwirsch, »und lässt den Rest der Welt in Ruhe.«

»Gut so, Europa gehört jetzt uns«, verkündet Lorenzo seinem Zimmergenossen. »Jetzt fehlt nur noch der Rest der Welt.«

Während sie mit dem Bus nach Hause in die Sommerferien fahren, sagt Lorenzo zu Antonio: »Gemeinsam sind Hitler und Mussolini unbesiegbar. Eins sage ich dir, Tonio, bald liegt uns die ganze Welt zu Füßen.«

Während der Ferien ist dies das Einzige, worüber man mit Lorenzo reden kann: die überragende Qualität des deutschen Heeres – *und* die des italienischen, fügt er immer hinzu. Auf einer Karte zeigt er, wie weit Italien sein Staatsgebiet ausbreiten wird, um mehr Lebensraum zu bekommen, und wie es sich ein Reich aufbauen wird. Im Vergleich dazu wird das mächtige britische *Empire* nur ein Figürchen auf einem Schachbrett sein.

Mit einer Falte auf der Stirn schiebt der Baron langsam seinen weißen Turm in Position.

»Italien muss seine Karten allerdings auf die richtige Weise ausspielen, indem es im richtigen Augenblick seine Soldaten schickt und zuschlägt«, behauptet Lorenzo.

Guiseppe schenkt sich noch einen Becher Wein ein und betrachtet aufmerksam die schönen Spielfiguren aus Marmor auf dem Brett. »Wir können das ganze Mittelmeer beherrschen, ganz Nordafrika, das ganze Gebiet zwischen Palästina und Gibraltar«, erklärt Lorenzo. »Die englische Flotte bekommt es mit einem fest entschlossenen Volk zu tun, das weiß, was es will.«

Der Priester schiebt seinen schwarzen Läufer um drei Felder schräg nach rechts.

»Das wird wieder ganz genauso werden wie im Großen Krieg«, fährt Lorenzo enthusiastisch fort. »Als die Österreicher gedacht haben, dass sie aus den Alpen entlang der Piave nach Italien einmarschieren könnten, sind sie auf eine Mauer aus italienischen Soldaten gestoßen.«

»Bringen sie dir so etwas auf der Universität bei?«, blafft ihn der Doktor an, dem inzwischen der Geduldsfaden reißt. »Dann solltest du lieber mal mit den Leuten reden, die dabei gewesen sind und die in den Schützengräben gekämpft haben, so wie der Baron von Veneto oder dein eigener Vater. Oder wegen mir kannst du auch mich fragen. Ich bin schließlich derjenige gewesen, der all die zusammengeschossenen Menschen wieder zusammenflicken musste oder ihnen Morphium gespritzt hat, während ihnen der Priester die Sterbesakramente gereicht hat.«

Er nimmt einen großen Schluck von seinem Wein, dabei zittert seine Hand leicht. Als er weiterspricht, klingt seine Stimme müde.

»Der Krieg von 1914 bis 1918 ist bis heute die größte Katastrophe, die sich die Menschheit jemals angetan hat. Wenn sich jedoch der heutige Krieg wieder über die ganze Welt ausbreitet, wird der Große Krieg von damals wie ein Kindergeburtstag aussehen.«

Der Priester nickt langsam. »Möge die Mutter Gottes uns davor bewahren«, sagt er.

Es ist nur gut, dass die Familie Rosenfeld nicht nach Frankreich geflüchtet ist, sagen die Leute zueinander. Das französische Heer scheint der Flutwelle aus deutschen Panzern nicht gewachsen zu sein. Und wenn erst einmal das Hakenkreuz triumphierend rot und schwarz über ihren Köpfen flattert …

Dann schütteln sie die Köpfe und hüllen sich in Schweigen.

Die Geschichten über die Juden in Österreich und Deutschland werden immer mehr, aber auch in Frankreich, den Niederlanden und Belgien, in Polen, Ungarn und der Tschechoslowakei. Furchtbare Geschichten sind das, wie Schlachtvieh werden sie überall hinter Stacheldraht gepfercht, in Gettos und Lager.

Durch das Radio hören die Menschen fortwährend von den großartigen militärischen Erfolgen Italiens. Italienische Truppen sind in Südfrankreich einmarschiert, bis an die stärksten Bunker der Alpenlinie. Die hätten sie auch mit Leichtigkeit weggefegt, doch im letzten Augenblick haben sich die Franzosen ergeben und sind kleinlaut nach Hause abgezogen. *»Ein unglaublicher Sieg* *für unsere Männer!«*, steht in der Zeitung und so ertönt es auch im Radio.

Der Sohn des Arztes berichtet jedoch, dass Italien 1247 Mannschaften verloren hat, Tausende Soldaten sind schwer verwundet. Und Frankreich hat nur 204 Tote zu beklagen, verkündet Pietro.

Anschließend schaltet der Doktor das Radio aus und das bleibt auch weiterhin aus.

Niemand glaubt mehr, was es zu berichten hat.

Die Leute haben gewusst, dass ein großes Fest gefeiert werden würde, sobald Don und Donna Veneto bekannt geben würden, dass sie Antonio Romanelli die Hand ihrer Tochter versprochen haben. Sie haben auch gewusst, dass es in den Sommerferien stattfinden würde, denn Gina hat alles andere als ein Geheimnis daraus gemacht.

Schon Wochen vorher berichtet die Dorfschneiderin Anna von den zwei prächtigen Kleidern, die sie anfertigen soll: eins für Gina und eins für Donna Veneto. Teurer Stoff, echte Seide, die sich Donna Veneto schon vor drei Jahren direkt aus China hat kommen lassen. Und sie, Anna, soll ihn mit venetianischen Glasperlen und Stickereien verzieren. Wie die Kleider schließlich aussehen werden, erzählt sie nicht – die bekommen die Menschen erst am Tag des Festes zu sehen.

Sie erzählt, dass Gina Antonio ein besticktes Hemd habe anziehen wollen, doch der sei in Gelächter ausgebrochen und habe sich standhaft geweigert.

Der Bus hat Kisten voller verschiedener Gegenstände gebracht. Die Leute können sich kaum vorstellen, wie viel das den Baron gekostet haben muss, jetzt, wo Krieg ist und alles rationiert wird. Luigi läuft überall herum und erzählt vom eingeführten französischen Champagner, der aus den Kellern des Baron geholt worden sein soll – viele Flaschen voll. Und es sollen mindestens zwei Schweine geschlachtet werden *und* eine junge Ziege, hat der Stallknecht behauptet. Die Dienstmädchen berichten von den Vorbereitungen: den blütenweißen, gestärkten Tischdecken, dem glänzend geputzten silbernen Besteck, den Kristallgläsern, die aus dem Schrank geholt worden sind, dem *pane dolce*, der *torte di frutta* und dem reich gefüllten *panettone*, das alles bereits gebacken worden sei.

Die Verlobungsfeier, das wissen die Leute, wird ein Fest, wie es das Dorf noch nie erlebt hat. Ihre wunderschöne Prinzessin wird schließlich dem schlausten der drei schlauen Romanelli-Jungen ihr Jawort geben. Der Priester wird die Verlobung segnen.

Die Hochzeit wird erst später sein, viel später. Das ist eine Geschichte für das nächste Jahr.

Und sie sind zufrieden, schließlich ist das nun endlich einmal eine Geschichte, die gut ausgeht.

Am Tag des Festes strahlt die Sonne von einem völlig blauen Himmel herab. Es ist Freitag, doch keiner der Männer macht sich an die Landarbeit. Die Weinreben bleiben blau und reif an den Weinstöcken hängen, auf den Streuobstwiesen beugen sich die Bäume unter ihrer Last, der Marmor bleibt unberührt unter der Haut des Berges verborgen. Die Schulglocke schweigt, das Geschäft der Rosenfelds bleibt geschlossen, die Ziegen bleiben im Stall.

Alle Menschen bereiten sich auf das Fest vor.

Um drei Uhr beginnt die Kirchenglocke zum ersten Mal zu läuten. Sie läutet eine ganze Weile, dort oben im steinernen Kirchturm – das Geläut hallt an den felsigen Trampelpfaden entlang nach unten, über den Dorfplatz, über die spitzen Dächer der Häuser, bis hinunter ins Tal. Die Glocke ruft alle Einwohner des Dorfes zum Verlobungsfest.

Als die Glocke um vier Uhr erneut zu läuten beginnt, stehen sie alle im Innenhof und warten. Nicht in der Kirche selbst – die ist für die Hochzeit reserviert, die später kommen wird.

Alle sind sie da: der Doktor, Sofia und Luigi, zwischen ihnen ihr außereheliches Enkelkind, das sie herausgeputzt haben, die Nonnen aus dem Kloster, die Väter, die Mütter, die Kinder und die Jugendlichen des Dorfes. Sogar die Familie Rosenfeld ist anwesend, sie steht in der hintersten Reihe. Rachel trägt ein dunkelrotes Kleid, das ihr wunderbar steht, und Herr Rosenfeld hat seine Kippa auf.

Sobald die Kirchenglocke schweigt, tritt Antonio Romanelli in den Kreis, begleitet von seinen Eltern, und bleibt vor dem Priester stehen. Er trägt eine schwarze Hose und ein blütenweißes Hemd. Seine sonnengebräunte Haut hebt sich deutlich vom Weiß seines Hemdes ab, das sich um seine breiten Schultern spannt. Den Menschen entfährt ein Seufzen der Zufriedenheit.

Pater Enrico lächelt und segnet ihn und seine Eltern. Maria und Guiseppe nehmen auf der vordersten Bank Platz.

Dann tritt Gina ein, gemeinsam mit ihren Eltern.

Durch die Menschenmenge geht ein Raunen, so wie wenn eine Brise vom Berg durch die Blätter weht oder ein kleines Bächlein über die Felsen plätschert. Denn ihre Prinzessin ist bildhübsch. Ihr langes, blondes Haar, in das Blumen geflochten sind, ist wie ein Kranz um ihren Kopf geflochten. Ihre Wangen sind vor Aufregung ganz rot und ihre blauen Augen glänzen. Ihr Kleid aus hellblauer chinesischer Seide umschließt ihre Taille eng und fällt dann in wallenden Falten bis auf ihre Knöchel hinab. Das Dekolleté ist tief ausgeschnitten – aber wiederum auch nicht *zu* tief, nicken die Frauen mit gespitzten Lippen – und mit Hunderten von Perlen verziert, alle aus Venetien. Anna muss Tag und Nacht daran gearbeitet haben.

Das Dorf ist zufrieden. Gina Veneto ist in der Tat eine Schönheit.

Ihre Eltern setzen sich neben Maria und Guiseppe. Pater Enrico bedeutet Gina, dass sie sich selbst vor ihn stellen soll – *so*, ja.

Die Leute recken die Hälse.

Jetzt stehen Antonio und Gina einander gegenüber. Sie halten sich an den Händen und schauen sich in die Augen. Dann legen sie ihr Verlobungsversprechen ab – laut, sodass es das ganze Dorf hören kann. Und Pater Enrico segnet sie, sodass alle es sehen können.

An diesem Abend schmausen die Menschen von dem Festmahl, das der Baron für seine einzige Tochter organisiert hat. Sie trinken Champagner und Wein. Und sie tanzen: Gina und Antonio, Marco und Rachel, Don und Donna Veneto, Maria und

Guiseppe Romanelli, sogar Sofia und Luigi. Später tanzt Lorenzo noch mit Gina und Antonio mit Rachel und der Doktor sogar mit der spindeldürren Anna.

Lorenzo ist der Vortänzer – er tanzt mit allen Mädchen und fast allen Frauen. Doch nicht ein einziges Mal an diesem langen Abend tanzt er mit Rachel Rosenfeld.

»Das ist ein wunderbares Fest gewesen«, bemerkt Sofia, während sie mit Luigi weit nach Mitternacht nach Hause geht.

»Ja«, antwortet dieser, »einen Tag lang haben wir den Krieg ganz und gar vergessen können.«

»Warum musst du dann unbedingt gleich wieder damit anfangen?«, keift sie wütend zurück. »Mit diesem Geschwätz verdirbst du mir einen wunderschönen Tag!«

Erst am darauffolgenden Tag bemerken sie, dass das außereheliche Enkelkind die ganze Nacht unter dem großen Esstisch in der Villa geschlafen hat – es scheint, als habe es sich mit dem edlen Tropfen des Weinstocks völlig verausgabt.

Als die Romanelli-Brüder nach den Sommerferien zur Universität zurückkehren, macht eine Reihe von Gerüchten die Runde: Gerüchte, wonach Mussolini den Wehrdienst einführen will.

»England hat im letzten Jahr im April oder Mai die allgemeine Wehrpflicht eingeführt«, erläutert der Zimmergenosse von Lorenzo. »Das war schon Monate vor Kriegsbeginn. Wir hängen hinterher, das kannst du mir glauben, wir hängen dem Rest der Welt hinterher.«

Antonio steht auf und geht zum Fenster. In der Allee unter ihm fangen die Bäume schon an, sich golden zu verfärben – die ersten Zeichen, dass der Sommer zu Ende geht. »Ich werde mich einfach weigern«, überlegt er laut. »Ich habe noch sieben Monate, dann bin ich mit dem Studium fertig. Im Februar habe ich meine letzten Prüfungen. Ich kann nicht gehen, das ist doch logisch. Das müssen sie verstehen.«

»Die Armee versteht das mit Sicherheit nicht«, erwidert Lorenzos Zimmergenosse. Er klickt sein Feuerzeug auf und zündet sich eine Zigarette an. »Dir wird nicht viel anderes übrig bleiben, Kamerad, als deinen Krempel zusammenzupacken.«

»Der Krieg wird doch auch nicht mehr lange dauern«, verkündet Lorenzo. »Dafür sind Hitler und Mussolini viel zu sehr auf Zack. Und wenn er vorbei ist, kommen wir wieder zurück nach Turin, wir alle gemeinsam, und dann beenden wir unser Studium und werden alle wohlhabende Bürger eines blühenden Italien.«

Antonio schüttelt den Kopf und dreht sich um. »Ich gehe dann mal wieder«, sagt er. »Ich habe noch eine Aufgabe, die ich morgen einreichen muss.«

»Ich komme ein Stückchen mit«, erklärt Lorenzo.

Draußen scheint noch die Sonne, obwohl die Bäume und die Universitätsgebäude lange Schatten auf das Gras werfen. »Ich möchte übrigens auch gern zur Armee, Tonio«, verkündet Lorenzo.

»Papa wird niemals sein Einverständnis dazu geben. Du wirst erst dein Studium abschließen müssen«, warnt ihn Antonio.

»Meiner Meinung nach werden wir alle Wehrdienst leisten müssen, du auch«, entgegnet Lorenzo.

Als Antonio darauf nichts antwortet, fügt er hinzu: »Wenn du sowieso zur Armee musst, dann kannst du auch gleich das Beste daraus machen, Tonio. Das kann ein großes Abenteuer werden. Stell dir nur vor: Wir werden an Orte geschickt, an denen wir noch nie gewesen sind, wir werden Dinge sehen, über die wir bisher nur gelesen haben, wir werden … Du lieber Himmel, Antonio, wir sind noch nie über Turin hinausgekommen, du und ich!«

»Ein solches Schlachtfeld hat doch nichts von einem Abenteuer«, entgegnet Antonio ernst. »Und es ist auch gar nicht ausgemacht, dass wir zusammenbleiben können.«

»Sie werden uns sicher nicht auseinanderreißen«, behauptet Lorenzo voller Selbstvertrauen. »Ich gehe mal wieder zurück. Wenn ich mich nicht irre, habe ich gerade die Essensglocke gehört.« Er legt seinem Bruder die Hand auf die Schulter. »Wenn wir aus dem Krieg zurückkommen, werden wir die Berge von Monferato wieder besteigen, Tonio, und gemeinsam auf dem Stura di Lanzo herumrudern. Und ehe wir's uns versehen, spielen wir zusammen für Juventus Fußball! Wenn der Krieg erst einmal vorbei ist.«

Antonio lächelt. »Du hast die größten Träume, glaube ich. Gleich in der Mannschaft von Juventus!«

Lorenzo nickt ernst. »Ja, wir werden noch eine Menge gemeinsam unternehmen. Und sie platzieren uns bestimmt in derselben Einheit, Tonio, oder wenigstens in derselben Kompagnie! Das weiß ich ganz genau, denn schließlich sind wir Brüder.«

»Ja«, antwortet Antonio, »das sind wir.«

Schließlich richtet sich eine Garnison Soldaten, Mussolinis »Schwarzhemden«, direkt neben dem Dorf ein. Sie schlagen ihr Lager mitten auf dem einzigen Bolzplatz der Jungen auf, der direkt neben dem Dorf liegt, im Schatten des alten romanischen Glockenturms. Zum ersten Mal seit der Rückkehr der Familie Rosenfeld öffnet Rachel das Geschäft nicht. Auch die Türen und Fenster ihres Hauses bleiben geschlossen, wie blinde Augen und taube Ohren. Eine Woche lang.

Marco verschwindet heimlich nach Turin und kehrt mit einem Sack voller Vorräte zurück. Und die Frauen bringen mitten in der Nacht eingekochtes Gemüse, getrocknete Tomaten, Olivenöl, *polenta* und ein Fläschchen Wein.

Denn Marco wird mit der Familie Rosenfeld in die Berge fliehen. Er kennt die Berge wie seine Westentasche. Und dort gibt es eine ganze Menge Höhlen, in denen man sogar einen kalten Winter überleben kann. Auf dem Berg, der sich über dem Dorf auftürmt, kann eine ganze Familie verschwinden und abwarten.

»Ich nehme lieber jetzt schon Abschied«, erklärt Marco, als sie in der Abenddämmerung Anstalten machen, in die Kirche zu gehen. »Sobald wir mit dem Priester fertig sind, möchte ich von hier verschwinden.«

Maria Romanelli schlägt sich die Hände vors Gesicht. »Oh, dieser furchtbare Krieg!« Sie schüttelt den Kopf, immer wieder.

»Ich bin dort oben, Mama«, tröstet Marco sie und drückt sie

fest an sich. »Und ich komme dann von Zeit zu Zeit ins Dorf, um Proviant zu holen, bestimmt einmal im Monat.«

»Da oben ist es kalt und der Winter steht vor der Tür«, erwidert sie und streicht ihm über den breiten Rücken.

»Grüß Lorenzo und Antonio schön von mir, wenn sie wieder einmal für ein Wochenende nach Hause kommen.«

Maria nickt nur.

Dann öffnet Guiseppe seine Arme. Für einen Augenblick presst er seinen ältesten Sohn an sich und lässt ihn anschließend langsam wieder los.

»Es ist sicher nicht für lange«, erklärt Marco und hebt seine Tasche hoch. »Das ist alles nur vorübergehend, bis sich die Lage wieder normalisiert hat.«

»Papa wird dir ein paar Extradecken vorbeibringen, sobald wir welche bekommen können«, kündigt Maria unter Tränen an. »Er wird euch schon zu finden wissen, sagt er.«

»Ja«, bestätigt Marco. »Papa kennt den Berg besser als jeder andere.«

An diesem Abend sehen die Leute Guiseppe, Maria und Marco gemeinsam in die Kirche gehen. Anschließend gehen auch der Doktor und Sofia und Luigi, der Baron und Gina.

Es ist still im leeren Kirchengebäude. Und kalt.

Die beiden dicken Kerzen flackern schwach.

Guiseppes großer Kopf ist tief verneigt. Seinen Arm hat er um Marias runde Schultern gelegt. Sie steht mucksmäuschenstill da, den Kopf an seine Brust gelegt. Ihre Wangen glänzen unnatürlich. Gina weint ganz offensichtlich und selbst Sofia tastet nach Luigis knochiger Arbeiterhand.

Nur Marco steht kerzengerade da, die Schultern nach hinten gezogen.

»Eine gute Reise und eine behütete Heimkehr«, murmelt der Priester.

In dieser Nacht verschwindet die komplette Familie Rosenfeld. Und mit ihnen Marco Romanelli. Der Berg verschluckt sie einfach.

7. Kapitel

Es dauert bis zur zweiten Woche der Juliferien, bis Klara genügend Mut zusammengekratzt hat, um Tante Jemima den Briefumschlag zu bringen. »Mach du das bitte«, hat sie De Wet angefleht. »Du kennst Tante Jemima viel besser als ich.«

»Nein, Gerbrand hat gewollt, dass du das tust«, hat De Wet ihr geantwortet. »Ich gehe gerne bis zum Fluss mit und warte da auf dich, aber überbringen musst du ihn.«

»Und soll ich es ihr auch erzählen?«

»Ja natürlich.«

Nach dem Frühstück schiebt sie es noch ein Weilchen vor sich her, doch dann marschiert sie durch den Orangenhain hinunter zum Fluss. Onkel Lewies müsste mittlerweile beim Vieh sein. Er soll die Zäune kontrollieren, hat Papa gestern gesagt.

»Gerbrand ist mir etwas schuldig«, sagt Klara.

»Aber du verstehst schon, warum er nicht selbst kommen konnte?«, will De Wet wissen.

»Ja natürlich«, gibt Klara ein bisschen unwillig zu. »Ich kenne ihn schließlich schon ziemlich lange.«

Das ist erst das zweite Mal, dass sie sich dem Häuschen der Familie Pieterse nähert. Es sieht noch viel schlimmer aus, als sie es in Erinnerung gehabt hat.

Vorsichtig klopft sie an.

Drinnen ist es totenstill. Ein magerer Hund streckt seine spitze Schnauze um eine Hausecke.

Plötzlich taucht Pérsomi neben ihr auf. Sie hat ein dünnes Kleid an und einen schlabberigen Pullover, den Klara als einen abgelegten von Christine wiedererkennt. »Mama ist hinten«, verkündet Pérsomi und verschwindet wieder um die Ecke.

Klara folgt ihr widerwillig.

Tanta Jemima hat eine Schaufel in der Hand. Hannapat ist auch da. Sie lehnt sich mit ihrem vollen Gewicht auf die Mistgabel, um sie in den harten Boden zu bekommen. Um sie herum ist ein kleines, umgegrabenes Fleckchen Boden voller knochentrockener Erdklumpen.

An die Rückwand gelehnt, in dem schmalen Streifen Schatten, den das Haus wirft, sitzt Sussie auf dem Boden: eine junge Frau von beinahe zwanzig Jahren, die Klara mit leeren Augen anstarrt. Doch Klara bemerkt augenblicklich auch etwas anderes. Etwas, das unverkennbar ist.

Sie dreht sich sofort um und redet drauflos, um ihren Schreck zu verbergen: »Guten Morgen, Tante Jemima, guten Morgen euch allen.«

Tante Jemima nickt. »Morgen, Klara«, erwidert sie. »Haste Ferien?«

»Ja«, antwortet Klara. »Es ist schön, wieder einmal zu Hause zu sein«, sagt sie.

»Ja«, bestätigt Tante Jemima.

Pérsomi und Hannapat stehen schweigend daneben und blicken sie an.

»Es ist schön hier auf der Farm«, erklärt Klara.

Sussies Augen brennen ihr Löcher in den Rücken.

»Ja«, sagt Tante Jemima mit einem Nicken.

Irgendwo beginnt eine Taube zu gurren. Das Geräusch hört sich deplatziert an. Beinahe störend.

»Ich habe einen Briefumschlag für euch – von Gerbrand«, verkündet Klara. Ihr Mund ist trocken.

»Danke«, sagt Tante Jemima und hält ihre Hand auf.

Die Hände von Tante Jemima sind voller Schwielen und Risse und ihre Nägel sind brüchig. Sie öffnet den Briefumschlag nicht, sondern stopft ihn sich vorn ins Kleid.

»Ich habe auch eine Nachricht von Gerbrand«, sagt Klara und fährt mit der Zunge über die trockenen Lippen.

»Was hat Gerbrand denn gesagt?«, will Pérsomi wissen. »Kommt er bald?«

»Er kommt sicher irgendwann einmal vorbei, aber nicht demnächst«, antwortet Klara. Du bist mir ganz schön viel schuldig, Gerbrand, denkt sie. Sie ist sich Pérsomis fragender Miene bewusst und ihr ist klar, dass sie es jetzt durchziehen muss.

»Gerbrand sagt, dass es ihm sehr gut geht. Er arbeitet nicht mehr in den Bergwerken und das gefällt ihm viel besser.«

Tante Jemima schlägt die Hand vor den Mund. »Hamm sie ihn rausgeschmissen?«

»Nein, er hat immer noch Arbeit, Tante Jemima«, beruhigt Klara sie.

»Und wo arbeitet er jetzt?«, fragt Pérsomi.

Klara wirft ihr einen Blick zu. »Er … er hat sich gemeldet – er ist Soldat geworden, Pérsomi.«

Niemand sagt etwas. Sogar die Taube schweigt.

»Er ist *was?*«, fragt Pérsomi schließlich.

Klara schaut wieder Tante Jemima an. »Er ist jetzt bei der Armee, Tante Jemima. Er … Ihm gefällt es da sehr gut, viel besser als in den Bergwerken. Er hat gesagt, ihr sollt euch keine Sorgen machen. Und ich soll euch schön von ihm grüßen.«

»Wo isser jetzt?«, will Tante Jemima wissen und ihre Stimme hört sich seltsam an.

Klara holt tief Luft. »Ich soll euch auch noch sagen, dass er diese Woche mit dem Schiff nach Kenia fährt. Zusammen mit den anderen Soldaten.«

Für einen ganz kurzen Augenblick schaut sie Pérsomi in die Augen, aber dann dreht sich das Mädchen mit einem Ruck um und rennt auf seinen langen Beinen weg.

»Danke«, sagt Tante Jemima. Alles Leben ist aus ihrer Stimme verschwunden. Sie lässt die Schaufel zwischen die trockenen Klumpen fallen und geht ins Haus.

Während Klara gemeinsam mit De Wet durch den Hain zurückläuft, sagt sie: »Ich habe in meinem ganzen Leben noch nichts gemacht, was mir so schwergefallen ist.«

»Warum hast du mir nicht erzählt, dass Sussie ein Baby bekommt?«, will Klara von ihrer Mutter wissen, als sie sie allein in der Küche antrifft.

Ihre Mutter schaut erschrocken auf. »Erwartet Sussie ein … Gütiger Himmel, bloß nicht!«, sagt sie und lässt sich auf einen Stuhl fallen.

»Hast du das denn gar nicht gewusst?«, fragt Klara entsetzt. »So wie sie aussieht, kann das Baby jeden Augenblick kommen.«

Ihre Mutter schüttelt niedergeschlagen den Kopf. »Ich komme da nie vorbei und mir hat auch keiner etwas erzählt.« Sie steht auf, geht zum Herd und schenkt sich teilnahmslos einen Becher Kaffee ein. »Dann sind die Gerüchte also doch wahr.«

Klara fragt nicht, welche Gerüchte. Sie will es gar nicht wissen.

Ihre Mutter setzt sich wieder an den Küchentisch. »Die Sozialarbeiter habe ich schon informiert, aber die haben so viel zu tun. Es gibt so viel Armut in unserem Bezirk.«

Klara steht auf und schenkt sich auch eine Tasse Kaffee ein.

»Ich werde mich noch einmal an sie wenden«, seufzt ihre Mutter. »Liebe Leute, was für ein Zustand.«

Als ihr Vater vom Land zurückkommt, bekommt er sofort einen Wutanfall. »Jetzt ist das Maß voll!«, ruft er. »Ich jage diesen Lewies und sein ganzes Gesocks heute noch von meinem Land!«

»Und wo sollen die armen Kerle dann hin?«, fragt Mama. »Puh, Neels, du musst auch an Jemima denken – und an Pérsomi, Hannapat und Gertjie. Und an das Baby.«

Papa seufzt tief. Dann nimmt er seinen Hut vom Tisch. »Und jetzt kommt wieder eins dazu. Du musst die Sozialarbeiter unbedingt noch einmal anrufen, vielleicht hören sie ja dieses Mal zu«, brummt er und geht nach draußen.

Sein Becher Kaffee bleibt unangetastet auf dem Tisch stehen.

Am nächsten Morgen steht Hannapat schon vor Tag und Tau mit ängstlichem Gesicht vor der Hintertür. Sussie hat sicher wieder einen Anfall, denkt Klara, oder das Baby kommt gleich.

»Pérsomi ist immer noch weg«, verkündet Hannapat stattdessen, während sie sich mit dem Handrücken die Nase abwischt.

»Wie meinst du das: ›immer noch weg‹?«, fragt Klaras Mutter. Das Kind steht wie eine Salzsäule in der Türöffnung.

»Sie ist gestern weggerannt, als ich Tante Jemima die Neuigkeiten von Gerbrand erzählt habe«, erklärt Klara.

»Von Gerbrand? Was ist denn mit Gerbrand?«, will ihre Mutter wissen.

Boelie ist auch in der Küche, fällt Klara schlagartig auf. Er hat ihnen den Rücken zugekehrt und schenkt sich einen Becher Kaffee ein.

Hilfe suchend wirft sie De Wet einen Blick zu. Der zuckt nur mit den Schultern und holt tief Luft. »Gerbrand hat sich zur Armee gemeldet«, antwortet er dann an Klaras Stelle.

Mit einem Ruck dreht Boelie sich um. »Er hat *was?*«

»Sich freiwillig zur Armee gemeldet«, wiederholt De Wet gelassen.

»Zur Armee gemeldet!«

»Ja, Boelie. Er ist jetzt eine Rotlitze«, nennt De Wet das Kind beim Namen.

»Gerbrand? Davon glaube ich kein Wort!«

»Und Pérsomi ist weggerannt, als ich erzählt habe, dass er nach Ostafrika an die Front geschickt worden ist«, ergänzt Klara.

»Warum habt ihr mir davon denn nichts gesagt?«, fragt Boelie wütend.

»Weil uns bewusst war, dass du so reagieren würdest«, antwortet Klara.

Lautstark zieht Hannapat die Nase hoch.

»Gib dem Kind doch bitte ein Taschentuch«, fordert Mama Klara auf. »Hannapat, putz dir die Nase. Und sag deiner Mutter, dass wir uns gleich mit ein paar Leuten auf die Suche machen. Wo ist dein Vater?«

»Im Bett«, erwidert Hannapat.

»Sag deinem Vater, dass er sofort hierherkommen soll«, befiehlt Klaras Mutter. »Und wo ist Piet?«

»Weg.«

»Ach, Mama, lass Lewies doch seinen Rausch ausschlafen. Du kannst mit ihm ja doch nichts anfangen. Wir suchen lieber allein«, entgegnet De Wet.

»Seinen Rausch?«, will seine Mutter wissen. »Woher hat er denn jetzt schon wieder Geld für Alkohol?«

»Ich habe Tante Jemima gestern einen Umschlag gebracht, von Gerbrand«, erläutert Klara.

»Geh jetzt nach Hause, Hannapat«, sagt Klaras Mutter in beruhigendem Ton. »Wir machen uns auf die Suche.«

»Warum hat er das bloß gemacht?« Boelie tigert durch den Raum.

»Wer? Onkel Lewies?«, fragt Irene.

»Weil es wahrscheinlich besser ist, als in den Bergwerken zu arbeiten«, erklärt De Wet.

»Von wem sprecht ihr denn jetzt?«, will Irene wissen.

Boelie hat immer noch eine dicke Falte auf der Stirn. »Aber …«

»Hör jetzt auf, Boelie«, befiehlt seine Mutter streng. »Nehmt euch zwei Stück Zwieback, ihr beiden, und dann geht ihr das Kind suchen. Sie ist wahrscheinlich auf den Berg gestiegen – da flieht sie immer hin. Papa und die anderen kommen zum Helfen, sobald er die Arbeiter zusammengetrommelt hat. *Nein*, Irene, du gehst nicht mit.«

»Aber das ist meine Freundin …«

Zur Mittagessenszeit kommt De Wet zurück. »Auf dieser Seite ist sie nicht, es sei denn, sie will nicht gefunden werden und hat sich gut versteckt«, verkündet er.

»Ich hätte mitgehen sollen. Die Hunde hätten sie mit Sicherheit gefunden«, behauptet Irene.

Gegen drei Uhr ist Papa auch wieder da. »Ich habe die ganze Farm abgesucht«, erklärt er. »Sogar ins Dorf bin ich gefahren und habe mich auf dem Bahnhof umgeschaut und die Arbeiter haben den Fluss abgesucht. Nichts.«

»Ich gehe *jetzt* suchen«, verkündet Irene wütend.

»Vergiss es!«, erwidert ihre Mutter streng.

Kurz nach fünf kommt Boelie herein. »Sie ist in Sicherheit«, berichtet er.

»Ist sie wieder zu Hause?«, will seine Mutter wissen. Sie klingt erleichtert.

»Nein, Mama«, antwortet Boelie. »Aber ich bin schon bei Tante Jemima gewesen und habe ihr gesagt, dass sie sich keine Gedanken machen soll.«

»Aber Boelie! Sie ist ein kleines Mädchen …«

»Sie ist alt und klug genug, um selbst zu entscheiden, was sie zu tun hat, Mama«, behauptet Boelie.

»Sie ist zwölf!«

»Sie ist viel älter als zwölf«, entgegnet Boelie. »Viel, viel älter.«

»Du hast einen Brief bekommen«, eröffnet Tante Maggie Klara. »Ich habe ihn aufs Klavier gelegt, neben das Porträt.«

Tante Maggie spricht immer sehr distinguiert, wenn sie dieses Foto erwähnt.

»Vielen Dank, Tante Maggie, ich hole ihn mir nachher«, antwortet Klara.

Nach dem Abendessen geht sie ins dunkle Wohnzimmer. Das Licht schaltet sie nicht an, denn das wäre Stromverschwendung. Es ist nur ein dünner Brief in einem grauen Umschlag ohne Briefmarke, stattdessen prangt ein roter Stempel der Regierung darauf. Die Handschrift von Gerbrand erkennt sie sofort.

Sie nimmt den Umschlag mit in ihr Zimmer und macht ihn erst dort vorsichtig auf.

Mitten auf dem Indischen Ozean

19. Juli 1940

Liebe Klara!
Du kannst dir etwas auf dich einbilden! Weil ich schreibe: Du hast recht gehabt ich habe ganz viel Zeit.
Wir sind mit dem Zug nach Durban gefahren. Das war ziemlich kalt besonders in den Drachenbergen. Die sind sehr

hoch und ganz schön weiß von dem Schnee sie sehen aus wie Berge aus Maispüree.
Dann sind wir nach Durban gekommen. Jetzt habe ich auch das Meer gesehen. Und Seewasser geschmeckt. In Durban war es nicht kalt. Ich schreibe jetzt auf dem Schiff deshalb kann ich nicht so ordentlich schreiben weil das Schiff ein bisschen schaukelt. Und ich schreibe auf meinen Knien.
Unser Offizier muss erst all unsere Briefe lesen bevor wir sie wegschicken können. Deshalb kann ich dir nichts über unsere Pläne erzählen. Ich weiß auch nicht ob ich dir sagen darf wie das Schiff heißt. Es ist ein großes Schiff aber es ist rappelvoll. Wir schlafen in Hängematten unten im Schiff aber wir dürfen kein Licht anmachen und es ist sehr eng deswegen stößt man sich dauernd an irgendwas. Die meisten von uns schlafen darum auch oben auf dem Deck. Das funktioniert prima außer wenn es regnet.
Einer von den Jungens hier hat einen Fotoapparat dabei und ein Bild geknipst. Vielleicht kann ich es dir später einmal schicken. Der Junge heißt Jakkals und ich wünschte du könntest ihn mal kennenlernen.

21. Juli 1940

Ich kann nur hoffen dass wir bald da sind sonst sind wir alle tot aber nicht auf dem Schlachtfeld oder wegen einem italienischen Torpedo sondern weil wir uns die Seele aus dem Hals gekotzt haben. Das Meer ist stürmisch. Wir trainieren jeden Tag aber das Schiff schaukelt so sehr dass es nicht so gut klappt.

23. Juli 1940

Morgen kommen wir in Mombasa an das liegt in Kenia und dann fahren wir mit dem Zug zu unserer Basis. Ich kann es kaum abwarten endlich von dem Schiff runterzukommen. Ich will unbedingt an die Front. Denn dafür habe ich mich schließlich gemeldet.

Morgen werfe ich den Brief ein. Ich habe meiner Mutter nicht geschrieben weil das zu schwer ist. Richte ihr schöne Grüße aus und sag ihr dass es mir gut geht. Auch Pérsomi.
Herzliche Grüße
Dein Freund
Gerbrand

»Gerbrand hat mir geschrieben«, verkündet sie Christine, als diese hereinkommt.

»Gerbrand? Einen Brief?«, fragt die verdutzt.

»Ja, es ist kaum zu glauben. Hier, lies ihn selbst.«

»Aber der ist doch an dich adressiert?«, erwidert Christine zögernd.

»Ach, ich bin mir sicher, dass Gerbrand das nicht schlimm finden würde.«

Christine nimmt den Brief. »Schreibt er auch über den Krieg?«, will sie mit zitternder Stimme wissen.

»Nein, da sind sie noch nicht.«

Als Christine den Brief fertig gelesen hat, sagt Klara: »Gerbrand ist einsam, deswegen hat er mir geschrieben.«

»Er hat Heimweh, davon kommt es«, stimmt Christine ihr zu. »Komisch, sich vorzustellen, dass Gerbrand so etwas hat.«

Klara nickt. »Du solltest ihm auch einmal schreiben, dann bekommt er gleich zwei Briefe.«

»Das mache ich.« Christine legt die Stirn in Falten. »Warum schreibt er eigentlich nicht an seine Mutter? Warum lässt er sie nur grüßen?«

»Ich vermute, seine Mutter kann nicht lesen«, überlegt Klara. »Oder besser gesagt: Eigentlich weiß ich das ganz sicher.«

»Oh. Das habe ich gar nicht gewusst.« Plötzlich reißt Christine ihre Augen weit auf. »Fast hätte ich es vergessen: Henk ist da. Er sitzt im Wohnzimmer und wartet auf dich.«

Klaras Herz macht einen Satz und sie springt vom Bett auf. »Warum hast du das nicht gleich gesagt?« Sie schnappt sich ihre Haarbürste.

»Du hast von dem Brief angefangen und dann …«

Die letzten Worte hört Klara schon nicht mehr, denn ihre Füße tragen sie den Gang entlang, zu Henk, der auf sie wartet.

Nach einer Woche dringt es zu ihr durch, dass sie in ihre neue Welt zurückgekommen ist, weit weg vom Hausgottesdienst ihres Großvaters und dem frischen Brot ihrer Mutter. Weit weg von den harten Händen von Tante Jemima und den leeren Augen Sussies. Ganz weit weg von Gerbrand dort irgendwo im Norden Afrikas.

Dieses Haus, das sie mit Boelie, De Wet und Christine teilt, dieses Haus mit der rot gefliesten Veranda, auf der Henk immer auf sie wartet, mit dem Wohnzimmer, das von dem Porträt beherrscht wird und wo Tante Maggie abends umsichtig ihre Teller volllöffelt, dieses Haus ist nun ihre neue Welt geworden.

Ende August geht Klara mit Henk auf den Frühlingsball. De Wet liegt mit Windpocken im Bett. Er darf das Außenzimmer nicht verlassen und Boelie schläft im Wohnzimmer. Niemand wird zu De Wet gelassen. Das Außenzimmer muss verschlossen bleiben. Sein Essen und seinen Kaffee stellen sie ihm vor die Tür, aber die darf er erst öffnen, wenn sie wieder im Haus sind. »Sonst steckt ihr euch alle an und werdet krank«, behauptet Tante Maggie.

Einer von Braams Freunden möchte sich mit Christine verabreden. »Meinst du nicht, ich sollte lieber zu Hause bleiben?«, fragt diese Klara, weil sie sich unsicher ist.

»Bestimmt nicht. Wir gehen alle zusammen und machen uns einen schönen Abend. Schließlich sind wir ja nicht krank!«, antwortet Klara resolut.

Annabel kommt wieder einmal zu spät – Boelie an ihrer Seite und in eine nagelneue, leuchtend silberne Kreation aus Lamé gekleidet. Ihr glänzendes Haar fällt ihr offen über die nackten Schultern und ihre langen Ohrringe glitzern im gedämpften Licht.

»Ich bin zum ersten Mal froh, dass De Wet krank ist«, flüstert Christine Klara ins Ohr.

Klara lacht leise. »Ja klar, lass ihn für seine Sünden bezahlen«, kichert sie mit.

Am Sonntag fahren sie nach dem Gottesdienst zum Monument. Nur Henk, Klara, Christine und Boelie, denn De Wet sitzt immer noch hinter Schloss und Riegel. Tante Maggie hat ihm allerdings für die Zeit das Radio geliehen. Boelie hat das bleischwere Ding auf der Schwelle des Außenzimmers abstellen und dann ein paar Schritte zur Seite treten müssen, damit De Wet öffnen und den Apparat hineinziehen konnte. »Aber du schaltest es nicht den ganzen Tag an, kapiert?«, hat ihn Tante Maggie gewarnt. »Das ist Stromverschwendung.«

Mit dem Bau des Monuments ist man noch nicht sehr weit vorangekommen. Der gigantische Betonboden ist gegossen worden und hier und da scheint eine Wand in die Höhe zu wachsen. Die vier Ecken des Gebäudes bestehen aus enormen Granitblöcken. »Diese Dinger wiegen sicher ein paar Tonnen pro Stück«, stellt Boelie tief beeindruckt fest.

»Ich habe gehört, dass es das ursprüngliche Bauunternehmen, Cosani, nicht auf die Reihe bekommt«, berichtet Henk. »Deshalb mussten sie sich noch einen ganzen Haufen anderer Angebote einholen.«

»Wahrscheinlich geht deshalb hier kaum etwas voran«, vermutet Klara.

»Ja, und auch weil sich die Prioritäten unserer Khaki-Regierung um den Krieg drehen«, bemerkt Boelie beinahe bitter. »Die Fertigstellung des Monuments steht ohne jeden Zweifel bei denen ganz unten auf der Liste.«

Auf dem Nachhauseweg ist Christine sehr still.

Boelie kann ganz schön patzig sein, überlegt Klara ärgerlich. Oder vielleicht denkt er auch einfach nicht nach, bevor er seinen Mund aufmacht.

Während sie an diesem Abend De Wet seinen Teller mit Essen bringt, sagt der durch die geschlossene Tür hindurch: »Komm nachher mal kurz zum Fenster, ich muss mit dir reden.«

»Tante Maggie bringt mich um, wenn sie mich hier sieht«, erwidert Klara.

»Komm trotzdem.«

Später am Abend sagt sie zu Christine: »Ich gehe mir noch kurz draußen die Beine vertreten.«

»Möchtest du, dass ich mitkomme?«

»Brauchst du nicht, ich bin gleich wieder da.«

Das Licht im Außenzimmer ist schon verloschen, doch es ertönt leise Radiomusik. Sie klopft an die Fensterscheibe.

Unmittelbar darauf erscheint das Gesicht von De Wet, voller Bläschen. Er öffnet das Fenster.

»Du siehst immer noch furchtbar aus«, stellt sie fest, während sie einen Schritt zurücktritt. »Pass auf, dass du mich nicht ansteckst.«

»Hm«, macht er.

»Was wolltest du mir sagen?«

»Die Nachrichten im Radio sind alles andere als berauschend, Klara.«

»Meinst du den Krieg?«, fragt sie erschrocken. Denn dorthin ist Gerbrand schließlich auf dem Weg.

»Nein, die OB.«

»Die *Ossewa-Brandwag?*«, will sie verwirrt wissen.

»Ja. Ich habe erst heute Abend gehört, dass bei OB-Mitgliedern Hausdurchsuchungen durchgeführt worden sind und dass die Polizei einige verhaftet hat.«

»Verhaftet?« Klara runzelt die Stirn. »Aber es ist doch kein Verbrechen, der OB beizutreten. Das ist schließlich keine verbotene Organisation, oder?«

»Nein, aber die Mitglieder, die verdächtigt werden, Sabotageaktionen zu planen, werden in Internierungslager gesperrt.«

»Internierungslager?« Ich stelle mich nicht gerade intelligent an, fällt ihr auf. De Wet wird sicher denken, dass sie überhaupt keine Ahnung hat.

»Ja, Klara. Das habe ich auch nicht gewusst. Es gibt Lager bei Koffiefontain und Jagersfontain und auch an anderen Orten: Leeukop und … Baviaanspoort, glaube ich. Im letzten Monat sind mehr als 3700 Menschen interniert worden.

»So viele?«, ruft sie entsetzt.

»Ich mache mir Sorgen wegen Boelie, Klara.«

»Wegen Boelie?«

»Klara, jetzt schalte endlich deinen Verstand ein! Du hörst dich ja an wie ein Papagei.«

»Ich weiß«, gibt sie kopfschüttelnd zu. »Warum machst du dir denn Sorgen wegen Boelie?«

»Er geht immer noch regelmäßig zu den Versammlungen. Und seit wir unseren Streit hatten, den im Auto, du weißt schon, als du auch mal mit zu so einer Versammlung gegangen bist, seitdem hat er mich nie wieder gefragt, ob ich mitkommen möchte.«

»Ich habe gar nicht mitbekommen, dass er zu Versammlungen geht«, erklärt sie mit gerunzelter Stirn.

»Das liegt daran, dass du nur noch Augen für einen gewissen Henk Booyens hast, Schwesterherz«, neckt er sie.

»Das ist nicht wahr! Ich …«

»Und erinnerst du dich noch an den Abend, als wir alle zusammen ins Kino gegangen sind?«, fragt er weiter.

»Ja-a. Aber da ist er nicht dabei gewesen.«

De Wet nickt. »Er ist seinerzeit erst nach zwei Uhr nachts nach Hause gekommen.«

»Zwei Uhr!«

»Du musst jetzt zurück, sonst kommt Christine gleich nach dir schauen. Aber morgen musst du unbedingt Henk fragen, ob er vielleicht etwas darüber weiß. Er darf nicht mitbekommen, dass wir uns Sorgen machen. Frage ihn einfach ganz beiläufig.«

»Gut«, stimmt sie zu. »Ich versuche, ein bisschen Licht in die Sache zu bringen.«

»Wahrscheinlich ist es nichts Schlimmes«, sagt De Wet in einem Versuch, sie zu beruhigen.

»Nein, wahrscheinlich nicht.«

Langsam schlendert sie zum Haus zurück. Die Kerze in ihrer Hand hat der Wind ausgeblasen.

Als sie zwei Tage später Henk vorsichtig über diese Fragen aushorcht, weiß der nichts von irgendwelchen Versammlungen.

»Auf jeden Fall hat es keine allgemeinen Versammlungen gegeben, mit Sicherheit nicht«, verkündet er.

Am 13. September 1940 hören sie im Radio, das inzwischen wieder in Tante Maggies Wohnzimmer steht, dass Mussolini italienische Truppen nach Libyen entsandt hat. »Ist das das Land, wo Gerbrand ist?«, will Christine wissen, während sie später auf ihrem Zimmer sind.

»Nein, ich glaube, er ist nach Abessinien geschickt worden. Das ist auch eine italienische Kolonie«, antwortet Klara.

»Ich denke jeden Abend an Gerbrand und dann bete ich für ihn«, verkündet Christine. »Mein Vater sagt immer, dass er es im Leben sicher noch zu etwas bringen wird.«

»Ja, bestimmt.« Für einen Augenblick lang ist es still, schließlich fragt Klara: »Sag mal, Christine, meinst du, ich sollte Henk einladen, in den Oktoberferien mit mir auf die Farm zu fahren?«

»Fährt er denn nicht nach Hause?«

»Nein, das ist zu weit weg.«

»Ach, wie blöd! Ja, dann solltest du ihn auf jeden Fall einladen«, antwortet Christine. »Bei dir zu Hause wollen sie ihn doch sicher gern kennenlernen, oder?«

»Ja, das hat meine Mutter auch schon gesagt.«

»Und er kann gut zusammen mit Boelie und De Wet bei euch aufkreuzen. Lieber Himmel, Klara, das ist eigentlich der ideale Mann für dich!«

Klara lächelt. »Schon, nicht wahr? Und du bist die ideale Frau für De Wet.«

Christine seufzt. »Das weiß ich nicht, wirklich. Meiner Meinung nach hält er mich für keine allzu gute Partie.«

»Aber nein, Christine, was für ein Unsinn!«, entgegnet Klara mit Bestimmtheit. »Du musst einfach nur ein bisschen mehr Selbstvertrauen haben.«

»Gut«, erwidert Christine. »Ich werde mein Bestes geben.« Anschließend schlafen beide ein.

»Gerbrand hat mir zurückgeschrieben«, berichtet Christine eines Abends, nachdem Tante Maggie schon zu Bett gegangen und Boelie nach draußen ins Außenzimmer verschwunden ist. Sie holt den Brief aus der Tasche ihres Kleides. »Er schreibt, dass es da, wo er ist, furchtbar heiß ist und trocken und dass es dort nur Kakteen gibt. Und die Eingeborenen sind dort sehr groß und splitternackt, sie schmücken ihren Kopf mit Federn und schmieren sich Schlamm ins Gesicht.«

»Hm«, macht De Wet.

»Er berichtet auch, dass sie einen Termitenhügel ausgehöhlt und ein Feuer darin angesteckt haben. Also die Soldaten, meine ich, nicht die Eingeborenen. Dann haben sie das Feuer herausgeholt und eine Dose mit Corned Beef und Kartoffelbrei in die Kuhle getan – das ist dann Pastete geworden.«

»Hm«, macht De Wet wieder. »Ganz schön schlau. Ich setze mal eben den Kessel auf, dann können wir Kaffee trinken.«

»Er schreibt, dass sie auf Patrouille gehen, um den Feind aufzuspüren«, fügt Christine mit gerunzelter Stirn hinzu. »Ich verstehe nicht, warum es ihm Spaß macht, auf Patrouille zu gehen. So etwas ist doch gefährlich!«

»Übrigens bist du an der Reihe mit dem Kaffeekochen«, erinnert Klara ihren Bruder.

»Ich kapiere auch nicht, warum er seinen Vater nie grüßen lässt. Schließlich ist das doch sein Vater! Und auch nicht, warum sein Vater nichts von dem Geld erfahren darf, das er schickt.«

Vermutlich bin ich die Einzige, die in Gerbrands großes Geheimnis eingeweiht worden ist, überlegt Klara später im Bett. Er hat es ihr irgendwann erzählt, während sie noch auf die kleine Farmschule gegangen sind und er ihr bei einer Rechenaufgabe geholfen hat, mit der sie sich abgemüht hatte.

»Was bist du schlau, wirklich!«, hat sie ihm damals gesagt.

Als er dann nichts geantwortet hat, hat sie hinzugefügt: »Ich kapiere nicht, wie du so schlau sein kannst, wo doch Piet und Sussie so dumm sind.«

Er hat zunächst immer noch geschwiegen, aber schließlich hat er geantwortet: »Das sind auch keine richtigen Geschwister von mir.«

»Keine richtigen …« Sie hat die Stirn in Falten gelegt. »Gerbrand, was meinst du damit?«

Dieses Mal ist es so lange still geblieben, dass sie schon gedacht hat, er würde es ihr niemals sagen. Plötzlich hat er sie dann doch angeschaut und gesagt: »Schwöre, dass du das niemandem erzählst! Wirklich überhaupt niemandem! Nicht einmal De Wet oder Christine.«

Sie hat auf ihre Hand gespuckt und zwei Finger gehoben. »Ehrenwort«, hat sie ihm versprochen.

Dann hat er sie mit seinen braunen Augen sehr ernst angesehen und die Sommersprossen in seinem Gesicht sind deutlich sichtbar gewesen. »Das sind die Kinder von meinem Vater und ich bin das Kind von meiner Mutter.«

Langsam ist ihr klar geworden, was er gemeint hat. Sie hat die Stirn gerunzelt. »Also ist dein Vater gar nicht dein Vater?«, hat sie zur Sicherheit noch einmal wissen wollen.

»Nein. Ich habe einen anderen Vater. Und sie haben eine andere Mutter gehabt, aber die ist tot. Deswegen haben sie meine Mutter bekommen und ich ihren Vater.«

»Oh.« Sie hat das komisch gefunden, denn sie hatte vorher keine Ahnung gehabt, dass es so etwas wie Stiefmütter und Stiefväter auch im richtigen Leben gibt. Sie hatte gedacht, dass so etwas nur in Märchen vorkommt, genau wie Prinzessinnen und Frösche, die zu Prinzen werden.

»Und was ist mit Pérsomi?«, hat sie nach einer Weile gefragt.

»Über die weiß ich nichts«, hat er darauf geantwortet und ist nach draußen gelaufen, um mit den anderen Jungen zu spielen.

Am Samstagmorgen steigen sie schon früh in den Zug. Kurz nach drei Uhr holt sie ihr Vater am Bahnhof ab. Boelie sitzt vorn, Klara und Christine sitzen hinten zwischen De Wet und Henk. Schön dicht beieinander.

Die Begrüßung auf der Farm verläuft so wie immer: Die Hunde bellen, dass einem Hören und Sehen vergeht, und springen einen ausgiebig an, bis Irene sie endlich wieder unter Kontrolle bekommt. Opa begrüßt die jungen Männer mit einem kräftigen Händedruck und Klara mit einem stoppeligen Kuss. Mama und Oma umarmen sie fest. Alle riechen so wie immer. Vertraut.

In der Küche wartet schon eine Schokoladentorte auf sie. Genau wie immer und doch so besonders.

»Sussie hat ein Baby bekommen«, berichtet Irene, bevor sie eine Tasse Kaffee in der Hand haben. »Wir wissen aber nicht, was es geworden ist, denn das Jugendamt hat das Baby gleich mitgenommen und anderen Leuten gegeben.«

»Oh«, sagt Klara. »Das ist sicher auch besser so.«

»Nein«, entgegnet Irene bestimmt, »das ist es nicht. Denn Pérsomi sagt, dass Sussie den ganzen Tag nur dasitzt und herumheult, weil sie sich so nach ihrem Baby sehnt. Und die Polizei ist da gewesen und hat Onkel Lewies mitgenommen. In einem Auto, in dem sonst nur Verbrecher weggebracht werden!«

»Oh. Davon musst du mir gleich mehr erzählen, Irene. Aber jetzt trinken wir erst einmal unseren Kaffee und anschließend würde ich Henk gern unsere Farm zeigen.«

Irene lässt sich jedoch nicht abwimmeln. »Aber eine Woche später ist er schon wieder da gewesen! Dann hat Papa einen Riesenstreit mit ihm gehabt, sodass die Polizei gekommen ist und ihn wieder hat mitnehmen wollen, aber …«

»Irene!«, sagt Klara streng.

Da wird Irene wütend und ruft die beiden Hunde – in Hundesprache. Erhobenen Hauptes marschiert sie anschließend nach draußen.

Henk muss deswegen lachen. »Da bekomme ich doch auf einmal Heimweh nach meiner eigenen kleinen Schwester«, bemerkt er. »Die ist auch so ein kleiner Dickkopf.«

»Wie alt ist sie denn?«, erkundigt sich Klaras Mutter.

»Zehn, Frau Fourie.«

»Dann habt ihr das Schlimmste noch vor euch. Irene ist dreizehn«, prophezeit Boelie mit ernstem Gesichtsausdruck.

Nach dem Kaffee sagt Boelie: »In rund einer Stunde ist es Nacht. Komm mal mit, dann zeigen De Wet und ich dir die Kuhweide. Das ist nicht weit.«

Henk wirft Klara einen flüchtigen Blick zu. »Geh nur«, fordert diese ihn auf. »Ich muss sowieso meine Sachen auspacken und dann würde ich gern ein bisschen mit meiner Mutter und meiner Oma plaudern.«

»Und morgen satteln wir die Pferde und reiten das ganze Gelände ab«, verkündet Boelie begeistert.

»Da komme ich auf jeden Fall mit«, bekräftigt Klara.

»Jedenfalls, wenn du eingeladen wirst«, schränkt Boelie ein.

Henk lacht. »Falls deine Brüder dich nicht einladen sollten, tue ich es hiermit.«

Für einen kurzen Augenblick schaut Boelie ihn verdutzt an. Anschließend sagt er: »Oh, ja, natürlich. Aber jetzt komm mit, bevor es dunkel wird.«

Es werden entspannte Ferien mit Gesprächen und Kartenspielen bis spät in die Nacht, mit langem Ausschlafen am Morgen und endlosen Spaziergängen durch die frühsommerliche Gegend. Christine kommt beinahe jeden Tag vorbei. Auch Annabel kommt regelmäßig zu Besuch und bringt einmal sogar Lettie mit.

Am Anfang fühlt sich alles noch ein bisschen ungewohnt an, weil Irene jetzt während des Hausgottesdienstes auf der Hammondorgel spielt und auch weil Henk die ganze Zeit über dabei ist. Nicht schlimm, aber ungewohnt, fremd – auf eine nette Weise. Veränderungen muss es schließlich nun einmal geben, egal wie schön etwas auch sein mag, sagt De Wet immer – sonst fühlt sich alles an wie Honig, der zu lange herumgestanden hat.

Während Henk eines Nachmittags zusammen mit Boelie im Pick-up ins Dorf fährt, um bei der Landwirtschaftskooperation Lecksteine zu kaufen, schauen De Wet und Klara bei Tante Jemima vorbei. »Gerbrand geht es gut«, berichtet De Wet.

»Er ist glücklich, sehr glücklich«, ergänzt Klara. Sie schaut sich absichtlich nicht um.

»Ja«, erwidert Tante Jemima. »Er schreibt sich mit Pérsomi.«

Auf dem Nachhauseweg treffen sie Pérsomi, die im Fluss Wasser geschöpft hat. »Gerbrand hat mir geschrieben«, erzählt ihnen das Mädchen. »Ein Mal.«

»Das macht mich froh«, entgegnet Klara. »Er schreibt interessante Briefe, findest du nicht?«

»Ja. Er hat mir versprochen, dass er mir noch mal schreiben wird.« Anschließend dreht sie sich um und schleppt den schweren Eimer den Hang hinauf.

»Heute hat sie zum ersten Mal mit mir gesprochen«, stellt De Wet überrascht fest.

»Ja, mit mir hat sie beinahe auch noch nie geredet. Ich hoffe nur, dass Gerbrand ihr tatsächlich noch einmal schreibt.«

Noch bevor sich Klara so richtig ausruhen konnte, sind die Ferien auch schon wieder vorbei. Am letzten Nachmittag hilft sie wie üblich ihrer Mutter dabei, Zwieback und Plätzchen in Dosen zu verstauen. An diesem Nachmittag machen sie auch eine vierte Dose fertig, für Henk. »Sieh zu, dass du die Dose wieder mitbringst«, ermahnt ihre Mutter sie.

»Kein Problem, Mama. Ich bringe sie, wenn wir im Dezember wiederkommen. Dann haben wir auch schön lange Ferien.«

»Henk ist ein prima Kerl, Klara. Papa und ich sind froh darüber, dass du so einen netten jungen Mann kennengelernt hast.«

Kennengelernt hast?, denkt Klara amüsiert. Was würde wohl De Wet dazu sagen? Oder Henk? Nicht dass sie das Henk jemals erzählen würde, natürlich.

Am letzten Abend flüstert Henk ihr leise zu: »Hast du nach dem Essen Lust auf einen kleinen Spaziergang? Nur wir beide?«

Ihr Herz beginnt, schneller zu schlagen, doch sie bleibt ruhig. Äußerlich jedenfalls. »Es wird nicht leicht werden, wenn wir heimlich verschwinden wollen«, überlegt sie laut. »Ich werde De Wet fragen, ob er Boelie solange beschäftigen kann.«

Henk lacht – er lacht locker. »Ein schlauer Plan«, stellt er fest.

Entgegen allen Befürchtungen gelingt es ihnen, Boelie zu entkommen – und auch Irene. Auf dem Feldweg hinunter zum Fluss schiebt er ihren Arm durch seinen. Nebeneinander schlendern sie durch das fahle Mondlicht. Am Flussufer bleiben sie stehen. Vor ihren Füßen glitzert ein kleines Bächlein.

»Komisch, dass dieser Fluss auch Nijl – Nil – heißt. So eindrucksvoll ist er doch gar nicht«, bemerkt Henk.

»Auf den ersten Blick nicht, nein, aber etwas weiter flussabwärts wird er ein bisschen breiter«, erklärt Klara. »Und wenn er ordentlich ansteigt, ist er wirklich beeindruckend, das kannst du mir glauben. Dann sind wir sogar vom Dorf abgeschnitten und können nicht einmal über die kleine Brücke.«

»Die könnten doch ruhig einmal eine anständige Brücke für euch bauen«, erwidert Henk. »Auf dieser Straße hier ist doch einiges los.«

»Ja, das kannst du wohl sagen.«

Anschließend schaut er sie an. »Ich möchte mich für diese Ferien bedanken, Klara. Es war sehr schön, deine Familie kennenzulernen.«

Sie nickt. Sie weiß nicht so genau, was sie jetzt sagen soll.

»Und auch, dich besser kennenzulernen.« Seine Stimme hört sich etwas seltsam an.

»Ja«, sagt sie.

Als sie aufschaut und in seine Augen sieht, weiß sie, was jetzt bevorsteht. Ihr Herz fängt so ungeheuer an herumzuwirbeln, dass sie Angst hat, er könnte es hören.

Er legt seine Arme um sie und zieht sie sanft zu sich hin. Dann küsst er sie vorsichtig auf den Mund. Ganz kurz drückt er sie an sich und anschließend lässt er sie wieder los. »Das habe ich schon die ganzen Ferien über tun wollen«, erklärt er mit einem Lächeln. »Du bist bildhübsch, weißt du das eigentlich?«

Schweigend gehen sie zum Haus. Hand in Hand.

Im Zug am nächsten Tag sitzt sie eng an ihn gelehnt und nach einer Weile schläft sie an seiner Schulter ein.

Alles ist jetzt anders. Alles ist jetzt gut.

Alles.

In Pretoria wartet schon ein Brief auf sie, der an Klara und Christine gemeinsam adressiert ist.

29. Oktober 1940

Liebe Klara und liebe Christine!
Danke für eure Briefe. Und für die Dose mit Spekulatius. Wenn du mir noch einmal ein Päckchen schickst Christine darfst du die Zigaretten nicht vergessen. Und schick mir auch keine gestrickten Strümpfe mehr die sind schon in den Päckchen von den englischen Damen aus Kapstadt aber die Socken laufen ein wenn man sie wäscht. Ich schreibe jetzt einen Brief an euch beide weil wir nicht mehr so viel Zeit haben.
Unsere C-Kompagnie hat sich noch nicht an Gefechten beteiligt. Aber unsere Einheit ist gestern einer Herde Gnus über den Weg gelaufen und dann haben wir ein paar davon geschossen aber Italiener müssen wir erst noch treffen. Wir nennen sie Itaker und wir sind bereit sie zusammenzuschießen. Klara du willst wissen was wir essen. Viel Fleisch vom Wild weil es hier viele Springböcke gibt die wir einfach mit unseren Maschinengewehren abschießen. Wenn es geht braten wir die Leber. Die Köche hier machen Eintopf sie nehmen auch getrocknetes Gemüse so was wie Kohl und Karotten und Kartoffeln. Die Kartoffeln sind super weil wir daraus Püree machen und das andere Gemüse ist schmierig. Morgens essen wir Brei, Maisbrei. Das schlimmste sind die Eier eigentlich ist es Eierpulver das kriege ich nicht runter Klara selbst dann nicht wenn ich Hunger habe. Das Essen ist manchmal ziemlich bescheiden aber keiner will hier Koch sein.
Wir fahren in Dreitonnern das sind Armeelastwagen. Jede Einheit hat ihren eigenen Lastwagen in den unsere ganze Ausrüstung rein muss, unsere Waffen und die Munition und das ganze andere Zeug. Und genug Wasser und Essen für sieben Tage und Treibstoff für neunhundert Kilometer. Wir

haben schon ein paar Mal gehört dass die Italiener bei uns in der Gegend sind aber bis jetzt habe ich noch keinen gesehen. Klara du fragst wie die Armee aufgebaut ist das ist gar nicht so schwer zu erklären weil alles immer Dreier sind weil sie hier alle bis drei zählen können. Es gibt drei Einheiten in einem Zug, drei Züge in einer Kompagnie, drei Kompagnien in einem Bataillon aber meistens mehr, drei Bataillone in einer Brigade und drei Brigaden in einer Division so ist es jedenfalls für gewöhnlich aber nicht immer. Jetzt weißt du wie die Armee funktioniert.
Oh ja dann gibt es noch die Pioniere die bauen Wege oder reparieren sie und Brücken und die müssen auch die Landebahnen für die Flugzeuge anlegen.
Wir haben eine ganze Menge Flugzeuge von denen, das will ich dir auch noch erzählen. Da sind Junker JE 86, Hurricane Jagdflugzeuge, die Hawker Hart, die Fury Jäger und der leichte Bomber Fairy Battle ich weiß nicht wie die alle auf Afrikaans heißen. Wenn ich wieder einmal zu Hause bin dann zeige ich euch Fotos davon denn Jakkals macht die ganze Zeit Fotos.
Unser Anführer ist Kolonel Dan Pienaar ich habe großen Respekt vor ihm.
Ich denke dass ich bei der Armee bleiben werde. Vielleicht werde ich lernen wie man ein Flugzeug fliegt.
Schreibt mir doch mal.
Euer Freund
Gerbrand

»Es ist schön, dass Gerbrand uns schreibt, aber es kommt mir jedes Mal so vor, als würde er den Krieg zu uns nach Hause bringen«, stellt Christine fest.

»Das Radio macht das doch auch jeden Tag und die Zeitung ebenfalls«, bemerkt Klara.

Christine nickt. »Auch das Kino sollten wir nicht vergessen. Und die Laternenpfähle oder die Gespräche der Leute um einen herum. Ich möchte gar nicht wissen, wie das erst in den Ländern ist, wo tatsächlich gekämpft wird, wie in … Wo kämpfen sie noch mal, Klara?«

»In Europa«, antwortet Klara. »In Polen und Russland, in den Niederlanden und Frankreich. Und in Nordafrika, in der Sahara, glaube ich.«

»Wenn da in der Wüste eine Bombe explodiert, wird das sicher unglaublich Staub aufwirbeln«, überlegt Christine.

»Ja, bestimmt.«

Zwei Monate später, während sie über die Weihnachtsferien zu Hause sind, reicht De Wet ihr eine Zeitung und zeigt auf einen bestimmten Artikel. Anschließend geht er aus der Küche und Klara weiß, dass der Krieg jetzt auch ihre Farm erreicht hat. Je mehr sie liest, desto aufgewühlter wird sie.

> Die südafrikanischen Truppen sind Mittwochnacht bei El Wak von italienischen Bombern angegriffen worden. Bei Tagesanbruch haben drei unserer Hawker Harts eines der Flugzeuge abgeschossen.
> Die ganze Operation bei El Wak ist sehr erfolgreich verlaufen. Große Mengen an Munition und Proviant sind erbeutet oder vernichtet worden und eine große Anzahl italienischer Soldaten konnte gefangen genommen werden. Während des Einsatzes sind zwei Angehörige der *Royal Natal Carbineers* tödlich verwundet worden. Ihre Namen werden bekannt gegeben, sobald ihre Familien informiert worden sind.

Ein Schock durchfährt sie. Sie liest den letzten Satz noch einmal. Der Schreck setzt sich in ihrem Körper fest und liegt ihr wie ein Stein im Magen.

Mit bleiernen Füßen geht sie nach draußen, um De Wet zu suchen.

»Das ist Gerbrands Einheit«, bestätigt dieser.

»De Wet!«

»Wir können nur warten, sonst nichts.«

Zwei lange, lange Tage, in denen sie nichts hören, gehen vorbei. Schließlich entdecken sie die Namen zwischen ein paar anderen, auf Seite sieben der Zeitung. Unpersönlich. Schwarz auf weiß. Endgültig.

»Gerbrand ist nicht dabei«, stellt De Wet erleichtert fest. »Gott sei Dank.«

Kurz nach Neujahr flattert ein Brief von Gerbrand ins Haus. Er hat ihn zur Farm geschickt.

16. Dezember 1940

Liebe Klara!

Danke für deinen Brief. Wenn du wieder ein Päckchen Zigaretten schickst müssen es Springbokzigaretten für Sportler sein keine Kommandozigaretten. Heute haben wir unser erstes Gefecht gehabt aber leider darf ich dir den Namen nicht schreiben glaube ich. Es ist an der Grenze von Italienisch-Somaliland.

Wir sind hier vorgestern schon angekommen die Straßen sind furchtbar gewesen. Den Weg mussten wir ein ganzes Stück neu anlegen. Wir sind durch lockeren Sand gefahren und manchmal mussten wir einen Umweg durch dichte Wälder machen. Denn so nah an der Grenze müssen wir wegen der Landminen aufpassen.

Dann mussten wir den Rest laufen. Der Plan war dass die Dukes von der einen Seite angreifen, die Goudkust Brigade direkt von vorn, die Carbineers also wir von rechts und die Transvaal Scottish musste vorangehen und dem Feind den Rückzug abschneiden sodass er nicht fliehen konnte.

Bei uns ist die B-Kompagnie vorneweg marschiert gefolgt von der C-Kompagnie. Erst hat es keinen Widerstand gegeben aber dann hat der Feind uns mit schwerem Maschinengewehrfeuer eingedeckt. Wir haben zurückgeschossen vor allem mit unseren Mörsern. Danach haben wir das Bajonett

aufgepflanzt und das Dorf gestürmt, die B-Kompagnie direkt von vorn und wir von rechts. Du hast nur gesehen wie die Italiener in alle Richtungen weggerannt sind das sind echt keine guten Soldaten Klara. Eine ganze Menge sind gefallen. Ich habe eine italienische Feldflasche gefunden die sind viel besser als unsere Feldflaschen weil man in unsere nur einen halben Liter einfüllen kann und in die von den Italienern anderthalb Liter.
Jetzt biwakieren wir ein Stück außerhalb des Dorfes. Nicht in Zelten sondern unter den Sträuchern. Jakkals und ich haben einen ordentlich weichen Sandplatz gefunden unter einem von den Sträuchern und wir haben es uns gemütlich gemacht.
Ich werde mit Sicherheit den Rest meines Lebens bei der Armee bleiben. Klara es war eine gute Idee sich zu melden und hierherzukommen sag das auch meiner Mutter.

17. Dezember 1940

Heute Morgen sind wir von einer Bande Itaker-Flugzeugen angegriffen worden sie haben uns bombardiert aber ziemlich weit danebengeworfen. Dann haben unsere Hawker Harts sie abgeschossen das hat ausgesehen wie Feuerwerk.
Heute Nacht ziehen wir uns nach Wajir zurück. Wir haben das ganze Dorf in Brand gesteckt um die Flugzeuge des Feindes anzulocken.
Zwei von unseren Jungs sind tot und das finde ich furchtbar. Das sind die ersten Toten bei uns verstehst du Klara? Ein anderer Junge ist sehr krank sie sagen er hat Malaria. Er wird zurück in die Union geschickt.

Langsam lässt Klara den Brief sinken.

Die Familien dieser beiden Jungen, deren Namen in der Zeitung zu lesen waren, haben ein schwarzes Weihnachten gehabt. Der Krieg ist schon lange nicht mehr weit weg, auf der anderen Seite des Meeres. Er ist bei uns, zwischen uns. Gerbrand sitzt mittendrin.

Ich hasse diesen Krieg, denkt sie. Ich weiß, dass ich nicht hassen soll, aber trotzdem hasse ich diesen Krieg.

Anschließend liest sie die letzten Sätze des Briefes.

Ich tue Geld rein gib das meiner Mutter und sag dass das für Weihnachten ist dann kann sie Fleisch kaufen. Sorg dafür dass mein Vater es nicht mitbekommt.
Dein Freund
Gerbrand

Unvermutet kriecht ihr der Kummer in die Kehle. Das Geld brennt in ihrer Hand.

Denn auf einmal muss sie wieder an das Kaninchen denken.

8. Kapitel

Anfang Januar beginnt es zu regnen. Sanft und eindringlich, gerade so, wie es die Baumstücke, die Äcker und die Wiesen brauchen.

Und dieses Mal klart es tatsächlich nicht nach ein paar Tagen wieder auf – der Regen rauscht immer weiter herunter. Der Nijl schwillt an und die Weide am Flussufer verwandelt sich in Morast, sodass Boelie und De Wet die jungen Rinder auf ein trockeneres Stück Land treiben müssen.

»Der Weg ist nur noch glitschig und schlammig«, brummt Opa missmutig, während er den gröbsten Dreck mit einem Stöckchen von seinen Lederstiefeln kratzt. »Darauf herumzufahren, ist lebensgefährlich, das könnt ihr mir glauben.«

»Wenn die Sonne doch wenigstens *einen* Tag lang scheinen würde«, seufzt Klaras Mutter. »Mein Wäschekorb quillt über.«

»Und Pérsomi muss dieses Kleid noch anprobieren«, sagt Oma, »aber bei diesem Regen kann sie unmöglich herkommen.«

»Die kommen doch sowieso nirgendwohin, Oma«, stellt Irene fest. »Der Fluss steht seit gestern ein ganzes Stück über den Felsbrocken.«

Oma hat die ganzen Ferien über genäht. Für Klara hat sie drei neue Blusen und einen Rock angefertigt und für Irene, die in diesem Jahr zum ersten Mal ins Internat geht, ein weißes Sonntagskleid. »So ein kleiner Wildfang und dann schon in die Mittelschule«, seufzt Oma kopfschüttelnd.

Auch Pérsomi geht aufs Internat. Armen Kindern bezahlt die Regierung das Schulgeld. Auch für sie hat Oma ein Sonntagskleid genäht – das Kind soll doch nicht sofort als arme Weiße erkennbar sein.

»Aber das ist sie doch schließlich, Oma«, bemerkt Irene kratzbürstig.

»Trotzdem«, erwidert Oma.

»Was für Noten hat sie eigentlich?«, will Klara mit unschuldigem Blick wissen.

Da hält Irene lieber den Mund, denn Pérsomi ist die Klassenbeste gewesen.

Am Tag, bevor sie zum Bahnhof müssen, kommt Boelie mit einem sorgenvollen Gesicht herein. »Die Brücke steht vollkommen unter Wasser. Ich habe keine Ahnung, wie wir morgen zum Bahnhof kommen sollen. Und ich darf die erste Woche nicht verpassen – schließlich ist das ist mein letztes Jahr!«

»Und ich muss ins Internat!«, ruft Irene. »Ich muss unbedingt am ersten Tag da sein, sonst teilen sie mir irgendwen als Zimmergenossin zu!«

Am Nachmittag marschiert Onkel Freddie in die Küche. »Ich sehe keine Möglichkeit, wie wir morgen ins Dorf kommen sollen«, stellt er fest.

»Und nicht nur wir. Jede Farm in dieser Gegend ist von der Außenwelt abgeschnitten«, bemerkt Papa. »Klara, schenk Onkel Freddie doch ein Tässchen Kaffee ein.«

»Es ist zum Verrücktwerden. Die Behörden müssen sich endlich darum kümmern, dass eine gescheite Brücke über den Nijl gebaut wird«, schimpft Opa. »Seit Jahren wird darüber nur geredet, aber es passiert nichts.«

»Ich werde Rooth einmal den Ball zuspielen«, überlegt Onkel Freddie. »Vielleicht bekommt der ja etwas auf die Reihe. Danke, Klara, ein Löffel Zucker ist genug.«

»Wer ist dieser Rooth denn?«, fragt Irene.

»Irene, schnapp dir die Hunde und gehe draußen spielen!«, brummt Papa verärgert.

»Papa! Es regnet und …«

»Die Behörden werden sich schon darum kümmern, dass eine Brücke gebaut wird«, behauptet Onkel Freddie.

Sie sind erst eine Woche nach Semesterbeginn wieder an der Universität. Boelie sitzt die ganze Zeit wie auf heißen Kohlen.

»Als ob in der ersten Woche so viel laufen würde!«, bemerkt Klara Christine gegenüber.

Gleich am ersten Abend schaut Henk schon bei ihr vorbei. »Was für scheußlich lange Ferien sind das gewesen«, stellt er fest, während er seinen Arm fest um Klara legt. »Du darfst nie mehr so lange wegbleiben.«

»Im nächsten Jahr gehst du doch selbst weg«, antwortet sie, »denn dann machst du schließlich dein Examen.«

»Wahrscheinlich suche ich mir in Johannesburg eine Arbeitsstelle, das ist dann nicht so weit«, erwidert er tröstend. »Und dieser Riesennijl, den ihr da habt, der fließt zum Glück nicht zwischen Pretoria und Johannesburg.«

Klara lacht. »Sondern nur der mächtige Apiesfluss, nicht wahr?«

Es ist schön, wieder mit Henk zusammen zu sein, denkt sie. Ich habe ihn vermisst.

Und ich glaube, ich fange an, mich in ihn zu verlieben.

»Es ist schön, wieder hier zu sein«, sagt sie nach einer Woche zu Christine, »und auch, dass wir nicht mehr zu den Erstsemestern gehören.«

»Ja«, antwortet Christine, »das kannst du laut sagen.« Nach einer Weile fügt sie in fragendem Ton hinzu: »Henk und du, ihr geht jetzt fast jede Woche miteinander aus?«

»Ja«, bestätigt Klara. »Eigentlich, Chrissie, denke ich, dass ich mich in ihn verliebt habe.«

»Bekommst du Schmetterlinge im Bauch, wenn du an ihn denkst?«

»Schmetterlinge?« Klara überlegt ernsthaft. »Nein, eigentlich nicht. Mehr so ein … so ein warmes Gefühl ums Herz.«

»Oh.«

Kurz bevor sie einschlafen, will Klara noch wissen: »Ist Boelie heute Abend hier gewesen?«

»Nein, ich glaube, der ist mit Annabel ins Kino gegangen. Das hat er jedenfalls gesagt.«

Ich kann am Montag auch Annabel fragen, ob sie einen schönen Abend gehabt hat, überlegt Klara schläfrig. Hoffentlich ist sie den ganzen Abend mit Boelie zusammen gewesen.

Doch als sie Annabel beiläufig nach ihrem Samstagabend fragt, erwidert ihre Freundin: »Ach, ich habe gar nicht so viel gemacht. Boelie ist schon früh am Abend vorbeigekommen und ich hatte gehofft, dass er mit mir ins Kino geht, aber er hat es furchtbar eilig gehabt, wieder nach Hause zu kommen. Wir haben nur kurz einen Kaffee miteinander getrunken. Er hat heute oder morgen eine Prüfung oder so.«

Klara erzählt das De Wet und der schüttelt nur den Kopf. »Wir sollten ihm auf jeden Fall auf den Zahn fühlen«, erklärt er. »Lass uns eine günstige Gelegenheit abwarten.«

Auf einer der mittleren Seiten der *Vaderland* entdeckt Klara am Freitagnachmittag einen winzig kleinen Artikel, versteckt zwischen anderen Artikeln:

> **Südafrikanische Truppen auf italienischem Staatsgebiet**
> Aus Ostafrika meldet unser Kriegsberichterstatter, dass die südafrikanischen Truppen am 8. Februar die Grenze von Italienisch-Somaliland passiert haben. Dabei sind sie auf wenig Widerstand seitens der italienischen Bodentruppen gestoßen, die italienische Luftwaffe ist jedoch noch sehr aktiv.
> In den vergangenen 24 Stunden wurden keine Gefallenen aus Ostafrika gemeldet.

Seit Gerbrand das letzte Mal geschrieben hat, ist schon eine ganze Weile vergangen, denkt sie, während sie die Zeitung zusammenfaltet. Er hat sicher sehr viel zu tun. Oder vielleicht hat er sich mittlerweile auch an das Leben in der Armee gewöhnt und sehnt sich nicht mehr so sehr nach Hause.

Am darauffolgenden Samstagnachmittag waschen Christine und Klara sich die Haare und lassen sie in der Sonne trocknen.

Klara gießt immer ein bisschen Essig ins Wasser, um die goldbraune Farbe hervorzuheben, und Christine fügt Zitronensaft hinzu, um ihre Haare schön blond zu halten. Als sie ungefähr zehn Minuten in der Sonne gesessen haben, spülen sie ihre Haare mit eiskaltem Regenwasser vom Hahn an der Regentonne neben dem Haus aus und kämmen sie anschließend in der Sonne trocken. Kurz bevor sie ganz getrocknet sind, setzt Klara Lockenwickler ein, um schöne Wellen zu bekommen. Christine braucht das nicht zu tun, denn sie hat natürliche Locken, die ihr Gesicht einrahmen. Sie haben alle beide ein Buch dabei, aber das Sonnenlicht auf den hellen Seiten schmerzt in ihren Augen. Deshalb lümmeln sie sich einfach rücklings auf den Boden.

»Die Sonne brennt einem ganz schön auf den Kopf«, stellt Christine nach einer Weile fest.

»Hm.«

»Gehst du mit Henk heute Abend noch irgendwohin?«

»Ins Kino«, antwortet Klara. »Ich muss rein, ich verbrate langsam in der Hitze.«

Zunächst macht sie jedoch einen Abstecher zum Gartentörchen, um einen Blick in den Briefkasten zu werfen. Darin findet sie zwei Rechnungen für Tante Maggie und zwei graue Briefumschläge ohne Briefmarke, allerdings mit einem roten Stempelaufdruck: Ein dünner Brief ist an Christine adressiert und ein dickerer an sie.

Sie bringt Christine ihren Brief und geht dann in ihr Zimmer, um ihren eigenen Brief zu öffnen.

16. Februar

Liebe Klara!
Wir sind jetzt auf italienischem Staatsgebiet. Wir werden immer noch von ihren Flugzeugen bombardiert deshalb müssen wir nachts marschieren ohne Licht. Gestern Nacht mussten wir uns ganz schnell zurückziehen und ich war ziemlich sauer weil das so nichts wird. Es ist furchtbar dunkel gewesen und überall waren dichte Dornenhecken das

hättest du sehen müssen wir haben überall Schrammen und unsere Klamotten sind nur noch Fetzen. Die meisten der Jungs hatten kein Wasser mehr und ich auch nicht. Die letzten beiden Tage sind wirklich abscheulich gewesen. Aber erzähl das bloß nicht meiner Mutter sage ihr einfach dass es mir gutgeht.

Jetzt sind wir in der Nähe eines Flugplatzes ich darf nicht sagen wo genau das weißt du ja schon. Die Carbineers also wir mussten den Weg hierher auskundschaften. Kurz vor Einbruch der Dunkelheit hat uns eine feindliche Patrouille angegriffen. Wir haben mit Gewehrfeuer geantwortet, mit unseren Mörsern haben wir uns dann den Weg freigeschossen Klara. Wir haben eine ganze Menge Kriegsgefangener gemacht aber einer von unseren Jungs ist tot zum Glück nicht aus unserer Kompagnie. Und ein anderer ist in die Brust und in einen Arm geschossen worden er wird wohl zurück in die Union gebracht werden.

Hier ist es so heiß dass ich nicht schlafen kann aber ich muss schlafen denn heute Nacht müssen wir wieder ein ganzes Stück weiter. Die Moskitos sind auch furchtbar lästig.

19. Februar

Klara ich bin so stolz auf unsere Soldaten das muss ich dir erzählen. Wir sind hier zu einem Fluss gekommen dem Jubafluss aber der Feind hat die Brücke gesprengt. Unsere C-Kompagnie hat sich deshalb einen Platz gesucht um eine neue Brücke zu bauen. Das ist ein breiter Fluss Klara genau wie unser Nijl aber die Armee lässt sich von einem Fluss nicht aufhalten unsere Pioniertruppen haben eine Brücke gebaut. In ein paar Tagen ob du es glaubst oder nicht und bei uns auf der Farm reden sie schon seit Jahren darüber. Wir haben einen Platz gefunden, das ganze Bataillon hat mitgeholfen und die Pioniere haben den Plan gemacht. Wir haben Tonnen zusammengebunden und die an kräftigen Bäumen befestigt. Wir sind mit Booten über den Fluss gerudert und

ich habe gerudert. Die Strömung war ganz schön stark. Auf der anderen Seite haben wir die Seile an den Bäumen festgemacht und dann haben wir die Tonnen zu uns hingezogen und sie ordentlich an die Bäume gekettet. Verstehst du? Danach haben sie Bohlen auf die Tonnen gelegt.
Aber Klara du musst schon bedenken dass das ein breiter Fluss ist. Die Dukes sind gekommen um uns zu helfen und die drei Kompagnien der Transvaal Scottish haben uns Deckung gegeben. Und ab und zu hat der Feind das Feuer auf uns eröffnet. Das nennt man eine Pontonbrücke. Das kommt von Ponte angeblich das italienische Wort für Brücke aber ich habe keine Ahnung ob das stimmt. Wir haben das Ding in drei Tagen gebaut. Das hört sich vielleicht nicht nach einer guten Zeit an aber ich wollte du könntest den Fluss einmal sehen dann verstehst du das. Zuerst sind die Infanteristen darüber marschiert dann sind die Fahrzeuge hinterher gefahren. Wir haben uns die ganze Zeit gegen den Feind wehren müssen. Das war ziemlich schwierig weil es entlang des Flusses viele Orte gibt an denen man Deckung finden kann. Zwei von unseren Jungs wurden verwundet.

22. Februar

Klara heute ist etwas Schreckliches passiert ich muss dir das erzählen es tut mir leid wenn es dich aus der Fassung bringt. Heute musste unsere Einheit einen Weg auskundschaften mit so einer Rechtskurve. Plötzlich fing der Feind an auf uns zu schießen von hinter so etwas wie einem flachen Hügel. Unser Unteroffizier hat zu schreien angefangen und wir haben zurückgeschossen. Das Gefecht hat nur ein paar Minuten gedauert aber es war sehr schlimm. Einer von unseren Jungs ich darf seinen Namen nicht sagen glaube ich aber er kam aus Natal ist nicht mehr aufgestanden. Ich bin als erster bei ihm gewesen. Klara da habe ich gesehen dass seine ganze Brust aufgerissen war. Seine Augen haben an mir vorbeigeschaut aber ich habe sofort gemerkt dass er nichts mehr ge-

sehen hat. Klara ich habe den Jungen sehr gut gekannt. Und jetzt haben die Itaker ihn erschossen. Verstehst du? Jetzt sind nur noch neun von uns übrig. Wenn ich so einen Itaker zu fassen kriege schieße ich ihm mitten ins Gesicht.
Ich wünschte wirklich wir könnten kurz miteinander reden.
Gerbrand

Eine ganze Weile bleibt sie still sitzen, den Brief in der Hand. In ihr wächst die Erkenntnis, die immer schwerwiegender wird: Einer der Jungs aus Gerbrands kleinem Grüppchen ist erschossen worden. Seine Augen sehen nichts mehr.

Das hätte auch Gerbrand sein können. Genauso wie er es auch im Dezember hätte sein können.

Lange sitzt sie regungslos da.

Wenn sie doch nur mit ihm reden könnte!

Schließlich faltet sie den Brief zusammen und steckt ihn sich in die Tasche, ohne ihn Christine zum Lesen zu geben. Während sie später am Nachmittag gemeinsam Kaffee trinken, sagt Christine: »Wir haben wieder einen Brief von Gerbrand bekommen. Es geht ihm sehr gut.«

»Ist er denn schon bei Gefechten dabei gewesen?«, will De Wet wissen, der mit seinen Gedanken offensichtlich nicht bei der Sache ist.

Klara weiß genau, woher es kommt, dass ihr Bruder heute Nachmittag so schweigsam ist. Boelie ist schon wieder verschwunden, ohne jemandem zu sagen, wohin er geht.

»Nein«, antwortet Christine. »Er schreibt nur, dass es da sehr heiß ist und es viele Moskitos gibt. Das war nur ein kurzer Brief.«

Ihre Tage sind prall gefüllt und fliegen vorbei, ohne dass sich die Möglichkeit bietet, mit Boelie zu reden. Das Studium kommt voll in Gang, das Rugbytraining der Jungen beginnt wieder, Henk kommt regelmäßig vorbei, Klara und Christine erkunden die Straßen und kaufen mit ihren Augen die Geschäfte leer. Auch De Wet spielt nie wieder auf ihr Gespräch an, sodass Klara nach einer Weile den Eindruck hat, alles sei nur ein seltsamer Traum gewesen.

Als sie eines Nachmittags nach der Vorlesung zwei Briefe im Briefkasten findet, wird ihr bewusst, dass das erste Drittel ihres zweiten Studienjahres schon wieder beinahe vorbei ist. »Wie vergeht die Zeit doch so rasend schnell«, bemerkt sie Christine gegenüber. »Hier, Gerbrand hat dir auch geschrieben.«

Nachdem sie die Briefe fertig gelesen haben, sagt Christine: »Es hört sich so an, als sei es da jetzt etwas ruhiger, aber er schreibt auch, dass er sein ganzes Leben bei der Armee bleiben möchte. Hat er dir das ebenfalls geschrieben?«

»Ja«, erwidert Klara. »Er will Kampfpilot werden.«

»Schickst du ihm noch Zigaretten?«

»Nun ja, nicht jedes Mal, denn so viel Geld habe ich nicht. Aber schon so oft wie ich kann.«

»Meiner Meinung nach raucht er zu viel«, stellt Christine ernst fest. »Wir sollten ihm einmal schreiben, dass er das Rauchen aufgeben muss.«

»Gerbrand wird nie auf uns hören«, hält Klara ihr lachend entgegen. »Ganz abgesehen davon raucht er schon, seit er zwölf ist.«

»Zwölf!«, ruft Christine. Ihre blauen Augen sind vor Entsetzen ganz groß. »Bist du dir da sicher?«

»Ja, Chrissie, das weiß ich ganz genau.«

»Puh, Gerbrand ist wirklich ein Wilder.«

Jetzt bricht Klara in schallendes Gelächter aus. »Ach, Christine! Ich fürchte, Gerbrand macht noch schlimmere Dinge, als nur zu rauchen!«

»Ja«, seufzt Christine ernst. »Ganz bestimmt.«

Christine hat sich eine große Landkarte von Afrika besorgt. Darauf versuchen Klara und sie, den Vormarsch der Truppen in Ostafrika zu verfolgen. Zunächst wollen sie ihn mithilfe eines schwarzen Stiftes auf der Karte eintragen – von den Orten, über die sie im Radio hören und in der Zeitung lesen, ist jedoch keiner auf der Karte zu finden. Stattdessen piksen sie nun einfach Stecknadeln in die Stellen, die sie tatsächlich entdecken können.

Am 17. März überschreitet die Armee bei Ferfer die Grenze nach Abessinien. Fünf Tage später rückt sie über den Mardapass und anschließend entlang der Ausläufer des Gebirges weiter nach Norden vor. »Kein Wunder, dass ihr diesen Ort nicht finden könnt: In der Zeitung steht, dass das nur ein Feldweg ist«, erklärt De Wet lachend und zeichnet mit einem Bleistift den kleinen Weg so gut es geht in die Karte ein.

Die Truppen kommen nur langsam voran. Viele Wege sind blockiert und fortwährend laufen sie Gefahr, in einen Hinterhalt zu geraten. »Am besten zeichnest du über den Weg noch eine Rolle Stacheldraht«, weist Klara ihn an.

»Dafür ist doch gar kein Platz«, entgegnet Christine.

»Oh. Na, dann mal eine Reihe kleiner Kreuze.«

Der gesamte Konvoi muss durch die Schlucht von Babile hindurch und dann auf die Hochebene hinauf. Eines frühen Morgens wird er von drei Flugzeugen der italienischen Luftwaffe angegriffen. Da zeichnet Christine ein winzig kleines Flugzeug auf die Karte.

Um den 27. März herum überqueren die Truppen den Hubetpass und sind unterwegs nach Diredawa, am 30. März folgen sie der Eisenbahnlinie zwischen Jibiti und Addis Abeba, der Hauptstadt von Abessinien, in westlicher Richtung. Die Eisenbahnlinie finden Klara und Christine sofort: eine dünne, rote Linie mit kleinen Querstrichen.

»Komisch, daran zu denken, dass Gerbrand jetzt gerade dort ist«, verkündet Christine, als sie an diesem Abend nach dem Abendjournal von sieben Uhr wieder in ihr Zimmer gehen und versuchen, die Orte, die genannt wurden, auf ihrer Karte zu finden. »Ich frage mich, wann wir wieder einen Brief von ihm bekommen. Es ist schon eine ganze Weile her, seit er etwas von sich hat hören lassen.«

Am 5. April berichtet das Radio, dass die Truppen den Auftrag bekommen haben, so schnell wie möglich in Addis Abeba einzumarschieren, um die Europäer dort zu beschützen und die Ordnung wiederherzustellen. Am 6. April erreichen die ersten südafrikanischen Soldaten die Stadt.

»Was sollen wir jetzt mit Addis Abeba anfangen?«, will Christine in ernstem Ton wissen, nachdem sie die Meldung vernommen hat.

De Wet lächelt ihr zu. »Das ist eine gute Frage.«

An einem kühlen Sonntagnachmittag im Mai fahren sie zu fünft zum Monument, um zu sehen, wie die Bauarbeiten vorangehen. »Die Arbeiten sind nun in den Händen eines anderen Bauunternehmers, jetzt müsste es eigentlich besser laufen«, erklärt Boelie. Er sitzt vorn neben Henk, die anderen wie die Ölsardinen auf der Rückbank. »Ich habe gelesen, dass unser Monument eine große Ähnlichkeit zu dem Völkerschlachtdenkmal in Leipzig haben soll«, erläutert Henk.

»Wo ist denn Leipzig?«, will Christine wissen.

»In Deutschland«, antwortet De Wet.

»Ja, die Deutschen wissen schon, was sie tun«, bestätigt Boelie zufrieden.

Doch als sie den steinigen kleinen Feldweg zum Bauplatz hinauffahren, sind immer noch nur Gerüste zu sehen. »Die Wände sind allerdings schon ein bisschen höher geworden«, stellt Klara fest. »Man kann gut sehen, dass das ein unglaublich großes Monument werden wird.«

»Das wird mit Sicherheit das größte Bauwerk der Welt«, behauptet Christine, als sie eine Runde um den Bauplatz gedreht haben.

De Wet lächelt. »Das ist allerdings noch kein Dreißigstel der Pyramiden«, stellt er richtig.

»Puh!«, macht Christine. »Das ist wirklich sehr groß! So eine Pyramide würde ich mir ja gern einmal anschauen.«

Sie steigen wieder in Henks kleines Auto und fahren durch graue Straßen zurück nach Hause.

Regungslos sitzt De Wet in der Straßenbahn und schaut aus dem Fenster. Es ist noch früh am Tag. Draußen schieben sich kahle Jakarandabäume vorbei, dazu Häuser und Straßenbahnhaltestellen und Laternenpfähle mit neuen Plakaten.

An ihm geht das alles vorbei, denn in ihm brodelt eine große Unruhe.

Gestern Abend hat er zum ersten Mal von den »*Stormjagers*«, den »Sturmjägern« gehört.

In den vergangenen beiden Wochen haben schon einige Gerüchte über eine Gruppe die Runde gemacht, die durch aktiven Widerstand den Kriegseinsatz der Regierung Smuts sabotieren möchte. Das reicht noch weiter als die Sabotage von Eisenbahnlinien und Telefonzentralen, derentwegen eine Reihe von OB-Mitgliedern festgenommen und angeklagt worden ist. Gemunkelt wird über einen bewaffneten Aufstand, der die Regierung mit Gewalt beseitigen soll. Eine Art Staatsstreich also, nach dem die Republik ausgerufen werden soll.

»Ich verstehe, dass du besorgt bist«, hat der Professor vorgestern schon mit ernster Stimme gesagt. De Wet hat nicht gewusst, mit wem er sonst hätte reden sollen. »Mein eigener Sohn … Tja.«

Der Professor hat sich über das Gesicht gewischt, bevor er weitergesprochen hat. »Ich habe einen Freund … an der richtigen Stelle, um es einmal so zu sagen. Ich werde ihn mal aushorchen, ob er vielleicht etwas weiß.«

Jetzt hat De Wet gestern Abend in dem Arbeitszimmer des Professors Dinge gehört, die er nicht hat hören wollen. Es ist alles noch schlimmer, als er befürchtet hatte.

»Anscheinend gibt es innerhalb der OB eine Gruppe, die sich selbst die *Stormjagers* nennt; nach dem Modell der Sturmabteilung der Nazis, auch SA genannt«, berichtet der Professor. »Allein in Transvaal soll es schon ungefähr achttausend Mitglieder geben, die in jeder Hinsicht ausgebildet und bewaffnet sind.«

»Achttausend?«, hat De Wet entsetzt gefragt. »Weiß die Polizei, wer dazugehört? Haben sie Namen?«

»Anscheinend nicht – bisher beruht alles auf Vermutungen.«

Die Stimme des Professors hört sich müde an. »Das Polizeikorps ist gespalten – man vermutet, dass sogar Leute aus der Polizeiführung zu den *Stormjagers* gehören.«

In der vergangenen Nacht hat De Wet kein Auge zugetan.

»Wie ist denn gestern deine mündliche Prüfung gelaufen?«, will Klara wissen, die neben ihm sitzt.

»Gut. Gut, danke«, antwortet De Wet geistesabwesend. Anschließend schaut er wieder aus dem Fenster der Straßenbahn.

»Ein *Stormjager* muss einen Eid schwören, während er eine Hand auf der Bibel liegen hat und die andere auf dem Rücken. Dabei ist eine Pistole auf seine Brust gerichtet«, hat ihm der Professor erzählt. »Er muss vor dem Angesicht Gottes schwören, dass er alle Befehle, die er von seinen Vorgesetzten bekommt, ohne Verzögerung ausführen wird. Er muss bereit sein, sein Leben für die Freiheit seiner Leute zu geben.«

Ich habe keinerlei Beweise dafür, dass Boelie damit etwas zu tun hat, überlegt De Wet jetzt. Ich weiß nicht einmal genau, warum ich das überhaupt vermute. So ein Verhalten passt eigentlich nicht zu meinem Bruder.

»Die *Stormjagers* zu verraten, bedeutet, sich damit selbst zur Zielscheibe der *Stormjagers* zu machen«, ergänzt der Professor.

Mit wem kann ich nur darüber reden?, fragt De Wet sich. Mit meinem Vater jedenfalls nicht. Vielleicht sehe ich ja auch nur Gespenster, aber die Beziehung zwischen Papa und Boelie ist schon jetzt nicht die allerbeste.

Vielleicht sollte ich Boelie selbst damit konfrontieren. Wenn er allerdings vollkommen unschuldig ist, wie muss es sich dann für ihn anfühlen, wenn er herausfindet, dass ich ihm so etwas zutrauen würde? Ich, sein eigener Bruder! Wenn er allerdings tatsächlich darin verstrickt ist, wird er es sowieso abstreiten. Dann ist er nur gewarnt und es wird noch schwieriger, entsprechende Hinweise zu sammeln.

Plötzlich dringt die Stimme von Klara an sein Ohr. »Ich habe dich gefragt, ob ihr am Samstag ein Turnier habt, De Wet.«

»Ja. Ja, wir müssen spielen.«

Vielleicht sollte er mit Klara sprechen. Sie weiß sowieso schon, dass er etwas vermutet, sie ist pfiffig und hat einen klaren Verstand. Und für eine junge Frau ist sie sehr stark.

Denn die Worte, die ihm die ganze Nacht über durch den Kopf gegeistert sind, die Worte, die den Kern seiner Angst gebildet haben und die er gern mit jemandem teilen möchte, sind die Worte, mit denen der Professor seine Ausführungen abgeschlossen hat: »Ihr Eid, den sie mit ihrem eigenen Blut unterschreiben müssen, endet folgendermaßen: ›Wenn ich angreife, folgt mir! Wenn ich fliehe, schießt mich nieder! Wenn ich sterbe, rächt mich! So wahr mir der allmächtige Gott helfe.‹«

»Wie sicher bist du dir eigentlich, was das angeht, De Wet?«, fragt Klara bedrückt. Es ist später Abend. Gemeinsam sitzen sie auf der rot gefliesten Veranda. Die anderen sind schon zu Bett gegangen. Die Straßenlaternen werfen ein fahles Licht auf den kerzengeraden Pfad, das geschlossene Gartentürchen und die ordentlich geschnittene Hecke.

Er schüttelt den Kopf. »Ich weiß wirklich überhaupt nichts sicher. Aber … da ist noch etwas anderes, Klara.«

Sie wartet.

»Es gibt Vermutungen, dass auch Johannes van der Walt daran beteiligt sein könnte.«

»Der Ringer?« Sie erinnert sich an das Foto, das so lange in Boelies Zimmer gehangen hat.

»Ja, der.«

Sie nickt langsam.

»Und Robey Leibbrandt wahrscheinlich auch.«

»Robey Leibbrandt! Ich dachte, der hätte das Land verlassen!«

»Das hat er auch. Meldungen zufolge ist er in Deutschland gewesen, allerdings machen Gerüchte die Runde, wonach er wieder zurück ist.« Das Licht der Straßenlaternen fällt direkt auf sein Gesicht – seine grünen Augen sehen sehr ernst aus.

Er hat die gleichenn Augen wie ich, denkt sie zusammenhanglos. Wir haben die gleichen Augen.

»Das sind aber alles nur Gerüchte, Klara. Erzähle sie bitte nicht weiter.«

»Nein, das mache ich auch nicht, allerdings hört sich das gar nicht gut an«, erwidert sie schwermütig. »Sollten wir nicht lieber Papa anrufen und ihm alles erzählen?«

»Lass uns erst mal schauen, ob wir irgendwelche Fakten herausfinden können«, entgegnet De Wet.

»Meiner Meinung nach steht Boelie unter Beobachtung«, teilt De Wet Klara unter vorgehaltener Hand mit.

Es ist der nächste Tag, am späten Nachmittag. Klara hat in der Bibliothek über einer Hausarbeit gebrütet und ihre beiden Brüder sind beim Rugbytraining gewesen. Jetzt sitzen sie in der Straßenbahn und fahren nach Sunnyside. Boelie sitzt allein auf einer Bank auf der anderen Seite des Mittelgangs und liest Zeitung.

Klara spürt, wie ihr eiskalt wird. »Unter Beobachtung?«

De Wet nickt. »Dreh dich nicht um«, sagt er leise. »Vier Reihen hinter uns sitzt ein Kerl, der aussieht wie ein Student, mit Scheitel und einer Brille. Der sitzt in dieser Woche schon den dritten Nachmittag da und fährt unsere Strecke.«

»Vielleicht ist das ein Student, der in unserer Gegend wohnt«, überlegt Klara.

»Vielleicht. Aber ich habe ihn am Sonntag auch in der Nähe der Kirche gesehen und am frühen Montagabend vor unserem Haus. Er hat da einfach nur gestanden, ans Tor gelehnt, eigentlich schon fast im Eingang.«

»Das muss doch nichts bedeuten, De Wet.«

»Natürlich nicht, aber es wird höchste Zeit, dass wir Boelie darauf ansprechen. Du weißt selbst, Klara, dass die Antikriegsgruppen in Südafrika immer mutiger werden, jetzt wo die Nazis einen Sieg nach dem anderen einfahren. Die OB bekommt immer mehr Mitglieder und hält Massenversammlungen ab, die ganz genauso aussehen wie die Parteitage der Nazis in Deutschland.«

»Ja, das habe ich auch gesehen«, bestätigt Klara. »Aber das ist für sich genommen doch nichts Schlimmes, oder?«

In diesem Augenblick faltet Boelie seine Zeitung zusammen und reicht sie De Wet. »Hier, möchtest du sie auch lesen?«

«Ja, vielen Dank«, antwortet De Wet und faltet die Zeitung wieder auseinander.

An diesem Abend – Tante Maggie ist schon zu Bett gegangen – erwähnt De Wet scheinbar beiläufig: »Ich habe gehört, dass sich rechts von dem Hauptstrom der OB noch eine Gruppe gebildet hat.«

Hm, schlau gesagt, denkt Klara.

Boelie schaut kurz auf, sagt jedoch nichts.

»Sie nennen sich *Stormjagers*, ist mir zu Ohren gekommen.«

Auch hierzu sagt Boelie nichts.

»Sie sind angeblich im Gebrauch von Handfeuerwaffen und Sprengstoff ausgebildet worden und lernen, wie man selbst Bomben baut.«

Schweigen. Boelie nickt nur, offensichtlich in Gedanken.

»Sie lernen Sabotagetechniken und wie man Botschaften verschlüsselt«, fährt De Wet erbarmungslos fort. »Und auch wie man Propagandamaterial zusammenstellen muss, wie unsichtbare Tinte funktioniert …«

»Wo hast du das denn alles gehört?«, durchbricht Boelie sein Schweigen.

»Ach, so hier und da auf dem Campus, bei Vorlesungen und so«, antwortet De Wet vage.

»Nun ja, meiner Meinung nach ist das nichts Schlimmes«, erwidert Boelie neutral. »Die OB bekommt nicht viel auf die Reihe – die machen da nichts anderes, als große Reden zu schwingen, Lieder zu singen und Fahnen herumzuschwenken.«

De Wet wartet ab. Er scheint aufmerksam zuzuhören.

»Die Probleme, mit denen Südafrika zu kämpfen hat, lösen wir nicht mit Reden, erst recht nicht mit Parlamentsdebatten – dafür sitzen zu viele Landesverräter und jüdische Kapitalisten auf der Regierungsbank.«

»Und du meinst, die OB spielt dabei keine Rolle?«, will De Wet wissen.

Klara spürt, wie in ihr die Anspannung steigt. Ihre Augen suchen die von Christine. Die sieht verwirrt aus, runzelt ein wenig die Stirn und wirft Klara einen fragenden Blick zu. Klara schüttelt kaum merklich den Kopf und Christine nickt verständnisvoll.

Boelie überlegt zunächst, bevor er eine Antwort gibt. »Die Popularität der OB-Führung beginnt nachzulassen. Es ist offensichtlich, dass die Anführer mit Sabotage nichts zu tun haben wollen.«

De Wet nickt. »Da hast du recht. Und deiner Meinung nach sind sie nicht gewieft genug, um durch Verhandlungen etwas zu erreichen? Vor allem dieser Van Rensburg kennt Smuts doch gut. Sie haben jahrelang zusammengearbeitet und beide sind Juristen.«

Boelie schüttelt den Kopf. »Es gibt Gerüchte, dass er von Smuts bezahlt wird. Demnach haben sie eine Absprache getroffen: Van Rensburg soll aus der OB eine Bewegung machen, in der die Gruppierungen, die gegen den Krieg sind, ihrem Ärger Luft machen können, um dann sofort einen Riegel vorzuschieben, sobald sie damit drohen, zur Gewalt zu greifen.«

Boelie scheint sich warmzulaufen. »Warum sonst soll Van Rensburg denn noch frei herumlaufen?«

»Ja, das ist eine gute Frage«, bestätigt De Wet besonnen.

Voller Feuer beantwortet Boelie sie sich selbst. »Weil die Regierung *weiß*, wie groß die Chance ist, dass die OB die Regierung stürzen wird, sobald ihre Anführer zu einem Massenaufstand aufrufen.«

»Hm«, macht De Wet und nickt.

Schweigen.

Christines Augen sind so groß wie Suppenteller.

Schließlich kann Klara die Spannung nicht mehr länger ertragen.

»Boelie, bist du vielleicht auch bei den *Stormjagers*?«, fragt sie ihn geradeheraus.

Boelie schaut sie einen Augenblick lang entsetzt an und springt dann wütend auf. »Habt ihr mich etwa die ganze Zeit verhört, um das herauszufinden?«

»Boelie, setz dich wieder hin, dann können wir in Ruhe darüber sprechen. Klara wollte nur …«

»Nein, ich setze mich nicht wieder hin, herzlichen Dank! Schreibt ihr mal schön weiter eure Briefchen an euer Rotlitzchen und lasst mich gefälligst in Ruhe!« Wütend wirft er die Hintertür ins Schloss.

Für eine Weile ist es still in der Küche. Keiner spricht ein Wort. Schließlich sagt Christine: »Ich habe nicht geahnt, dass Boelie über unsere Brieffreundschaft Bescheid wusste. Jetzt ist er furchtbar böse auf uns.«

»Ich hätte meinen Mund halten sollen«, stellt Klara ängstlich fest. »Jetzt habe ich alles vermasselt, oder?«

»Das kann man wohl sagen, ja«, bestätigt De Wet. »Aber daran kann man jetzt auch nichts mehr ändern. Ich mache mir große Sorgen, Klara, dass Boelie bereits bis über beide Ohren darin verwickelt ist.«

Eine kalte Hand schließt sich um ihr Herz.

»Boelie ist furchtbar böse, oder?«, fragt Christine besorgt.

»Ja, aber das wird schon wieder. Die andere Geschichte allerdings … Ich glaube, dass er tiefer drinsteckt, als wir bisher gedacht haben.«

Auf dem Tisch steht Boelies halb leer getrunkene Tasse Kaffee und wird kalt.

Als Klara am Freitagnachmittag nach Hause kommt, ist De Wet schon da. Er begrüßt sie nicht, sondern sagt nur: »Komm, schau dir das mal an«, und geht ihr voraus ins Außenzimmer.

Klaras Kehle ist wie zugeschnürt und ihr wird schlecht.

Die Tür des Außenzimmers ist geschlossen. De Wet öffnet sie und lässt Klara vorausgehen.

Es sieht aus, als sei ein Orkan durch das Zimmer gerast. »Was ist denn hier passiert?«, fragt Klara fruchtbar entsetzt.

»Unser Zimmer ist durchsucht worden.«

»Woher weißt du das? Könnte das nicht auch ein Dieb gewesen sein, der etwas stehlen wollte?«, möchte Klara hoffnungsvoll wissen.

»Es fehlt nichts. Schau doch, da liegt sogar mein Portemonnaie offen herum, für jeden klar erkennbar.«

Ungläubig schüttelt Klara den Kopf. »Und wo ist Boelie?«

»Arbeiten.«

Klara schaut sich erneut im Zimmer um. Die Schränke sind geöffnet und der Inhalt liegt verstreut auf dem Boden. Die Matratzen sind von den Betten geholt und die Betten selbst sind umgedreht. Die Schubladen aus der Kommode liegen verkehrt herum auf dem Boden. »Was sagt Tante Maggie dazu?«, will sie niedergeschlagen wissen.

»Die hat es noch gar nicht gesehen. Freitags ist sie doch immer in der englischen Gemeinde und hilft, Päckchen für die Soldaten zu packen.«

»Aber …« Sie ist völlig aus der Fassung. »De Wet, wer kann denn so etwas getan haben?«

»Die Sicherheitspolizei nehme ich an.«

Ihr stockt der Atem, so erschrocken ist sie. »Und was jetzt?«

»Jetzt lassen wir einfach alles hier so liegen, bis Boelie nach Hause kommt.«

»Wenn er nach Hause kommt«, erwidert Klara ernüchtert. »Was ist, wenn sie nun etwas gefunden haben und jetzt irgendwo auf ihn warten …?«

De Wet legt ihr einen Arm um die Schulter. »Komm, lass uns einen Kaffee trinken gehen«, sagt er ruhig. »Sonst malen wir uns noch alles Mögliche aus.«

Als Boelie nach Hause kommt, ist er sofort auf hundertachtzig. »Wie können sie es wagen!«, brüllt er. »Wie können sie es wagen!«

»Offensichtlich haben sie etwas gesucht«, erklärt De Wet.

Wie ein eingesperrter Tiger marschiert Boelie auf und ab, wobei er immer wieder über die Stapel Klamotten und Bücher hinwegsteigen muss.

»Die können gar nichts gefunden haben, denn hier gibt es auch nichts!«

»Wenn du das sagst, dann glauben wir es dir, Boelie«, sagt De Wet gelassen.

»Diese verdammte Regierung! Diese Bande von Landesverrätern! Wie können sie es wagen …«

»Bevor wir diese Frage weiter besprechen, sollten wir vielleicht erst einmal dieses Durcheinander hier aufräumen«, schlägt De Wet vor. »Ich fürchte, Tante Maggie wird nicht gerade erfreut darüber sein, wenn sie das hier sieht.«

»Ich helfe euch«, bietet Klara sich an und hebt ein Hemd auf. Vorsichtig legt sie es zusammen. Vor Schreck zittert sie noch am ganzen Körper.

Kurz darauf steht Christine auf der Türschwelle. »Was ist denn hier passiert?«, fragt sie entsetzt.

»Das willst du gar nicht wissen«, antwortet Klara. »Hilf uns lieber beim Aufräumen und Zusammenlegen.«

»Ist hier eingebrochen worden?«, fragt Christine entrüstet.

»Nein, Chrissie«, erwidert De Wet. »Es sind Leute hier gewesen, die etwas gesucht, aber offensichtlich nicht gefunden haben.«

»Leute von der Regierung, in der dein Vater sitzt«, ergänzt Boelie wütend. »Wer gibt ihnen eigentlich das Recht, in meinen persönlichen Sachen herumzuwühlen?«

»Jetzt beruhig dich erst einmal, Boelie«, sagt De Wet. »Klara, könntest du mit Christine einen Kaffee aufsetzen? Boelie und ich räumen hier noch schnell auf und dann kommen wir gleich zu euch.«

In der Küche versucht Klara, Christine zu erklären, was passiert ist. »Zum Glück ist Tante Maggie nicht hier gewesen«, sagt Christine mit großen Augen. »Ich finde es schlimm, dass Boelie wütend auf mich ist.«

»Doch nicht auf dich«, widerspricht ihr Klara in beruhigendem Ton. »Sondern auf die Regierung.«

»Aber mein Vater ist ja ein Teil dieser Regierung.«

»Ja«, bestätigt Klara. »Das ist wahr.«

Die Prüfungen sind vorbei und Klara, ihre Brüder, Christine und Annabel nehmen den Zug nach Hause in die Winterferien. »Wir werden Mama und Papa sicher von der Hausdurchsuchung erzählen müssen«, hat De Wet am Abend davor gesagt.

»Tu, was du nicht lassen kannst«, hat Boelie geantwortet, der sofort wieder stinksauer geworden ist. »Dann erzähl ihnen aber auch, dass sie nichts gefunden haben.«

»Das werde ich tun, Bruderherz«, hat De Wet bekräftigt. »Auf jeden Fall. Und wenn ihr mich fragt, sollten wir die *Stormjagers* lieber mit keinem Wort erwähnen.«

Boelie hat mit einem Ruck aufgeschaut. »Es gibt doch auch gar nichts über die *Stormjagers* zu berichten.«

»Du hast recht«, hat De Wet ihm mit einem leichten Nicken zugestimmt. »Ganz und gar nichts.«

Der Klumpen in Klaras Bauch löst sich langsam auf. Schweigend schaut sie aus dem Fenster. Auf der anderen Seite der schmutzigen Scheibe gleitet eine dunstige Springbockebene vorbei. Am Horizont zittert die Landschaft in der brütenden Hitze. Die Räder rattern rhythmisch, ihr gegenüber hat Boelie die Zeitung weit ausgebreitet. De Wet lümmelt sich in seinen Sitz, die Beine ausgestreckt, die Augen halb geschlossen. Neben ihr sitzt Annabel, die unaufhörlich fröhlich vor sich hin schnattert.

Die Prüfungen sind vorbei, sie ist auf dem Weg nach Hause und heute Nacht wird sie in ihrem eigenen Bett schlafen.

Wunderbar.

Trotzdem werden es lange, traurige Ferien. Ihr Vater und Boelie haben eine Auseinandersetzung nach der anderen und Opa kann keine Sekunde lang seine Meinung für sich behalten, was Boelies Blutdruck nur noch höher steigen lässt. De Wet ist einfach nur schweigsam. Ihre Mutter ist ständig den Tränen nahe und das ist seltsam. Denn so ist sie normalerweise nicht.

»Ich kann einfach nicht glauben, dass es wieder über uns hereinbricht«, sagt Oma. »Es ist wieder ganz genauso wie bei dem Aufstand 1914.«

»Stecken sie Boelie und De Wet jetzt ins Gefängnis?«, will Irene mit großen Augen wissen, als sie hört, dass die Sicherheitspolizei das Zimmer der beiden durchsucht hat.

»Nein, Irene, natürlich nicht«, erwidert Klara ungeduldig.

Anschließend ruft Irene ihre Hunde und geht nach draußen.

Im Haus von Tante Jemima sind die Zustände sogar noch schlimmer. Das Jugendamt hat Sussie abgeholt und Gertie und das Baby auch. Nur Hannapat und Pérsomi sind noch da und natürlich Tante Jemima mit ihren trüben Augen. Und dieses Scheusal von Piet, der die ganze Zeit draußen herumhängt.

»Gerbrand schreibt fast nie«, erzählt Pérsomi.

Ich sehne mich nach Henk, denkt Klara. Ich wollte, die Ferien wären vorbei, dann könnte ich zurück nach Pretoria.

Am ersten Dienstag, an dem sie wieder zurück in Pretoria sind, geht Boelie direkt nach dem Abendessen nach draußen – sicher um sich wieder an seine Studien zu setzen.

»Ich bringe Boelie schnell noch ein Tässchen«, verkündet Klara, nachdem sie mit ihrem Kaffee fertig sind.

Doch das Außenzimmer ist leer. Mit dem Kaffee kommt sie zurück.

»Was ist denn?«, fragt De Wet.

»Er ist nicht da. Ich habe ihn gerufen, aber er ist nicht da.«

De Wet steht auf und geht zur Vordertür aus dem Haus. Klara läuft ihm hinterher.

Auf der Straße, direkt vor dem Gartentürchen, fährt gerade ein schwarzer Plymouth weg. »Hast du sehen können, ob Boelie darin gesessen hat?«, will De Wet wissen.

»Nein, leider nicht.«

»Klara, das gefällt mir überhaupt nicht.« Seine Stimme hört sich seltsam an, so als käme sie von weit weg.

Sie setzen sich und warten auf ihn. Schließlich kommt er erst um zwei Uhr nachts zurück. »Was ist denn mit euch los?«, will er verdutzt wissen.

»Wo bist du gewesen, Boelie?«, fragt De Wet müde.

»Jetzt platzt mir aber der Kragen, De Wet, bist du verrückt geworden oder was?« Von einer Sekunde auf die andere ist Boelie wieder auf hundertachtzig. »Wieso fragst du mich ständig danach, wo ich gewesen bin? Und noch dazu um diese Zeit in der Nacht?«

»Wo bist du denn gewesen?«

Boelie schüttelt den Kopf. »Ich habe das Parlamentsgebäude in die Luft gesprengt. Bist du jetzt zufrieden?«

De Wet schweigt.

»Ich bin mit ein paar Kumpels auf der Walz gewesen. Entschuldige, dass wir dich vorher nicht um Erlaubnis gebeten haben, aber du bist im Augenblick eine ziemlich trübe Tasse.« Und dann marschiert er mit schnellen Schritten zum Außenzimmer.

Am nächsten Tag erkundigt sich Klara bei Henk: »Bist du gestern Abend auch auf der Walz gewesen?«

»Große Güte, nein, ich musste büffeln«, antwortet der. »Morgen haben wir schließlich diese grausame Abschlussprüfung.«

»Alle, die Ingenieurwissenschaften studieren?«

»Ja, alle.«

Am Freitagnachmittag wartet De Wet wieder auf sie. Er reicht ihr *Die Transvaler* und stellt anschließend die Kaffeekanne auf den Ofen, um den Kaffee aufzuwärmen.

Der Klumpen in ihrem Bauch wächst. Sie möchte keinen Blick in die Zeitung werfen, aber sie tut es dennoch. Das Blatt ist von heute: Freitag, 18. Juli 1941.

»Seite fünf, rechts oben«, weist De Wet sie an.

Für einen Moment schließt Klara die Augen. Dann zwingt sie sich, den kleinen Artikel zu lesen.

> **Brutaler Dynamitdiebstal – Nächtlicher Zwischenfall in Steinbruch**
> Am Mittwochabend sind aus einem Steinbruch von Yskor, zehn Kilometer außerhalb von Pretoria, große Mengen Dynamit und andere Sprengstoffe entwendet worden. Der Steinbruch wurde von einem bewaffneten Sicherheitsdienst bewacht.

Der Schreck fährt Klara in die Glieder, während ihr langsam klar wird: Das ist der Abend gewesen, an dem Boelie erst nach zwei Uhr nach Hause gekommen ist.

Sie widmet ihre Aufmerksamkeit wieder dem Text.

> Während der Nacht sind neun Männer in drei Autos vorgefahren. Sie haben die Wachmannschaft überwältigt und eingeschlossen. Danach haben sie das Dynamit aus einem der Lagerhäuser geholt und die Zünder aus einem anderen. Die Gegenstände sind in die Autos geladen worden, mit denen die Männer geflüchtet sind.
> Nicht weit davon entfernt ist eines der Autos in einen Graben gerutscht. Die Insassen haben einen vorbeifahrenden Lastwagen angehalten und den Fahrer um Hilfe gebeten. Nachdem sie diese bekommen hatten, sind die drei Autos spurlos verschwunden.
> Die Polizei ruft nun den Fahrer des Lastwagens auf, sich zu melden, denn er könnte die Männer identifizieren. Ein Mitglied der Wachmannschaft ist leicht verletzt worden und ihre Gewehre wurden entwendet.

Die Buchstaben tanzen vor ihren Augen. Oder vielleicht wollen ihre Augen sie einfach nicht wahrnehmen. Sie legt die Zeitung hin und schaut auf. De Wet steht auf und holt die Kaffeekanne vom Herd. Er schenkt zwei Tassen ein, gibt Zucker hinein und rührt. Anschließend stellt er eine der Tassen vor ihr ab.

Stumm trinkt sie ihren Kaffee.

Als Boelie kurz nach fünf nach Hause kommt, geben sie ihm die Zeitung.

Er liest.

Anschließend schaut er auf. »Und jetzt zählt ihr zwei und zwei zusammen, oder?«

»Ja«, antwortet De Wet und schaut seinem Bruder geradewegs in die Augen. »Soweit ich mich erinnern kann, ist das tatsächlich vier.«

»Nun, wenn das so ist, dann liegt hier ein Rechenfehler vor.«

Sie warten.

»Das bedeutet«, erklärt er ihnen überflüssigerweise, »dass ich nichts damit zu tun habe. Ich bin unschuldig, vielen Dank, euer Ehren.«

Schweigend betrachtet ihn De Wet.

»Schenk mir doch bitte eine Tasse Kaffee ein, Klara«, sagt Boelie. Seine Stimme hört sich auf einmal müde an.

Sie gießt drei Tassen ein. Die Teelöffel klingeln laut, während sie umrühren. Wieder und wieder.

Schließlich sagt Boelie: »Ihr *müsst* mir glauben, De Wet! Ich habe damit nichts zu tun.«

»Aber du bist an jenem Abend schon weg gewesen …«

»Stimmt.«

»Und du bist auch erst nach zwei nach Hause gekommen.«

Boelie antwortet nicht.

»Und du hättest eigentlich für deine Prüfung lernen müssen«, fügt Klara hinzu. »Das wissen wir, Boelie. Also, erzähl es uns jetzt.«

Lange Zeit bleibt es still in der Küche. Dann seufzt Boelie tief. »Ja, ich weiß es. Und ich weiß auch Bescheid über die *Stormjagers*. Aber mit dieser speziellen Sache habe ich nichts zu tun. Ich bin keiner der neun, nach denen gefahndet wird, das schwöre ich.«

»Gut, dann glaube ich es dir«, sagt De Wet gelassen.

»Ich möchte es sehr gerne glauben, Boelie«, ergänzt Klara, »aber dann musst du uns erzählen, inwieweit du bei den *Stormjagers* aktiv bist.«

Boelie schaut sie direkt an. »Nein, Klara«, antwortet er. »Wenn ich tatsächlich etwas mit ihnen zu tun habe – und ich sage auf keinen Fall, dass das so ist –, dann ist das ganz allein meine eigene Entscheidung und meine eigene Angelegenheit. Je weniger ihr wisst, desto besser ist es. Für euch.«

Er schweigt für einen Augenblick und wendet sich anschließend an De Wet: »Aber ich kann dir mit der Hand auf dem Herzen garantieren, dass ich mit diesem Diebstahl« – er schlägt mit der flachen Hand auf die Zeitung – »überhaupt nichts zu tun habe.«

»Du hast allerdings schon vorher davon gewusst?«, hakt Klara nach. »Sag es, Boelie!«

Boelie steht jedoch auf und geht zur Tür hinaus.

Am Sonntagmorgen gehen sie zu dritt in den Gottesdienst. »Komm mich lieber nicht abholen«, hat Klara zu Henk gesagt. »Ich glaube, es ist besser, wenn ich nur mit meinen Brüdern gehe.«

»Gibt es Schwierigkeiten?«, hat er besorgt gefragt. »Ist da etwas, das ich wissen sollte?«

»Meiner Meinung nach nicht«, hat sie geantwortet. »Aber wir müssen über unangenehme Angelegenheiten sprechen.«

Mit Christine ist es einfacher gewesen, weil sie schon über die Geschehnisse Bescheid gewusst hat. »Ich gehe dann einfach mit Tante Maggie in den englischen Gottesdienst«, hat sie verkündet. »Dann muss sie da nicht allein hin.«

Jetzt sitzt Klara zwischen ihren Brüdern. Links von ihr sitzt De Wet, rechts Boelie. Ihre Köpfe sind ehrerbietig geneigt. »Lieber Vater«, betet Klara leise, »hilf uns bitte, denn ich habe keine Ahnung, was uns noch bevorsteht.«

Das Orgelspiel jammert weiter, zäh wie klebrige Pralinen. Ich wollte, die Orgel würde etwas Leichteres spielen, nicht so quälend, denkt Klara. Sie hört ihre Brüder singen: zwei kräftige Männerstimmen auf beiden Seiten, um sie herum. Es ist schön, so gemeinsam mit ihren Brüdern Gott zu loben.

Nach dem Gottesdienst schlägt Boelie vor: »Wie wäre es, wenn ich für uns drei *Fish and Chips* besorge und wir essen das im Magnoliadal?«

»Dann müssen wir allerdings vorher noch Tante Maggie Bescheid sagen, dass wir nicht zu Hause essen«, überlegt Klara.

»Ich informiere sie schnell noch und dann sehen wir uns gleich«, sagt De Wet.

Klara und Boelie gehen Pommes holen. Der Mann hinter dem

Tresen schüttet eine Menge Essig und Salz darauf und faltet dann eine alte Zeitung darum. Das Fett saugt sich in die Artikel über den Krieg in Europa.

Im Park setzen sie sich in den kümmerlichen Schatten eines blätterlosen Baumes. Das Gras ist dürr und pikst. Klara faltet die Zeitung auseinander. Die Druckerschwärze ist beinahe verschwunden. »Jetzt können wir den Krieg wahrhaftig auch noch aufessen«, verkündet Boelie.

Der Geruch der Pommes und des frischen Fischs kitzelt Klara in der Nase. Sie nimmt einen Bissen. Ihre Hände sind vom Öl ganz fettig.

Als sie den Fisch fast aufgegessen haben und nur noch ein paar verschrumpelte Pommes auf der Zeitung übrig geblieben sind, verkündet Boelie auf einmal: »Wenn mir etwas passieren sollte, dann müsst ihr verstehen, dass ich nicht anders konnte. Sagt dann zu Mama und Papa …« Er schluckt und schließt für einen Moment die Augen. »Sagt ihnen dann, dass es mir leid tut, aber …« Er zuckt mit den Schultern. »Ich kann wirklich nicht anders.«

Er hebt das Zeitungspapier mit den fettigen Kriegsberichten auf, knüllt es zu einem Ball zusammen und wirft ihn in den Abfalleimer in der Nähe.

De Wet steht auf. »Komm, Klara.«

Langsam arbeitet sie sich hoch.

Wir haben unter demselben Baum gesessen, als Gerbrand mir erzählt hat, dass er zur Armee gehen will, überlegt sie, während sie sich das vertrocknete Gras vom Kleid klopft.

Anschließend geht sie gemeinsam mit ihren Brüdern nach Hause.

»Sie sind gekommen und haben Boelie geholt.« Es ist Montagnachmittag und Tante Maggie erwartet Klara schon, als diese nach Hause kommt.

Klara schlägt sich die Hände vor den Mund und alle Farbe verschwindet aus ihrem Gesicht. »Wer?«

»Die Sicherheitspolizei. Sie haben ihn seine Sachen zusammenpacken lassen.«

Ihr wird eiskalt und sie bekommt keine Luft mehr. Ihr ganzer Körper fühlt sich an wie Blei.

»Ist De Wet auch da, Tanta Maggie?«

»Nein, noch nicht.«

Mit ihrer Zunge fährt sie sich über die Lippen. »Hat Boelie noch etwas gesagt?«

»Ja. Er hat gesagt, dass ich euch sagen soll … und das sollt ihr auch zu Hause sagen …« Tante Maggie überlegt einen Augenblick. »Er hat gesagt: ›Diese hochverehrten Herren wollen mich internieren, weil ich Afrikaaner bin.‹ Ja, genau das hat er gesagt.«

»Vielen Dank, Tante Maggie«, erwidert Klara mit einer seltsamen Stimme.

Ihre Füße gehen in ihr Zimmer, ihre Hände legen die Tasche mit den Büchern auf das Bett. Mit Mühe schleppt sie den schweren Klumpen in ihrem Bauch mit. Ich werde De Wet suchen gehen, denkt sie mit ihrem verwirrten Kopf. Er ist beim Rugbytraining. Ich muss ihn finden.

An der Straßenbahnhaltestelle sieht sie ihn allerdings bereits aussteigen. »Du weißt es also schon«, sagt sie, als sie sein Gesicht sieht.

»Ja«, antwortet er. »Ich habe es von Henk erfahren, unmittelbar vor dem Training. Da bin ich sofort weggegangen. Henk kommt auch gleich, hat er gesagt.«

Ich möchte Henk jetzt überhaupt nicht sehen, denkt sie vage. Ich möchte bei meinem Bruder sein. Irgendjemand wird es Papa und Mama erzählen müssen.

Nebeneinanderher laufen sie zum Haus von Tante Maggie. »Wir müssen unsere Familie zu Hause informieren«, erklärt Klara.

»Wir können versuchen anzurufen, aber es wird nicht einfach werden, eine Verbindung herzustellen. Ich weiß, wie hoffnungslos die Leitung zur Farm immer ist. Bis uns das gelingt, wird die Polizei sie längst schon informiert haben, fürchte ich.«

»Lass uns trotzdem anrufen.«

De Wet berührt sanft Klaras Wange. »Das machen wir, Klara.«

Am Gartentürchen sagt sie: »Dieser Krieg reißt uns auseinander. Ich hasse die Menschen, die ihn angefangen haben. Die Deutschen und die Italiener.«

Sie marschieren um das Haus herum und gehen durch die Hintertür. »Für einen Krieg braucht man immer zwei Parteien«, bemerkt De Wet. »Und letztendlich ist es die alleinige Entscheidung eines jeden Landes und eines jeden Menschen, dabei mitzumachen oder nicht.«

Sie lässt Wasser in den Kessel laufen und dreht den Herd an.

»So wie Boelie auch eine Entscheidung getroffen hat, oder?«

»Ja.« Er nickt langsam. »So wie Boelie auch eine Entscheidung getroffen hat.«

Sie löffelt Kaffee in den Kaffeefilter. Dabei ist sie sehr vorsichtig, denn ihre Hände zittern. Drei Löffel Kaffee. »Christine sollte auch jeden Augenblick hier sein«, sagt sie.

»Wir sollten Papa und Mama anrufen, sobald wir eine Tasse Kaffee getrunken haben«, überlegt De Wet und setzt sich an den Tisch.

»Gut.« Ihre Kehle ist wie zugeschnürt. Sie möchte mit ihrer Mutter sprechen. Oder vielleicht doch lieber nicht.

»Wohin werden sie ihn gebracht haben?«

»Nach Koffiefontein, denke ich. Ich weiß es nicht genau.«

Plötzlich schießen ihr die Tränen in die Augen. Sie schluckt und schluckt.

Während sie drei Tassen auf den Tisch stellt, sagt De Wet: »Jetzt sind wir nur noch zu dritt hier im Haus: du und ich und Christine.«

Sie schaut auf, direkt in die grünen Augen ihres Bruders, die Augen, die so sehr wie ihre eigenen aussehen. Dann lächelt sie ein wenig. »Und Tante Maggie.«

»Ja«, sagt er. »Und Tante Maggie.«

9. Kapitel

Zwei Wochen später abends um kurz nach sieben kommt Henk bei Klara vorbei, um sie für einen Abend zu zweit abzuholen. »Du siehst hinreißend aus«, stellt er bewundernd fest und streicht ihr kurz über ihr glänzendes Haar. Dabei hat seine Stimme einen warmen Klang.

Sie schaut zu ihm auf. »Danke, Henk.« Sie hat Lust auf einen gemeinsamen Abend. Am liebsten würde sie gern alles hinter sich lassen, denn in ihr arbeitet immer noch der Kummer wegen ihres großen Bruders. Bei jeder Kleinigkeit kommt er wieder zum Vorschein. Zum Beispiel beim Kaffeekochen.

»Wir fahren heute Abend mit der Straßenbahn, okay?«, warnt Henk sie, während er ihr das Gartentürchen offen hält. »Lizzie hat kein Benzin mehr und von meinem Taschengeld ist nicht mehr viel über.«

»Ich finde das prima, Henk. Ich mag Straßenbahnen sehr.«

Er lacht. »Was für ein Glück, schließlich hast du heute Abend keine andere Wahl.«

Als die Lichter im Kinosaal gedimmt werden, nimmt Henk ihre Hand. Ein warmes Gefühl durchströmt sie. Es ist schön, hier so Hand in Hand mit Henk zu sitzen. Gelegentlich berührt seine Schulter ihre. Es fühlt sich beinahe so an, als würde seine Gegenwart ihren Kummer vertreiben. Oder vielleicht auch in sich aufsaugen.

Nach der Folge, mit der der Western fortgesetzt wird, ist der *African Mirror* an der Reihe, so wie immer.

»Die südafrikanischen Truppen in Ostafrika nehmen die vereinten Armeen von Italien und Italienisch-Somaliland immer mehr in die Zange«, behauptet die blecherne Stimme des Kommentators. Auf der Leinwand ist ein Feldweg zu sehen, auf dem ein schwerer Panzer einen Hügel überquert. Hinter dem Panzer fährt eine Reihe von Armeelastwagen.

»Hunderte italienischer Soldaten sind in Kriegsgefangenschaft genommen worden«, fährt die blecherne Stimme fort. Die Kriegsgefangenen marschieren in Dreierreihen den Feldweg entlang, ein endloser Zug. Sie sehen müde aus.

»In der Armee können sie nur bis drei zählen«, flüstert Klara Henk ins Ohr.

»Außerdem sind große Mengen Kriegsmaterial erbeutet worden«, meldet der Kommentator. Auf der Leinwand ist zu sehen, wie Soldaten Gewehre, Munition, Handgranaten und sogar Feldflaschen zu großen Stapeln aufschichten.

»In die Feldflaschen der Italiener passen anderthalb Liter Wasser und in die von unseren Männern nur ein halber«, flüstert Klara.

Henk schaut sie plötzlich im Halbdunkel scharf an. »Wer sagt denn so etwas?«

»Gerbrand. Wir schreiben uns.«

»Gerbrand?«

»Ja. Wir sind Klassenkameraden gewesen.«

»Und der ist jetzt dort?«

»Wo?« Sie hört Henk nicht wirklich zu – ihre ganze Aufmerksamkeit ist auf die bewegten Bilder gerichtet.

»An der Front.«

»Ja, der ist jetzt in Italienisch-Somaliland.«

»Du schreibst dir also mit einer Rotlitze?« Seine Stimme ist auf einmal tief.

Immer noch ist ihr Blick auf die große Leinwand gerichtet. Jetzt fährt ein langer Konvoi von Fahrzeugen einen Hang hinunter, durch ein trockenes Flussbett und auf der anderen Seite wieder hinauf – es sieht sehr waghalsig aus. Das sind Dreitonner, weiß sie. In jedem Lastwagen sitzt eine komplette Einheit mit vollem Gepäck, genügend Nahrungsmitteln und Wasser für sieben Tage und genügend Treibstoff für neunhundert Kilometer. Das weiß sie, weil Gerbrand es ihr erzählt hat – sie sagt jedoch nichts.

»Klara?«

»Was ist denn?« Sie schaut ganz genau hin, ob sie vielleicht zwischen all den Soldaten Gerbrand entdecken kann, aber sie sehen alle gleich aus.

»Ich habe dich etwas gefragt.«

Plötzlich schaut sie ihm direkt in die Augen. »Ich habe eine Brieffreundschaft mit einem ehemaligen Klassenkameraden, mit dem ich aufgewachsen bin«, antwortet sie schnell. »Der ist jetzt eine Rotlitze, das stimmt. Er heißt Gerbrand. Und du hast ihn beim Picknick in Magnoliadal schon einmal getroffen.«

»Ruhe bitte«, flüstert eine Frau hinter ihnen.

Auf der Leinwand erscheint jetzt eine Karte mit der Zeichnung eines lächerlichen, winzig kleinen Lastwagens, der wie ein dicker Käfer vorwärtskriecht. »Unsere Truppen haben Brava bereits eingenommen und sind jetzt auf dem Weg in die wichtige Hafenstadt Mogadishu«, fährt die blecherne Stimme unbarmherzig fort. Die Nachrichten sind alt, denkt Klara. Der *African Mirror* ist nicht auf dem neuesten Stand. Doch sie schweigt.

Auch Henk hat sich ein Schweigen auferlegt.

In der Pause gehen sie ins Foyer, wo Henk für sie beide zwei Flaschen Limonade kauft. Zwischen ihnen hängt etwas Schweres. Als die schrille Klingel ertönt, gehen sie auf ihre Plätze zurück, um sich den Hauptfilm anzuschauen. Dieses Mal tastet Henk nicht nach ihrer Hand.

Es ist ein trauriger Film. Schon sehr schnell hat Klara Henk und diese ganze unerquickliche Situation vergessen, weil der Film sie völlig in seinen Bann zieht. Als der gut aussehende Soldat schließlich an die Front muss, kann sie ihre Tränen nicht mehr zurückhalten – denn auf einmal ist das Boelie, der da weggeht, allerdings in einer verkehrten Uniform.

Henk reicht ihr sein Taschentuch. »Danke«, flüstert sie, während er seinen Arm um ihre Schultern legt und sie zu sich heranzieht.

Wieder zu Hause angekommen, geht er noch bis zur Veranda mit. Er nimmt ihr den Schlüssel aus der Hand und schließt die

Haustür auf. Doch bevor er die Tür öffnet, schaut er sie ernst an. »Mir gefällt es nicht, dass du dir mit diesem Kerl schreibst, Klara«, verkündet er.

Sie sieht ihm fest in die Augen. »Gerbrand ist kein Kerl, Henk. Er ist ein Freund von mir und das ist er immer schon gewesen.«

»Wie dem auch sei. Die Zeiten verändern sich und jetzt ist er eine Rotlitze. Ich möchte, dass du diese Korrespondenz beendest.«

Einen Augenblick lang schweigt sie, dann holt sie schließlich tief Luft. »Ich werde ihm trotzdem weiter schreiben, ob dir das nun gefällt oder nicht«, erwidert sie mit Bestimmtheit.

Er tritt einen Schritt zurück. »Deine Haltung gefällt mir überhaupt nicht, Klara«, erklärt er. »So kenne ich dich ja gar nicht.«

»Dann kennst du mich offensichtlich noch nicht gut genug«, entgegnet sie. »Ich bin müde. Gute Nacht, Henk, und danke für den Abend. Das war ein schöner Film.«

Daraufhin öffnet sie die Tür. Henk dreht sich um und geht den Weg wieder zurück.

Sie ist vollkommen neben sich und furchtbar unglücklich.

»Henk und ich sind wütend aufeinander«, sagt sie zu Christine, als sie in ihrem Zimmer ist. »Ich bin völlig aufgewühlt. Das ist das erste Mal, dass so etwas passiert ist.«

»Habt ihr euch gestritten?«, will Christine entsetzt wissen.

»Nun, nein, nicht wirklich. Aber wir sind mit Sicherheit auch nicht einmütig auseinandergegangen«, antwortet Klara den Tränen nah.

»Aber … warum? Ihr seid euch doch immer in allem so einig!«

»Ich habe ihm erzählt, dass ich Gerbrand schreibe. Er möchte, dass ich damit aufhöre, aber das kann er vergessen.«

Christine denkt für einen Augenblick nach. »Er ist sicher eifersüchtig«, äußert sie dann.

»Nein, es ist, weil Gerbrand eine Rotlitze ist.«

»Oh.«

Klara fängt an, sich für die Nacht umzuziehen. »Wie war denn der Film?«, fragt Christine.

»Schön, aber furchtbar traurig. Es ging um den Krieg in Europa. Ich würde am liebsten gleich wieder losheulen. Nicht nur wegen des Films. Ach, Christine, ich habe die ganze Zeit an Boelie denken müssen.«

»Soll ich dir eine Tasse Kaffee machen?«, fragt Christine besorgt.

»Ach nein, es ist schon viel zu spät, aber trotzdem danke. Erzähl du doch mal, was hast du denn heute Abend gemacht? Bist du fertig mit deiner Hausarbeit?«

Christine legt sich mit dem Rücken auf ihr Bett und starrt zur Decke. »Ich habe meine Hausarbeit gar nicht angerührt«, bekennt sie. Ihre Stimme hört sich fast schon verträumt an. »Ich habe den aller-, allerbesten Abend meines Lebens gehabt.«

»Erzähl schon!«

»Nachdem ihr weggegangen wart, hat De Wet gesagt, dass er Lust hat, ein bisschen Musik zu machen. Tante Maggie hat gesagt, dass sie schlafen geht und er sich erst die Hände waschen muss, wenn er auf dem Klavier spielen will, und er solle auch ganz leise sein.« Sie setzt sich aufrecht hin und lässt die Beine über die Bettkante baumeln. »Oh, Klara, es ist einfach *zu* witzig! Sie hat *schon wieder* an ihm herumgemeckert, weil er die ganze Zeit so mit seinem Stuhl herumwippt.«

Klara lacht. »Wir müssen sie eben nehmen, wie sie ist«, stellt sie fest. »Sie sorgt doch eigentlich ganz gut für uns. Und jetzt erzähl weiter.«

»Ich bin also mit De Wet ins Wohnzimmer gegangen und wir haben die Lampe angemacht – die hat aber nur so ein flaues Licht. De Wet hat das Klavier aufgeklappt, das grüne Tuch weggetan und dann zu spielen angefangen. In der Zeit habe ich mir seine Finger einmal genauer angeschaut. Hast du gewusst, was er für schöne Finger hat? Lang und …«

»Ich weiß, wie die Hände meines Bruders aussehen«, unterbricht Klara sie lächelnd. »Und dann?«

»Er hat sehr schön gespielt und auch sehr leise und dann hat er gesagt, ich solle mich näher zu ihm setzen, damit er mich sehen kann, und dann hat er meinen Sessel neben das Klavier geschoben. Nein, er hat ihn nicht geschoben, denn das hätte Tante Maggie gehört, er hat den schweren Sessel einfach so hochgehoben! Er ist wirklich sehr …«

Klara bricht in Gelächter aus. »Chrissie, du bist echt verliebt!«

»Das weiß ich!« Christine lässt sich wieder nach hinten fallen und starrt nach oben. »Und dann hat er für mich gesungen, Klara. Und dabei hat er mich so lächelnd angeschaut, so freundlich mit seinen grünen Augen.« Sie dreht sich auf die Seite und betrachtet ihre Freundin. »Du darfst nicht lachen, Klara, aber er hat wirklich die schönsten Augen, die ich jemals gesehen habe. Und ich schaue mir immer die Augen der Leute an.«

»Wie sehen denn meine Augen aus?«, neckt Klara sie gutmütig.

»Grün, fast genauso wie die von De Wet – aber in seinen ist noch etwas anderes. Ich weiß nicht genau, was, ich weiß nicht, wie ich es nennen soll.«

»Hm«, macht Klara. »Und er hat also für dich gesungen?«

»Ja. Seine Stimme …«

»Nein, nein«, unterbricht Klara sie lachend. »Ich weiß genau, wie sich seine Stimme anhört. Ich bin eine ganze Operette lang sein Gegenüber gewesen, als er die Hauptrolle hatte, kannst du dich erinnern? Erzähl weiter.«

»Er hat ein Lied nach dem anderen gesungen und dann hat er gesagt, dass ich mich neben ihn auf die kleine Bank setzen und mitsingen soll. Das habe ich getan, aber ich wollte nicht mitsingen, denn du weißt ja, dass ich keine so schöne Stimme habe.«

»Du hast die allerschönste Stimme!«, protestiert Klara.

»Ich habe also erst nicht gewollt, aber er hat gesagt, dass ich dann eben leise mitsingen soll, und das hat immer besser geklappt, sodass ich nach einer Weile fast genauso laut gesungen habe wie er.«

»Und dann?«

»Dann ist Tante Maggie hereingekommen in ihrem Hausmantel und mit einem Tuch um den Kopf und ohne ihr Gebiss und hat gesagt, dass wir jetzt ins Bett gehen sollen. De Wet hat ›Schade‹ gesagt und das Klavier zugeklappt und dann haben wir erst noch einen Kaffee getrunken. Da ist wirklich etwas zwischen uns gewesen, Klara.« Christine nickt ernst. »Echt wahr.«

»Das freut mich«, antwortet Klara. »Echt wahr.«

Doch als das Licht verloschen ist, hüllt der Kummer sie wieder ein. Wie eine schwarze Decke, überlegt Klara, unter der sie fast erstickt.

Und das ist alles, alles die Schuld des Krieges.

Schließlich liegt auf einmal wieder ein grauer Briefumschlag in der Post, ebenfalls mit einem roten Regierungsstempel darauf, aber diesmal mit Boelies Handschrift.

Klaras Magen zieht sich zusammen und der Kummer überwältigt sie beinahe.

»Mach ihn auf und lies vor«, fordert De Wet sie auf.

Vorsichtig, beinahe zitternd, reißt sie den Umschlag auf. Anschließend reicht sie De Wet den Brief. »Lies du ihn.«

Koffiefontein 1941

Lieber De Wet, liebe Klara!
Mir geht es gut. Das Essen ist gut und wir werden gut behandelt. Das wollte ich euch wissen lassen, damit ihr euch keine Sorgen wegen mir macht.
Wer hier eingesperrt ist, hat viel Zeit zum Nachdenken. Wenn ich von irgendetwas überzeugt bin, dann auf jeden Fall davon, dass wir für eine gute Sache kämpfen und dass die Überzeugungen, für die wir stehen, eines Tages den Sieg davontragen werden. Es kann sein, dass ihr mit mir vielleicht nicht einer Meinung seid, wenn es um den Weg geht, den ich gewählt habe, aber ihr dürft niemals den Glauben an die Zukunft unseres Volkes verlieren, an den letztendlichen Sieg der Afrikaaner und an das Kommen unserer eigenen Republik.
Bleibt dem Motto der OB treu: Mein Gott, mein Volk, mein Land, Südafrika.

Ich sitze hier in diesem Lager, weil ich Afrikaaner bin. Kein einziges britisches Lager wird mich von meinem Kurs abbringen können.
Wenn ich mich noch einmal entscheiden müsste, würde ich wieder dieselben Entscheidungen treffen.
Viele Grüße
Euer Bruder
Boelie

De Wet faltet den Brief wieder zusammen. »Er hätte genauso gut auch gar nicht schreiben können«, bemerkt er enttäuscht. »Da steht wirklich überhaupt nichts drin.«

»Wir sollten ihm auch einmal schreiben«, meint Christine. »Er ist sicher auch einsam. Ist das so eine Art Gefängnis, in dem er sitzt?«

»Ein Lager, aber hinter hohem Stacheldrahtzaun«, erklärt De Wet. »Das kann man schon ein Gefängnis nennen, ja.«

In dieser Nacht kann Klara nicht einschlafen. Mein Bruder, denkt sie. Mein großer Bruder. Gefangen und eingesperrt hinter Stacheldraht.

Ich hasse diesen Krieg, der alles kaputtmacht, was gut ist.

Ich *hasse* diesen Krieg!

Ein paar Tage später schneit Annabel auf einmal herein, völlig unangekündigt. Sie hat eine Zeitung dabei, ihr Gesicht glüht geradezu vor Aufregung und ihre Augen strahlen. »Nein, vielen Dank, keinen Kaffee. Habt ihr Champagner im Haus?«

De Wet fängt an zu lachen. »Möchtest du etwa, dass uns Tante Maggie in die Sahara verbannt? Was gibt es denn zu feiern?«

»Meinen ersten Artikel! Meine erste Veröffentlichung! Schaut doch nur!« Sie faltet die Zeitung auseinander und schlägt Seite sieben auf. Dort steht in großen, schwarzen Buchstaben: »Der Krieg – betrachtet mit den Augen einer Afrikaanerfrau«. Und darunter in kleineren Buchstaben: »Von Annabel de Vos«.

»Das bist du!«, ruft Christine überrascht.

»Bist du dir da sicher?«, fragt De Wet unschuldig. »Du heißt doch eigentlich Anna Isabella de Vos.«

»De Wet!«, wirft ihm Annabel einen bösen Blick zu.

»Lies ihn einmal vor!«, fordert Klara De Wet aufgeregt auf.

> Für den Afrikaaner ist der Krieg, wo auch immer er sich abspielen mag, eine nationale Katastrophe. Für uns hat er nichts Ruhmreiches, Ehrenvolles oder Unterhaltsames an sich. Uns bringt der Krieg nur Elend und Tränen.
> Die Regierung tut tatsächlich so, als sei der Krieg ein Ausweg, ein Segen für unser Land. Feldmarschall Smuts hat unlängst, während des Parteitags der *Verenigde Party*, von den vielen Fabriken gesprochen, die überall wie Pilze aus dem Boden schössen, über die vielen Segnungen, die die VP dem Land bringen werde, über den Wohlstand, auf den die Bevölkerung sich freuen könne. Damit wurde der Eindruck erweckt, als seien alle diese Errungenschaften die direkte Folge der Kriegsteilnahme Südafrikas.

De Wet nickt und schaut auf. »Damit hast du in jeder Hinsicht recht, Annabel«, bemerkt er feurig. Dann liest er weiter.

> Die afrikaanische Frau ist schockiert, wenn sie hört, wie Minister Landwirten, Bürgern und anderen weismachen wollen, welche großen Gewinne der Krieg für sie alle mit sich bringe, während in Wirklichkeit die Steuerzahler ausgesaugt werden. Mit diesem Geld werden keine Schulen, Internate oder Wohnungen für Bedürftige gebaut. Nein, all diese Millionen sind für die Kriegsführung bestimmt.
> Als nach dem letzten Krieg die Produktion in den englischen Fabriken wiederaufgenommen wurde und die Schifffahrt wieder auf Vorkriegsniveau angekommen war, ist die Industrie in unserem Land wie ein Kartenhaus in sich zusammengefallen. Unsere Industrie kann einzig und allein dann Bestand haben, wenn alle Bande mit England

gebrochen werden. Wenn all dieses Geld für den Aufbau ausgegeben wird, können wir eine ganze Reihe von Verbesserungen für dieses Land in Gang setzen.

»Annabel, das ist fantastisch!«, schwärmt Klara.

»Nun«, sagt De Wet. »Sehr gut.«

Den Rest des Nachmittags sitzen sie in der Küche und plaudern. Irgendwann geht Klara in ihr Zimmer, um sich für den Abend zurechtzumachen – Henk will sie abholen kommen. Christine bleibt am Küchentisch sitzen. Aus ihrem Zimmer kann Klara hören, wie Annabel und De Wet lachen, sich gegenseitig aufziehen und miteinander reden. Die Stimme von Christine hört sie nur selten.

Während Henk und sie schließlich unterwegs sind, sagt der: »Das beim letzten Mal tut mir wirklich leid, Klara.«

»Mir auch«, antwortet sie und schaut schweigend vor sich hin.

»Aber du hast immer noch vor, dir weiterhin mit diesem … mit ihm zu schreiben?«

Sie betrachtet ihn von der Seite. »Er heißt Gerbrand. Und tatsächlich, Henk, das habe ich vor.«

Er lächelt ein wenig und nickt. »Das hatte ich mir gedacht.« Er überlegt ein Weilchen und sagt dann: »So lernen wir uns auch besser kennen, nicht wahr?«

Klara nickt. Sie fahren eine ganze Weile schweigend weiter und schließlich erzählt sie: »*Die Transvaler* hat einen Artikel von Annabel veröffentlicht.«

»Wirklich?«, fragt er, ohne besonders beeindruckt zu sein.

»Ja. Er ist sehr gut. Wo fahren wir hin?«

»Wir gehen bei ›Turkstra's‹ einen Kaffee trinken, das ist ein Café an der Ecke von Andriesstraße und Pretoriusstraße.«

»Oh!«

»Ja, das ist in demselben Gebäude wie die Büros von Gerard Moerdyk, dem Architekten des Monuments.«

»Wirklich?«

»Ja«, antwortet er mit einem verlegenen Lächeln. »Nicht, dass das etwas Besonderes wäre, aber da gibt es wunderbaren Kaffee. Und Schokoladenkuchen.«

»Vielleicht trinkt er selbst da auch einen Kaffee«, überlegt Klara.

»Das bezweifle ich. Wir haben Samstagabend, sieben Uhr.«

»Ja, das ist wahr.«

»Und anschließend betrachten wir vom Unionsgebäude herab die Lichter. Schließlich sagt man, dass die Versöhnung hinterher das Beste an so einem Streit ist.«

Sie fängt an zu lachen. »Ja, Henk Booyens, so sagt man, wer ›man‹ auch immer sein mag!«

Als sie nach Hause kommt, ist das Schlafzimmer schon in Dunkelheit gehüllt. Leise betritt sie es, doch Christine sagt sofort: »Du kannst ruhig Licht machen.«

Im plötzlichen Schein der kahlen Glühlampe an der Decke sieht sie Christine aufstehen und mit den Augen blinzeln. Es fällt Klara sofort auf.

»Chrissie, was ist los?«

Augenblicklich fangen die Tränen wieder an zu fließen. »Er ist mit ihr gegangen, zum Campus, Klara.«

»De Wet?«

Christine nickt.

Eine kalte Hand legt sich um Klaras Herz. »Er hätte Annabel doch nicht allein mit der Straßenbahn fahren lassen können«, erklärt sie.

Christine fängt erneut an zu weinen. »Aber er ist immer noch nicht wieder zurück und jetzt ist er schon über drei Stunden weg«, schluchzt sie. »Er hat sich noch nicht einmal von mir verabschiedet, als er weggegangen ist. Und sie haben auch nicht gefragt, ob ich Lust habe mitzukommen.« Die Tränen strömen ihr über die Wangen. »Er sieht mich einfach nicht, Klara, und sie schaut er an, als wäre sie eine Prinzessin.«

»Chrissie, du Arme!« Klara legt einen Arm um die schmalen Schultern ihrer Freundin. Sie weiß nicht, was sie sagen soll. Ich könnte dich erwürgen, De Wet, denkt sie wütend und traurig.

Noch lange liegt sie wach und lauscht in die Stille, aber sie hört ihn nicht nach Hause kommen. Irgendwann schläft sie schließlich ein.

Am nächsten Tag kommt Braam nach dem Gottesdienst auf einen Kaffee vorbei. De Wet schaukelt mit ausgestreckten Beinen gemütlich auf dem geraden Küchenstuhl, die Füße gegen die Tischplatte. In seinen Händen hat er die Zeitung des gestrigen Tages.

»Wenn du nicht aufpasst, liegst du gleich auf deinem Allerwertesten«, warnt ihn Braam.

»Du solltest den Artikel von Annabel einmal lesen«, fordert De Wet ihn auf. Er reicht seinem Freund die Zeitung und wippt mit seinem Stuhl noch weiter nach hinten.

Je weiter Braam liest, desto heftiger fängt er an zu nicken. Als er mit dem Artikel fertig ist, pfeift er leise zwischen den Zähnen hindurch. »Die hat es drauf, diese junge Dame!«

De Wet nickt. »Ich bin völlig platt, was Annabel angeht. Dieser Artikel ist einfach nur gut. Nicht, dass ich mit dem Inhalt völlig übereinstimmen würde, aber sie weiß, wovon sie spricht. Sag mal, Klara, ist noch Zwieback da?«

»Zauberwort?«, erwidert Klara.

»Hä? Ach ja, bitte.«

Sie reicht ihm den Zwieback. »Und was sagt man dann?«

»Vielen Dank«, antwortet De Wet mit einem schuldbewussten Lächeln.

»Sie hat auf jeden Fall eine eigene Meinung«, stellt Braam fest. »Aber auch von Politik versteht sie etwas und sie argumentiert nüchtern, durchdacht und intelligent. Aus der wäre eine gute Anwältin geworden.«

»So wird sie eine sehr gute Journalistin«, bemerkt De Wet.

Christine sitzt schweigend da und rührt in ihrem Kaffee.

Braam nimmt sich noch ein Stück Zwieback aus der Dose. »Und sie ist nicht nur intelligent, sondern sieht auch richtig gut aus.«

»Braam!«, sagt Klara laut.

Braam streckt sofort beide Hände abwehrend in die Höhe. »Sorry, sorry! Ich hatte ganz vergessen, dass wir in der Gesellschaft von Damen sind.«

»Das ist nicht gerade schmeichelhaft, was Christine und mich betrifft!«, weist ihn Klara wütend zurecht.

»Sie könnte auch gut in die Politik gehen«, überlegt De Wet unbeirrt weiter. »Erinnerst du dich noch an das Dingaansfest im letzten Jahr? Sie hat da eine so unglaublich gute Rede gehalten und das einfach so aus dem Stegreif.«

Braam denkt kurz nach. »Da hast du einen Punkt. Aber ob eine Frau nun unbedingt in die Politik gehen sollte … ich weiß nicht. Irgendwie gehört sich das nicht.«

»Warum?«, will Klara wissen. Sie ist immer noch wütend. »Natürlich gibt es für Frauen einen Platz in der Politik. Meiner Meinung nach wird es höchste Zeit, dass Stimmen wie die von Annabel gehört werden. Ich denke …«

»Du musst noch eine ganze Menge mehr Zeitungen lesen und Radio hören, bevor du es wagen kannst, mit mir über Politik zu reden, Schwesterherz«, unterbricht sie De Wet. »Das könntest du von deiner Freundin lernen.«

»Ich gehe in mein Zimmer«, verkündet Klara rot vor Wut. »Vergesst nicht, die Tassen abzuwaschen, bevor ihr die Küche verlasst. Die dummen Hühner machen das jedenfalls nicht mehr.«

In ihrem Zimmer sagt sie zu Christine: »Du kannst froh sein, dass du keine Brüder hast! Die nerven so unglaublich!«

»Aber trotzdem vermisst du Boelie doch jeden Tag, oder?«, will Christine wissen.

Klara nickt. »Ja, das gehört sicher auch dazu.«

Christine seufzt. »Ich bin ihr nicht gewachsen, Klara. Ich weiß es. Ich weiß auch, dass du gesagt hast, ich sollte mich auf keinen Konkurrenzkampf einlassen, dass ich einfach nur ich selbst sein müsse. Aber das ist nicht genug. Nach gestern Abend und heute Morgen weiß ich, dass das nicht genug ist.«

»Schlag dir De Wet einfach aus dem Kopf«, empfiehlt ihr Klara, immer noch wütend. »Das ist ein Ochse mit einem Brett vorm Kopf, von Braam ganz zu schweigen. Lass uns lieber über deinen Geburtstag reden. Hast du nicht gesagt, dass dein Vater uns als Gruppe zum Essen einladen will?«

»Ja, das stimmt«, bestätigt Christine matt.

»An welches Restaurant denkst du denn? Und für wie viele Personen würde dein Vater bezahlen?«

»So um die zwölf herum. Und was das Restaurant angeht, habe ich keine Ahnung«, antwortet Christine desinteressiert.

Doch als der Tag von Christines Geburtstag anbricht, ist all die Ernüchterung schon lange wieder vergessen. Die beiden Freundinnen liegen bis spät am Vormittag im Bett. »Das ist unser Schönheitsschlaf, Tante Maggie sagte es bereits«, flüstert Klara, als sie anfängt, sich ein bisschen schuldig zu fühlen. »Wir stehen in einer halben Stunde auf und dann haben wir noch Stunden Zeit, um uns die Haare zu waschen und Gurkenscheiben auf unsere Augen zu legen und all diese Sorte Rituale.«

Beim Zusammenstellen der Gästeliste hat Christine zu Klara gesagt: »Ich habe eigentlich keine große Lust, Annabel einzuladen. Das ist gemein, oder?«

»Es ist deine Feier, Christine. Du kannst einladen, wen du möchtest.«

»Ich würde gern Boelie einladen«, antwortet Christine. »Das würde ich am allerliebsten.«

Klara nickt. »Das weiß ich, Christine.«

Nachdem Christine noch an demselben Abend De Wet eingeladen hat, hat der gleich darauf gefragt: »Darf ich dann um die Ehre bitten, das Geburtstagskind auf seiner Feier zu begleiten?«

Christine ist ein wenig rot geworden und hat dann strahlend gelächelt. »Also gut, wenn du so darauf bestehst.«

»Ich weiß, dass Braam liebend gern mit Annabel kommen würde«, fügt er anschließend jedoch hinzu. »Du lädst die beiden doch ein, oder?«

»Ja-a«, antwortet Christine zögerlich. Und später zu Klara: »Es ist sicher besser so, meinst du nicht auch?«

Jetzt brauchen sie den ganzen Samstagnachmittag, um sich vorzubereiten. Gegen sechs Uhr kommt De Wet vom Rugbytraining nach Hause. Er duscht schnell und wartet dann in seinem Smoking im Wohnzimmer von Tante Maggie. Die sitzt kerzengerade in ihrem Sessel und leistet ihm Gesellschaft.

Kurz vor sieben wirft Klara noch einen letzten Blick in den Spiegel. Sie trägt erneut ihr dunkelgrünes Taftkleid und die silbernen Schühchen, heute Abend hat sie jedoch auch Blumen im Haar. Hübsch sieht sie aus, das weiß sie und muss kurz lachen. Schon jetzt ist ihr klar, wie Henk sie anschauen wird, sobald er sie sieht. Wunderbar ist das.

Anschließend betrachtet sie ihre Freundin und kontrolliert, ob die Blumen in ihrer Frisur gut sitzen. Christine hat ein nagelneues Abendkleid aus weichem, rotem Chiffon an. Um den Hals trägt sie die Perlenkette ihrer Großmutter, die sie von ihren Eltern bekommen hat.

»Du siehst wunderschön aus!«, bemerkt Klara aufrichtig. »Und denk daran: Du wirst den Abend genießen und ihn dir von niemandem verderben lassen.«

»Natürlich werde ich ihn genießen – das wird sicher ein großartiger Abend«, antwortet Christine fest entschlossen.

Als allerdings wenig später Annabel anklopft und mit einem »Darf ich hereinkommen?« die Tür öffnet, verschwindet die Entschlossenheit schlagartig aus ihren Augen.

»Ach, was siehst du niedlich aus!«, ruft Annabel. Sie selbst hat ein raffiniertes, schwarzes Kleid mit einem gewagten Dekolleté an. Ihre Haare sind zu einer französischen Rolle zusammengesteckt. Bis auf ein paar einfache Perlenohrringe trägt sie keinen Schmuck.

Sie haben einen gemütlichen Abend, stoßen mit Sekt auf Christine an, genießen exotische italienische Gerichte, lachen, tanzen und plaudern.

Klara beobachtet ihre Freundin genau. Christine lacht und

plappert und tanzt ausgiebig mit allen jungen Männern, aber sobald De Wet in ihrer Nähe ist, hellt sich ihr Gesicht noch mehr auf. Ach du liebe Güte, Chrissie, denkt Klara traurig.

Da sieht sie, wie Annabel eine lange Zigarette hervorholt, mit der sie sich zu De Wet hinüberbeugt. Der nimmt das goldene Feuerzeug aus ihrer Hand, knipst es an und legt seine Hände behutsam um das Flämmchen. Annabel neigt anmutig ihren Kopf über die Flamme, inhaliert tief und bläst den Rauch langsam zur Decke. Für einen kurzen Augenblick schauen De Wet und sie sich direkt an, die Augen keine zehn Zentimeter voneinander entfernt. Anschließend lächelt sie matt und zieht ihre Augenbrauen in die Höhe, so als würde sie an etwas Lustiges denken. »Danke«, flüstern anschließend ihre roten Lippen geräuschlos, bevor sie sich umdreht und mit Braam weiterredet, der auf der anderen Seite von ihr sitzt.

Klara hat allerdings den Blick in De Wets Augen ganz genau gesehen. Flüchtig schaut sie zu Christine hinüber und weiß sofort, dass er ihr ebenfalls nicht entgangen ist.

Tief in der Nacht, als das Licht in ihrem Zimmer schon lange verloschen ist, verkündet Christine: »Klara, ich glaube, ich werde etwas tun, was du vielleicht nicht verstehen wirst, aber meiner Ansicht nach muss das sein.«

»Etwas tun … Was denn?«, will Klara besorgt wissen.

»Nichts, weswegen du dir Gedanken machen solltest«, versucht Christine sie zu beruhigen. »Einfach etwas, was … Ach, vielleicht tue ich es doch nicht. Lass uns jetzt schlafen.«

Doch während Christine schon eine ganze Weile ruhig schläft, ist Klara immer noch wach.

Als Klara am darauffolgenden Freitagnachmittag von ihrer Vorlesung nach Hause kommt, ist Christine mit Packen beschäftigt. »Was ist denn jetzt los?«, fragt sie entsetzt. Christine packt nicht nur ihre Wochenendtasche. Auch ihre beiden großen, grünen Koffer stehen schon bereit.

»Ich gehe weg, Klara.«

»Bist du heute überhaupt an der Uni gewesen?«, will Klara verwirrt wissen.

»Nein.«

Klaras Unruhe wächst. Ihr Magen zieht sich zusammen.

»Gehst du weg? Wohin denn?«

Christine schaut sie an und ihre Stimme ist gelassen. »Ich habe mich zur Armee gemeldet, Klara.«

Klara lässt sich aufs Bett fallen. »*Was* hast du gemacht?«

»Ich habe mich zur Armee gemeldet. Als Verwaltungsmitarbeiterin.«

»Chrissie!« Klara ist völlig aus der Fassung.

»Ich habe mich als Freiwillige angeboten, nach Nordafrika zu gehen.«

Ungläubig schüttelt Klara den Kopf.

»Ich muss das tun, Klara, das verstehst du doch sicher. Das ist meine eigene Entscheidung.« Sie dreht sich um und legt ein Kleid ordentlich zusammen. »Ich habe Angst, aber weiß, dass ich das will. Das ist das Erste, was ich ganz allein entschieden habe.«

»Aber … was ist mit deinen Eltern?« Klaras Stimme hört sich seltsam an, so als wäre es nicht ihre eigene.

»Ich bin jetzt einundzwanzig und brauche ihre Einwilligung nicht mehr.«

»Aber …« Klaras Kopf fühlt sich so an, als sei er bis zum Bersten gefüllt, es dringt nichts mehr zu ihr hindurch. »Was werden sie davon halten?«

»Meine Mutter wird eine Woche lang in ihrem abgedunkelten Zimmer auf dem Bett liegen, oder vielleicht sogar einen Monat lang«, erläutert Christine. »Mein Vater wird es hoffentlich verstehen. Ich werde sie morgen anrufen.«

»Und was ist mit deinem Studium?«

»Ach, Klara, aus mir wird nie eine gute Lehrerin, egal wie klein die Kinder sind. Sie hören einfach nicht auf mich.«

»Aber Chrissie …«

»Ich muss jetzt weg, sonst fange ich noch an zu weinen«, entgegnet Christine mit einem dünnen Stimmchen. Sie schließt ihre Wochenendtasche. »Kannst du diese beiden Koffer bitte mit nach Hause nehmen? Vielleicht kommt auch mein Vater her und holt sie ab.«

Durch den schmalen Flur gehen sie zur Eingangstür.

»Willst du dich nicht noch wenigstens von De Wet verabschieden?«, fragt Klara niedergeschlagen.

Christine schüttelt den Kopf. »Bevor ich nach Nordafrika fahre, sehe ich euch sicher noch einmal. Denn ich muss ja erst noch die sechswöchige Grundausbildung absolvieren, in der Nähe von Voortrekkerhoogte.«

»Sechs Wochen dauert das?«

»Sag es De Wet erst nach diesem Wochenende, okay, wenn er merkt, dass ich nicht wiederkomme«, bittet Christine. »Ich kann jetzt nicht mit ihm sprechen.«

Anschließend nimmt sie ihre Tasche und geht hinaus.

Alles spielt sich ab wie in einem Film. Henk kommt Klara und De Wet abholen. Sie setzen De Wet vor der Kaserne des weiblichen Freiwilligenkorps ab. Klara und Henk fahren in dieser Zeit zum Monument, um zu sehen, wie es dort vorangeht. »Lizzie ist wieder dabei, sich den letzten Schluck Benzin zu genehmigen«, verkündet Henk. »Den Rest des Monats werden wir auf Schusters Rappen unterwegs sein.«

»Solange wir nicht laufen müssen, Henk«, antwortet sie mit einem Lächeln, doch ihr Herz bleibt schwer wegen des Kummers um Christine und Boelie.

Am Monument ist man noch nicht viel weitergekommen. »Das soll also das Symbol der afrikaanischen Hoffnung sein, der Bau scheint jedoch in jeder Hinsicht stillzustehen«, bemerkt sie auf dem Heimweg De Wet gegenüber.

Der nickt geistesabwesend, gibt ihr jedoch keine Antwort.

Später am Abend geht Klara nach draußen. Im Außenzimmer brennt noch Licht. Leise klopft sie an. »Hast du einen Augenblick, um mit mir zu reden?«

Sie setzen sich auf die Verandastufen. Der Mond verschwindet hinter den Wolken. Es ist stockfinster – nur die Straßenlaternen verbreiten ein fahles Licht.

»Sag etwas, De Wet.«

Er seufzt tief. »Wir haben ein langes Gespräch gehabt. Eigentlich haben wir zum ersten Mal wirklich miteinander gesprochen.«

Sie wartet.

»Ich hätte das sicherlich schon eher machen sollen. Es ist einfach …«

Irgendwo im Gras beginnt eine Grille mit ihrem Violinspiel. Falsch.

»Sie muss das machen, aber ich verstehe sie nicht. Ich habe es ja versucht, aber es ist einfach … schwer.«

»Es ist das erste Mal, dass sie selbständig etwas entschieden hat«, erklärt Klara.

»Das verstehe ich und das respektiere ich auch. Aber warum ausgerechnet diese Entscheidung?«

»Ich hoffe nur, dass sie vorher gut darüber nachgedacht hat«, entgegnet Klara. »Mit mir hat sie es nicht besprochen. Ich weiß nicht, ob sie mit irgendjemand anderem darüber geredet hat.«

»Nein. Sie wollte selbst eine Entscheidung treffen«, antwortet De Wet.

Die Grille verhält sich für einen Augenblick ruhig. Hoffentlich ist sie gerade dabei, ihre Geige zu stimmen.

»Jetzt denke ich … Vielleicht hätte …« Er fährt sich mit den Fingern durch sein dickes, goldbraunes Haar und vergräbt dann den Kopf in den Händen. Regungslos bleibt er so sitzen.

»Du denkst, dass sich da vielleicht etwas zwischen euch hätte entwickeln können?«, fragt Klara leise.

Als er keine Antwort gibt, fragt sie: »Warum hast du denn nie etwas gesagt, De Wet? Oder etwas von deinen Gefühlen durchscheinen lassen?«

Er schaut auf. »Ich weiß überhaupt nicht, was ich fühle, Klara. Ich habe noch nie … wirklich niemals auf diese Weise an Christine gedacht.« Er schweigt für einen Augenblick. »Oder vielleicht schon, ganz manchmal. Aber sie ist noch so … so jung. Nun ja, nicht wirklich natürlich, aber trotzdem.«

»Sie ist einundzwanzig, ein Jahr älter als ich.«

De Wet schüttelt den Kopf. »Sie ist viel jünger als du. Viel jünger.« Wieder seufzt er tief. »Und außerdem: Wenn ich so darüber gedacht hätte und es dann nichts geworden wäre … Dann wäre es nicht einfach gewesen, gemeinsam unter *einem* Dach zu wohnen.«

Klara legt ihm den Arm um die Schultern. »Wenn du schon darüber nachgedacht hast, dann hast du das mit deinem Verstand getan und nicht mit deinem Herzen, Bruderherz.«

Er nickt. »Du hast wieder einmal recht, so wie immer.«

»Wow, das ist doch einmal ein seltenes Kompliment!«, versucht sie es scherzhaft zu nehmen. Die Grille setzt voller Hingabe erneut ein.

»Die Grille spielt falsch«, bemerkt De Wet und steht auf. »Komm, lass uns eine Kanne Kaffee aufsetzen.«

Als das Wasser beinahe kocht, fügt er noch hinzu: »Es ist nur … Sie ist so ein hilfloses, kleines Mädchen.«

»Vielleicht ist sie stärker, als wir denken«, erwidert Klara, während sie zwei Tassen auf den Tisch stellt.

»Ja«, antwortet ihr Bruder. »Vielleicht schon.«

Wenn es nach dem Dichter Leipoldt geht, ist der Oktober der schönste Monat des Jahres, denkt Klara. Der Frühling legt ein hellgrünes Kleid über die Baumspitzen. Die Jakarandabäume fangen schon an zu blühen. Die Studenten stellen sich darunter in der Hoffnung, dass ihnen eine der Blüten auf den Kopf fällt, denn das bedeutet, dass man die Examensprüfung bestehen wird.

Sorglos.

In Klara wohnt allerdings immer noch der Kummer. Die Frühlingsfreude bleibt aus.

Vorsichtig reißt sie den grauen Umschlag auf und holt die Bruchstücke des Krieges heraus. Des Krieges, der sich so bleischwer in ihrem Inneren eingenistet hat.

Liebe Klara!
Es ist schon eine Weile her dass ich dir geschrieben habe denn wir sind jetzt an der Front und wir haben viel zu tun. Aber du musst mir weiter schreiben denn wir schauen jeden Tag ob Post da ist oder nicht es ist schön Post zu bekommen. Ich bin nicht bei den Bataillonen gewesen die in Addis Abeba einmarschiert sind und darüber war ich sehr enttäuscht aber das habe ich dir schon erzählt. Jetzt finde ich es wieder super denn unsere Einheit muss die letzte Ladung italienischer Gefangener zum Hafen bringen, nach Berbera so heißt der Hafen. Das ist eine schöne Arbeit. Wir fahren mit fünfzehn Lastwagen. Der ganze Weg ist geteert, wir müssen nur auf Landminen achten. Alle Gefangenen sind ordentlich gewaschen und rasiert und sie haben eine neue Uniform an, so als hätten sie auf uns gewartet dass wir sie gefangen nehmen. Heute Morgen haben wir uns mit 472 auf den Weg gemacht, aber gegen Abend waren es schon mehr als 500, ich glaube dass es mehr als 600 sein werden wenn wir am Hafen ankommen, denn überall am Wegesrand kommen Itaker aus den Büschen zum Vorschein um sich dem Konvoi anzuschließen weil sie Angst vor den Eingeborenen haben. Die Abessinier hassen die Itaker weil sie ihr Land besetzt haben, ich glaube das war vor fünf Jahren. Wir haben Kaiser Haile Selassie, das ist ihr Führer, wieder auf den Thron zurückgebracht, also sind wir jetzt die Befreier. Das ist übrigens nur ein kleines Männchen, Klara, klein und dünn mit einem verschrumpelten Gesicht. Also müssen wir die Gefangenen nicht bewachen. Eigentlich bewachen sie uns denn sie wollen sicher beim Hafen ankommen. Heute Abend haben sie für uns gesungen, sie können sehr schön singen, schallplattenreif. Ich habe zwei Zigaretten gegen eine Dose ohne Etikett eingetauscht weil ich gehofft habe dass da Pastete drin ist. Aber es war abscheulich das waren Dinge die aussahen wie Trauben aber da war ein großer Stein drin und sie waren nicht zu essen so bitter sind sie gewesen. Dann hat sie einer von den

Italienern wieder zurückgetauscht gegen eine von ihren Zigaretten. Eklig, ja! Genauso eklig wie der Kuhmist den wir heimlich hinter der Mauer vom Pferch geraucht haben. Aber immer noch besser als das Zeug aus der Dose. Wir bekommen jede Woche 200 Springbockzigaretten. Die Jungs die nicht rauchen tauschen sie gegen Essen, vor allem für Pfirsiche und Sahne. Aber ich rauche sie auf.
Jetzt gehe ich schlafen. Hier gibt es einen Haufen Moskitos und deshalb krieche ich ganz unter meine Decke. Das ist sehr heiß, aber besser als die Moskitos. Ich hoffe dass es nicht regnet.
Jetzt ist es zwei Tage später. Wir haben die Gefangenen an Bord eines Schiffes gebracht das waren viel mehr als wir gefangen genommen haben. Sie sind froh gewesen dass sie an Bord gehen konnten. Jakkals sagt dass ihr Dosenfleisch aus Pferdefleisch gemacht ist aber das ist mir ziemlich egal.
Gestern Abend haben wir unglaublich viel getrunken. Jakkals und ich und noch zwei andere Jungs haben eine ganze Kiste Aquavit gefunden denn die Itaker sind so schnell vor uns geflohen dass sie ihre Lastwagen einfach auf dem Weg haben stehen lassen wenn ihnen der Sprit ausgegangen ist oder sie sich einen Platten gefahren haben. Das Zeug sieht aus wie Wasser aber es brennt dir in der Speiseröhre und ist ein mächtig starker Stoff. Heute Morgen hatte ich übelste Kopfschmerzen aber jetzt geht es mir wieder blendend.
Kurz bevor sie aufs Schiff gegangen sind haben wir bei einem der Jungs eine Korbflasche Rotwein gegen das Taschenmesser von Jakkals eingetauscht, dazu alle meine Zigaretten, einen Pullover den die Exfreundin von einem der Jungs noch gestrickt hat und eine Mütze mit einem Stück Antilopenfell dran. Für heute Abend ist also alles klar.
Wir haben gerade gehört dass General Nasi und 22.000 italienische Mannschaften gestern die hohe Bergfestung von Gondat übergeben haben. Jetzt sind die italienischen Armeen in Ostafrika geschlagen, und wir ziehen in dieser Woche

weiter nach Norden, nach Ägypten. Das ist wo die Pyramiden sind Klara und der Nil aber nicht der von uns. Unser Hauptquartier kommt nach Kairo.
Ich werde den Brief jetzt abgeben, dann kann er mit dem Schiff mitfahren in die Union. Ich habe keine Zeit gehabt meiner Mutter zu schreiben. Grüße sie und Pérsomi auch.
Dein Freund
Gerbrand

Kurz vor den letzten Prüfungen ruft Christine an. »Ich fahre nächsten Freitag vom Bahnhof ab. Wir fahren mit dem Zug nach Durban und dann per Schiff nach Ägypten.«

»Dürfen wir uns am Bahnhof von dir verabschieden?«

»Ja, sogar sehr gern. Kommt ihr?«

»Ganz bestimmt«, antwortet Klara mit einem Kloß im Hals.

An diesem Freitagnachmittag stehen Klara und De Wet gemeinsam vor dem Bahnhof und warten. Ein großer Armeebus setzt eine Gruppe Männer und Frauen in Uniform ab. »Da ist sie«, sagt Klara und zeigt mit dem Finger auf sie.

Christine kommt direkt auf sie zu. Sie lächelt tapfer, aber ihre Augen glänzen unnatürlich. »Da seid ihr also«, sagt sie.

Sie nehmen sie in die Mitte und gehen mit ihr auf den richtigen Bahnsteig. Eigentlich hätten sie sich noch so viel zu erzählen, aber die Worte wollen nicht kommen.

»Du wirst da sicher irgendwann auch Gerbrand begegnen«, sagt De Wet.

»Vielleicht, aber in Nordafrika sind sehr viele Soldaten stationiert, wirklich.«

Ihre Schritte tönen laut auf dem Beton.

»Meine Eltern kommen nach Durban, um mich am Hafen zu verabschieden.«

»Gut so«, erwidert De Wet.

Am Zug angekommen, sagt De Wet: »Christine?«

»Sag nichts, De Wet, sonst muss ich noch weinen.«

Klara drückt ihre Jugendfreundin kurz und fest an sich. Als danach De Wet seine Arme ausstreckt, wendet sie sich ab. Sie möchte einfach nicht den Blick in seinen Augen sehen.

Christine steigt ein und schiebt das Fenster auf.

»Noch ein Tag oder so und dann bin ich in Kairo«, verkündet sie mit unterdrückter Stimme.

»Weißt du, was ich so witzig finde?« Klara versucht noch ein unverfängliches Gespräch anzufangen. »Der Marmor, mit dem das Monument gebaut wird, kommt aus einem Ort in Transvaal, der auch Kairo heißt.«

Christine schaut jedoch in eine andere Richtung. Das Monument ist für sie ein Gegenstand aus einer fernen Vergangenheit, denkt Klara. Jetzt hat sie eine rote Litze auf ihrer Uniform.

Ein Rucken geht durch den Zug. »Ich werde euch schreiben, ja?«, ruft Christine.

De Wet legt eine Hand auf die ihre und die andere an ihre Wange. »Tu das bitte«, antwortet er.

Fauchend und stampfend setzt sich der Zug in Bewegung. Der süßsaure Qualm brennt Klara in der Kehle und in den Augen, sodass ihr das Sehen Mühe macht.

Schneller und schneller fährt der Zug. Christine lehnt sich aus dem Fenster und der Ruß hinterlässt schwarze Spuren auf ihren Wangen.

»Pass gut auf dich auf!«, ruft De Wet ihr hinterher, doch die Lokomotive pfeift so laut, dass seine Worte verhallen.

Sie bleiben stehen, bis der Zug um eine Biegung verschwunden ist. Dann gehen sie zur Straßenbahnhaltestelle. Schweigend fahren sie zurück zu ihrem Haus in Sunnyside.

Kurz vor dem Haus reibt sich De Wet mit beiden Händen über die Wangen und sagt: »Du liebe Güte, Klara, ich kann immer noch nicht glauben, dass das tatsächlich passiert ist.«

10. Kapitel

Das ganze Dorf weiß, dass die italienischen Truppen in Ostafrika nicht die überwältigenden Siege errungen haben, von denen die Zeitungen berichten. Das hat der Sohn des Arztes seinem Vater erzählt. Trotz der Verstärkung, die Mussolini geschickt hat, um den kolonialen Truppen beizustehen, sieht die Lage dort nicht gut aus.

Selbst die Frauen, die nie in die Schule gegangen sind, wissen mittlerweile, wo der Sudan, Kenia und Somaliland sind, denn der Doktor hat ihnen Abessinien immer wieder auf der Karte gezeigt und erklärt, wie die Länder darum herum heißen.

Sie verstehen auch, warum Mussolini seine Soldaten dorthin geschickt hat – nämlich um die Handelsflotte zu beschützen, die durch diesen schmalen, blauen Streifen des Roten Meeres und des Suezkanals fahren muss.

Das bedeutet allerdings nicht, dass sie den Einmarsch ebenfalls gutheißen. Und deshalb finden sie es nun auch nicht wirklich schlimm, dass Mussolini ordentlich den Hintern versohlt bekommt. Vielleicht kommt er dann endlich zur Besinnung.

Auch in Nordafrika, in Libyen und Tunesien, sieht es nicht gut aus. Dorthin sind Truppen geschickt worden, die die Engländer in Ägypten angreifen sollen. In diesem Kampf geht es um den Suezkanal, die Pforte, die die Meere miteinander verbindet. Aber auch das betrifft die Menschen im Dorf nicht allzu sehr.

Erst als über ihrem eigenen Dorf eine Bombe explodiert, befinden sie sich mit einem Schlag mitten im Krieg.

Es ist keine echte Bombe, sondern viel schlimmer.

Der Kommandant der Garnison ist schon früh am Morgen mit einem ganzen Stapel Plakaten aus seinem Lager gekommen. Das erste Plakat hat er sogar an die Kirchentür genagelt. So ein Ketzer! Der ist fast so schlimm wie dieser Luther, der das vor so vielen Jahren auch mit seinen fünfundneunzig Thesen gegen die Kirche getan hat. An die Kirchentür! Genagelt!

Das nächste Plakat wird vor der Arztpraxis entrollt, als allerdings der Kommandant zu Hammer und Nägeln greift, sagt der Doktor mit Bestimmtheit: »An meine Tür wird nichts genagelt!«

Der Arzt nimmt das Plakat und legt es in seinem Sprechzimmer auf den Tisch, über den Atlas, während der Kommandant gewichtig zum Dorfplatz weitermarschiert. Er bleibt mitten auf dem Dorfplatz stehen, entrollt ein Plakat und liest es laut brüllend vor, sodass das ganze Dorf es hören kann.

Die Frauen schließen die Fenster ihrer Häuschen, Pater Enrico sperrt das Tor zur Schule zu und die Nonnen verriegeln die schweren Kirchentüren.

Trotzdem hängt die Nachricht wie eine schwere Gewitterwolke über dem Dorf, den Äckern und den Steinbrüchen. Sie klettert die Felswände hinauf zu den Ziegenhirten, die dort unter dem wolkenlosen Himmel Ausschau halten, sie sackt hinab ins Tal, wo die alten Leute ihre Streuobstwiesen bewässern.

Alle Männer zwischen achtzehn und dreißig Jahren werden zum Militärdienst einberufen. Ohne Ausnahme. Mit unmittelbarer Wirkung.

Italien braucht sie.

Mussolini schickt ganze Garnisonen bewaffneter Soldaten in alle Ecken und Winkel des Landes – vor allem in den rebellischen Norden –, um dafür zu sorgen, dass jeder wehrfähige italienische Staatsbürger sich meldet.

»Aber von meinem Enkel lassen sie die Finger!«, ruft Sophia. »Der ist erst sechzehn!« Und wütend stapft sie nach Hause.

»Antonio berufen sie sicher nicht ein«, behauptet der Baron tröstend Gina gegenüber. »Der muss doch nur noch ein paar Wochen studieren, dann ist er fertig.«

»Und unsere Jungen?«, fragt Maria Guiseppe besorgt. »Antonio und Lorenzo?«

»Der Krieg in Afrika ist sicher bald vorbei. Mussolini ist der britischen Armee nicht gewachsen«, bemerkt der Priester.

Schließlich kommt der Arzt und erzählt, Hitler habe beschlossen, eine starke Truppenmacht nach Nordafrika zu schicken, um den Italienern dort beizustehen. Deren Oberbefehlshaber ist General Erwin Rommel, der auch der »Wüstenfuchs« genannt wird. »Sie wollen Kairo erobern. Koste es, was es wolle, habe ich den Eindruck«, erklärt der Doktor.

Die Jungen und jungen Männer des Dorfes werden auf Lastwagen geladen und weggefahren. Zum Schlachtfeld. Wie Bergziegen auf dem Weg ins Schlachthaus.

Zwei Wochen später kommen Antonio und Lorenzo ins Dorf zurück, um Abschied zu nehmen. Auch sie müssen in ein Ausbildungslager und von da aus an die Front. Wahrscheinlich wird es Nordafrika werden: Tunesien oder Libyen, auf dem Weg nach Kairo. Durch die Wüste.

Sie klammert sich an ihm fest. Ihr Gesicht ist klatschnass und die Tränen laufen ihr in Strömen über die Wangen. »Du hast es versprochen, Antonio! Du hast versprochen, dass du nicht gehst!«

Er drückt sie an sich, spürt die Rundungen ihres weichen, jungen Körpers und streicht ihr über das blonde Haar. »Sie haben mich mit einer ganzen Garnison abgeholt, Gina. Ich hatte keine andere Wahl, das musst du doch verstehen.«

»Du hättest doch auch in die Berge flüchten können«, schluchzt sie. »Du hast es mir versprochen!«

»Das konnte ich nicht und das weißt du auch ganz genau – wir haben doch darüber gesprochen«, erwidert er beruhigend.

»Aber ich liebe dich!«, weint sie. »Kapierst du das denn nicht? Ich liebe dich!«

Er drückt sie noch fester an sich. »Ich liebe dich doch auch, Gina. Die heilige Jungfrau weiß, wie sehr. Und deshalb musst du mir glauben: Ich komme zu dir zurück. Sobald dieser idiotische Krieg vorbei ist, komme ich zu dir zurück.«

Er spürt, wie sie sich zu entspannen beginnt. »Und … dann baust du ein Haus für uns?«

»Dann werden wir erst einmal heiraten, Liebling. Und anschließend wirst du als Frau Gina Romanelli gemeinsam mit mir das Haus bauen.«

»Versprichst du mir, dass du zurückkommst?«, fragt sie in flehendem Tonfall.

»Das verspreche ich dir, Gina, ich gebe dir mein Ehrenwort.«

»Gelobst du es bei der heiligen Jungfrau?«, drängt sie weiter.

»Ich gelobe es bei der Mutter Gottes, dass ich zu dir zurückkomme.«

»Und ich gelobe, dass ich auf dich warten werde, Antonio.«

Lange nachdem das Armeeauto voller frischer Soldaten um die Kurve von Guiseppe verschwunden ist, stehen sie noch auf dem Platz: Pater Enrico, der den Jungen seinen Segen erteilt hat, Luigi und Sofia, die ihrem Enkel der Schande hinterhergewunken haben, Maria und Guiseppe Romanelli, Gina Veneto, die Schwestern aus dem Kloster, alle Frauen des Dorfes, die Männer aus den Steinbrüchen und von den Äckern. Schließlich drehen sie sich einer nach dem anderen um und kehren in ihr alltägliches Leben zurück.

Erst als die Dämmerung schon langsam hereinbricht, klettert Gina allein den steilen Felsenpfad zum großen, steinernen Haus auf dem Hang hinauf.

11. Kapitel

Kairo steht bis über die Fußknöchel im Sand der Sahara eingegraben, den Rücken der ausgebreiteten Wüste und den jahrtausendealten Pyramiden zugewandt und mit den Zehen in den warmen Wassern des Nils. Dahinter erstreckt sich eine endlose Welt voller Sanddünen, staubiger Hügel und Felsspalten über Tausende von Kilometern nach Westen, durch Libyen und Tunesien, durch Algerien und Marokko bis an die eiskalten Wasser des Atlantischen Ozeans. Vor ihr, auf der anderen Seite des Roten Meeres, sind der Sand und die schwarzen Ölfelder des Sinaïs, links liegt das Meer, über das Paulus auf seinen Missionsreisen gefahren ist und wo Jona vom Fisch verschluckt wurde, rechts das düstere Mysterium Afrikas.

Kairo ist ein Paradies von Grün, eine riesige Oase in dieser dürren Landschaft.

Die Straßen Kairos leben: ein kosmopolitisches Kaleidoskop von Farben und Klängen und in der Schwüle der frühen Abendstunden ist die Luft geschwängert mit dem Geruch von Spezereien, Weihrauch und Gebäck. Die Stadt ist ein Durcheinander aus jahrhundertealten und modernen Gebäuden, aus breiten Straßen und schmalen Gassen, aus Geschäften mit Auslagen und heruntergekommenen Hinterhofläden unter schmutzigen Segeltüchern. Hier treffen Europa, Asien und Afrika aufeinander – Schwarze und Mohammedaner, Mafiaboss und Straßenverkäufer, Soldat und Freudenmädchen.

Am Rand der Stadt fließt das breite, tiefe Wasser des Nils ungestört in seinen uralten Bahnen.

Das Militärlager befindet sich einen Steinwurf vom Stadtzentrum entfernt. Die Baracken, die Lagerhallen und die Verwaltungsgebäude stehen ordentlich in Reih und Glied, die Sandsäcke sind, wie es sich gehört, aufeinandergeschichtet, alles ist umgeben von Stacheldraht und verschanzt hinter Toren mit einer permanenten Bewachung. Das Lager hebt sich grau von den weiß gekalkten Häusern und den grünen Gärten in der Umgebung ab.

Gemeinsam mit drei anderen *Musjes*[4] schlendert Christine durch die geschäftigen Straßen. »Komm doch mit«, fordern die anderen sie jeden Abend einladend auf, wenn sie nach ihrer Arbeit im Lagerladen in die Baracke nach Hause kommt. Heute Abend hat sie zum ersten Mal genügend Mut zusammengekratzt, um die Einladung anzunehmen.

Die Straßen wimmeln von Menschen: Straßenverkäufern, Schulkindern, Soldaten, verschleierten Frauen. Sie geht aufrecht und bleibt dicht an den drei anderen dran. Die Welt hier ist voller unbekannter Gerüche, die Sprachen sind unverständlich, alle Straßen sehen gleich aus. Wenn sie sie hier stehen lassen …

Vor einer großen Tür bleiben sie stehen. *Shepherd's* liest Christine auf dem Aushängeschild. »Lass uns mal eben schauen, ob es hier etwas zu erleben gibt«, verkündet Florence und zieht die Tür auf.

Christine schließt die Augen halb. Drinnen ist es ziemlich dunkel. Der Rauch hängt wie eine untätige, fahlblaue Wolke unter der Decke. Leise, westliche Musik ertönt und es herrscht ein gemütliches Durcheinander. Irgendjemand lacht.

Auf der einen Seite ist eine kleine Tanzfläche, auf der ineinander verschlungene Paare ihre Kreise drehen. Eine Seifenblase, in der sich Menschen in Uniform wie Ertrinkende aneinander festklammern.

»Ha, Florence!«, ruft eine Männerstimme aus dem Halbdunkel. »Komm, setz dich hierher!«

Sie schieben sich an einen Holztisch. Christine sitzt am äußersten Ende.

»Was wollt ihr trinken?«, fragt dieselbe Stimme von gerade eben. Sie gehört zu einem kräftigen, jungen Mann mit zwei Strei-

4 Anm. d. Übers.: »*Musje*« (kleiner Spatz) ist der Beiname, den General Smuts den Mitgliedern des *Korps Vroulijke Vrijwilligers* (weibliches Freiwilligenkorps) gegeben hat.

fen auf seinen Schultern. Er spricht englisch, so wie alle anderen hier.

Christine fühlt sich unwohl. Was soll sie trinken?

»Und du, Christine?«

»Cola«, antwortet sie verwirrt.

»Cola mit was?«, will die Stimme wissen.

»Nur Cola.« Denn ihr Vater hat ihr eingeschärft: Du trinkst niemals mit fremden Leuten Alkohol, sondern nur mit jemandem, den du sehr gut kennst. Mit De Wet könnte sie …

Aber sie sollte jetzt nicht an De Wet denken.

»Bestell ihr einfach eine Cola«, befiehlt Florence. »Sie ist neu hier.«

»Dann müssen wir sie aber schnell eingliedern«, behauptet ein dünner Junge ihr gegenüber. »Wie lange bist du schon in Kairo?«

»Einen Monat«, antwortet Christine.

»Einen Monat? Wir sind hier gerade einmal drei Tage!«

Sie fühlt sich immer kleiner und kleiner werden.

Um sie herum plaudern die Stimmen weiter. Auf dem Holz des Tisches sind runde, nasse Flecken. Ihr gegenüber bläst Florence den Rauch ihrer Zigarette zur Decke. Genau wie Annabel das immer gemacht hat.

Sie hätte besser nicht hierherkommen sollen.

Jemand bestellt einen Teller mit Snacks: gebrannte Erdnüsse, fette Fleischbällchen und Oliven mit großen Steinen darin.

Der dünne Junge bittet sie um einen Tanz. Sie möchte nicht, aber sie wagt es nicht, Nein zu sagen. Alle tanzen hier. Er hält sie viel zu steif fest, sie bekommt beinahe keine Luft mehr. Beim zweiten Mal sagt sie dann doch Nein.

Sie hätte nicht mitgehen sollen.

Ihre Cola trinkt sie so langsam wie möglich, damit sie nicht noch einmal bestellen muss. Sie tanzt dreimal mit einem verschwitzten Fettsack, der zwar nicht handgreiflich wird, aber *in einer Tour* am Quasseln ist. Er hat nur einen Streifen. Sie kann sich nie merken, welcher Rang zu welchen Streifen gehört.

Nach einer Weile sitzen sie beide allein am Tisch. Er war an der

»Operation Kreuzritter« beteiligt, bei Sidi Rezegh. Ob sie davon schon gehört hat?

Sie schüttelt den Kopf. Zuzuhören ist viel schöner, als zu tanzen.

»Für die Fünfte Südafrikanische Brigade ist das eine vernichtende Niederlage gewesen«, berichtet er. »Bist du dir sicher, dass ich dir nicht noch etwas zu trinken bestellen soll?«

»Nein danke, das ist fein so, danke.«

»Hundert von unseren Männern sind da erschossen worden und mehr als dreitausend wurden gefangen genommen.«

Er trinkt und schwitzt und redet. Nach einer Weile kommen ihm die Tränen.

»Das ist ja furchtbar«, sagt sie. Sie weiß gar nicht, was sie tun soll, denn bisher hat sie nicht gewusst, dass auch Männer weinen können.

Es ist schon spät, als Florence sagt: »Komm, Christine, es ist spät, wir gehen.«

»Aber was ist mit ihm?«, will Christine wissen.

»Wem? Patrick? Mann, den lassen wir einfach hier sitzen, das sind doch nur Besoffenentränen. Der wird schon wieder, bevor er sich zurückmelden muss.«

Ein kompletter Zug marschiert mit ihnen mit. Singend laufen sie durch die Straßen zurück zu ihren Baracken. Florence lacht laut. »Nein danke, wir schlafen in unseren eigenen Betten«, sagt sie und schiebt die Tür vor ihren Nasen zu.

Ich wollte, du wärst hier, Klara, schreibt Christine in dieser Nacht in Gedanken. Noch nie in meinem Leben habe ich mich so allein gefühlt. Jeden Tag bin ich hier allein – zwischen den anderen jungen Frauen im Laden, im Speisesaal und in der Baracke, tagsüber und nachts. Und heute Abend, in diesem Nachtclub, bin ich todeinsam und mutterseelenallein gewesen.

Sich dem Korps anzuschließen, ist das Dümmste gewesen, was sie jemals gemacht hat, weiß sie jetzt. Eine wirklich saudumme Entscheidung.

Doch als sie am nächsten Tag tatsächlich ihrer Freundin

schreibt, erzählt sie ihr nur, wie schön Kairo ist und wie nett die anderen jungen Frauen sind – abends gehen sie zusammen aus – und wie gut es ihr geht. Viele Grüße an De Wet, denn ihm selbst schreiben möchte sie noch nicht.

Am Tag vor Weihnachten ist im Laden besonders viel los. Ganz Kairo wimmelt von Männern, die gerade erst Urlaub bekommen haben. Alle wollen sie noch ein paar letzte Leckereien für morgen einkaufen.

»Was sind deine Pläne für morgen?«, will Lilly wissen, während sie um die Mittagszeit herum hastig ihre Butterbrote essen.

Christine schüttelt kurz den Kopf. »Nichts. Ich … ich habe noch ein Buch, das ich gern lesen würde.«

Morgen ist Weihnachten. Papa und Mama werden in den Gottesdienst gehen und danach die Familie von Klara besuchen. Dort werden sie alle um den großen Tisch im Esszimmer herum sitzen und Lammkeule und Geflügelpastete essen, dazu Knödel. Es wird gelacht und geplaudert. Sie werden zusammen sein.

Auch De Wet wird dabei sein.

Nur sie nicht. Sie und Boelie: zwei Gegenpole an zwei äußeren Enden der Erde. Sie sehnt sich nach ihnen allen, auch nach Boelie. Sie hofft nur, dass der nicht allzu böse auf sie ist.

Ihre Kehle schnürt sich immer mehr zu. Sie schluckt und schluckt, aber der Brocken ist einfach zu groß.

Um sechs Uhr schließt der Laden. Draußen ist es schon ganz dunkel. Die Straßenlaternen werfen lange Schatten auf den Weg. Langsam geht sie zurück zu den Baracken.

»Christine?«

Ein Schock fährt ihr durch die Glieder. Diese Stimme! So bekannt!

Mit einem Ruck dreht sie sich um.

Er lacht. »Schau doch nicht so entsetzt. Ich bin es nur, Gerbrand.«

»Gerbrand!«

Zunächst lacht sie laut auf, fast schon hysterisch, anschließend ein Weinkrampf und dann alles durcheinander. All die aufgestaute Einsamkeit reißt sich los, alle Angst und alle Sehnsucht der vergangenen Monate kommen nach draußen.

»Christine?«

Gerbrand. Der Junge von der Farm, aus der Kleinstschule und dem Bosveld, ganz aus der Union, diesen ganzen weiten Weg bis hierher in fremden Straßen von Kairo.

Sie denkt nicht mehr, sondern schlägt ihre Arme um ihn und klammert sich an ihm fest. Er riecht nach Staub und billiger Seife.

Er beantwortet ihre Umarmung vorsichtig. »Ist alles in Ordnung mit dir, Christine?«, fragt er ein bisschen ängstlich.

Langsam lässt sie ihn los und tut einen Schritt zurück. Sie schluckt noch ein paar Mal und langsam beginnt ihre Kehle sich wieder wie sonst anzufühlen. »Ja, wirklich, mir geht es prima. Ich bin nur so froh, dich zu sehen.«

»Ich habe für einen Augenblick gedacht, ich hätte dich zu Tode erschrocken«, gibt er zu.

»Ich habe mich nicht erschrocken. Ich hatte nur nicht erwartet, dir hier zu begegnen«, antwortet sie und versucht, sich mit dem Handrücken die Wangen zu trocknen.

»Es ist schließlich Weihnachten. Deshalb habe ich gedacht, dass ich dich einmal besuchen sollte«, erwidert er unbeholfen. »Sie haben gesagt, dass du im Lagerladen arbeitest.«

»Ich glaube nicht, dass ich jemals so froh gewesen bin, jemanden zu sehen«, bekennt sie verlegen.

»Meinst du das wirklich?«

Wieder fängt sie lauthals an zu lachen. »Ja, Gerbrand, das meine ich wirklich.«

»Solange du nicht gleich wieder anfängst zu weinen«, antwortet er bedrückt.

»Nein, das werde ich nicht.«

»Ich hätte nie gedacht, dass dich das so froh machen würde«, erklärt er. Er geht langsam weiter und sie mit ihm. »Das war nur so eine Idee, dich zu besuchen und heute Abend irgendwas zusammen zu machen, weil schließlich bald Weihnachten ist.«

Sie schaut zur Seite. »Du siehst gut aus, Gerbrand«, stellt sie fest. »Wo genau bist du denn stationiert? Und was machst du überhaupt?«

»Kämpfen«, antwortet er. »Obwohl ich im Augenblick mehr herumhänge als kämpfe, ehrlich gesagt. Weißt du, was bei Sidi Rezegh passiert ist?«

»Ja, das weiß ich genau. Bist du auch dabei gewesen?«

»Nein, zum Glück nicht, sonst säße ich jetzt auch in einem Lager. Das mit Boelie ist schon ein ganz schönes Elend, oder?«

Sie reden über alles Mögliche: über Boelie, Klara und De Wet, über die Achte Armee, die unter der Führung von General Ritchie die Armeen der Achsenmächte aus der Cyrenaika vertrieben hat, über die fremden Essengerüche, die durch die Straßen Kairos ziehen.

»Lass uns erst noch einen Happen essen«, sagt Gerbrand und zieht die Tür eines kleinen Restaurants auf. »Ich sterbe vor Hunger.«

Sie studieren die fremde Speisekarte und suchen sich jeweils etwas heraus, das ihnen bekannt vorkommt. »Auf Kamelfleisch habe ich keine Lust«, stellt Gerbrand fest.

Christine lacht. »Es tut gut, mal wieder Afrikaans sprechen zu können«, verkündet sie. »Die anderen jungen Frauen sprechen alle nur Englisch.«

»Ich habe noch ein paar afrikaanische Kameraden in meiner Einheit«, bemerkt Gerbrand. »Was möchtest du trinken?«

Sie zuckt mit den Schultern. »Keine Ahnung.«

»Du kannst dir bestellen, was du willst, einfach worauf du Lust hast«, eröffnet Gerbrand ihr. »Ich schwimme im Geld.«

Sie überlegt einen Augenblick. »Champagner!«, ruft sie dann mit einem Lächeln.

»Eine Flasche Champagner bitte«, bestellt Gerbrand, »und eine doppelte Rum-Cola.«

»Eine ganze Flasche!«, staunt Christine mit großen Augen. »Gerbrand, ich wollte einfach nur ein Gläschen. Ich kann doch unmöglich eine ganze Flasche leer trinken!«

Mit schallendem Gelächter wirft er seinen Kopf in den Nacken. »Ach, Christine, du hast dich wirklich überhaupt nicht verändert, auch wenn du jetzt Uniform trägst. Was machst du überhaupt den ganzen Tag? Werdet ihr gedrillt?«

»Nein«, lacht sie. »Ich arbeite im Kasernenladen. Nicht gerade heldenhaft, nicht wahr?«

»Das muss auch jemand machen«, antwortet er mit einem Schulterzucken.

Der Kellner schenkt ihr Champagner ein und stellt die Flasche in einen Kübel mit Eis, der auf dem Tisch steht. »Prost!«, ruft Gerbrand.

»Auf deine Gesundheit!« Vorsichtig nimmt sie ein Schlückchen. Der Champagner ist eiskalt. Die kleinen Bläschen kitzeln ihr auf der Zunge und gleiten glühend hinunter in ihren Magen.

Gerbrand nimmt einen ordentlichen Schluck von seinem eigenen Getränk. »Hm«, knurrt er zufrieden.

»Eigentlich habe ich als Telefonistin in der Zentrale angefangen«, erzählt Christine. »Aber da gibt es so unglaublich viele Drähte, die alle irgendwo anders reingesteckt werden müssen. Das hat mich wahnsinnig nervös gemacht. Ich werde nun einmal schnell nervös, das weißt du ja.«

Der Kellner stellt vor jedem von ihnen einen Teller mit Essen ab. »Prost!«, sagt Gerbrand noch einmal und fasst zu.

Wir hätten eigentlich erst noch beten sollen, überlegt Christine. Für einen kurzen Augenblick schaut sie sich unsicher um und anschließend beginnt sie ebenfalls zu essen.

»Und dann?«, will Gerbrand mit vollem Mund wissen.

»Als ich dann zum dritten Mal jemanden in einem wichtigen Gespräch falsch verbunden habe, haben sie mich versetzt. Eigentlich schon gleich am ersten Tag.«

Gerbrand lacht. »Ja, dann solltest du das auch besser nicht machen.«

»Sie haben mich dann in den Nachschub versetzt, aber das war nur für eine bestimmte Zeit, weil eine der Frauen krank geworden war, und die kam nach einer Woche wieder zurück. Danach haben sie mich als Sekretärin ins Krankenhaus geschickt, ich kann allerdings überhaupt nicht tippen und sie brauchten jemanden, der das kann. Deshalb haben sie mich schließlich in den Laden versetzt.«

»Prost!«, sagt Gerbrand und hebt sein Glas. »Auf den Laden!«

»Prost!«, fällt Christine fröhlich mit ein. »Auf den Laden!«

Sie essen und prosten sich zu. Gerbrand berichtet, dass die Zweite Südafrikanische Division den strategisch wichtigen Hafen von Bardia erobert hat. »Kurz vor Bardia sind Sollum und der Halfaya-Pass, der auch die Höllenstellung genannt wird«, erzählt Gerbrand. »Da komme ich jetzt her.«

»Das hört sich ziemlich gefährlich an«, bemerkt Christine. Sie fühlt sich sehr leicht im Kopf.

»Das ist es auch«, entgegnet Gerbrand. »Prost! Auf die Höllenstellung!«

»Prost! Auf die Höllenstellung!«, lacht Christine.

Er möchte ihr noch einmal nachschenken, doch sie hält ihn zurück. »Stopp, Gerbrand, ich kann jetzt wirklich nicht mehr!«

Er lacht. »Die Nacht ist noch lang, Mädel«, sagt er. »Außerdem ist der Boden der Flasche schon in Sicht. Komm, wir gehen wieder auf die Straße. Heute Nacht machen wir so einen drauf, dass die ganze Stadt in allen Farben des Bosvelds glänzt!«

»Und wir bauen eine Brücke über den Nil!«, lacht sie tollkühn mit.

Sie schlendern die eine Gasse hinein, die nächste wieder hinaus, den einen Hang hinauf, den anderen wieder hinunter. Sie schließen sich einem Grüppchen Menschen an und trinken sauren Wein aus einem Beutel.

»Nein, nein, ich möchte wirklich nicht rauchen!«, lacht Christine, als ihr einer der Männer eine Zigarette zwischen die Lippen stecken will.

Gerbrand legt seinen Arm um sie. »Lasst sie in Ruhe, sie raucht nicht, glaubt es mir.«

Sie spürt die Wärme seines Körpers und schmiegt sich enger an ihn an. Nach einer Weile muss sie sich die ganze Zeit an ihm festhalten. »Ich glaube, ich bin betrunken, Gerbrand«, kichert sie.

»Das bist du auf jeden Fall«, lacht er zurück. Seine braunen Augen schauen glänzend in ihre. »Ich übrigens auch. Morgen wird uns der Schädel brummen, dass wir nicht mehr ein noch aus wissen, aber das ist egal. Schließlich ist nur einmal im Jahr Weihnachten. Und wir wissen nicht, ob wir das nächste Weihnachten noch erleben.«

Als sie am nächsten Morgen von der Sonne geweckt wird, droht ihr Kopf zu zerspringen. Vorsichtig öffnet sie die Augen einen kleinen Spalt. Das Licht ist so grell, dass es sie blendet. Und die Zimmerdecke ist ihr völlig unbekannt.

Langsam schaut sie zur Seite. Wie ein Pfeil schießt ihr der Schmerz durch den Kopf.

Sie liegt in einem fremden Bett und hat noch ihre vollständige Uniform an, inklusive der Stiefel. Neben ihr liegt Gerbrand, die eine Hand halb über seinem Gesicht. Sein Stoppelbart glänzt golden in der Sonne.

»Gerbrand?«, fragt sie zögernd.

Er stöhnt und gibt einen fürchterlichen Kraftausdruck von sich. »Hast du auch solche Kopfschmerzen?«, fragt er, ohne die Augen zu öffnen.

»Schrecklich«, bestätigt sie. »Ich glaube, ich sterbe.«

»Oben in meinem Kleidersack findest du Kopfschmerzpulver und eine Flasche Bier«, erklärt er. »Mach mir auch was zurecht, sonst überlebe ich das nicht.«

Vorsichtig öffnet sie ihr eines Auge noch ein bisschen und bekommt den Sack zu fassen. Mit Mühe schafft er es, die Flasche zu öffnen – sie spülen das Pulver mit Bier herunter und legen sich anschließend wieder regungslos auf den Rücken. Zum allerersten Mal in ihrem Leben hat sie Bier getrunken – es schmeckt entsetzlich bitter. »So etwas passiert mir nie wieder«, nimmt sie sich ernsthaft vor.

»Das sage ich auch jedes Mal«, behauptet er. »Warte nur ab, du kommst schnell wieder auf die Beine.«

Sie wird erneut wach, als er ins Zimmer kommt. Er trägt nur

eine Sporthose und reibt sich die Haare mit einem Handtuch trocken. Sein Gesicht ist glatt rasiert. »Wenn du auch duschen möchtest, kannst du gern mein Handtuch nehmen«, sagt er.

Langsam richtet sie sich auf. Ihr Kopf tut schon etwas weniger weh – es fühlt sich an, als würde der Kopfschmerz durch einen Klumpen Gelee gedämpft. Sie ist nur noch ein bisschen schwach auf den Beinen.

»Wo sind wir eigentlich?«, will sie wissen.

»In der Pension, wo wir immer übernachten, wenn wir in Kairo sind«, antwortet er. »Das Badezimmer ist ein Stück den Gang entlang.«

»Ich will mir nur schnell das Gesicht waschen«, überlegt sie und nimmt sich das feuchte Handtuch. »Duschen kann ich auch zu Hause.«

Durch die geschäftigen Straßen laufen sie zum Lager. In einem kleinen Laden kauft Gerbrand für sie beide jeweils ein trockenes, flaches Brot. »Wenn wir schnell etwas essen, fühlen wir uns gleich besser«, erklärt er. »Und wir sollten zusehen, dass wir einen Kaffee zu trinken bekommen.«

»Ich möchte lieber erst duschen und saubere Kleidung anziehen«, hält sie dagegen.

»In Ordnung. Ich habe heute Nachmittag ein Rugbyturnier und …«

»Ein Rugbyturnier?«, fragt sie verdutzt.

»Ja. Wir haben ein Springbockteam zusammengestellt und spielen gegen die Engländer. Hast du Lust mitzukommen?«

»Wo spielt ihr denn?«, will sie wissen, immer noch völlig verdattert.

»Einfach auf irgendeinem Fußballplatz hier in der Nähe. Die Maße stimmen nicht so ganz, aber wir passen unser Spiel entsprechend an.«

Sie springt schnell unter die Dusche und wäscht sich die Haare. Anschließend zieht sie sich ein Kleid an – es ist das erste Mal, dass sie in Kairo eines ihrer Kleider trägt. Es ist ein schönes Gefühl. Sie trägt sogar ein wenig Lippenstift auf, nimmt ihren

Strohhut und geht wieder nach draußen, wo Gerbrand auf sie wartet.

»Jetzt bist du wieder ganz die alte Christine«, stellt der fest.

Sie lacht und hakt sich bei ihm unter.

Zunächst trinken sie irgendwo einen starken türkischen Kaffee, dazu wird ihnen seltsam süßes Gebäck serviert. Anschließend gehen sie auf den Sportplatz. Die ganze Zeit über plaudern sie ohne Unterbrechung. »General Rommel ist der neue Führer der Itaker und der Krauts«, erklärt Gerbrand. »Sie nennen ihn den ›Wüstenfuchs‹, weil er so ein gerissener Hund ist. Das ist ein echter Halunke, vor allem weil er seine Panzereinheiten so geschickt einsetzt. Wir haben ihn erst vor Tobruk aufhalten können.«

»Was ist Tobruk?«

»Eine Hafenstadt, so rund vierhundert Kilometer von hier entfernt, schätze ich, jedenfalls mit dem Zug. Ich vermute, das ist der Ort, wo wir wieder hingeschickt werden, aber das weiß ich nicht genau. In der Armee weiß man so etwas nie.«

Während des Wettkampfes steht sie neben dem Platz. »Puh, du spielst wirklich gut«, bemerkt sie, als er vom Sportplatz herunterkommt.

Bis spät in die Nacht hinein vergnügen sie sich im Gezira-Club.

Alle Rugbyspieler sind mit von der Partie, die Springböcke und die Engländer, denn sie kämpfen schließlich in ein und demselben Krieg gegen ein und denselben Feind. Dort sind auch eine ganze Menge junger Frauen mit langen Zigaretten, die gierig alles aufsaugen, was die Männer sagen. Und es wird getanzt. Sie tanzt zum ersten Mal mit Gerbrand. »Junge, Junge, wo hast du denn so gut tanzen gelernt?«, will sie wissen.

»Einfach hier und da in Kairo«, antwortet er. »Hier laufen eine ganze Menge Mädels herum, von denen man so etwas lernen kann.«

»Ja, das kann ich mir denken, Gerbrand Pieterse«, lacht sie.

Sie tanzt auch noch mit ein paar anderen, doch als im Laufe des Abends ein langer Lulatsch anfängt, sie anzugrapschen, reißt

Gerbrand ihn mit einem Ruck von ihr weg. »Halt deine Pranken bei dir, kapiert?«, fährt er ihn drohend an.

Kurz darauf machen sie sich wieder auf den Weg in ihre Kaserne. »Ich muss morgen früh wieder an die Front«, verkündet er beiläufig.

»Ah, ach nein, Gerbrand! Jetzt schon?«, fragt sie enttäuscht.

»Ja, ich bin mehr als einen Tag unterwegs. Mit dem Zug dauert es noch länger, aber wir werden mit einem Lastwagen abgeholt.«

Schweigend läuft sie neben ihm her. Sie würde so gern, dass er bleibt. »Und wann kommst du zurück?«

Er zuckt mit den Schultern. »Das hängt davon ab, wie der Kampf weitergeht. Und was die Armee genau will. Sicher nicht vor April, wenn alles gut läuft.«

April. Bis dahin sind es ja noch mehr als drei Monate. »Kommst du dann wieder vorbei?«

»Wenn es geht, ja.«

An ihrer Kaserne angekommen, sagt sie: »Ich bin wirklich froh, dass du mich gesucht hast, Gerbrand. Ich habe mich so furchtbar einsam gefühlt – ich hatte einfach eine Riesenangst davor, dass ich Weihnachten allein verbringen muss. Und dann bist du gekommen.«

»Okay, Christine, dann bis bald mal wieder«, erwidert er und dreht sich um.

Sie möchte ihm noch so viel sagen. »Pass gut auf dich auf!«, ruft sie ihm hinterher.

Er winkt noch kurz, schaut sich aber nicht mehr um.

In derselben Nacht schreibt sie noch einen Brief an Klara. Sie berichtet von Gerbrands Besuch, von dem komischen Weihnachten und dem Rugbytunier.

Aber den Champagner und das fremde Bett, in dem sie aufgewacht ist, verschweigt sie ihr. Klara ist schließlich weit weg in der Union, sie würde das alles gar nicht begreifen. Schließlich hat sie nicht mit Soldaten zu tun, die verstümmelt im Krankenhaus liegen oder die die Sonne nicht mehr aufgehen sehen.

Ägypten, 10. Januar 1942

Liebe Klara!
Danke für das Weihnachtspäckchen das du mir geschickt hast vor allem für die Zigaretten. Schick mir keine Schokolade mehr die schmilzt nämlich. Ich bin Weihnachten bei Christine gewesen das war schön. Ich hoffe nur dass sie es noch ein bisschen aushält mit diesem Krieg und in der Wüste und so ich muss mal schauen. Sie ist nicht stark.
Jetzt bin ich in Tobruk. Du fragst dich sicher was wir hier machen für so ein Loch führt man doch keinen Krieg. Aber es geht um den Hafen und um die Eisenbahnlinie die müssen wir bewachen sodass unsere Leute weiter oben Nachschub an Essen und Material bekommen können. Wir kämpfen hier in der Wüste nur um den Suezkanal.
In Tobruk gibt es nur weiße Häuser mit flachen Dächern. Sie stehen alle dicht an dicht mit einer Tür in der Mitte und einem Fenster auf jeder Seite direkt an der Straße. Alle Häuser sehen so aus nur manche haben zwei Stockwerke und die sind in Trümmer geschossen. Überall in den Straßen liegen Trümmer so was wie halbe Wände und Wellblechplatten von den Dächern und es gibt nur hier und da unter den Palmen ein bisschen Schatten. Und die Telefondrähte baumeln lose von den Pfählen bis zur Straße herunter. Klara hier würde ich nie wohnen wollen so hässlich ist es hier. Und der Hafen ist voller Öl wegen all der gesunkenen Schiffe.
Wir machen hier den ganzen Tag lang nichts und das ist furchtbar langweilig. Ich habe sogar ein Buch gelesen kannst du dir das vorstellen. Und ich verbrenne mich furchtbar in der Sonne du weißt doch ich habe rote Haare.
Klara es ist hier ganz anders als in Ostafrika weil hier überall Wüste ist. Nachts ist es beißend kalt und tagsüber furchtbar heiß. Hier ist jetzt Winter und wenn es bald Sommer wird gehen wir hier alle ein aber nicht wegen der Bomben. Hier gibt es viele Schlangen und Skorpione genau wie im Bosveld aber keine Springböcke deshalb essen wir Cornedbeef. Hier

gibt es auch Schwärme von Fliegen die krabbeln dir um die Augen herum und kriechen dir in die Nase weil sie Wasser suchen. Sorry wenn es dich jetzt gruselt denn das passiert bei dir schnell. Obwohl es hier nur wenig Wasser gibt müssen wir uns trotzdem jeden Morgen rasieren selbst wenn wir in den Kampf ziehen die haben wirklich verrückte Regeln in der Armee.

Klara ich habe herausgefunden dass ich dir doch von Sidi Rezegh erzählen darf. Da haben sie mehr als 3000 Südafrikaner gefangen genommen und in ein Lager in Deutschland oder Italien gebracht. Ich kann es nicht fassen dass unsere Leute wegen so einem idiotischen Ort gefangen genommen worden sind. Das sind nicht mehr als ein paar kaputte Häuser und so'n Höhlengrab von irgendeinem Kerl, der hieß Sidi Rezegh und ist ein Moslemprophet gewesen. Das ist so ein großer Tempel mit einem runden Kuppeldach du kannst es schon von fern sehen denn hier ist alles ziemlich flach.

Klara ich denke sehr viel an Boelie in diesem Lager mir wäre es lieber wenn sie mich totschießen anstatt dass sie mich hinter Stacheldraht oder hinter Gitter bringen. Die Jungs hier sagen dass die Zustände in den deutschen Lagern furchtbar sind und die Menschen dort sogar von allein sterben wegen Hunger und Krankheiten. Hoffentlich sorgen sie bei uns besser für die Itaker die wir ihnen geschickt haben denn die sind eigentlich nicht so schlecht gewesen sondern ziemlich nett.

Klara ich bin jetzt dabei herauszufinden was ich tun muss wenn ich fliegen lernen will. Es scheint so dass ich dafür eine Zulassungsprüfung für die Universität machen muss also werde ich wohl dafür lernen denn das will ich sehr gerne machen.

Ich hoffe dass du ein schönes Weihnachtsfest gehabt hast. Ich habe auch Pérsomi und meiner Mutter geschrieben so wie du es gesagt hast.

Viele Grüße
Gerbrand

Die Tage und Wochen fließen ineinander zu einem eintönigen Strom. Morgens zieht Christine ihre Uniform an, arbeitet den ganzen Tag im Laden, dazwischen hat sie um ein Uhr eine Pause für ihr Butterbrot und nach sechs geht sie zurück in ihre Baracke. Manchmal schlendert sie gemeinsam mit den anderen jungen Frauen in der Kühle des frühen Abends durch die geschäftigen Straßen. Manchmal gehen sie auch nach dem Abendessen aus und ab und zu geht sie mit in einen Nachtclub, aber sie fühlt sich weiterhin als Außenseiterin.

Sie schreibt Klara lange Briefe. Lockere Plauderbriefe sind es, ohne ein Wort über ihre Einsamkeit und ihre Sehnsucht nach Hause. Es ist ihre eigene Entscheidung gewesen hierherzukommen. Der Krieg wird nicht ewig dauern – anschließend wird sie zurückgehen.

Auf Klaras Briefe wartet sie gespannt. Im Bosveld ist es beißend kalt und im Dezember hat es zum letzten Mal geregnet, schreibt Klara. Ihr Studium läuft gut. Sie ist jetzt im dritten Jahr und wird im nächsten Jahr ihre Lehrerlaubnis bekommen. Dann kann sie unterrichten. Tante Maggie und De Wet geht es gut.

So schrecklich, schrecklich wenig Neues über De Wet.

Mit ihr und Henk geht es gut voran, schreibt Klara weiter. Er kann nicht sehr regelmäßig vorbeikommen, denn seit Februar ist das Benzin rationiert. Alle bekommen nur noch so viele Bezugsscheine, dass es gerade für den Monat reicht.

Boelie geht es gut, schreibt Klara in ihrem nächsten Brief. Er hilft den älteren Männern im Lager in Mathematik und Naturkunde, denn viele von ihnen nutzen die Gelegenheit, um im Lager die Zulassungsprüfung für die Universität nachzuholen. Er spielt auch im Lagerorchester mit und hat an einem Theaterstück mitgewirkt, das sie alle gemeinsam aufgeführt haben. Darin hat es nur Männerrollen gegeben, weil es im Lager schließlich keine Frauen gibt. Er boxt auch und ist sogar Boxmeister geworden.

Christine legt die Stirn in Falten. Sie kann sich nicht vorstellen, dass Boelie das Boxen Spaß macht. Das ist so barbarisch!

Vielleicht kann Boelie schon vor Ende des Jahres das Lager

wieder verlassen, schreibt Klara. Er bekommt anschließend allerdings Hausarrest, was bedeutet, dass er die Farm dann nicht verlassen darf und sich jeden Tag bei der Polizei melden muss.

Das wird ein Problem werden, überlegt Christine, die Polizei ist schließlich im Dorf.

So ab und zu schreibt sie einen kurzen Brief an De Wet. Auch dessen Briefe sind kurz und unpersönlich.

Die Regierung hat nun damit begonnen, den Fluss zu vermessen, schreibt er im Februar. Sie wollen jetzt endlich eine Brücke über den Nijl bauen. Nicht dass das im Augenblick nötig wäre, denn es ist furchtbar trocken. Der Fluss fließt praktisch nicht mehr.

Sein Studium läuft gut, schreibt er Anfang April. Im nächsten Jahr macht er im Dorf ein Praktikum, beim Vater von Annabel.

Sie hebt alle seine Briefe auf, diesen jedoch wirft sie in den Abfalleimer und dann geht sie eine ganze Weile spazieren. Draußen weht unaufhörlich der Wind. Staub und Sand hüllen den Nachmittag in einen roten Nebel.

»In der Wüste gibt es schreckliche Sandstürme«, hat einer der Soldaten heute Morgen im Laden erzählt. »Wenn du keine Staubmaske aufhast, überlebst du das nicht. Mit so einem Ding sehen wir aus wie Mumien, aber darunter erstickst du genauso.«

Wenn es ruhig ist im Laden, hört sie sich die Geschichten an, die die Soldaten erzählen. Die anderen jungen Frauen ärgern sich darüber. »Das sind doch immer dieselben stinklangweiligen Geschichten und alle halten sich selbst für große Helden«, sagen sie.

Christine merkt jedoch bald, dass die Soldaten, die von der Front kommen, ihre Geschichten gern erzählen möchten. Sie finden es schön, wenn ihnen jemand zuhört.

So erfährt sie, wie sich die Durban-Infanterie nach der Erstürmung der Festung bei Bardia hat zurückziehen müssen. »Da wäre ich doch beinahe Kanonenfutter geworden«, erklärt ein Soldat und blinzelt kurzsichtig mit den Augen. »Ich habe meine Brille verloren und jetzt muss ich auf eine neue warten.«

»Furchtbar, wirklich. Habt ihr nicht entsetzliche Angst gehabt?«

»Ach nein«, antwortet er. »Man gewöhnt sich an alles.«

Sie hört, dass mehr als siebentausend Deutsche und Italiener gefangen genommen worden sind. »Einige von ihnen sind in die Union geschickt worden«, berichtet ein Soldat mit einem dicken Verband um seine Hand.

Sie erfährt von Luftangriffen, bei denen deutsche Stukas und Messerschmitts die Soldaten aus der Luft unter Feuer nehmen.

»Unglaublich! Und könnt ihr euch da irgendwo verkriechen?«

»Ich habe mir die Hosen vollgeschissen vor Angst«, gibt ein Soldat mit einer großen, roten Nase und aufgesprungenen Lippen zu.

»Du solltest dir Vaseline auf die Lippen schmieren«, bemerkt Christine und nimmt ein Döschen vom Regal. »Setz dich, dann mache ich es schnell. Und auch noch etwas Nivea auf die Nase.«

»Nein, lass das mit der Nivea, gib mir nur die Vaseline«, wehrt der Soldat ab.

Sie hört über die Gasala-Bir-Hakeim-Linie, die von der Ersten Südafrikanischen Division unter der Führung von Generalmajor Dan Pienaar gehalten wird. Sie sieht zu, dass sie eine große Landkarte in die Finger bekommt, sodass sie nachschauen kann, wo all die Orte sind. Das ist sicher der Ort, wo auch Gerbrand ist, überlegt sie.

Von Gerbrand kommt nur zweimal ein kurzes Briefchen. Es geht ihm gut, es ist sehr heiß und kämpfen tun sie eigentlich nicht.

Wann kommst du wieder vorbei?, will sie wissen, denn sie sehnt sich danach. Das wird ihr Leuchtturm in der Finsternis. Sie schickt ihm alles, worum er bittet, und legt immer noch extra Zigaretten dazu.

Er hat keine Ahnung, antwortet er nach einem Monat. In der Armee weiß man das nie.

Und dann, Anfang Mai, an einem einfach nur unglaublich heißen Tag, betritt Gerbrand mir nichts, dir nichts den Laden.

»Hallo, Christine. Pass auf, nicht dass du dich wieder zu Tode erschreckst!«

Ihr schwinden jedenfalls kurz die Sinne, sodass sie beinahe in Ohnmacht gefallen wäre. Doch dann fängt sie an zu lachen, dieses Mal bleibt der Weinkrampf allerdings aus. »Du alter Schelm! Warum hast du mir nicht Bescheid gesagt, dass du hierher unterwegs bist?«, lacht sie und kommt hinter dem Tresen hervor.

Er schaut sie ein bisschen verlegen an. Sicher hat er Angst, dass ich ihm gleich wieder um den Hals falle, denkt sie.

»Ich habe es nicht gewusst«, verteidigt er sich. »In der Armee sagen sie dir nicht immer vorher schon Bescheid.«

Sie stupst ihn leicht am Arm an. »Ich bin froh, dass du hier bist, Gerbrand. Hier im Laden ist gerade nichts los – ich erkundige mich mal, ob ich den Rest des Nachmittags freihaben kann.«

Einmal draußen angekommen, brennt ihnen die Sonne so sehr in den Augen, dass es blendet.

»Wo gehen wir hin?«, will Christine wissen.

»Ich habe Hunger«, antwortet Gerbrand. Sein Gesicht ist dunkelrot verbrannt und seine breiten Hände sind mit Sommersprossen übersät.

»Du musst dich vor der Sonne in Acht nehmen, die ist gefährlich für dich.«

»Das kann man wohl sagen.«

»Ich habe etwas von einem Zelt gehört, in dem man angeblich das leckerste Gebäck der Welt bekommen kann. Hast du Geld bei dir?«

»Haufenweise«, erwidert Gerbrand. »Komm mit.«

»Wann bist du angekommen?«, fragt sie unterwegs.

»Gestern.«

»Gestern schon! Und du kommst erst jetzt bei mir vorbei?« Es ist draußen, bevor sie darüber nachgedacht hat. Wie blöd, so etwas zu sagen, denkt sie.

»Wir hatten zu tun«, entgegnet er.

»Ja, wir auch.« Schweigend gehen sie weiter, die Atmosphäre ist fast schon unbehaglich.

Das ist ganz anders, als ich es mir vorgestellt hatte, denkt Christine. Warum benehme ich mich auch nur so idiotisch!

Als sie sich gegenübersitzen, jeder mit einem Stück Schokoladenkuchen vor sich, sagt er auf einmal: »Hast du Lust, morgen mit mir irgendwas zu unternehmen?«

Morgen ist Donnerstag, da muss ich arbeiten, überlegt sie niedergeschlagen. Aber ich werde irgendwas regeln, zur Not arbeite ich am nächsten Wochenende oder dem Wochenende darauf. »Ja, gern, das wird sicher schön.«

»Heute Abend gehen wir tanzen. Hast du Lust mitzukommen?«

»Oh ja.«

»Das ist allerdings in so einem vornehmen Zelt und kostet einen Batzen Geld, aber den habe ich zum Glück. Du musst dir allerdings ein Tanzkleid anziehen.«

Sie fängt an zu lachen. »Ach, Gerbrand, ich habe hier in der Wüste eigentlich kein Tanzkleid, aber ich werde sehen, was ich tun kann.«

Er lacht auch. Jetzt fühlt sich zwischen ihnen alles wieder so an wie immer. »Ich habe auch keinen Smoking hier, nur meine hübschen Schuhe«, erklärt er. »Aber heute Abend gehen wir tanzen, bis der Laden zusammenbricht.«

Sie zieht ihr blaues Kleid mit den schmalen Trägern an. Florence leiht ihr eine glänzende Kette und die Ohrringe, die sie bei einem Krämer gekauft hat. »Nun ja, das kann man schon als Galakleidung durchgehen lassen«, stellt Florence fest.

»Ist das eigentlich dein Freund?«, will Lilly wissen, die müde auf ihrem Kaugummi herumkaut.

»Nun ja, so etwas Ähnliches«, antwortet Christine. Das gibt ihr sofort einen guten Grund, warum sie abends nicht mit ihnen in den Nachtclub geht.

»So etwas Ähnliches?«, lacht Florence. »Was soll das denn heißen?«

In dem Nachtclub sind eine Menge Soldaten, die Gerbrand kennt. Sie sitzen miteinander an einem langen Tisch. Ohne zu fragen, bestellt Gerbrand eine Flasche Champagner. »Wo hast du denn dieses hübsche Mädel ausgegraben, Gerbrand?«, fragt jemand.

»Die kenne ich noch von früher, von der Schule«, erklärt Gerbrand und steckt sich noch eine Zigarette an. »Das hier ist Jakkals, mein Kumpel«, verkündet er anschließend beiläufig.

»Ja, du hast von ihm geschrieben.«

Sie tanzen. Manchmal alle gemeinsam in einem Kreis, manchmal miteinander, manchmal mit jemand anderem aus der Gruppe. Es wird viel gelacht, die Männer erzählen unglaubliche Geschichten, die sie füreinander noch ein bisschen aufhübschen. Immer wieder gießt Gerbrand ihr Glas voll. »Ich möchte nicht wieder so viel trinken«, sagt sie, denn in ihrem Kopf beginnt sich jetzt schon alles zu drehen.

»Mach dir keine Gedanken«, fordert er sie auf und bestellt noch eine doppelte Rum-Cola.

Nach einer Weile werden die Lichter gedimmt und in der Musik bekommen die Streicher mehr Raum. Langsam drehen sie sich auf der Tanzfläche.

Ihr Kopf schwebt irgendwo zwischen den Sternen. Gerbrand drückt sie fest an sich. Schön ist das. Sicher und nahe.

Seine Hand streicht langsam über ihren bloßen Rücken und an ihrem Nacken entlang. Ein Schaudern durchfährt sie. Es ist ein seltsames Gefühl, das ihr beinahe Angst macht. Beinahe, nicht wirklich – dafür ist es zu schön.

Schließlich gleitet seine Hand hinunter, über ihre Taille und über die Rundung ihrer Hüfte. Sie verkrampft ein bisschen und ihr Atem wird schneller.

Er grinst. »Ganz ruhig, Christine. Mach dir keinen Stress.«

Sie versucht, sich zu entspannen, aber sie hat Angst bekommen und möchte nach Hause. Schließlich muss sie um elf Uhr in ihrer Baracke sein, denn danach wird das Tor geschlossen.

Trotzdem möchte sie auch hierbleiben, weil sie hier zu einer Gruppe gehört. Sie isst eine Handvoll Erdnüsse und gießt den letzten Rest Champagner in den Topf der Zimmerpflanze in der Ecke. Die Pflanze scheint darüber nicht besonders glücklich zu sein.

Durch die stillen Straßen schlendern sie zu den Baracken zurück. Gerbrands Arm liegt schwer auf ihren Schultern und beim Laufen berühren sich ihre Hüften.

In der kühlen Nachtluft kann sie langsam wieder klar denken. Ihren Dienst am nächsten Tag hat sie schon getauscht, damit sie mit ihrem Freund losziehen kann. »Möchtest du morgen noch etwas unternehmen?«, will sie jetzt wissen.

»Ja. Wir haben vor, uns die Sphinx anzuschauen. Die ist in El Gizeh, ein bisschen außerhalb von Kairo. Vielleicht können wir auch auf einem Kamel reiten – ich habe Geld.«

»Ich traue mich ja nicht einmal auf ein Pferd, von einem Kamel ganz zu schweigen«, erwidert sie ängstlich.

Er lacht und drückt sie enger an sich heran. »Was bist du doch für ein Angsthase.«

Vor der Baracke bleibt er plötzlich stehen. Er nimmt sie in die Arme, zieht sie an sich, presst seinen Mund fest auf den ihren und küsst sie ausgiebig.

Als er merkt, dass sie vor Schreck wie erstarrt ist, lässt er sie los. »Bis morgen, Christine«, sagt er und geht weg.

Sie zittert von Kopf bis Fuß. Sie presst sich die Hände an die glühenden Wangen. Durch den Schreck ist sie mit einem Schlag nüchtern. Ist das nun ein echter Kuss gewesen?

Anschließend flieht sie nach drinnen.

Gegen zwölf Uhr kommt er sie abholen. Sie wartet schon seit halb neun auf ihn, weil sie nicht weiß, um welche Uhrzeit er sie abholen wird.

Er plaudert und lacht so natürlich, als sei nichts geschehen. Sie beginnt, sich zu entspannen. So ist er wieder ganz der alte Gerbrand. Genauso hat sie es sich vorgestellt.

Mit einem Taxi fahren sie zur Sphinx, die seit Jahrtausenden im Sand liegt und wartet. Jakkals fährt ebenfalls mit, er hat eine junge Frau dabei, Ruth. Christine kennt sie nicht. Sie fährt in einem Krankenwagen mit, erzählt Gerbrand.

Als sie aus dem engen Taxi steigen, können sie vor Hitze kaum einen Fuß auf die Erde setzen. »Meine Güte, ist das heiß hier«, stellt Jakkals fest.

»Warten Sie hier lieber«, sagt Gerbrand zu dem Taxifahrer.

Sie betrachten die Sphinx. »Die ist viel kleiner, als ich gedacht hatte«, stellt Gerbrand fest.

»Stellt euch mal zusammen, dann mache ich ein Foto von euch«, fordert Jakkals sie auf.

Sie stellen sich vor die Sphinx. Gerbrand legt seinen Arm um Christines Taille. Jakkals tritt ein paar Schritte zurück, um die ganze Sphinx ins Bild zu bekommen. »Bitte lächeln!«

Christine versucht, ihre Augen für das Foto offen zu halten, doch die Sonne blendet so auf dem weißen Sand.

Gerbrand macht ein Foto von Jakkals und Ruth. »Mir ist es hier viel zu heiß«, verkündet Jakkals. »Kommt, wir ziehen wieder los.«

Das Taxi setzt sie am Nilufer ab. »Unser Nijl macht neben dem hier wirklich nichts her«, gibt Gerbrand zu und lässt sich unter einem Baum auf den Boden sinken. »Und jetzt halte ich es nicht mehr aus vor Hunger.«

Aus der Tasche, die sie bei sich hat, zaubert Ruth zwei lange Brote und Käse hervor und auch noch zwei Flaschen Wein.

Sie gehen am Fluss entlang spazieren, bis es fast zu dunkel ist, um noch etwas zu sehen. Anschließend gehen sie in den Heliopolis Club, wo sie bis tief in die Nacht hinein essen, trinken, tanzen und plaudern.

»Du lieber Himmel, ich habe gar nicht gemerkt, wie spät es ist!«, ruft Christine schließlich entsetzt. »Gerbrand, das Tor ist um elf Uhr geschlossen worden!«

»Ach, das macht doch nichts. Du kannst gern in der Pension schlafen, die ist doch hier ganz in der Nähe«, beschwichtigt Gerbrand sie. »Das braucht ja niemand zu wissen. Es ist genauso gemütlich.«

Ich habe keine Wahl, erklärt Christine der mahnenden Stimme in ihrem Hinterkopf. Ich kann doch schließlich nicht auf der Straße übernachten.

»Prost!«, entgegnet sie also dem Stimmchen und trinkt ihr Glas in einem Zug leer.

Schwankend machen sie sich zur Pension auf. Sie ist so müde, dass sie ihre Augen kaum noch aufhalten kann. Sie zieht sich nur die Schuhe aus und lässt sich aufs Bett fallen. Gerbrand plumpst neben sie. »Nein, verflixt, das ist viel zu heiß«, bemerkt er dann und zieht sich sein Hemd über den Kopf. Anschließend lässt er sich erneut fallen. Er schläft auf der Stelle ein.

Es ist in der Tat unglaublich heiß. Leise steht sie auf und zieht ihr Kleid aus. Sie behält nur ihre Unterwäsche an. In ihrem Kopf dreht sich alles. Vorsichtig schlüpft sie unter das Laken. Das fühlt sich schon besser an. Sie schläft ein.

Irgendwann am frühen Morgen wird sie wach. Sie liegt auf ihrer Seite. Die Straßenbeleuchtung taucht das Bett in ein fahles Licht. Sie merkt, dass Gerbrand ihren Arm streichelt. Das Laken ist heruntergeglitten bis zu ihrer Taille. Ganz still liegt sie da. Mit Mühe gelingt es ihr, gleichmäßig zu atmen.

Sie liegt da wie versteinert. Ihr Verstand steht still, nur ihr Herz klopft wie bei einer Rasenden.

Sie lässt es zu, dass Gerbrand sie streichelt.

Sie schnappt nach Luft.

»Ganz locker, Christine«, sagt er leise. »Ich tue dir nichts. Bleib einfach schön bequem liegen.«

Er richtet sich ein wenig auf und streichelt ihr Gesicht. Seine Finger gleiten an ihrer Nase entlang, an ihrem Kinn hinunter, ihren Hals entlang.

Ihr Atem wird schwer.

Er lächelt still. »Du bist schön«, sagt er. »Vollkommen«, flüstert er mit einem Lächeln.

Das darf alles nicht sein, denkt sie vage. Dennoch fühlt sie sich so sicher an seiner Seite. Und nicht mehr allein.

Als er leise aufsteht, wird sie wach. Sie tut so, als würde sie schlafen. Als sie hört, wie er das Zimmer verlässt, richtet sie sich hastig auf.

Es muss noch früh sein, denn die Sonne steht noch nicht sehr hoch. Sie muss an die Arbeit!

Eilig zieht sie sich an. »Bist du schon wach?«, will er wissen, als er zurückkommt. Er riecht nach seiner billigen Seife.

»Ja, ich muss arbeiten«, antwortet sie gehetzt und geht zur Tür. Er lacht und wirft die Tür mit einem Fuß zu. »Erst musst du mir noch Guten Morgen sagen«, bemerkt er und streckt seine Arme nach ihr aus.

Unsicher kommt sie näher. Er legt seine Arme um sie und küsst sie sanft auf die Lippen. Sanft – ganz anders als beim ersten Mal. »Sehen wir uns heute Abend wieder?«, will er wissen.

Sie nickt und flieht zur Tür hinaus.

Sie ist schon halb den Gang hinunter, als er ihr noch einmal hinterherruft: »Christine!«

Sie schaut sich um.

»Du bist eine Schönheit, weißt du das?« Sein ganzes Gesicht lacht.

»Danke!«, ruft sie zurück und eilt anschließend nach draußen.

So muss sich ein richtiger Kuss anfühlen, denkt sie.

Draußen auf der Straße singen die Vögel, die frühen Straßenverkäufer lachen fröhlich, die Autos hupen freundlich. In ihrer Baracke springt sie schnell unter die Dusche und zieht sich ihre Uniform an. Sie ist ein bisschen zu spät an ihrer Arbeitsstelle, aber niemanden interessiert es.

Du bist eine Schönheit, hat er gesagt.

Du hast etwas getan, was nicht sein darf, jammert das Stimmchen. Du hast einen Mann dich streicheln lassen, schimpft es.

Ganz locker, Christine, ich tue dir nichts, hat er gesagt.

Er hat auch nichts getan – wir haben nichts getan, entgegnet sie dem Stimmchen.

In ihrem Inneren singt eine unbekannte Aufregung, sodass ihr Atem erneut zu jagen anfängt.

Heute Abend kommt er wieder und holt sie ab!

Doch um zwölf Uhr steht er auf einmal auf der Türschwelle des Ladens. Zusammen mit ihm geht sie nach draußen. »Wir müssen weg. Alle Urlaubsgenehmigungen sind zurückgenommen worden«, verkündet er. Es hört sich fast schon unbeteiligt an.

Unvermittelt schießen ihr die Tränen in die Augen, aber sie

will jetzt nicht weinen. »Wann fährst du ab?«, fragt sie mit dünner Stimme.

»Um zwei Uhr kommt der Lastwagen uns abholen. Ich bin nur hier, um dir Auf Wiedersehen zu sagen.«

»Aber du kommst doch wieder zurück?«

»Natürlich, ich komme immer wieder zurück. Aber jetzt heißt es Abschied nehmen.«

Sie hasst es, wieder weinen zu müssen, wenn er dabei ist! Entschlossen richtet sie ihr Gesicht auf ihn und er küsst sie auf den Mund. Ganz anders als heute Morgen: hastig.

»Pass bitte gut auf dich auf, Gerbrand«, sagt sie in flehendem Tonfall.

Er lacht. »Mach dir um mich keine Sorgen, mir passiert nichts.«

Anschließend dreht er sich um und überquert die Straße. Sie schaut ihm nach, bis er um die Ecke verschwunden ist.

30. Juni 1942

Liebe Klara!

Danke für deinen Brief und das Foto von Pérsomi und meiner Mutter. Und für die Bibel aber wir haben schon vor einer Weile eine von der Armee bekommen die gehört zu unserer Ausrüstung.

Ich habe Christine wieder in Kairo gesehen es geht ihr gut.

Klara ich werde dir jetzt vom Gazala-Galopp erzählen ich habe nachgefragt das ist in Ordnung weil es schon vorbei ist. Am 10. oder vielleicht 11. Juni ich weiß es nicht mehr genau hat unser Befehlshaber gehört dass zwei Panzereinheiten von Rommel in einer Zangenbewegung nach Osten aufrücken. Sie haben uns angegriffen und wir haben nicht genug Zeit gehabt um uns darauf vorzubereiten und auch den ganzen Tag nichts ausgeführt. Ich habe dir doch schon gesagt dass dieser Rommel ein Halunke ist. Wir konnten zwei Tage lang in keiner Richtung raus und sie haben uns die ganze Zeit angegriffen! Und dabei ohne Pause Bomben und Flugzeuge und Krautpanzer.

Klara wenn du keine Frau wärst würde ich dir jetzt erzählen wie es ist wenn um dich herum die ganze Zeit Bomben explodieren sodass du nur noch Sand siehst und eine ganze Menge von uns sind tot oder verwundet. Am Anfang hatten wir 300 Panzer und nach zwei Tagen waren es nur noch 70 jetzt weißt du es doch. Dann haben sie gesagt dass wir uns zurückziehen sollen.
Das ist ein höllisches Durcheinander geworden nach Ägypten zurückzukommen weil Tobruk schließlich in Libyen liegt in der Provinz Cyrenaika. Kurz hinter Tobruk ist unsere Einheit eingeschlossen worden und wir haben kapiert dass sie uns gefangen nehmen und in ein Lager stecken werden. Dann haben wir gedacht dass wir lieber durch eine Kugel sterben. Jakkals hat gesagt dass wir auf die Nacht warten sollen und dann versuchen im Dunkeln wegzukommen. Aber Klara das Problem ist dass da alles voller Landminen ist und man höllisch aufpassen muss. Dann hat es ein furchtbares Gewitter gegeben das kann hier genauso schlimm sein wie im Bosveld aber hier kannst du dich nirgendwo unterstellen vor den Blitzen. Aber dadurch konnten wir ein kleines bisschen sehen und so sind wir trotz allem entkommen.
Ich bin froh darüber weil die Soldaten die in Tobruk gewesen sind von allen Seiten eingeschlossen waren und dann musste General Klopper sich ergeben und mehr als 10.000 Soldaten und der General selbst sind gefangen genommen worden. Sie sagen dass die Männer die da gefangen genommen worden sind in Käfige gesteckt wurden, 5000 Mann auf einmal in einen Pferch der so groß ist wie ein Rugbyfeld. Das hört sich zwar ziemlich groß an Klara aber 5000 ist echt viel wirklich. Sie mussten ein ganzes Stück laufen ohne Essen zu kriegen und nur ganz wenig Wasser. Sie werden nach Tripolis gebracht, zwischen da und Kairo sind Hunderte von Kilometern unbewohnbare Wüste. Niemand kann fliehen. Ich bin froh dass es uns trotzdem gelungen ist.
Unsere Division hat sich zurückgezogen bis zu so einem idi-

otischen kleinen Bahnhof der El Alamein heißt. Der Bahnhof ist noch viel kleiner als der von uns kannst du dir das vorstellen. Das ist so eine hastige Operation gewesen alle Soldaten sind in Panik gewesen und die Befehlshaber auch und deshalb nennen sie die ganze Sache jetzt den Gazala-Galopp weil er bei Gazala angefangen hat.

Unser Befehlshaber ist General Dan Pienaar er ist echt gut. Ich habe dir schon früher von ihm erzählt aber jetzt ist er gerade befördert worden. El Alamein liegt an der Küste und ungefähr 60 Kilometer im Süden ist die Qattaraebene eine undurchdringliche Sandwüste. Jetzt haben wir eine Verteidigungslinie von der Küste bis an die Wüste wo niemand durch kann. Aber wir haben viel Gelände verloren denn die Krauts und die Itaker wollen nach Kairo und das ist von hier so zweihundertfünfzig Kilometer weit weg.

Jetzt kämpfen wir wieder nicht wir bauen nur getarnte Unterstände und marschieren durch den Sand und graben den ganzen Tag Löcher die heißen Laufgräben. Anstatt die Kerle anzugreifen und zu besiegen! Es ist hier noch heißer als in der Hölle selbst der Stacheldraht zwischen hier und der Hölle ist schon geschmolzen. Deshalb denke ich auch dass es besser ist wenn man in einem Flugzeug herumfliegen kann.

Sag meiner Mutter dass es mir sehr gut geht und ich tue für sie etwas Extra-Geld rein weil man hier doch keine Schokolade kaufen kann.

Viele Grüße
Dein Freund
Gerbrand

Ordentlich in Reih und Glied marschieren die Tage vorüber. Jede Woche verläuft genauso wie die davor. Das »Du bist eine Schönheit, Christinchen« wird vage wie ein Traum aus einer fernen Vergangenheit oder ein Luftschloss aus einer fernen Zukunft. Vielleicht ist es tatsächlich noch nie passiert und vielleicht passiert es auch nie mehr.

Die Briefe an Klara gehen ihr nicht mehr so leicht von der Hand. Es ist schließlich *doch* passiert. Und Klara kennt sie schon seit langer Zeit, sie wird zwischen den Zeilen lesen können und mehr sehen als da steht.

Soldaten kommen und gehen. »Arbeitet Christine noch hier?«, möchten sie wissen.

»Da ist wieder eins von deinen Waisenkindern – geh besser hin und hör ihm zu«, sagt eine von den jungen Frauen, die vorbeikommt, während sie gerade bei einem Brot und einer Tasse Tee sitzt.

»Bei Gazala hat ein Kerl von den *Natal Carbineers* ganz allein eine feindliche Maschinengewehrstellung ausgeschaltet und seine Kompagnie gerettet. Ihr Kompanieführer war nicht dabei«, berichtet ein dünner Soldat mit großen Füßen, dessen rechter Arm eingegipst ist.

Christine erschrickt darüber. Gerbrand ist auch bei den *Natal Carbineers.* »Ich kenne auch einen *Carbineer*«, verkündet sie.

»Ist er in der zwölften Kompagnie?«, fragt der Soldat.

»Keine Ahnung.«

»Dieser Kerl hieß Sergeant Quentin Smythe. Sie sagen, dass er mit Sicherheit einen Orden bekommen wird.«

Diesen Namen hat sie noch nie gehört. »Wann ist das geschehen?«, will sie wissen.

»Anfang Juni, noch vor Tobruk«, antwortet der mit einem Schulterzucken.

Das ist schon länger als einen Monat her. Wenn Gerbrand etwas passiert wäre, hätte sie das längst mitbekommen. »Ich höre nie etwas von meinem Freund«, sagt sie.

»Da haben sie auch keine Zeit zum Schreiben, die machen ja nichts anderes als kämpfen«, erklärt der Soldat. »Sobald ich meinen Gips loswerde, muss ich auch wieder zurück.«

Zwei andere berichten davon, was sich bei Tobruk abgespielt hat. »Nicht nur General Klopper und unsere Leute sind gefangen genommen worden«, erzählen sie, »sondern auch eine ganze Menge englische und indische Soldaten.«

»Soweit ich weiß, war mein Freund auch bei Tobruk«, überlegt sie. »Gerbrand Pieterse heißt er.«

Sie zucken mit den Schultern. Von dem haben sie noch nie etwas gehört. »Aber wenn er gefangen genommen worden ist – oder tot –, dann wüsstest du es schon. Sie schicken erst ein Telegramm, um zu melden, dass er vermisst wird, und später erzählen sie dann, ob er gefangen genommen worden ist oder etwas anderes.«

Abends im Bett verschwindet die Einsamkeit und es bleibt die kostbare Erinnerung. Doch die Erinnerung wird je länger, je vager.

Warum schreibt er nicht mehr?, fragt Klara in einem Brief.

Stell dir nur vor, jetzt sind Ferien und danach sind es nur noch drei Monate bis zu meinem Examen. Und dann habe ich mein Diplom!

Hast du auch etwas von Gerbrand gehört? Sein letzter Brief ist schon vor einer ganzen Weile abgeschickt worden.

Pretoria und das Examen liegen zehntausend Kilometer hinter ihr.

Sie schreibt in sorgfältig gewählten Worten zurück. Ich habe viel zu tun. Gerbrand sicher auch – es ist schon eine ganze Weile her, dass ich etwas von ihm gehört habe.

Dann überlegt sie ein Weilchen und erzählt ihr anschließend noch von Tobruk – das macht den Brief wenigstens noch ein bisschen länger. Schöne Ferien und alles Gute für deine letzten Prüfungen, schreibt sie zum Schluss, denn sie möchte nicht allzu schnell wieder schreiben müssen.

An diesem Abend liegt sie regungslos im Bett. Sie hat Sehnsucht nach Klara. Trotzdem möchte sie ihr nicht schreiben, weil sie sich wegen Gerbrand schuldig fühlt. Was würde Klara wohl sagen, wenn sie das wüsste?

Sie rollt sich zusammen. An De Wet möchte sie noch nicht einmal denken.

Anfang August besucht Winston Churchill Kairo. Alle reden sie über die große Schlacht bei El Alamein. Die Achte Armee hat mehr als siebentausend Deutsche und Italiener gefangen genommen. Das Afrikakorps von General Rommel ist ins Hintertreffen geraten und dem General ist es nicht gelungen, die Linien bei El Alamein zu durchbrechen. Er zieht sich zurück.

Die alliierten Armeen rücken ihm nicht hinterher, denn ihr Nachschub ist erschöpft. Darüber hinaus warten sie auf Verstärkung.

»Es wird unglaublich heftig gekämpft, auf Leben und Tod, jetzt immer noch«, berichten die Soldaten im Laden. »Die Lazarette sind überfüllt. In diesem Augenblick werden sogar Schulen zu Krankenhäusern umfunktioniert.«

Es kann nicht anders sein, Gerbrand muss da ebenfalls sein, dort bei El Alamein.

»Ach, die übertreiben doch alle«, behauptet ein anderer Soldat. »Es ist schlimm, ja, es ist eben Krieg, aber das Jüngste Gericht ist es nun auch wieder nicht.«

El Alamein ist nur zweihundertfünfzig Kilometer von Kairo entfernt.

Gegen Ende des Monats greift Rommel erneut El Alamein an. »Ich habe gehört, dass er nur zweihundert gefechtstüchtige Panzer hat und ein paar minderwertige italienische Panzerwagen«, verkündet ein Soldat mit zwei Streifen auf seinen Ärmeln und einem dicken Verband um den Kopf. »Gehst du heute Abend mit mir aus, Christine? Bitte!«

»Ein andermal vielleicht«, erwidert sie freundlich.

Von einem Offizier hört Florence, dass die Luftwaffe die Deutschen unaufhörlich mit einem Kugelregen eindeckt. »Rommel hat nicht einmal den Hauch einer Chance«, behauptet der.

Am darauffolgenden Tag erfahren sie, dass Montgomery von der Seite, aus südwestlicher Richtung vom Bergkamm Alam el Halfa herab, den Vormarsch von Rommel zum Stillstand gebracht hat. Und am 4. September kommt die Nachricht, dass Rommel sich zurückgezogen hat.

Die Schlacht ist vorbei. Vorläufig.

Als er wieder in der Türöffnung steht, fällt ihr sofort auf, wie müde er aussieht. »Ich gehe, Gerbrand ist da«, sagt sie zu Florence.

Er umarmt sie und drückt sie fest an sich. »Komm, lass uns gehen«, fordert sie ihn auf.

»Es ist erst zwei Uhr«, entgegnet er.

»Geh ruhig«, ermutigt sie Florence. »Ich sehe dich Montagmorgen wieder.«

Sie betreten das erstbeste Café. »Gibt es bei euch auch eine doppelte Rum-Cola?«, will Gerbrand wissen. »Und Champagner bitte.«

»Gerbrand, es ist zwei Uhr nachmittags!«, protestiert Christine entsetzt.

»Na und?«

Champagner haben sie hier nicht. »Möchtest du etwas anderes trinken?«, will er wissen.

Ihr fällt nichts ein. »Ich nehme einfach ein Schlückchen von deiner Rum-Cola«, überlegt sie zögernd.

Seine Hände hat er gefaltet auf den Tisch gelegt. Sie legt ihre darum herum. Harte Hände hat er.

Er schaut auf. »Ich habe dich vermisst, Christine.«

Sie nickt, während sie seine Hände streichelt. »Ich dich auch.«

Sie teilen sich eine Rum-Cola. Er nimmt große Schlucke und sie nippt nur ein wenig daran. Es ist ein unglaublich starkes Zeug.

Er bestellt eine zweite. »Bist du dir sicher, dass du nichts anderes möchtest?«

»Ja, ich möchte mit dir teilen.«

Er lächelt ein wenig. »Was hast du heute Abend vor? Tanzen? Ins Kino? Einfach irgendwo etwas trinken gehen?«

Sie sieht die übermüdeten Furchen neben seinem Mund und die dunklen Ringe unter seinen Augen. »Bist du schon in deiner Pension gewesen?«, fragt sie.

»Ja, ich habe meine Tasche hingebracht. Und ich habe heute Nacht dort geschlafen.«

Die Enttäuschung trifft sie schwer. Erst heute Nachmittag um zwei Uhr ist er zu ihr gekommen. Diese schmerzhafte kalte Dusche schluckt sie tapfer herunter. »Wenn du möchtest, können wir gern einfach den Abend in deinem Zimmer verbringen. Wir können uns etwas zu essen kaufen und vielleicht noch ein Fläschchen Wein dazu und dann einfach ein bisschen plaudern. Du siehst sehr müde aus, Gerbrand.«

»Mir geht es blendend, aber das klingt gut«, erwidert er. »Dann können wir ja morgen Abend tanzen gehen.«

Christine geht auf ihr Zimmer, um ein paar Sachen einzupacken. Anschließend kaufen sie gemeinsam Brot, Käse und Obst. Und zwei Flaschen Wein. »Damit werden wir den Abend gut überstehen«, erklärt Gerbrand. »Ich habe übrigens auch noch Bier in meiner Tasche.«

Gemächlich schlendern sie durch die Straßen, nehmen sich Zeit für die verschiedenen Stände und kleinen Läden. »Ich würde gern etwas für meine Mutter und Pérsomi kaufen, bevor ich wieder zurückmuss«, verkündet Gerbrand.

»Und was ist mit den anderen?«

Er wirft ihr einen etwas seltsamen Blick zu. »Die sind doch weg. Nur Hannapat ist noch da, glaube ich. Ich sollte ihr lieber auch noch etwas kaufen.«

Im »Club Alamein« gehen sie kurz noch etwas trinken. »Blöder Name für einen Club«, meint Gerbrand. »Als ob irgendjemand gern an diesen Ort erinnert werden möchte!«

Kurz nach neun Uhr sind sie wieder in Gerbrands Zimmer. »Ich sterbe fast vor Hunger!«, stellt Christine fest.

»Sag doch mal: ›Ich verrecke vor Hunger‹!«, fordert Gerbrand sie heraus.

Christine muss lachen. »Ich … *verrecke* vor Hunger.«

»Fühlt sich gut an, oder?«

»Verrecke, verrecke, verrecke«, erwidert sie lachend. »Ja, es fühlt sich gut an. Verreckend gut.«

Dabei sieht sie vor sich die Abscheu in den Augen ihrer Mutter: So etwas *sagt* eine Dame doch nicht! »Verreckend vulgär!«, ruft sie und reißt ein Stück von dem zähen Brot ab.

»Was?«

»Nichts. Lass uns essen. Wir haben keine Butter, es wird also ein ziemlich trockenes Mahl.«

»Macht nichts, wir spülen es einfach mit Wein herunter.«

Nach einer Weile fragt sie: »Möchtest du mir erzählen, was bei El Alamein geschehen ist?«

»Nein«, antwortet er. Sein Kopf liegt auf ihrem Schoß und mit ihren Fingern folgt sie den Linien seines Gesichtes. Die Bilder von gestern und der letzten Woche werden blasser und die Geräusche des Schlachtfeldes verstummen.

»Dreh dich mal um, dann massiere ich dir den Rücken.«

Rhythmisch reiben ihre Hände die verspannten Muskeln seines Rückens, kneten die Knoten lose, streichen die Müdigkeit aus seinem Körper. Die Spannung fließt aus seinen Schultern heraus und sein Körper wird unter ihren Händen wieder menschlich.

Plötzlich rollt er sich einmal um seine Achse und zieht sie zu sich herunter, zu sich hin. Sie ahnt, was jetzt kommen wird, noch bevor irgendetwas geschehen ist. Sie schließt ihre Augen. Tief innendrin spürt sie, wie das Begehren wächst. Ihre Finger kriechen hinter seinen Nacken. Sie spürt seine Hände auf ihrem Rücken, er zieht sie fest an sich. Ihr Puls fliegt, seine Lippen gleiten suchend an ihrem Hals entlang und kratzen auf ihrer Haut.

Sie schnappt nach Luft. Erschrocken flüstert sie seinen Namen.

Er lacht leise. »Gefällt dir das?«

Eine wilde Aufregung jagt durch sie hindurch. Sie spürt die Kraft in seinen Armen und das zwingende Verlangen in seinen Lippen, während sein Mund sich über ihrem schließt.

Nach einer ganzen Weile stellt sie fest: »Gerbrand, was wir hier tun, ist nicht gut.«

»Mach dir keine Gedanken, Christine. Es passiert nichts.«

Sie wacht auf in der Überzeugung, dass nichts passiert ist. Ganz still liegt sie neben ihm, entspannt und mit geschlossenen Augen. Nur ihr Herz klopft – voller Leben.

Er hat mich haben wollen, weiß sie. Er hat mich wirklich gern haben wollen.

Papa hat immer gesagt, dass Gerbrand noch etwas aus seinem Leben machen wird, denkt sie schläfrig. Ich werde ihm dabei helfen, wir werden gemeinsam etwas aus unserem Leben machen.

Er wird erst wach, als sie aus der Dusche zurückkommt.

»Gibst du mir schnell ein Bierchen, bist du so gut?«, fragt er, während er sich aufrecht hinsetzt.

»Aber Gerbrand, es ist zehn Uhr morgens!«

Er lacht und zieht sie wieder zu sich aufs Bett. Seine Augen schauen neckend in ihre, während er sich über sie beugt.

»Wer hätte jemals geahnt, dass du so ein Scherzkeks bist?«, fragt er und fängt an, sie zu kitzeln.

»Hey, Gerbrand, hör auf!«, schimpft sie und versucht, sich wegzurollen. Doch er ist stärker.

Gegen zwölf Uhr nehmen sie sich ein Taxi und fahren zu den Pyramiden. »Ich wollte schon immer gerne mal eine anfassen«, bekennt Christine. »Nach dem Krieg werden wir sicher nie mehr nach Ägypten zurückkehren.«

»Es ist schade, dass Jakkals nicht hier ist, der hätte ein Foto von uns machen können«, überlegt Gerbrand.

Christine geht ein ganzes Stück zurück und schaut nach oben. »Dieses Ding ist wirklich groß! Viel größer als unser Monument«, bekennt sie mit Verwunderung.

»Welches Monument?«

Sie hätte nicht von dem Monument anfangen sollen. Es ist De Wet gewesen, der das seinerzeit gesagt hatte, und jetzt möchte sie nicht an De Wet denken. Nach heute Nacht auf gar keinen Fall.

»Ach, irgendwo in Pretoria«, antwortet sie ausweichend.

»Oh.«

Die vergangene Nacht verursacht ihr keine Gewissensbisse. Diese Nacht brennt in ihr immer noch wie ein Feuer, sie liegt hinter der nächsten Sanddüne und wartet auf sie. Diese Nacht gehört zu Ägypten, zwischen die grauen Pyramiden, die grauen Tage und die grauen Uniformen.

Doch wenn sie sich dieselbe Nacht vorstellt, als wäre sie im Haus von Tante Maggie in Pretoria passiert oder in ihrem vornehmen elterlichen Haus im Bosveld, dann schämt sie sich. Da ist es etwas ganz anderes – etwas, was niemand verstehen würde.

Gerbrand legt seinen Arm um sie. »Komm, wir gehen«, schlägt er vor. »Zurück in die Pension.«

An diesem Abend tanzen sie im »Club Gezira«. Jakkals und die anderen sind auch dabei – eine ganze Menge Soldaten, die Gerbrand kennt, und eine ganze Menge junger Frauen, auch ägyptischer Frauen mit dunkler Hautfarbe. »Lasst uns trinken und einen draufmachen, morgen müssen wir in die Hölle zurück«, verkündet Jakkals und hebt eine Flasche an seinen Mund. Anschließend wirft er sie sich über die Schulter. »Leer! Die nächste!«, ruft er fröhlich.

Gerbrand trinkt zu viel, denkt Christine vage. Doch er wirkt jetzt so glücklich, so fröhlich und entspannt. Vielleicht braucht er es einfach. Der Krieg sorgt für seltsame Umstände.

Früh am Morgen schleppen sie sich auf wackeligen Beinen zurück in die Pension. Er stützt sich schwer auf sie und möchte in jedem Geschäft etwas für sie kaufen. »Die Läden sind geschlossen, Gerbrand«, erklärt sie lachend. »Komm, wir gehen ins Bett.«

In seinem Zimmer lässt er sich aufs Bett fallen und schläft nahezu sofort ein. Sie zieht ihm die Schuhe aus und legt sich neben ihn. Aber der Schlaf will sich nicht einstellen. Die Tränen schon. Sie weint leise, weil sie ihn nicht aufwecken möchte.

Morgen muss er wieder weg. Und dieser Abend ist so eine Zeitverschwendung gewesen. Sie haben überhaupt nicht miteinander gesprochen.

Das kommt alles durch den Krieg – das darf sie nicht vergessen. Er geht jetzt durch die Hölle, aber das wird nicht immer so bleiben.

Sie kuschelt sich an ihn, doch die Einsamkeit bleibt.

Irgendwann in der Nacht spürt sie seine hungrigen Lippen an ihrem Hals. Sie streichelt seinen Nacken und ein schummeriges Glücksgefühl durchströmt sie.

Sein Hunger wächst sich zu einem zwingenden, beinahe rohen Begehren aus. Es wird ihr zu viel.

»Hey, Christine, lass dich doch mal gehen«, fordert er sie ungeduldig auf.

Am nächsten Morgen bleiben sie bis um zwölf Uhr im Bett. Ruhig liegen sie da und reden. »Weißt du noch von früher«-Geschichten, über den Laden und über El Alamein. Entspannt und locker.

Doch dann reckt er sich ausgiebig und sagt: »Ich muss um zwei Uhr auf dem Platz sein, bevor der Laster zurückkommt. Ich darf nicht zu spät sein.«

Sie bekommt einen Kloß im Hals. Immer wieder Abschied nehmen!

»Es wird ein Tag kommen, an dem wir keinen Abschied mehr nehmen müssen«, verkündet sie.

»Ja, bestimmt.«

Über ein Morgen haben sie noch nie gesprochen.

»Mein Vater sagt immer, dass du irgendwann noch etwas aus deinem Leben machen wirst, Gerbrand. Er hat immer an dich geglaubt.«

»Ja?«

»Meiner Meinung nach wirst du es noch weit bringen. Ich denke Folgendes …« Sie zögert.

Er sagt nichts.

»Ich denke Folgendes: Wenn wir wieder zurück in Südafrika sind, später …«

»Hör mir auf mit später«, unterbricht er sie ärgerlich.

Später ist zu weit weg, denkt sie, ich sollte vorläufig nicht darüber sprechen.

»Wenn du wieder zurück bist, machen wir mit einer Faluka eine Bootstour auf dem Nil – die anderen Mädels meinen, dass sei unglaublich schön.«

»Ja.«

»Wir können auch …«

»Ich gehe duschen, mich fertig machen«, erwidert er. Er steigt aus dem Bett, nimmt sein Handtuch und verlässt das Zimmer.

Sie presst ihre Hände gegen ihre glühenden Wangen. Die Unsicherheit nagt an ihr und wird weiter an ihr nagen, bis er wieder zurück ist, jeden einsamen Tag lang, jede lange, einsame Nacht.

Als er wieder im Zimmer ist, sagt sie: »Gerbrand, da ist etwas, was ich wissen muss, bevor du gehst.«

Er stopft seine Sachen in seinen Kleidersack. »Ja?«

»Was empfindest du genau … für mich?«

Er runzelt ein wenig die Stirn. »Wie meinst du das?«

Sie sucht nach Worten. Sie hat Angst, sie könnte wieder etwas Verkehrtes sagen, etwas, was ihn wütend macht. Sie möchte nicht, dass er so kurz vor seinem Abschied noch böse wird.

Trotzdem muss sie es wissen. »Wie … Du weißt schon, nach heute Nacht und nach gestern Nacht …?«

Er nickt und schaut sie sehr ernst an mit seinen braunen Augen. »Ich bin nicht so einer von denen, die von einem Bett ins andere hüpfen, wenn du das vielleicht meinst«, erklärt er. »Immer nur ein Mädel gleichzeitig.«

Anschließend wirft er sich seinen Kleidersack über die Schulter. »Komm, wir müssen los, sonst komme ich zu spät.«

12. Kapitel

Alle Leute im Dorf können jetzt zeigen, wo El Alamein ist. Der Arzt hat auf der Landkarte in seinem Sprechzimmer einen großen Kreis um die winzig kleinen Buchstaben des Namens gezogen. Sie haben so gern *wissen* wollen, wo es liegt, schließlich ist das der Ort, wohin die meisten Jungen aus dem Dorf, die kämpfen mussten, hingeschickt worden sind.

Es ist nicht mehr weit bis Kairo, erkennen die Menschen – bei ihren Armeen läuft alles blendend. In ganz Europa läuft es gut für die Achsenmächte. »Wahrscheinlich ist der Krieg früher vorbei, als wir denken«, verkündet Pater Enrico tröstend.

»Warum marschieren sie nicht einfach gleich weiter bis zum Roten Meer, damit sie es hinter sich haben?«, brummt Sofia mürrisch. »Wieso bleiben sie in … in diesem Loch sitzen?«

»El Alamein«, ergänzt Luigi gewichtig. »Der Doktor sagt, sie warten auf Nachschub.«

»Auf welchen denn?«

»Keine Ahnung. Gewehre, Essen, Wasser? Da ist schließlich überall Wüste.«

»Und du sagst, dass das einfach nur irgendein kleiner Bahnhof ist, mitten in der Wildnis?«, erkundigt sich Sofia. Sie möchte es genau wissen, schließlich ist ihr Enkel dort.

Luigi nickt gewichtig. »Das sagt der Doktor und der muss es wissen.«

»Aber warum müssen sie darum nun so eine Schlacht veranstalten?«, fragt sie aus einer Laune heraus und beginnt, eifrig den Pizzateig für das Abendessen zu kneten. »Warum müssen wir nun unbedingt diesen Bahnhof in … Wo war das noch mal?«

»In Afrika«, hilft Luigi ihr.

»Ja, Mann, das weiß ich doch schon. Du brauchst nicht so zu tun, als wäre ich auf den Kopf gefallen!«

»Gut, Herzchen.«

»Warum müssen unsere Jungs diesen Bahnhof erobern?«, insistiert sie weiter, während sie den Pizzateig ausrollen muss.

»Ja, das weiß ich auch nicht. Ich gehe mal ein paar Tomaten pflücken«, erwidert er und schlendert in Richtung Gemüsegarten davon.

Auf der großen Leinwand im Innenhof der Kirche sehen die Menschen, wie die Mannschaften des Deutschen Afrikakorps Landminen im Wüstensand verlegen, mehr als eine halbe Million davon. Sie nennen es den »Garten des Teufels«, verkündet die flache Stimme, die aus der Leinwand erklingt.

Was sind das für Worte! Und auch noch im Innenhof der Kirche! Sünde, das ist es!

Die Leute sehen auch, wie sie Laufgräben anlegen und Stacheldraht spannen – Kilometer von Laufgräben, zahllose Rollen Stacheldraht.

»Während des Großen Krieges hatten wir auch Laufgräben«, erinnert sich der Baron. »Aber wir haben im Schlamm und im Schnee gesessen, nicht zwischen Sand und Steinen.«

Die Menschen passen gut auf, allerdings entdeckt niemand zwischen all den Soldaten einen ihrer eigenen Jungen. »Obwohl ich schwören könnte, dass das Lorenzo gewesen ist, dieser Junge da auf der hohen Sanddüne«, behauptet eine der Frauen später.

»El Alamein ist doch nur ein kleiner Bahnhof mitten in der Wüste, oder?«, will Maria Romanelli an diesem Abend niedergeschlagen wissen.

Guiseppe nickt schweigend. Die Sorgen haben ihn alt werden lassen.

Denn für diesen kleinen Bahnhof müssen auch ihre prachtvollen Söhne Antonio und Lorenzo ihr Leben riskieren.

Die Achsenmächte verfügen über 115.000 Mann, etwas mehr als zweihundert Panzer und eine Luftwaffe von 350 Flugzeugen, schreibt die Zeitung. Italiener und Deutsche bilden ein echtes Gespann, Rommel ist ein Mann mit großem Verstand, er und

Ettore Bastico arbeiten gut zusammen und die Alliierten haben nicht den Hauch einer Chance.

»Wenn man Pietro Glauben schenkt, sind die Alliierten 230.000 Mann stark und sie haben 1230 Panzer und eine massive Luft- und Artillerieüberlegenheit«, erklärt der Arzt nüchtern. »Das lest ihr nicht in den Zeitungen.«

»Du brauchst mir aber auch nicht extra einen Schreck einzujagen, kapiert?«, keift Sofia. »Das Radio ist schon schlimm genug.«

In der steinernen Villa des Barons weint Gina sich die Augen aus dem Kopf.

»Mit Weinen veränderst du doch gar nichts, Kind«, versucht der Baron sie mutlos zu trösten. »Antonio wird sicher nichts passieren. Der Priester betet doch jeden Tag für ihn und die Nonnen stecken immer eine Kerze für ihn an.«

»Überall auf der Welt beten sie für ihre Jungen«, schluchzt sie. »Und jeden Tag schießen Tausende von Jungen sich gegenseitig über den Haufen! Beten hilft auch nichts mehr.«

»Das darfst du nicht sagen«, protestiert der Baron entsetzt.

»Und er schreibt nur so selten, Papa, und die Briefe, die er schreibt, sind so kurz und nichtssagend.«

»Die sind mitten in der Wüste, mein Püppchen, mitten in einem Krieg. Mir kannst du das glauben: Es gibt nicht viele Gelegenheiten, deinen Lieben zu Hause einen Brief zu schreiben, wie gern du das auch möchtest.«

»Jetzt reiß dich mal wieder zusammen, Gina«, fordert Donna Veneto sie auf. »Wir haben den Großen Krieg durchgemacht und auch auf unsere Männer gewartet, aber wir haben uns wenigstens nicht gehen lassen wie ein ordinäres Dienstmädchen.«

Am Morgen des 24. Oktobers berichtet das Radio im Sprechzimmer des Arztes, dass die Schlacht in der vergangenen Nacht mit einem der heftigsten Artillerieangriffe der Militärgeschichte begonnen hat.

Die Kranken eilen mit dieser Nachricht nach Hause und

das Sprechzimmer des Arztes füllt sich erneut. Das ganze Dorf kommt vorbei, um Radio zu hören. Unsere Jungs …

In den frühen Morgenstunden sind auf beiden Seiten Hunderttausende von Artilleriegeschossen verfeuert worden.

Hunderttausende von Artilleriegeschossen? Die Menschen bibbern.

Darauf folgten Wellen von Sperrfeuer, eine Welle nach der anderen, ohne Pausen dazwischen, kratzt die Radiostimme.

Wellen von Sperrfeuer? Wie entsetzlich!

Anschließend sind die ersten Panzereinheiten und die ersten Infanteristen vorgerückt. Auf beiden Seiten sind eine große Menge Panzer getroffen worden, von denen viele in Brand geraten sind, während die Besatzung darin eingeschlossen war.

»Ich möchte nichts mehr hören«, verkündet Maria Romanelli resolut.

»Ich gehe in die Kathedrale und zünde für alle unsere Jungen eine Kerze an.«

»Richte dem Priester aus, dass er noch lauter beten muss«, ruft Sofia ihr hinterher. »Aber nur für unsere Jungs, hörst du, nicht für die Engländer!«

In dieser Nacht kommt Marco vom Berg hinunter.

»Du musst vorsichtig sein«, ermahnt ihn Maria, während sie seinen Teller mit *polenta* und Schweinerippchen füllt. »Wenn du da oben auf dem Berg in der Dunkelheit ausrutschst und dir etwas brichst, findet dich niemand.«

»Ich bin vorsichtig, Mama.«

»Papa hat euch alle Sachen besorgt. In der ersten Höhle sind schon wieder einige Vorräte.«

»Das habe ich gesehen. Danke, Papa.«

Guiseppe nickt, aber er sagt nichts.

»Ich mache mir Sorgen wegen des kommenden Winters«, erklärt Marco. »Frau Rosenfeld hat einen üblen Husten und der wird einfach nicht besser.«

»Ich habe auch Medikamente dazugepackt«, antwortet Maria.

»Und Wolle, dann können die Frauen Pullover stricken. Wie geht es Rachel?«

Marcos Gesicht wird weicher. »Sehr gut, Mama. Sie ist stark. Das ist eine Prachtfrau.«

Vor Sonnenaufgang verschwindet er wieder in den finsteren Eingeweiden des Berges.

Als die Leute das Motorrad auf dem steilen Weg sahen und wie es um die Kurve bei Guiseppe ankam, haben sie es schon geahnt. Die Männer im Tal haben ihre Schaufeln niedergelegt, die Steinmetze ihre schweren Hämmer und Guiseppe Romanelli seinen Meißel. Die Frauen sind nach draußen gelaufen, die Menschen auf dem Platz sind stehen geblieben und der Arzt hat das Radio ausgeschaltet.

Alle haben sie geschaut und gewartet.

Das Motorrad hat auf dem Platz angehalten und der Fahrer hat die Leute etwas gefragt. Die Hände haben auf das Haus von Luigi und Sofia gezeigt.

Sofia hat sich die Schürze über den Kopf geworfen.

Soldat Luigi Alberto Andriotti wird vermisst, hat das Telegramm verkündet.

Ihr Enkel der Schande – vermisst auf dem Schlachtfeld.

Als am darauffolgenden Tag erneut ein Motorrad den Berg hinaufgekrochen und gleich zur Kathedrale gefahren ist und anschließend ein Armeeoffizier in Begleitung von Pater Enrico zum Häuschen von Luigi gegangen ist, hat es das ganze Dorf wieder sofort gewusst.

»Er wird sicher neben seiner Mutter begraben werden«, hat Maria an diesem Abend zu Guiseppe gesagt. »Das ist alles so sinnlos.«

Und so hat auch diese furchtbar traurige Dorfgeschichte, die vor siebzehn Jahren ihren Anfang genommen hat, ein Ende gefunden.

13. Kapitel

Mitte Oktober hat die Achte Armee unter Führung von Montgomery 230.000 bewaffnete Mann und verfügt über 1230 Panzer und massive Luft- und Artillerieüberlegenheit. Das Afrikakorps von Rommel legt überall Minen, berichten diejenigen, die in den Laden kommen.

Währenddessen leidet Christine wie ein Hund.

Jedermann redet über den Krieg, noch mehr als sonst, sogar die jungen Frauen. Über Montgomery erzählt man sich, dass er außerordentlich fintenreich mit nachgebauten Waffen, falschen Vorratslagern und sogar mit gefunkten Falschinformationen zu Werk geht, um Rommel hinters Licht zu führen. Dieses Mal ist er schlauer als der Wüstenfuchs.

Christine hofft, dass Jakkals dieses Mal nicht dabei ist, wenn Gerbrand wieder Urlaub bekommt. Sie hat sich doch so einen guten Plan ausgedacht, für später! Sie brennt darauf, ihn Gerbrand zu erzählen, doch wenn Jakkals dabei ist, ist Gerbrand ganz anders, als wenn sie allein sind.

Nach der Arbeit geht sie nicht mehr mit den anderen Frauen aus – dazu fühlt sie sich zu elend. Die ganze Zeit.

»Erzähl mir bitte nicht, dass du schwanger bist«, sagt Florence.

Für einen Augenblick wird Christines Übelkeit durch das bleischwere Gefühl überlagert, das ihr in die Beine sackt. Nicht eine Sekunde hat sie an diese Möglichkeit gedacht. Eigentlich weiß sie nur sehr wenig über diese Sorte Dinge. Ihre Mutter hat jedenfalls noch nie mit ihr darüber gesprochen. Als sie noch etwas jünger gewesen ist, hat sie zwar mit Klara schon einmal darüber geredet, aber auch die hat nicht viel gewusst. Annabel hat so getan, als wäre sie eine Expertin, aber sie sind schnell dahintergekommen, dass sie auch nicht mehr Ahnung gehabt hat als sie selbst.

In der Mittelschule hat Lettie ein- oder zweimal etwas fallen gelassen. Ihr Vater ist Arzt, deswegen hat sie das eine oder andere gewusst. Christine hat es nicht ganz verstanden, sie war jedoch zu verlegen, um weiterzufragen, und deshalb hat sie es dabei belassen.

Wenn doch bloß Lettie hier wäre! Oder Klara. Nein, Klara nicht.

»Mach dir keine Gedanken, Christine. Du brauchst keine Angst zu haben«, hat Gerbrand gesagt.

Aber das nimmt die Übelkeit nicht weg.

In der Nacht vom 23. Oktober beginnt einer der heftigsten Artillerieangriffe in der Geschichte der Kriegsführung, meldet das Radio im Laden. Das Ding ist jetzt permanent angeschaltet und es wird nur noch selten Musik gesendet. Allein die südafrikanischen Geschütze haben in den ersten paar Stunden des Gefechts mehr als sechzigtausend 25-Pfund-Geschosse abgefeuert.

Mach dir keine Gedanken, Christine. Es passiert nichts. Er hat es versprochen.

Sie holt ein Salbendöschen vom Regal und nimmt das Geld des Soldaten entgegen. »Du siehst ganz schön bleich aus, Christine. Bist du krank?«, will er wissen.

»Nein, wirklich nicht.«

Es ist doch schließlich nichts passiert, oder?

Auf die Geschütze folgt das Sperrfeuer, gefolgt von den Minenräumern und danach den vordersten Panzertruppen. »Dazu gehören auch die Männer der Zweiten und Dritten Südafrikanischen Brigaden«, erläutert Florence.

Anfangs kommen sie nur langsam voran. Eine große Anzahl Panzer werden getroffen und brennen mit den eingeschlossenen Besatzungen aus und es gibt viele Verwundete. Und Tote.

»In welcher Brigade ist dein Freund?«, fragt Lilly.

Sie weiß es nicht.

Mach dir keine Gedanken, mir passiert schon nichts. Er hat es versprochen.

Nach zwei Tagen wird es etwas ruhiger an der Front.

»Du musst zum Arzt gehen«, fordert Florence sie auf und saugt sich den Zigarettenrauch tief in die Lungen. »Du kotzt dir noch die Seele aus dem Leib.«

Mach dir keine Gedanken, Christine. Du brauchst keine Angst zu haben.

An drei aufeinanderfolgenden Tagen geschieht an der Front überhaupt nichts. Beide Seiten sind dabei, sich neu zu gruppieren, und die Welt hält den Atem an.

Mach dir keine Gedanken, Christine. Es passiert nichts.

Schließlich geht sie doch, weil sie die Übelkeit nicht mehr länger ertragen kann.

»Ich hoffe nur, dass Sie den Vater gut kennen«, erklärt der alte Armeearzt, nachdem sie ihre Uniform wieder angezogen hat und sich ihm gegenüber vor seinen Schreibtisch gesetzt hat.

»Ja, noch aus der Volksschule.«

Er lächelt. »Darüber bin ich froh. Herzlichen Glückwunsch. Hier in Kairo gibt es eine ganze Menge Hochzeiten.«

»Ja, Herr Doktor.«

Er reicht ihr ein Päckchen Tabletten. »Das wird Ihnen gegen die Übelkeit helfen. Kommen Sie in einem Monat wieder zu mir.«

»Gut, Herr Doktor.«

»Und denken Sie daran, mir eine Einladung zu Ihrer Hochzeit zukommen zu lassen, versprochen?«

»Das werde ich tun, Herr Doktor. Vielen Dank.«

Draußen strahlt die Sonne vom Himmel, sie läuft jedoch in dichtem Nebel zurück zu den Baracken.

»Was hat der Arzt gesagt?«, will Florence wissen.

»Er hat mir Tabletten mitgegeben.«

Die britische Armee hat mehr als zwei drittel ihrer gepanzerten Fahrzeuge verloren, berichtet das Radio am 28. Oktober. »Unsere Männer können keinen entscheidenden Durchbruch mehr erzwingen«, verkündet der Nachrichtensprecher, »die Achsenmächte unter Rommel sind dennoch unterlegen.«

Sobald Gerbrand zurückkommt, wird sie es ihm erzählen.

Es ist nur gut, dass er jetzt gerade nicht hier ist, denn so hat sie genug Zeit, sich an den Gedanken zu gewöhnen. Die ersten beiden Nächte hat sie sehr viel geweint. Wenn Gerbrand kommt, sollte sie das mit Sicherheit nicht tun. Und jetzt, wo sie genügend Zeit zum Nachdenken gehabt hat, braucht sie das auch nicht mehr.

Sie wird tatsächlich ein Baby bekommen. Ein winzig kleines Babylein.

Manchmal, nachts oder durchaus auch tagsüber im Laden, hat sie auf einmal unglaubliche Angst. Sie hat überhaupt keine Ahnung von Babys! Aber sie wird in die Union zurückkehren, wo ihre Mutter ist und Tante Lulu. Vor allem Tante Lulu weiß sehr viel über Babys.

Doch Tante Jemima, die Mutter von Gerbrand, soll einen Bogen um ihr Baby machen.

Von Onkel Lewies ganz zu schweigen.

Vielleicht wäre es am geschicktesten, wenn Gerbrand und sie in der Union heiraten.

Obwohl – es wäre besser, wenn sie schon verheiratet und als Familie zurückkämen.

Dann sieht es vielleicht so aus, als wären sie schon verheiratet gewesen, als …

Denn ansonsten … Ein Skandal!

Und ihr Baby ist kein Skandal.

Am 2. November sendet das Radio die Nachricht, Rommel habe einen allgemeinen Rückzug befohlen.

»Wenn Rommel sich ganz zurückzieht, kommen alle eure Liebhaber wieder zum Urlaub nach Kairo«, verkündet ein nerviger Soldat, der wie eine lästige Schmeißfliege im Laden herumhängt.

»Wann gehst du eigentlich mal an die Front?«, fragt Florence brutal.

»Sobald meine Medikamente anschlagen. Ich habe es mit dem Magen, verstehst du?«, antwortet er mit einem Augenzwinkern.

»Das kannst du deiner Großmutter erzählen«, erwidert Florence. »Du bist einfach nur ein Hosenscheißer, wenn du mich fragst.«

Anderen Soldaten helfen die Tabletten schon, die Übelkeit wird sehr viel erträglicher.

Sobald Gerbrand kommt, müssen wir heiraten, entscheidet sie, obwohl sie kein Hochzeitskleid hat. So ein Kleid ist ja auch nicht so wichtig.

In den nächsten Tagen erfahren sie, dass Hitler den Rückzugsbefehl widerrufen hat. »Er ist sicher der Überzeugung, dass die Deutschen eine Niederlage verhindern können, indem sie keine Handbreit zurückweichen«, schreibt die Zeitung.

Wenn Gerbrand wieder da ist, wird sie ihn in ihren Plan einweihen. Ihr Vater ist schon alt – er geht auf die siebzig zu. Und weil er keinen Sohn hat, wird sie eines Tages die Farm erben. Gerbrand kennt das Bosveld, er kennt die Landwirtschaft, er kennt ihre Farm, als wäre er dort aufgewachsen. Ja, er *ist* eigentlich dort aufgewachsen. Also kann er schön die Farm übernehmen und dann können sie gemeinsam in dem Steinhaus wohnen. Ihre Eltern können zum Kap umziehen. Oder nach Pretoria, in die Nähe von Tante Maggie.

Sie darf jetzt nicht an das Häuschen von Tante Maggie denken.

Denn …

Ihr Vater hat schließlich immer gesagt, dass Gerbrand etwas aus seinem Leben machen wird.

Sie könnte dann ihr altes Zimmer für das Baby einrichten. Vielleicht wird es ja ein Mädchen, obwohl Gerbrand sicher lieber einen Jungen hätte.

»Was ein geordneter deutscher Rückzug hätte werden können oder in jedem Fall ein langwieriges Rückzugsgefecht, läuft auf ein Fiasko hinaus«, schreibt die Zeitung einen Tag später. »Rommel hat schließlich wertvolle anderthalb Tage verloren. Jetzt treten die Achsenmächte überstürzt die Flucht an und die Alliierten rollen über sie hinweg.«

»Ich bin unversehrt«, lässt Lillys Freund wissen.

Die Flucht kann für Christine nicht überstürzt genug geschehen.

Denn je eher Gerbrand zurück ist, desto eher kann sie zur Ruhe kommen und ihre Träume genießen.

»Ich bin unversehrt«, berichtet der Bruder von Florence von der Front.

»Die Schlacht wird auf einen glasklaren Sieg der Alliierten hinauslaufen«, jubeln die Plakate an den Laternenpfählen, die Radionachrichten und die Menschen auf den Straßen.

Am darauffolgenden Tag fangen um Punkt zwölf Uhr alle Kirchenglocken Kairos gleichzeitig an zu läuten: Winston Churchill glaubt, dass der Sieg bei El Alamein ein Wendepunkt des Krieges ist. Von jetzt an schauen die Alliierten nur noch nach vorn.

Sobald Gerbrand zurückkommt …

In der zweiten Schlacht von El Alamein sind 2104 Südafrikaner gefallen und rund 21.500 gefangen genommen worden.

Tagein, tagaus ist ihr schlecht vor Unruhe. Sie klammert sich an Gerbrands Worte: »Mach dir keine Sorgen, mir passiert nichts.« Wenn er zurückkommt, wird er sie heiraten und die Schande von ihr nehmen. Aber er hat auch gesagt, das nichts passieren wird – und das ist eine Lüge gewesen.

Nach El Alamein marschiert die Achte Armee nach Westen, in Richtung Tunis. Am 12. November erreicht sie Tobruk.
Er kommt zurück! Das geht nicht anders!

14. Kapitel

Im Dorf haben sie das Motorrad fürchten gelernt. Das Wort »vermisst« hat eine neue Bedeutung bekommen.

Den deutschen und italienischen Armeen in der Wüste von Nordafrika geht es überhaupt nicht gut, das wissen die Menschen mittlerweile.

»Das kommt, weil Hitler sich ganz auf die Ostfront konzentriert«, erklärt der Arzt. Er blättert weiter bis zu einer anderen Karte, eine, auf der El Alamein nicht zu finden ist. »Schaut, hier habt ihr Deutschland und das ist Polen«, zeigt er. »Und hier ist Russland. Die Achsenmächte sind jetzt in Stalingrad angekommen und dorthin schickt Hitler jetzt all seine Mannschaften und all seinen Nachschub.«

»Italien hat doch nichts mit Russland zu schaffen«, bemerkt der Baron kauzig. »Ich verstehe überhaupt nicht, was wir da zu suchen haben.«

»Das geht sicher genauso weiter wie damals mit Napoleon. General Winter wird gewinnen«, prophezeit der Doktor schwermütig.

Guiseppe nickt zustimmend. Er sitzt schon eine ganze Weile da und starrt aufs Schachbrett, scheint jedoch nicht sehr viel Aufmerksamkeit für das Spiel übrig zu haben.

Das gilt übrigens für alle.

In zwei Tagen ist die Beerdigung des Enkels der Schande.

Luigi hat gesagt, dass sie kein militärisches Begräbnis wollen, obwohl der Junge als Held gestorben ist.

Am 27. Oktober setzen die Armeen Rommels zum Gegenangriff an, bei Kidney Ridge, einer unwirtlichen Sandwüste. Sie zwingen Montogomery in die Defensive.

Als der Junge nach Hause gebracht wird, kommt im Dorf alles zum Stillstand.

Gemeinsam begraben sie ihn neben seiner Mutter. Am darauffolgenden Tag bleiben die Türen und Fenster des Häuschens von Luigi und Sofia geschlossen.

Am 1. November durchbricht Montgomery die Linien des deutschen Afrikakorps.

Die Mütter des Dorfes stehen nicht mehr so wie früher an ihren Wäscheleinen und plaudern miteinander.

Am 2. November bläst Rommel zum allgemeinen Rückzug.

Die Infanteristen können sich leider nicht schnell genug von der Stelle bewegen. Im Staub ihrer eigenen Panzerwagen werden sie von den Alliierten eingeholt und zwischen Stacheldrahtrollen niedergemäht, die sie selbst noch gespannt haben. Wer übrig bleibt, wird gefangen genommen.

»Die meisten dieser Infanteristen sind Italiener gewesen«, verkündet die nüchterne Radiostimme.

An diesem Abend bricht Maria Romanelli plötzlich zusammen, während sie in ihrer *polenta* rührt. Guiseppe zieht den Topf vom Herd und trägt sie ins Wohnzimmer. Er streichelt sie und wischt ihr die Tränen ab, sagt allerdings nichts, weil er keine Worte mehr hat.

Noch bevor die Blumen auf dem Grab des Jungen verwelkt sind, erscheint das Motorrad erneut.

Dieses Mal zeigen die Finger auf das Haus von Guiseppe Romanelli.

Soldat Antonio Romanelli wird vermisst.

Soldat Lorenzo Romanelli wird vermisst.

»Alle beide?«, will Maria wissen, völlig vor den Kopf gestoßen.

Gina ist untröstlich. »Ich weiß ganz genau, was das bedeutet!«, ruft sie hysterisch. »Ich weiß es ganz genau!«

Sie möchte nicht getröstet werden.

Donna Veneto trägt dem Dienstmädchen auf, einen starken Tee zu kochen, löffelt eigenhändig zwei Löffel des knappen Zuckers hinein und gibt ihn Gina zu trinken, zusammen mit einem Pülverchen.

»Reiß dich zusammen, Gina«, sagt sie.

Inzwischen kommen nur noch wenige Leute zum Radiohören, weil die Kranken im Sprechzimmer es nicht mehr hören wollen. Daher packt der Doktor das Radio lieber weg.

Und den Atlas ebenfalls. Auf das Tischchen stellt er einen Strauß frischer Blumen. Doch abends, wenn die Tür seines Hauses verschlossen ist, hört er Radio.

In der zweiten Schlacht um El Alamein sind schon tausend Italiener gefallen. Auch sind zweitausend verwundet worden und Zehntausende als Kriegsgefangene weggeführt worden.

Die Zahlen können noch gewaltig steigen, denn die Achsenarmeen sind auf der Flucht.

Morgens gehen die Steinmetze schweigend in den Steinbruch und die Ziegenhirten schlurfen missmutig hinter ihren Herden den Berg hinauf.

Auf der anderen Seite des Mittelmeeres ist ein unerwarteter Regenschauer niedergegangen, der die Wüste in einen Morast verwandelt hat, sodass die Wege für Montgomerys gepanzerte Fahrzeuge unpassierbar geworden sind. Das hat den erschöpften Infanteristen die Chance gegeben, ihren Vorsprung zu vergrößern. Auf diese Weise gelingt es Rommel, die Farm Sollum zu erreichen, an der ägyptisch-libyschen Grenze.

Das Motorrad kommt nicht wieder.

Maria hält sich tapfer, aber Gina weint weiter.

Am 8. November landet General Dwight Eisenhower mit frischen amerikanischen Truppen in Marokko und Algerien. Jetzt kämpft das Afrikakorps an zwei Fronten, genau wie die Achsenmächte in Europa: im Osten und im Westen.

Maria wartet, tagein, tagaus. Guiseppe wartet. Gina wartet.

Der Priester betet, tagein, tagaus. Die Nonnen halten die Kerzen am Brennen.

Am 12. November wird Tobruk durch die britische Armee erobert.

Am 12. November ist das Motorrad wieder da.

Guiseppe geht selbst auf den Dorfplatz. Er reißt das Telegramm auf und liest.

Anschließend reicht er es dem Jungen, der neben ihm steht.

»Lorenzo lebt!«, ruft der und wedelt mit dem Telegramm. »Lorenzo lebt!«

Guiseppe hat seine großen Hände gefaltet und steht mit dem Gesicht zum Himmel gerichtet da, die Augen geschlossen.

»Wo ist er jetzt?«, fragen alle. »Erzähle uns, was passiert ist.«

Aus der steinernen Villa am Berghang spürt Gina die Aufregung und wie eine Bergziege springt sie den felsigen Feldweg hinunter.

Mit großen Schritten läuft Guiseppe zu seinem Häuschen zurück, wo Maria auf ihn wartet.

»Das Telegramm sagt nur, dass er in einem Krankenhaus in Rom liegt.«

Maria kommt nach draußen und fällt ihrem Mann um den Hals.

»Lorenzo lebt!«, weint Gina jubelnd. »Lorenzo liegt im Krankenhaus, aber er lebt!« Vermisst ist also nicht immer dasselbe wie gefallen.

»Der Doktor soll ihn holen gehen«, sagen die Leute. »Er muss zurück ins Dorf.«

Der Postbote hat nur *ein* Telegramm gebracht.

15. Kapitel

Entsetzlich real ist das Loch im Boden, in Form und Größe genau ausgemessen, der Rand trocken und brüchig und voller kleiner Steinchen. Die sechs Soldaten lassen den schweren Sarg von ihren Schultern gleiten und platzieren ihn vorsichtig auf den Stricken, die über dem Loch gespannt sind.

Klaras Herz ist schwer vor Kummer und ihr Hals fühlt sich geschwollen an. Das kleine Grüppchen von Menschen tritt näher an das Loch heran. Da sind Tante Jemima mit ihren tränenlosen Augen und Hannapat, die rau und lauthals schluchzt, Klara, Irene und De Wet und ihre Eltern, Opa und Oma in rabenschwarzer Kleidung und zum Schluss Onkel Freddie. Eine Handvoll Leute, die gekommen sind, um an diesem glühend heißen Novembermorgen dem Leichnam von Gerbrand Pieterse tief in der unfruchtbaren Erde des Bosvelds eine letzte Ruhestätte zu geben.

Der Armeepfarrer mit den violetten Schulterstücken liest einen Abschnitt aus der Bibel vor und spricht ein Gebet aus einem Büchlein.

Ein wenig abseits von den anderen stehen Jafta und Linksom, die Hüte in den Händen. Tante Anne hat keine Möglichkeit gesehen, in dieser Hitze auf den Friedhof zu kommen, deshalb ist sie lieber zu Hause geblieben.

»Bei Gerbrand zu Hause halten sie nicht viel von der Kirche – jetzt wird der Armeepfarrer ihn einfach von der Scheune aus beerdigen«, hat Irene gestern Abend sofort erzählt.

Einfach von der Scheune aus …

Einer der Soldaten nimmt Haltung an und setzt die Trompete an seinen Mund. Dann beginnt er zu spielen.

Langsam sinkt der Sarg auf den Wagenseilen in die Tiefe, ins Loch hinein.

De Wet legt seinen Arm auf Klaras Schultern.

Die Trompete schweigt. Der Sarg steht regungslos auf seinem Platz.

Pérsomi ist nicht dabei. Boelie ebenfalls nicht. Heute Morgen ist Hannapat schon früh vorbeigekommen und hat gesagt, dass Pérsomi weg ist.

»Auch das noch«, hat Mama geseufzt.

»Ich werde sie suchen gehen«, hat Boelie gesagt und ist aufgestanden.

»Die Beerdigung ist um elf Uhr, denk daran«, hat Mama erwidert.

Und da hat Boelie gesagt: »Du glaubst doch nicht etwa, dass ich auf die Beerdigung einer Rotlitze gehe?«, und anschließend die Hintertür so fest zugeworfen, dass es sich angehört hat wie ein Gewehrschuss.

Jetzt schultern die sechs Soldaten ihre Gewehre. Der Salut knallt über das heiße Bosveld. Zwei Ibisse fliegen erschrocken auf und kreisen misstrauisch am Himmel.

Anschließend ist es wieder vollkommen still. Mit Mühe gelingt es den Soldaten, die Seile unter dem Sarg hervorzuziehen. Tante Jemima und Hannapat werfen alle beide eine Handvoll wilder Blumen auf den Sarg. Danach streuen auch Klaras Mutter und Oma, Irene und Klara selbst ihre Blumen. Die schönen Feldblumen, die Klara und Irene heute Morgen pflücken gegangen sind, sind schon ganz vertrocknet.

Hannapat weint immer noch und wischt sich mit dem Handrücken die Nase ab.

Tante Jemima steht nur da und schaut geistlos in die Gegend.

Linksom und Jafta kommen näher, jeder mit einer Schaufel in der Hand, und fangen an, das Loch zuzuschaufeln. Die harten Klumpen explodieren auf dem Sarg.

De Wet zieht seine Jacke aus, wickelt seine Ärmel hoch und fängt an mitzuhelfen. Klara bemerkt, dass er fortwährend mit seinen Augen blinzelt. Irene, die neben ihr steht, ergreift ihre Hand.

Jetzt stehen alle schweigend da und schauen vor sich hin.

»Komm doch noch kurz mit zu uns nach Hause, Jemima«, sagt Mama herzlich, sobald der Hügel aus frischer Erde hoch aufgehäuft auf dem Grab liegt. »Wir haben einen leckeren Schokoladenkuchen gebacken.«

Doch Tante Jemima schüttelt den Kopf.

»Dann trink doch wenigstens ein Tässchen Tee mit uns.«

Wortlos bleibt Tante Jemima stehen und starrt auf den frischen Haufen Erde.

»Dann werde ich Hannapat etwas Kuchen mitgeben, vielleicht könnt ihr ihn ja morgen essen«, sagt Mama.

»Ja, vielleicht«, antwortet Tante Jemima.

Onkel Freddie gibt ihr einen Briefumschlag und sagt: »Wenn wir etwas für euch tun können, dann musst du es sagen, hörst du, Jemima?«

»Ja, gut.«

»Klara?«, sagt De Wet leise und berührt sie leicht an der Schulter. »Kommst du mit, dann gehen wir nach Hause.« Seine Stimme hört sich seltsam an.

Jetzt *muss* sie wirklich etwas zu Gerbrands Mutter sagen. »Ich finde es ganz schlimm, Tante Jemima«, sagt sie zu dem schluderigen Menschlein.

Tante Jemima nickt. »Er ist mit ’nem Flugzeug nach Hause gekommen«, verkündet sie. Anschließend dreht sie sich um und geht mit strammem Rücken zu dem Häuschen am Brackrand zurück.

So ist schließlich niemand weiter bei ihnen zu Hause als ihre eigene Familie und Hannapat. Onkel Freddie ist schon verschwunden. Sie trinken nur Kaffee, weil niemand wirklich Lust auf Kuchen hat. Außer Hannapat – die arbeitet ein Stück nach dem anderen hinunter.

Als sie weggeht, gibt Mama ihr drei große Stücke mit. »Das ist für euch, für morgen«, schärft sie ihr ein. »Für dich und deine Mutter und Pérsomi.«

Hannapat nimmt den Kuchen und dreht sich um.

»Hannapat, sag schön: ›Vielen Dank, Tante‹«, fordert Mama sie auf.

»Danke, Tante«, echot Hannapat und zieht noch einmal kräftig die Nase hoch.

Irene schaut ihr durchs Fenster hinterher. »Die isst den Kuchen jetzt schon auf«, bemerkt sie.

»Ach, lass sie nur, Irene«, erwidert ihre Mutter müde. »Das Kind hat sicher Lust darauf. Könntest du die Tassen in die Küche bringen?«

»Wenn das so weitergeht, ist sie nicht nur traurig, sondern hat auch einen verdorbenen Magen«, behauptet Irene und fängt an, die Tassen auf das Tablett zu stellen.

Klara und De Wet sind gestern Nachmittag schon von ihrem Vater vom Bahnhof abgeholt worden. Zu Klaras Enttäuschung ist Boelie nicht mitgekommen.

Er ist vor einer Woche aus dem Lager entlassen worden und sie hat sich so sehr danach gesehnt, ihn wiederzusehen. »Er darf nur montags und dienstags die Farm verlassen und dann auch nur von neun bis halb elf am Morgen, gerade lange genug, um sich auf dem Polizeirevier zu melden«, hat ihr Vater erläutert.

Mama und Oma haben auf der Veranda gestanden und sie erwartet. Nur die Hunde sind ganz außer sich gewesen.

»Wo ist Bolie?«, hat Klara sofort wissen wollen. Sie hatte gehofft, dass er da sein würde, wenn sie aus dem Auto steigt.

»Bestimmt irgendwo auf den Weiden oder bei den Äckern«, hat Mama vage geantwortet, während sie sich die Haare aus dem überhitzten Gesicht gestrichen hat.

Als Boelie nach einer Weile nach Hause zurückgekommen ist, hat er nur kurz gelächelt, seinen Arm um Klaras Schultern gelegt und sie an sich gedrückt. »Hallo Schwesterherz«, hat er gesagt, ganz beiläufig, aber sie hat die unterdrückte Spannung in seinem Körper gespürt.

Während des Essens ist ihr erneut aufgefallen, wie alt Opa geworden ist. Boelie ist sein Namensverwandter und immer sein

Augapfel gewesen, obwohl er versucht hat, sich das nie anmerken zu lassen. Die ganze Geschichte rund um Boelie ist nicht spurlos an ihm vorübergegangen.

Nachdem Opa ein Gebet gesprochen und Mama angefangen hat, das Essen zu verteilen, hat Irene aufgeregt erzählt: »Auf der Farm sind zwei italienische Kriegsgefangene, die helfen bei der Brücke über den Nijl. Sie sprechen kein Wort Afrikaans und auch kein Englisch, das ist ganz schön blöd für sie. Sie heißen Guido und Valerio. Valerio hört sich eher nach einem Mädchennamen an, aber das ist wirklich ein Mann. Eigentlich schon eher ein Opa.«

»Hey, Irene, halt doch die Klappe«, hat Papa müde gesagt.

Es ist das erste Mal seit über einem Jahr gewesen, dass die ganze Familie wieder gemeinsam um den Tisch herum gesessen hat, aber die Atmosphäre ist schwerfällig gewesen. Klara hat gleich bemerkt, dass Papa und Boelie kein Wort miteinander gewechselt haben.

»Wir hätten lieber den Nachtzug nehmen sollen«, stellt De Wet fest, während sie am Abend nach der Beerdigung auf der Veranda sitzen. Nebeneinander sitzen sie auf den harten Treppenstufen. Papa und Mama sind schon zu Bett gegangen und Boelie ist immer noch nicht von seiner Suche nach Pérsomi zurück.

Es ist eine typische Sommernacht im Bosveld. Im Westen hängt der Halbmond tief am Himmel und die Sterne funkeln.

»Ich bin froh, dass ihr noch da seid«, bemerkt Irene. »Als Boelie im Lager gewesen ist, hat sich das hier schon wie ein Sterbehaus angefühlt, aber jetzt, wo er zurück ist, ist es nur noch schlimmer geworden.«

»Es wird sicher langsam wieder besser«, verkündet De Wet. »Alle müssen sich noch ein bisschen an die Situation gewöhnen.«

»Meiner Meinung nach ist Boelie wütend auf Gerbrand, obwohl der schon tot ist«, erklärt Irene.

»Ja«, antwortet De Wet. »So ist das mit der Politik. Sie treibt die Menschen immer wieder auseinander.«

»Pérsomi hat nicht einmal geweint, als sie gehört hat, dass Gerbrand tot ist«, plappert Irene weiter. »Der Direktor hat sie aus der Klasse holen lassen, und als sie zurückgekommen ist, hat sie sich einfach wieder auf ihren Platz gesetzt und weitergearbeitet. Wir haben es erst in der Pause erfahren, denn da mussten wir alle in den großen Saal und der Direktor hat es uns erzählt. Er hat gesagt, dass die Schule stolz auf Gerbrand ist, weil er sein Leben für den wichtigen Sieg bei El Alamein gegeben hat. Aber eine ganze Menge Kinder haben furchtbar hässliche Dinge gesagt, über Rotlitzen und so, und in der Pause gab es überall Schlägereien und dann war der Gong fünf Minuten früher und wir mussten wieder zurück in die Klassenräume. Und einer hat ins Krankenhaus gemusst, weil er einen Schlag auf die Nase bekommen hat, und die hat ganz schief gestanden und nicht aufgehört zu bluten.«

»Hm«, macht De Wet.

»Ich weiß nicht einmal, wo dieses El Alamein ist«, gibt Irene zu. »Niemand erzählt mir irgendetwas.«

Das ist wahr, wird Klara plötzlich klar. Irene ist schon sechzehn und wird von allen immer noch wie ein nerviges Kind behandelt.

»El Alamein ist eine kleine Bahnstation, ungefähr zweihundertfünfzig Kilometer vor Kairo«, gibt sie weiter, was Gerbrand ihr einmal geschrieben hat. »Die Züge mit dem militärischen Nachschub müssen da vorbei und deshalb ist es so wichtig.«

»Und die Wüste bei El Alamein ist so etwas wie eine Art Reuse, sodass die Alliierten die Achsenarmeen dort gut aufhalten konnten, damit sie nicht nach Kairo durchbrechen können«, ergänzt De Wet.

»Ach so«, sagt Irene. »Nun, ich finde Krieg führen eigentlich nur blöd. Schaut euch doch nur die Italiener hier auf der Farm an. Die machen abends so eine schöne Musik in ihrem Zimmer in der Scheune, aber es ist auch eine sehr traurige Musik.« Einen Augenblick lang schweigt sie. »Ich habe echt so ein Mitleid mit ihnen, Klara, die verstehen kein Wort von dem, was wir sagen, sie können mit keinem reden, nur miteinander, und sie sind so weit weg von zu Hause.«

»Sie haben Gerbrand erschossen«, erwidert Klara grob. »Ich hasse alle Italiener.«

De Wet legt ihr seinen Arm um die Schultern. Seine Stimme ist leise, als er sagt: »Das ist nicht gut, Klara.«

Erst dann weint sie, zum ersten Mal.

Nach einer Weile kuschelt sich Irene von der anderen Seite an De Wet.

Der Mond verschwindet und die Stille des nächtlichen Bosvelds legt sich tröstend um sie.

Sehr viel später sagt Irene: »Ich mache uns Kaffee.«

»Das passt mir gut«, entgegnet De Wet und zieht seine Arme zurück. »Ich fange an, mich wie eine Glucke zu fühlen.«

De Wet legt die Zeitung neben sich auf die Bank. Das Datum auf der Titelseite ist der 13. November 1942 und die fette, schwarze Schlagzeile lautet: »Afrikaanische Panzerfahrzeuge in Tobruk«.

Klara schließt ihre Augen und lässt ihren Kopf gegen die Rückenlehne sinken. Das unheimliche Gefühl bleibt.

In Tobruk sind nur ein paar weiße Häuschen mit flachen Dächern, alle in Trümmer geschossen, hat Gerbrand geschrieben. Und der Hafen ist voller Öl wegen der gesunkenen Schiffe. Man führt doch keinen Krieg um so ein Loch!

Und doch ist es jetzt die Schlagzeile auf der ersten Seite: »Südafrika ist erneut in Tobruk einmarschiert.« Triumph! Endlich!

Sie versucht, an etwas anderes zu denken, aber dafür ist sie zu niedergeschlagen.

Klara, ich muss sehr viel an Boelie in diesem Lager denken, hat Gerbrand geschrieben. Ich lasse mich lieber erschießen, als mich hinter Stacheldraht oder Gitter wegsperren zu lassen.

Sie presst sich die Hände an die Schläfen.

Gegenüber hört sie De Wet in Bewegung kommen. Langsam öffnet sie ihre Augen. Er hat ein Buch hervorgeholt, um zu lernen, aber stattdessen starrt er aus dem Fenster.

»Möchtest du einen Kaffee?«, fragt sie.

»Ach nein, lass mal«, ist seine lustlose Antwort.

Sie nimmt sich die Zeitung, legt sie aber beinahe sofort wieder hin.

Überall waren nur Bomben und Flugzeuge und Krautpanzer, hat Gerbrand geschrieben. Klara, wenn du kein Mädel wärst, würde ich es dir erzählen, wie es ist, wenn überall um dich herum Bomben explodieren. Du siehst nur noch Sand.

Wenn eine Bombe in der Wüste explodiert, wirbelt das unglaublich viel Staub auf, hat Christine einmal gesagt. Vor langer, langer Zeit, in einem anderen Leben.

»Ich vermisse Christine«, sagt Klara. »Ich verstehe nicht, warum sie nie schreibt.«

»Es ist sicher schon ein halbes Jahr her, dass sie mir zum letzten Mal geschrieben hat«, ergänzt De Wet. »Das ist sicher ein gutes Zeichen. Es bedeutet, dass sie sich gut eingewöhnt hat und dort glücklich ist.«

»Ja, wahrscheinlich schon«, stimmt Klara zu.

Draußen gleitet die Springbockebene wie im Nebel vorbei. Dort ist im Englischen Krieg schwer gekämpft worden. Darüber sind viele Bücher und Gedichte geschrieben worden, überlegt Klara. Und das Porträt auf dem Klavier von Tante Maggie erzählt die Geschichte des Großen Krieges in Europa. Vielleicht wird eines Tages jemand kommen und eine Geschichte schreiben über das einsame Grab im Boden des Bosvelds, ganz in der Nähe des Beiwohnerhäuschens.

»Ich verstehe nicht, warum die Menschheit mit dem Kriegführen und Einandertotschießen weitermacht«, schimpft sie. »Lernen wir das denn nie?«

»Nein, niemals. Aber wir müssen uns jetzt in unsere Lektüre vergraben, sonst werden wir dafür büßen müssen.«

Sie lacht kurz auf und bückt sich, um auch ein Buch zu greifen.

In nicht einmal zwei Wochen fangen ihre Abschlussprüfungen an. »Ich kann immer noch nicht glauben, dass Gerbrand nicht mehr da ist«, sagt sie. »Es ist so … unwirklich.«

»Ja«, bestätigt De Wet. »Er ist ein Teil von unserem Leben gewesen. Die ganze Zeit über.«

Sie schlagen ihre Bücher auf und versuchen zu lernen.

Nach einer Weile bemerkt De Wet: »Opa ist alt geworden wegen dieser ganzen Geschichte mit Boelie.«

»Das ist mir auch aufgefallen«, erwidert Klara. »Mama merkt man es übrigens auch ganz schön an.«

»Und das Gesicht von Papa sieht aus wie sieben Tage Regenwetter«, ergänzt De Wet. »Ich habe ihn noch nie so kurz angebunden erlebt.«

Als sie abgereist sind, ist Boelie immer noch nicht wieder zu Hause gewesen. »Er muss sich heute Morgen um zehn Uhr auf dem Polizeirevier melden«, hat Mama besorgt festgestellt. »Ich hoffe nur, dass er nichts Dummes macht.«

»Ach nein, Mama, der kommt sicher pünktlich wieder«, hat Klara sie zu beruhigen versucht. »Es ist noch sehr früh.«

»Es wird beinahe eine Wohltat sein, wieder im Haus von Tante Maggie zu wohnen«, erklärt Klara jetzt.

»Das kannst du wohl sagen«, antwortet De Wet.

Spät am Nachmittag erreichen sie den Bahnhof von Pretoria, von wo aus sie die Straßenbahn nach Sunnyside nehmen.

Am darauffolgenden Tag besucht Klara wie gewöhnlich wieder ihre Vorlesungen. Die von De Wet sind schon beendet. In einer Woche beginnen seine Abschlussprüfungen.

Alles ist noch so wie früher: die Bäume, die Straßen, die Häuser und das Café um die Ecke haben sich nicht verändert.

Alles ist noch ganz genauso wie letzte Woche.

Die Plakate an den Laternenpfählen verkünden noch dieselben Geschichten wie in den vergangenen Monaten. Nur die Worte haben sich verändert: »Amerikanische Truppen in Nordafrika …«, »Deutsche in Stalingrad im Schnee festgefroren …«, »Japanischer Hilfskreuzer im Korallenmeer versenkt …«

Gleich treffe ich Annabel in der Vorlesung, denkt Klara benommen. Sie wird sich alles über die Beerdigung berichten lassen wollen. Klara seufzt. Sie fühlt sich Annabel nicht gewachsen.

Auch nicht den Zwischenprüfungen, die in zwei Wochen beginnen. Von dem Augenblick an, in dem sie die Nachricht von Gerbrands Tod bekommen hat, kann sie sich nicht mehr auf ihre Arbeit konzentrieren. Ihr Verstand scheint eingedickt worden zu sein, so ähnlich wie Dickmilch.

Und sie sieht überhaupt keine Möglichkeit, im nächsten Jahr allein zurückzukommen. Henk hat eine Stelle in einem Bergwerksbetrieb in Johannesburg angenommen. De Wet wird ein Praktikum im Dorf machen, beim Vater von Annabel. Annabel selbst fängt als Korrespondentin bei einer Wochenzeitung in Potchefstroom an. Selbst Braam geht weg, nach Pietersburg, als Lehrer.

Nur sie muss noch länger in Pretoria bleiben, um ihre Lehrerlaubnis zu bekommen. Ganz und gar nicht allein, sondern zusammen mit Tante Maggie und dem Porträt in dem düsteren Häuschen in Sunnyside.

Als sie an diesem Nachmittag nach Hause kommt, liegt auf ihrem Bett ein Brief.

Die Handschrift kennt sie.

Aber sie kann ihn nicht lesen, nein, das kann sie nicht!

Sie geht ins Außenzimmer und gibt De Wet den Brief.

Der reißt ihn vorsichtig auf und reicht ihr zwei Blatt Papier. Seine Hand zittert ein wenig. »Lies du ihn bitte vor«, erwidert sie flehend.

»Nein«, antwortet er. »Du musst ihn selbst lesen. Setz dich auf Boelies Bett, dann mache ich uns schon einmal einen Kaffee.«

Er marschiert zur Tür hinaus, während sie eine ganze Weile regungslos auf dem Bett sitzt. Lieber Vater, gib mir die Kraft, betet sie.

Anschließend öffnet sie die Augen und fängt an zu lesen.

Liebe Klara!
Danke für deinen Brief es ist immer wieder schön etwas von dir zu hören.
Klara wir sind jetzt dabei uns auf das größte Gefecht bis jetzt

vorzubereiten denn wir müssen die Krauts und die Itaker von El Alamein aus quer durch die Wüste ins Meer zurückjagen. Unser Oberbefehlshaber ist General Montgomery das weißt du ja und der hat gesagt dass nur eine Sache nötig ist damit wir diese Schlacht gewinnen und das ist dass jeder fest entschlossen ist zu kämpfen und zu töten und zu gewinnen. Dann ist nur ein Ausgang möglich und der besteht darin dass wir sie mit einem Schlag aus Afrika verjagen. Das ist eine schöne Ansprache gewesen die Engländer sind immer so verrückt auf Cricket.
Ich weiß genau dass wir gewinnen werden denn wir bereiten uns sehr gut vor und es ist alles furchtbar spannend.
Klara wir haben manchmal Probleme mit dem Essen wir bekommen nur Soldatenfutter und das hängt dir nach einer Weile zum Hals heraus. Ansonsten gibt es hier nur Wüstensträucher und die können wir nicht essen weil wir keine Kamele sind. Und wir bekommen pro Tag nur sehr wenig Wasser und dann müssen wir uns auch noch jeden Tag rasieren.
Trotzdem ist das die schönste Zeit meines Lebens weil wir hier alle Freunde sind und es vollkommen egal ist welche Sprache man spricht wir haben zusammen eine ganze Menge Spaß.
Klara du fragst wie es Christine geht es geht ihr gut. Ich weiß nicht warum sie dir nicht schreibt. Ich bin bei ihr gewesen als ich im September in Kairo gewesen bin aber ich glaube nicht dass ich nochmal hingehe wenn ich wieder in Kairo bin denn sie wird langsam schwierig. Es ist gerade so als ob sie meint ich müsste immer zu ihr kommen wenn ich da bin. Das darfst du ihr nicht sagen kapiert denn dann wird sie vielleicht traurig und sie heult doch immer so schnell. Aber ich bin ihr ewiges Gemecker langsam leid.
Die Jungs hier sagen dass diejenigen die schon achtzehn Monate von zu Hause weg sind vielleicht an Weihnachten nach Hause dürfen. Ich hätte nie gedacht dass ich irgendwann

einmal Sehnsucht nach zu Hause kriegen würde aber jetzt sehne ich mich doch nach meiner Mutter und nach Pérsomi. Klara ich habe alles zusammengesucht und ich werde mit Sicherheit fliegen lernen und wenn der Krieg schließlich vorbei ist kann ich bei der Luftwaffe bleiben. Wenn ich irgendwann einmal mit einem Flugzeug nach Hause komme dann weißt du dass mein Traum wahr geworden ist.
Schreib bald wieder,
viele Grüße von deinem Freund
Gerbrand

Ihr ganzes Herz klopft voller Kummer. Sie muss tief Atem holen, um überhaupt noch Luft zu bekommen.

»Gerbrand ist mit einem Flugzeug nach Hause gebracht worden«, sagt sie zu De Wet, als der hereinkommt.

»Ja«, bestätigt er. »Hier, dein Kaffee.«

»Möchtest du den Brief auch noch lesen?«

»Nein, Klara, er ist an dich adressiert. Erzähl mir einfach, was drinsteht.«

»Nicht viel. Christine geht es gut – er hat sie in Kairo getroffen. Und sie bereiten sich auf die Schlacht vor.« Sie nimmt einen Schluck von dem heißen, süßen Kaffee. »Sie haben sich vorbereitet.«

»Ja«, sagt De Wet. »Und auch sehr gründlich.«

»Meinst du, Christine weiß, dass Gerbrand … nicht mehr ist?«

»Bestimmt. Sie bekommen da mit Sicherheit offizielle Namenslisten zu sehen.«

Offizielle Namenslisten. Jeden Tag. Und dann irgendwo dieser eine Name.

Als sie ihren Kaffee getrunken hat, geht sie in ihr Zimmer zurück. Sie stopft den Brief in die unterste Schublade ihres Schreibtisches und holt ein paar Bücher heraus. Heute Abend kommt Henk auf einen Sprung vorbei. Bis dahin muss sie eine ordentliche Portion Arbeit hinter sich gebracht haben.

Die Prüfung in Mittelniederländischer Sprachkunde ist besonders schwierig gewesen. »Ich kapiere immer noch nicht, warum wir solche blödsinnigen Sachen lernen müssen«, bemerkt Annabel beim Verlassen des Prüfungsraumes. Wofür braucht man das? Schließlich leben wir im zwanzigsten Jahrhundert!«

»Das ist unser Shakespeare«, widerspricht ihr Klara.

Am Morgen ihrer Prüfung in Englischer Grammatik verkündet Annabel noch, bevor sie beginnt: »In der Zeitung stand heute Morgen, dass Hertzog gestorben ist.«

»Oh«, macht Klara. »Ich habe heute Morgen noch keine Zeitung gesehen.«

Die Plakate an den Laternenpfählen beachtet sie schon lange nicht mehr.

»Wer etwas auf sich hält, muss doch jeden Tag die Zeitung lesen, Klara«, erwidert Annabel. Sie überlegt einen Augenblick. »Mein Vater ist immer ein großer Verehrer von Hertzog gewesen. Er und ich haben uns deswegen öfters in den Haaren gelegen.«

»Mein Vater ist auch ein Anhänger von Hertzog«, bestätigt Klara. »Und mein Opa einer von Smuts und meine Brüder schwören auf Malan. Wenn es darum geht, sich in den Haaren zu liegen …«

»Wie geht es Boelie jetzt?«, möchte Annabel wissen.

Klara zuckt mit den Schultern. »Ich habe ihn an dem Wochenende der Beerdigung kaum gesehen. Er war ziemlich angespannt.«

»Während der Ferien sollte ich einmal bei ihm vorbeischauen«, überlegt Annabel. »Ich kann mir ja von meinem Vater das Auto leihen. Boelie darf die Farm nicht verlassen, oder?«

»Nein.«

»Ich habe solche Lust auf den Abschlussball«, erklärt Annabel und streicht sich ihre Haare hinter die Ohren. »Dieses Mal werde ich dafür sorgen, dass De Wet wie ein Baum vor mir niederfällt, das sollst du mal sehen. Was ziehst du an? Doch nicht *wieder* dein grünes Kleid?«

Schließlich öffnet der Dozent die Tür und sie betreten gemeinsam den Prüfungsraum.

»Ich habe echt überhaupt keine Lust auf diesen Abschlussball«, eröffnet Klara Henk, der für einen Augenblick vorbeigekommen ist. »Müssen wir da wirklich hin?«

Er schaut sie verdutzt an. »Aber das ist unser letzter Ball! Wir haben alle unsere Examen bestanden: De Wet, Braam, Annabel und ich. Hiernach können wir nie mehr auf einen Studentenball!«

»Nächstes Jahr kannst du doch mit mir hingehen.«

»Das ist etwas ganz anderes. Wir sind doch auch immer gemeinsam hingegangen, als Gruppe.« Er hört sich beinahe ungeduldig an. »Was ist los mit dir?«

»Ich … ich bin einfach nicht so in Feierstimmung«, antwortet sie schlapp.

Er runzelt die Stirn. »Hat das immer noch mit diesem … mit diesem Gerbrand zu tun?«

Sie antwortet nicht.

»Verflixt, Klara, man könnte fast meinen, dass du dich in diesen Kerl verliebt hast! Mach dich doch mal von ihm los!«

Daraufhin wird sie wütend. Sie explodiert, aber nicht vor Wut, sondern wird ganz eisig.

»Henk, ich gehe nicht hin«, erwidert sie hastig. »Ich verstehe, dass du gern hinmöchtest, aber von mir aus kannst du ruhig jemand anderen bitten und dann könnt ihr euch einen schönen Abend machen.« Sie dreht sich um, geht ins Haus und schließt leise die Tür hinter sich.

Zehn Minuten später wird an ihre Zimmertür geklopft. »Ich habe schon meinen Schlafanzug an«, ruft sie kurz angebunden.

»Möchtest du einen Kaffee?«, fragt die Stimme von De Wet.

»Nein danke, ich muss lernen. Am Montag habe ich meine Prüfung in Geschichte. Ich mache mir nachher selbst einen Kaffee.«

Schweigen.

»Klara, dieser arme Kerl kann heute Abend sicher nicht mehr lernen. Du kannst ihn doch nicht einfach so wegschicken.«

Sie seufzt. »De Wet, sag Henk, dass er weggehen soll. Ich rede heute Abend nicht mehr mit ihm, ich habe zu tun.«

Schweigen.

»Klara?«

»Hau ab, De Wet!«, blafft sie los.

Am nächsten Tag steht Henk nachmittags mit einem grauenerregenden Blumenstrauß auf der Verandatreppe. »Ich bin viel zu kurz angebunden gewesen«, bekennt er.

»Das stimmt.«

»Sorry«, sagt er und hält ihr den Strauß unter die Nase.

»Danke, das sind wunderschöne Blumen, aber eine Entschuldigung allein hätte auch schon gereicht, verstehst du? Möchtest du kurz auf ein Tässchen Kaffee mit reinkommen?«

»Aber nur kurz, ich habe noch einen Haufen Arbeit.«

»Ich auch. Ich muss zusehen, wie ich die ganze europäische Geschichte in mein kleines Köpfchen bekomme.«

Er lacht. »Und ich muss mir einen Extrastollen in mein Hirn bohren, um noch ein paar Formeln hineinzubekommen, damit ich später nicht ein komplettes Bergwerk in die Luft jage.«

Stollen. Wenn sie doch nur damit aufhören könnte, alles mit Gerbrand in Verbindung zu bringen!

Kurz bevor er weggeht, fragt Henk: »Klara, haben wir nun eine Verabredung für den Ball?«

Müde schließt sie kurz die Augen. Sie hat keine Lust auf den Ball, aber sie möchte auch nicht ganz allein zu Hause sitzen und sich langweilen. »Ich weiß es noch nicht, Henk, ich denke noch einmal darüber nach«, antwortet sie vage.

Trotzdem macht sie sich an diesem Samstag für den Ball fertig – zwischen dem Packen, denn am Tag darauf werden sie nach Hause fahren.

»Ich habe auch keine Lust darauf«, hat De Wet ihr gebeichtet. Er hat ein Weilchen schweigend seinen Kaffee geschlürft und anschließend hinzugefügt: »Jedes Mal, wenn ich an einen Ball denke, sehe ich Christine vor mir in ihrem roten Kleid. Klara, ich …« Dann hat er plötzlich abgebrochen.

»Was ist los, De Wet?«

Verlegen hat er seinen Kopf geschüttelt. »Ich fand, dass sie wie eine Blume ausgesehen hat … eine Rose. Ich höre mich schon an wie ein altes Weib, oder?«

»Aber du hattest an diesem Abend doch nur Augen für Annabel.«

Er hat die Stirn gerunzelt. »Wie um alles in der Welt kommst du denn darauf?«

»Ich habe es mit eigenen Augen gesehen.«

»Dann musst du wohl mal zum Augenarzt gehen«, hat er kopfschüttelnd geantwortet.

Und jetzt geht er heute Abend mit Annabel auf den Ball – mit Annabel, die vorhat, ihm den Kopf zu verdrehen.

Trotz allem genießt sie den Abend dann doch. Henk ist ihr gegenüber sehr aufmerksam, das Tanzen klappt wunderbar, ihre kleine Gruppe ist zum letzten Mal zusammen. Annabel setzt all ihren Charme ein und De Wet genießt ihre Aufmerksamkeit sehr, das ist mehr als deutlich, aber er sieht nicht aus wie einer, der seinen Verstand verloren hat, überlegt Klara amüsiert.

»Ich werde dich vermissen«, flüstert Henk ihr während des letzten Walzers ins Ohr.

»Du kommst doch an Weihnachten auf die Farm, damit wir miteinander feiern können, oder?«

»Bis dahin sind es doch noch beinahe drei Wochen«, erwidert er. »Das ist lang, verstehst du? Jedenfalls für einen verliebten Mann.«

»Und danach trittst du deine Stelle in Johannesburg an.« Sie versucht, das Gespräch neutral zu halten. »Freust du dich denn darauf?«

»Weniger als auf das Weihnachtsfest mit dir«, antwortet er leise.

Es ist gut, dass er kommt, denkt sie. Ich finde es schön, bei ihm zu sein. Und vielleicht wird es Boelie guttun, seinen alten Freund wiederzusehen.

Boelie. Hoffentlich geht es ihm etwas besser.

Am nächsten Morgen steht Klara früh auf. Sie muss den Zug um acht Uhr erreichen. Zum Glück bringt Henk sie mit seiner Lizzie zum Bahnhof.

Kurz vor ihrer Abreise kommt Tante Maggie noch mit einem Brief in der Hand in ihr Zimmer. »Der hier ist schon am Freitag gekommen«, sagt sie entschuldigend. »Ich hatte ganz vergessen, ihn dir zu geben.«

Dann verschwindet sie wieder.

Hastig reißt Klara den grauen Umschlag mit dem bekannten roten Stempel auf. Das ganze vergangene Jahr hat sie diese Sorte Umschläge bekommen, mit drei verschiedenen Handschriften darauf.

Jetzt kann der Brief nur noch von Christine sein.

Kairo, 28. November 1942

Liebe Klara!

Wir haben hier sehr viel zu tun, deswegen habe ich dir eine ganze Weile nicht geschrieben. Jeden Tag liegt wieder etwas anderes an.

Ihr habt sicher von dem überwältigenden Sieg gelesen, den unsere Armeen bei El Alamein errungen haben. Hunderttausende von Rommels Männern sind gefangen genommen oder getötet worden und Hunderte seiner Panzer wurden zerstört. In den Straßen Kairos haben die Leute nächtelang gefeiert, rund eine Woche lang. Die Stadt ist eigentlich immer noch in Feierlaune, weil mittlerweile eine ganze Menge Soldaten von der Front zurückgekehrt sind. Die Leute sagen, dass viele italienische Gefangene in die Union gebracht werden.

Mein Vater hat mir geschrieben, dass auf der Farm auch zwei sind. Sie müssen die Brücke über den Nijl bauen, aber sie können die Schwarzen, die auch dabei helfen sollen, nicht verstehen und andersherum auch nicht, deshalb geht es mit der Brücke nicht voran, sagt mein Vater.

Ich wünsche euch schöne Weihnachtsfeiertage. Hier in Kairo gibt es Pläne für ein riesiges Fest. Alle sind positiv gestimmt, weil die Gefechte so gut gelaufen sind.

Die Leute sagen, El Alamein sei ein Wendepunkt des Krieges gewesen. Jetzt sei es nur noch eine Frage der Zeit, bis die Deutschen und die Italiener aus Afrika vertrieben sind.
Es ist gut, dass ich hierhin gegangen bin, Klara. Ich bin glücklich und habe vor hierzubleiben. Hier komme ich weiter mit meinem Leben. Mach dir wegen mir keine Sorgen.
Herzliche Grüße
Deine Freundin
Christine

»Das ist so ein unpersönlicher Brief. So als wüsste sie nicht, was sie schreiben soll«, erklärt Klara, während sie mit De Wet ihren Morgenkaffee trinkt.

»Sagt sie noch etwas über Gerbrand?«, will De Wet wissen.

»Nichts, kein Wort.«

»Wie seltsam. Sie muss doch mitbekommen haben, dass er gefallen ist.«

Gefallen. Wie offiziell das klingt. Sogar formell.

»Allzu dicke Freunde sind sie nie gewesen«, antwortet Klara mit einem Schulterzucken. »Sie ist selbst nie bei ihm zu Hause gewesen, denn Tante Anne will schließlich überhaupt nichts mit den Bewohnern zu tun haben.«

»Trotzdem«, erwidert De Wet und stellt seine leere Kaffeetasse in das Spülbecken. »Bist du mit dem Packen fertig? Dann trage ich dir die Koffer schon mal zum Gartentürchen. Wenn Henk kommt, brauchen wir sie dann nur noch einzuladen.«

»Was soll ich im nächsten Jahr nur ohne dich machen?«, fragt sie.

»Weniger Kaffee kochen und Tassen spülen«, antwortet er mit einem schiefen Lächeln. »Hast du das Geschenk und den Brief für Tante Maggie schon auf den Tisch gelegt?«

»Zu dem Porträt«, erwidert Klara mit einem Nicken. »Ich frage mich, was sie tut, wenn der Krieg irgendwann einmal vorbei ist und sie keine Päckchen mehr für die Soldaten packen kann.«

»Komm mit, Klara. Die Ferien stehen vor der Tür. Es wird

Zeit«, fordert De Wet sie auf und geht den Flur entlang in Richtung ihres Zimmers.

Opa wartet am Bahnhof, um sie abzuholen. »Soll ich fahren, Opa?«, möchte De Wet wissen.

Klaras Erinnerung nach ist das das erste Mal, dass ihr Großvater nicht selbst hinter dem Lenkrad sitzt. Mit Mühe schiebt er sich auf der Beifahrerseite ins Auto hinein. »Aber lass es ruhig angehen, junger Mann«, warnt er ihn.

»Ich mache eine nette, kleine Tour daraus, Opa«, versichert De Wet.

»*Ruhig*, habe ich gesagt.«

»Gut, Opa, ich werde ganz langsam fahren.«

Die Hunde sind so ausgelassen wie immer. Papa kommt vom Pferch angelaufen, Mama eilt die Verandatreppe hinunter und Irene tobt wie ein Wirbelwind durchs Haus und versucht, die Hunde unter Kontrolle zu bekommen.

»Wo ist denn Boelie?«, möchte Klara wissen, nachdem der erste Tumult der Begrüßung etwas abgeklungen ist.

»In der Küche. Er ist am Arbeiten«, erklärt Irene. »Oh, Klara, ich habe dir doch so viel zu erzählen.«

»Lass uns erst einen Kaffee trinken, dann höre ich dir gern zu«, erwidert Klara und geht in die Küche. Auf der Schwelle bleibt sie kurz stehen.

Am Küchentisch sitzt Boelie mit einem Stapel zusammengerollter Baupläne vor sich. Er hat einen Bleistift in der Hand und studiert leicht nach vorn gebeugt die Papiere. Er sieht ein gutes Stück besser aus als beim letzten Mal, als Klara ihn gesehen hat. Ihm gegenüber, mit dem Rücken zur Tür, sitzt ein zweiter Mann, ebenfalls mit einem Bleistift in der Hand. Auch er beugt sich über die Zeichnungen. Er hat breite Schultern und sonnengebräunte Arme, die Hemdsärmel hat er hochgekrempelt. Sein schwarzes Haar lockt sich ein bisschen über den Kragen seines Hemdes.

Boelie schaut auf. Sein Gesicht hellt sich auf. »Klara!«, ruft er und steht auf.

Auch der andere Mann erhebt sich. Er ist groß, mindestens so groß wie De Wet.

Boelie umarmt sie und drückt sie fest an sich. Sein Körper fühlt sich nicht mehr so angespannt an. »Habt ihr eine gute Fahrt gehabt?«

Klara lächelt. »Sofern man mit dem Zug gut reisen kann, ja. Aber wir sind auf jeden Fall sicher hier angekommen.«

»Ich bin froh, dass ihr hier seid«, erwidert Boelie und lässt sie los. »Jetzt kriegen wir wenigstens Kaffee.«

Klara bricht in Gelächter aus. Ja, Boelie ist tatsächlich wieder da.

Anschließend nimmt Irene ihre Hand und zieht sie hinter sich her zu dem anderen Mann. »Das ist meine Schwester Klara, die an der Universität studiert«, erklärt sie auf Englisch. »Du weißt schon, die Schwester, die Italiener hasst.«

Klara schaut in zwei schwarze Augen, die formell, beinahe ausdruckslos zurückschauen. Dann streckt der Mann seine Hand aus. »Antonio Romanelli«, verkündet er. »Aus Italien.«

16. Kapitel

Das Dorf hat lange warten müssen, bevor der Arzt Lorenzo abholen konnte. Als endlich das Telegramm kam, dass Lorenzo entlassen werden kann, ist der Doktor mit dem Bus nach Turin gefahren und von dort aus mit dem Zug nach Rom.

Zum Verbleib von Antonio wissen sie nichts, da ist immer noch kein Telegramm gekommen.

»Er ist bei El Alamein verwundet worden, soweit ich weiß«, hat einer der Jungs aus dem Dorf erzählt. »Im Krankenhaus habe ich neben einem Kerl gelegen, der ihn hinter einem kleinen Hügel abgelegt hat, nachdem er getroffen worden war. Dieser Bursche hat gemeint, eine Bombe habe ihn erwischt – das hat er mir selbst erzählt.«

»Aber was ist anschließend aus ihm geworden?«, hat der Baron ungeduldig gefragt. »Du bist dabei gewesen, also musst du es doch wissen.«

»Ja, in El Alamein war ich, aber nicht da, wo Antonio gewesen ist«, hat der Junge geantwortet. »Lorenzo schon – die beiden sind die ganze Zeit zusammen gewesen. Er wird es deshalb sicher wissen.«

Im Dorf geht alles still seinen gewohnten Gang. Der kleine Laden der Familie Rosenfeld bleibt geschlossen – ein rostiges Vorhängeschloss verschließt die Tür und die Klappläden vor den Fenstern sind verriegelt. Auf dem Bürgersteig vor dem Haus der Familie Romanelli stapelt sich das Herbstlaub, bis es ganz verrottet ist. Die Schachfiguren auf dem steinernen Tischchen stehen stramm in Reih und Glied. Der schwarze Turm ist umgefallen und der König starrt stumm vor sich hin.

Selbst die Kinder in der Schule sind schüchterner als sonst. Am Nachmittag gehen sie sofort nach Hause, denn auf dem Spielplatz hat die Garnison biwakiert.

Jeden Tag nach der Schule geht Gina in die Kirche, um eine Kerze anzuzünden. Abends sitzt sie in dem großen, steinernen Haus und wartet. Und betet.

Der Arzt und Lorenzo sind nicht mit dem Bus ins Dorf gekommen, denn dafür wäre Lorenzo viel zu schwach gewesen. Der Sohn des Doktors hat sie mit seinem kleinen Fiat 500 gebracht.

Die Dorfjungen haben das kleine Fahrzeug schon von ferne ankommen sehen und sind wie Bergziegen über die Felsen nach unten gesprungen, um in einem Spalier hinter dem Fiat herzulaufen und ihn bis vor das Haus der Familie Romanelli zu begleiten. Dort sind sie ein bisschen verlegen stehen geblieben – wie Hunde, die einem Murmeltier hinterhergerannt sind und dann auf einmal nicht mehr wissen, was sie damit anstellen sollen.

Auf dem Bürgersteig vor ihrem Häuschen haben Guiseppe und Maria ängstlich auf das Nachhausekommen ihres jüngsten Sohnes gewartet. Die anderen Dorfbewohner sind etwas bestürzt näher getreten, um ja nichts zu verpassen.

Pietro ist der Erste gewesen, der ausgestiegen ist. Er ist um das Auto herumgelaufen, hat die Beifahrertür geöffnet und sich nach innen gebeugt.

Lorenzo ist nicht selbst ausgestiegen. Pietro hat ihn herausgehoben. Er ist in Decken eingewickelt gewesen wie ein Kind.

Wie vor den Kopf gestoßen haben die Menschen dagestanden und zugeschaut. Dann ist Guiseppe nach vorn gekommen und hat seinen Sohn von Pietro übernommen. Mit kerzengeradem Rücken hat er ihn in seinen starken Armen nach drinnen getragen.

Erst dann ist – mit einiger Mühe – der Arzt hinten aus dem Wagen herausgekrabbelt. »Er ist noch sehr schwach, aber wenigstens ist er wieder hier«, hat er gesagt, während er sich den unteren Rücken gerieben hat. »Maria wird ihn schon wieder aufpäppeln und ich werde ihn entsprechend verarzten.«

»Was ist mit ihm, Herr Doktor?«, hat Gina gefragt. Bleich vor Entsetzen hat sie an ihrem Taschentuch herumgefingert.

»Er ist am Fuß verwundet worden, und bevor er in ein anständiges Krankenhaus kommen konnte, hat er Wundfieber bekommen.«

»Wundfieber?«, hat Sofia erschrocken gefragt.

Der Arzt hat genickt. »In Rom haben sie ihm sein rechtes Bein amputiert, direkt unterhalb des Knies.«

Furchtbar erschreckt hat Gina beide Hände vor ihr Gesicht geschlagen.

»Das Bein sieht zum Glück wieder gut aus. Wir müssen allerdings die Wunde genau beobachten und dafür sorgen, dass er wieder zu Kräften kommt«, hat der Doktor gesagt und Anstalten gemacht, auch ins Haus zu gehen.

»Kann ich mit ihm reden, Herr Doktor?«, hat Gina hinter seinem Rücken gefragt.

Der Arzt ist stehen geblieben. »Warte noch so zwei, drei Tage, Gina. Er ist von der Reise sehr geschwächt. Danach wird es ihm sicher guttun, wenn du auf ein Schwätzchen vorbeikommst.«

Anschließend ist er Maria und Guiseppe ins Haus gefolgt und hat die Tür hinter sich geschlossen.

Später an diesem Nachmittag hat Sofia mit ihrer Nachbarin einen kleinen Plausch gehabt.

»Hast du gesehen, wie bleich die arme Gina geworden ist, als sie Lorenzo gesehen hat? Das ist doch auch so ein liebes Mädchen – ein Herz aus Gold hat sie, das sage ich immer.«

Erst nach einer Woche darf Lorenzo besucht werden. Gina steht vor der Tür, zögert aber noch für einen Augenblick. Sie kennt das Haus der Romanellis genauso gut wie ihr eigenes, jetzt allerdings, auf der Schwelle des Krankenzimmers, zögert sie.

»Geh ruhig hinein. Er ist wach«, sagt Maria hinter ihr.

Lorenzo liegt mit dem Rücken zur Tür, doch als er die Stimmen hört, dreht er sich um. Sein Gesicht ist ausgemergelt und hat einen grauen Teint. Seine Augen sehen noch einen Augenblick lang trübe aus, anschließend lächelt er doch. »Komm herein, Gina«, sagt er einladend. »Ich bin nicht ansteckend.«

Unsicher geht sie in das Zimmer. »Wie geht es dir jetzt?«, möchte sie wissen.

»Gut, und dir?«

»Hey, Lorenzo! Du bist hier der Kranke. Mir fehlt nichts.«

»Ich bin überhaupt nicht krank«, antwortet er in neckendem Tonfall. »Es sei denn, ein Beinstumpf gilt auf einmal als Krankheit.«

Sie stellt sich neben sein Bett. »Ich finde das mit deinem Bein sehr schlimm«, erklärt sie, »aber mein Vater sagt …«

»Ich möchte kein Mitleid von dir, verstanden?«, unterbricht er sie scharf.

»Ja, sag doch, was soll ich sonst sagen?«, schnaubt sie los. »Ich kann nicht sagen, dass ich es nicht schlimm finde, denn ich finde es schon sehr schlimm! Und ich bin froh, dass du wieder zu Hause bist, aber wenn du jetzt wieder mit deiner Beckmesserei anfängst, gehe ich lieber wieder weg.«

»Nein, nein, geh nicht weg«, erwidert er, während er seine Augen schließt. »Ich höre auf mit der Beckmesserei.«

»Du willst nur nicht bemitleidet werden«, erklärt sie und setzt sich auf den Stuhl neben seinem Bett.

»Dieser Satz hört sich kaum weniger erbärmlich an«, brummt er, die Augen immer noch geschlossen.

»Für mich klingt das jetzt wieder wie Beckmesserei«, warnt sie ihn.

»Das ist keine Beckmesserei, das ist die Wahrheit. Erzähl mir mal: Was hast du denn die ganze Zeit über gemacht, während ich für das Wohl von Volk und Vaterland gekämpft habe?«

Er klingt verbittert, denkt sie. Sie erinnert sich an die Worte des Arztes: Sein Bein bekommen wir schon wieder gesund und sein Körper wird auch wieder kräftig – ich mache mir mehr Sorgen über seinen Geist.

Sie erzählt ihm, wie ihr kleines Leben gelaufen ist, während er nicht da war. Über den Enkel der Schande spricht sie nicht, denn sie hat keine Ahnung, ob er darüber Bescheid weiß.

Noch bevor sie sich über Antonio informieren kann, schläft er ein.

Danach kommt sie jeden Tag kurz vorbei, sobald ihre Arbeit in der Schule getan ist, und sitzt dann ein Weilchen im Krankenzimmer und plaudert.

Gegen Ende der Woche sitzt Lorenzo in einem Sessel neben dem Küchenofen. »Du bist auf!«, ruft Gina fröhlich. »Jetzt bist du wieder ganz der Alte!«

»Ja«, antwortet er. »Vor allem so in dieser Decke, wie ein hilfloses Kind.«

Sie ignoriert seine Bemerkung und schenkt ihnen beiden eine Tasse Kaffee ein. Automatisch schaufelt sie zwei Löffel Zucker in die seine und rührt. »Ich kann meinen Kaffee selbst rühren, kapiert?«, sagt er, als sie ihm den Kaffee reicht. »Mein Arm ist noch dran.«

»Hey, Lorenzo, hör doch mal mit deinem Selbstmitleid auf!«, blafft sie ihn an.

Für einen Augenblick schaut er sie überrascht an, dann nimmt er seinen Kaffee. »*Grazie*«, bedankt er sich.

Antonio ist ohne jeden Zweifel bei El Alamein verwundet worden, erzählt er nach einiger Zeit in kleinen Häppchen, er möchte jedoch nicht mehr daran denken.

»Aber ist er in Sicherheit, lebt er noch?«, will Gina ängstlich wissen.

»Ja sicher, er lebt noch«, antwortet Lorenzo ungeduldig. »Das ist nur alles so ein Durcheinander gewesen. Unsere Armee hat sich holterdiepolter zurückziehen müssen. Kein Mensch weiß genau, wer wo gewesen ist und was mit wem passiert ist. Du wirst schon sehen: Es dauert nicht mehr lange, dann wird er hier auf zwei Beinen hereinmarschiert kommen.«

»Ich hoffe, du hast recht«, sagt Gina. »Hast du Lust auf eine Partie Dame?«

Er schüttelt den Kopf. »Nein, Gina, bitte nicht. Geh mal lieber das Schachbrett holen, dann schauen wir, ob ich dir das nicht beibringen kann.«

»Gina geht jeden Tag bei den Romanellis vorbei«, eröffnet Sofia abends ihrer Nachbarin. »Sie hat natürlich viel mit Lorenzo zu schaffen, der Schatz. Sie denkt auch immer zuerst an die anderen und erst dann an sich selbst.«

Erst nach den Weihnachtstagen – und was sind das in vielen Häusern für einsame, traurige Weihnachtsfeiertage geworden – kommt endlich der Brief.

»Antonio lebt!«, ruft Gina über den Dorfplatz. Mit einem flatternden Brief in der Hand rennt sie zu dem Haus der Romanellis. »Onkel Guiseppe! Tante Maria! Antonio lebt! Schaut! Für euch ist hier auch ein Brief von ihm!«

Das ganze Dorf erwacht zum Leben. »Antonio lebt!«, läuft es von Mund zu Mund. »Aber wo ist er denn?«

»Er hat mir geschrieben!«, jubelt Gina. »Er sagt, dass es ihm gut geht. Sie haben ihn gefangen genommen, die Alliierten, und jetzt liegt er in einem Krankenhaus irgendwo in Afrika.« Sie wirft wieder einen Blick auf den Brief. »In Südafrika.«

»In einem Krankenhaus?«

Maria reißt hastig ihren eigenen Brief auf. Ein breites Lächeln breitet sich auf ihrem Gesicht aus und sie öffnet die Augen der Sonne entgegen.

»Heilige Mutter Gottes, ich danke dir, ich danke dir. Mein Kind ist in Sicherheit, mein Kind lebt!« Anschließend rennt sie so schnell sie kann zum Steinbruch, um ihren Mann an der Freude Anteil haben zu lassen.

»In einem Krankenhaus?«, fragt Luigi noch einmal.

»Ja, aber er ist nicht ernsthaft verwundet. Er ist in diesem Augenblick mit Sicherheit schon wieder entlassen worden.« Gina schaut auf das Datum oben auf dem Brief. »Der Brief ist schon vor zwei Monaten abgeschickt worden und ist jetzt erst angekommen!«

»Das ist wegen des Krieges«, erklärt ihr Vater. »Und Afrika ist weit weg.«

Im Sprechzimmer blättert der Arzt im Atlas weiter von

Ägypten und El Alamein, auf der Suche nach der Seite, auf der Italien und Afrika abgebildet sind. Anschließend macht er einen Kreis um *Union von Südafrika*, den Ort, wo sich Antonio jetzt befindet. Er macht auch einen Kreis um den Ort, wo El Alamein sein muss und wo der Enkel von Luigi gefallen ist.

»Ich habe es ja gesagt«, brummt Lorenzo. »Er hat immer die Glücksgöttin auf seiner Seite gehabt. Jetzt sieht er noch mehr von der Welt.«

»So darfst du nicht reden, über Göttinnen und so«, weist Gina ihn zurecht. »Ich bin mir sicher, dass das Sünde ist. Soll ich das Schachbrett holen?«

»Nein, du lernst viel zu langsam. Ich spiele lieber mit meinem Vater«, entgegnet Lorenzo, während er sich das linke Bein reibt.

»Warum reibst du dir denn die ganze Zeit das linke Bein?«, möchte Gina wissen. »Das rechte Bein ist doch verwundet worden.«

»Es ist ja nicht mehr so viel rechtes Bein übrig, dass man es reiben könnte«, erwidert er.

Sie steht auf. »Wenn du so schlechter Stimmung bist, bleibe ich nicht.«

»Setz dich hin«, fordert er sie in sachlichem Ton auf. Dann seufzt er tief. »Mir wurde auch ins linke Bein geschossen, Gina. Mein Knie ist zertrümmert. Die Ärzte in Rom haben die Kniescheibe entfernt und das Bein versteift.«

Sie sagt nicht noch einmal, dass sie das schlimm findet, sondern nickt nur langsam. »Dann wirst du einen Haufen Schwierigkeiten beim Laufen bekommen«, stellt sie fest.

»Ja, in der Tat. Geh jetzt lieber das Damebrett holen.«

»Gina ist gerade hier vorbeigelaufen, sie ist bei den Romanellis gewesen«, sagt die Nachbarin von Sofia über die Wäscheleine hinweg.

»Das habe ich auch gesehen, schließlich habe ich Augen im Kopf«, antwortet Sofia bissig und geht ins Haus.

Beinahe zwei Wochen später sagt Maria: »Antonio hat wieder nicht geschrieben, was bei El Alamein nun mit ihm passiert ist.« Sie reicht Guiseppe den Brief. »Er schreibt nur, dass er jetzt in Südafrika auf einer Farm ist, bei freundlichen Leuten. Er bekommt gut zu essen, obwohl es ein bisschen fremd schmeckt. Er muss eine Brücke über den *Nilo* bauen. Ich habe gar nicht gewusst, dass der *Nilo* da entspringt.«

»Der Nil entspringt in Zentralafrika, beim Viktoriasee«, erklärt ihr Lorenzo. »Das wird wohl ein anderer Fluss sein, der auch so heißt.«

Sein Vater nickt zustimmend und beginnt, den Brief aufmerksam zu lesen.

Maria steht auf. »Ich lege mich hin, ich bin müde«, verkündet sie. »Wir können wirklich dankbar sein, dass es Antonio gut geht. Du kommst allein zurecht, nicht wahr, Lorenzo?«

»Ja, ja«, antwortet der.

Als sie das Zimmer verlassen hat, bleibt es still. Ab und zu spritzen nur ein paar kleine Funken aus den Holzscheiten in dem schwarzen Ofen.

»Ich weiß, was mit Antonio passiert ist«, verkündet Lorenzo auf einmal.

Sein Vater blickt von dem Brief auf.

Lorenzo schweigt noch eine lange Zeit, während sein Vater nicht weiterliest, sondern abwartet.

»Wir haben nebeneinander hinter einem Sandhügel gelegen.« Es fällt Lorenzo offensichtlich schwer, in diese Zeit zurückzukehren. »Eigentlich konnte man noch nicht einmal von Hügel sprechen, es war eher so etwas wie ein Haufen im Sand, den wir gegen die alliierte Armee verteidigen sollten. Die Kerle waren überall um uns herum und mit ihren Flugzeugen haben sie uns auch von oben beschossen.«

Er schweigt und sein Vater wartet geduldig.

Lorenzo fährt sich mit der Zunge über die trockenen Lippen. »Wir haben gelernt, auf den Körper zu zielen, nicht auf den Kopf, denn das ist ein zu kleines Ziel. Außerdem wird der Kopf dieser Kerle von ihren Helmen geschützt.«

Sein Vater nickt. Papa weiß, wovon ich spreche, denkt Lorenzo. Er hat selbst auch gekämpft, damals im Großen Krieg.

Die Geschichte wird immer schleppender. »Dann habe ich auf einmal gesehen, wie so ein Idiot direkt auf mich zustürmt. Ohne Angst. Ich habe gezielt und er ist so gerannt, dass der Sandhaufen zwischen uns gekommen ist. Ich bin nach vorn gekrochen und habe gerade noch eine Bewegung gesehen, wie er hinter einen flachen Felsen gekrochen ist. ›Komm zurück, Lorenzo!‹, habe ich Antonio hinter mir rufen hören.«

Sein Vater schaut ihn ruhig an und nickt ermutigend mit seinem großen Kopf.

Ein mühsamer, versandeter Weg ist das, dieser Weg zurück in der Zeit, ein Weg, in dem sich Lorenzos Füße so festsaugen, dass er beinahe nicht mehr weiterkann. Trotzdem möchte er seinem Vater unbedingt erzählen, was sich abgespielt hat. Er muss einfach.

»Dann hat sich der Kerl direkt vor mir aufgerichtet und den Sicherungsstift seiner Handgranate mit den Zähnen herausgerissen. Sein Helm war heruntergefallen, das habe ich gesehen. Da habe ich mich aufgerichtet und direkt zwischen seine Augen gezielt. Er hat seinen Arm nach hinten gestreckt, um zu werfen, und ich habe den Abzug gezogen. Um mich herum knallten die Schüsse. Ich habe gespürt, wie meine Knie gebrannt haben. Die Handgranate ist ganz schräg geflogen und die Augen von dem Kerl waren auf einmal weit aufgerissen, mit so einem überraschten Blick darin. Dann ist er hintenübergefallen, doch seine Augen haben mich immer noch angestarrt. Braune Augen hat er gehabt. Dann habe ich irgendwo aus dem Nirgendwo gehört, wie Antonio meinen Namen gerufen hat. Ich habe versucht aufzustehen, aber ich konnte nicht, ich konnte es einfach nicht. Ich bin einfach in meinen Knien zusammengeklappt. Und die ganze Zeit über hat mich dieser Kerl angestarrt, direkt vor mir, nur ein paar Schritte entfernt.«

Er schließt seine Augen und es ist eine ganze Weile still. Anschließend sagt er: »Ich träume immer noch davon, Papa. Jede Nacht.«

»Ich k-k-k-enne d-d-das alles«, sagt Guiseppe.

Das Feuer im Ofen brennt mit einem leisen Knacken. Ein vertrautes Geräusch.

Lorenzo öffnet seine Augen wieder und schaut seinen Vater an.

»Dann ist Antonio auf mich zugerannt, Papa. Ich habe ihn kommen sehen, gebückt, das Gewehr in der einen Hand. Um uns herum war überall Gewehrfeuer. Er hat mich unter den Armen gegriffen und mitgeschleift. Ich habe gespürt, wie mein rechter Fuß in Fetzen geschossen worden ist. Dann habe ich gemerkt, wie er zusammengeklappt ist, und ich habe gewusst, Papa, dass sie meinen Bruder zu fassen bekommen haben, weil er gekommen war, um mich zu holen.«

Sein Vater nickt.

»Aber er hat mich weitergeschleift. Wir ließen uns hinter den Sandhaufen fallen und andere Hände haben uns weiter weggeschleift. Ich bin erst wieder zu mir gekommen, als die Sanitäter mit mir am Rennen waren. Wie es mit Antonio weitergegangen ist, weiß ich nicht.«

Es bleibt sehr lange still. Anschließend sagt Guiseppe: »Ich t-t-träume j-j-jetzt noch davon.« Und Stückchen für Stückchen, Stottern für Stottern erzählt sein Vater von dem Deutschen, den er 1915 aus nächster Nähe erschossen hat, in einem schlammigen Schützengraben in Frankreich. »Er h-h-hatte bl-bl-blonde Haare«, ackert er sich durch die Geschichte, »und bl-bl-blaue Augen, die m-m-mich w-w-weiter ange-g-geschaut h-h-haben. Er g-g-geistert immer n-n-noch d-d-durch meine G-g-gedanken.«

Lorenzo nickt. »Dieser Kerl hatte eine ganze Menge Sommersprossen und rote Haare«, erklärt er. »Aber es sind seine braunen Augen, die ich immer noch vor mir sehe, Tag und Nacht.«

17. Kapitel

Klara hat einen Augenblick lang das Gefühl, als hätte sie einen Schlag in die Magengrube bekommen. Vor Verlegenheit schießt ihr das Blut in die Wangen. Wird Irene denn nie erwachsen?

Schließlich streckt sie auch die Hand aus. »Ich bin Klara.«

Dumm, wird ihr unmittelbar darauf klar. Irene hat schließlich gerade gesagt, dass dies jetzt ihre Schwester Klara ist!

Es scheint dem Fremden nicht aufzufallen. Für einen kurzen Augenblick verschwindet ihre Hand in der seinen, er nickt ihr kurz mit seinem dunklen Kopf zu und widmet seine Aufmerksamkeit wieder dem Bogen Papier auf dem Tisch.

Oben auf dem Papier steht in einer ordentlichen Handschrift: »*Ponte del Nilo*«. Und darunter, in der Handschrift von Boelie: »Brücke über den Nijl«.

»Die Zeichnungen, die das Ministerium für Infrastruktur geliefert hat, passen hinten und vorne nicht«, erzählt Boelie. »Sie scheinen zwar jemanden geschickt zu haben, der die Vermessungen durchführt, aber du weißt ja, wie unsere Khaki-Regierung ist – nutzloser als nutzlos. Jetzt können Antonio und ich ihnen die Kastanien aus dem Feuer holen. Wenn wir wenigstens die entsprechenden Geräte von ihnen bekommen würden.«

»Nun, jedenfalls bist du die richtige Person dafür. Eigentlich bist du ja schon Ingenieur«, erklärt Klara. Sie ist immer noch rot im Gesicht, spürt sie.

Sie spürt auch die Augen des fremden Mannes für einen flüchtigen Augenblick auf sich ruhen.

»Ja, mir fehlt nur noch das entsprechende Scheinchen«, erwidert Boelie. »Ihm übrigens auch«, und er nickt dem Fremden zu. »Vor dem Krieg hat er Architektur studiert.«

»Oh«, macht Klara.

»Ich habe meiner Schwester erzählt«, beginnt Boelie auf Englisch, während er sich wieder hinsetzt, »dass das Ministerium …« und er wiederholt das ganze Gespräch.

Klara holt drei Kaffeetassen aus dem Schrank, nimmt die heiße Kaffeekanne vom Ofen und schenkt zwei Tassen ein. Milch und Zucker stellt sie daneben.

»Danke«, sagt Boelie, ohne aufzuschauen. Er ist eifrig am Rechnen.

Der Fremde blickt auf. »*Grazie*«, sagt seine klangvolle Stimme.

Sie wirft ihm keinen Blick zu, sondern schenkt sich selbst auch ein Tässchen ein und verlässt anschließend in aufrechter Haltung die Küche.

»Du liebe Leute, Irene, wie kannst du nur jemanden so in die Bredouille bringen?«, schimpft sie, sobald sie in ihrem Zimmer ist.

»Was ist denn jetzt wieder los?«, blafft Irene zurück.

»Du kannst doch nicht einfach diesem Mann sagen, dass ich Italiener hasse!«

Irene zuckt mit den Schultern. »Wem? Antonio?«, fragt sie unschuldig. »Du hast es aber doch behauptet. Du denkst doch, dass der ganze Krieg ihre Schuld ist, oder? Aber wenn du Boelie fragst, sind die Engländer an allem schuld. Er steht auf der Seite der Deutschen und Italiener, die geben den Khakis ordentlich eins auf die Mütze. Und ich bin auch auf ihrer Seite.« Sie schweigt kurz, um Luft zu holen, und dann zetert sie weiter: »Und wenn du nicht möchtest, dass jemand wiederholt, was du gesagt hast, dann solltest du besser aufpassen, was du sagst!«

Seufzend schüttelt Klara den Kopf. »Du solltest lieber nicht auf alles hören, was Boelie sagt.« Sie fängt an, ihre Kleider aus ihrem Koffer zu holen.

»Wenigstens redet er mit mir«, erwidert Irene und verlässt das Zimmer.

Als ihre Mutter ihr nach einer Weile beim Auspacken Gesellschaft leisten möchte, will Klara wissen: »Was ist jetzt mit Boelie, Mama? Es scheint so, als ginge es ihm viel besser.«

»Ja, das stimmt. Seit er mit der Brücke zu tun hat«, antwortet ihre Mutter. »Am Anfang, als wir hier nur noch Guido und Valerio hatten, ging überhaupt nichts voran. Anscheinend konnten sie ziemlich gut mit Steinen bauen, aber sie konnten keine Baupläne lesen und der Ingenieur des Ministeriums ist nur einmal in zwei Wochen vorbeigekommen. Abgesehen davon haben sie auch kein Wort Englisch verstanden, also haben sie nichts von dem kapiert, was der Mann ihnen erklärt hat.«

Klara bricht in schallendes Gelächter aus. »Das muss eine echte babylonische Sprachverwirrung gewesen sein.«

»Da hast du recht. Schließlich hat das Ministerium Antonio geschickt. Er spricht fließend Englisch und kann Baupläne lesen, hat aber wiederum nicht mit den Arbeitern reden können. Die Leute hier im Bosveld sprechen schließlich kein Englisch.«

»Und dann kam Boelie ins Spiel?«

»Nein, Opa hat alles übersetzt. Er hat es genossen zuzuschauen, wie die Grabungen vorangegangen sind.«

»Opa wird ihnen bald auch ganz genaue Anweisungen geben, wie sie zu bauen haben«, ergänzt Klara lachend.

»Das vermute ich auch«, bestätigt ihre Mutter. »Aber als Antonio gemerkt hat, dass die Bauzeichnungen für die Brücke nichts taugen, hat ihm Opa verraten, dass Boelie Ingenieurwesen studiert. So kam Boelie mit ins Boot. Antonio und er arbeiten den ganzen Tag zusammen.«

»Und was tun Valerio und … wie hieß der andere noch mal?«

»Guido.«

»Was tun die jetzt?«

»Die meißeln die Steine schön glatt. Sie haben schon eine ganze Menge behauen, aber anscheinend sind die Steine hier nicht ganz so, wie sie sein sollten. Morgen oder übermorgen gehen sie mit zu Onkel Gertjie, um dort Steine zu holen. Das ist nicht allzu weit weg. Antonio möchte Anfang nächsten Jahres mit dem Bau der Brücke beginnen. Der Ingenieur des Ministeriums muss erst noch die veränderten Baupläne genehmigen und kein Mensch weiß, wie lange das dauern wird.«

Mama steht auf. »Ich muss mich ums Essen kümmern. Komm doch in die Küche, wenn du mit dem Auspacken fertig bist.«

Schon nach drei Tagen kommt Annabel vorbei. Kurz nach zehn Uhr morgens sieht Klara, wie ein nagelneues, rotbäckiges, kleines Auto vorsichtig über die niedrige Brücke kriecht. Als es vor der Veranda anhält, sind es die langen Beine von Annabel, die zum Vorschein kommen.

»Was ist denn das jetzt?«, fragt Klara überrascht.

»Ein kleines Geschenk von meinem Vater, weil ich mein Examen *cum laude* abgeschlossen habe. Hübsch, oder?«

Mit großen Augen geht Klara die Verandatreppe hinunter. »Annabel! Das schlägt wirklich alles! Ist das neu?«

»Direkt aus der Verpackung«, antwortet Annabel. »Ich habe meinem Vater gesagt, dass kein einziger Journalist seine Arbeit gut machen kann, wenn er selbst kein Auto besitzt.«

Klara schüttelt den Kopf. »Du wirst nach Strich und Faden verwöhnt, du!«

»Ach ja. Wo sind De Wet und Boelie?«

Klara lacht. Sie wusste gleich, dass mehr hinter dem Besuch steckt.

»De Wet ist beim Vieh. Er muss die Lecksteine verteilen, glaube ich zumindest. Boelie sitzt in der Küche und arbeitet.«

»Nun, dann lass uns ihm kurz Guten Tag sagen«, verkündet Annabel und wirft die langen Haare über ihre nackten Schultern nach hinten.

In der Küche stehen Boelie und Antonio sofort auf.

»Annabel!«, ruft Ersterer überrascht und macht ein paar Schritte nach vorn.

Annabel zaubert sich ihr schönstes Lächeln ins Gesicht. In diesem Augenblick hat sie ausschließlich Augen für Boelie. »Du bist zurück! Da bin ich aber froh, Boelie!« Sie wendet ihm ihr Gesicht zu und bietet ihm an, sie auf den Mund zu küssen. Ihre Lippen sind rot und ein bisschen feucht.

Verdutzt wirft Klara ihrer Freundin einen Blick zu. Wie

schafft sie das nur? Sie hat Boelie auf der Stelle in ihren Bann gezogen.

Anschließend wendet Annabel sich dem Fremden zu und Antonio bekommt eine volle Ladung ihres Charmes ab.

»Das ist Antonio Romanelli aus Italien und das ist Annabel de Vos, das schönste Mädchen in unserem Land«, stellt Boelie die beiden einander vor.

»In eurem Land gibt es eine ganze Menge schöner Mädchen, wie ich sehe«, erwidert Antonio mit einem freundlichen Lächeln.

Klara merkt, dass sie plötzlich rot wird. So ein arroganter Kerl! Sie hofft nur, dass er Annabel so umwerfend findet, dass er sich beim Sturz eine blutige Nase holt.

»Freut mich, dich kennenzulernen«, sagt Annabel und reicht ihm eine Hand. Ihre langen Fingernägel hat sie rot lackiert. »Ich habe eine besondere Verbindung zu Italien. Mein Auto kommt von da.«

Boelie runzelt die Stirn. »Du hast ein Auto?«, fragt er irritiert.

Annabel lächelt geheimnisvoll und zwinkert ihm zu. »Schau es dir an«, lädt sie ihn ein und streckt ihre Hand nach ihm aus. »Hey, Boelie, wie schön, dass du wieder da bist.«

Auf der Veranda bleibt Boelie für einen Augenblick stehen. Er pfeift zwischen den Zähnen hindurch. »Ein Fiat 500! Was will man mehr?«

»Ein Fiat Topolino«, ergänzt Annabel besserwisserisch.

Sie gehen die Treppe hinunter zu dem kleinen Auto, das auf dem Feldweg neben dem Haus steht.

»Topolino ist eine Maus«, sagt Antonio.

»Eine Maus!«, wiederholt Annabel geringschätzig.

»Eine Maus!«, lacht Klara. »So sieht das Ding wirklich nicht aus!«

»Doch, schon«, erklärt Antonio. »Schaut es euch doch mal an: seine Schnauze, seinen Körper …«

Boelie hat die Motorhaube schon geöffnet und studiert das Innenleben.

»Das ist eine ›Sie‹, denn das ist ein Mädchenauto«, erklärt Annabel. »Und du darfst ihr nicht so einfach unter den Rock schauen, Boelie. So etwas gehört sich nicht.«

»Hallo Mäuschen«, sagt Klara freundlich und klopft dem Auto auf sein Schnäuzchen.

»Ihr dürft mein Auto nicht ›Maus‹ nennen«, protestiert Annabel dramatisch. »Nennt es lieber Topolina.«

»Topolino«, berichtigt Antonio und streicht über die ledernen Sitzbezüge.

»Topolina«, verkündet Annabel mit Bestimmtheit. »Es ist ein Mädchen.«

Und so trifft De Wet sie an, als er eine halbe Stunde später für einen Kaffee nach Hause kommt: rund um das Auto schwirrend wie Bienen um einen Bienenkorb. Für ein paar Sekunden wird De Wet der wichtigste Mann in Annabels Leben, bis sie ihre Aufmerksamkeit wieder auf alle drei verteilt.

»Ich gehe uns schnell einen Kaffee kochen«, verkündet Klara.

»Und ich muss auf die Baustelle«, erwidert Antonio.

»Bring uns den Kaffee dorthin, ich gehe gleich mit«, ergänzt Boelie.

»Wir könnten ja ein kleines Picknick daraus machen«, schlägt Annabel vor, während sie gemeinsam zur Küche zurückschlendern. »Wir nehmen eine Decke und alles andere zum Fluss mit.« Sie hakt sich gemütlich bei De Wet ein und schaut zu ihm auf. »Erzähl doch mal, freust du dich darauf, nächstes Jahr bei meinem Vater in der Kanzlei zu arbeiten?«

Als Annabel kurz vor dem Mittagessen wieder in ihr Auto steigt, um wegzufahren, bemerkt Klara: »Du bist ein unglaublicher Glückspilz, dass du so ein Auto nur für dich selbst hast.«

»Klara, du wohnst mit drei Filmstars unter einem Dach! Ein größeres Glück gibt es doch gar nicht!«

Klara lacht. »Ach, Annabel! Erstens sind zwei davon meine Brüder und der Dritte ist ein Gefangener, der eine Brücke bauen soll, und zweitens sehen alle drei kein bisschen aus wie Filmstars.«

»Nun, du weißt schon, was ich meine«, entgegnet Annabel und

startet den Motor. »Wenn du mich fragst, sollte ich in der nächsten Zeit öfter mal vorbeikommen.«

Die Titelseite der Zeitung, die Boelie kurz vor Weihnachten aus dem Dorf mitbringt, berichtet mit nüchterner Schlagzeile: Generalmajor Dan Pienaar, der brillante Befehlshaber der südafrikanischen Truppen, die an der Eroberung von Tobruk beteiligt waren, ist verunglückt. Klara erinnert sich noch gut daran, was Gerbrand über ihn geschrieben hat: Er war ihr Anführer und er war sehr gut.

Sie liest weiter. Das Flugzeug, mit dem er auf dem Rückweg in die Union unterwegs gewesen ist, ist am 19. Dezember bei Kisumu in der Nähe des Victoriasees abgestürzt. Die Unglücksursache wird noch untersucht.

Es wird also wieder ein militärisches Begräbnis geben, überlegt Klara. Dieses Mal für einen bekannten General. Da wird dann ein Armeegeistlicher mit violetten Schulterstücken angetrabt kommen und ein Trompeter wird den Zapfenstreich blasen. Zweifellos wird ein komplettes Kommando hinter dem Kanonenwagen mit dem Sarg hermarschieren – das Grab wird weiß gekalkt sein und sich auf einem Friedhof voller Helden befinden, mit einem Stein aus weißem Marmor darauf.

Doch das Trommeln der Dreckklumpen wird sich auf diesem Sarg genauso anhören wie seinerzeit auf dem einfachen Holzsarg in dem primitiven Grab neben dem Beiwohnerhäuschen.

Unten auf der Seite liest sie, dass die ganze Erste Südafrikanische Division im Dezember nach Hause zurückkehren wird, um neu ausgebildet und für die nächste Phase des Krieges ausgerüstet zu werden. Sie werden Weihnachten zu Hause feiern.

Gerbrand wäre also ebenfalls über die Weihnachtsfeiertage zu Hause gewesen.

Die Zeitung meldet noch, dass bis jetzt 2104 südafrikanische Soldaten gefallen sind.

So unbegreiflich sinnlos!

Sie darf nicht vergessen, Tante Jemima am ersten Weihnachtsfeiertag ein Stück Fleisch vorbeizubringen.

Als Klara am Freitag darauf morgens aufwacht, ist sie sofort ganz aufgeregt. Heute Abend kommt Henk. Er ist Anfang der Woche schon von der Kapprovinz zu seiner Pension in Johannesburg gefahren und wird jetzt mit dem Morgenzug ins Bosveld weiterfahren.

Draußen plätschert der Regen nieder. Die Tropfen prasseln auf das Zinkdach, laufen in langen Nasen die Scheiben herunter und bilden Schlammpfützen auf dem Feldweg. Schon bald wird Opa kommen und verkünden, der Weg sei glitschig wie Rotze, denkt Klara mit einem Lächeln, während sie für eine Tasse Kaffee in die Küche geht.

Im Wohnzimmer sitzt bereits Irene und übt Klavier. Musik ist eines ihrer Prüfungsfächer. Jeden Morgen arbeitet sie die Tonleiter durch, hinauf und herunter, hinauf und herunter, bis ihre Finger locker und fliegend schnell über die schwarzen und weißen Tasten huschen. Anschließend sind die schwereren Stücke an der Reihe. Dann beugt sie sich nach vorn und ab und zu erscheint eine furchteinflößende Falte über ihrer Nase. Sie übt, bis alle Zimmer im Haus davon zittern.

Wenn alles gut geht, ist sie den ganzen weiteren Vormittag bei allerbester Laune. Wenn sie allerdings mit einem Stück zu kämpfen hat, brauen sich schwere Wolken über dem Wohnzimmer zusammen. Heute klingt es eher nach schweren Wolken.

»Sollen wir heute Morgen Pfannkuchen machen?«, schlägt De Wet vor, als Klara in die Küche kommt.

»Gleich, ja, aber jetzt noch nicht. Für solche praktischen Dinge bin ich noch nicht wach genug«, erwidert sie und schenkt sich eine Tasse Kaffee ein.

»Den Regen können wir gerade überhaupt nicht gebrauchen«, brummt Boelie genervt. »Das Ministerium möchte heute jemanden schicken, der eine Liste mit den benötigten Geräten zusammenstellen soll.«

»Im Bosveld können wir Regen immer gut gebrauchen«, widerspricht ihm sein Vater kurz angebunden.

Nach dem Frühstück holt Klara die Zutaten für die Pfannkuchen aus dem Vorratsschrank und stellt sie auf den Küchentisch. Als Boelie und Antonio mit ihren zusammengerollten Zeichnungen hereinkommen, erklärt sie resolut: »Nein, ihr solltet heute lieber am Esszimmertisch arbeiten, sonst wird das eine Brücke aus Teig.«

»Das Licht im Esszimmer ist aber nicht besonders«, entgegnet Boelie. »Da können wir nicht genug sehen.«

»Das wird mit Sicherheit ein Durcheinander«, behauptet De Wet trocken. »Dann müsst ihr eben warten, bis der Teig aufgebraucht ist.«

Klara wiegt das Mehl ab und schüttet es in ein Sieb. »Das ist Regierungsmehl«, warnt ihre Mutter sie. »Und der Zucker auch, du solltest lieber alles zweimal durchsieben.«

Das Sieb hat die Form eines Silos. Am Rand gibt es einen Handgriff, mit dem man den halbrunden Draht auf der Innenseite herumdrehen kann, sodass die Mehlklumpen zu Pulver gemahlen werden. Das Sieben dauert länger als sonst, weil das Mehl so grob ist.

»Ich hole schon einmal den Primuskocher«, erklärt De Wet.

Als der Regen um zehn Uhr etwas nachgelassen hat, kommen Opa und Oma durch die Hintertür in die Küche.

»Der ganze Hof ist ein glitschiges Rotzloch«, brummt Opa kratzbürstig. »Es ist lebensgefährlich, auch nur einen Fuß vor die Tür zu setzen, das könnt ihr mir glauben.«

»Warum gehst du denn auch bei diesem Wetter raus?«, schimpft Klaras Mutter. »Letzte Woche bist du noch krank gewesen.«

»Ach was«, wehrt Opa ab. »Tja, Oma quengelt schon seit gestern wegen der Geige, die sie Antonio geben möchte. Ist das Pfannkuchenteig, Klara?«

Die lacht. »Ja, Opa. Setzt euch mal gemütlich zu mir an den Tisch, ich fange jetzt mit dem Backen an.«

»Das Backen übernehme ich«, verkündet De Wet.

»Die Geige hat noch meinem Vater gehört«, erläutert Oma. »Opa hat sie heute Morgen für mich vom Dachboden geholt.« Sie gibt Antonio den Geigenkasten.

»Pass auf, dass du keinen Pfannkuchen auf den Boden fallen lässt«, warnt Klara.

»Habe ich das jemals getan?«, will De Wet wissen.

Antonio nimmt den Kasten und stellt ihn auf den Küchentisch neben die Schüssel mit dem Teig.

»Vorsichtig, sonst haben wir den Teig gleich auf der Geige«, sagt Klara.

»Ich habe gar nicht gewusst, dass du eine Geige besitzt, Oma«, erklärt Irene überrascht. »Kannst du auch darauf spielen?«

»Ach, als ich noch kleiner gewesen bin, schon. Ich habe es von meinem Vater gelernt«, antwortet Oma. »Aber jetzt natürlich nicht mehr.«

Antonio öffnet die rostigen Verschlüsse und hebt die Geige vorsichtig von ihrem Bett aus verschlissenem, königsblauem Flanell. Das Holz hat einen rostbraunen Glanz und aus dem Kasten steigt ein etwas muffiger Geruch auf.

Die Flammen im Ofen glühen gelb und rot.

»Als unsere Farm im Englischen Krieg niedergebrannt worden ist, haben wir die Geige vergraben«, erzählt Oma.

Antonios Hand gleitet über die Rundungen des Instruments und seine Finger streicheln vorsichtig das seidenglatte Holz. »Was für eine prächtige Geige das ist«, sagt er. Seine Stimme hört sich seltsam abwesend an.

Anschließend nimmt er den Geigenbogen aus dem Kasten und streicht mit seinem Finger über die ockergelben Haare. Er spannt den Bogen ein wenig und versucht es erneut. Dann nimmt er das Blöckchen Harz heraus und reibt damit über die Haare.

»Ist noch alles in Ordnung?«, möchte Oma etwas ängstlich wissen.

Antonio klemmt sich die Geige zwischen Kinn und Schulter. Sein langer Körper beugt sich leicht nach vorn, dabei fällt ihm das dunkle Haar über die Stirn. Ein paarmal streicht er über die Saiten und schaut dann auf. Seine schwarzen Augen glänzen. »Diese Geige ist vollkommen. Sie muss nur noch kurz gestimmt werden«, verkündet er mit einem freundlichen Lächeln in Richtung Oma.

»Ich habe eine Stimmgabel«, ruft Irene sofort.

»Wir können das auch einfach mit dem Klavier machen«, erklärt Antonio. »Hilf mir mal eben.«

Irene und Oma folgen ihm in das Wohnzimmer.

»Können wir jetzt mit dem Backen anfangen?«, will De Wet wissen.

»Nein, der Teig muss noch mindestens zwanzig Minuten ruhen«, erwidert Klara energisch.

Aus dem Wohnzimmer sind ein paar einzelne Klaviertöne zu vernehmen und danach ist eine Geige zu hören, die gestimmt wird. Und schon ganz schnell gehen die Klänge über in eine Melodie.

»Ist doch verrückt, der Kerl kann zaubern mit der Geige«, muss Boelie anerkennend zugeben und geht ins Wohnzimmer.

»Ruf mich, sobald du mit dem Backen anfangen möchtest«, sagt De Wet und folgt Boelie.

»Oma konnte es einfach nicht abwarten, Antonio die Geige zu geben«, berichtet Opa. »Sie hat mir in der Zwischenzeit ein Streichkonzert gegeben, das die Hunde zum Schweigen gebracht und die Katzen so beeindruckt hat, dass sie sich in Reih und Glied aufgestellt haben, nur um besser zuhören zu können.« Anschließend geht er den Jungen hinterher.

Klara grinst leise. »Opa ist echt witzig«, bemerkt sie zu ihrer Mutter.

»Antonio spielt wirklich wunderbar – hör dir das doch nur an«, stellt ihre Mutter anerkennend fest.

»Ja, er spielt in der Tat gut.« Sie legt ein Tuch über die Schüssel mit dem Teig und wäscht sich die Hände.

Nach einer Weile sagt ihre Mutter: »Er sollte abends besser bei uns mitessen. Jetzt, wo die anderen beiden zu der Farm von Onkel Gertjie gebracht worden sind, können wir ihn doch nicht Abend für Abend allein in der Scheune sitzen lassen.«

»Ach nein, Mama«, protestiert Klara. »Das Abendessen ist der einzige Augenblick am Tag, an dem wir wirklich einmal als Familie zusammen sind!«

»Das ist unsere Christenpflicht«, erinnert sie ihre Mutter fest entschlossen. »Für welche Uhrzeit erwartest du Henk?«

Am Heiligen Abend sitzen sie meistens mit ihrer eigenen Familie allein um den kleinen Weihnachtsbaum. In diesem Jahr hat Boelie den Zweig eines wilden Obstbaumes in eine große Dose gestellt, woraufhin Klara und Irene ihn mit glänzenden Kugeln und gefärbten Tannenzapfen geschmückt haben. Überall im Wohnzimmer stehen Kerzen. Opa wird irgendwann im Laufe des Abends darüber klagen, dass er nicht gut sehen kann, und dann wird Boelie geräuschvoll die Öllampe vollpumpen und sie auf den Tisch stellen.

An diesem Abend ist Henk auch dabei. Es ist anders als sonst. Fremd. Nicht schlecht eigentlich, aber fremd.

Opa liest in getragenem Tonfall die jahrhundertealte Weihnachtsgeschichte vor. Anschließend setzt sich Irene ans Klavier und sie singen gemeinsam Weihnachtslieder. Daraufhin verteilen sie kleine Geschenke. Von Henk bekommt Klara eine sehr feine, silberne Kette.

»Die sieht wunderbar aus, Henk«, sagt sie leise.

»Wenn ich im nächsten Jahr Geld verdiene, kaufe ich dir eine goldene Kette«, verspricht Henk.

»Es geht doch eher um den Gedanken dahinter, auf jeden Fall an Weihnachten«, erwidert sie.

Später am Abend gehen Henk und sie auf die Veranda. »Kommst du mit hinunter zum Fluss?«, fragt sie ihn.

Er verschränkt seine Finger mit den ihren und sie schlendern gemeinsam den Feldweg entlang. »Ihr Bosvelder habt keine Ahnung, wie ein Fluss auszusehen hat«, neckt er sie. »Euer Nijl ist doch nur ein kleines Bächlein, kein Fluss.«

Ihre Hand ruht weiterhin sicher in der seinen. Um sie herum breitet sich die Stille des Bosvelds aus. Das Land schläft. »Als ich noch klein war, habe ich immer gedacht, dass das Feld rund um Bethlehem, wo die Engel gesungen haben und die drei Waisen dem Stern gefolgt sind, genauso ausgesehen hat«, offenbart sie.

Es ist fast Vollmond. Der Weg, das Gras und die gelben Blüten der Doringbäume schimmern im sanften Licht. Unter der breiten Krone der Weide bleiben sie stehen. Der Mond spiegelt sich in der kleinen Wasserpfütze.

»Ich bin so froh, dass du heute Abend mit uns Weihnachten feiern konntest, Henk«, sagt sie.

Er zieht sie dichter an sich. »Das ist für mich eine ganz besondere Zeit«, erklärt er. »Danke, dass ihr mich eingeladen habt.«

Während sie langsam wieder zum Haus zurückgehen, hört Klara vage den traurigen Ton einer Geige, der aus der Scheune nach draußen dringt. »Hör doch mal«, sagt sie und legt ihre Hand auf Henks Arm, sodass der nicht weitergehen kann.

Durch die hohen Fensterchen schweben die leichten Töne nach draußen, wo sie im Mondlicht aufsteigen. In der unbekannten Melodie hört Klara die Sehnsucht nach einem fernen Land heraus, wo es in der Weihnachtsnacht schneit und der Mond silbern glänzt. Sie vernimmt die Sehnsucht nach Menschen, die eine andere Sprache sprechen, die das Weihnachtsfest mit einer Messe und fremden Volksbräuchen feiern, die Sehnsucht nach einer fernen Familie, die in diesen Tagen völlig zerrissen und über verschiedene Kontinente verstreut ist.

»Ja, dieser Mann spielt gut«, erkennt Henk neben ihr an. »Aber letztendlich bleibt es doch ein Katzengejammer, was so eine Geige von sich gibt, findest du nicht auch? Komm«, und er geht weiter in Richtung Haus.

Am ersten Weihnachtsfeiertag kommen Onkel Freddie und Tante Anne zu Besuch. Sie sind alt geworden, denkt Klara. Das Haar von Onkel Freddie wird immer schütterer und seine Schultern sind etwas gebeugt. Boelie spricht immer noch nicht mit Onkel Freddie – er begrüßt ihn nur und vermeidet anschließend jeden direkten Kontakt.

Tante Anne scheint sogar noch mehr gealtert zu sein als ihr Mann. Ihre Haut ist stumpf, ihre Haare sind etwas zu schwarz gefärbt und sie betrachtet mit einem müden, beinahe schon geistesabwesenden Blick die reich geschmückte Tafel vor ihr. Es ist vor allem ihr Mund, der Klara besonders auffällt. Ihre Lippen sind dünn und straff, ihre Mundwinkel zeigen ein bisschen nach unten. Und wenn sie einmal etwas sagt, ist ihre Stimme nicht das Einzige, was sich verbittert anhört.

»Hast du noch etwas von Christine gehört, Tante?«, fragt Klara und versucht damit, ein Gespräch in Gang zu bekommen.

»Nein, gar nichts«, antwortet Tante Anne. »Sie hält die Armee offenbar für wichtiger als ihre Familie.«

Nach dem Weihnachtsessen, während alle ein Nickerchen machen, packt Klara einiges von dem, was vom Essen übrig geblieben ist, in einen Korb.

»Komm doch bitte kurz mit«, fordert sie De Wet in flehendem Ton auf.

»Hey, Klara, muss das jetzt sofort sein?«, protestiert er. »Es ist glühend heiß.«

»Das ist unsere Christenpflicht«, antwortet sie resolut.

Er lacht kurz auf und steht schlaksig auf. »Tante Jemima gegenüber oder dir gegenüber?«, möchte er wissen.

»Gegenüber uns beiden«, erklärt sie. »Abgesehen davon ist der Korb ziemlich schwer, deswegen brauche ich dich als Träger.«

Während sie sehr viel später an dem verdorrten, felsigen Hügelrand entlang zum Haus zurücklaufen, sagt De Wet: »Tante Jemima ist alt geworden.«

»Das kann man auch gut verstehen«, erwidert Klara. »In den letzten paar Jahren sind in ihrem Leben so viele schreckliche Dinge passiert.«

Sie gehen eine Weile schweigend weiter. Schließlich sagt Klara: »Opa ist allerdings auch gealtert. Diese ganze Geschichte mit Boelie ist ihm fast zu viel geworden. Und Onkel Freddie ebenfalls – hast du das gesehen, De Wet?«

»Das kommt dabei heraus, wenn Krieg ist«, entgegnet De Wet und schießt mit dem Fuß einen Stein weit weg.

Sie überqueren den Nijl, indem sie über die Felsbrocken balancieren, die darin liegen, und schlendern anschließend über den Feldweg durch die Obstwiese in Richtung Haus. Ein Zitronentäubchen gurrt fortwährend und die Grillen sind am Zirpen.

»Wie es Christine jetzt wohl geht?«, fragt De Wet auf einmal. »Ich muss schon seit gestern Abend die ganze Zeit an sie denken.«

»Der geht es sicher gut«, erwidert Klara. »Sonst wäre sie bestimmt über die Weihnachtstage nach Hause gekommen. Das haben schließlich Hunderte andere aus der Armee auch gemacht.«

De Wet nickt langsam. »Ja, da wirst du sicher recht haben, ganz bestimmt.«

18. Kapitel

Das breite, tiefe Wasser des Nils fließt unerschütterlich in seinem jahrtausendealten Bett. Die Wassertropfen, die aus dem dunklen Herzen Afrikas kommen, sammeln sich zu Pfützen, stürzen Felshänge hinunter, breiten sich wie die Finger einer Hand zu einem ausgestreckten Delta aus und werden schließlich in das Meer ausgespuckt, das das Zentrum der Welt bildet.

In ihr steigt das Wasser immer weiter. Es klatscht gegen die Deiche.

Heute Morgen hat sich das Kind zum ersten Mal bewegt.

Lebendig. Ganz real.

Und morgen ist der erste Weihnachtsfeiertag.

Hinter ihr brummt Kairo vor Leben. Soldaten auf Urlaub feiern Feste, junge Frauen in festlicher Kleidung lachen ausgelassen. Nur sie steht mitten in der ungewöhnlichen Welt aus Sanddünen, Geröllhügeln und Felsenklüften, in der Gerbrand verschwunden ist.

Schweigend betrachtet sie den tiefen Fluss zu ihren Füßen. Rastlos strömt er weiter zum Meer. Unumkehrbar.

Zu Hause werden sie morgen alle in den Gottesdienst gehen und danach essen sie bei Klaras Familie. Alle, sogar Boelie. Lammkeule, überlegt sie, kalte Zunge und Hühnerpastete. Ein Weihnachtsbaum mit kleinen Geschenken darunter – uralte Traditionen. Sie werden Spaß miteinander haben, plaudern und eine gute Zeit verbringen.

Zwischen ihr und ihrem Zuhause liegen die finsteren, undurchdringlichen Urwälder Afrikas.

Sie ist ramponiert, von den tiefsten Trieben des Menschen. Eine gefallene Frau ist sie jetzt, ein Schandfleck. Die Sünde hat ihre Gemütsruhe zerstört.

Im letzten Jahr an Weihnachten ist Gerbrand gekommen. Zunächst hat sie das erschreckt, aber dann ist sie froh gewesen, ihn zu sehen. Er ist ein Stückchen Südland hier im Norden gewesen, ein Stückchen Bosveld in der Wüste ihrer Einsamkeit, ein Stückchen Zuhause in den fremden Straßen von Kairo. Plötzlich ist sie nicht länger allein gewesen.

Doch dann ist ihr Gehirn durch die Champagnerbläschen vernebelt worden, dann sind ihre tiefsten Begierden durch ein paar vorsichtige Schlucke Rum-Cola geweckt worden.

Es ist Sünde, sich durch diese Urkräfte leiten zu lassen. Eine unüberwindliche Schande ist es. Unheilbar und nicht zu vergeben.

Sie wendet dem dunklen Strom den Rücken zu und geht langsam zu den Reihen brauner Baracken mit ihren Gärten aus Sandsäcken, Stacheldraht und bewachten Toren zurück. Langsam schlendert sie am »Club Alamein« vorbei, wo sie mit Gerbrand einmal etwas getrunken hat. Sie geht durch die Farben und Geräusche der wimmelnden Straßen Kairos, durch die schweren Gerüche von Spezereien, Weihrauch und unbekanntem Gebäck.

Ihr wird jedenfalls nicht mehr schlecht von der Luft, das ist wenigstens etwas.

»Un-« bedeutet »nicht«. Das ist die negative Form von allem. Sie hört es Fräulein Gouws in Sprachkunde noch sagen. Fräulein Gouws ist schon alt gewesen und war unverheiratet. Sie hatte keine Ahnung von all diesen Urtrieben des Menschen.

Man kann auch unverheiratet sein und trotzdem etwas davon wissen, aber das ist unzumutbar.

Sie geht an einem Grüppchen fröhlicher Jungs vorbei, die sich einen Schlauch Wein teilen. Lachend reichen sie den Schlauch von einem zum anderen. »Auch ein Schlückchen?«, rufen sie ihr von der anderen Straßenseite aus zu.

»Ein andermal vielleicht!«, ruft sie zurück. Ihre Stimme hört sich in ihren eigenen Ohren fremd an.

»Schöne Weihnachten!«, rufen ihr ein paar hinterher und halten dabei den Weinschlauch in die Höhe.

Prost!, denkt sie. Auf das Leben einer unverheirateten Mutter und eines außerehelichen Kindes. Denn der frisch gewaschene Körper seines Vaters, seine festen Hände, sein stacheliger Schnurrbart und seine warmen Augen habe es nicht bis zum nächsten Weihnachtsfest geschafft.

Gesegnete Weihnachten. Friede auf Erden.

Er hat sie doch auch zärtlich geküsst, ein paar Male, so als würde er sie lieben. Er hat es nur nicht laut gesagt. Nicht mehr als: Du bist eine Schönheit, Christine. *Ein* Mal. Und auch: Ganz locker, Christine, es passiert nichts.

Das Nichts bewegt sich nun in ihr. Unumkehrbar und nicht mehr zu leugnen.

Mach dir keine Gedanken, mir passiert nichts, ich komme immer wieder zurück, hat er versprochen. Noch so ein falsches Versprechen, das sie für bare Münze genommen hat.

Es tut immer noch weh und es ist ein Schmerz, der durch keine Tablette, keinen starken türkischen Kaffee und auch kein seltsames, pappsüßes Gebäck weggenommen werden kann.

Irgendwann, sehr viel später, ist sie schließlich doch wieder bei den Baracken. Sie geht hinein. Außer ihr ist niemand da.

Sie zieht sich die Schuhe aus und setzt sich auf ihr Bett. Die lange, finstere Nacht breitet sich vor ihr aus.

Schließlich steht sie wieder auf und nimmt den Schreibblock aus ihrer Box.

Lange überlegt sie und dann beginnt sie zu schreiben.

Kairo, 24. Dezember 1942

Liebe Klara!

Morgen ist der erste Weihnachtsfeiertag.

Ich habe solches Heimweh, Klara. Ich würde alles, aber auch wirklich alles dafür geben, wenn ich heute Abend bei euch sein könnte. Bei meinen Eltern, bei dir, meiner Freundin, bei deinen Eltern und bei Boelie. Und bei De Wet.

Nein, nicht bei De Wet. Dafür schäme ich mich zu sehr. Dafür ist die Schande zu groß.

Könnte mich jemand holen kommen, Klara? Bitte? Du oder

Boelie oder mein Vater – könntet ihr mich hier bitte suchen kommen, um mich wieder mit nach Hause zu nehmen? Selbst wenn Weihnachten schon ganz lange vorbei ist, wenn wir nach Hause kommen? Ich habe solche Sehnsucht nach Zuhause.
Ich muss dir etwas erzählen, Klara, aber das geht nicht auf Papier. Ich möchte dir in die Augen schauen können, wenn ich es dir sage. Und wenn ihr mich holen kommt, werde ich das auch tun.
Du kannst auch gern meinem Vater sagen, dass er seinen Einfluss spielen lassen soll, um mich wieder nach Hause zu bekommen. Das kann er, ich weiß genau, dass er das kann. Denn ich selbst, ich allein, werde nie mehr den Weg nach Hause finden.
Morgen ist Weihnachten.
Ich stehe am Rande eines tiefen, dunklen Wassers, Klara. Ich kann nicht auf die andere Seite kommen. Die Brücke habe ich eigenhändig abgebrochen, Stein für Stein. Oder vielleicht habe ich sie mit einem großen Knall in die Luft gejagt.
Das Wasser ist tief, die Strömung ist stark.
Die Nacht ist finster.
Und ich habe solche Angst.
Deine Freundin
Christine

Während die Glocken um Mitternacht die jahrhundertealte Botschaft über die Stadt hinausläuten, reißt sie den Brief in tausend Fetzen und wirft ihn, genau wie alle vorherigen Briefe auch, in den Abfalleimer.

19. Kapitel

In der Woche vor Henks Rückfahrt nach Johannesburg ist er täglich mit Boelie und Antonio am Fluss zu finden, bei den Arbeitern, die dort damit beschäftigt sind, den Boden abzutragen. Manchmal kommt Klara mit ihm, allerdings hat sie meistens allzu schnell genug von den theoretischen Überlegungen und dem präzisen Rechenwerk und dann geht sie wieder nach Hause.

»Wenn wir jetzt bloß keinen heftigen Regen bekommen«, fürchtet Boelie. »Ihr habt keine Ahnung, wie wild der Nijl werden kann, wenn er etwas auf die Hüften bekommt. Im Nullkommanichts ist das eine finstere, wütende Wassermasse.«

»Ich kann das kaum glauben«, erwidert Antonio lachend. »Obwohl – der Regen ist bei euch auch anders als bei uns: viel heftiger. Wo ich herkomme, regnet es manchmal tagelang, dann aber nur sanft und nicht so aggressiv wie hier.«

»Am Kap auch«, bestätigt Henk. »Ich habe erst hier in Transvaal gelernt, was ein richtiges Unwetter ist.«

Manchmal geht De Wet ebenfalls mit, er ist jedoch für gewöhnlich auch wieder schnell zu Hause. »Die drei sprechen untereinander eine Art Geheimsprache«, behauptet er. »Ich bin wirklich froh, dass ich mich für eine andere Studienrichtung entschieden habe. Das ist stinklangweilig.«

»Sie wiederum halten deine staubigen Gesetzbücher für ein Schlafmittel«, widerspricht Klara ihm. »Ich werde ihnen gleich ein bisschen kalte Limonade bringen. Es wird ganz schön heiß sein, da in der prallen Sonne.«

In diesem Jahr wird Silvester bei ihnen in der Scheune gefeiert, weil Boelie die Farm nicht verlassen darf. Schon früh am Morgen wird die Scheune gefegt und die Strohballen werden in einer Reihe an der Wand abgelegt. Sie dienen als Sitzplätze.

»Wie ich sehe, räumt ihr mein Wohnzimmer einmal ordentlich auf«, stellt Antonio in neckischem Ton fest, als er mit Boelie dazukommt.

»Ihr kommt wie gerufen. Helft mir mal mit dem Wagen«, fordert De Wet sie auf.

Die vier Männer pressen ihre Schultern gegen die Räder, um den schweren Ochsenwagen an die Wand zu schieben. »Das wird die Bühne für die Band«, erklärt Irene Antonio.

»Die Band?«, möchte er mit einem vergnügten Strahlen in den Augen wissen.

»Natürlich! Wir tanzen ins neue Jahr«, antwortet Irene und dreht eine Pirouette.

»Du bist viel zu jung zum Tanzen«, weist Boelie sie streng zurecht. »Was sollen wir noch tun, Mama? Wir können hier nicht den ganzen Tag herumhängen, wir müssen uns wieder um die Brücke kümmern.«

»Zu jung!«, schnaubt Irene. »Ich bin schon sechzehn, nur für den Fall, dass du es noch nicht gemerkt hast!«

Bei Einbruch der Dunkelheit versammeln sich die ersten Leute. Das Feuer des Barbecues lodert hoch, alle verfügbaren Tische sind für das Essen in die Scheune getragen worden, die Laternen hängen an Haken an der Wand. »Keine Kerzen, auf gar keinen Fall«, hat Papa mit Bestimmtheit beschlossen. »Das Risiko eines Brandes ist einfach zu groß.«

Die Band wird von Onkel Daantjie und seinen Söhnen gebildet, die auf der anderen Seite des Berges wohnen. »Die halten nie lange durch, die vielen Schnäpse zwischendurch steigen ihnen allzu schnell in den Kopf«, erzählt Klara Henk. »Aber am Anfang des Abends spielen sie wirklich sehr gut.«

»Und danach?«

»Dann übernehmen Jan Rap und sein Kumpel, mehr oder weniger erfolgreich«, lacht sie. »Wir haben hier jemanden, der so auf seiner Säge spielen kann, dass alle Hunde gleichzeitig zu jaulen anfangen. Und nach dem dritten Stück hast du ebenfalls große Lust, dich den Hunden anzuschließen.«

»Und Tante Gertrude wird singen«, holt Irene eine weitere Katze aus dem Sack. »Sie singt wirklich gut, aber das ist so eine Art Oper und das passt überhaupt nicht zu einer Silvesterfeier.«

»Dann sollten wir lieber schon ganz früh mit dem Tanzen beginnen«, sagt Henk lächelnd zu Klara. »Und du bist gewarnt: Heute Abend tanzt du nur mit mir. Ich möchte dich mit niemandem teilen müssen.«

Klara lacht. »Aber Henk, Braam kommt auch. Der wagt jedes Mal mindestens ein Tänzchen mit mir. Ganz abgesehen davon wird dich Annabel nicht in Ruhe lassen. Die wird darauf bestehen, dass du auch mit ihr tanzt.«

»Allein schon bei dem Gedanken bricht mir der Schweiß aus«, bekennt Henk.

»Ja, die verzaubert alle Männer«, stimmt Klara ihm zu.

»Eine Hexe, das ist sie.«

»Ach Henk, so schlimm ist sie nun auch wieder nicht. Hilf mir doch bitte mit diesem Eimer Gingerale.«

»Das kannst du gar nicht beurteilen«, brummt er in sich hinein. »Schließlich bist du kein Mann.«

Langsam kommt Stimmung auf. Alle Nachbarn sind da, dazu ein ganzer Haufen Menschen aus dem Dorf, selbst zwei oder drei Familien von der anderen Seite des Berges. Die Frauen machen es sich auf den Heuballen bequem und knabbern an dem Gebäck.

»Ein neues Rezept«, verkündet Tante Karolina. »Das habe ich von meiner Schwägerin in Gravelotte bekommen.«

Die Männer stecken sich eine Zigarette an, sprechen über den Regen, der nur in solch kleinen Mengen fällt, und nippen an ihrem *mampoer*. »Der ist mit dem Holz vom Elefantenbaum destilliert«, erklärt Onkel Fanie. »Aber ich experimentiere im Augenblick auch mit Kakaobäumen.«

Die Familie De Vos kommt als letzte an. Onkel Bartel fährt mit seinem großen, schwarzen Buick bis vor die Scheune. Reinier steigt als Erster aus. Er ist groß geworden, bemerkt Klara. Der Junge begrüßt sie aufgeweckt. »Wo sind Irene und Pérsomi?«, möchte er wissen.

Pérsomi?, überlegt Klara überrascht. Er wird doch nicht wirklich gedacht haben, dass er Pérsomi auf dem Silvesterball antreffen würde?

»Irene ist in der Küche«, antwortet sie.

Onkel Bartel ist ein großer Mann mit einer gewichtigen Stimme – wenn er einmal da ist, weiß das jeder sofort. Seine Frau ist viel zu heftig herausgeputzt und an der Art, wie sie sich zu den anderen Frauen stellt, kann man erkennen, wie eingebildet sie ist.

Annabel steigt als Letzte aus. An diesem Abend hat sie sich offensichtlich für ein kühles Image entschieden: höflich und freundlich, aber gleichzeitig auch fast schon unnahbar – in allem die Journalistin und alles andere als ein Bauernmädchen.

Als die Band erst einmal zu spielen beginnt, füllt sich die Tanzfläche in Windeseile. Die Ziehharmonikas quengeln kräftig los, die Männer tanzen den *sakkie-sakkie*, den Hintern herausgestreckt und den Rücken gebeugt wie bei einer hungrigen Stallkatze. Dabei geht der linke Arm hoch und runter, es wird ein ausgelassenes Durcheinander. Die Frauen halten nur mit Mühe mit, die jungen Mädchen stehen da und kichern hinter vorgehaltener Hand. Die Jungen kratzen all ihren Mut zusammen, greifen sich jeder ein Mauerblümchen und bahnen sich einen Weg aus dem Getümmel heraus, während sie sich auf ihren viel zu großen Füßen wüst im Kreis drehen, sodass die Mädchen vor Freude kreischen und alles daransetzen müssen, um ihre Würde zu bewahren.

Die Band holt alles aus dem Schrank: Ziehharmonika, Akkordeon, Geige und heute Abend sogar eine Gitarre. Auf einen Walzer folgen ein Cotillion, ein Two-Step, eine Polka und ein *seties*. Und während die Schnäpse immer schneller hinuntergespült werden, wird das Vergnügen umso ausgelassener.

»Weißt du, wie Antonio eine Ziehharmonika nennt?«, erzählt Irene mit Spaß in den Augen. »Ein *accordeon!*«

»Ich wollte, sie würden wenigstens einmal einen Tango spielen!«, ruft Annabel über das allgemeine Durcheinander zu ihnen hinüber.

»Das kannst du vergessen!«, lacht Klara überschwänglich. »Heute Abend gibt es nur Bauerntänze, bis es Tag wird.«

»Und schön ist das!«, lacht Henk und greift Klara um die Taille für noch einen *Kaapse draai*.

»Die Band fängt jetzt schon an, die Töne nicht mehr so ganz zu treffen«, lacht sie, als sich das Stück auf halbem Weg totläuft. »Es dauert nicht mehr lange, dann übernehmen wieder Onkel Klasie mit seiner Säge und Tante Leentjie mit ihrer Ziehharmonika.«

Als sie aufschaut, sieht sie Antonio in der Türöffnung der Scheune stehen. Mit der Schulter lehnt er sich an den Türpfosten und einer seiner Füße ist über den anderen geschlagen. Seine schwarzen Haare glänzen im Licht der Laterne, die schräg über ihm hängt, und seine schwarzen Augen sind auf sie gerichtet.

Ihr Herz macht unvermittelt einen Sprung und sie schaut sofort in eine andere Richtung.

Als sie wieder hinschaut, ist er verschwunden.

Nach einer Weile sieht sie, dass Irene ihn zum Wagen mitzieht. Dort steht De Wet, der in die Hände klatscht, während Boelie von der anderen Seite aus schreit: »Da hast du ihn! Los jetzt, Itaker, lass uns einen Walzer hören!« Er streckt seine Hand schon nach Annabel aus, um mit ihr zu tanzen.

Sehr schnell erwacht die Band wieder zum Leben. Ein schlaksiger Junge – der jüngste Sohn von Onkel Gert und Tante Susara, ein begabtes Kind, bemerkt Tante Karolina nickend – nimmt sich die Ziehharmonika und spielt alle Noten so, wie sie sein sollten. Und als einer der Söhne von Onkel Daantjie erneut zur Geige greift, zieht Irene Antonio mit sich auf die Tanzfläche.

Irene geht zu weit, denkt Klara bestürzt.

Sie liegen erst nach zwei Uhr im Bett. »Was für ein herrlicher Abend das gewesen ist«, seufzt Irene, nachdem sie die Kerze ausgeblasen haben. »Ich kann mich nicht erinnern, dass ich einen Silvesterball jemals so genossen habe.«

Eigentlich sollte ich mit ihr über ihre unverschämte Herangehensweise sprechen, überlegt Klara beim Einschlafen. Ich muss sie warnen, sich nicht so billig aufzuführen, sonst wird sie noch genau wie Annabel.

Doch als sie einschläft, ist es nicht Irene, die mit Antonio tanzt. Durch ihre Träume spukt das Bild von Antonio mit Annabel in seinen Armen. Mühelos tanzen sie ihre Runden, zwei große, dunkle Gestalten, mit großem Vergnügen und vollkommen in ihren Schritten.

Am Neujahrstag muss Henk schon sehr früh den Morgenzug nach Johannesburg nehmen. »Du solltest im Zug ein bisschen schlafen, sonst fängst du morgen todmüde an deiner neuen Stelle an«, sagt Klara besorgt.

»Das mit der Müdigkeit ist kein Problem. Ich werde dich vermissen, Klara«, antwortet er und drückt sie fest an sich.

»In drei Wochen bin ich wieder in Pretoria«, verkündet sie.

»Ich komme gleich am ersten Wochenende bei dir vorbei«, verspricht er.

Die Lokomotive pfeift. Hastig steigt er ein und hängt sich aus dem Fenster. »Bis in drei Wochen!«, ruft er noch, während sich der Zug mit einem Ruck in Bewegung setzt.

Wieder im Pick-up sagt sie zu De Wet: »Bei einem abfahrenden Zug muss ich immer an Christine denken. Sie hat so fest versprochen, dass sie uns schreiben wird, und am Anfang hat sie das auch gemacht.«

De Wet sagt nichts, schüttelt jedoch langsam seinen Kopf.

Schweigend fahren sie zurück auf die Farm.

Später am Nachmittag wirft Klara einen desinteressierten Blick in die Zeitung. Im Westen von Nordafrika wütet ein heftiger Kampf zwischen den Achsenmächten und der Ersten Armee, die vornehmlich aus amerikanischen Soldaten besteht. Im Osten sind die britischen Armeen bis an die Marethlinie zwischen Libyen und Tunesien vorgerückt.

Sie blättert weiter. Das Jahr 1943 könnte für die Produzenten von Mais und rotem Fleisch ein Rekordjahr werden, eine Folge des lebhaften Marktes, der durch den Krieg entstanden ist, prognostiziert der Leitartikel. Darüber hinaus seien die Erfolge an der Front ein Garant für einen überwältigenden Sieg der *Verenigde Party* von Premier Jan Smuts bei den Parlamentswahlen in der zweiten Jahreshälfte.

Klara faltet die Zeitung zusammen. *Die Vaderland, 30. Dezember 1942* steht in fetten Buchstaben oben auf der Titelseite. Regierungspropaganda, behauptet Boelie jedes Mal. Sie legt die Zeitung in die Kiste neben dem Ofen. Je früher sie im Feuer landet, desto besser.

»Ich habe im Dorf Herrn Pistorius getroffen, im Kaffeehaus«, verkündet Papa, als er ein paar Tage später aus dem Dorf zurückkommt.

»Soll ich dir einen Kaffee einschenken?«, möchte Klara wissen.

»Ja, gern, vielen Dank«, erwidert Papa. Er legt seinen Hut auf den Küchentisch. »Er sagt, du sollst am Donnerstag mit Boelie ins Dorf fahren und dann kurz bei ihm vorbeischauen.«

Klara schaut auf. »Ich?«, fragt sie erstaunt. »Bei Herrn Pistorius? Warum das denn, Papa?«

»Das habe ich nicht gefragt.« Papa gießt sich ein bisschen Kaffee in seine Untertasse, um ihn abkühlen zu lassen. »Er hat nur wissen wollen, ob du jetzt schon mit deinem Studium fertig bist und welche Hauptfächer du hast.« Er nimmt die Untertasse und schlürft vorsichtig den Kaffee.

»Komisch«, stellt Klara fest. »Vielleicht braucht er das eine oder andere Buch. Aber das hätte er dir doch ruhig sagen können.«

»Hm«, macht ihr Vater und gießt sich noch ein bisschen Kaffee nach. »Oh ja, und Boelie lässt dir ausrichten, dass du kalte Limonade mitbringen sollst, wenn du zum Fluss gehst, keinen Kaffee.«

An diesem Donnerstagmorgen hat Boelie es noch eiliger als sonst. »Der Ingenieur aus dem Ministerium kommt heute. Ich melde mich nur schnell auf dem Polizeirevier und dann fahre ich sofort zur Farm zurück.«

»Ich kann auch mit De Wet ins Dorf fahren – dann kannst du mich beim Haus von Herrn Pistorius abholen«, löst Klara das Problem. »Aber vergiss mich nicht!«

Im Arbeitszimmer des Schuldirektors erkundigt sich dieser erst nach ihrer Familie, nach Onkel Freddie und Christine und vor allem nach De Wet. »Ja, der wird einmal ein guter Jurist«, bemerkt er. »Er ist einer der besten Schüler gewesen, die ich je gehabt habe.«

Klara wirft einen verstohlenen Blick auf ihre Armbanduhr. Wenn sie nicht vor dem Hoftor steht und wartet, wird Boelie sie erbarmungslos sitzen lassen, das weiß sie genau. »Möchten Sie etwas Spezielles mit mir besprechen?«, fragt sie vorsichtig. »Boelie kann jeden Augenblick hier sein, um mich abzuholen.«

»Ja, Klara, da ist tatsächlich etwas, worüber ich mit Ihnen sprechen möchte«, eröffnet ihr Herr Pistorius gewichtig und setzt sich die Brille wieder auf. So ist er wieder ganz der Direktor. »Der Mann von Frau Reinecke ist plötzlich versetzt worden. Wie Sie wissen, hat sie hier all die Jahre Geschichte unterrichtet.«

»Ja, Herr Pistorius«, erwidert Klara. Sie versucht herauszufinden, in welche Richtung sich dieses Gespräch entwickeln wird.

»Kurzfristig kann uns das Ministerium keinen neuen Geschichtslehrer zur Verfügung stellen.«

»Ja, und?«

»Haben Sie nicht zufällig Lust, hier Geschichte zu unterrichten?«, möchte er dann geradeheraus wissen und schaut sie über den Rand seiner Brille hinweg an.

»Ich, Herr Pistorius?«, fragt sie verdutzt. »Ich habe noch nicht einmal ein Lehramtsdiplom.«

»Das können Sie doch auch schriftlich ablegen.«

Sie, Klara, in den Fußstapfen ihrer früheren Lehrerin? »Herr Pistorius, das ist unmöglich, das kann ich doch niemals!«

Herr Pistorius setzt seine Brille ab und legt sie ordentlich auf seinen Schreibtisch. Jetzt schauen sie die Brille und der Direktor gleichzeitig an. »Ich glaube schon, dass Sie das können, Klara, sonst hätte ich Sie nicht gefragt. In dem Jahr, als Sie hier Hausälteste waren, haben Sie bewiesen, dass Sie gut mit Ordnungsproblemen umgehen können. Darüber hinaus hat Frau Reinecke ihre Unterrichtsunterlagen mit Kommentaren versehen. Vorläufig können Sie damit unterrichten.«

Er steht auf. Das Gespräch ist beendet. »Denken Sie einmal darüber nach, besprechen Sie es mit Ihrem Vater und lassen Sie mich morgen wissen, was dabei herausgekommen ist.«

»Gut, Herr Pistorius, ich werde darüber nachdenken«, entgegnet Klara, sie weiß allerdings jetzt schon, dass sie das nicht machen wird. Es ist einfach unmöglich.

Auf dem Nachhauseweg sagt Boelie: »Es ist eigentlich ganz einfach: Morgens fährst du mit De Wet ins Dorf und abends wieder zurück. Irene und Pérsomi machen das auch, weil sie dann nicht mehr im Internat wohnen müssen.«

»Ich weiß genau, dass es für Pérsomi besser wäre, wenn sie das trotzdem täte«, erwidert Klara.

»Aber es ist ihre eigene Entscheidung.«

»Ich frage mich auch, was Henk davon halten wird, wenn ich unterrichte«, überlegt Klara unsicher.

»Henk?«, fragt Boelie erstaunt. »Warum?«

»Boelie! Das ist doch mein Freund! Wir hatten eigentlich vor, uns im nächsten Jahr jedes Wochenende zu sehen.«

»Ach, so meinst du das.«

Eine Weile sagt niemand etwas. Ich bin überhaupt noch nicht dazu in der Lage, vor einer Klasse zu stehen, denkt Klara. Ich weiß gar nicht, wo ich anfangen sollte. Und dann in der Pause gemeinsam mit ihren früheren Lehrern im Lehrerzimmer einen Tee trinken? Ihr schaudert und sie schüttelt unwillkürlich den Kopf – daraus wird nichts, wirklich nicht.

»Das Geld, das Papa spart, wenn du nicht mehr auf die Universität zurückgehst, sollten wir vielleicht in ein Rückhaltebecken investieren. Wir könnten damit jedenfalls schon mal anfangen«, überlegt Boelie auf einmal laut.

»Es ist überhaupt nicht nötig, mich moralisch unter Druck zu setzen, Boelie«, weist ihn Klara wütend zurecht. »Ich glaube auch nicht, dass ich es machen werde. Dafür bin ich einfach noch nicht weit genug.«

»Ich habe es ja nur gesagt«, verteidigt sich Boelie und lenkt das Auto behutsam über die kleine Brücke.

Nur ein paar Meter entfernt sind Antonio und die Arbeiter am Graben. Die ersten hölzernen Gerüste stehen schon an Ort und Stelle. »Es sieht so aus, als wäre der Ingenieur noch nicht da«, stellt Boelie fest und hält den Wagen an. »Ich steige hier aus. Fahr du den Pick-up in die Garage.«

»Hey, Boelie, du weißt ganz genau, dass ich nicht fahren kann«, schimpft Klara ärgerlich. Boelie denkt wirklich immer nur an sich selbst.

»Dann musst du es eben lernen«, entgegnet er mitleidslos. »Warte hier mal kurz.«

»Wir stehen mitten auf dem Weg, auf der Brücke! Hier kommt keiner mehr vorbei!«, ruft sie ihm hinterher.

»Ich bin gleich wieder da!«, ruft er ihr zu.

Es ist jedoch nicht Boelie, der sich ein paar Minuten später neben sie setzt, sondern Antonio. »Ich muss ein paar Geräte holen«, erklärt er auf Englisch. »Dein Bruder hat gesagt, dass ich dir bei dieser Gelegenheit einmal zeigen soll, wie man so ein Ding hier steuert. Er sagt, du seist so ein Dickkopf, dass du ihm sowieso nicht zuhören würdest.«

Sie spürt, wie sie beinahe explodiert. Dieser Boelie ist wirklich imstande, einen zur Weißglut zu bringen. Ein Dickkopf, das muss man sich erst einmal anhören!

Wütend wirft sie dem Fremden einen Blick zu. Als sie allerdings den neckenden Ausdruck in seinen rabenschwarzen Augen entdeckt, wendet sie ihren Kopf eilig wieder ab. Wenn Boelie gleich nach Hause kommt, wird sie ihm die Rechnung präsentieren!

Während er anfährt, erläutert Antonio, wie man die Kupplung langsam kommen lässt und gleichzeitig gemächlich Gas gibt. Sie hört absichtlich nicht hin – schließlich kann sie auch De Wet bitten, ihr das Autofahren beizubringen.

»Hörst du mir überhaupt zu?«

»Nein«, erwidert sie kurz angebunden.

Mit niedriger Geschwindigkeit fahren sie zur Garage hinter dem Wohnhaus. Dort hält er an, schaut zu ihr herüber und sagt: »Puh, Klara, gib mir nicht die Schuld an dem Krieg.«

Überrascht blickt sie ihn an. Hat er ihr die feindselige Haltung denn so sehr abgespürt? »Ich weiß auch, dass dieser Krieg nicht deine Schuld ist, Antonio.«

»Aber?«

»Aber du hast die Uniform derjenigen getragen, die einen guten Freund von mir erschossen haben. Er hätte etwas aus seinem Leben machen können und ihr habt ihn bei El Alamein totgeschossen.«

Er nickt langsam. Bei der Antwort schaut er ihr geradewegs in die Augen. »Es sind Länder, die gegeneinander kämpfen, nicht Menschen, die sich gegenseitig erschießen.«

»Natürlich ist es ein Mensch gewesen, der den Abzug betätigt hat«, antwortet sie schnippisch. »Gerbrand musste zur Armee gehen, er hat das Geld gebraucht. Aber du …« Sie wird immer wütender. »Du hast dein Studium, für das dein Vater vermutlich viel Geld bezahlt hat, einfach hingeschmissen und hast dich an die Front davongeschlichen – sicher, um ein Abenteuer zu erleben.« Sie reißt die Tür des Pick-ups auf. »Wage es ja nicht noch einmal, mit mir über den Krieg zu sprechen!«

Sie ist so außer sich, dass sie ihrer Mutter gar nichts von dem Angebot des Schuldirektors erzählt.

Wenn Henk doch nur hier wäre, dann könnte sie mit ihm sprechen!

Sie holt ihren Schreibblock aus der Schublade und fängt einen langen Brief an. Während sie ihn sich noch einmal durchliest, merkt sie, dass sie auch ihm gegenüber nichts von dem Angebot des Direktors erwähnt hat. In dem Brief geht es um diesen sinnlosen Krieg, über die fortwährenden Meinungsverschiedenheiten zwischen ihrem Vater und ihrem Großvater, über Boelie, der in ein Lager musste und sich immer noch zweimal pro Woche wie ein Verbrecher bei der Polizei melden muss, über den Fremden, der abends bei ihnen am Tisch sitzt, diesen Katholiken, der schweigend zuhört, wenn sie ihre Hausandacht halten. Und über Gerbrand, der erschossen worden ist, bevor er etwas aus seinem Leben hat machen können.

Vor allem über Gerbrand.

Wütend reißt sie den Brief in kleine Fetzen und wirft sie in den Abfalleimer.

Während sie an diesem Abend nach dem Essen gemeinsam auf der Veranda sitzen, bespricht Klara die Angelegenheit mit ihrem Vater. »Es würde uns in der Tat eine Menge Geld sparen, wenn du nicht wieder zurückgehst«, bestätigt der, während er sich seine Pfeife an der Schuhsohle ausklopft. »Zwischen der Trockenheit auf der einen und dem Krieg auf der anderen Seite müssen wir sehen, wie wir durchkommen.«

Ist das das Einzige, worum sich ihr Vater Gedanken macht? Geld? Sie ist enttäuscht.

»Ich fände es wunderbar, wenn du wieder zu Hause wohnen würdest«, ergänzt ihre Mutter. »Meiner Meinung nach hättest du gar nicht weggehen sollen.«

»Wenn ich hiergeblieben wäre, hätte ich Henk nie kennengelernt.«

»Aber du weißt schon, dass ich dich nicht ›Fräulein‹ nennen werde«, warnt Irene.

Erst als sie spät am Abend zu zweit sind, fragt De Wet: »Was denkst du selbst darüber, Klara? Willst du unterrichten?«

»Ich weiß es nicht«, antwortet sie. »Ich bin mir immer noch unsicher, was diese ganze Geschichte angeht, aber auf der anderen Seite müsste ich dann wenigstens nicht allein bei Tante Maggie und dem Porträt wohnen. Und mein Examen kann ich auch schriftlich ablegen.« Sie überlegt einen Augenblick. »Aber was wird Henk dazu sagen, wenn ich nicht zurückkomme? Das kann ich überhaupt nicht einschätzen.«

»Letzten Endes ist es deine Entscheidung, Klara.«

Im Halbdunkel schüttelt sie den Kopf. »Nicht wirklich. Papa hat doch schon entschieden. Und mit dem Geld, das Papa damit spart, will Boelie sein Rückhaltebecken bauen.«

Am nächsten Abend ruft Klara in Henks Wohnheim an. Sie wartet damit bis nach dem Essen, wenn alle anderen auf der Veranda sitzen – so hat sie wenigstens ein bisschen Privatsphäre. Sie nimmt die Hörmuschel von der Gabel. »Ist die Leitung besetzt?«, möchte sie wissen.

Von der anderen Seite ist nur ein Rauschen zu vernehmen. Sie hängt den Hörer wieder ein und dreht schnell die Kurbel ein paar Mal herum. Ein langes Signal ist für die Telefonzentrale.

Keine Reaktion. Henk wird mit Sicherheit nicht begeistert darüber sein, dass sie nicht zurückkommt, denkt sie, während sie die Kurbel erneut heftig dreht.

»Die Nummer bitte?«, ertönt die schrille Stimme der Telefonistin in der Leitung.

»Johannesburg 41573, bitte.«

Sie hört das Telefon im Wohnheim lange läuten. »Da wird nicht abgenommen«, erklärt die Telefonistin und unterbricht die Verbindung.

Mit einem Seufzen dreht Klara erneut an der Kurbel. Keine Reaktion. Sie versucht es noch einmal. Sie hört deutlich, dass jemand abnimmt, doch in der Leitung bleibt es still. Das wird vermutlich wieder Tante Anne sein – die hört regelmäßig mit, wenn irgendjemand telefoniert.

»Die Leitung ist besetzt«, sagt Klara so streng wie möglich, doch das Telefon auf der anderen Seite wird nicht aufgelegt.

»Die Nummer bitte?«, ertönt plötzlich die Stimme der Telefonistin.

»Johannesburg 41573, bitte«, antwortet Klara. »Und Sie müssen es länger läuten lassen, da sind immer Leute im Haus, das ist ein Woh…«

»Bleiben Sie in der Leitung, bitte. Entschuldigung, wir haben im Moment keine Leitung nach Johannesburg frei. Ich rufe gleich zurück.«

»Wie lange wird …« Doch die Telefonistin hat die Verbindung bereits wieder unterbrochen.

»Hat es geklappt?«, möchte Klaras Mutter wissen, als diese auf die Veranda kommt.

»Nein, Mama, die Zentrale ruft zurück. Die Umgangsformen dort sind übrigens schockierend.«

»Hat die Frau geflucht?«, fragt Irene neugierig.

»Nein, sie hat einfach aufgelegt.«

»Du solltest es lieber selbst noch einmal versuchen«, warnt De Wet. »Die vergessen da oft, dass sie dich zurückrufen wollten.«

Beinahe eine Stunde und zwei Versuche später verkündet die Telefonistin: »Bleiben Sie am Apparat, wir haben eine Leitung offen.«

Wieder wird das Telefon anscheinend überhört. »Da nimmt niemand ab«, verkündet die Telefonistin und unterbricht die Verbindung.

»Telefonieren ist hier einfach unmöglich«, erklärt Klara entmutigt, als sie wieder auf die Veranda zurückgekommen ist. Dort sitzen nur noch ihre beiden Brüder. Papa und Mama sind schon zu Bett gegangen und Irene spielt Klavier.

»Warum musst du Henk eigentlich so dringend sprechen?«, möchte Boelie wissen.

»Ich wollte ihm sagen, dass ich nicht nach Pretoria zurückkommen werde«, erläutert Klara.

»Warum denn?«

»Hey, Boelie! Er wartet doch auf mich. Ich vermute, er wird ganz schön überrascht sein, wenn ich nicht wiederkomme.«

»Oh«, macht Boelie kopfschüttelnd.

Als Klara Henk schließlich ans Telefon bekommt, ist die Angelegenheit schon seit mehr als drei Tagen mit dem Direktor geregelt.

Henk ist nicht nur überrascht, sondern auch ärgerlich. »Wie kannst du so etwas einfach entscheiden, ohne vorher mit mir darüber zu sprechen?«, will er wütend wissen.

Klara hört deutlich, wie jemand das Telefon abnimmt. »Ich habe das nicht wirklich selbst entschieden, Henk. Das ist größtenteils von anderen für mich entschieden worden. Ich möchte es jetzt nur nicht mit dir besprechen, weil diese Leitung alles andere als vertraulich ist. Ich werde …«

»Unsinn, Klara! Man hat immer eine Wahl!«

»Ich habe ja auch wirklich versucht, bei dir anzurufen, Henk, aber …«

»Wie schwierig kann es schon sein, jemanden mal kurz anzurufen?«, fragt er genervt. »Du nimmst einfach den Hörer von der Gabel, nennst die Nummer und den Rest übernimmt die Telefonzentrale.«

»Jetzt hör mir doch mal zu, wir können später gern darüber sprechen, aber jetzt hört jemand …«

»Nein, Klara, ich will *jetzt* wissen, woran ich bin. Ist es dir wirklich nicht so wichtig …«

Sie kann das Vergnügen der dritten Person in der Leitung geradezu hören.

»Ich werde dir einen Brief schreiben und dir darin alles erklären, Henk«, antwortet sie gelassen. »Jetzt werde ich das nicht mit dir besprechen. Einen schönen Tag noch.« Behutsam legt sie die Hörmuschel auf die Gabel.

Am nächsten Morgen klingelt das Telefon. »Klara! Henk ist am Apparat!«, ruft Papa aus dem Flur.

»Erzähl mir jetzt einmal in aller Ruhe, warum du dich so entschieden hast«, hört sie die vertraute Stimme, die den ungefähr zweihundert Kilometer weiten Abstand zwischen ihnen überbrückt.

Sie versucht, es zu erklären, doch die Leitung piept und knackt. Er ist immer noch aufgebracht und stellt Fragen, über die sie noch keine Sekunde nachgedacht hat.

»Drei Minuten sind um«, verkündet die Telefonistin. Henk wirft noch etwas Geld nach. Klara hört, dass jemand anfängt mitzuhören. Noch einmal wirft Henk Geld ein und dann noch einmal.

»Du kannst doch ein paar Tage hier vorbeikommen, Henk«, versucht sie ihn zu beruhigen.

»Für *eine* Fahrt ins Bosveld brauche ich meine Benzinbezugsscheine für ein ganzes Jahr!«, erwidert er.

»Dann komm doch mit dem Zug, genau wie damals, als du über Weihnachten hier gewesen bist.«

»Wann denn? Für ein Wochenende lohnt sich der Aufwand nicht.«

»Dann komm über das Osterwochenende.«

Am anderen Ende der Leitung hört sie ihn stöhnen. »Klara, bis dahin sind es noch drei Monate! Ich habe Sehnsucht nach dir, kapierst du das denn nicht? Verflixt, Mädel, meine Sehnsucht wird jeden Tag größer!«

Ihr Herz wird warm. »Ich vermisse dich ja auch, Henk. Aber ich werde dir schreiben, das verspreche ich. Gleich heute fange ich damit an.«

»Hast du dich jetzt mit Henk ausgesprochen?«, möchte De Wet wissen, als sie in die Küche kommt.

»Ja, mehr oder weniger, glaube ich.« Sie schenkt für sie beide jeweils eine Tasse Kaffee ein. »Und Tante Anne oder jemand anderes hat auch wieder eine saftige Geschichte, über die sie tratschen kann.«

Am ersten Schultag fahren sie in aller Frühe ins Dorf. »Nimm ruhig den Daimler«, hat Opa angeboten, als De Wet in der Anwaltskanzlei anfangen musste. »Aber vergiss nicht, es ganz ruhig angehen zu lassen, junger Mann!«

Klara sitzt neben De Wet vorn und auf der Rückbank sitzen Irene und Pérsomi. »Wäre es für Pérsomi nicht besser, wenn sie auf dem Internat bleiben würde?«, hat Klara gestern Abend noch ihre Mutter gefragt. »Ich bin davon überzeugt, dass sie da besser lernen kann, und darüber hinaus bekommt sie dort auch das bessere Essen.«

»Tante Jemima geht es nicht gut, Klara. Pérsomi muss ein bisschen auf sie achten«, ist die Antwort gewesen.

»Und was ist mit Hannapat?«

»Hannapat ist eine Schlampe, die kannst du völlig vergessen«, hat Boelie gesagt, der dabeigestanden hat.

»Aber … Pérsomi kann doch nicht ihr ganzes Leben lang für ihre Mutter sorgen! Sie ist doch so intelligent, sie muss doch …«

»Das ist ihre eigene Entscheidung«, ist Boelie ihr schroff ins Wort gefallen.

Klara hat ihn angeschaut. »Woher weißt du das?«, hat sie wütend wissen wollen. »Woher weißt du, dass sie nicht dazu gezwungen wird?«

»Ich habe mit ihr gesprochen«, hat Boelie erwidert und ist aufgestanden. »Ich gehe rein. Die Moskitos hier saugen mich leer.«

In ihrer Schuluniform sieht Pérsomi ganz genauso aus wie alle anderen Kinder. Kein Mensch würde auf den Gedanken kommen, dass sie die letzte Nacht auf einer kahlen Matratze in einem baufälligen Beiwohnerhäuschen geschlafen hat oder dass sie heute Morgen erst noch Wasser aus dem Fluss hat holen müssen, bevor sie sich hat waschen können.

»Alles Gute«, wünscht ihnen De Wet, als er sie vor dem Schultor absetzt.

»Das kann ich gebrauchen«, antwortet Klara niedergeschlagen.

Als die Abschlussklasse in den Klassenraum kommt, entdeckt Klara sie sofort. Mit niedergeschlagenem Blick läuft sie bis ganz nach hinten und schiebt sich dort in die Bank. Auch Reinier, der Bruder von Annabel, kommt herein, auf seinem Gesicht ist allerdings ein breites Grinsen zu erkennen. »Morgen, Fräulein«, grüßt er freundlich und setzt sich neben Pérsomi. Die schaut immer noch nicht auf und schiebt nur ihre Bücher etwas zur Seite, um Platz für ihn zu machen.

Am Ende ihres ersten Schultages steht Klara kurz vor der Erschöpfung. »Das halte ich nicht durch, Bruderherz!«, sagt sie entmutigt zu De Wet. »Das Angebot von Herrn Pistorius hätte ich niemals annehmen dürfen. Ich habe einfach keine Ahnung von dem, was ich mache!«

»Mir ist es am ersten Tag ganz genauso gegangen, kannst du

dich noch erinnern?«, antwortet er. »Gib dir eine oder zwei Wochen Zeit, danach ist es ein Kinderspiel.«

Klara fängt an zu lachen. »Sag doch mal, du alter Hase, wie lange arbeitest du denn schon?«

»Gute zwei Wochen«, erwidert er selbstbewusst. »Deswegen weiß ich das ja auch.«

An diesem Abend schreibt sie Henk einen langen Brief, in dem sie ihm alles erzählt. Sie schließt mit den Worten:

Es tut gut, mit dir zu reden, Henk. Ich freue mich schon sehr auf das Osterwochenende, wenn du ein paar Tage bei uns verbringst.
Herzliche Grüße
Deine Freundin
Klara

Nein, denkt sie dann, das hört sich doch ziemlich unpersönlich an. Eine einfache Freundin wird nicht so geküsst wie sie von Henk. Sie schreibt die letzte Seite ihres Briefes sorgfältig ab und beschließt sie dann mit:

Herzliche Grüße
Dein Mädchen
Klara

Sie überlegt noch einen Augenblick, ob sie noch ein Kreuzchen darunter setzen soll, um einen Kuss anzudeuten, oder vielleicht sogar drei, sieht dann allerdings doch davon ab – das erscheint ihr zu billig. Später vielleicht, wenn Henk zurückgeschrieben hat und als Erster mit einem Kuss beginnt …

Sie klebt den Brief zu und legt ihn in den Postsack, der am nächsten Tag zum Postamt gebracht wird.

Antonio isst jetzt jeden Abend bei ihnen. Er hat schon sehr schnell einige afrikaanische Worte aufgeschnappt, sodass er ihren Gesprächen einigermaßen folgen kann. »Mit den Arbeitern bekommt er es auch ganz gut hin«, berichtet Boelie. »Einfache Aufträge kann er mittlerweile auf Afrikaans erteilen.«

Für die Hausandacht nach dem Essen bringt er sich seine eigene kleine Bibel mit, sodass er der Lesung in der eigenen Sprache folgen kann.

»Eigentlich komisch«, hat Mama gesagt. »Der ist doch katholisch, oder?«

»Aber die haben dieselbe Bibel wie wir, Mama«, hat Boelie erwidert.

»Das kann ich mir nicht vorstellen«, hat Mama widersprochen. »Das sind doch noch nicht einmal Christen.«

Boelie ist die Kinnlade heruntergefallen. »Mama! Natürlich sind das Christen!«

»Sie glauben auch an Jesus Christus, Mama, genau wie wir«, hat De Wet sie zu überzeugen versucht.

»Quatsch, die glauben an Maria«, hat Mama widersprochen. »Sie machen sich Götzenbilder von ihr und beten die an.«

»Sie haben einfach nur ein paar andere Bräuche als wir, Mama«, erklärt Klara, »aber im Grunde glauben sie dasselbe wie wir.«

»Nein, damit liegt ihr wirklich vollkommen daneben«, hat Papa schließlich mit Bestimmtheit gesagt. »Eure Mutter hat recht. Und das ist jetzt gerade das Gefährliche: Die Katholiken sind in jeder Hinsicht auf einem Irrweg, aber mit ihrem schönen Geschwätz versuchen sie, unsere Leute zum Abfall zu verführen.«

»Jaja, wir sollten uns wirklich ein bisschen vor Antonio in Acht nehmen«, hat Irene an diesem Abend im Bett überlegt. »Schließlich ist er ein Teil der Römischen Gefahr.«

Klara hat das Lachen in ihrer Stimme sehr gut mitgehört. »Darüber solltest du keine Scherze machen.«

»Ach, Klara, tu doch nicht so altklug«, hat Irene zurückgeblafft und sich auf die andere Seite gedreht.

An diesem Morgen beobachtet Klara Antonio heimlich. Seinen Kopf hat er über die Bibel geneigt und bei bestimmten Worten nickt er kurz zustimmend.

Dann schaut er plötzlich auf, ihr direkt in die Augen. Sie wendet sofort ihren Blick ab, während sie spürt, wie ihr eine verlegene Röte ins Gesicht steigt.

Als Irene hinter dem Harmonium sitzt, summt er die mittlerweile vertraute Melodie leise mit. Klara wirft nicht noch einmal einen Blick in seine Richtung.

Nach dem Essen schiebt sich De Wet hinter das Klavier und beginnt leise etwas zu spielen.

»Ich habe gar nicht gewusst, dass du Klavier spielen kannst«, ruft Antonio überrascht.

»Wir können alle Klavier spielen. Irene kann es nur am besten«, antwortet De Wet, während er sich tastend den Weg durch die Melodie sucht.

»Und Klara singt am schönsten«, ergänzt Irene. »Du solltest das lieber in C-Dur spielen, De Wet, das ist einfacher.«

»Ach, ich singe einfach nur, weil es mir Spaß macht«, erklärt Klara ein bisschen verlegen.

»Jeder macht nur deshalb Musik, weil es ihm Spaß macht«, bemerkt Antonio und steht auf. Ein paar Minuten später ist er wieder zurück, diesmal mit seinem Geigenkasten. »Was spielen wir?«, will er gut gelaunt von De Wet wissen.

Am darauffolgenden Freitag bringt Klara einen großen Stapel Notenhefte aus der Schule mit. »Die habe ich von Fräulein Mentz geliehen«, verkündet sie. »Dieses Wochenende werden wir ordentlich musizieren.«

Antonio hebt abwehrend beide Hände in die Höhe. »Ich kann nicht so gut vom Blatt spielen«, warnt er lächelnd.

»Ich habe gedacht, alle italienischen Kinder würden Musikunterricht bekommen«, trumpft Irene auf. »Du hast selbst gesagt, dass es bei euch von klein auf ein Schulfach ist.«

»Ja, aber wenn du nicht regelmäßig übst, verlernst du es auch wieder«, verteidigt sich Antonio.

»Du kannst übrigens hier schön die Worte mitlesen, denn wir singen auch dazu«, verkündet Irene resolut. »Boelie, hol doch mal deine Gitarre. Heute Abend üben wir ein bisschen und morgen Abend geben wir eine große Vorstellung. Wir werden beim Wunschkonzert irgendwann die Hitliste anführen!«

An diesem Abend, im Dunkel ihres Schlafzimmers, eröffnet ihr Irene im Vertrauen: »Klara, ich muss dir etwas erzählen.«

»Hm?« Die Dunkelheit hat sich gemütlich um Klara herumgelegt, der süßliche Geruch der frisch ausgeblasenen Kerze schwebt noch um sie herum und ihren Körper durchzieht die zufriedene Müdigkeit der vergangenen Woche.

»Hörst du mir überhaupt zu?«

»Hm.« Der Schlaf schleicht sich behutsam an und verbreitet sich behaglich in ihrem ganzen Körper.

»Klara, meiner Meinung nach bin ich … in Antonio verliebt.«

Durch den Schreck ist sie sofort hellwach. »Irene! Bist du verrückt geworden?«

»Nein, nur bis über beide Ohren verliebt«, antwortet Irene verträumt.

Klara richtet sich in ihrem Bett auf. »Du machst sicher Witze, oder?«, sagt sie entrüstet.

»Nein, überhaupt nicht«, seufzt Irene. »Er hat einfach alles, was ich an einem Mann gut finde.«

»Irene, du bist noch ein Kind, dieser Mann ist … so alt, dass er dein Vater sein könnte!«

»Sei nicht albern, Klara«, weist Irene sie zurecht. »Er ist so alt wie Boelie oder wie De Wet, also ist er ungefähr sechs oder sieben Jahre älter als ich. Opa ist acht Jahre älter als Oma, und als die beiden geheiratet haben, ist Oma jünger gewesen als ich jetzt.«

»Das waren auch ganz andere Zeiten«, widerspricht Klara und lässt sich wieder auf ihr Kissen sinken. »Außerdem ist er ein Ausländer.«

»Und dazu noch ein Teil der Römischen Gefahr«, ergänzt Irene dramatisch. »Wie aufregend! Wie gefährlich!«

»Irene, das ist leichtsinniges Geschwätz. Du bist hoffnungslos zu jung für so ein Geschwafel«, behauptet Klara.

Es bleibt lange still. Schließlich sagt Irene: »Mir tut es jetzt schon leid, dass ich es dir überhaupt erzählt habe. Ich wollte einfach nur vor meiner Schwester mein Herz ausschütten, aber du bist mehr meine Lehrerin als meine Schwester.«

Sie kehrt Klara den Rücken zu und schläft anscheinend ein. Doch tief in der Nacht hört Klara, wie sie aufsteht, um ein Glas Wasser zu trinken.

Auch Klara liegt lange wach. Die wunderbare Schläfrigkeit ist vollkommen verflogen. Denn eigentlich versteht sie es. Auch sie hat das Lachen in seinen schwarzen Augen bemerkt und das Vergnügen in seinem Körper gespürt. Ganz offen hat sie ihn betrachtet, während er mit Irene ein fröhliches Duett gespielt hat. Wilder und wilder ist es gegangen, schneller und schneller, sodass Antonios Haare nach einem Weilchen an seiner Stirn klebten und Irenes Wangen glühend rot geworden sind. Sie haben alle beide immer lauter gelacht und sich gegenseitig zu immer größeren Geschwindigkeiten angejagt, bis Antonio lachend seine Hände gehoben hat.

Und auch sie hat seine Sehnsucht bemerkt, als Boelie spät am Abend seine Gitarre genommen und ein italienisches Liebeslied für sie gesungen hat.

20. Kapitel

»Ich habe gelesen, dass die Alliierten die Neunzigste Leichte Division von Rommel aus Tripolis vertrieben haben«, verkündet De Wet Mitte Februar. »Die Achsenarmeen mussten sich hinter die Marethlinie zurückziehen.«

»Die Alliierten sind dabei, unsere Armeen gehörig in die Enge zu treiben«, überlegt Antonio. »Sie nehmen uns von Osten und Westen aus in die Zange.«

So etwas hat Gerbrand auch immer geschrieben, erinnert sich Klara im Stillen. Das ist etwas, was Montgomery gesagt hat: Unsere Armeen werden die Achsenmächte mit einem Schlag aus Afrika vertreiben.

Inzwischen hat sie fast vergessen, wie Gerbrand ausgesehen hat. Sie besitzt nur ein Foto, auf dem er abgebildet ist: das Klassenfoto, das im ersten Schuljahr der Mittelschule aufgenommen wurde. Sie selbst sitzt in der vordersten Reihe neben Christine und Gerbrand steht ganz hinten – das Gesicht voller Sommersprossen mit einem breiten Grinsen, eingeklemmt zwischen zwei Jungen mit stacheligen Haaren.

Am 5. März berichtet das Radio, dass Rommels letzte Offensive, die bei Medenine, blutig aufgehalten worden ist. Zwei Wochen später wird Rommel nach Deutschland zurückbeordert. »Mit unseren Armeen läuft es gut«, stellt Opa fest und reibt sich zufrieden die Hände.

Wenn in diesem Haus von »unseren Armeen« gesprochen wird, können alle Seiten gemeint sein, denkt Klara.

»Die Wahlen werden sicher auch gut verlaufen«, sagt Opa. »Jannie Smuts weiß, was er tut.«

»Das wird sowieso wieder eine echte Khaki-Regierung werden«, erwidert Boelie genervt.

»Ich habe gesagt, dass hier im Haus nicht über Politik gesprochen werden darf!«, warnt Mama streng.

An diesem Abend sitzt Klara mit De Wet auf der Veranda. »Ich frage mich, wie es Christine wohl geht«, sagt sie. »Möchtest du nicht noch einmal einen Versuch wagen und ihr schreiben? Vielleicht antwortet sie dir ja dieses Mal.«

Über das Osterwochenende kommt Henk zu Besuch. Erst haben sie sich noch etwas ungewohnt gegenübergestanden, am Samstag ist allerdings die alte Kameradschaft zwischen ihnen in jeder Hinsicht wieder da. »Vielleicht kannst du ja versuchen, im nächsten Jahr eine Stelle in Johannesburg zu bekommen«, schlägt Henk vor.

»Ja, vielleicht schon«, erwidert Klara vage.

Zu diesem Zeitpunkt treten die südafrikanischen Truppen unter der Führung von Generalmajor Poole in den Krieg in Europa ein. Sie bilden einen Teil der Achten Britischen und der Fünften Amerikanischen Armee. »Jetzt kämpfen wir in Europa, gegen die Landsleute von Antonio«, sagt Klara zu Henk. »Wie er sich dabei wohl fühlen wird, was meinst du?«

»Die echten Afrikaaner sind dagegen, dass unsere Regierung am Krieg teilnimmt. Das weiß er«, antwortet Henk. »Er und Boelie sprechen doch unglaublich viel über Politik.«

»Das habe ich nicht gewusst«, entgegnet Klara erstaunt.

»Nun ja, Boelie redet und Antonio hört zu und sagt gelegentlich auch einmal etwas dazu.«

»Boelie darf überhaupt nicht über Politik reden«, verkündet Klara entsetzt. »Das gehört zu den Bedingungen seines Hausarrestes.«

»Die Männer hier reden die ganze Zeit über Politik. Niemand kann dir verbieten, etwas mit deinen Hausgenossen zu besprechen.«

»Das weiß ich«, bestätigt Klara. »Aber Antonio ist ein Außenstehender.«

»Nicht wirklich«, widerspricht Henk. »Inzwischen gehört er zu den Hausgenossen, schon seit Monaten.«

»Du brauchst eine Genehmigung, wenn du in der Rugbymannschaft des Dorfes mitspielen willst«, sagt De Wet kurz nach Ostern zu Boelie. »Wir haben ein ganz anständiges Team, aber uns fehlt noch der achte Mann. Und eigentlich auch noch ein Flügelspieler.«

»Vielleicht kann Onkel Freddie dir ja dabei helfen. Er verfügt über die nötigen Kontakte«, schlägt Papa vor.

»Ich bitte Onkel Freddie um nichts. Einer von dieser Khaki-Regierung braucht mir überhaupt keinen Gefallen zu tun«, entgegnet Boelie mürrisch.

»Wann ist denn euer erster Wettkampf?« Klara versucht, die Situation zu retten.

»Samstag in zwei Wochen«, antwortet De Wet. »Und dann auch noch gegen Potties.«

»Ich bin eigentlich überhaupt nicht glücklich darüber, dass ihr wieder Rugby spielen wollt«, erklärt Mama. »Das gibt doch nur blaue Flecken.«

»Was ist denn Rugby?«, möchte Antonio wissen.

»Ein Spiel, bei dem sich ein Haufen Männer um einen Ball streiten«, erläutert Irene.

»So etwas wie Fußball?«

»Ja«, antwortet Irene. »Genau wie Fußball.«

»Nein, nicht wirklich«, widerspricht De Wet.

»Mir wäre es lieber, wenn ihr nicht spielt, De Wet«, sagt Mama. »Mittlerweile seid ihr …«

»Das ist etwas ganz anderes als Fußball«, behauptet Boelie und legt Messer und Gabel zur Seite. In den darauffolgenden fünf Minuten bekommt Antonio, gemeinsam mit dem Rest der Familie, eine komplette Vorlesung über das Wesen und die Regeln des Rugbyspiels.

»Jetzt weiß ich auch endlich, worum es dabei geht«, freut sich Irene. »Sonst erklärt mir doch nie jemand was.«

»Ich mache Kaffee«, sagt Klara und steht auf.

»Ich trage dir das Tablett«, verkündet Antonio und steht ebenfalls auf.

»Wie ich schon gesagt habe …«, beginnt Mama erneut.

In der Küche wendet sich Klara an Antonio: »Danke, aber das brauchst du nicht. Ich trage das Tablett seit Jahren selbst.« Sie spricht mit Absicht Afrikaans. Das ist ihr Haus, dort sprechen sie so, wie sie wollen.

Lächelnd schüttelt er den Kopf. »Klara«, sagt er nur und setzt sich schräg auf eine Ecke des Küchentisches.

Sie gießt ein bisschen Milch in einen Topf und stellt ihn auf den Herd.

»Wenn du dich auf den Tisch setzt, bekommst du nie eine Frau«, warnt sie ihn und wendet ihm den Rücken zu.

»Hä?«

Sie erklärt es ihm nicht weiter – schließlich soll er sich ruhig ein bisschen unsicher fühlen. Sie faltet ordentlich das Deckchen zusammen, das Lena über das Tablett gelegt hat, und legt es in die Schublade, in die es gehört.

»Was starrst du mich so an?«, möchte sie ärgerlich wissen.

Er fängt an zu lachen. »Du bist heute Abend noch schlimmer als Boelie.«

Sie gießt die heiße Milch in das Milchkännchen. Sie schlimmer als Boelie, also wirklich! Was bildet der sich ein! Sie nimmt die Kaffeekanne vom Herd. So ein eingebildeter Ausländer! Sie schenkt den Kaffee in sieben Tassen. »Mach dich mal ein bisschen nützlich«, brummt sie dann und marschiert mit kerzengeradem Rücken ins Wohnzimmer.

Dort ist das Radio bereits mit dem großen Akku verbunden, der unter dem Tisch auf dem Boden steht. Boelie sitzt neben dem Radio und sucht den Sender. Mama hat es sich mit ihrem Strickzeug auf dem Sofa bequem gemacht, Papa sitzt in seinem eigenen Sessel neben der Tür, Irene ist mit den Hunden auf dem Teppichboden und De Wet hängt schlapp auf einem bequemen Sessel herum.

Klara setzt sich neben ihre Mutter auf das Sofa. Mit dem Tablett geht Antonio von einem zum anderen.

»Jetzt musst du aber still sein, Dapper. Das Wunschkonzert fängt gleich an«, sagt Irene zu dem Hund und krault dem aufgeregten Tier den Rücken.

Oma und Opa kommen heute Abend nicht zum Radiohören vorbei. Draußen ist es für Opa zu kalt. Er fühlt sich schon wieder nicht so gut.

Zurückgelehnt lauscht Klara den Klängen. Langsam entspannt sie sich bei der mitreißenden Melodie von »Liebestraum« und die vertrauten Klänge der »Kleinen Nachtmusik« streicheln ihren Ärger weg. Sie weiß selbst nicht, warum sie heute Abend so kratzbürstig ist. Nun schließt sie die Augen und lässt sich von der Musik mitnehmen.

Als sie ihre Augen wieder öffnet, schaut sie direkt Antonio an, der auf der anderen Seite des Raumes sitzt. Auch er hat die Augen geschlossen. Sein Gesicht sieht entspannt aus – seinen Mund umspielt sogar der Schein eines Lächelns. Sein Kopf wiegt sich ein wenig hin und her, so leicht, dass es fast gar nicht auffällt.

Plötzlich gehen seine schwarzen Augen auf und er schaut ihr geradewegs ins Gesicht. »Wunderbar«, formen seine Lippen geräuschlos. Sie nickt zustimmend. »Wunderbar«, sagt sie genauso geräuschlos, bevor sie in eine andere Richtung schaut.

»Ich habe dir das benötigte Formular besorgt und ausgefüllt«, verkündet De Wet, als er am Montagnachmittag von der Arbeit nach Hause kommt. »Du musst es nur noch unterschreiben.«

»Was für ein Formular?«, möchte Boelie wissen.

»Damit du Rugby spielen darfst«, antwortet De Wet gelassen. »Den Antrag dafür, dass du jeden Mittwochnachmittag trainieren und jeden Samstag spielen darfst.«

Boelie wirft ihm einen zögernden Blick zu. »Ich dachte, du müsstest am Mittwochnachmittag arbeiten?«, fragt er mürrisch.

»Ich habe eine Sondergenehmigung von Onkel Bartel bekommen«, erwidert De Wet unbeirrbar. »Das ist ein echter Rugbyfan. Außerdem ist er mittwochnachmittags auch nicht in der Kanzlei. Da spielt er nämlich Golf.«

Boelie hat noch immer die Stirn in Falten gezogen und betrachtet das Formular mit feindseligen Blicken. »Achter Mann, sagst du?«

»Unterschreib einfach hier«, zeigt ihm De Wet. »Dann trabst du am Mittwoch wieder über das Feld.«

»Nun, dann mal los«, gibt Boelie sich geschlagen.

»Du bekommst auch immer deinen Willen, oder?«, sagt Klara an diesem Abend zu De Wet.

Der schüttelt kurz den Kopf. »Nein, nicht immer, Klara. Wie läuft es mit deinem Studium?«

»Schlecht«, antwortet sie mutlos. »Ich verliere so viel Zeit mit der Unterrichtsvorbereitung und den Korrekturen, dass ich gar nicht zu meinen eigenen Büchern komme. Und in etwas über einem Monat muss ich mein Examen ablegen.«

»Etwas an die Tafel zu schreiben, kann doch eigentlich nicht so schwer sein«, stellt er in neckischem Ton fest.

»Das Problem sind eher die Grundlagen der Pädagogik und der Entwicklungspsychologie«, bemerkt sie.

»Hm«, macht er. »Das klingt wichtig. Vielleicht solltest du in nächster Zeit weniger Briefe nach Johannesburg schreiben und mehr lernen.«

Bereits nach dem ersten Training ist Boelie völlig begeistert. »Ein paar von den Jungs sind schon etwas älter«, verkündet er, »aber es sind ein paar echt starke Bären unter ihnen. Wir brauchen eigentlich nur noch einen Flügelspieler. Dieser Petrus schnauft schon nach einem Zwanzigmetersprint wie ein Ochse.«

»Oder eine Lokomotive«, ergänzt De Wet. »Dass er so kurzatmig ist, das kommt vom Pfeiferauchen. Ansonsten ist er noch ziemlich schnell.«

Plötzlich wirft Boelie Antonio einen Blick zu. »Auf welcher Position hat du denn Fußball gespielt?«, möchte er wissen.

»Was sagst du?«

»*What position did you play?*«, übersetzt Irene.

»Beim Fußball? *Wing*. Mittelfeld«, antwortet Antonio.

»Flügel!«, sagt Boelie triumphierend.

»Flügel?«, fragt Antonio verwirrt.

»Fußball ist etwas ganz anderes als Rugby«, erklärt De Wet mit einem leichten Stirnrunzeln.

»Du kannst es ihm sicher beibringen. Du kennst alle Kniffe und du spielst schon seit Menschengedenken als Flügelspieler«, wischt Boelie die Bedenken beiseite. »Er ist schnell. Das habe ich gesehen, als wir vor dem Stier wegrennen mussten.«

»Was wollt ihr von mir?«, möchte Antonio auf Englisch wissen. Er kann dem Afrikaans nicht folgen, wenn sie so schnell sprechen. »Ich bin Italiener, kein Spanier. Wir haben keine Stierkämpfe.«

»Und als Fußballer verfügt er schon über genügend Geschicklichkeit, was den Umgang mit einem Ball angeht!« Boelie wird so enthusiastisch, dass er das Essen ganz vergisst. »Er wird auch gut schießen können.«

»Aber ein Fußball ist rund«, bemerkt Papa. »Es ist eine Kunst für sich, ein Rugbyei zielsicher zu schießen.«

»Was soll ich tun?«, fragt Antonio noch einmal begeistert.

»Das Schießen können wir ihm schon beibringen und das Fangen auch, genau wie du es uns früher gezeigt hast.«

»Ich verstehe nichts«, klagt Antonio.

»Du wirst Rugby spielen«, erklärt Irene. »Papa bringt dir das Kicken und Fangen bei, De Wet zeigt dir, wie man auf der Flügelposition spielt, und Boelie nervt so lange, bis du in die Mannschaft darfst.«

»Oh«, macht Antonio und wirft Klara einen etwas verwirrten Blick zu.

»Mach dich auf was gefasst, Italiener«, lacht diese. »Wenn Boelie sich einmal etwas in den Kopf gesetzt hat, kriegen ihn keine zehn Ochsen davon wieder weg.«

»Und wenn er sich nun verletzen sollte?«, will Mama wissen. »Wie erklären wir das dann dem Ministerium? Er ist unserer Fürsorge anvertraut worden. Und, De Wet, hör auf, so mit dem Stuhl herumzuschaukeln! Du wirst dir noch den Hals brechen und meinen Stuhl ebenfalls.«

»Hör doch auf, Mama«, entgegnet Boelie. »Er kommt schließlich direkt vom Schlachtfeld!«

»Wer? De Wet?«

»Antonio, Mama!«

»Eure Weise, Rugby zu spielen, ist noch viel gefährlicher als so ein Schlachtfeld«, behauptet ihre Mutter. »Und wo wir gerade dabei sind: Wenn ihr in euren weißen Hosen trainieren wollt, dann wird Lena die nicht waschen, kapiert? Für das Training nehmt ihr eure schwarzen Hosen.«

»Puh, Mama ist schon wieder auf dem Kriegspfad«, stellt De Wet vorsichtig fest.

»Ich habe immer noch keine Ahnung, worüber sie sprechen«, sagt Antonio hinter vorgehaltener Hand zu Klara, »aber ich fürchte, dass es um mich geht.«

»Du sollst in deiner schwarzen Hose trainieren«, erklärt sie, »sonst kommst du vors Erschießungskommando.«

»Oh, gut«, erwidert er kopfschüttelnd. Er versteht immer noch nicht, worum es geht.

»Hier im Haus wird nicht über Politik gesprochen«, hat Mama eines Abends sehr resolut gesagt. »Am Tisch nicht, im Wohnzimmer nicht und in der Küche auch nicht.«

Wenn sie in diesem Tonfall etwas sagt, weiß die ganze Familie, dass es daran nichts mehr zu rütteln gibt.

Leider hat sie vergessen, die Veranda in die verbotenen Zonen mit einzubeziehen. Und während im Herbst des Jahres 1943 die Abende immer kühler werden, werden die Diskussionen auf der Veranda immer hitziger.

»Am Mittwochabend sprechen Hans Strijdom und Sylva

MMoerdyk[5] im Rathaus«, verkündet De Wet eines Abends. »Ich gehe auf jeden Fall hin.«

»Moerdyk?«, fragt Klara. »So heißt der Architekt des Monuments auch. Ob die verwandt sind?«

»Hans Strijdom!«, ruft Boelie. »Das ist nun wirklich ein Mann mit dem Mut eines Löwen. Den *müssen* wir hören!«

»Du wirst unter keinen Umständen am Mittwochabend die Farm verlassen, Boelie«, befiehlt sein Vater streng.

»Aber Papa …«

»Ich will nichts mehr davon hören«, antwortet Papa. »Ich bin schließlich für deine Beaufsichtigung verantwortlich und dabei bleibt es.«

Boelie springt auf. »Diese verfluchte Khaki-Regierung!«, lässt er seinem Ärger freien Lauf und stampft wütend die Treppe hinunter, ins finstere Feld hinaus.

»Warum hast du denn unbedingt wieder mit der Politik anfangen müssen, De Wet?«, schimpft ihn seine Mutter. »Ihr müsst wirklich lernen, den Kopf einzuschalten, bevor ihr den Mund aufmacht.«

Antonio schaut schweigend vor sich hin.

»Und ich werde mir trotzdem anhören, was sie zu sagen haben«, verkündet De Wet. »Sie sind beide gute Redner.«

»Ist Sylva Moerdyk nun mit dem Architekten verwandt?«, will Klara immer noch wissen.

»Ich weiß nur, dass sie die Schwester von Oswald Pierow ist«, erklärt De Wet.

Klara legt die Stirn in Falten.

---

5 Anm. d. Übers.: Johannes Gerhardus Strijdom (1893-1958) war ein Rechtsanwalt, der in den 1930er-Jahren die Führung der *Nasionale Party* in der Provinz Transvaal übernahm und sich als Einziger der führenden NP-Mitglieder 1934 einem Zusammenschluss seiner Partei mit der von Smuts und einer Koalition unter Hertzog verweigerte. Von 1954 bis 1958 war er selbst Premierminister der Südafrikanischen Union.
Sylva Moerdyk (1896-1973) war die Frau des Architekten des Voortrekker-Monuments in Pretoria, Gerard Moerdyk, und die Schwester des NP-Politikers Oswald Pirow.

»Pirow, du weißt schon. Der mit der ›Neuen Ordnung‹[6]«, erklärt De Wet.

»Mann, ich weiß genau, wer Oswald Pirow ist«, erwidert Klara. »Es ist nur komisch, dass die beiden miteinander verwandt sein sollen. Sie haben radikal verschiedene politische Ansichten. Soweit ich weiß, ist sie auch Journalistin. Ich habe in *Die Transvaler* schon ein paar Artikel von ihr gelesen.«

»Ich kann nicht glauben, dass du diese Zeitung immer noch liest, Klara«, entgegnet er auf einmal verärgert. »Durch solches Geschwätz und Geschreibsel ist Boelie letztlich in einem Internierungslager gelandet.«

Verdutzt starrt Klara ihren Vater an. »Aber Papa …«

»Hört endlich auf mit eurem ›aber Papa‹«, schimpft dieser.

»Denkst du nicht, dass wir alt genug sind, um uns eine eigene Meinung zu bilden, Papa?«, möchte De Wet gelassen wissen.

»Ich gehe ins Bett«, verkündet Irene. »Ihr sitzt hier doch nur herum und schlagt euch die Köpfe ein. Hier auf der Veranda ist es nicht gemütlich.«

»Ich kann am Mittwochabend wirklich nicht mitkommen, De Wet.« Klara ist schon seit Montag damit beschäftigt, Ausreden zu finden. »Du hast keine Ahnung, wie viel Stress ich habe. Und so viel Interesse an Politik habe ich nun auch wieder nicht.«

»Dann wird es dafür aber höchste Zeit«, antwortet De Wet unbeirrbar.

»Mann, ich halte mich auch auf dem Laufenden. Ich lese die Zeitung«, entgegnet Klara ärgerlich. »Du bist ja nur auf Streit aus.«

De Wet lacht. »Aber nein, Schwesterchen, das siehst du falsch, ich würde nur gern etwas Leben in die Bude bringen. Rechne mal damit, dass auf der Versammlung die Fetzen fliegen werden. Dieser Bezirk fängt langsam an, sich ordentlich warmzulaufen. Immer mehr junge Leute schließen sich der HNP an.«

---

6 Anm. d. Übers.: Die *Nuwe Orde* (Neue Ordnung) war eine 1940 gegründete nationalsozialistische Fraktion innerhalb der *Nasionale Party*.

»Ich möchte gerne mitkommen, De Wet«, verkündet Irene. »Was ist die HNP?«

»Die *Herenigde Nasionale Party* (Wiedervereinigte Nationale Partei)[7]. Aber du kannst gewiss nicht mitkommen. Das ist kein guter Platz für Kinder.«

Das Blut schießt Irene in die Wangen, so wütend ist sie. »Ich bin kein Kind mehr! Und ich möchte auch gar nicht mehr mitkommen, selbst wenn du mich darum bitten würdest. Geh mal schön allein, ich wünsche dir einen netten Abend. Ganz *allein!*«

»Puh!«, macht De Wet, als sie wegrennt. »Wer die mal heiratet, muss wirklich auf der Hut sein.«

»Nun, dann gehe ich eben mit«, gibt Klara sich unwillig geschlagen.

»Und ich möchte mich euch anschließen«, erklingt plötzlich die Stimme von Antonio.

»So, Italiener, du verstehst auch alles!«, ruft De Wet.

»Und ich auch rede«, bestätigt Antonio mit einem selbstbewussten Nicken.

»Und ich rede auch«, berichtigt Klara automatisch. »Du willst also gern mitkommen?«

Als sie beim Rathaus ankommen, ist der Saal halb gefüllt – nicht rappelvoll, so wie bei den Versammlungen der *Verenigde Party*. Doch die Leute sind begeistert, Feuer und Flamme für »die Sache«. Unermüdlich wird über die kommenden Wahlen gesprochen, über Hans Strijdom und seine wachsende Popularität, über Verwoerd, den Redakteur von *Die Transvaler*, der in seinen Artikeln kein Blatt vor den Mund nimmt, und über den scharfen Durchblick des politischen Schreibers Anton E. Malga.

---

7 Anm. d. Übers.: Nachdem Hertzog seine *Nasionale Party* 1934 mit Smuts' *South African Party* zur *United Party* vereinigt hatte, spaltete sich diese Partei über der Frage des Kriegseintritts 1939 wieder. In den 1940er-Jahren verschmolz die dadurch entstandene Antikriegsfraktion unter Hertzog mit Malans *Gesuiwerde Nasionale Party* (Gereinigte Nationale Partei) zur *Herenigde Nasionale Party*, die ab ihrem überraschenden Wahlsieg 1948 die Apartheid einführte.

Pünktlich um sieben Uhr klopft der Vorsitzende, Onkel Karel van Biesiesvlei, auf den Tisch. Er eröffnet die Versammlung mit Schriftlesung und Gebet und heißt jeden willkommen. Anschließend folgen die Formalitäten: das Protokoll, die Abmeldungen und finanzielle Dinge.

»Wie langweilig ist das denn?«, flüstert Klara De Wet zu.

»Warte mal ab, bis gleich der Hauptredner das Wort bekommt«, beruhigt De Wet sie.

Endlich steht Hans Strijdom auf. Er ist ein Mann von durchschnittlicher Größe, mit einer geraden Nase und dunklen, hitzigen Augen. Er beginnt mit einem Überblick über die christlich-nationalen Grundsätze der HNP, die eine von der britischen Krone unabhängige Republik einführen möchte, in der die Sprache und die Kultur der Afrikaaner gleichberechtigt sind. »Anders als bei Smuts steht bei uns das britische *Commonwealth* nicht an erster Stelle und genauso wenig ganz Südafrika wie bei den Anhängern Hertzogs«, erklärt Strijdom, während er sich den Schweiß von der Stirn wischt.

Es ist heiß in dem stickigen Rathaussaal und es wird immer beklemmender. »Für uns steht der Afrikaaner an erster Stelle!«

»Bravo!«, schreit seine Zuhörerschaft.

»Das ist immer noch langweilig«, bemerkt Klara in warnendem Ton. »Wo bleiben die Funken, die angeblich überspringen sollen?«

»Warte es nur ab«, antwortet De Wet.

Der Anwalt Strijdom reckt eine Hand in die Höhe, den Zeigefinger ausgestreckt, und redet. Er gestikuliert mit beiden Händen, er ballt die Faust, er schlägt mit der flachen Hand auf den Tisch und er *spricht*.

»Bravo! Bravo!«, schreien seine Zuhörer. »Freistaa-aat!«

»Verstehst du, was dieser Mann alles sagt?«, will Klara von Antonio wissen, der auf der anderen Seite neben ihr sitzt.

»Kein Wort«, entgegnet der, »und trotzdem verstehe ich alles. Das könnte genauso gut eine politische Versammlung in der Aula der Turiner Universität sein – dort geht es genauso zu.«

»Bist du in Italien auch auf politische Versammlungen gegangen?«

»Manchmal, ja.«

Anschließend wird Sylva Moerdyk das Wort erteilt – einem kleinen Frauchen in einem dunkelblauen Hosenanzug und dazu passenden Schuhen. Sie spricht mit überraschend kräftiger Stimme.

»Es tut mir gut, so viele Frauen im Publikum zu sehen«, beginnt sie, die blauen Augen auf die Menschenmenge vor sich gerichtet. »Fünfzig Prozent unserer Wählerschaft besteht aus Frauen. Die afrikaanische Frau ist eine, die selbständig nachdenkt, die vor mehr als einem Jahrhundert beschlossen hat, lieber barfuß die Drachenberge zu überqueren, als unter der britischen Fahne leben zu müssen, die ihre Kinder nach den christlich-nationalen Grundsätzen der Afrikaaner erzieht.«

Sie spricht kraftvoll, überzeugend und mit Leidenschaft. »Eine echte Feuerfresserin, das merkt man gleich«, sagt ein Mann hinter Klara zu seiner Begleitung.

»Für die *Herenigde Nasionale Party* steht die Familie an erster Stelle. Niemals hätten wir den britischen Imperialisten *gegen* das Volk, das uns in den dunkelsten Stunden des Kampfes zwischen 1899 und 1902 beigestanden hat,[8] helfen dürfen. Und *niemals* wieder sollten wir unseren Söhnen erlauben, auf englischer Seite gegen Deutschland zu kämpfen!«

»Bravo! Bravo!« Das Publikum brüllt und jauchzt.

»Niemals wieder werden wir Burenblut für den Bau des britischen Weltreiches vergießen!«

Gerbrand, denkt Klara.

»Führt der Weg Südafrikas nun auf einmal über Ägypten und Italien nach England?«, fragt die Rednerin feurig.

---

8 Anm. d. Übers.: Hiermit ist das Deutsche Reich gemeint, das die Burenrepubliken vor dem Burenkrieg mit militärischem Material belieferte und ihnen auch diplomatisch zur Seite stand. Nach Ausbruch des Krieges waren die Buren jedoch international isoliert und wurden von Deutschland ebenso fallen gelassen.

»Jetzt bekommen sie den Hintern versohlt!«, stellt der Mann hinter Klara fest.

»Lasst die Khakis zur Hölle fahren!«, schreit eine kräftige Frau. Ihr großer Hut sitzt ihr ganz schief auf dem Kopf.

»Haut sie auf die Fresse!«, kreischt eine andere.

»Bravo! Bravo!«, brüllt das Publikum. »Die *Vierkleur* hoch!« Hinten im Saal fangen ein paar Leute an zu grölen.

Das zierliche Frauchen auf der Bühne hebt eine Hand in die Höhe, um die Menschen zur Ruhe zu bringen.

»Noch schlimmer ist es, meine Damen und Herren, noch schlimmer ist es, dass unsere afrikaanischen Jungen und Männer von unserer britisch-jüdischen Regierung interniert werden, weil sie für ihre Prinzipien eintreten!«

Boelie, denkt Klara.

»Schande! Schande!«, blökt das Publikum wütend.

»Warum muss überhaupt der König von England auch der König von Südafrika sein?«, fragt Frau Moerdyk. »Warum muss sein Kopf auf unseren Münzen abgebildet sein und sein Gesicht auf unseren Briefmarken? Warum muss er nach jedem Film im Kino von Gott geschützt werden?«

Die Zuhörerschaft erwacht zum Leben, so als hätte man plötzlich einen tollwütigen Schakal zwischen ihnen losgelassen.

»Ich kann Ihnen die Antwort geben, meine Herren«, behauptet die kräftige Stimme hinter den feurigen, blauen Augen. »Weil General Jannie Smuts versprochen hat, dass über dem britischen Weltreich die Sonne niemals untergehen soll.«

An einem der Seiteneingänge steht ein großer Mann auf. Er hat einen Rauschebart und eine laute Stimme. »Jetzt reicht's aber, Fräulein!«, poltert er über das allgemeine Durcheinander hinweg. »Sie mit Ihrer Kritik an dem General. Wo sind Sie denn gewesen, als er im Burenkrieg gekämpft hat?«

»Ich bin damals sechs Jahre alt gewesen«, antwortet sie. »Mein Beitrag hätte sicher keinen weltbewegenden Effekt gehabt.«

Das Publikum lacht und klatscht Beifall.

Jetzt springt der Freund des Mannes ebenfalls auf und zeigt

mit dem Finger auf das Podium. »Sagen Sie doch mal, gute Frau, sind Sie nicht die Schwester von Oswald Pirow? Die leibliche Schwester von einem der engsten Smuts-Freunde?«

»Wenn Sie gut zugehört hätten, mein Herr, dann wüssten Sie, dass die afrikaanische Frau selber denkt«, erklärt Sylva Moerdyk. »Ich schlage vor, Sie und Ihr Freund setzen sich wieder hin und geben den vernünftigen Leuten unter uns die Gelegenheit, ihre Fragen loszuwerden.«

Der Mann hinter Klara springt auf. »Wir müssen wieder eine Republik werden!«, ruft er. »Wir sollten die Khakis ins Meer treiben!«

Der junge Farmer neben Antonio springt auch auf. »Wir können nicht mehr länger nach der Pfeife von König Georges Dudelsack tanzen!«, ruft er. Er wendet sich den anderen Anwesenden zu und fuchtelt mit der Faust in der Luft herum. »Meine Damen und Herren, Volksgenossen, wird es nicht langsam Zeit für unsere eigenen Rechte und Grundsätze?«

»Diese Bande von Landesverrätern!«, schreit ein anderer und: »Schmeißt die Smuts-Freunde aus dem Land!« Begriffe wie »Überläufer!«, »Verräter!«, »Drückeberger!« schwirren durch den Raum.

»Und wer hat euch denn wieder einmal gerettet, als ihr in den elenden Zeiten der Trockenheit von 1933 beinahe krepiert wärt?«, schreit ein dünner Mann, der irgendwo im Publikum von seinem Stuhl aufgesprungen ist. »Hat denn die Regierung dieser *Nasionale Party* von euch auch nur einen Finger gerührt, um die Afrikaaner aus der Depression zu retten?«

»Das ist alles die Schuld von diesem Schuft von Tielman Roos[9] gewesen!«, brüllt jemand anderes hinten im Saal.

---

9 Anm. d. Übers.: Tielman Johannes de Villiers Roos (1879-1935) war eines der Gründungsmitglieder der *Nasionale Party* und deren Vorsitzender in Transvaal. Der äußerst beliebte Politiker setzte sich in der Weltwirtschaftskrise für die Aufhebung des Goldstandards ein, was jedoch zu großen wirtschaftlichen Turbulenzen führte, die seiner Popularität ein jähes Ende bereiteten.

»Ruhe! Ruhe!«, schneidet die Stimme von Onkel Karel van Biesiesvlei durch den Saal.

In diesem Augenblick fliegt der erste Stuhl durch die Luft.

»Ruhe! Ruhe!«, brüllt er wieder.

»Siehst du, jetzt wird es interessant«, bemerkt De Wet Klara gegenüber.

»Sehr interessant«, bestätigt Antonio.

»Aber die sind doch völlig vom Thema abgewichen«, erwidert Klara ein bisschen verwirrt.

»Hat es denn jemals wirklich so etwas wie ein Thema des Abends gegeben?«, möchte De Wet wissen.

»Weg mit den Landesverrätern!«, schreien drei Brüder, die Schulter an Schulter in der ersten Reihe sitzen.

»Bravo! Bravo! Die *Vierkleur* hoch!«, jubelt das Publikum.

»Ruhe! Ruhe!«, blökt Onkel Karel van Biesiesvlei und fuchtelt ratlos mit den Händen in der Luft herum.

Hinter De Wet ist ein Mann Feuer und Flamme. »Freistaat! Freistaat!«, fängt er an zu schreien.

»Noch einen kleinen Augenblick, dann drehen hier alle durch«, prophezeit De Wet Klara.

Die kleine Gestalt der Rednerin steht ruhig auf dem Podium und bittet mit einer Handbewegung um Ruhe. Nur langsam reagieren die erhitzten Gemüter. Onkel Karel wischt sich mit einem großen, grauen Taschentuch den Schweiß von der Stirn.

»Meine Damen und Herren! Die *Verenigde Party* hat ihre ganze Politik und die ganzen Wahlen auf die Erfolge der südafrikanischen Truppen an der Front aufgebaut. Aber die Waagschale schlägt noch lange nicht zugunsten der einen oder anderen Partei aus. Wenn nun aber das mächtige britische *Empire* für zu leicht befunden wird, was dann? Dann werden die tönernen Füße der *Verenigde Party* zermalmt werden und anschließend wird das ganze Kartenhaus der südafrikanischen Regierung in sich zusammenstürzen. Dann muss die *Herenigde Nasionale Party* bereitstehen, um die Zügel zu übernehmen und auf dem Weg Südafrikas voranzugehen: den Weg zur Wiederherstellung unseres Volksstolzes, den Weg zu unserer unabhängigen Republik!«

»Bravo! Bravo!«, schreien die Zuhörer und sind begeistert.

Nachdem die Versammlung geendet hat, stehen die Leute in kleinen Grüppchen zusammen und trinken Kaffee. Wie ein Schwarm Bienen schwirren sie um die beiden Redner herum.

Klara geht für De Wet und Antonio eine Tasse Kaffee holen und schließt sich ihnen daraufhin an. »Ich bin mir sicher, dass dieser Mann dort Gerard Moerdyk ist, der Architekt des Monuments«, sagt sie mit einer Kopfbewegung in Richtung eines Mannes, der ein wenig abseits steht. »Ich habe schon einmal Fotos von ihm gesehen.

»Lass uns ihm dann kurz Guten Tag sagen«, schlägt De Wet vor.

»Meinst du, das kann man einfach so machen?«, zweifelt Klara. Doch De Wet ist schon unterwegs zu ihm.

»Es ist schön, junge Leute wie euch zu treffen«, erklärt der Architekt herzlich. »Kommt ihr hier aus der Gegend?«

»Mein Vater ist hier Farmer. Klara und ich arbeiten beide im Dorf«, antwortet De Wet.

»Ich habe selbst auch eine Farm in der Gegend«, verkündet der ältere Mann. »Wenn ich mich einmal zur Ruhe setze, werde ich auch hierherkommen, Landwirtschaft betreiben und einen Selbstversorgerhof aufbauen.«

»Herr Moerdyk, sind Sie eigentlich mit Sylva Moerdyk verwandt?«, will Klara zögernd wissen.

»Nur angetraut, keine wirkliche Verwandtschaft«, erwidert der Architekt in verschwörerischem Tonfall.

»Angetraut?«, fragt Klara mit einem unsicheren Lächeln.

In den Augen des Architekten glitzert der Schalk. »Sie ist meine Frau.«

»Oh.« Ein verlegenes Rot überzieht Klaras Gesicht. »Tut mir leid.«

»Mir manchmal auch«, lacht der Architekt. »Aber nicht immer, zum Glück. Sie sorgt für Leben in der Bude.«

»Das … glaube ich gern«, entgegnet Klara.

De Wet tippt dem Architekten auf den Arm. »Herr Moerdyk«, verkündet er, »ich möchte Ihnen gern Antonio Romanelli vorstellen. Er ist italienischer Kriegsgefangener ...«

Der Architekt streckt Antonio sofort eine Hand hin.

»Romanelli?«, fragt er, den Kopf ein wenig schief gelegt. »Aus Florenz?«

»Ich komme aus Norditalien, ja, aber nicht aus Florenz – aus einem kleinen Dorf nordwestlich von Turin«, antwortet Antonio. »Ich habe aber einen Onkel in Florenz.«

»Ist das zufällig Professor Romano Romanelli?«, möchte Herr Moerdyk wissen. »Von der Universität von Florenz?«

»Ja«, stellt Antonio überrascht fest. »Kennen Sie ihn?«

Der Architekt schüttelt ungläubig den Kopf. »Ich habe jede Woche Kontakt mit ihm«, erwidert er. »Er ist es, der die Marmorfriese des Monuments anfertigen soll. Und das ist dein Onkel, sagst du?«

»Der Vetter meines Vaters«, erklärt Antonio mit einem Nicken. »Wie klein die Welt doch ist.«

»Und die Khakis haben dich gefangen genommen und hierhergeschickt, sagst du?« Der Architekt hat nur noch Augen für Antonio. »Bist du auch Bildhauer?«

»Ich war fast fertig mit meinem Architekturstudium, als der Krieg ausgebrochen ist«, antwortet Antonio.

»Architektur!«, ruft Herr Moerdyk überrascht und ergreift Antonios Arm. »Aber Kerl ...«

»Klara!«, ertönt plötzlich eine Stimme hinter Klara. »Ich hätte nie gedacht, dass ich dich hier treffen würde!«

Klara dreht sich um. Da ist Leonie, eine der anderen neuen Lehrerinnen. »Mein Bruder hat mich hergeschleppt«, erwidert Klara hastig. »Eigentlich interessiert mich Politik nicht so sehr.«

»Mich ebenfalls nicht, mich betrifft sie ja auch nicht«, bestätigt Leonie. »Aber im Dorf gibt es so wenig zu erleben. Die politische Versammlung ist so etwas wie der Höhepunkt des Monats.«

»Nächsten Samstag wird doch in diesem Raum wieder ein Film gezeigt«, widerspricht Klara lachend.

»*Vom Winde verweht*, ja«, erklärt Leonie. »Den habe ich schon mindestens fünfmal gesehen und jedes Mal geht Clark Gable wieder einfach der roten, untergehenden Sonne entgegen.«

Auf dem Nachhauseweg zur Farm erzählt Antonio: »Herr Moerdyk kommt sich morgen das Mauerwerk der *Ponte del Nilo* anschauen.«

»Warum?«, will De Wet wissen.

»Er möchte sich einfach das Mauerwerk anschauen«, antwortet Antonio. »Er scheint selbst viel mit Steinen zu arbeiten.«

»Das stimmt. Die meisten seiner Kirchen sind aus Stein«, bestätigt De Wet. »Ich glaube, dass er auch die neue Kirche für unser Dorf entwirft, aber ganz sicher bin ich mir da nicht.«

Anfang Mai marschieren amerikanische und französische Truppen in Bizerte ein und Tunis wird von General Montgomery eingenommen. Am 13. Mai ergibt sich Rommels Nachfolger bei Kap Bon in Tunesien. Eine Viertelmillion deutscher Kriegsgefangener wird in alle Himmelsrichtungen verteilt.

Immer noch hat Christine Klaras freundschaftlichen Brief nicht beantwortet.

In *Die Brandwag* erscheint ein Artikel über die italienischen Kriegsgefangenen in Südafrika. Darin ist zu lesen, dass in Südafrika ungefähr neunzigtausend von ihnen festgehalten werden. Die meisten von ihnen sind in Nordafrika gefangen genommen worden. Viele der Kriegsgefangenen sind nicht in Lagern untergebracht, sondern werden von den Behörden als Arbeiter eingesetzt, zum Beispiel in der Forstwirtschaft, dem Straßenbau und in der Landwirtschaft. Einige Männer sind auf einer Farm beschäftigt und es werden auch eine ganze Reihe von ihnen in der Bauwirtschaft eingesetzt.

Irene zeigt Antonio den Artikel. »Ich finde es ehrlich gesagt ziemlich komisch, dass ihr nicht abhaut«, verkündet sie. »Ihr müsst euch doch noch nicht einmal auf der Polizeistation melden, so wie Boelie.«

Antonio lacht. »Und wohin sollten wir dann gehen, Irene?«,

fragt er. »Die einzige Art und Weise, wie wir wieder nach Italien kommen, ist, einfach zu warten, bis der Krieg vorbei ist, und dann zu hoffen, dass uns irgendjemand mit dem Schiff zurückbringt.«

Als Irene an diesem Abend im Bett liegt, will sie von Klara wissen: »Denkst du, dass Antonio eines Tages wirklich nach Italien zurückgehen wird?«

»Natürlich«, antwortet die. »Sobald der Krieg vorbei ist.«

»Aber hier bei uns ist er doch glücklich«, entgegnet Irene mit verzagter Stimme.

»Nicht wirklich«, erwidert Klara. »Wir sprechen nicht seine Sprache und wir haben nicht seine Religion. Seine ganze Familie ist in Italien: Eltern, Brüder, Schwestern. Vielleicht hat er auch eine Freundin dort, ja, das ist sogar wahrscheinlich – ich habe gesehen, dass er Briefe bekommt, die mit einer weiblichen Handschrift adressiert sind.«

»Vielleicht sind die von seiner Mutter«, überlegt Irene.

»Meiner Meinung nach ist diese runde Handschrift nicht von seiner Mutter«, antwortet Klara.

»Dann wohl von seiner Schwester.«

»Wenn das so ist, schreibt ihm seine Schwester ziemlich oft«, erklärt Klara. »Mindestens einmal in der Woche.«

Irgendwann in dem geschäftigen Monat Mai des Jahres 1943 finden auch noch die Parlamentswahlen statt. Boelie darf nicht mit abstimmen, weil er formal noch ein Gefangener ist. Wie ein wütender Stier läuft er auf der Farm herum.

»Tausende von Rotlitzen in fremden Ländern in Übersee dürfen wählen. Für die werden sogar besondere Wahlurnen verschifft und aufgestellt, nur weil sie helfen, das britische *Empire* zu verteidigen«, schimpft er verbittert. »Aber wir dürfen nicht wählen, so als wären wir eine Bande Verbrecher, und das nur, weil wir für unsere eigenen afrikaanischen Grundsätze einstehen!«

»Du hast eines der Gesetze des Landes übertreten, Boelie«, weist ihn sein Vater streng zurecht. »Du hast in den Augen der

Regierung Landesverrat begangen und jetzt musst du die Folgen deiner Taten ausbaden.«

Klara geht zusammen mit dem Rest der Familie wählen. Es ist ihr erstes Mal und deswegen ist sie ganz aufgeregt. Der Augenblick, in dem ihr Wahlzettel in dem schmalen Schlitz verschwindet, ist fast schon eine Enttäuschung. Danach fährt die ganze Familie wieder zurück auf die Farm.

Die ersten Ergebnisse kommen bereits am frühen Donnerstagmorgen herein. Schon vor dem Frühstück hat Boelie das Radio aufgebaut. Opa sitzt bereits davor. Während Klara gerade den Flur entlanggeht, fängt das Radio an zu piepen. Die ganze Familie rennt ins Wohnzimmer und schaut wartend auf den Apparat auf dem Tischchen, das breitbeinig über dem Akku steht.

»Das müssten eigentlich die allerersten Ergebnisse sein«, bemerkt Boelie und stellt den Sender so genau wie möglich ein, um alles gut zu empfangen.

»Es folgen die Ergebnisse der Parlamentswahlen aus dem Stimmbezirk Johannesburg-Nord in Transvaal«, ertönt die blecherne Stimme durch den Äther. »J. H. Hofmeyr, *Verenigde Party*, 5698. C. F. de Wet, *Herenigde Nasionale Party*, 1634. Wahlbeteiligung: 78,9 Prozent. Ungültige Stimmen: 49. Mehrheit: *Verenigde Party*, 4064.«

»Schön«, sagt Opa zufrieden. »Dieser Jannetjie Hofmeyr ist ein Schlauer, fast so schlau wie Jannie Smuts.«

»So schlau wie ein Fuchs«, verkündet Boelie laut und deutlich.

»Boelie!«, warnt sein Vater ihn.

»Pie-rie-pieeep«, macht das Radio. »Wieder eins!«, sagt De Wet und beugt sich nach vorn.

»Hier folgen die Wahlergebnisse des Stimmbezirks Pretoria Central in Transvaal: E. P. Pieterse, *Verenigde Party*, 4762. Sylva Moerdyk, *Herenigde Nasionale Party*, 2084. Wahlbeteiligung: 75,7 Prozent. Ungültige Stimmen: 62. Mehrheit: *Verenigde Party*, 268.«

»Schade, dass sie verloren hat. Sie scheint mir eine starke Frau zu sein, die weiß, was sie will«, sagt Klara.

»Aber eine Frau gehört nicht ins Parlament«, erwidert ihr Vater entschieden.

»Da sind wir uns ja einmal einig, Neels«, bekräftigt ihr Großvater.

»Jetzt müsst ihr zum Essen kommen, hört ihr?«, ruft ihre Mutter. »Boelie, schalte das Radio kurz aus.«

De Wet steht auf. »Mama, können wir nicht einfach …«

»Nein«, widerspricht Mama. »Aus mit dem Ding, Boelie.«

Den ganzen Tag über tropfen die Wahlergebnisse herein und auch die folgende Nacht und den ganzen nächsten Tag. »Warum dauert es so lange, bis sie die Resultate aus Nordtransvaal bringen?«, möchte Klara nach einer Weile ungeduldig wissen. Sie hat das Gefühl, dass das Radio schon wieder Herr und Meister über das ganze Haus ist.

»Das hat damit zu tun, dass das Bosveld so groß ist und die Wege dort in so einem erbärmlichen Zustand sind«, erläutert Papa. »Deshalb kostet es viel Zeit, die Wahlurnen aus allen Wahllokalen zur zentralen Auszählung zu bringen. Und nachts kann gar nicht gefahren werden. Wenn du auf einem dieser Feldwege einen Kudu vor die Motorhaube bekommst, dann heißt es gute Nacht, Marie – und nicht nur für den Kudu.«

Erst am frühen Nachmittag des dritten Tages kommt das erste Ergebnis aus Nordtransvaal herein: »Hier folgen die Wahlergebnisse des Stimmbezirks Waterberg in Transvaal: J. G. Strijdom, *Herenigde Nasionale Party*, 2901. L. M. Baxter, *Verenigde Party*, 1917. C. W. M. du Toit, unabhängig, 810. Wahlbeteiligung: 82,4 Prozent. Ungültige Stimmen: 50. Mehrheit: *Nasionale Party*, 984.«

»Hans Strijdom ist mit Herz und Nieren Afrikaaner, jemand, der eine starke Führung vorgeben kann – ein echter *Voortrekker*«, bemerkt Boelie zufrieden.

»Ein echter Querkopf, meinst du wohl«, brummt Opa laut und deutlich.

»Dieser Pfarrer du Toit ist schon eher ein Querkopf«, widerspricht De Wet. »Wenn er sich nicht als unabhängiger Kandidat hätte aufstellen lassen, wären seine Stimmen mit Sicherheit an die HNP gegangen und dann hätten die eine Mehrheit von rund zweitausend gehabt.«

»1794«, rechnet Boelie aus, der alles genau aufschreibt. »Auf jeden Fall ist Nordtransvaal national – Pietersburg gehört uns auch. Nur Soutpansberg …« Er betrachtet die Aufzeichnungen genau. »Das ist ein interessantes Ergebnis. Wahrscheinlich ist auch hier der HNP der Sieg durch einen unabhängigen Kandidaten weggeschnappt worden. Sonst würde ganz Nordtransvaal jetzt *Nas* sein.«

»Wir haben also immer noch zu wenig Regen«, erwidert Papa trocken.

Klara lacht. »Ich gehe mal etwas für unsere durstigen Kehlen holen«, verkündet sie.

»Ich das Tablett trage«, sagt Antonio und steht auf.

»*Ich* trage das Tablett«, widerspricht Klara.

»Berichtigst du nun meine Grammatik oder mein Handeln?«, möchte Antonio jetzt auf Englisch wissen. In seinen Augen tanzt der Schalk.

Klara schaut ihn direkt an. »Beides«, antwortet sie und geht in die Küche.«

»Du versinkst hier nur in Selbstmitleid, weil du solche Sehnsucht nach Henk hast«, behauptet De Wet an einem Samstagmorgen im Juni. »Komm doch heute Nachmittag mal vorbei und schau dir an, wie deine Brüder Rugby spielen.«

»Hast du eine Ahnung, wie viel ich noch für die Schule tun muss?«, fragt sie entmutigt. »In drei Wochen mache ich mein Examen!«

»Es wird dir guttun, wenn du einmal rauskommst«, antwortet De Wet.

»Wir gehen alle«, mischt Irene sich ein. »Außerdem ist es Antonios erstes Turnier.«

»Ich schaue mal«, erwidert Klara vage.

Es ist einer der lauen Winternachmittage, die so typisch sind für das Bosveld. Die Sonne streichelt das Grüppchen Zuschauer, die mit ihren Autos bis an den Spielfeldrand fahren. Die Frauen breiten Decken aus und packen die Picknickkörbe aus, während die Männer die Auktion von heute Morgen besprechen, Gedanken über die Chancen ihrer Mannschaft austauschen und über die Taktik beim Rugbyspielen diskutieren. Im steifen Wind halten die jungen Frauen ihre Röcke unter Kontrolle und die Spieler lockern ihre Muskeln, während sie heimlich ihre Gegenspieler beobachten.

Das Spielfeld ist gelb und staubtrocken. Und prügelhart. »Da holen sie sich gleich wieder Blessuren an Armen und Beinen«, bemerkt Mama missvergnügt.

»Du hättest lieber zu Hause bleiben sollen, Lulu«, sagt Papa.

»Ach nein, ich schaue gern zu«, widerspricht Mama ihm.

In der Ferne winken Onkel Bartel und Reinier, anschließend kommen sie zu ihnen herüber. »Hallo, hallo«, begrüßt Onkel Bartel sie herzlich und klopft De Wet auf die Schulter. »Heute werden wir erleben, wie du einen Punkt nach dem anderen holst, nicht wahr?«

De Wet lacht wohlwollend. »Nun ja, das werden wir noch sehen, Onkel Bartel.«

In diesem Augenblick kommt Boelie mit dem Daimler vorgefahren. Neben ihm sitzt Opa und hinten Oma und Pérsomi. Komisch, dass Pérsomi auch mitgekommen ist, denkt Klara.

»Hey, da ist ja auch Pérsomi!«, ruft Reinier und läuft sofort auf den Daimler zu.

Das Mädchen sieht etwas verwahrlost aus. Es trägt das weiße Kleid, das Oma ihm genäht hat, als es ins Internat gekommen ist. Der Stoff ist vom vielen Waschen schon ganz dünn geworden und das Kleid ist auch zu kurz. Ich muss mal schauen, ob sie nicht ein paar Kleider von mir bekommen kann, überlegt Klara. Auf der anderen Seite: Pérsomi ist ein ganzes Stück größer als sie, dann werden sie ihr wohl alle zu kurz sein.

Boelie reibt sich die Hände und trabt zu dem Ort, wo die übrigen Mitglieder seiner Mannschaft schon bereitstehen, um aufs Feld zu rennen.

Da ertönt ein schriller Pfeifton. Die Spieler rennen los, schieben und ziehen, stoßen und zerren. Die älteren Männer rennen an der Seitenlinie hin und her, zeigen mit ihren Pfeifen über das Feld und streichen sich nervös über die Bärte. Die Frauen drücken sich ihre Hüte fester auf den Kopf und kreischen: »Nimm den Ball! Greif dir den Mann! Oi! Halt ihn fest! Du liebe Güte!«

Nach zehn Minuten hat noch keine Mannschaft einen Punkt geholt. »Komm aus dem Gedränge, schnapp dir den Ball!«, kreischt eine Frau neben Klara.

»Den Ball zu De Wet!«, brüllt Onkel Bartel. »Wirf ihn zu De Wet!«

Im nächsten Augenblick fliegt der Ball aus dem Knäuel von Armen und Beinen heraus und springt weg. »Der Ball! Der Ball!«, blökt Papa. »Macht doch die Augen auf!«

»Wirf ihn zu De Wet!«, brüllt Onkel Bartel.

»Wirf ihn zu Antonio!«, kreischt Irene.

Das Rugbyei fliegt in Antonios Richtung. Er bremst den Flug mit seinem Fuß, schießt es weit weg ins Spielfeld hinein und stürmt blitzschnell hinterher.

Die Zuschauer schreien und fuchteln mit den Händen herum und rennen am Spielfeldrand mit.

Antonio ist als Erster am Ball. Er stoppt ihn im vollen Lauf mit seiner Brust und jagt ihn mit großer Präzision nach vorn. Es wird schrill gepfiffen.

Antonio schaut sich überrascht um.

»Du musst den Ball fangen, du Idiot!«, brüllt Boelie. »Nicht nach vorn schießen!«

»Du musst den Ball fangen und dann damit rennen!«, kreischt Irene auf Englisch.

»Oh ja. Tut mir leid, Leute«, sagt Antonio verlegen.

In der Pause bekommen alle Spieler eine halbe Apfelsine. Sie saugen die Frucht aus und werfen die Schale neben das Spielfeld. »Ist das einer von deinen Brüdern?«, will Leonie von Klara wissen.

»Meine Brüder spielen alle beide mit«, antwortet Klara. »Wen meinst du denn?«

»Den Flügelspieler, der gerade den Punkt geholt hat. Nummer 11.«

»De Wet? Ja, das ist mein Bruder.« Sie hätte sich denken können, dass Leonie von De Wet gesprochen hat, überlegt Klara.

»Kannst du uns beide nach dem Spiel einander vorstellen?«

Klara lacht. »Mit dem größten Vergnügen«, antwortet sie. »Meine Mutter hat einen großen Picknickkorb mitgenommen – komm nachher ruhig dazu.«

»Danke. Hoffentlich findest du mich nicht allzu unverfroren«, sagt Leonie zögernd.

»Aber nein. Ich werde dich ihm ganz beiläufig vorstellen.«

In der zweiten Halbzeit setzt die Heimmannschaft endlich ihren Gegner unter Druck. Zehn Minuten vor Schluss holt Antonio seinen ersten Punkt.

Irene ist vor Aufregung ganz außer sich. »Das war die beste Aktion des ganzen Nachmittags! Hast du das gesehen, Klara, hast du gesehen, wie schnell er gerannt ist?« Dabei strahlen ihre Augen und ihre Wangen glühen.

Klara lächelt ein wenig. »Reiß dich mal zusammen, Schwesterchen«, sagt sie. »Das ist nur ein Rugbymatch.«

»Was bist du nur wieder für eine alte Trantüte«, entgegnet Irene und geht weg.

Doch an diesem Abend muss Klara alles, was sie an tröstenden Worten zu bieten hat, aus dem Schrank holen.

»Ich habe mich so lächerlich gemacht«, jammert Irene zwischen den Schluchzern hindurch. »Dass er zu mir gesagt hat … Oh, Klara, du weißt nicht einmal die Hälfte!«

Klara legt ihrer Schwester einen Arm um die Schulter. »Was ist denn geschehen?«, möchte sie wissen und streicht Irene übers Haar. »Erzähl es mir.«

»Nein, das ist zu schlimm, das kann ich nicht, niemals«, schluchzt Irene. »Ach, Klara, er ist so nett zu mir gewesen. Ich werde nie mehr einen Mann so lieben können.«

Klara merkt, wie ihr eiskalt wird. »Irene«, sagt sie so gelassen wie möglich, »erzähl mir, was passiert ist.«

Irene weint immer noch, aber unter dem Schluchzen kommt die Geschichte schließlich doch ans Licht: »Ich habe mich neben ihn gesetzt, auf die Bank von Oma, unter der Pergola«, berichtet sie und zieht die Nase hoch. »Das ist nach dem Essen gewesen, als ihr auf der Veranda gesessen habt. Oh, Klara!«

»Sag es nur«, ermutigt Klara sie und reicht Irene ihr Taschentuch. Die Kälte in ihrem Herzen bleibt.

Irene putzt sich die Nase, bevor sie weiterspricht. »Er hat so einsam ausgesehen, Klara. Und dann hat er mir erzählt, dass sie bei sich zu Hause in Italien auch so eine Pergola haben, auf der *patio*, so hat er es genannt. Das ist so etwas wie bei uns die Veranda. Und dann …«

»Ja?«

»Ich kann es einfach nicht erzählen, Klara, nie und nimmer.«

Klara sitzt einen Augenblick bewegungslos da. Anschließend sagt sie: »Erzähle es doch bitte, Irene.«

»Dann wollte ich ...« Irene presst sich das Kissen ins Gesicht. »Oh, wenn ich doch nur schon tot wäre! Ich habe mich doch so furchtbar blamiert!«

»Was hast du denn gemacht?«, bohrt Klara weiter.

»Nichts, ich wollte nur … ich wollte ihn … küssen. Und dann hat er gesagt, dann hat er gesagt … dass er mich auch sehr mag, aber eher so wie eine kleine Schwester. Eine kleine Schwester! Was soll denn das heißen?« Sie presst sich ein Kissen vors Gesicht.

»Ist das alles?«, möchte Klara vorsichtig wissen.

»Alles?«, stöhnt Irene. »Das ist schlimmer als der Tod. Was meinst du, Klara, werde ich sterben, wenn ich mir das Kissen lange genug aufs Gesicht drücke?«

»Das bezweifle ich«, entgegnet Klara. »Denn vorher würde ich dich retten.«

»Er hat gesagt, dass er gern gut mit mir befreundet sein möchte, weil er selbst keine Schwester hat«, verkündet Irene nach einem Weilchen.

»Nun, dann akzeptier ihn doch als einen großen Bruder«, fordert Klara sie auf. »Geht es wieder ein bisschen?«

»Ja-a«, erwidert Irene zögernd, »aber ich komme mir immer noch ein bisschen blöd vor.« Sie überlegt einen Augenblick. »Er sieht schließlich ein ganzes Stück besser aus als meine richtigen Brüder.«

»Nicht wirklich«, korrigiert Klara sie. »Komm, lass uns schlafen gehen.«

»Er hat noch etwas gesagt«, offenbart Irene, nachdem die Kerze schon ausgeblasen ist. »Er hat mir erzählt, dass er ein Mädchen hat, das er sehr liebt, da in seinem Dorf in Italien. Sie heißt Gina und sie wartet auf ihn. Sie sind verlobt.«

Lange nachdem Irene eingeschlafen ist, liegt Klara immer noch da und starrt aus dem Fenster. Draußen wölbt sich der endlose, glänzende Himmel. Die Nacht ist voller Geräusche und der Mond scheint friedlich herab.

Und in ihrem Herzen ist eine unerklärliche Leere.

21. Kapitel

Die Menschen im Dorf sind froh, als es endlich Sommer wird. Es ist ein langer, kalter Winter gewesen. Die Nahrungsmittelvorräte drohten, zur Neige zu gehen, und es ist nur noch wenig Lampenöl übrig.

An dem Tag, an dem die Sonne zum ersten Mal durchgehend scheint, öffnen die Frauen die Fenster und Türen ihrer Häuser weit. Sie hängen Matratzen heraus und werfen Decken über Wäscheleinen, um sie gründlich mit einem Besenstil auszuklopfen. Die Nonnen schieben die Kirchentür auf, sodass die Sonne den muffigen Wintergeruch aus den roten Teppichen und schweren Kirchenbänken vertreiben kann. Die Ziegenhirten schaufeln mit langen Mistgabeln das Winterstroh heraus und tragen schwere hölzerne Eimer voller Wasser hinein, um die Böden zu schrubben.

Nur das kleine Geschäft der Familie Rosenfeld bleibt geschlossen. Das verrostete Schloss hängt noch treu an seinem Ort, der Bürgersteig ist unter einer zentimeterdicken Schicht verrotteter Blätter verschwunden und die Fenster sind völlig verschmutzt.

Am Anfang dieses Sommers kommt Marco eines Nachts vom Berg herunter.

»Ich höre etwas in der Küche«, sagt Maria gegen Mitternacht zu Guiseppe. »Könnte das Marco sein?«

Sie stehen sofort auf. Auch Lorenzo hat sein Zimmer verlassen, auf seinen Krücken.

In der halbdunklen Küche steht Marco fröstelnd vor dem erloschenen Ofen. Sein Mantel schlabbert um ihn herum und seine Schultern sind ein wenig nach vorn geneigt.

»Marco?«, sagt Maria zögernd.

Er dreht sich um. »Nein, macht kein Licht«, wehrt er ab, als Lorenzo ein Streichholz anzünden möchte. Er geht vom Ofen weg und streckt seine Hand nach seiner Mutter aus.

»Mama«, sagt er. Seine Stimme hört sich seltsam rau an. »Papa. Lorenzo?«

Mit zwei Schritten ist Maria bei ihm und schlägt ihre Arme um ihn. Er ist rappeldürr. »Marco!«, sagt sie. »Der heiligen Mutter Gottes sei es gedankt, du bist unversehrt!«

Anschließend nimmt Guiseppe seine Frau und seine beiden erwachsenen Söhne in seine Arme.

»Ich gehe den Primus anzünden«, verkündet Lorenzo nach einer Weile. »Du möchtest sicher einen Kaffee.«

»Das wäre wunderbar, *grazie*«, erwidert Marco und macht einen Schritt zurück. »Schön, dich wiederzusehen, Lorenzo!«

»Ja, ich bin wieder da«, antwortet Lorenzo, während er den Primuskocher aufpumpt. »Die Hälfte meines Körpers ist auf dem Schlachtfeld geblieben, aber mein Kopf ist wenigstens noch da, wo er hingehört.«

»Essen, du möchtest sicher etwas essen«, sagt Maria und streicht sich das Haar, das sich aus ihrem Zopf gelöst hat, hinters Ohr. »Hey, ich habe keine Ahnung mehr, was ich tue. Schaut doch nur, wie meine Hände zittern!«

»Essen wäre wunderbar«, bestätigt Marco. »Aber ich kann nicht lange bleiben – ich muss gleich wieder zurück.«

»Aber Marco!«, hält Maria entgegen. »Du bleibst doch immer einen Tag und gehst erst am nächsten Abend wieder zurück. Wir haben nicht einmal Vorräte bereitstehen, die wir dir …«

»Es ist zu gefährlich«, erwidert Marco kopfschüttelnd. »Überall sind Spione. Selbst wenn ihr nur ein paar Dinge aus einem anderen Haus holt, riechen sie den Braten.« Müde lässt er sich auf einen Stuhl fallen. »Du hast also … dein Bein verloren?«, möchte er mit gerunzelter Stirn von Lorenzo wissen.

Der zuckt mit den Schultern. »Bei El Alamein«, antwortet er.

»El Alamein?«

»Eine Hölle aus Sand und Sonne in Nordafrika, wo die Generäle eine Runde Schach gespielt haben«, erzählt Lorenzo zynisch. »Hinter jedem Sandhügel hat der Feind gelegen. Der Enkel von Luigi ist dort totgeschossen worden.«

»Luigi Alberto Androtti«, erinnert Marco sich noch an die Zeit, als der Junge bei ihm in der Klasse gesessen hat. »Aber der war doch noch ein Kind!«

»Ein Kind, in der Tat. Und Antonio ist dort gefangen genommen worden.«

Marco bekommt eine Falte über der Nase. »Antonio? Gefangen genommen?«

»Ja«, antwortet Lorenzo. »Er ist jetzt in Kriegsgefangenschaft. In Südafrika, aber nicht in einem Lager. Er baut dort eine Brücke.«

»Er schreibt aber, dass es ihm gut geht«, berichtet Maria. »Er wohnt dort bei netten Leuten. Soll ich dir *polenta* machen?«

»Nein danke, Mama, das dauert zu lange. Brot ist prima, mit Ziegenkäse und Schinken, wenn du das hast. Und heißen Kaffee.« Er schaut wieder Lorenzo an. In der schummrigen Küche sind die tiefen Furchen in seinem Gesicht kaum erkennbar. »El Alamein, sagst du? Wir bekommen überhaupt nichts vom Krieg mit. Das letzte Mal, dass wir etwas Neues darüber erfahren haben, ist schon wenigstens ... sechs Monate her oder vielleicht sogar noch länger. Das war im letzten Winter, als ich hier gewesen bin.«

»Es sieht nicht gut aus mit Italien. Wir sind dabei, uns aus Nordafrika zurückzuziehen«, erklärt Lorenzo und setzt sich Marco gegenüber. »Es gibt Gerüchte, wonach die Alliierten vorhaben, in Italien zu landen. Ich weiß wirklich nicht, wie lange unsere Armee dem noch standhalten kann.«

Maria schneidet dicke Scheiben Brot, Käseklumpen und Schinken und stapelt alles vor Marco auf einem Teller. Während Lorenzo redet, fällt Marco über das einfache Essen her und arbeitet es in sich hinein, als wäre es ein Festmahl.

Sobald das Wasser kocht, schenkt Maria vier Tassen Kaffee ein und setzt sich zu den Männern an den Tisch.

Marco legt seine dürren Hände um den heißen Becher. »Unser Lampenöl ist alle und das Feuerholz auch«, erklärt er langsam. »Da oben ist auch eine Hölle, aber die ist aus Schnee und Eis, ab und zu mal eine Felsspitze, die sich schwarz davon abhebt. Nirgendwo ein Zeichen von Leben.«

»Was sagst du da?«, fragt Maria entsetzt. In einer Höhle ohne Feuerholz?

»Im Augenblick ist es sehr gefährlich. Wir haben schon zweimal auf einem tiefer gelegenen Bergrücken Unbekannte gesehen. Ich muss allerdings immer wieder nach unten, um für Essen zu sorgen. Unsere Vorräte sind schon seit beinahe einer Woche aufgebraucht.«

»Aber ... was habt ihr dann gegessen?«, fragt Maria entsetzt. »Wie wärmt ihr euch? Wie geht es euch überhaupt dort oben?«

Marco schüttelt den Kopf. »Frau Rosenfeld ist zu Beginn des Winters gestorben. Als ich das letzte Mal hier gewesen bin, war sie schon sehr schlimm krank. Wir haben ihr die Medikamente gegeben, die du uns mitgegeben hast, aber das hat alles nicht geholfen. Ich vermute, sie hat eine Lungenentzündung gehabt, denn sie ist einmal glühend heiß gewesen und im nächsten Augenblick wieder eiskalt. Eines Nachts ist sie dann gestorben.«

»Und d-d-die anderen?«, möchte Guiseppe wissen.

»Herr Rosenfeld hat den Mut aufgegeben, glaube ich«, antwortet Marco leise. »Rachel und ihre Schwester halten sich tapfer. Vor allem Rachel ist sehr stark.« Wieder schüttelt er den Kopf. »Vielleicht wäre es besser gewesen, wenn sie uns in ein Judenlager geschickt hätten – da gibt es wenigstens etwas zu essen.«

»Nein«, entgegnet Lorenzo mit Entschiedenheit, »sicher nicht. Über die Zustände in den Judenlagern machen die gruseligsten Geschichten die Runde, sagt Pietro, der Sohn des Arztes.«

Guiseppe nickt ernst.

«Ich muss gleich wieder zurück«, erklärt Marco und steht auf. »Nicht nur, weil es furchtbar gefährlich ist hierzubleiben, sondern auch, weil sie nichts mehr zu essen haben. Ich habe nicht früher herunterkommen können. Meine Spuren wären im Schnee gut zu sehen gewesen.«

Maria und Guiseppe stehen auf. Guiseppe geht nach draußen und Maria öffnet den Vorratsschrank. »Wir können dir alle Nahrungsmittel einpacken, die wir noch haben, Marco, aber viel ist das nicht. Es ist noch zu früh für den Garten und aus Turin bekommen wir selten oder nie etwas geliefert. Wir haben noch etwas von dem Schinken, den Papa letzte Woche geräuchert hat, und ich habe vor zwei Tagen Käse gemacht.«

»Dieser Krieg dreht dem ganzen Land den Hals um«, verkündet Lorenzo mit unüberhörbarer Bitterkeit in der Stimme. »Das Schlachtfeld zerreißt unsere Männer und durch die Hungersnot sterben die Frauen und Kinder in den Dörfern und Wäldern. Wenn jetzt auch noch die Alliierten landen sollten, weiß ich nicht mehr, wie es weitergehen soll.«

»Wir haben wenigstens noch Mehl, Öl und Salz«, berichtet Maria, während sie die Lebensmittel auf dem Tisch ausbreitet. »Dafür hat Papa gesorgt – überlass das mal ihm. Der Zucker ist alle, aber man kann auch ohne auskommen.«

Guiseppe kommt mit einem großen Stück Käse und einem ganzen Schinken aus dem Kühlschrank herein. »Die Rosenfelds essen keinen Schinken«, sagt Marco. »Behaltet den mal lieber selbst.«

Guiseppe nimmt ein großes Messer und schneidet ein Stück davon ab. »H-h-hier, für dich«, sagt er zu Marco.

»Danke, Papa.«

»Ich werde auch ein paar Medikamente dazupacken«, verkündet Maria und geht ins Schlafzimmer. Als sie wieder zurückkommt, reicht sie Marco ein Säckchen. Er packt es vorsichtig in seinen Rucksack zu dem Rest der Vorräte. Der Rucksack ist noch nicht einmal halb voll.

»Papa wird bald wieder Proviant in die zweite Höhle bringen. Du kannst in einer Woche einmal nachschauen«, erklärt Maria.

»Sei aber bloß vorsichtig, Papa«, sagt Marco und wirft sich den Rucksack über die Schulter. »Vertraut niemandem, überhaupt niemandem.«

Guiseppe nickt und hält Marcos Hand in einem kräftigen Griff.

»Grüß die Rosenfelds herzlich von uns, vor allem Rachel«, trägt Maria ihm auf.

»Danke, Mama. Rachel ist immer noch sehr schön«, sagt Marco leise und öffnet die Hintertür.

»Möge die heilige Jungfrau euch beschützen«, ruft Maria ihm noch hinterher.

Er lächelt, hebt zum Abschied eine Hand und zieht die Tür hinter sich zu.

»Über ihn wird die Mutter Gottes sicher wachen«, überlegt Lorenzo. »Er ist ein guter Mensch. Aber die anderen – das sind nur Juden.«

Bevor die Sonne aufgeht, ist Marco wieder in den dunklen Eingeweiden des Berges verschwunden.

Am nächsten Morgen marschieren die Steinmetze in einer Reihe in den Steinbruch. Die Arbeit muss weitergehen, auch wenn es keinen Markt mehr für Marmor gibt. Die Ziegenhirten klettern träge hinter ihren Ziegen her den Berg hinauf, Pater Enrico läutet die Schulglocke und die Frauen tauschen über die Wäscheleinen hinweg Neuigkeiten aus.

Von dem nächtlichen Besucher ahnt niemand etwas.

»Lorenzos Bein sieht gut aus, auch das Knie«, stellt der Doktor jedes Mal fest. »Er ist so stark wie ein Bär und kerngesund. Nur muss er zusehen, dass er diese Bitterkeit aus seinen Gedanken bekommt – die vergiftet sein ganzes Wesen.«

»Stimmt«, sagen die Frauen zueinander. »Er ist dauernd böse. Jedes Mal, wenn er über Nordafrika spricht, spuckt er Gift und Galle.«

»Letzten Endes ist es ja sein eigener Wunsch gewesen, an die Front zu gehen, meine ich«, bemerkt eine von ihnen. »Weißt du nicht mehr, was für ein kriegerisches Geschwätz er immer von sich gegeben hat? Der ist Mussolini richtiggehend hinterhergelaufen.«

»Es ist nur gut, dass die kleine Gina regelmäßig bei ihm vorbeischaut. Die wird ihn ein bisschen aufheitern«, überlegt eine Dritte. »Die ist und bleibt ein Sonnenschein, dieses Mädchen, selbst in diesen schwierigen Zeiten.«

»Nun, ich weiß es nicht, wirklich. Gina ist meiner Meinung

nach viel zu oft bei Lorenzo«, sagt Sofia an diesem Abend bei einer Tasse Kaffee zu Luigi. »Ich halte nichts von dem Dorfklatsch und ich würde es auch zu niemand anderem sagen, aber ich weiß nicht. Gina ist so ein unschuldiges Lämmchen und diesem Lorenzo traue ich überhaupt nicht.«

»Ach nein, Herzchen, du machst dir Sorgen wegen nichts.« Luigi unterdrückt die Geschichte im Keim. »Lorenzo ist ein guter Junge. Wild, ja, aber auch ein anständiger Kerl, und schlau – ein echter Romanelli.«

»Jetzt tu mal nicht so, als wüsstest du wieder alles, Luigi Androtti!« Sofia läuft vor Wut blutrot an. »Hör mal lieber auf mich und bete dafür, dass Antonio schnell wieder nach Hause kommt.«

In der darauffolgenden Woche gelingt es Maria, unbemerkt einen Sack Mundvorrat zusammenzukratzen. Lorenzo schlachtet eine Ziege und sie salzt das Fleisch, pökelt es über Nacht ein und lässt es dann sorgfältig in der Frühlingssonne trocknen. Sie holt das letzte Säckchen getrocknete Tomaten und die letzten zwei Gläser eingelegte Oliven hinten aus dem Schrank. »Die Vitamine und das Öl werden ihnen guttun«, erklärt sie Gina gegenüber. Sie backt ungesäuertes Brot – das ist länger haltbar, wie sie Gina gegenüber ausführt.

Gina ist in Marcos Besuch eingeweiht. Sie gehört schließlich gewissermaßen zur Familie, weil sie mit Antonio verlobt ist. Und Rachel ist dazu noch ihre beste Freundin.

Schlau ist sie schon, diese junge Frau. Sie kommt jeden Nachmittag direkt aus der Schule zu ihnen, vorgeblich, um Lorenzo zu besuchen. Jeden Tag bringt sie allerdings in ihrer ledernen Schultasche etwas mit, etwas, das sie heimlich aus den großen Kellern des steinernen Hauses am Hang geholt hat. Denn sie weiß, wo der Schlüssel hängt.

»Die Leute werden sich fragen, warum du praktisch jeden Nachmittag hier bist«, sagt Maria lachend, während Gina zwei Gläser mit eingekochten Pfirsichen aus ihrer Tasche zaubert.

»Nun, das ist ja auch mein Haus, schon von frühester Kindheit an«, erwidert Gina fröhlich. »Wo ist Lorenzo? Ich möchte ihm wenigstens kurz Guten Tag sagen.«

In dieser Nacht, noch bevor der Mond aufgeht, nimmt Guiseppe den Sack mit den Lebensmitteln und verschwindet damit in der Dunkelheit den Berg hinauf. »Es ist gefährlich in den Bergen, hörst du, so nachts«, sagt Maria und streicht ihm über die Wange. »Sei bloß vorsichtig!«

»Das bin ich, Maria«, antwortet er nickend. Bei ihr stottert er fast nie. Nur wenn andere Leute dabei sind, selbst wenn es nur seine eigenen Söhne sind, verknoten sich seine Gedanken und seine Zunge.

Erst in der darauffolgenden Nacht kommt er wieder nach Hause zurück. »Da oben ist es immer noch bitterkalt«, verkündet er. »Wie diese Leute das überlebt haben, ist mir ein Rätsel.«

»Hast du das Essen in die große Höhle bringen können?«

Er nickt und taucht sein Brot in den heißen Kaffee. »Sie haben auf jeden Fall wieder etwas zu essen.«

»Eigentlich sollte ich die Vorräte den Berg hinaufschleppen, anstatt mein Vater«, überlegt Lorenzo.

»Dein Vater kennt den Berg«, erwidert Gina. »Besser als jeder andere.«

»Ich kenne den Berg genauso gut wie er.«

»Ja, aber du kommst nun einmal nicht hinauf. Ein Bein ist ab und das andere steif.«

Er wirft ihr einen feindseligen Blick zu. »Du schonst auch niemanden, oder?«

»Das ist nun einmal die Wahrheit, Lorenzo. Es ist schon ein Wunder, dass du dich auf Krücken so gut fortbewegen kannst. Du kommst auf den unbefestigten Wegen hier genauso schnell voran wie jeder andere.«

Er fährt sich mit den Fingern durch das dunkle Haar und seufzt. »Aber weißt du, wie ich mich fühle, Gina? Weißt du, wie das ist, wenn du nur zu Hause herumsitzt und wartest, bis dein Vater wieder vom Berg herunter nach Hause kommt? Er ist schließlich auch nicht mehr der Jüngste.«

»Ich verstehe das sehr gut«, antwortet sie ernst. »Aber sich darüber den Kopf zu zerbrechen, hilft nichts. Es ist nicht deine Schuld, es hat einfach mit dem Krieg zu tun. Und wenn sie dich bei El Alamein nicht erwischt hätten, wäre es irgendwo anders passiert – und dann hättest du vielleicht nicht dein Bein, sondern deinen Kopf verloren.«

Er betrachtet sie eine Weile schweigend, beinahe nachdenklich. Schließlich sagt er: »Ich überlege, mein Studium wiederaufzunehmen.«

»Aber … die Universität ist doch geschlossen, oder?«, fragt sie unsicher.

»Ja, schon, ich habe allerdings gehört, dass es Kurse gibt, die man schriftlich absolvieren kann, so wie bei Jura. Ich möchte mir das mal genauer anschauen, dann kann ich vielleicht ein Jahr oder so gutmachen, bis der Krieg vorbei ist.«

Sie streicht sich die Haare aus dem Gesicht und schaut ihn ernst an. »Das könnte eine sehr gute Idee sein, Lorenzo. Du bist intelligent, du wirst das sicher schaffen.«

Daraufhin geht ein strahlendes Lächeln über ihr Gesicht. »Draußen ist das schönste Wetter. Komm doch mit, dann schauen wir mal, ob die Pfirsichbäume schon ausschlagen.«

Zwei Wochen später schleppt Guiseppe erneut einen Sack voller Lebensmittel zur Höhle. Er kommt mit einer beunruhigenden Nachricht zurück: Der letzte Sack liegt da noch, völlig unangetastet.

Maria schlägt die Hände vor den Mund: »Bist du dir sicher?«

Er nickt schwermütig.

»Vielleicht konnte Marco noch nicht heruntersteigen, um den Sack zu holen. Es kann ja sein, dass sie da oben in den Bergen noch einmal Schnee bekommen haben«, überlegt Lorenzo.

Guiseppe schüttelt den Kopf.

»Marco hat so wenig mitgenommen, als er das letzte Mal hier

gewesen ist«, antwortet Maria für ihn. »Sie sind zu viert und das war nicht einmal genug, um zu zweit eine Woche davon zu leben! Es muss etwas passiert sein!«

»Ich g-g-gehe h-h-hin«, verkündet Guiseppe.

»Du kannst nicht allein gehen«, hält ihn Maria erschrocken zurück. »Das ist ein Aufstieg von zwei oder sogar drei Tagen, vor allem wenn es sehr windig ist. Es ist viel zu gefährlich.«

»Es g-g-geht um m-m-meinen Sohn«, erwidert Guiseppe und steht auf.

»Hier gibt es keinen, der mitgehen könnte«, erklärt Lorenzo. »Nur den Arzt, den Baron, den alten Luigi und ein paar weitere alte Männer, die es auch nicht können. Ansonsten sind nur noch Kinder hier. Selbst die Ziegenhirten können nicht mit. Alle wehrfähigen jungen Männer sind in der Armee.« Er seufzt tief. »Ach Papa, ich wollte, ich könnte mit.«

Guiseppe nickt und legt seinem Sohn kurz die Hand auf die Schulter. Anschließend dreht er sich um und geht nach draußen.

Zwei Tage später verschwindet er abends in aller Stille in Richtung Berg. Ab dem nächsten Morgen kann er bei Tageslicht weitergehen. Heute Nacht möchte er den Abstand zwischen sich und der Zivilisation so groß wie möglich werden lassen.

Wenn die Schulglocke am Nachmittag läutet und die Kinder die Beine in die Hand nehmen – unter den strengen Blicken der Nonnen –, geht Gina nicht mehr in die Kirche, um eine Kerze anzuzünden. Sie geht auch nicht mehr den Berg hinauf zur steinernen Villa. Sie schlendert singend den Weg hinunter, hat einen fröhlichen Gruß für alle, die sie auf der Straße oder dem Dorfplatz trifft, und verschwindet dann im Häuschen der Familie Romanelli.

Eine knappe Woche später bekommt Luigi eines Nachts den Schreck seines Lebens, so heftig, dass ihm beinahe das Herz stehen bleibt. »Liebling?« Seine Stimme zittert.

»Halt den Mund!«, erwidert Sofia wütend. »Ich habe zu tun.«

»Aber Liebling, was machst du dann hier mitten in der Nacht auf den Knien?«

»Hast du keine Augen im Kopf?«, keift Sofia auf dem Boden und steht mühsam auf. »Ich bete, denn nur die Mutter Gottes kann uns noch einen Ausweg zeigen. Und ich sage es einfach rundheraus, sie muss aus ihrem Schleier ein Wunder hervorzaubern und das auch noch ein bisschen flott.«

»Aber Liebling, ich habe doch gesagt, dass die Tomaten erst nächste Woche zu reifen beginnen …« Luigi runzelt die Stirn. Er versteht nicht, worum es geht.

»Tomaten? Was faselst du denn jetzt schon wieder?« Sofia bleibt streitlustig.

»Oh, die Tomaten sind es also nicht. Ist es vielleicht der Krieg, der dir zu schaffen macht, Liebling?«, versucht er es noch einmal.

»Jetzt tu doch nicht so, als wärst du minderbemittelt, Luigi Androtti!«, keift Sofia bissig. »Komm, ich sollte lieber wieder ins Bett gehen, bevor ich hier noch einen Anfall bekomme.« An der Tür dreht sie sich noch einmal um. »Bist du dir sicher, dass du am Sonntag für Antonio beten gegangen bist?«

»Ja, Liebling, ganz sicher«, antwortet Luigi und zieht sich seine Schlafmütze etwas tiefer über die Ohren.

Nach einer Woche kommt Guiseppe wieder zurück. Schwermütig schüttelt er seinen Kopf. »Sie sind w-w-weg«, sagt er zu Maria.

»Weg? Wie können sie einfach so weg sein?«, möchte die entsetzt wissen. »Meinst du nicht, sie sind einfach nur kurz woanders gewesen, um nach etwas zu essen zu suchen?«

Er schüttelt den Kopf. »Sie s-s-sind nicht für die Nacht zurückgekommen«, antwortet er. »Fast alle ihre Sachen sind auch weg.«

»Vielleicht sind sie in eine größere Höhle umgezogen?«, sucht Maria nach einer anderen Antwort.

Wieder schüttelt Guiseppe den Kopf. »Ich habe ü-ü-überall gesucht«, erklärt er.

»Meinst du …?« Maria spricht nicht weiter.

Nach dem Abendessen sagt Lorenzo: »Ich habe mich hier und da ein wenig erkundigt. Ein paar Ziegenhirten haben fremde Soldaten auf dem Berg gesehen.«

»Lorenzo! Denkst du …« Sie kann nicht weiter.

»Ich weiß nicht, was ich darüber denken soll«, antwortet Lorenzo. »Ich weiß es einfach nicht.«

22. Kapitel

An dem Tag, an dem Klara ihre letzte Prüfung absolviert, ist es unerwartet kalt im Bosveld. Die ganze Nacht über hat es abwechselnd geschüttet oder genieselt. Gegen Morgen sind noch einmal mindestens zwei Zentimeter Regen gefallen.

»Dieser Regen ist genau das, was wir brauchen, jetzt im Winter«, erklärt ihr Vater zufrieden, während er sich den heißen Kaffee in seine Tasse gießt.

»Dieser Regen ist genau das, was wir gerade nicht gebrauchen können«, brummt Boelie, nachdem sein Vater nach draußen gegangen ist.

»Ich bin froh über den Regen«, meldet sich Irene, während sie im Auto sitzen und auf De Wet warten. »Jetzt dauert es länger, bis die Brücke fertig wird.«

»Warum möchtest du denn nicht, dass die Brücke fertig wird?«, fragt Klara geistesabwesend. Ihre Gedanken sind bei den Aufgaben, die sie gleich zu bearbeiten hat.

»Weil das Ministerium Antonio dann irgendwo anders hinschicken wird. Das hat er selbst gesagt.«

Ein kalter Schauer überkommt Klara. Komisch, dass sie sich mit diesem Gedanken noch nie beschäftigt hat.

Komisch ist es auch, dass sie deshalb jetzt so ein seltsames Gefühl bekommt.

»Seid ihr fertig, können wir gehen?«, will De Wet wissen, während er sich geschmeidig hinter das Lenkrad schiebt.

»Wir sind jeden Morgen fertig und können los, De Wet!«, erwidert Irene kratzbürstig. »Du kannst froh sein, dass Boelie nicht mitfährt, der würde dir längst eine Standpauke halten.«

Sie hat doch gewusst, dass Antonio irgendwann wieder weggehen würde. Das ist doch nichts Neues!

»Und dir würde er eine Standpauke halten, weil du deine Klappe so weit aufreißt«, entgegnet De Wet gelassen. »Bist du auch so weit, Pérsomi?«

Es kommt ihr beinahe so vor, als würde sie etwas verlieren …

Pérsomi antwortet nicht, sondern nickt nur, während sie weiterhin durch das Fenster nach draußen starrt.

»Klara, bist du …«

»Du verschwendest Zeit«, antwortet Klara ungeduldig. »Fahr lieber los.«

De Wet lässt den Motor an. »Die Grundlagen der Pädagogik tun deiner Laune nicht gut, wie ich merke«, erklärt er beiläufig.

»Hey, De Wet, jetzt halt endlich den Mund!«, blafft sie ihn an.

Er setzt sie beim Pfarrhaus ab, wo sie ihre Prüfung ablegen soll.

»Alles Gute«, wünscht er. »Du bist jetzt wenigstens fast fertig.«

»Ja, danke«, antwortet sie, während sie das kleine Tor öffnet.

Während sie am späten Nachmittag auf die Farm zurückfahren, bricht hier und da die Sonne durch. »Setz mich bitte hier schon ab, ich würde gern den Rest laufen«, verkündet Klara ein ganzes Stück vor der Brücke.

Eine leichte Brise kühlt ihr erhitztes Gesicht. Sie schmiegt sich tiefer in ihre Jacke, legt einen flotten Schritt vor und holt tief Luft. Sie hat das Gefühl, dass die sauber geregnete Luft sie von innen heraus reinigt und zur Ruhe bringt.

Auf der kleinen Brücke bleibt sie stehen. Sie schaut zur neuen Brücke hinauf, die triumphierend, beinahe monumental den Nijl überspannt. Sie betrachtet die ordentlich aufeinandergeschichteten Steine, die einander im Gleichgewicht halten, und den neuen Weg, der sich kurz vor der Brücke vom alten trennt und sich ihm auf der anderen Seite wieder anschließt. Die Brücke wirft ihren gekrümmten Schatten weit über den Fluss, über das dünne Rinnsal, die Sandbanken und die armseligen Bäumchen.

»Die wird schön, unsere *Ponte del Nilo,* nicht wahr?«, ertönt plötzlich seine Stimme hinter ihr. Vor Schreck setzt ihr Herz einen Schlag aus.

»Sorry, ich wollte dich nicht erschrecken«, sagt er lachend.

Sie wendet den Blick nicht von der Brücke vor ihr. »Das ist wirklich ein Kunstwerk geworden, Antonio. Die Pontenilo ist mit Sicherheit die schönste Brücke im ganzen Land.«

Schweigend stehen sie da und betrachten sie. »Ich habe Brücken immer faszinierend und fantastisch gefunden«, bemerkt er. »Sie reichen über einen Fluss oder eine Schlucht in den Bergen oder über irgendetwas anderes und helfen den Menschen, die gegenüberliegende Seite zu erreichen.« Er überlegt einen Augenblick und sucht anschließend ihren Blick. »Ich habe schon immer eine Brücke bauen wollen.«

»Ich wusste gar nicht, dass man als Architekt auch lernt, wie man Brücken baut«, gesteht sie.

Er lacht. »Eigentlich habe ich auch keine Ahnung davon. Die Berechnungen haben Boelie angestellt und der Ingenieur aus dem Ministerium.«

Er hat ein ungezwungenes Lachen, denkt sie. »Aber du hast doch den Bau übernommen, oder?«

»Mit Steinen kenne ich mich aus, schon von frühester Kindheit an. Und an der Universität haben wir alles über Steinbögen gelernt. Diese *Ponte del Nilo* basiert eigentlich auf dem römischen Baustil aus dem klassischen Altertum. Sie ist eine Kombination aus verschiedenen Bauwerken, wie zum Beispiel dem Aquädukt *Pont du Gard* und dem Triumphbogen des Titus, ob du es glaubst oder nicht.«

Sie fängt an zu lachen. »Unser Nijl wird sich noch was darauf einbilden bei so einer vornehmen Gesellschaft, ganz zu schweigen von unserem mit Zinkplatten bedeckten Weg. Eigentlich müsstest du jetzt nur noch den Namen der Brücke irgendwo in die Steine meißeln – eine Brücke mit einem Namen sieht man nicht überall. Das ›*del*‹ musst du allerdings weglassen, das ist zu schwierig zu sprechen.«

»Wieso?«

»Schreib einfach ›Pontenilo‹.«

Er schaut sie mit einem Lächeln an. »Wir machen das gemeinsam«, beschließt er mit einem Nicken. »Du schreibst, ich meißle.«

Unterwegs nach Hause sagt er: »Eigentlich bauen wir alle immer wieder eine Brücke über irgendeine Barriere. Manchmal sind tiefe Abgründe zu überwinden.«

»So wie die Unterschiede zwischen Menschen«, ergänzt sie mit einem wissenden Nicken. Boelie und Opa, denkt sie dabei, oder Boelie und Onkel Freddie. Obwohl Boelie nicht bereit ist, eine Brücke zu bauen.

»Glaubst du, dass man alle Unterschiede überbrücken könnte?«, möchte er wissen.

»Zum Beispiel?«

»Nun … politische zum Beispiel. Oder religiöse.«

Sie denkt gründlich nach, bevor sie ihm antwortet. »Nicht alle, nein. Die meisten aber schon. Politische auf jeden Fall, mit Sicherheit dann, wenn man die entsprechende Frage umschifft und sich auf das konzentriert, was man gemeinsam hat.«

»Aber damit überbrückt man doch nichts, sondern vermeidet es nur.«

»Das ist doch auch eine Form der Überbrückung.«

»Ja, das stimmt. Und wie ist es mit der Sprache?«, fragt er weiter. »Der Kultur? Der Religion?«

»Sprache ist letztlich nicht mehr als ein Kommunikationsmittel«, stellt sie nachdenklich fest. »Das müsste sich überbrücken lassen. Aber deine Kultur und vor allem deine Religion sind ja ein Teil deines Wesens, das, was du bist, was dich ausmacht. Wenn man eine Brücke zwischen zwei Kulturen oder zwei Religionen bauen möchte, bedeutet das, dass eine der beiden Parteien die ganze Brücke bis zur anderen Seite überqueren muss.«

»Und wenn sich beide Parteien in der Mitte entgegenkommen?« Er schaut sie nicht an, sondern blickt in die Ferne, den Weg entlang.

»Dann stehen sie alle beide in der Mitte auf der Brücke«, erwidert sie. »Das ist für sich genommen höchstens ein Ruheplatz,

Antonio, ein Moment der Entspannung, in dem man die schöne Aussicht genießen kann. Aber dann werden sie sich entscheiden müssen, in welche Richtung die Reise weitergehen soll und auf welcher Seite sie weiterziehen wollen.«

Er bleibt stehen und dreht sich um. Der neue Feldweg führt mit leichtem Gefälle zur Pontenilo hinunter und auf der anderen Seite steigt er wieder leicht an, bis zu einer Biegung, wo er hinter einem Hügel verschwindet. Bis dorthin ist er zu sehen und weiter nicht mehr. »Und auf der anderen Seite erwartet einen immer ein steiler Anstieg«, verkündet er. »Immer.«

Während sie weitergehen, fragt sie wie beiläufig: »Antonio, was wartet auf der anderen Seite der Pontenilo auf dich?«

»Wenn der Bau fertig ist? Ich weiß es nicht, Klara. Ich werde sicher irgendwo anders hingeschickt, hoffentlich zu einem neuen Bauprojekt. Ich hoffe immer noch, dass mich Herr Moerdyk hier im Dorf gebrauchen kann, wenn er die neue Kirche baut.«

Schweigend gehen sie weiter. Er macht das Tor zur Farm auf und schließt es hinter ihnen wieder.

»Und letztendlich werde ich irgendwann nach Hause zurückgehen, nach Italien.«

Sie sind schon am Gemüsegarten vorbei und fast am Haus angekommen, da fügt er noch hinzu: »Ich werde es bedauern, wenn die Pontenilo fertig ist.«

Er vertieft das nicht weiter und sie fragt auch nicht nach. Sie weiß nur mit absoluter Sicherheit: sie auch, sie auch.

Eine Woche vor den Juliferien sammelt Klara die Abschlussprüfungen ihrer Klasse ein. Zum ersten Mal seit dem Osterwochenende wird Henk wieder auf Besuch kommen. Sie möchte mit dem Korrigieren fertig sein, bevor er hier ist. An diesem Samstagabend, wenn sich die ganze Familie um das Radio schart und dem Wunschkonzert lauscht, setzt sie sich mit einem dicken Stapel Klausuren an den Küchentisch.

»Mach nicht zu lange, ja?«, warnt ihre Mutter sie, als sie ihr gegen neun Uhr eine gute Nacht wünschen kommt.

»Ich möchte bis Montag gern so viele wie möglich korrigiert haben, Mama«, antwortet Klara. »Morgen hole ich den Schlaf dann nach.«

Es ist schon weit nach Mitternacht, als sie etwas an der Hintertür hört.

»Wer ist da?«, will sie wissen.

»Ich, Antonio.«

Sie holt tief Luft und zwingt sich zur Ruhe. Anschließend steht sie auf und öffnet die Tür.

Dort steht er: groß und mit breiten Schultern, in seinem grob gestrickten, dunkelblauen Pullover, der Glanz des Mondlichtes auf seinen schwarzen Haaren. »Ich habe gesehen, dass hier noch Licht brennt«, sagt er. Es hört sich müde an.

»Ich bin noch am Arbeiten gewesen. Möchtest du hereinkommen?« Sie öffnet die Tür etwas weiter und lässt ihn eintreten.

Erst als er in den Kreis des Lampenlichtes getreten ist, bemerkt sie, wie es wirklich um ihn steht. Sein Haar ist ungekämmt, seine Augen rot und sein Gesicht ganz grau. Er sieht beinahe … ausdruckslos aus. »Kann ich dir eine Tasse Kaffee einschenken, Antonio?«, fragt sie ein bisschen unsicher.

Er macht eine abwehrende Handbewegung. »Sorry, ich weiß nicht, warum ich dir einfach so mitten in der Nacht zur Last falle«, erklärt er. »Ich halte dich von deiner Arbeit ab.« Er macht Anstalten, wieder zu gehen.

Fest entschlossen ergreift sie ihn am Arm. »Setz dich«, fordert sie ihn auf. »Du bist gekommen, weil du nicht allein sein wolltest. Jetzt trink erst einmal eine Tasse Kaffee.«

Er lässt sich auf einen der Küchenstühle sinken und sie holt die Kaffeekanne vom Herd.

»Schön warm ist es hier«, bemerkt er.

»Deswegen sitze ich ja auch hier«, sagt sie und schenkt zwei Tassen ein.

»Kommst du denn mit deinen Korrekturen voran?«

»Nicht wirklich.« Nachdenklich stellt sie die Tasse vor ihn. »Ich bin immer noch Anfängerin und will nichts falsch machen.«

Sie setzt sich ihm gegenüber an den Tisch und legt ihre Hände um ihre Tasse. Geistesabwesend trinkt er seinen Kaffee, mit abgewendetem Blick. Sie sieht die müden Linien in seinem Gesicht und sie hört Irenes Stimme: Sie sind auch so weit weg von zu Hause …

»Antonio.«

Er schaut auf.

Seine schwarzen Augen jagen ihr einen Schreck ein. Instinktiv streckt sie ihre Hand nach ihm aus, doch dann zieht sie sie augenblicklich wieder zurück.

»Erzähl es mir, Antonio.«

Einen Augenblick lang sitzt er regungslos da, dann schüttelt er allerdings den Kopf.

»Ich … ich bin einfach nur müde.«

Sie schaut ihn direkt an, genau in die Augen des Mannes, der da vor ihr sitzt. »Du hast heute einen Brief von zu Hause bekommen«, stellt sie fest.

Er nickt.

»Was stand drin? Was hat dich so aus der Fassung gebracht? Erzähl es mir.«

Er fährt sich mit der Hand durch sein dichtes, schwarzes Haar.

»Ist etwas mit deinem Vater oder deiner Mutter passiert?«

Langsam schüttelt er den Kopf. Er wird nicht reden, bemerkt sie.

»Erzähle mir etwas über deine Familie, Antonio. Wo du wohnst, wir ihr da lebt.«

Still betrachtet er sie, sodass sie schon meint, er würde sein Schweigen nicht brechen. Doch dann huscht ein Lächeln über sein Gesicht und er erzählt: »Der Ort, wo ich herkomme, ist sehr ähnlich wie der hier … und doch ist er ganz anders.«

Sie blickt ihn skeptisch an. »Das ergibt keinen Sinn«, stellt sie fest.

»Doch, schon«, entgegnet er. »Ich wohne auch weit weg von der Stadt, in einem Dorf, in dem die Küche das Zentrum des Hauses ist und die Leute an hölzernen Tischen essen und Kaffee trinken.« Er rührt unaufhörlich in seinem Kaffee und lacht. »Da gibt es auch Menschen, die sich lieben und trotzdem über Politik streiten. Auch sie müssen über ihre Differenzen hinweg Brücken bauen. Auch unsere Familie sitzt sonntags zusammen auf der Kirchenbank, hört sich gemeinsam die Nachrichten im Radio an, sieht auf einer weißen Leinwand Ausschnitte des Krieges, bevor der Hauptfilm beginnt. Es ist Tausende von Kilometern weit weg, auf der anderen Seite des Meeres, und doch ist es … genau dasselbe, Klara.«

Sie nickt. »Und was macht es dann so ganz anders?«, will sie wissen.

Er überlegt eine Weile. »Hier ist es flach, trocken, heiß und staubig. Hier ist viel Sand und ihr habt hier Bäume, die oben platt sind und … Geräusche in der Nacht, von Tieren, und fremde Sternbilder.«

»Aber einen Berg haben wir auch«, erwidert sie verteidigend.

Er lächelt ein bisschen. »Klara«, sagt er kopfschüttelnd, »du hast überhaupt keine Ahnung, wie ein echter Berg aussieht. Unser Dorf liegt am Fuß der Alpen und unsere Häuser müssen sich mit aller Kraft festklammern, damit sie nicht den Berg hinunterrutschen. Der Weg zu unserem Dorf ist steil und voller Kurven und im Winter ist er völlig zugeschneit, sodass selbst der Bus nicht fahren kann. Unsere Winter sind eiskalt, die Luft ist silberfrisch und eisig sauber. Es ist einfach … ganz anders als hier.«

»Hast du Heimweh?«

Er nickt schweigend.

»Und deine Familie?«

Er gibt ihr nicht sofort eine Antwort. Als er zu reden anfängt, meint sie, die Sehnsucht in seiner Stimme hören zu können. »Mein Vater ist ein Künstler, Bildhauer«, beginnt er. »Er arbeitet vor allem mit Marmor, aber manchmal auch mit Holz. Seine Arbeiten werden größtenteils nach Amerika exportiert – jedenfalls war das so vor dem Krieg. Wie es jetzt ist, weiß ich nicht.«

»Und deine Mutter?«

Er lächelt wieder. »Die ist eine sehr geschäftige Frau. Sie wuselt die ganze Zeit herum, sie kocht, sie macht das Haus sauber. Und sie ist ganz schön streng – darin erinnert sie mich sehr an deine Mutter.«

»Hast du auch Geschwister?«

»Zwei Brüder. Ich bin der mittlere.«

»Wie das ist, weiß ich«, behauptet sie. Anschließend fragt sie ganz unumwunden: »Hast du über einen von ihnen schlechte Nachrichten erhalten?«

Er schaut auf und seine Augen sehen sehr dunkel aus. »Über meinen älteren Bruder.«

Sie streckt ihre Hand nach ihm aus, zieht sie jedoch auch sofort wieder zurück, ohne ihn berührt zu haben. »Was ist los mit ihm, Antonio?«

Er zuckt mit den Schultern.

»Ist er an der Front gewesen? Ist er … verwundet worden oder so etwas?«

Er schüttelt den Kopf. »Er heißt Marco«, sagt er. »Und er ist verhaftet und in ein … Konzentrationslager gebracht worden.«

Sie runzelt die Stirn, weil sie es nicht begreift. »Ein Konzentrationslager?« Ist das so etwas Ähnliches wie damals im Burenkrieg?

»Ja, ein jüdisches Konzentrationslager.«

»Ich verstehe nicht, wovon du sprichst, Antonio.«

Der Mann mit den dunklen Augen ihr gegenüber am Tisch blickt sie schweigend an. Schließlich sagt er: »Marco ist mit einem jüdischen Mädchen verlobt, Rachel heißt es. Als der Krieg ausgebrochen ist, ist er mit ihr und ihrer Familie geflüchtet.«

Wieder runzelt Klara die Stirn. »Warum denn?«

»In Italien werden die Juden genauso schlimm verfolgt wie in Deutschland unter Hitler. Sie werden in sogenannte Arbeitslager geschickt, aber die sind nichts anderes als Konzentrationslager. Die Zustände dort sind lebensbedrohlich, die Menschen sterben dort zu Tausenden wie die Fliegen.«

Ungläubig schüttelt Klara den Kopf. »Bist du dir da sicher, Antonio? Ich habe noch nie etwas darüber gelesen, in keiner einzigen Zeitung. So etwas würden die Deutschen doch nie machen!«

»Ich weiß es ganz genau, Klara.«

»Weiß Boelie auch, dass so etwas passiert?«

»Bestimmt nicht«, antwortet Antonio und fährt sich mit der Hand durch sein Haar. »Außerdem würde er es ja doch nicht glauben.«

Sein Bruder ist in einem Konzentrationslager.

Plötzlich fällt ihr wieder ein, was Gerbrand einst geschrieben hat: »Die Jungs hier sagen, dass die Zustände in den deutschen Lagern schrecklich sind. Die Leute sterben dort an Hunger und Krankheiten.«

Und dabei hat er über Kriegsgefangenenlager gesprochen. Konzentrationslager sind mit Sicherheit noch viel schlimmer.

Hoffentlich sorgen sie bei uns besser für die Itaker, die wir ihnen geschickt haben, hat Gerbrand auch geschrieben. Die waren gar nicht so übel, sondern eigentlich ziemlich nett.

Klara steht auf und geht zum Vorratsschrank. Sie holt die halbe Buttercremetorte unter dem Fliegennetz hervor und schneidet zwei Stücke ab. Vorsichtig tut sie die beiden Stücke auf zwei Teller und geht damit zurück in die Küche. Ihre Hände zittern leicht.

Der Mann auf der anderen Seite des Tisches nimmt einen der Teller entgegen. »*Grazie.*«

»Wohin sind sie eigentlich geflohen, Antonio?«

»In die Berge. Da sind viele Höhlen, in denen man es eine ganze Weile lang aushalten kann, selbst im Winter. Aber irgendjemand muss Marco gesehen haben, als er den Proviant holen gekommen ist – vielleicht irgendjemand aus der Garnison.«

»Könnte sie nicht jemand aus dem Dorf verpfiffen haben?«, überlegt sie.

Er hat lange, schlanke Finger mit feinen, schwarzen Härchen darauf. »Unser Dorf verpfeift niemanden.«

Finger, die sich einst um einen Abzug gekrümmt haben.

»Warum bist du eigentlich in die Armee gegangen?«, fragt sie ihn anschließend geradeheraus. Auf einmal muss sie es wissen.

Er schaut auf. »Ich hatte keine Wahl, Klara«, antwortet er. »Mussolini hat alle wehrfähigen Männer einberufen lassen.«

»Aber … du hast da doch noch studiert? Du bist sogar schon fast fertig gewesen!«

Sein Mund verzieht sich zu einem Lächeln. »1940 hat Italien Soldaten gebraucht und keine Architekten.«

Sie gerät völlig aus der Fassung. »Einberufen? Aber Antonio, warum hast du mir das nie gesagt?«

Jetzt kriecht das Lächeln in seine Augen. »Du hast mich doch nie danach gefragt.«

Langsam schüttelt sie den Kopf. »Was hältst du denn … von diesem Krieg?«

Seine dunklen Augen sehen sofort wieder ernst aus. »Wenn du mich fragst, kann bei einem Krieg niemals etwas Gutes herauskommen.«

Sie nickt. »Und jedes Mal, wenn ich auf den Krieg geschimpft habe und auf die Menschen, die andere totschießen, um die Machtgier ihrer Führer zu befriedigen, hast du mich einfach reden lassen?«

»Du bist wütend, Klara. Sie haben einen Freund von dir erschossen.«

»Das stimmt. Und durch denselben Krieg habe ich auch eine Freundin verloren. Sie schreibt mir nicht einmal mehr. Und der Krieg ist auch der Grund, warum Boelie interniert worden ist und sich immer noch jede Woche wie ein dahergelaufener Krimineller bei der Polizei melden muss. Und er hat zu einem tiefgreifenden Konflikt in unserer Familie geführt, zu einer Spaltung, die nicht so leicht überbrückt werden kann.«

»In unserer Familie auch, Klara. Bei mir zu Hause, meine ich.«

»Und jetzt sitzt der eine Bruder von dir in einem Konzentrationslager«, ergänzt sie kopfschüttelnd. »So etwas sollte es einfach überhaupt nicht geben! Und was ist mit deinem anderen Bruder, wo ist der?«

»Zu Hause. Er wurde bei El Alamein verwundet und ist dann nach Hause geschickt worden.«

El Alamein.

»Muss er wieder zurück an die Front, sobald es ihm besser geht?«

»Nein. Er hat sein rechtes Bein verloren.«

»Sein ...?« Sie schlägt sich die Hände vors Gesicht.

Zögernd schiebt er die Krümel auf seinem Teller zu einem ordentlichen Häufchen zusammen. »Lorenzo heißt er, mein jüngerer Bruder.« Seine Finger machen eine kleine Kuhle in dem Krümelhäufchen. »Der ist immer ein Energiebündel gewesen – er hat sich getraut, an Orte zu klettern, wohin sich niemand sonst gewagt hat. Wie ein wildes Pferd, das es nicht abwarten konnte auszubrechen.«

Sie sitzt da und betrachtet ihn: die klassischen Linien seines Profils, seine gerade Nase, seine dichten Augenbrauen, sein dunkles Haar, das ihm über die Stirn fällt. Sie sieht seine langen Finger, die das Krümelhäufchen wieder ordentlich zu einer kleinen Pyramide zusammenschieben.

»Jetzt will er sein Studium wiederaufnehmen«, erzählt Antonio, ohne von seinem Teller aufzublicken. »Ich kann mir nur überhaupt nicht vorstellen, wie das mit so einer Behinderung funktionieren soll.«

»Bist du da auch gefangen genommen worden, Antonio? Bei El Alamein?«

»Ja.«

»Dort haben sie auch Gerbrand totgeschossen.«

Er nickt. »Das weiß ich. Boelie hat es mir erzählt.«

»Ich hasse den Krieg!«, verkündet sie plötzlich aufgebracht. »Aber ich hätte das nicht an dir auslassen dürfen, Antonio. Das tut mir leid.«

Er schaut auf und nickt. »Du solltest auch nicht hassen«, erklärt er dann. »Hass wird langsam, aber sicher zu einer beißenden Säure, die dich von innen zerfrisst. Wer hasst, erleidet selbst mehr Schaden als das, worauf der Hass gerichtet ist.«

Einen Augenblick lang denkt sie über seine Worte nach. »Du hast vermutlich recht. Hast du denn gar keine Gefühle des Hasses gegen die Menschen, die dich gefangen genommen haben?«

Er schüttelt den Kopf und steht dann mit einem Ruck auf. »Danke für die Buttercremetorte«, sagt er und schiebt seinen Stuhl ordentlich an den Tisch zurück. Klara steht ebenfalls auf und hält ihm die Hintertür auf.

»Das mit deinem Bruder finde ich wirklich furchtbar. Marco meine ich«, erklärt sie. »Ich werde für ihn beten und für Rachel ebenfalls.«

»Danke, Klara.« Er streckt seine Hand aus und streicht ihr flüchtig über die Wange. Anschließend marschiert er mit großen Schritten über den mondbeschienenen Hof zur Scheune. Sie schaut ihm kurz noch hinterher, bevor sie die Tür wieder leise schließt.

Ihre Wange glüht.

Die beiden Tassen und die Kuchenteller trägt sie zum Spülbecken, spült sie mit zitternden Händen unter dem Wasserhahn ab und stellt den Zucker wieder in den Vorratsschrank zurück. Ihr Gesicht glüht und ihr Geist ist vollkommen in Aufruhr. Sie setzt sich auf die Veranda. In der Ferne heult ein Schakal.

Kurz vor Sonnenaufgang fängt eine Nachteule an zu rufen.

Langsam kommt sie wieder zur Ruhe, als sie die Sonne aufgehen sieht.

Erschöpft steht sie auf und macht den Primuskocher an, um frischen Kaffee aufzusetzen.

Als die Familie aufwacht, trinkt jeder seinen Kaffee. Sie nimmt ein Bad, kleidet sich wieder an und geht zusammen mit den anderen in den Gottesdienst.

Die ganze Nacht hat sie kein Auge zugetan.

23. Kapitel

Die Zimmerdecke über ihr erstreckt sich von einem Horizont zum anderen. An vier Seiten begrenzt. Weiß.

Das Licht schaut von oben auf sie herab. Richtend. Ein großes, rundes Auge. Weiß.

Der Schmerz ist überall. Überwältigend. Uralt.

»Der Doktor wird jeden Moment da sein«, sagt eine weiße Uniform.

Der Schmerz ist wie die Brandung, wie das Meer. Eine Welle nach der anderen schlägt über ihr zusammen. Langsam kommen die Wogen näher, sie werden immer größer und größer, bis sie ihren ganzen Körper ausfüllen und hochheben – anschließend saugen sie sie mit sich mit in die Tiefe, in die finsteren Eingeweide des Meeres, sodass sie keine Luft mehr bekommt.

Ewig während.

Sie arbeitet sich hoch.

Niemals endend.

Die Brandung schlägt über ihr zusammen und verschlingt sie.

Die Brandung lässt sie herumwirbeln, immer tiefer.

In einem Meer aus Schmerz ist sie eine Ertrinkende, die nach Luft schnappt.

Dann bricht die Welle. Mit einem Schlag kommt sie auf einem Strand voller Steine auf.

»Tief Luft holen! Durchatmen! Der Arzt kommt«, sagt eine andere weiße Uniform.

Kühle Hände legen sich um ihr Gesicht. Sie ist klatschnass.

Die Brandung zieht sich zurück. Die Welle zieht sie mit sich ins Meer hinaus.

»Nein!«

»Weiteratmen! Nein, nicht pressen! Tief Luft holen!«

Ihr Körper kann nicht mehr entkommen. Das Meer schleppt

sie zu weit mit sich. Nach oben kommt sie nicht mehr. Den Kopf kann sie einfach nicht mehr über Wasser halten.

»Christine! Atmen!«

»Wo bleibt bloß der Doktor?« Fremde Stimmen. Eine fremde Sprache.

Christine!

Christine! Christine!

»Pressen!«

Das blendende weiße Auge schaut geradewegs durch sie hindurch.

Dann zieht das Meer sie ganz mit sich nach unten.

24. Kapitel

Der Augustwind weht nun schon seit Tagen. Er wirbelt den Staub in Wolken auf, bläst verspielt in die vertrockneten Blätter der Maispflanzen und lässt sie tanzen. Der Himmel ist voller Staub – die Sonnenstrahlen dringen nur noch mit Mühe hindurch. Der Sand kriecht den Menschen zwischen die Zähne, in die Augen, in die Nase.

»Die Ägypter haben keine Ahnung, was ihnen erspart geblieben ist«, bemerkt Klara.

»Worüber sprichst du, Kind?«, möchte ihre Mutter wissen. »Geht es um den Krieg?«

»Um die zehn Plagen, Mama«, antwortet Klara. »Frösche und Heuschrecken sind ein Kinderspiel verglichen mit unseren Staubmassen.«

Die Tage sind träge, eintönig und übervoll mit Schularbeiten, außerschulischen Aktivitäten, Lernen, Tätigkeiten im Haus und drum herum.

Einsam sind sie ebenfalls – Henk kommt erst wieder im Dezember zu Besuch.

Boelie ist ungenießbar: Er will mit dem Anlegen des Rückhaltebeckens beginnen, aber sein Vater ist dagegen. De Wet ist genauso ungenießbar: Dieses Praktikum ist die reinste Sklaverei, sagt er, und das alles für einen Hungerlohn. Auch Irene ist ungenießbar: Ende des Monats wird sie ihre Abschlussprüfung in Musik absolvieren und im ganzen Haus gibt es keinen einzigen Menschen, der an sie denkt oder was auch immer.

Der Platz am Tisch, an dem Antonio beinahe sechs Monate lang gesessen hat und von dem aus er auch den Hausandachten beigewohnt hat, ist leer. Die Geige in der Scheune schweigt, die Bauarbeiten an der Brücke sind beendet. Über die Pontenilo fahren jetzt Eselskarren, Pferdefuhrwerke, Traktoren und etwa drei Autos.

Antonio wohnt mittlerweile im Hinterzimmer des Pfarrhauses. Er ist unter die Aufsicht des Pfarrers gestellt worden und kümmert sich um die Maurerarbeiten für die neue Kirche.

September ist der Monat des Basars. Schon seit Anfang August hat Oma praktisch nichts anderes getan, als Kinderkleider zu nähen, Deckchen zu häkeln und Socken und Teewärmer zu stricken, um den Tisch mit den Handarbeiten auszustatten.

»In diesem Jahr werden wir nicht sehr viele Beiträge bekommen«, überlegt Mama. »Die Leute haben Schwierigkeiten, an Stoff, Garn und Wolle zu kommen, und wenn man doch einmal einen Lappen zu fassen kriegt, aus dem man einen Rock nähen könnte, ist die Qualität minderwertig.«

»Warum müssen eigentlich immer wir den Tisch mit den Handarbeiten übernehmen?«, fragt Irene aus ihrer schlechten Laune heraus. »Der ist so langweilig! Da kaufen nur alte Frauen und Mütter mit kleinen Kinder irgendwas.«

»Und kleine Mädchen mit ihren Puppen«, ergänzt Klara.

»Ach ja«, stöhnt Irene. »All diese blöden Puppenkleidchen! Die hatte ich ganz vergessen.«

»Es ist nun einmal Tradition, dass sich unsere Familie um den Tisch mit den Handarbeiten kümmert«, erklärt Oma. »Schon vor dem Burenkrieg, als ich als junge Frau mit Opa auf die Farm gezogen bin, habe ich diesen Tisch als meinen Bereich zugewiesen bekommen. Und später, als ihr noch klein wart, habe ich das zusammen mit eurer Mutter gemacht. Im Augenblick hat sie die meiste Arbeit – sie ist aber auch so geschickt. Und eines Tages werdet ihr die Arbeit von ihr übernehmen.«

»Ich denke gar nicht daran«, widerspricht Irene. »Wenn ich irgendwann einmal heirate, will ich in der Stadt wohnen und mit Sicherheit nicht hier im Dorf.«

»Ich würde schon gerne hierbleiben«, verkündet Klara. »Ich mag das Dorf gern. Aber wegen der Handarbeiten bin ich mir nicht sicher. Ich kann einen Knopf annähen und einen Saum umstecken, aber da hört es auch schon auf. Strümpfe stopfen kann ich überhaupt nicht.«

»Da an dem Tisch kann man nicht einmal gestopfte Strümpfe kaufen«, stellt Irene fest.

»Wartet nur, bis ihr Kinder habt«, entgegnet Oma. »Dann lernt ihr das Nähen noch schnell genug.«

Am Morgen des Basars sind alle schon vor Tagesanbruch auf den Beinen. Boelie hat eine Sondergenehmigung bekommen, damit er den ganzen Tag im Dorf bleiben kann. Er und De Wet sind schon ganz früh mit dem alten Pferdewagen losgezogen. Den ganzen Tag lang drehen sie in der Nachbarschaft ihre Runden mit drei Kindern auf dem schmalen Kutschbock und einem ganzen Trupp dahinter. »Du kannst es mir glauben, das ist noch langweiliger als der Handarbeitstisch«, hat Boelie zu Irene gesagt.

Am Rathaus herrscht eine festliche Atmosphäre. Schon früh strömen die Menschen hierher. Die Jungen tragen die Tische herbei, die Mädchen stellen die Handelsware aus, die Frauen erkundigen sich, wie die Preise sein sollen, und zeichnen alles sorgfältig aus, die Männer legen die Scheiben zum Tontaubenschießen bereit und tragen Würste herein, Meter um Meter, in großen Wannen. Draußen riecht es angenehm nach gegrillter Bratwurst, drinnen schwebt der Zimtgeruch von Pfannkuchen zwischen den Ständen hindurch.

»Lass uns die Puppenkleidchen auf den niedrigen Tisch legen«, überlegt Irene.

»Gute Idee«, stimmt Klara zu. »Oma, was sollen wir für dieses Tablettdeckchen verlangen?«

Zwischen der Geschäftigkeit hindurch sieht sie Antonio kommen. Eine unerwartete Freude sprudelt in ihr hoch. Das ist das erste Mal, dass sie ihn wiedersieht, seit er nicht mehr auf der Farm wohnt. Er trägt eine sportliche schwarze Hose und ein blütenweißes Oberhemd. Seine Haare sind zu lang – seit Mama sie kurz vor seinem Auszug noch einmal geschnitten hat, haben sie mit Sicherheit keine Schere mehr gesehen. Durch den Saal hindurch läuft er nach vorn, ein Tablett voller hoch aufgeschichteter Kuchen in den Händen.

»Ich bin gleich wieder da«, sagt sie beiläufig zu Irene und geht auf ihn zu.

»Was machst du denn auf einem Burenbasar?«, fragt sie ihn und nähert sich ihm von hinten.

Mit einem Ruck dreht er sich um. »Klara!« Sein helles Gesicht leuchtet vor Freude auf. »Ich hatte gehofft, dich hier zu treffen. Warte, lass mich erst diesen Berg Kuchen irgendwo sicher auf einem Tisch abstellen.«

Sie lacht. »Sie haben dich aber ordentlich zur Arbeit eingeteilt, wie ich sehe!«

Vorsichtig stellt er das Tablett mit dem Kuchen auf einen Tisch. »Ich gehöre doch jetzt zum Pfarrhaus«, erläutert er ihr daraufhin. »Und wo seid ihr?«

Noch bevor sie antworten kann, kommt ein kleines Mädchen auf ihn zugerannt. »Tonio! Tonio!«, ruft es schon von Weitem.

Er geht in die Hocke und breitet seine Arme aus, in die das Mädchen sich hineinfallen lässt. Es ist das Töchterchen des Pfarrers. »Ich spiele auch öfter mal Babysitter«, erklärt er Klara lächelnd über den Kopf des Mädchens hinweg. »Wer sich abends um dieses Krümelchen gekümmert hat, bevor ich das tun konnte, ist mir ein Rätsel.«

»Sie ist ein Schatz«, bemerkt Klara und streckt ihre Hand schon aus, um ihr über das seidenweiche Haar zu streicheln.

»Nein!«, ruft das Kind böse und klammert sich an Antonios blütenweißem Oberhemd fest. Das ist auf einmal nicht mehr überall blütenweiß.

»Das ist Klara«, verkündet Antonio in beruhigendem Tonfall. »Sag mal: ›Guten Tag, Klara‹. Schau, Klara ist … hübsch.«

»Du sprichst wirklich schon sehr gut Afrikaans!«, stellt Klara überrascht fest.

Seine schwarzen Augen blicken sie lachend an. »Ich muss ja, sonst versteht sie mich nicht«, antwortet er, während er wieder ins Englische umschaltet.

Sie wendet ihren Blick ab. Etwas in diesen dunklen Augen erschreckt sie, bringt sie aus der Fassung.

»Wo seid ihr denn nun?«, möchte er noch einmal wissen.

»Da, auf der anderen Seite, am Handarbeitstisch«, zeigt sie ihm. »Ich muss wieder los – ich sehe gerade, dass Oma ganz allein dort steht.«

»Sobald ich die Kuchen alle hereingetragen habe, komme ich kurz vorbei«, verspricht er.

Es wird ein fröhlicher Tag, voller lachender, plaudernder Menschen, die sich die angebotenen Köstlichkeiten schmecken lassen. Letztendlich ist der Ertrag nicht so hoch wie in anderen Jahren, weil jetzt jeder wegen des Krieges sein Geld zusammenhalten muss. Aber der Geselligkeit tut das keinen Abbruch.

»Was für ein unglaublich schöner Basar ist das gewesen«, bemerkt Klara auf dem Heimweg zur Farm.

Doch am Abend, in ihrem Zimmer, stellt Irene fest: »Du warst heute aber auch nicht von Antonio wegzukriegen, sag mal!«

»Es war schön, ihn wiederzusehen«, erwidert Klara gleichmütig. »Wir haben uns hier zu Hause so aneinander gewöhnt.«

»Ich frage mich nur, was Henk dazu sagen würde, wenn er wüsste, dass du den ganzen Tag mit Antonio verbracht hast«, entgegnet Irene eigensinnig. »Und als ihr zu zweit bei Boelie auf dem Wagen gesessen habt, habt ihr wirklich dicht zusammengehockt.«

»Irene, jetzt red nicht so ein dummes Zeug«, macht Klara mit den Worten ihrer Schwester kurzen Prozess. »Dieser Bock ist ein schmales Bänkchen, das weißt du doch ganz genau. Da sitzen alle dicht zusammen, wenn man zu dritt darauf Platz nimmt.«

»Das kann schon sein«, entgegnet Irene selbstsicher, »aber ich habe schließlich Augen im Kopf.«

Lange nachdem die Kerze ausgeblasen ist, liegt Klara noch wach und grübelt über das nach, was Irene gesagt hat. Es ist wahr: Sie hat diesen Tag besonders genossen, eben weil Antonio auch dort gewesen ist. Es ist ebenfalls wahr, dass sie Henk keinen Augenblick lang vermisst hat – sie hat noch nicht einmal an ihn gedacht.

Dennoch hat sie nichts getan, was sie Henk nicht erzählen könnte, versucht sie sich selbst zu beruhigen. Sie kann jetzt aufstehen und ihm alles schreiben, alles, was an diesem Tag geschehen ist.

Nun, dann mach das auch, hört sie in Gedanken Irenes nörglige Stimme sagen. Schreib ihm einen Brief, in dem du ihm alles erzählst.

Sie geht in die Küche, zündet die Lampe an und setzt sich an den Tisch. »Lieber Henk«, beginnt sie. »Heute haben wir …« Hätte sie nicht besser »Liebster Henk« schreiben sollen?

Gegen zwei Uhr wirft sie den soundsovielten Brief in die Öffnung des Ofens. Es hilft nichts – sie kann Henk nicht alles über diesen Basar erzählen.

Denn diese zehn Minuten auf dem schmalen Bock des Wägelchens, als Antonio seinen Arm so ein bisschen um sie legen musste und sie sich selbst an seinen kräftigen Köper gelehnt hat und seinen Herzschlag durch das dünne Oberhemd hat fühlen können, diese zehn Minuten sind auf einmal der Höhepunkt des ganzen Tages geworden – nein, der ganzen Woche.

Mitte September wird berichtet, dass Italien mit den Alliierten einen Waffenstillstand geschlossen hat. Die britischen Armeen sind schon am 3. September bei den Zehen von Italien an Land gegangen. Mittlerweile sind sie auf dem Weg nach Neapel.

»Das könnte der Anfang vom Ende des Krieges sein«, überlegt Papa.

Die deutschen Armeen leisten allerdings noch sehr starken Widerstand. Sie stoppen den Aufmarsch der Alliierten an der Gustavslinie, die mehr als hundertfünfzig Kilometer lang ist und in der das massive, jahrhundertealte Kloster auf dem Berg über Montecassino das Zentrum bildet. Bevor sie Neapel erreichen, fallen mehr als 20.000 alliierte Soldaten. »Furchtbar!«, sagt Klara entsetzt. »Das sind doch alles *Menschen!*«

»Italien ist eben nicht die schwache Stelle, für die die Rotnacken und die Yankees es gehalten haben«, erwidert Boelie zufrieden. »Die deutsche Kriegsmaschine ist einfach unglaublich! Mit oder ohne die Hilfe Italiens verpassen sie den Khakis schließlich eine ganz ordentliche Tracht Prügel!«

Sie wartet drei volle Wochen. Dann kapituliert sie.

»Irene und Pérsomi haben heute Nachmittag nach der Schule noch Hockeytraining«, sagt Klara morgens zu De Wet. »Ich würde während dieser Zeit gern bei der Kirche vorbeischauen und einmal sehen, wie es mit dem Neubau vorangeht. Könntest du mich da abholen?«

Er schaut sie kurz an, ohne etwas zu sagen, und antwortet dann: »Gut. Vergiss die Post nicht, heute ist Mittwoch.«

Nach der Schule schlendert sie die Kirchstraße entlang, vorbei an dem Café, das dem Griechen gehört, und dem Schlachthaus, entlang der alten, kleinen Kirche und des Pfarrhauses mit der breiten Veranda, zum Bauplatz der großen, neuen Kirche.

Es ist mucksmäuschenstill auf dem Gelände.

Er ist nicht da. Niemand ist hier.

Regungslos bleibt sie stehen.

Jetzt bin ich enttäuscht, bemerkt sie. Ich habe ihn einfach wieder einmal kurz sehen wollen und wollte ein kleines Schwätzchen mit ihm halten.

Plötzlich hört sie doch etwas hinter den Mauern, die mittlerweile Schulterhöhe erreicht haben.

Er steht an einer Werkbank mit einem Meißel in der Hand und ist mit einem graublauen, steinharten Stück Fels beschäftigt. Er meißelt es in die Form eines Bausteins, der für eine steinerne Kirche für kommende Geschlechter geeignet ist.

Sie steht da und betrachtet ihn ein Weilchen. Ein gut aussehender Mann, sehr gut aussehend sogar, denkt sie: Er ist groß, hat breite Schultern, dunkles Haar und dunkle Augenbrauen. Sie sieht seine gerade Nase und sein eckiges Kinn. Sie beobachtet, wie seine Finger an der groben Oberfläche des Steins entlanggleiten, und hört ihn leise bei der Arbeit summen.

»Was läuft denn hier schon wieder?«, fragt sie schließlich in ruhigem Tonfall. »Was ist los, dass hier nicht gearbeitet wird?«

Er schaut auf und fängt an zu lachen. »Es wird bei dir langsam zur Gewohnheit, mich zu erschrecken«, sagt er und legt den Meißel beiseite. »Hallo, Klara. Schön, dich zu sehen.«

»Ich bin nur auf einen Sprung vorbeigekommen, um zu sehen, ob es mit der Kirche schon ein bisschen vorangeht«, erklärt sie. »Aber es scheint mir eine zähe Angelegenheit zu sein.«

»Im Moment sind keine Arbeiter da. Sie sind alle auf einer Beerdigung – soweit ich weiß, ist irgendein Stammesführer gestorben.«

»Hm. Und jetzt musst du die ganze Arbeit allein machen?« Sie betrachtet die halb fertiggestellten Mauern. »Ihr seid ganz gut vorangekommen, Antonio. Das Mauerwerk sieht wunderbar aus.«

»Danke«, erwidert er und klopft sich die Kleidung sauber. »Sorry, ich bin durch die Steine ganz staubig.«

»Und ich bin ganz staubig wegen all der Schulkreide.«

»Im Staube deines Angesichts sollst du dein Brot essen«, bemerkt er.

Sie fängt an zu lachen. »Im Schweiße deines Angesichts, Antonio! Oder steht in der katholischen Bibel da etwas anderes?«

»Nein, gar nicht, das war einfach nur meine dichterische Freiheit«, erwidert er. »Komm, dann zeige ich dir, dass hier doch noch ganz schön was passiert.«

Sie gehen um das Bauwerk herum, wobei er ihr erläutert, wie die Kirche aussehen wird. Über das Gerüst klettern sie hinein. Er hält ihr seine Hand hin, um ihr hineinzuhelfen, und zeigt ihr, wo das Konsistorium sein und wo die Kanzel stehen wird. Er erzählt ihr von den Bleiglasfenstern, die Herr Moerdyk einbauen möchte – solange keine Menschen oder Kreuze darauf abgebildet sind. »Herr Moerdyk findet das römisch. Er sagt, dass wir die Gefahr außerhalb des Dorfes lassen sollen.«

Antonio lacht. »Er nennt mich immer die ›Römische Gefahr‹. Er hat wirklich einen Sinn für Humor.«

»Die Leute hier meinen das tatsächlich so, hörst du, das mit der Römischen Gefahr«, warnt sie ihn.

»Das habe ich allerdings auch schon gemerkt, ja«, antwortet er mit einem schiefen Lächeln. »Vor allem die Frauen mit hübschen Töchtern. Die Dorfbewohner hier nehmen übrigens eine ganze Menge Dinge sehr ernst. Ich könnte dir noch das eine oder andere über diese Kirche erzählen.«

»Erzähle es mir!«, fordert sie ihn freudig auf.

»Weil wir hier auf Torfboden bauen und Herr Moerdyk Angst hat, die Wände könnten Risse bekommen, hat er vorgeschlagen, über dem Fundament eine Schicht Sand aufzutragen, sodass das Gebäude etwas mehr Standsicherheit hat, verstehst du?«

»Ja, das hört sich logisch an.«

»Das ist auch eine ziemlich schlaue Idee gewesen, fand ich jedenfalls«, fährt Antonio fort. »Aber der Pfarrer hat gesagt, dass er das erst noch mit dem Kirchenvorstand besprechen muss.«

Es kriecht ein Lächeln über ihr Gesicht. »Und dann?«

»Der ehrwürdige Kirchenvorstand hat beinahe die ganze Nacht darüber getagt und dann ist er zu dem Schluss gekommen, dass es vollkommen inakzeptabel wäre, das Haus des Herrn auf Sand zu bauen.«

Klara wirft ihren Kopf in den Nacken und bricht in schallendes Gelächter aus. »Oh, Antonio, unser Dorf nimmt die Bibel manchmal ganz schön wörtlich, findest du nicht auch?«

Auch er muss mitlachen. »Die Leute in unserem Dörfchen in Italien aber auch, hörst du?«, bestätigt er kopfschüttelnd. »Da läuft es ganz genauso wie hier.«

Sie nickt. »Obwohl es auf der anderen Seite der Welt ist. Die Menschen sind überall die gleichen.«

»Ein Mensch bleibt schließlich ein Mensch, das ist wahr.« Dann ist er wieder ernst und seine Augen bekommen einen seltsamen Ausdruck.

»Klara, ich …« Er bricht abrupt ab.

Sie legt ihre Hand auf seinen Arm. »Was ist los?«

Er schüttelt den Kopf. »Ach nichts«, erwidert er mit einem unpersönlichen Lächeln.

»Sag es mir, Antonio«, drängt sie ihn.

»Lieber nicht«, antwortet er. »Lieber nicht.« Er dreht sich um und streckt seine Hand nach ihr aus, um ihr über die Absperrung zu helfen.

»De Wet wird gleich kommen. Lass uns mal lieber zur Straße gehen.«

Was hat er ihr nur sagen wollen? Auf dem Weg zum Postamt grübelt Klara darüber nach. Sie ist sich sicher, dass sie in seinen Augen etwas bemerkt hat.

»Du bist dran, die Post zu holen«, ertönt Irenes kratzbürstige Stimme hinter ihr.

Klara nimmt die Posttasche und den Schlüssel für das Postfach von ihr entgegen und marschiert zu der Reihe von Postfächern auf der gegenüberliegenden Seite der staubigen Straße. Sie bückt sich, öffnet das Postfach und holt einen Stapel Post heraus, den sie in die Posttasche stopft.

Plötzlich, unerwartet, fällt ihr Blick auf einen grauen Briefumschlag mit einem roten Stempel.

Christine!

Vor Freude bleibt ihr beinahe das Herz stehen: Christine hat geschrieben! Endlich!

Sie steckt den Umschlag in die Tasche ihres Kleides und geht zum Auto zurück.

»Ist etwas Interessantes dabei?«, will De Wet wissen, so wie immer.

»In erster Linie Rechnungen. Und die *Landwirtschaftliche Wochenzeitung.*«

Zu Hause geht sie sofort in ihr Zimmer und schließt zunächst die Tür, bevor sie den Umschlag vorsichtig aufreißt.

Kairo, 30. September 1943

Liebe Klara!

Danke für deinen Brief. Es tut mir leid, dass ich dir erst jetzt zurückschreibe, aber wir haben hier sehr viel zu tun. Mir geht es hier sehr gut, aber jeden Tag liegt etwas anderes an. Ich finde es einen wirklich verrückten Gedanken, dass du

jetzt an unserer alten Schule unterrichtest. Und das noch anstelle von Fräulein Reinecke. Es ist sicher ganz komisch, gemeinsam mit den anderen Lehrern Tee zu trinken oder vorn am Pult zu sitzen, oder?
Bei unseren Armeen läuft alles sehr gut. In Nordafrika haben wir den Feind nun definitiv besiegt. Die meisten unserer Männer werden nach Italien versetzt, wo sich die Front jetzt befindet, denn die Italiener haben sich zwar ergeben, aber wir kämpfen immer noch gegen die Deutschen. Ich selbst werde vorläufig in Kairo bleiben.
Mein Vater hat mir erzählt, dass die Brücke über den Nijl mittlerweile fertig ist und dass ihr alle jetzt darüberfahren könnt. Das freut mich sehr. Hier in Ägypten gibt es noch keine Brücke über den Nil (Scherz beiseite!).
Ich bin ein bisschen krank gewesen und habe ein paar Tage im Krankenhaus gelegen, aber es ist nichts Ernstes gewesen. Erzähl das bloß nicht meinem Vater. Ich möchte nicht, dass er es weiß, sonst macht er sich nur Sorgen. Es ist übrigens auch schon ein Weilchen her. Ich wollte es dir nur gern kurz erzählen.
Jetzt bin ich wieder ganz gesund und zurück an meiner Arbeitsstelle. Ich habe die Leitung über den Lagerladen übernommen, in dem die Soldaten alle ihre Sachen kaufen.
Ja, Klara, ich weiß es, das mit Gerbrand. Für mich ist es auch ein Schock gewesen.
Ich hoffe, dass dir deine Arbeit Spaß macht und dass du mit Henk glücklich bist. Es ist schön, wenn man jemanden zum Liebhaben hat.
Ich bin hier auch glücklich, sogar sehr glücklich, und deshalb habe ich vor hierzubleiben. Die Armee tut mir gut.
Grüße alle. Sag ihnen, dass sie sich keine Sorgen um mich machen sollen.
Herzliche Grüße
Deine Freundin
Christine

Enttäuscht faltet Klara den Brief zusammen. Was hatte sie anderes erwartet?

»Ich habe nicht einmal mehr das Gefühl, dass sie meine Freundin ist«, erklärt sie an diesem Abend De Wet gegenüber. »Wir haben uns zu sehr auseinandergelebt und haben keinen richtigen Kontakt mehr miteinander.« Sie überlegt für einen Augenblick. »Ich weiß nicht einmal, ob sie wirklich glücklich ist. Hörst du mir überhaupt zu?«

Er starrt weiterhin vor sich in die finstere Gegend. »Ja, Klara, ich höre dir zu.«

»Warum hat sie mir überhaupt erzählt, dass sie ein paar Tage im Krankenhaus gelegen hat? Vor allem, wenn man bedenkt, dass das jetzt schon wieder eine ganze Weile her ist?«

»Hm«, macht er. »Das kommt mir auch ein bisschen sinnlos vor.«

»Trotzdem mag ich sie immer noch sehr, De Wet. Eine Freundin wie sie bekomme ich nie wieder, das weiß ich ganz genau. Und ich mache mir weiterhin Sorgen um sie.«

»Ich auch. Ihr Verhalten passt gar nicht zu der Christine, die wir kennen.«

»Aber daran können wir auch nichts ändern, oder?«

»Nein, das können wir nicht.«

Neapel wurde dem Erdboden gleichgemacht, berichtet das Radio im Oktober. Die Deutschen haben sich radikal gegen ihren ehemaligen, nun als unzuverlässig erwiesenen Bundesgenossen gekehrt. Sie stecken Bibliotheken in Brand, plündern Museen, zerstören Wasserleitungen, platzieren Zeitbomben in Hotels und Postämtern, sodass eine ganze Menge unschuldiger Bürger ums Leben kommen.

»Was für ein Schwachsinn!«, ruft Boelie wütend und schaltet das Radio aus. »Die Deutschen sind ein zivilisiertes Volk, das ist eine der am höchsten entwickelten Nationen der Welt! Das ist doch alles nur billige Propaganda, mit der uns diese verfluchte Khaki-Regierung einlullen möchte!«

»Der Wasserfall muss jetzt sehr schön aussehen, nach all dem Regen am letzten Wochenende«, vermutet De Wet Anfang November. »Vielleicht sollten wir am Samstag mal einen Blick darauf werfen.«

»Sollten wir nicht gleich über Nacht dort zelten?«, schlägt Klara vor. »Weißt du noch, das haben wir vor ein paar Jahren doch auch schon einmal gemacht. Es würde uns allen guttun, einmal aus allem herauszukommen.«

»Vor vier Jahren«, überlegt Boelie. »Ich habe meine Zweifel, ob der Wasserfall schon wieder strömt – so sehr hat es nun auch wieder nicht geregnet. Aber wir können gern trotzdem gehen.«

»Dieses Mal komme ich auch mit«, verkündet Irene resolut. »Ihr lasst mich nicht noch einmal allein zu Hause, kapiert?«

»Das müsstest du erst mit Papa besprechen«, warnt De Wet.

»Ich kann ja mit Papa reden«, kommt Boelie ihr unerwartet zu Hilfe. »Dann kannst du Pérsomi und Reinier auch mit einladen.«

»Hey, immer diese Pérsomi! Ich habe die Nase voll von diesem Kind«, schimpft Irene.

»Dann hat sich die Sache erledigt«, erklärt Boelie und steht auf.

»Nein, Boelie! Sprich du bitte mit Papa, anschließend lade ich Pérsomi ein.«

»Möchtest du mal bei Leonie den Puls fühlen, vielleicht hat die ja auch Lust mitzukommen?«, fragt De Wet Klara.

»Warum fragst du sie nicht selbst?«

»Du bist schließlich den ganzen Tag in der Schule. Das ist für dich doch viel einfacher«, erwidert er mit einem vertraulichen Lächeln. »Ich möchte auch nicht allzu übereifrig wirken.«

»Diese Gefahr ist wirklich nicht groß, Bruderherz«, beruhigt Klara ihn.

»Besprich das ruhig auch mit Antonio«, fordert Boelie De Wet auf. »Und sag ihm, dass er seine neue Gitarre mitbringen soll.«

Mit einem Mal bekommt das Wochenende einen anderen Farbton. Nicht so sehr einen kräftigeren Ton, so wie Rot, Gelb oder Orange, und auch keinen sanfteren, so wie Hellrot oder Pastellblau. Einfach … eine andere Farbe.

Im Laufe des Samstagnachmittags machen sie sich auf den Weg zum Wasserfall. Klara und Leonie tragen die Körbe mit den Nahrungsmitteln, Irene und Pérsomi das Bettzeug, die Männer die Zeltstangen und das Zelt, in dem die Frauen schlafen, und Reinier ist wie ein Packesel mit dem ganzen Rest beladen.

»Du bist der Jüngste, Kumpel, also zeig uns, was du draufhast«, hat Boelie gesagt, während er ihm noch ein weiteres Päckchen auf den Rücken geschnallt hat.

»Na gut, dann her damit«, hat Reinier geantwortet und ist dabei ganz freundlich geblieben. »Da geht noch was.«

Er ist doch ganz anders als seine Schwester Annabel, stellt Klara fest.

Irene läuft mit den Hunden voraus. De Wet und Antonio gesellen sich zu Klara und Leonie. Schon schnell gehen sie jeweils zu zweit, weil der kleine Weg zu eng wird. Boelie, Reinier und Pérsomi bilden die Nachhut.

»Bist du schon einmal beim Wasserfall gewesen?«, möchte Klara von Antonio wissen, während sie ein gutes Stück hinter De Wet und Leonie marschieren.

»Ja, ein Mal mit Boelie. Aber damals ist es kein Wasserfall gewesen, sondern nur ein kahler Felsen mit ein paar Spuren von Wasser und darunter war eine schlammige Pfütze.«

»Ich hoffe, dass jetzt genügend Wasser da ist«, erwidert Klara. »Dann ist es dort sehr schön.«

Er wirft ihr einen Blick zu. »Ich finde es dort an sich schon schön, ob nun Wasser da ist oder nicht.«

Sie spürt, wie ihr heiß wird. »Ich auch, Antonio.«

Schweigend gehen sie weiter, es ist allerdings kein unbehagliches Schweigen – eher ein zufriedenes, friedvolles Schweigen.

»Hast du mal wieder etwas von deinem Bruder gehört?«, möchte Klara irgendwann wissen. »Von Marco und seiner Freundin?«

»Rachel. Nein, noch nichts.« Seine Stimme ist sehr tief. »Und bis der Krieg vorüber ist, werden wir mit Sicherheit auch nichts mehr hören.«

»Und von deinem anderen Bruder?«

»Von Lorenzo? Ich weiß nicht, wie es ihm geht, Klara, er meldet sich nie. Meine Mutter schreibt, dass er gesundheitlich wieder auf der Höhe ist, aber Gina sagt, dass er ziemlich verbittert ist und sich nicht gut mit seinem Verlust abfinden kann. Eigentlich ist es auch schon eine ganze Weile her, dass sie etwas über ihn geschrieben hat, jetzt, wo ich so darüber nachdenke.« Er schweigt für einen Augenblick. »Gina ist meine … Freundin«, erklärt er anschließend, ohne sie anzuschauen.

»Du bist doch mit ihr verlobt, oder?« Klara legt den Finger auf den wunden Punkt.

Er schaut sie direkt an. Seine Augen sehen sehr ernst aus. »Ja, Klara, das stimmt.«

»Das ist schön für dich. Dann gibt es da jemanden, der speziell auf dich wartet.« Es tut beinahe weh, so etwas zu sagen.

»Du hast recht«, stimmt er zu. »Jemand von meinen eigenen Leuten.«

Der Wasserfall fließt noch nicht und der kleine Pool darunter ist viel zu flach, um darin schwimmen zu gehen. Trotzdem ist das Wasser nach dem Regen der vergangenen Woche schön klar.

Die jungen Frauen stellen die Picknickkörbe auf einen flachen Felsen und breiten die Decken aus. Die Männer bauen das runde Zelt auf.

»Ich möchte am liebsten mit euch beim Feuer schlafen«, überlegt Irene.

»Das kannst du vergessen«, antwortet Boelie mit Bestimmtheit.

»Bah, was seid ihr doch für eine Bande alter Kerle«, schimpft Irene, aber besonders wütend hört sich das dieses Mal nicht an.

Pérsomi hält sich ein wenig abseits, beinahe so, als schämte sie sich, mit dem Rest der Gruppe zu reden. Es ist nicht besonders klug gewesen, sie mitzunehmen, denkt Klara. Sie fühlt sich offensichtlich nicht wohl. Oder vielleicht ist sie einfach von ihrem Charakter her eher zurückgezogen. Selbst in der Schule sagt sie nur selten etwas, obwohl sie durchweg die besten Noten von allen mit nach Hause bringt. Nur mit Reinier scheint sie entspannt umgehen zu können.

»Hier oben ist eine Höhle«, verkündet Irene. »Möchtest du die einmal sehen, Reinier?«

»Ja, gern!«, antwortet der begeistert. »Kommst du mit, Pers?«

»Passt aber auf wegen der Paviane«, warnt Boelie. »Und sorgt dafür, dass ihr lange vor Sonnenuntergang wieder zurück seid, damit euch nicht die Dämmerung überfällt.«

»Wir sind alle drei schon siebzehn, Boelie!«, blafft Irene zurück. »Wir sind keine kleinen Kinder mehr!«

Als es dunkel wird, machen sie ein Feuer. Klara und Leonie streichen Brote, Reinier schleppt noch einen trockenen Holzklotz herbei, Antonio sitzt mit dem Rücken gegen einen großen Felsen gelehnt da und zupft leise auf seiner Gitarre. Sein Kopf ist tief vornübergebeugt.

»Als wir das letzte Mal für ein Picknick hier gewesen sind, ist Annabel noch dabei gewesen«, erinnert sich Boelie.

»Ja«, bestätigt De Wet nach einer kurzen Stille, »und Christine auch.«

Und Gerbrand, denkt Klara. Sie schaut auf, direkt in Pérsomis Augen. Und Gerbrand, sagen die Augen, bevor das Mädchen schnell in eine andere Richtung blickt.

Doch niemand erwähnt seinen Namen.

»Die Wurst ist fertig«, verkündet Boelie nach einer Weile. »Lasst sie euch aufs Brot legen, sonst verbrennt ihr euch noch die Finger.«

»Soll ich für dich den Kessel zwischen die Kohlen stellen?«, möchte Antonio von Klara wissen.

»Muss ich denn immer Kaffee kochen?«, protestiert diese träge.

»Natürlich«, stellt Boelie erstaunt fest. »Wer denn sonst?«

Bis spät in die Nacht hinein sitzen sie ums Feuer. Sie erzählen sich Geschichten. Boelie und De Wet berichten von ein paar Scherzen aus ihrer Studienzeit, Antonio erzählt Anekdoten aus seinem Dorf auf der anderen Seite der Welt. Nach einer Weile musizieren sie gemeinsam – Antonio und Boelie auf der Gitarre, De Wet auf seiner Mundharmonika. Sie betrachten die Sterne und versuchen, die Sternbilder zu erraten. Noch später sitzen sie einfach nur da und starren in die glühenden Kohlen.

Klara wirft einen verstohlenen Blick auf Antonio, der auf der anderen Seite des Feuers sitzt. Er hält seine Hände in Richtung der Flammen, um sie zu wärmen, und starrt ins Feuer. Plötzlich schaut er auf, direkt in ihre Augen. Er nickt ihr mit einem ruhigen Lächeln auf den Lippen zu.

Klara schlägt die Augen nieder. Das Blut pulsiert in ihren Adern. Ich möchte mich nicht so fühlen!, denkt sie. Ich möchte überhaupt nicht so fühlen!

»Ich lege mich aufs Ohr«, verkündet sie und steht auf. »Mir fallen gleich die Augen zu.«

Sie schaut nicht noch einmal in seine Richtung.

Doch einschlafen kann sie nicht. Lange nachdem die anderen Frauen gekommen sind und vom Schlaf übermannt werden, liegt sie noch da und betrachtet durch den Riss in der Zeltwand die Sterne.

Klara wird durch die Stimme Pérsomis geweckt, draußen vor dem Zelt.

»Komm schnell und schau dir das mal an, Boelie! Ist das da ein Buschfeuer, dort auf dem Hang gegenüber? Schau dir doch mal den Rauch an!«

Klara ist sofort hellwach. Die Sonne steht schon hoch am Himmel.

Boelie äußert einen Kraftausdruck der allerschlimmsten Sorte. »Das ist auf der Farm von Onkel Freddie«, stellt er fest. »Gerade jetzt, wo sie nicht zu Hause sind! Wir müssen sofort hin und dafür sorgen, dass die Eukalyptusbäume vor dem Brand geschützt werden und die Sommerweide auch.«

»Leonie! Irene!« Klara weckt die beiden anderen. »Schnell, zieht euch an, da ist ein Buschfeuer.«

Irene springt erschrocken auf. »Wo?«

»Auf der Farm von Onkel Freddie. Zieh dich an, wir müssen zusehen, dass wir so schnell wie möglich nach Hause kommen.« Hals über Kopf zieht sie sich an.

Draußen sind De Wet, Boelie und Antonio schon abmarschbereit. »Reinier geht mit euch«, kommandiert Boelie. »Lasst das Zelt und das ganze Zeug ruhig hier, das holen wir später.«

»Wo ist Pérsomi?«, möchte Klara wissen.

»Die ist schon vorgerannt. Wir wissen nicht, ob sie von zu Hause aus den Brand sehen können«, antwortet De Wet.

»Wir sehen euch zu Hause«, ruft Klara und macht sich auf die Socken.

Die drei Männer verschwinden in hohem Tempo den Berg hinunter. Der Rest der Gruppe folgt ihnen so schnell es geht. Zu Hause wartet Lena auf sie, die Augen vor Entsetzen geweitet. »Die sind alle in der Kirche«, verkündet sie. »Keiner hat etwas von dem Brand mitbekommen. Boelie und De Wet sind in der Scheune.«

Genau in diesem Augenblick fährt Boelie im Pick-up aus der Scheune heraus.

»Komm, Klara!«, ruft er. »Irene, du rufst alle Nachbarn an und sagst ihnen, dass sie beim Löschen helfen sollen.«

Klara klettert in den Kleinlastwagen und setzt sich zwischen Boelie und Antonio. »Wo ist De Wet?«, fragt sie.

»Der ist schon mit dem Traktor und dem Tankanhänger unterwegs«, erklärt Boelie. »Wir haben die anderen Sachen dabei.«

Flink steuert er den Wagen über den schmalen Feldweg. Vor den Hütten für die schwarzen Arbeiter steigen Jafta und Linksom hinten auf. »Alle, die beim Löschen helfen können, mitkommen!«, ruft er.

Überall ertönen Rufe und es entsteht ein großes Gerenne. Feuer ist der gemeinsame Feind von allen auf der Farm. Selbst einige junge Frauen springen auf die Ladefläche des Pick-ups.

An der Grenze der Farm öffnet Jafta das Tor. »Lass es offen«, befiehlt Boelie. »Sonst kann das Vieh nirgendwohin fliehen.«

Noch bevor sie das Feuer sehen, riecht Klara den dichten Rauch. Sobald sie über den Hügel sind, entdeckt sie die Flammen, hohe Flammen, die durch den Wind fortgetrieben werden. Erschrocken schlägt sie sich die Hände vor den Mund. Sie sieht, wie aus Bäumen plötzlich Fackeln werden, und ihr Entsetzen wächst. »Oh, Boelie, das ist ja furchtbar!«, sagt sie. Ein Schauder durchfährt sie. Plötzlich spürt sie, wie Antonio seinen Arm um ihre Schultern legt, und lehnt sich kurz an ihn.

»Die ganze Gegend ist staubtrocken«, stellt Boelie fest. »Das bisschen Regen in der letzten Woche hat daran nicht viel geändert.«

»Wie sollen wir die Sache angehen?«, fragt Antonio ganz ruhig und sachlich.

»Wir müssen versuchen, eine Brandschneise anzulegen, sodass sich das Feuer totläuft«, erläutert Boelie. »Das machen wir, indem wir ein Stück Land kontrolliert abbrennen lassen, obwohl das bei diesem Wind sicher nicht einfach wird. Klara, du fährst mit dem Pick-up nach Hause zurück und holst so viele Arbeiter, wie du zusammentrommeln kannst. Hol auch die Leute von Onkel Freddie und all seine Löschgeräte. Petrus weiß, wo sie die in der Scheune untergebracht haben.«

Plötzlich steht er auf der Bremse. »Jafta!«, ruft er nach hinten. »Nimm dir ein paar Leute und fang hier an, die Brandschneise anzulegen. Du arbeitest in Richtung Hügel, wir kommen dir von der anderen Seite entgegen. Und pass bloß auf, wenn der Wind sich dreht!«

»Ich habe überhaupt keine Ahnung, wie ich den Pick-up fahren soll«, sagt Klara niedergeschlagen zu Antonio.

»Du bist doch schon mit dem Daimler gefahren«, antwortet der ruhig. »Ein Pick-up ist genau das Gleiche, nur ein bisschen größer.« Er lächelt ihr ermutigend zu. »Ich bin mir sicher, dass du das hinbekommst – du bist doch nicht auf den Kopf gefallen.«

Boelie schlägt die Tür zu und rast wieder davon. An einer anderen Stelle setzt er Linksom und ein paar andere ab – unbedeutende Menschlein, nicht viel mehr als Zwerge im Angesicht der hohen, wütenden Flammen. »Nimm den Schleichweg zu Onkel Freddies Haus, der ist kürzer«, sagt er während der Fahrt zu

Klara. »Und sag Petrus und den anderen, dass sie so schnell wie möglich eine Brandschneise um das Haus und die Scheune legen sollen – er hat genug Kinder, die helfen können.«

Sobald der Wagen steht, springt Boelie raus. Antonio schaut Klara an. »Sei vorsichtig«, sagt er.

Sie nickt. »Das bin ich. Pass du auch gut auf dich auf.«

Gegen zwölf Uhr sind alle Menschen aus den landwirtschaftlichen Betrieben in der Umgebung hektisch damit beschäftigt, den Brand auszuschlagen. Das Feuer hat sich im Pferch von Onkel Freddie totgelaufen, in nördlicher und östlicher Richtung ist es jedoch mit großen Sprüngen über die Weidebegrenzung hinweggefegt und ins Land der Nachbarn übergeschlagen. »Das kommt durch den Wind«, sagt Mama, nachdem sie vom Gottesdienst zurück ist. »Wenn der sich nur endlich legen würde.«

»Wir müssen den Leuten Wasser zum Trinken bringen«, überlegt Oma. »Sonst dehydrieren sie bei dieser Hitze.«

»Zapft die Milchkannen voll Wasser«, befiehlt Mama Irene und Pérsomi. »Und nimm auch den Erste-Hilfe-Koffer mit, Klara – man weiß nie, wozu man ihn brauchen kann.«

»Ich fahre mit Klara«, verkündet Opa.

»Auf gar keinen Fall, Cornelius«, bremst ihn Oma energisch. »Du hast heute Morgen schon die ganze Zeit Herzklopfen gehabt.«

»Und ob ich mitgehe«, widerspricht Opa genauso energisch. »Ich lasse das Mädchen doch nicht allein fahren.«

»Opa, ich kann das sehr gut allein …«, beginnt Klara.

»Widersprich mir nicht, Klara!«, weist Opa sie wütend zurecht.

»Vielleicht ist es gar nicht so schlecht, wenn Opa mitfährt«, beruhigt Mama. Und zu Opa sagt sie: »Aber denk daran, du steigst unter keinen Umständen aus, verstanden?«

»Hört ihr Frauen eigentlich nie mit eurem Herumgeglucke auf?«, brummt Opa ärgerlich und geht zum Pick-up.

»Ich weiß wirklich nicht, Mama«, widerspricht Klara unsicher.

»So ein Dickkopf aber auch!«, schimpft Oma kopfschüttelnd.

»Ach, wenn er nur hier herumsitzen und warten muss, frustriert ihn das doch erst recht«, erklärt Mama. »Geht jetzt nur und seid vorsichtig!«

Holpernd und stolpernd fahren sie über die buckligen Feldwege. Opa gibt Anweisungen und schimpft jedes Mal, wenn sie über einen Stein fährt. Alle Tore stehen offen. Hinter der Schlucht entlang fahren sie um den kleinen Hügel herum. Dort versuchen die ersten Männer, das Feuer mit Säcken auszuschlagen.

»Vielen Dank, Missie – wir kommen um vor Durst!«, bedankt sich Jafta.

»Wo sind Boelie und die anderen?«, will sie wissen.

Er zeigt mit der Hand in die Richtung und sie fährt quer über die Wiese dorthin. Dabei gibt Opa ihr *ununterbrochen* Anweisungen.

»Sorg dafür, dass alle Wasser bekommen«, kommandiert Boelie. Er ist völlig verrußt. »De Wet ist hier schräg unterhalb.«

»Hier ist das Feuer einigermaßen unter Kontrolle«, erklärt De Wet, während er gierig das Wasser trinkt. »Wenn du jetzt linker Hand um den kleinen Hügel herumfährst, kommst du an den Ort, wo Antonio am Löschen ist.«

»Pass doch auf, da sind Steine und Hasenlöcher«, warnt Opa sie. »Schau, da sind die Arbeiter.«

Es hätte nicht viel gefehlt und Klara wäre in das Loch eines Erdferkelbaus gefahren. »Jetzt fahr doch nicht so hektisch, Klara!«, schimpft Opa. »Sonst müssen wir hier gleich noch übernachten.« Und als sie das Lenkrad einmal etwas zu schnell herumwirft: »Nein, sag mal, pass doch auf!«

Der Pick-up bekommt einen Schluckauf, einmal und kurze Zeit später noch einmal. »Was ist jetzt?«, fragt Klara ängstlich.

»Das Benzin ist alle«, brummt Opa stinksauer. »Hat denn keiner von euch mal geschaut, wie viel Benzin noch im Tank ist?«

»Nein, Opa, wir haben nur …«

»Ihr Kinder habt auch wirklich keinen Deut Verantwortungsgefühl!«, schimpft er und versucht wütend, die Tür zu öffnen. »Wie könnt ihr einfach so einsteigen und losfahren? Jetzt stehen wir ohne Benzin mitten in …«

»Opa, warte bitte kurz hier«, erwidert Klara niedergeschlagen. »Ich werde Antonio rufen gehen – er ist hier ganz in der Nähe.«

Opa rüttelt immer noch an der Beifahrertür. »Jetzt geh endlich auf, du blödes Ding!«, schimpft er vor sich hin. Klara springt aus dem Pick-up. »Bleib ruhig sitzen, Opa, ich bin gleich wieder da«, fordert sie ihn noch einmal auf und rennt über die bucklige Wiese in die Richtung, wo sie Antonio vermutet.

Er sieht sie schon von Weitem und rennt ihr entgegen.

»Das kann eigentlich nicht am Benzin liegen«, sagt er, während er weiterrennt. »Boelie und ich haben gestern noch fünfundzwanzig Liter getankt. Vielleicht ist Dreck in den Motor gekommen. Du wirst sehen, wir bekommen den Pick-up im Nullkommanichts wieder in Gang.«

»Das hoffe ich!«, erwidert Klara.

»Wo ist denn dein Opa?«, möchte Antonio wissen, als sie am Pick-up angekommen sind.

»Och nein!«, schimpft Klara. »Ich habe ihm extra noch gesagt, dass er hier warten soll. Opa! Ooopa!«

Keine Antwort.

Der Pick-up fängt erneut ein bisschen an zu stottern, verschluckt sich dann einmal ganz ordentlich und rattert anschließend wieder los, als hätte es niemals ein Problem gegeben.

»Opa!«, ruft Klara noch einmal.

»Weit kann er doch noch nicht gekommen sein«, überlegt Antonio. »Onkel Cornelius! Onkel Cornelius!«

Klara rennt den Hügel hinauf. »Opa!«

Auf der anderen Seite sieht sie das Feuer. Hier sind die Flammen nicht hoch, aber sie rasen über das trockene, kurze Gras. »Opa!«, kreischt sie. »Opa!«

»Hier … Ich bin hier«, ertönt ein Keuchen irgendwo unter ihr.

Mit einem Ruck dreht sie sich um. »Hier. Schlucht«, hört sie links von sich.

Opa liegt schief auf einem sandigen Abhang. Er ist halb vom Weg abgerutscht und ein Bein liegt schmerzhaft gefaltet unter ihm.

»Antonio!«, ruft Klara und wedelt wild mit ihren Armen. »Hierher!«

Antonio klettert fast rutschend den steilen Abhang hinunter zu der Stelle, wo Opa liegt. »Du musst dafür sorgen, dass De Wet hierherkommt und mithilft!«, ruft er ihr zu. »Der Hang ist ziemlich steil!«

Klara rennt zu dem Pick-up und drückt auf die Hupe. Wenn das jetzt gar keiner hört, denkt sie ängstlich. Wenn jetzt das Feuer so einen Lärm macht, dass De Wet das Hupen nicht hört, oder wenn der Wind das Geräusch in die falsche Richtung weht …

Sie gibt es auf und rennt in die Richtung, in der sie De Wet vermutet. Der Boden unter ihren Füßen ist uneben, die Sonne brennt ihr im Gesicht, ihre Lungen drohen zu bersten. Lieber Herr, mach, dass Opa nichts passiert, betet sie, während sie rennt.

Da sieht sie, dass De Wet ihr entgegenkommt. Er hat es also doch gehört, denkt sie erleichtert und dreht sich schnell um.

Die Fahrt nach Hause ist ein Albtraum. Opas Stöhnen wird leiser und leiser und er scheint das Bewusstsein zu verlieren. Sie haben ihn vorn quer über die Sitzbank des Pick-ups gelegt, den Kopf auf De Wets Oberschenkel. Klara kniet im Fußraum neben dem Fahrersitz. »Du musst vorsichtiger fahren«, sagt sie und versucht, Opa es so bequem wie möglich zu machen. »Jede dieser Kurven ist bestimmt eine Qual für ihn.«

Als der Pick-up wieder einmal einen Stein überfährt und zur Seite schlingert, stöhnt Opa laut auf und schließt die Augen. »Opa!«, sagt Klara und streichelt seine Stirn. »Opa? Schneller, De Wet!«

Auf dem Hof angekommen, fährt De Wet am Haus vorbei und in einem Zug weiter zur Scheune. »Wir tragen Opa gleich in den Daimler«, erklärt er Antonio. »Ich bringe ihn sofort ins Dorf. Klara, du rufst Mama und Oma, die sollen mitkommen.«

Sobald der Daimler in einer Staubwolke um die Ecke verschwunden ist, wirft Klara Antonio einen Blick zu. Ihre Beine sind immer noch ganz schwach, so erschrocken ist sie. Der

Schreck krampft sich in ihrem Bauch, schnürt ihr die Kehle zu, steht ihr ins Gesicht geschrieben.

Er breitet seine Arme aus und sie lässt sich hineinfallen. Während er tröstend seine Arme um sie legt, bricht sie in ein unbändiges Schluchzen aus. Er streicht ihr über das Haar und der Schreck, der in ihrem Bauch festgesessen hat, bricht los und sucht sich einen Weg nach oben. Jetzt gibt es kein Halten mehr. Sie klammert sich fest an ihn. Sein Herz klopft gegen ihre Wange.

Er neigt seinen Kopf und küsst ihr Haar. »Ganz ruhig, Klara«, tröstet er sie auf Afrikaans. »Ganz ruhig.«

Ganz fest klammert sie sich an ihn.

Langsam verschwindet der Schreck wieder und die Ruhe kehrt in ihren Körper zurück. Dennoch hält sie ihn weiterhin fest.

Seine Arme schließen sich noch kräftiger um sie und seine Hand legt sich um ihren Kopf. Instinktiv schließt sie die Augen und hebt das Gesicht zu ihm auf. Seine Lippen berühren flüchtig ihren Mund und sie spürt die Kraft in seinen Armen.

Plötzlich lässt er sie abrupt los. »Sorry, Klara, das habe ich nicht …«

Sie schaut ihn nicht an, sondern wirft sich ihm an den Hals und zieht ihn wieder zu sich. »Halte mich, Antonio«, fordert sie ihn auf.

Er stöhnt leise, umarmt sie jedoch erneut. Seine Lippen streichen über ihr Gesicht und ihren Hals. Durch das Kakihemd hindurch spürt sie das wilde Klopfen seines Herzens, sie spürt seinen kräftigen Körper an ihrem, sie fühlt, wie sich seine Arme noch fester um sie schließen. Er küsst ihre Augen, legt seine Hände um ihr Gesicht und sein Mund legt sich auf ihren – erst sanft, dann suchend, hungrig. Tief in ihrem Innersten beginnt eine Freude zu wachsen, die sie noch nie in dieser Weise erlebt hat.

Schließlich lässt er sie langsam los.

»Du liebe Güte, Klara, was ist denn mit uns geschehen?«, fragt er heiser.

Sie öffnet die Augen und schüttelt den Kopf.

»Klara.« Sie sieht seine Augen. Dunkel. Intensiv.

Dann schüttelt auch er den Kopf und wendet seinen Blick von ihr weg. Er schaut an ihr vorbei ins Nirgendwo. »Es tut mir wirklich sehr leid, Klara. Das darf nicht noch einmal passieren.«

»Antonio?«

Er schaut sie wieder an. »Du musst das verstehen, das geht nicht, das geht *wirklich* nicht«, sagt er. Seine Augen sehen flehentlich in die ihren. »Versprich es mir, Klara, bitte. Versprich mir, dass das nie wieder passieren wird.«

Sie muss es verstehen. Schließlich weiß sie es ja auch, oder?

»Gut, ich verspreche es, Antonio. Es wird nie wieder passieren.«

25. Kapitel

Das Jahr 1944 beginnt im Bosveld so wie alle Jahre zuvor: heiß und trocken. »Ihr wohnt wirklich im heißesten und staubigsten Ort des ganzen Landes«, stellt Henk fest, als er am Morgen des Neujahrstages in den Zug steigt. »Es wird höchste Zeit, dass du dir eine Stelle in Johannesburg suchst – da ist es wenigstens nicht ganz so heiß.«

»Nächstes Jahr«, verspricht sie. »Bis dahin habe ich wahrscheinlich auch meine Lehrerlaubnis. Das wird es einfacher machen, eine Stelle zu finden.«

Auch die Schule beginnt wieder genauso wie jedes Jahr. Irene und Pérsomi besuchen in diesem Jahr die Abschlussklasse. »Pérsomi ist intelligent. Herr Pistorius hat gesagt, dass er probieren möchte, ob sie nicht ein Stipendium bekommen kann, damit sie studieren kann«, berichtet Klara zu Hause.

»Und wer soll dann ein Auge auf ihre Mutter werfen?«, möchte Oma wissen.

»Aber Oma«, erwidert Klara fassungslos, »Pérsomi kann doch nicht hierbleiben und für ihre Mutter sorgen, wenn sie etwas aus ihrem Leben machen könnte!«

»Natürlich kann sie das. Sie muss es sogar, dazu ist sie als Tochter verpflichtet«, erklärt Oma entschieden. »Ganz abgesehen davon ist es sowieso unsinnig, dass Frauen auf die Universität gehen. Was wollt ihr denn mit all der Bücherweisheit anfangen?«

Das Farmerdasein geht weiter, so wie immer.

»Eine gute Seite hat der Krieg ja: Die Absatzmärkte sind bestens«, verkündet Papa. »Wie die sich entwickeln werden, wenn erst einmal wieder Frieden herrscht, muss ich erst noch sehen.«

»Wenn es nicht sehr bald regnet, haben wir überhaupt nichts von den guten Absatzchancen«, entgegnet Boelie. »Hättest du doch auf mich gehört, dann hätten wir mittlerweile das Rückhaltebecken gebaut und dann …«

»Hör endlich mit deinem Gemecker über dieses Rückhaltebecken auf, Boelie«, schneidet ihm Papa mürrisch das Wort ab.

Selbst das Gezänk ist genauso wie immer, denkt Klara. Vielleicht wird die Kluft zwischen Papa und Boelie sogar noch etwas größer. Genau wie die zwischen Opa und Boelie, vor allem jetzt, wo Opa dauerhaft mit einem Stock herumlaufen muss und noch launischer ist als früher. »Zum Glück ist die Hüfte nicht gebrochen«, hat der junge Arzt im Dorf nach dem Sturz gesagt, »aber nichtsdestotrotz hat Herr Fourie einen ordentlichen Knacks bekommen. Sein Allgemeinzustand ist auch nicht mehr so stark – sein Herz ist nicht das beste.«

Gelegentlich kommt Antonio sonntags nach dem Gottesdienst mit auf die Farm. Dann sitzt die ganze Familie gemütlich um den Tisch herum. Mit De Wet plaudert Antonio über Rugby. Mit Boelie betrachtet er sich das Gelände, das für ein Rückhaltebecken infrage käme. Mit Irene musiziert er.

Nur von Klara hält er sich fern. Sie begrüßen sich freundlich, aber sachlich und formell, und danach geht jeder seiner eigenen Wege.

Alles ist geblieben wie immer, nur ich habe mich verändert, überlegt Klara. Ich weiß nicht, wie es weitergehen soll, bemerkt sie einmal tief in der Nacht, denn der Weg, den ich so gerne gehen würde, endet an einer tiefen Kluft. Es gibt noch nicht einmal die Möglichkeit, sie irgendwo zu durchwaten oder eine Brücke zu bauen – diese Kluft ist ein tiefer, dunkler Abgrund ohne eine gegenüberliegende Seite.

Am 10. Mai geht die Sechste Südafrikanische Panzerbrigade in Italien an Land. Diese Einheit ist ein Teil der alliierten Armeen, die die Gustavslinie durchbrechen sollen. Ihre Feuertaufe auf dem europäischen Festland bekommen die Männer in den Trümmern des völlig zerstörten Klosters Montecassino, das am 18. Mai von den Alliierten erobert wird. Die Kleinstadt besteht nur noch aus

Ruinen und Kratern, wo einst Häuser gestanden haben. Die Panzer stehen geparkt vor dem, was einmal die vornehme Eingangshalle des Hotels Continental gewesen ist. Die Balustrade baumelt wie an Spinnweben aufgehängt an der Wand herunter.

»Jetzt müssen sie entlang der Via Casalina nordwärts weiterziehen, Richtung Rom«, erklärt Antonio an diesem Sonntag. »Aber die Hauptroute führt quer durch eine große Anzahl von Bergrücken, in denen sich die SS und die Fallschirmjägerbrigaden fest verschanzt haben, wobei ihnen die beste Artillerie der Welt zur Verfügung steht.«

»Kann man nicht auf irgendeinem anderen Weg nach Rom kommen?«, fragt Irene und beugt sich über den Atlas, den sie aus dem Wohnzimmer geholt hat. Sie tippt mit ihrem Zeigefinger auf den Küstenort Anzio am Mittelmeer. »Könnten sie nicht hier an Land gehen? Das ist kurz vor Rom.«

»Die Küste ist da ziemlich seicht und der Strand ist *ein einziger* großer Morast, direkt dahinter sind hohe Berge, von denen aus die Deutschen die Soldaten ohne große Mühe niedermähen können. Da könnten sie schon landen, aber es würde ein zweites Dünkirchen werden.« Antonio schüttelt traurig den Kopf. »Mein Land wird von den Großmächten in Trümmer geschossen: Deutschland, Amerika, England, Russland, die ganze Bande. Ich möchte mir überhaupt nicht vorstellen, was passieren wird, wenn sie Rom erreichen, ganz zu schweigen von Florenz und Venedig.«

Am Abend des 4. Junis melden die Siebenuhrnachrichten, dass die alliierten Armeen Rom besetzt haben. Am Dienstag, dem 6. Juni, landen die Alliierten in der Normandie. »D-Day« nennt Churchill diesen Tag. Am selben Tag marschieren südafrikanische Soldaten als Teil der triumphierenden Armee durch die Straßen von Rom. Ende Juni berichtet die Zeitung, dass die Kämpfe in Süd- und Mittelitalien beinahe vollständig zum Erliegen gekommen sind. Italien ist nun für die alliierten Luftflotten in ihrem Kampf gegen Deutschland ein Stützpunkt geworden.

»Ob Christine wohl noch in Kairo ist? Oder wird sie mittlerweile auch in Italien sein?«, fragt Klara eines späten Abends De Wet. »Wie es heißt, wurde ein Teil des Verwaltungspersonals in Kairo zurückgelassen.«

Er zuckt mit den Schultern. »Ich muss immer öfter an Christine denken«, bekennt er dann.

»Das habe ich nicht gewusst«, erwidert sie erstaunt. »Kommt das daher, dass deine Beziehung mit Leonie nicht so richtig in die Gänge kommt?«

»Von einer Beziehung mit Leonie ist nie die Rede gewesen«, entgegnet De Wet.

»Sie denkt aber ganz anders darüber«, warnt Klara ihn.

De Wet seufzt. »Ich sorge in Beziehungsfragen anscheinend nur für Verwirrung.«

»Sei bloß ehrlich zu Leonie«, fordert Klara ihn auf. »Und schreib Christine anschließend einen Brief – vielleicht schreibt sie ja zurück. Letzte Woche habe ich noch einen Brief von ihr bekommen.«

»Und das erzählst du mir erst jetzt?«

»Es gab nichts zu erzählen«, erwidert sie. »Ihre Briefe sind und bleiben unpersönlich und nichtssagend.«

»Aber hat sie denn nicht wenigstens gesagt, wo sie ist?«

»Nein, nur dass es mit unseren Soldaten gut läuft und dass sie sehr glücklich ist.«

Die Wochenschau im Kino bringt die Wirklichkeit des Krieges in Bild und Ton bis ins Herz der Union, bis ins Gemeindehaus des kleinsten Dörfchens im Bosveld. Die Filmbilder zeigen den Schrecken der »unbemannten Raketen«, der V2s – automatisch gesteuerte Bomben, die London am helllichten Tag angreifen. Der Tonstreifen zeugt von dem Entsetzen, das in London herrscht: kreischende, flüchtende Menschen auf der Straße, heulende Sirenen der Krankenwagen und des Luftalarms, pfeifende V2s, die mit ohrenbetäubenden Explosionen Gebäude in Trümmer legen. Mit eigenen Augen sieht Klara die Verwüstungen, die Trümmerteile in den Straßen, die Berge verrottender Abfälle, die zerstörten

Fensterscheiben. Kinder spielen zwischen den Trümmern und ein abgemagerter Hund gräbt im Dreck.

»Furchtbar!«, sagt sie zu Henk, der sie übers Wochenende besucht.

Er legt ihr schützend den Arm auf die Schulter und zieht sie ein bisschen dichter zu sich heran.

Auf der großen, weißen Leinwand erscheinen Bilder von den Gefechten rund um Caen in Frankreich. Die blecherne Stimme berichtet, wie die Deutschen gekämpft haben: verbissen, verzweifelt. Straße für Straße wird von ihnen verteidigt und Straße für Straße mussten sie Gelände abgeben. Ihre Nahrung besteht aus Baumrinde, verkündet die allwissende Stimme, ihre medizinischen Vorräte sind aufgebraucht, ihre Munition verschossen. Von den einst so prachtvollen Gebäuden Caens stehen nur noch die Skelette.

»Mit Florenz ist genau das Gleiche geschehen«, bemerkt Klara leise. »Antonio ist unglaublich bedrückt deswegen. Er sagt, das sei ihre schönste Stadt gewesen.«

»Versuch, die Kriegsbilder wieder aus dem Kopf zu bekommen«, fordert Henk sie auf. »Gleich fängt der Hauptfilm an.«

»Aber es sind Menschen, die da wohnen und die so viel leiden müssen!«, erwidert Klara.

»Das sind nicht unsere Leute, Klara, das sind nur Ausländer«, entgegnet Henk. »Soll ich dir noch ein Fläschchen Limonade holen, bevor es richtig losgeht?«

Jeden Tag berichtet das Radio, wie die Alliierten dichter und dichter an Deutschland heranrücken. In der Zeitung wird auf kleinen Karten gezeigt, wie das Land immer mehr in die Zange genommen wird: Von Osten her nähern sich die Russen, aus dem Nordwesten die Engländer und aus dem Südwesten die Amerikaner. Am 3. August überschreitet die russische Armee die Grenze Ostpreußens. Am selben Tag vertreiben die Alliierten die letzten deutschen Divisionen aus der nordwestlichen Ecke Frankreichs. Der Weg nach Paris steht offen.

Es ist auch der 3. August, an dem De Wet eine Entscheidung trifft. Mit einem Stift und einem Schreibblock setzt er sich an den Küchentisch. Er überlegt eine ganze Weile, bevor er zu schreiben beginnt.

Liebe Christine!
Hier auf der Farm läuft alles gut. Wir haben schön viel Regen gehabt, so ein herrlicher, unerwarteter, winterlicher Schauer. Ich wünschte, du könntest sehen, wie schön die Gegend jetzt aussieht.
Du weißt sicher, dass ich in diesem Augenblick mein praktisches Jahr bei Onkel Bartel de Vos absolviere. In fünf Monaten schließe ich das hoffentlich ab und bin dann fertiger Anwalt. Er hat mir eine Stelle bei sich in der Kanzlei angeboten, aber ich habe noch nichts endgültig entschieden.
Eigentlich, Christine, schreibe ich dir das nicht, um dich über die letzten Entwicklungen auf den neusten Stand zu bringen. Ich bin mir sicher, dass dein Vater das regelmäßig tut. Ich schreibe dir, weil ich viel an dich denke, in letzter Zeit immer häufiger.
Ein Mensch macht in seinem Leben viele Fehler, Christine. Der größte Fehler, den ich jemals gemacht habe, ist mit Sicherheit, dass ich dir nie erzählt habe, was ich für dich empfunden habe. Vielleicht ist das der Grund, warum ich dir jetzt schreibe. Weil ich dir das eigentlich habe sagen wollen.
Ich fand dich immer schon sehr hübsch, Christine. Für mich bist du immer eine Rosenknospe gewesen, die langsam aufgeht. Ich weiß nicht, warum ich dir das nie gesagt habe. Vielleicht habe ich Angst gehabt, etwas kaputt zu machen, was sehr wertvoll ist. Doch durch mein Schweigen habe ich schließlich alles verloren – das weiß ich jetzt.
Als du nach Nordafrika gegangen bist, Christine, habe ich geglaubt, du würdest sehr schnell wieder zurückkommen und dass wir dann miteinander reden können. Jetzt sind tatsächlich schon vier Jahre vorbei, vier Jahre, in denen mir

jeden Tag mehr klar geworden ist, was ich mir durch die Finger habe gleiten lassen.
Nordafrika hat dich verschluckt.
Deshalb frage ich dich jetzt: Könntest du mir bitte schreiben, Christine? Wenn wir einfach ein bisschen plaudern und wenn es nur auf unpersönliche Weise ist, finden wir vielleicht doch etwas von dem wieder, was unverkennbar zwischen uns gewesen ist. Etwas, worauf wir in der Zukunft vielleicht wieder bauen können.
Viele Grüße
Dein Freund
De Wet

Am 23. August berichtet das Radio, dass Paris durch die Alliierten befreit worden ist. Pariser tanzen auf den Straßen und bewerfen die Soldaten auf den Panzern mit Blumen.

Doch kein Wort von Christine.

An einem Sonntag fährt Antonio nach dem Gottesdienst mit ihnen auf die Farm für einen kleinen Besuch. Alle zusammen sitzen sie in dem Daimler: Opa und Oma vorn bei Boelie, Klara hinten zwischen De Wet und Irene eingeklemmt. Antonio sitzt auf der anderen Seite von Irene.

»Du gehörst doch gar nicht zu unserer Kirche, Antonio«, sagt Irene. »Warum gehst du dann sonntags trotzdem in den Gottesdienst?«

»Hier in der Gegend gibt es keine katholische Kirche und ich kann doch nicht die ganze Zeit, die ich in Südafrika bin, ohne Gottesdienst sein.«

»Verstehst du überhaupt, was da gepredigt wird?«

»Meistens schon.«

»Ist es in unserer Kirche ganz anders als in der von euch?«, will Irene wissen.

»Ja, schon. Die Atmosphäre ist anders und unsere Art zu beten auch. Aber die biblische Botschaft bleibt letztendlich dieselbe.«

»So, jetzt ist es aber genug«, sagt Opa barsch von der vorderen Sitzbank. »Du solltest dich nicht mit solchen Dingen beschäftigen, Irene.«

Schweigend fahren sie weiter.

»Es tut mir leid, dass Opa so … unhöflich gewesen ist, da im Auto«, offenbart Klara, nachdem sie ausgestiegen sind.

Antonio schüttelt lächelnd den Kopf. »Das war nicht wirklich unhöflich, Klara«, erwidert er. »Er wollte nur seine Familie vor etwas schützen, von dem er glaubt, dass es falsch ist.«

Nach dem Essen, während alle anderen ein Nickerchen machen, fragt er auf einmal: »Kommst du kurz mit zur Pontenilo?«

Die Freude schießt in ihr nach oben. Ich komme nicht dagegen an, denkt sie. »Meinst du wirklich, wir sollten das machen?«, möchte sie nichtsdestotrotz wissen.

Er nickt ernst. »Ja, Klara.«

Ich würde auch gern ein bisschen mit ihm gehen und ein Weilchen unter vier Augen mit ihm sprechen, nur er und ich, denkt sie froh.

Sie schlendern den Feldweg entlang. Die Sonne brennt ihnen auf den Kopf, in dem Japanischen Rosinenbaum zirpen die Grillen. »Du bist sicher mit deiner Arbeit an der Kirche fast fertig, oder?«, will sie wissen. »Es sieht zumindest von außen danach aus.« Und anschließend wird die Regierung ihn mit Sicherheit woanders hinschicken.

»Ich beschäftige mich im Augenblick mit der Innenverkleidung aus Marmor«, antwortet er. »Herr Moerdyk ist ganz verrückt nach Marmor – obwohl das eigentlich Granit ist, kein Marmor. Hast du gewusst, dass er schon ein paar Mal in Italien gewesen ist? Das Thema seiner Examensarbeit ist ausgerechnet der Baustil der italienischen Renaissance gewesen. Du müsstest ihn einmal über die Kathedrale von Pisa reden hören oder den Tempel von Bramante oder die Villa d'Este in Tivoli. Wir führen immer sehr interessante Gespräche, äußerst anregend.«

»Kommt er denn regelmäßig und schaut sich den Bau an?«

»So alle zwei, drei Wochen. Er scheint hier in der Gegend eine

Farm zu besitzen. Aber die meiste Zeit ist er mit eurem Monument beschäftigt.«

»Ich wollte, ich könnte sehen, wie es damit vorangeht«, überlegt Klara laut. »Es ist jetzt schon zwei Jahre her, seit ich zum letzten Mal dort gewesen bin. Damals habe ich mir noch keine klaren Vorstellungen von dem Ganzen machen können.«

»Der Bau scheint sich wegen des Krieges ein bisschen verzögert zu haben«, erklärt Antonio. »Aber ich finde ihn auf jeden Fall unglaublich interessant. Hast du gewusst, dass es zwischen den Leuten des Großen Trecks und Italien eine Verbindung gibt?«

»Nein«, antwortet sie erstaunt. »Sind die *Voortrekker* etwa mit Fiat-Ochsenkarren unterwegs gewesen?«

Er lacht. »Nein, ernsthaft. Unter einer Gruppe herumziehender jüdischer Händler, die mit den *Voortrekkern* Geschäfte gemacht haben, war eine junge italienische Frau. Sie hieß Theresa Vigniola. Die hat etwas Verdächtiges bemerkt, ist auf ihr Pferd gesprungen und hat das kleine Grüppchen Menschen gewarnt, das in diesem Augenblick am Boesmansfluss gestanden hat. Sie wird auch auf einem Fries auf dem Monument abgebildet. Dafür steht eine italienische Frau Modell, Lea Spanno.«

»Das ist dann sicher in der Zeit der Bloukransmorde[10] gewesen«, überlegt Klara. Sie sind stehen geblieben und gehen jetzt erst wieder langsam weiter. »Steht seine Frau auch Modell für einen Fries?«

»Sylva? Ja sicher! Das ist die Frau, die gesagt hat: ›Lieber barfuß über die Drachenberge als zurück in die Sklaverei!‹«

Klara bricht in schallendes Gelächter aus. »Das ist wirklich et-

---

10 Anm. d. Übers.: Am 17. Februar 1838 wurden am Bloukrans oder Blaauwekrans, einem Hügel in Kwazulu-Natal, 41 Männer, 57 Frauen und 97 Kinder der *Voortrekker* von den Zulus getötet, die sich nach der Ermordung des *Voortrekker*-Unterhändlers Pieter Retief gegen die Buren gewandt hatten. Rund 250 mitreisende Khoikhoi und Basotho fielen dem »Blutbad von Weenen« ebenfalls zum Opfer. Der Konflikt mit den Zulus wurde erst durch die Schlacht am Blutfluss (16. Dezember 1838 – dem später nach dem Häuptling der Zulus benannten »Dingaanstag«) für die *Voortrekker* siegreich beendet.

was für sie! Sie ist dermaßen feurig, obwohl sie nur so klein gewachsen ist! Erinnerst du dich noch an die Ansprache, die sie vor einem Saal voller Männer gehalten hat?«

Antonio bleibt erneut stehen. Seine schwarzen Augen schauen auf und ab. »Weißt du eigentlich, wie schön du bist, wenn du so lachst?«

Klara spürt die Freude, die sie in ihrem Herzen empfindet, in ihre Wangen steigen.

»Sag das nicht«, erwidert sie trotzdem in warnendem Ton und geht weiter.

»Du hast recht«, bestätigt er, während er neben ihr herschlendert. »Herr Moerdyk hat mir gesagt, dass sie eine richtige Politikerin ist, jemand, der Feuer und Flamme für die Sache ist, genau wie du es gesagt hast.«

»Kommt Herr Moerdyk auch auf einem der Friese vor?« Klara lenkt das Gespräch wieder auf das Monument.

»Ja, er ist derjenige, der die Gelöbniskirche in Pietermaritzburg baut, sehr passend also«, antwortet Antonio. »Die endgültigen Marmorfriese sollen in Italien angefertigt werden. Der südafrikanische Marmor eignet sich nämlich nicht für Bildhauereien in dieser Größe. Wahrscheinlich werden sie Altissimo-Marmor dafür nehmen. Das ist derselbe Marmor, den Michelangelo für einige seiner Werke verwendet hat. Er kommt aus einem Marmorsteinbruch bei Forti di Marmi im Apenninengebirge.«

»Das hört sich an wie ›Fort aus Marmor‹«, bemerkt Klara lächelnd. »Und da schaut sicher dein Onkel um die Ecke, oder?«

»Ja, er ist der Bildhauer. Wenn er mit einem so großen Projekt betraut ist, arbeitet er mit erfahrenen Fachleuten zusammen, die die vorbereiteten Arbeiten ausführen. Deswegen wird das alles mit Sicherheit bis nach dem Krieg warten müssen. In diesem Augenblick ist es völlig unmöglich, die Gipsmodelle, die die Bildhauer hier angefertigt haben, sicher nach Italien zu bringen.«

Für einen Augenblick gehen sie schweigend weiter – eine glückliche Stille, voller Zusammengehörigkeit. Sie gehen es ruhig an, denn sie wollen nicht allzu schnell bei der Pontenilo ankommen.

»Wenn ich wieder in Italien bin«, fängt er schließlich an und seine dunklen Augen starren über die raue Gegend in die Ferne, »möchte ich so schnell wie möglich mein Architekturstudium abschließen. Mir fehlen nur noch ein paar Monate. Ich möchte gern ein richtiger Architekt werden und dann auch große Bauwerke entwerfen, zum Beispiel Kirchen und Kathedralen, und vielleicht sogar ein Monument.«

»Du hast große Träume, Antonio.«

Er schaut zur Seite. Die schwarzen Augen blicken direkt in ihre und sehen sehr ernst aus. »Wir können so gut miteinander reden, Klara«, offenbart er ihr. »Ich habe auch immer wieder das Bedürfnis, einfach nur bei dir zu sein. Es ist nur … Ich gehe dir einfach oft aus dem Weg, weil es … weil ich immer noch Schwierigkeiten damit habe, verstehst du das?«

Sie bleibt regungslos stehen. Dann empfindet er also dasselbe wie sie und der kurze Augenblick, nein, die Ewigkeit nach dem Verschwinden der roten Lichter des Daimlers war nicht nur ein Moment des unbeherrschten Verlangens, so wie sie es sich hat weismachen wollen. »Ja, Antonio«, bestätigt sie. »Ich verstehe es.«

»Ich möchte dir noch etwas erklären«, fügt er hinzu. »In meiner Kultur, besonders in meinem Glauben, ist eine Verlobung bindend, weil sie durch einen Priester gesegnet worden ist.«

Jedes seiner Worte bereitet ihr Schmerzen. Und doch hat sie es die ganze Zeit über gewusst, oder etwa nicht? »Mir ist das klar, Antonio.«

Sie versteht auch viel mehr, als er mit Worten gesagt hat, und erlebt die tiefere Freude des Augenblicks, obwohl sie sich sehr bewusst ist, dass am Ende eine gehörige Portion Kummer auf sie wartet.

Er dreht sich um und geht langsam wieder zurück, noch bevor sie die Pontenilo erreicht haben. »Ich habe gewusst, dass du es verstehen würdest«, sagt er. »Das macht dich auch zur besondersten Frau, der ich jemals begegnet bin.« Plötzlich schaut er sie lächelnd an. Der Schalk ist in seinen Augen zurück. »Das, aber natürlich auch noch eine ganze Menge anderer Dinge.«

»Ja, Antonio«, ermahnt sie ihn in einem leichten Tonfall, »vergiss diese anderen Dinge lieber schnell, bevor ich mich an mein Versprechen dir gegenüber nicht mehr erinnern kann.«

»Was denkst du: Könnten wir das nicht für einen Moment vergessen?« Seine Augen glänzen vor Vergnügen.

»Nein«, antwortet sie lieb, »ich bin fest davon überzeugt, dass wir das nicht tun sollten.«

Auf dem Heimweg plaudern sie über Gott und die Welt: das Rückhaltebecken von Boelie, Klaras Arbeit, Neuigkeiten von Antonios Familie. Von Marco und der Familie Rosenfeld gibt es nichts Neues und seine Mutter ist vor Ungewissheit ganz krank. Lorenzo geht es ein bisschen besser – er ist dabei, sein Studium abzuschließen. Die Bohnen im Gemüsegarten von Klaras Mutter fangen an zu sprießen – und das alles in ein und demselben Gespräch.

Kurz vor dem Haus sagt er auf einmal: »Ich frage es mich manchmal, ganz manchmal, vor allem abends, aber dann weiß ich gleichzeitig auch sofort, dass es niemals funktionieren würde, selbst wenn ich frei wäre. Die Unterschiede zwischen uns sind einfach zu groß. Mein Herz sehnt sich zurück nach meinem eigenen Land, meinem Volk, meiner Sprache und meiner Kirche. Das verstehst du doch, oder?«

Sie nickt.

»Wenn du auf der anderen Seite der Welt wärst, würdest du auch Heimweh haben nach dem Boden, in dem du verwurzelt bist.«

»Ich denke auch immer wieder darüber nach, Antonio«, beginnt sie und ihr Gesicht ist weich, »vor allem abends. Ich weiß, dass du recht hast, denn man kann nicht einfach mitten auf der Brücke über einer Kluft stehen bleiben. Ich weiß das, es ist nur … nicht einfach.«

»Vor allem nicht nach einem Tag, an dem wir zusammen gewesen sind«, ergänzt er mit einem Nicken. »Klara, ich weiß, dass es nicht vernünftig ist, aber eins möchte ich dir gern doch noch sagen: Du hast mir die Jahre der Gefangenschaft in diesem fremden Land der Mühe wert gemacht.«

Die Worte fahren ihr regelrecht ins Herz und nisten sich dort ein, um für später gehegt und gepflegt zu werden.

Als De Wet, sehr viel später, Antonio ins Dorf zurückbringt, verabschiedet dieser sich wieder mit einem unpersönlichen »Bis bald, Klara, und eine schöne Woche«. Anschließend verschwindet er zusammen mit der Staubwolke und den roten Rückleuchten um die Kurve in der Ferne, auf der anderen Seite der Pontenilo.

Tief in der Nacht – und nicht allein in dieser Nacht, sondern auch in den vielen Nächten danach – klingen seine Worte in ihr nach: *Du hast mir die Jahre der Gefangenschaft in diesem fremden Land der Mühe wert gemacht.*

Allmählich bröckelt die deutsche Front unter den alliierten Flutwellen immer mehr. »Das ist jetzt nur noch eine Frage von Wochen«, behauptet Onkel Freddie. »Der Himmel weiß, wie sehr ich das Ende dieses Krieges herbeibete, damit mein Kind wieder nach Hause kann.«

»Hört ihr ab und an noch etwas von Christine?«, möchte Klara wissen.

»Sie schreibt nur selten«, seufzt er. »Und wenn sie dann einmal schreibt, sind es vollkommen nichtssagende Briefe. So kenne ich mein Kind überhaupt nicht.«

»Und was ist mit Tante Anne? Vielleicht erzählt ihr Christine ja etwas mehr.«

»Ihrer Mutter schreibt sie gar nicht«, sagt Onkel Freddie. Klara findet, dass seine Augen plötzlich müde aussehen, beinahe mutlos. »Wenn sie bald wieder in die Union zurückkommt, habe ich keine Ahnung, wie die beiden die Kluft zwischen sich überbrücken sollen.«

»Jede Kluft kann überbrückt werden, Onkel Freddie, oder wenigstens fast jede Kluft«, versucht Klara ihn zu trösten. »Das eine Mal dauert es nur etwas länger als beim anderen Mal.«

Ihre tröstenden Worte scheinen nicht viel zu bewirken. »Ich schreibe ihr einfach weiterhin meine Briefe«, erklärt Onkel Freddie. »So alle drei, vier Briefe schreibt sie dann auch einmal zurück.«

»Ich habe Christine ebenfalls geschrieben«, offenbart De Wet seiner Schwester an diesem Abend. »Schon vor über einem Monat, aber ich habe noch nichts von ihr gehört.«

»Du hast zu hohe Erwartungen«, dämpft Klara ihn. »So ein Brief braucht mindestens zwei Wochen bis Kairo und zurück natürlich auch und dazwischen muss sie auch noch die Zeit finden, um dir zu schreiben.«

»Ja, da hast du auch wieder recht«, bestätigt er. »Ich wollte, du hättest nicht immer so furchtbar recht.«

»Ich habe diese Woche einen Mann getroffen«, verkündet Antonio eines Sonntags am Tisch. »Er hat gehört, dass ich ein italienischer Kriegsgefangener bin, und deshalb hat er mich aufgesucht. Er selbst wurde als Kriegsgefangener in Italien festgehalten und ist auch bei El Alamein gefangen genommen worden.« Er lacht kurz auf. »Nur von der anderen Seite. Eigentlich hat er mir nur alles über seine Flucht erzählen wollen.«

»Und ist das eine schöne Geschichte gewesen?«, fragt Irene und beugt sich neugierig vor. »Erzähl doch mal, Antonio.«

»Er hat erzählt, dass die italienischen Wachleute einfach die Tore geöffnet und das Gelände verlassen haben, nachdem Italien letzten September kapituliert hat. Aber die deutschen Sturmtruppen hätten sofort zugeschlagen und die meisten Gefangenen wieder geschnappt. Einige von ihnen hätten jedoch in die Berge flüchten können und er war einer von ihnen. In den Tälern und den Ausläufern der Berge habe es vor Gefangenen nur so gewimmelt, hat er gesagt. Ihnen sei durch einheimische Bauern und Einwohner der Bergdörfer geholfen worden, die hätten sie manchmal sogar bei sich übernachten lassen. Beinahe einen Monat lang ist er bei so einer Familie untergetaucht, aber dann ist eine Abteilung deutscher Sturmtruppen ins Dorf einmarschiert. Sie hätten auf alles geschossen, was sich bewegt hat, und links und rechts mit Handgranaten um sich geworfen, sodass die Gefangenen wie Ratten aus ihren Löchern geflüchtet sind, damit diejenigen, die sie versteckt hatten, nicht entdeckt würden. Sie wären sonst nämlich standrechtlich erschossen worden. Er selbst ist dann auch in die Berge geflüchtet …«

»Sind das die Alpen gewesen?«, fragt Klara nach.

»Nein, nein, das war viel weiter im Süden, im Majella- und Morronegebirge in Süditalien«, berichtet Antonio. »Und da beginnt seine Geschichte überhaupt erst richtig. Denn hoch in den Bergen hat er ein paar Mitglieder der Corbonari getroffen, der italienischen Freiheitskämpfer. Einer von ihnen hat ihm angeboten, ihn über die Berge zu den vordersten alliierten Linien zu bringen, also zu seinen eigenen Leuten.«

»Und dann?«, möchte Irene neugierig wissen.

»Es hat sie einige Tage gekostet, das Gebirge mit seinen hohen Gipfeln und tiefen Tälern zu überqueren«, berichtet Antonio weiter. »Sie konnten sich nur bei Dunkelheit bewegen, im Schutz der Nacht. Und schließlich haben sie auf einem Felsplateau gestanden und unter sich in der Tiefe ein alliiertes Militärlager gesehen. Der Mann musste nur noch durch einen Fluss schwimmen.«

Klara lacht. »Und ist er unverletzt am anderen Ufer angekommen?«

Antonio nickt. »Und jetzt ist er wieder zu Hause, nach beinahe zwei Jahren.«

»Hey, was für eine schöne Geschichte«, bemerkt Irene mit einem Seufzen. »Aber du bist schon viel länger als zwei Jahre von zu Hause weg, oder?«

»Drei Jahre, drei Monate und acht Tage«, rechnet Antonio vor. »Dieser Mann hat gesagt, dass die Leute, die ihn versteckt haben, so gut zu ihm gewesen sind, dass er jetzt den italienischen Kriegsgefangenen in der Union etwas Gutes tun möchte.«

Als Irene ein bisschen theatralisch neben der staubigen Straße mit der Posttasche in der Hand anmarschiert kommt, sieht De Wet in ihrer anderen Hand sofort den grauen Briefumschlag.

»Hier, ein Brief für dich, sicher von Christine«, verkündet Irene und reicht ihm den Umschlag. »Ich habe gar nicht gewusst, das ihr euch schreibt.«

»Danke«, erwidert er und steckt den Umschlag schnell in seine Tasche.

»Ihr schreibt euch also?«, möchte Irene noch einmal wissen.

»Nicht wirklich«, antwortet er. Er fühlt die Spannung in seinem Inneren wachsen: Endlich hat Christine ihm geschrieben! Er kann es fast nicht glauben.

»Aber warum schreibt sie dir denn jetzt trotzdem?«

»Irene«, sagt Klara, die neben ihr sitzt, genervt, »hör doch jetzt endlich mit deiner Fragerei auf. De Wet wird selbst wissen, wem er schreibt.«

»Nun, ich frage doch nur«, schimpft Irene los. »Darf man hier noch nicht einmal mehr etwas fragen?«

Der Weg zur Farm scheint länger als sonst zu sein und die Schlaglöcher sind besonders störend.

Als sie zu Hause sind, bringt er Oma schnell die Einkäufe, um die sie ihn gebeten hat. Opa versucht noch, ein Schwätzchen mit ihm anzufangen, aber De Wet überlegt sich hastig eine Ausrede und marschiert ins Außenzimmer.

Was für ein Glück. Boelie ist nicht da.

Seine Hände zittern ein bisschen, als er den Brief aufreißt.

Kairo, 30. September 1944

Lieber De Wet!

Danke für deinen Brief. Hier läuft auch alles ausgezeichnet. Wir haben sehr viel zu tun. Du kannst dir nicht vorstellen, wie viel Verwaltungsarbeit in so einer Armee gebraucht wird. Ich habe eine ganze Weile gewartet, bis ich deinen Brief beantworte, weil ich erst sehr gründlich über die Angelegenheit habe nachdenken wollen. Was ich dir schreiben werde, ist also nicht nur so nebenbei.

De Wet, wir sind gute Freunde gewesen und ich habe manchmal gehofft, dass wir einer gemeinsamen Zukunft entgegengehen.

Jetzt habe ich mich allerdings stattdessen für eine Karriere in der Armee entschieden. Das ist gut so, denn ich habe in der Armee sehr viel gelernt, vor allem, wie man auf eigenen Füßen steht und seine eigenen Entscheidungen trifft. Ich habe zwar auch ein paar dumme Fehler gemacht, aber daraus kann man nur lernen.

De Wet, ich bin wirklich glücklich in der Armee und deshalb möchte ich dort bleiben. Ich möchte es nicht nur, ich werde es auch tun. Ich weiß auch, dass nicht alle darüber froh sein werden. Mein Vater ist sehr enttäuscht und meine Mutter ist wütend.

Aber glaube mir, es ist besser so.

Ich will, dass du mich vergisst. Die Rosenknospe, von der du gesprochen hast, existiert schon lange nicht mehr. Ich bin jetzt seit fast vier Jahren bis über beide Ohren mit dem Krieg beschäftigt, manchmal dicht hinter der Front. Ich habe Dinge gesehen und mitgemacht, von denen ich noch nicht einmal geahnt hätte, dass so etwas geschehen kann.

So etwas macht etwas mit einem.

Such dir eine liebe, gläubige Frau mit soliden Auffassungen. Du bist ein besonderer Mensch, deshalb kannst du jede Frau bekommen, die du gerne möchtest.

Ich hoffe wirklich, dass du sehr glücklich wirst, denn das bin ich auch. Ich habe ein großartiges Leben.

Grüß Klara von mir.

Viele Grüße

Christine

Langsam lässt er den Brief sinken. Allmählich, wie in Zeitlupe, dringt es zu ihm durch: Es ist zu spät. Er hat zu lange gewartet. Sie lebt nun ein anderes Leben, ein erfülltes Leben, das sie glücklich macht.

Er geht zum Stall und sattelt Bruines. Anschließend reitet er eine lange Zeit durch die Gegend, steigt dann ab und wäscht sich sein Gesicht in einem kleinen Bach hoch oben auf dem Berg. Erst lange nach Sonnenuntergang kommt er wieder zurück.

Sein Essen steht auf dem Küchentisch, bedeckt mit einem Küchentuch.

Niemand fragt etwas.

In den Spätnachrichten berichtet der Korrespondent aus Rom, dass die südafrikanische Luftwaffe in Italien außergewöhnlich gut vorankommt. Jeden Tag führt sie Aufklärungsflüge über feindlichem Gebiet durch, meldet er, und unsere Piloten fliegen wöchentlich nach Polen, um den dortigen Widerstand mit Nachschub zu versorgen.

Bis zu diesem Zeitpunkt sind gerade etwas mehr als siebenhundert Südafrikaner in Italien gefallen.

»Hat Christine auch noch etwas darüber gesagt, ob sie jetzt ebenfalls in Italien ist?«, möchte Klara wissen, während sie und De Wet gemeinsam auf der Veranda sitzen.

»Nein, sie hat eigentlich überhaupt nichts gesagt, außer dass sie nicht an einer Beziehung mit mir interessiert ist, welcher Art auch immer.«

Sie legt ihm kurz die Hand auf den Arm. »Das tut mir leid für dich«, tröstet sie ihn.

Er zuckt mit den Schultern. Nach einer Weile sagt er: »Ich bin nicht der Einzige, der über die Liebe nachgrübelt, stimmt's?«

Im Halbdunkel lächelt sie ihm kurz zu, doch die Antwort bleibt sie ihm schuldig.

Am Freitag, es ist der 16. Dezember, fährt die ganze Familie ausgelassen zum Dingaansfest auf das Gelände der Landwirtschaftsausstellung etwas außerhalb des Dorfes. Auf dem Heimweg herrscht dagegen eine raue Stimmung im Daimler. Der Redner, ein Anwalt mit dem Namen Blackie Swart, hat sich nämlich mit heftigen Worten über die Afrikaaner ausgelassen, die keinen Finger rühren, anstatt die *Nasionale Party* mit Herz und Seele in ihrem Kampf für eine eigenständige Afrikaanerrepublik zu unterstützen.

»Dieser Tag soll ein Tag des Dankes für den Herrn sein, so

steht es im Gelöbnis[11]«, schimpft Papa missmutig. »Aber diese politischen Redner missbrauchen ihn, um ihre eigenen Interessen voranzutreiben!«

»Ich stehe hundertprozentig hinter dem, was der Anwalt Swart gesagt hat«, verkündet Boelie laut und deutlich. »Unser Volk kann auf diese Idioten wirklich gut verzichten. Jeder muss für sich eine Entscheidung treffen: Entweder bist du ein Afrikaaner oder du bist ein Khaki. Du bist entweder das eine oder das andere. Dazwischen gibt es nichts.«

Und so wie jedes Mal ist auch das sofort wieder Öl ins Feuer und die Nerven liegen blank.

An diesem Abend meldet das Radio, dass die Wehrmacht – zur großen Überraschung der Alliierten – mit Artillerie und Mörsern das Feuer auf die Amerikaner eröffnet hat und ihre Frontlinie auf der ganze Breite zwischen Aachen und Luxemburg durchbrochen hat.

»Na, das läuft doch!«, jubelt Boelie. »Versohlt den Khakis ordentlich den Hintern!«

»Es gibt noch eine Entscheidung, die jeder für sich selbst treffen muss«, verkündet sein Vater daraufhin laut und deutlich, »und das ist, welches Land ganz oben steht: Südafrika oder Deutschland.«

»Komm an den Weihnachtstagen doch mal zu uns«, lädt Mama am Sonntag darauf Antonio ein. »Der Krieg geht dem Ende entgegen. Ich vermute, das nächste Weihnachten wirst du wieder bei deiner Familie verbringen.«

»Ich habe in diesem Augenblick eher das Gefühl, dass ich Ita-

---

11 Anm. d. Übers.: Am Vorabend der Schlacht am Blutfluss (16. Dezember 1838) haben die *Voortrekker* einen »Bund mit Gott« geschlossen, dass sie einem möglichen Sieg über die Zulus unter König Dingane auf ewig gedenken wollen und diesen Tag als »Sabbat des Herrn« und Tag des Dankes feiern würden. Seit 1865 wurde der »Dingaans«- bzw. »Gelöbnistag« offiziell gefeiert, 1994 wurde er durch den »Versöhnungstag« als offizieller Nationalfeiertag abgelöst.

lien niemals wiedersehen werde«, erwidert er mit einem Lächeln. »Vielen Dank, Tante Lulu, das mache ich gern.«

Zwei Tage vor Weihnachten steht Henk vor der Tür. »Ich habe genügend Benzinkarten zusammengespart, um mit der Lizzie zu kommen«, hat er während eines Telefongespräches Klara erzählt. »Ihr braucht mich also nicht vom Bahnhof abzuholen.«

Es ist jedoch nicht die Lizzie, die auf dem Hof hält. An ihrer Stelle steht dort nämlich ein ziemlich auffälliges, feuerrotes Auto.

»Was ist das denn jetzt?«, fragt Klara verdutzt.

»Möchtest du mich nicht erst begrüßen?«, lacht er und breitet seine Arme weit aus.

»Aber Henk! Jetzt, wo alle zuschauen?«, antwortet sie frech.

»Ich sehe überhaupt keine anderen Leute«, antwortet er und gibt ihr einen Kuss. »Tag, du Frau meiner Träume, schön, dich wiederzusehen. Und du bist hübscher als jemals zuvor.«

Sie fängt an zu lächeln. »Ach, Henk, mit deiner Schmeichelei kommst du bei mir nicht weiter, kapiert?«

»Ich schmiere dir keinen Honig um den Bart, ich meine jedes Wort, das ich sage. Aber nun sag du einmal: Was hältst du von meinem neuen Feuerwehrauto?«

»Das ist schon ziemlich … rot«, antwortet sie zögernd.

Genau in diesem Augenblick stürmt Boelie nach draußen, die Hunde im Schlepptau. Irene kommt aus der Küche gerannt, um die Hunde unter Kontrolle zu bekommen. De Wet erscheint auf der Veranda und Opa kommt aus dem Alten Haus herausgehumpelt. Alle begrüßen sie ihn gleichzeitig und jeder ruft »Ah« oder »Oh« wegen des neuen Autos. Ein paar Minuten lang herrscht eine babylonische Sprachverwirrung.

Henk platzt beinahe vor Stolz. »Ich habe meine ganzen Ersparnisse hineingesteckt«, erklärt er, »aber das ist ein absolutes Schnäppchen gewesen. Ich habe nur 78 Pfund dafür bezahlt und neu kostet es um die sechshundert.«

Boelie pfeift zwischen den Zähnen hindurch. »Wie hast du das denn geschafft?«

»Der Wagen hat einer Witwe gehört, die Mühe hatte, es loszuwerden. Wartet mal, bis er gewaschen ist, dann sieht er wie neu aus.«

»Hier ist es ziemlich egal, ob du dein Auto wäschst oder nicht«, warnt Irene. »Hier ist es viel zu staubig. Nein, Dapper, was machst du da? Böser Hund!«

»Was ist das für eine Marke?«, möchte Klara wissen, die sich ein wenig abseits gehalten hat.

»Ein Vauxhall 25, der GL-Typ von 1938«, antwortet Boelie.

»3,4-Liter-Motor«, ergänzt De Wet.

»Oh«, macht Klara.

»Ich habe noch nie so ein rotes Auto gesehen«, offenbart Irene.

Henk lacht. »Ich glaube, die gute Frau hat deswegen so viel Mühe gehabt, es zu verkaufen. Ihr Mann hat es so lackieren lassen, soweit ich weiß.«

»Der Motor ist ein Sechszylinder, oder?«, möchte De Wet wissen, während er die Motorhaube hochklappt.

»Mit *overhead valves*«, bemerkt Boelie. »Und die *wheelbase* ist um eine Elle verlängert worden.«

»Es sind auch ein paar *stock panels* eingebaut«, ergänzt Henk.

»Dafür, dass ihr so eine Truppe aufrechter Afrikaaner sein wollt, ist eure Sprache wirklich schockierend«, verkündet Klara.

Boelie richtet sich so schnell auf, dass er sich den Kopf an der Motorhaube stößt. »Dann sagen Sie uns doch einmal die afrikanischen Fachausdrücke, Frau Lehrerin«, brummt er ärgerlich.

»Kopfventil, Achsabstand, speziell ausgeführte Schalttafel«, übersetzt De Wet gelassen.

»Ja, da seht ihr, De Wet weiß wieder alles«, erklärt Boelie und schlägt die Motorhaube zu. »Sag mal, Klara, gibt es schon Kaffee?«

In der Küche erwartet sie Mama mit einer frisch gebackenen Buttercremetorte und Oma kommt innerhalb kürzester Zeit mit einem Pudding für den Abend vorbei. Klara ist nur Zuschauerin, während Henk sich mit ihren Brüdern herumbalgt und mit ihrem Vater diskutiert. Sie sieht, wie aufmerksam Henk ihrem Großvater zuhört, sie bemerkt das Mitgefühl, mit dem er ihre

Großmutter behandelt, und das Vergnügen, das er und ihre Mutter miteinander haben.

Henk ist der perfekte Mann für dich, hat Christine einst gesagt. Vor langer, langer Zeit.

Während der Hausandacht an diesem Abend legt sich eine große Ruhe über Klara. Es tut gut, Henk hier bei sich zu haben, so groß und zuverlässig und fröhlich wie er ist – jemanden wie ihn, der sich bei ihrer Familie zu Hause fühlt. Ihr Kopf wird klarer, ihr Herz kommt zur Ruhe.

Am nächsten Tag machen sie gemeinsam einen langen Spaziergang und nehmen den Faden wieder auf. Anschließend ist ihr auch klar, dass sie so schnell wie möglich eine Stelle bei ihm in der Nähe suchen muss.

Ein zu großer Abstand führt zur Entfremdung.

Am Heiligen Abend sitzt die ganze Familie im Wohnzimmer beisammen. Heute Abend liest Vater die Weihnachtsgeschichte vor. »Lies du mal lieber, Neels«, hat Opa gesagt. »Ich möchte heute Abend lieber zuhören.« Aus Respekt liest Papa aus der alten niederländischen Bibel vor, nicht aus der Übersetzung von 1933.

Es ist komisch, dass Papa liest. Klara hört ihn zum ersten Mal Niederländisch lesen.

Es ist auch das erste Mal, dass Antonio diesen Abend mit ihnen verbringt. Den ersten Weihnachtsfeiertag, ja, aber dieser Abend vor dem eigentlichen Weihnachten ist bis jetzt immer eine Familienangelegenheit gewesen.

Es ist auch zum letzten Mal. Denn Deutschland geht auf dem Zahnfleisch. Die deutsche Armee besteht nur noch aus ein paar alten Männern und halbstarken Jugendlichen, die verzweifelt und vergeblich versuchen, sich gegen eine Übermacht zu stemmen und mit Sandsäcken ihre Städte gegen ein heranrollendes Meer aus Panzern zu verteidigen.

Klara sitzt mit geschlossenen Augen da und hört zu, wobei sie währenddessen versucht, ihre Ruhe wiederzufinden. Sie lauscht Papas Stimme und den vertrauten Worten und probiert in all dem

Bekannten eine Deckung zu finden, hinter der sie sich bergen kann. Doch während der Weihnachtslieder hört sie nur Antonios Tenorstimme, egal wie gut ihre eigene Familie singen kann. Und als sie zum ersten Mal einen Blick in seine Richtung wirft, sieht sie seine dunklen Augen auf ihr ruhen – warm und vertraut.

Auch seine Augen haben für einen Augenblick ihre Deckung verloren. Hastig blickt sie in eine andere Richtung.

Die Familie beginnt damit, kleine Geschenke zu verteilen. Irene fängt im nächsten Jahr ihr Universitätsstudium an. Von ihren Großeltern bekommt sie einen neuen Rock und eine Bluse, von ihren Eltern ein paar neue Schuhe, von ihren beiden Brüdern einen Kulturbeutel mit Inhalt – »Man merkt sofort, dass Klara das gekauft hat«, lacht sie – und von Klara eine Handtasche.

Henk hat für alle Frauen in der Runde jeweils ein Fläschchen Parfüm gekauft: *4711* für Oma, eine kleine Flasche exotisches *Midnight Blue* für Mama und ein *Eau de Cologne* für Irene.

»Dein Geschenk bekommst du gleich«, sagt er zu Klara.

Antonio hat für jedes Familienmitglied ein selbst gemachtes Geschenk: einen ledernen Tabaksbeutel für Papa und einen für Opa, eine lederne Aktentasche für De Wet und einen Rucksack für Boelie. Für Mama und Oma hat er aus Holz jeweils ein Schmuckschächtelchen angefertigt. »Du liebe Güte, Antonio, was für wunderbare Einlegearbeiten das sind!«, ruft Mama überrascht. »Du bist wirklich ein Künstler!«

»Jetzt habt ihr wenigstens etwas, das euch noch an diesen Italiener erinnert«, scherzt er.

»Und es sind auch noch zwei. Dann können Klara und ich jeweils eine erben«, verkündet Irene. »Ich will die von Oma haben!«

»Irene!«, weist ihre Mutter sie zurecht.

Doch Oma lacht nur. »Das hast du dir schlau ausgerechnet«, bemerkt sie.

Für Klara und Irene hat Antonio aus Holz einen Anhänger geschnitzt: ein »K« für Klara und ein »I« für Irene. Er verknotet eigenhändig das Lederbändchen hinter Irenes Kopf. Bei Klara übernimmt Henk das. Die beiden Schwestern gehen schnell in ihr Zimmer, um sich im Spiegel zu betrachten. Bald wird Henk mir eine goldene Kette schenken, denkt Klara, das weiß ich jetzt schon. Dann wird er dieses Lederbändchen wieder lösen und mir seine eigene Kette umhängen. Irgendwie symbolisch, aber so ist es gut.

Als alle Geschenke verteilt sind, steht Henk auf. »Ich habe Klara noch kein Geschenk gegeben«, verkündet er mit einem breiten Lächeln. »Onkel Neels, wir haben heute schon miteinander gesprochen, aber jetzt, wo alle dabei sind, möchte ich dich noch einmal fragen: Darf ich dich um die Hand deiner ältesten Tochter bitten?«

Es trifft Klara wie ein Eimer kaltes Wasser. Ihr Verstand scheint stillzustehen, sie bekommt kurzzeitig keine Luft mehr und hat das Gefühl, als beobachte sie das Geschehen von außerhalb des Wohnzimmers. Die Antwort ihres Vaters bekommt sie gar nicht mit. Die Begeisterung ihrer Familie spült unbarmherzig über sie hinweg. Willenlos lässt sie sich mitschleppen. Der Ring mit dem Diamanten oben darauf verschwimmt vor ihren Augen.

Ich bin dazu noch nicht bereit, denkt sie panikartig. Ich weiß nicht, was ich tun soll.

Dann schaut sie auf, direkt in die Augen von Antonio.

Und da sieht sie alles. Alles.

Anschließend lächelt er ganz leicht, während er ihr beinahe unmerklich zunickt. Es ist besser so, sagen die schwarzen Augen.

Sie versteht es Wort für Wort.

Ihre Familie beruhigt sich langsam wieder. Mama stehen Tränen in den Augen, Boelie und De Wet klopfen Henk brüderlich auf den Rücken, Papa steckt sich vergnügt ein Pfeifchen an, Dapper bellt sich die Kehle heiser, während ihm Irene beruhigend über den zitternden Körper streichelt. Henk hat seinen Arm um sie gelegt und schaut sie lächelnd an. »Du hast sicher geglaubt, ich hätte mein ganzes Erspartes in dieses rote Feuermonster gesteckt, was?«

Auch Antonio kommt näher. »Ich wünsche euch von ganzem Herzen ganz, ganz viel Glück«, sagt er wohlmeinend.

Es ist schon lange nach Mitternacht und trotzdem kann Klara immer noch nicht einschlafen. Der Ring an ihrem Finger fühlt sich fremd an und das hölzerne »K« brennt ihr auf der Brust.

Das hätte Henk nicht machen dürfen, denkt sie. Nicht auf diese Weise. Er hätte es wenigstens zuerst mit ihr besprechen müssen, er hätte mir eine Wahl lassen müssen.

Auf der anderen Seite: Es ist doch logisch, dass wir irgendwann heiraten werden, argumentiert sie mit sich selbst. Ich bin die Einzige gewesen, die davon überrascht war. Alle anderen hatten es anscheinend erwartet. Und alle sind sie froh gewesen, schließlich ist Henk der ideale Ehemann für mich.

Es hilft jedoch alles nichts. Sie kann nicht schlafen. Nach einer Weile steht sie auf, gießt sich ein Glas Milch ein und geht auf die Veranda. Es ist eine helle, monderleuchtete Nacht. Das Bosveld liegt friedlich und finster unter dem Dach der Sterne. Nichts rührt sich, kein Geräusch ist zu hören, sogar die Doringbäume sind in tiefe Ruhe gehüllt.

Im Licht des Mondes kann sie ihn sehr deutlich erkennen. Langsam schlendert er den Weg entlang. Jede Bewegung seines Körpers ist ihr vertraut, jede Wendung seines dunklen Kopfes. Kurz vor dem Gemüsegarten lässt er sich neben einen aufrecht stehenden Felsbrocken sinken und sitzt im weichen Sand.

Im fahlen Licht des Mondes sieht sie, dass er sein Gesicht in den Händen verbirgt. Lange Zeit bleibt er so sitzen. Die ganze Zeit über steht sie regungslos auf der Veranda. Erst als er wieder aufgestanden ist und langsam zu dem kleinen Vorratseckchen in der Scheune zurückschlendert, dreht sie sich um und geht wieder ins Haus.

26. Kapitel

Die Aufregung rund um Irenes Umzug an die Universität ist auf die ganze Familie übergeschlagen. Oma versucht, aus einem Stück Stoff, das sie noch vor dem Krieg gekauft hat, ein oder zwei Kleidungsstücke zu zaubern, Mama macht Zwieback mit Regierungsmehl und Regierungszucker und Klara versucht, ihr Schwesterchen auf das vorzubereiten, was sie zu erwarten hat. »Vergiss nicht, dass ich nie in einem Wohnheim der Universität gewohnt habe«, fügt sie warnend hinzu. »Ich weiß noch, wie Annabel gesagt hat, dass sie dort ganz furchtbar mit den Erstsemestern umgehen.«

Annabel kommt beinahe jeden Tag vorbei. Sie hat ihre Stelle bei der Zeitung in Johannesburg gekündigt und wohnt den ganzen Januar über zu Hause. »Ich bin einfach zu gut für den Provinztratsch«, verkündet sie unzufrieden. »Die Titelseite ist der Tochter der Vorsitzenden der Frauenvereinigung gewidmet, die heiratet, oder dem Tod irgendeines preisgekrönten Stieres von Onkel Oberwichtig oder dem soundsovielten Sieg der Ersten Rugbymannschaft. Das ist so entsetzlich … provinziell!«

Klara lacht. »Was hast du denn erwartet?«

»Stimulierenden Journalismus«, antwortet Annabel. »Wie dem auch sei, ich habe mich jetzt bei *Die Transvaler* in Johannesburg beworben und ich denke schon, dass ich die Stelle bekommen werde. Ich habe ein sehr gutes Gespräch mit dem entsprechenden Redakteur gehabt, einem Herrn Verwoerd. Aber Schluss jetzt, lass uns nicht mehr über die Arbeit reden! Hast du irgendetwas von Christine gehört?«

Noch bevor Klara antworten kann, kommt De Wet in die Küche. Und die Frage verschwindet zusammen mit der Antwort im Nichts der Belanglosigkeit.

»De Wet!«, ruft Annabel und ergreift innig seinen Arm. »Warum sehen wir dich denn so wenig?«

»Ich arbeite, wie du weißt«, antwortet er freundlich.

»Das weiß ich in der Tat. Mein Vater sagt, dass du brillant bist. Du bist alles, was ein Mann von einem Sohn erwarten kann – das musst du dir mal überlegen!« Sie lässt seinen Arm los und wirft ihr langes offenes Haar über die Schulter nach hinten. »Wenn du mich fragst, ist er sehr enttäuscht darüber, dass weder Reinier noch ich Jura studieren wollten.« Sie setzt sich auf einen Küchenstuhl und streckt ihre langen, gebräunten Beine aus.

Klara bemerkt den kaum verborgenen Blick von De Wet sehr gut. Anschließend geht ihr Bruder zum Herd und nimmt die Kaffeekanne. »Kaffee, die Damen?«, fragt er. »Oder wollt ihr lieber ein kaltes Gingerale?«

»Für mich gern ein kaltes Gingerale«, antwortet Annabel und streckt schon im Voraus liebenswürdig die Hand aus.

Als De Wet in sein Zimmer geht, um etwas Bequemeres anzuziehen, entfährt Annabel unerwartet ein tiefer Seufzer. »Dein Bruder hat einfach das gewisse Etwas«, verkündet sie ungewohnt offenherzig.

Annabel hat also auch ihren Kummer, überlegt Klara in einem plötzlichen Anfall von Mitgefühl. Sie weiß von den Schwierigkeiten im Elternhaus ihrer Freundin und sie weiß auch, dass Annabel und Reinier versuchen, so oft wie möglich irgendwo anders zu sein. Dennoch hat sie immer gedacht, dass Annabel, wenn es um die Liebe geht, haben könnte, wen immer sie möchte.

»Und was ist mit Boelie?«, erkundigt sie sich scheinbar beiläufig.

Annabel nickt. »Boelie ebenfalls, aber auf eine ganz andere Weise. Deine Brüder sind wirklich außergewöhnlich, Klara.«

»Das ist wahr. Aber Reinier ist auch ein Prachtkerl. Ich habe ihn in den letzten beiden Jahren sehr gut kennengelernt.«

»Ja, Reinier wird erwachsen«, gibt Annabel beinahe unwillig zu. »Ich kann es einfach nicht glauben, dass er schon in zwei Wochen sein Studium anfängt.«

Plötzlich schießt Klara etwas durch den Kopf. »Kannst du dich noch an Pérsomi erinnern, du weißt schon, die kleine Schwester von Gerbrand?«, möchte sie wissen. »Die wohnt noch hier bei uns auf der Farm.«

»Ja, an die erinnere ich mich gut. Soweit ich weiß, ist sie mit Reinier eng befreundet.«

»Die wird auch studieren. Sie hat ein gutes Stipendium bekommen.«

»Ja, ich habe gehört, dass die armen Weißen sehr leicht an Stipendien herankommen können.«

»Das Problem ist nur, dass sie kaum etwas zum Anziehen hat«, biegt Klara in die Zielgerade des Gesprächs. »Vom Körperbau her ist sie mehr oder weniger so wie du. Ich habe mich gefragt, ob du nicht noch ein oder zwei Kleider herumliegen hast, die wir ihr geben könnten. Vielleicht sogar ein altes Abendkleid?«

»Ich habe ganze Schränke voller Kleider, die ich nicht mehr anziehe«, erwidert Annabel nonchalant. »In meinem Arbeitsumfeld kann man es sich nicht erlauben, in der Mode des letzten Jahres herumzulaufen. Man steht die ganze Zeit im Rampenlicht. Ich packe die abgetragenen Klamotten in eine Tasche und bringe sie das nächste Mal mit.«

Mitte Januar wird Irene von ihren Eltern mit dem Daimler zur Universität gebracht. Der Kofferraum quillt über. »Du sollst nicht sagen können, dass wir Mangel leiden müssen«, verkündet Papa skeptisch. »Ich hoffe nur, dass die Federung das mitmacht.«

»Lass es ruhig mit meinem Auto angehen, denk daran!«, warnt Opa ihn noch ein letztes Mal.

»Wir mussten seinerzeit alle mit dem Zug fahren«, sagt De Wet zu Irene. »Sie verhätscheln dich.«

»Ich bin aber auch beim ersten Mal mit Onkel Freddie mitgefahren«, erinnert Klara sich. »Und wir hatten genauso viel Gepäck.«

Ein wenig abseits steht Pérsomi, ihren verschlissenen Koffer in der Hand. Er ist mit einem Strick zusammengebunden, denn die Verschlüsse fehlen.

»Vor dir liegt eine wunderbare Zeit, Pérsomi.« Klara versucht, ein Schwätzchen mit ihr anzufangen. »Vergiss ja nicht, das Studentenleben zu genießen, verstanden? Und arbeite nicht nur die ganze Zeit.«

»Gut«, erwidert das Mädchen.

Pérsomi sieht noch bleicher aus als sonst. Sie hat keine Ahnung, was ihr bevorsteht, bemerkt Klara. »Die ersten paar Wochen bekommt ihr eine Fuchstaufe, das wird kein Zuckerschlecken«, versucht sie es ihr zu erklären. »Danach wird es besser und dann könnten das die schönsten Jahre deines Lebens werden.«

»Ja, das hat Boelie auch gesagt«, bestätigt Pérsomi.

Ich hätte sie besser vorbereiten müssen, erkennt Klara voller Selbstvorwürfe. Ich habe sie zwei Jahre lang unterrichtet und ich weiß, was sie auf dem Kasten hat. Aber in den vergangenen Wochen bin ich so sehr mit meinen eigenen Problemen beschäftigt gewesen, dass ich nichts anderes als meine Bedürfnisse gesehen habe.

Hastig kramt sie in ihrem Portemonnaie herum. »Hier, viel ist das nicht, aber es ist besser als nichts«, sagt sie und möchte Pérsomi fünf Schillinge geben.

»Ich habe selbst Geld«, wehrt das Mädchen schroff ab.

Gerbrand, denkt Klara. Sie ist genau wie Gerbrand. »Nimm es trotzdem«, ermutigt sie die junge Frau. »Stell dir einfach vor, es sei ein Geschenk deiner Lehrerin für ihre beste Schülerin.«

»Also gut«, lässt sich Pérsomi nach einem kurzen Zögern umstimmen. »Danke.«

Das Leben geht seinen gewohnten, alten Gang, der im Laufe der Zeiten ziemlich ausgetreten ist. Die Schule beginnt wieder und Klara und De Wet fahren morgens ohne die jungen Frauen über die Pontenilo ins Dorf. »Sobald mein Praxisjahr vorbei ist, kaufe ich mir ein eigenes Auto«, verkündet De Wet unterwegs. »Ich denke dabei an einen Ford Prefect. Das ist ein netter, kleiner Wagen und auch ziemlich zuverlässig.«

»Du solltest damit lieber bis nach dem Krieg warten«, überlegt Klara. »Soweit ich weiß, sind Autos im Augenblick nämlich so rar wie Hühnerzähne.«

»Der Krieg ist doch in ein paar Wochen vorbei«, entgegnet De Wet. »Churchill hat eigentlich damit gerechnet, dass wir schon vor Weihnachten Frieden haben.«

»Die Deutschen sind hartnäckig, nicht wahr?«

»Wie eine Laus in einer Wolldecke«, bestätigt er.

Während sie am Nachmittag nach Hause fahren, hat er seine Pläne schon wieder geändert. »Vielleicht sollte ich mir doch lieber einen Hillman Aero Minx anschaffen. Das ist ein englischer Sportwagen, der scheinbar auch etwas taugt.«

»De Wet, was machst du eigentlich den ganzen Tag? Arbeiten oder dich nach Autos erkundigen?«, möchte Klara gutmütig wissen.

Zu Hause ist Boelie jeden Tag schon früh auf den Beinen, um das Melken zu beaufsichtigen und anschließend den Rest des Tages hoch oben in den Bergen an seinem Damm zu arbeiten. Er möchte das Rückhaltebecken fertig bekommen, bevor er Ende Juli wieder an die Universität zurückmuss.

»Was möchtest du nach deinem Studium machen?«, fragt Klara ihn früh am Morgen, während sie gemeinsam in der Küche stehen und Kaffee trinken.

»Mir eine Stelle suchen«, antwortet Boelie. »Nur nicht in der Stadt, so wie Henk. Ich werde mich mal umschauen, was ein kleinerer Ort mir zu bieten hat. So einer wie Pietersburg vielleicht.«

Abends leitet Papa die Hausandachten. Jeden Abend betet er für Regen. Doch die Wolken bleiben aus und der Boden des Bosvelds ist so hart wie gebrannter Stein.

Nur die Brandung des Krieges wird stärker und stärker und schlägt gegen die zerbröselnden Mauern des Dritten Reiches. Anfang Februar nehmen die Russen das jahrhundertealte Frankfurt an der Oder ein, eine Stadt an der Grenze zwischen Deutschland und Polen. Es ist schon das dritte Mal in der Geschichte, dass das passiert, schreibt Wollie van Heerden, Redakteur bei der *Vaderland*. Das erste Mal war unter Friedrich dem Großen, das zweite Mal während der Napoleonischen Kriege 1813 und jetzt zum dritten Mal 1945.

»So ein Journalist muss doch über eine breite Allgemeinbildung verfügen«, äußert Klara am Sonntag darauf gegenüber Antonio. »Ich habe das nicht gewusst und dabei habe ich Geschichte studiert.«

»Hat deine Freundin denn eine breite Allgemeinbildung?«, will er wissen.

»Wer? Annabel? Nein, nicht wirklich. Aber über die südafrikanische Politik weiß sie sehr viel.«

Am selben Nachmittag steht Annabel plötzlich höchstpersönlich auf der Matte. »Rate mal! Was meinst du, wer eine Stelle bei *Die Transvaler* bekommen hat?«, fällt sie mit der Tür ins Haus.

»Herzlichen Glückwunsch!«, sagt De Wet. »Wann fängst du an? Junge, Junge, ist das heiß und trocken, meinst du nicht auch?«

»Am 1. März, aber ich fahre schon in der letzten Februarwoche hin, um meine Wohnung in Ordnung zu bringen.«

»Schade, wirklich. Es ist einfach so nett, dich hier zu haben«, klagt Boelie. »Andererseits: Ich habe von der Universität die Genehmigung bekommen, mein letztes Studiensemester abzuschließen, und Pretoria ist gar nicht so weit von Johannesburg entfernt.«

Annabels Gesicht klart auf. »Boelie, was für fantastische Neuigkeiten!« Und zu De Wet sagt sie: »Was denkst du, hast du nicht Lust, deinen Doktor zu machen? Dann wird alles wieder so wie früher.«

»Darüber zerbreche ich mir jetzt wirklich nicht den Kopf!«, lacht De Wet. »Meine Studentenzeit liegt nun ganz und gar hinter mir.«

»Ich wollte, ich könnte das auch von mir sagen«, brummt Boelie.

»Lass uns noch *einmal* etwas zusammen unternehmen«, schlägt Annabel vor. »Und wenn wir nur ins Kino gehen. Viel mehr hat dieses Dorf sowieso nicht zu bieten.«

»Ich habe gesehen, dass sie am Samstagabend *Die Frau, von der man spricht* zeigen«, verkündet Klara. »Mit Katharine Hepburn und Spencer Tracy.«

»Das ist ein schöner Film, ja. Antonio, du musst auch mit, hörst du?«, entscheidet Annabel. »Schade, dass Henk nicht dabei sein kann, findest du nicht auch, Klara?«

»Ja, in der Tat«, antwortet Klara gleichmütig.

»Ich werde Leonie fragen, ob sie Lust hat«, überlegt De Wet.

Klara sieht, dass Annabels Augen sich ein bisschen verengen, aber unmittelbar darauf hat sie ihre Balance wiedergewonnen.

Als es zu dämmern beginnt, muss sie zurück ins Dorf und Antonio fährt der Einfachheit halber mit. Auf dem Weg zum Auto hakt sie sich innig bei ihm ein und lehnt ihren Kopf an seine Schulter. »Wir lassen diese Bande Langweiler hier schön auf der Farm und dann gehen wir im Dorf einen draufmachen, was meinst du?«

Antonio lacht unbefangen. »An einem Sonntagabend? Das wird nicht einfach werden.«

Als sie weg sind, sagt Klara zu De Wet: »Hast du nicht gesagt, du würdest deine Beziehung mit Leonie auf Sparflamme halten?«

»Ich habe aber auch keine Lust, Annabel ins Netz zu gehen«, antwortet er. »Es spricht schließlich nichts dagegen, sich zusammen mit Leonie und einer ganzen Gruppe einen Film anzusehen, oder?«

»Also De Wet!«, zieht ihn Klara fassungslos auf. »Du wirst mir doch wohl nicht erzählen wollen, dass du Angst vor Annabel hast?«

Er wirft ihr einen skeptischen Blick zu. »Es ist ja wohl offensichtlich, dass du deine Freundin nicht besonders gut kennst«, antwortet er.

An diesem Samstag widmet Klara ihrem Aussehen eine ganz besondere Aufmerksamkeit. Sorgfältig sucht sie ihr Outfit aus: ein geblümtes Sommerkleid mit eng anliegender Taille und dünnen Spaghettiträgern, elegante Sandalen und eine filigrane Kette um den Hals. Ein letzter Blick in den Spiegel bestätigt ihr, dass sie hübsch aussieht – nicht aufgedonnert, sondern einfach unauffällig schön.

»Nimm dir dein Schultertuch mit, Klara«, empfiehlt ihre Mutter, kurz bevor sie geht. »Sonst wird es dir noch kalt.«

»Mama, es ist schon so heiß!«, protestiert Klara.

»Das kann schon sein«, erwidert ihre Mutter, »aber dieses Kleid ist wirklich sehr sommerlich.«

Der Gemeindesaal ist vollgestellt mit Stühlen. Heute Abend läuft ein populärer Film mit bekannten Schauspielern. »Sieh zu, dass du Karten für die zehnte oder elfte Reihe bekommst«, sagt Boelie zu De Wet. »Nicht weiter hinten, denn da hören wir nichts, und auch nicht weiter vorn, sonst drücken wir uns die Nasen an der Leinwand platt.«

De Wet schiebt sich wohlüberlegt als Erster in die Reihe mit Leonie im Schlepptau. Klara landet zwischen Leonie und Antonio und daneben sitzen Annabel und Boelie.

Klara ist sich fortwährend bewusst, dass Antonio in ihrer Nähe ist, andauernd muss sie an seine Hände denken, die entspannt auf seinen Knien liegen, und an seinen dunklen Kopf, der nur ein paar Zentimeter von ihrem entfernt ist. Er berührt sie nicht und plaudert vorwiegend mit Annabel, aber er spürt ebenfalls, dass sie neben ihm sitzt, zumindest ahnt sie das.

Die Wochenschau zeigt Bilder von gestrandeten Alliierten an der Ruhr, einem Nebenfluss des Rheins. Im eiskalten Regen liegen die Soldaten im Schlamm und warten. »Sie wagen es nicht, den Fluss zu überqueren«, erläutert der Nachrichtensprecher. »Das ist der Tatsache geschuldet, dass die großen Staudämme weiter oben im Flussverlauf noch in deutscher Hand sind.«

Auf der Leinwand sind daraufhin Archivbilder von einem großen Staudamm zu sehen. »Wenn die Deutschen diesen Damm sprengen würden, entstünde dadurch eine Flutwelle von dreihundert Metern Breite, die alles, was ihr im Weg steht, mitreißen und wegfegen würde: Panzer, Lastwagen und Infanteristen. Die Deutschen würden nicht davor zurückschrecken, diesen Damm zu zerstören, und aus diesem Grund können die Alliierten im Augenblick nur warten.«

»Das ist vermutlich eine ziemlich kalte und langweilige Beschäftigung«, bemerkt Leonie leise.

»Und eine schlammige«, bekräftigt Klara.

Jetzt folgen Bilder über den Krieg in Italien. Verwüstete Straßen, in Trümmer geschossene Dörfer. Ruinen, wo früher Häuser standen. Panzer, die durch große Löcher in den Wänden einfach in Häuser hineinfahren. »Die Deutschen beißen sich in den paar Regionen Norditaliens fest, in denen sie noch das Sagen haben«, verkündet der Kommentator. »Es ist vor allem der gebirgige Charakter jener Gegenden, der es den Alliierten erschwert, erfolgreiche Angriffsoperationen durchzuführen.«

Klara sieht, dass Antonio seinen Blick abgewandt hat. Er schaut nicht auf die große Leinwand mit den flackernden Bildern. Spontan legt sie ihm die Hand auf den Arm.

Im Halbdunkel blickt er zur Seite. Mit einem kleinen Lächeln um den Mund nickt er ihr zu. Im schummerigen Licht sieht sie seine Augen glänzen.

Dann zieht sie ihre Hand wieder zurück.

Irgendwann während des Films spürt sie, wie Antonios Schulter ihre ganz leicht berührt. Sie rutscht nicht zur Seite – und er auch nicht. Bewegungslos bleibt sie sitzen. Sie schließt die Augen. Sie befindet sich auf einer Insel – sie allein, umringt von Menschen vor, hinter und neben ihr.

Sie versucht gar nicht erst, ihre Gefühle zu analysieren. Das möchte sie auch gar nicht. Denn *eine* Sache weiß sie ganz sicher: Sie liebt diesen Mann.

Diese Erkenntnis ereilt sie nicht wie ein Schock. Sie ist einfach plötzlich da. Sie liebt diesen Mann so wie sie noch nie einen Menschen geliebt hat.

Weiter denkt sie nicht. Es gibt ja auch kein Weiter.

»Wie war der Film?«, möchte Mama am nächsten Morgen wissen.

»Sehr gut«, antwortet Klara. Mehr kann sie nicht sagen, schließlich hat sie keine Ahnung, worum es in dem Film gegangen ist.

Am 13. Februar kapituliert die ungarische Hauptstadt Budapest. Am 9. März kommt die Meldung, die ersten amerikanischen Soldaten hätten den Rhein überquert.

Anfang März spricht die Frau des Pfarrers Klara vor der Kirche an. »Wir würden gern einen musikalischen Abend organisieren, um mit den Einnahmen die neue Kirche zu finanzieren«, erklärt sie. »Der Abend wird in der alten Kirche stattfinden, denn die wird in Zukunft unser Versammlungsraum sein.«

»Oh«, antwortet Klara. »Das ist eine gute Idee. Das Konzert meine ich, nicht den Versamm…«

»Ich habe schon bei der Schule gefragt, ob sie ein paar Chöre schicken können, und eine ganze Reihe von Leuten hat auch schon Beiträge zugesagt«, fährt die Frau des Pfarrers fort. »Aber jetzt habe ich gehört, dass Sie und Ihr Bruder in der Mittelschule in einem Musical ein Duett gesungen haben. Die Leute reden da jetzt noch drüber.«

Klara bricht in Gelächter aus. »Das ist schon fünf oder sechs Jahre her! Wir haben danach beide nicht mehr wirklich gesungen, jedenfalls nicht mehr in der Öffentlichkeit.«

»Ach, wir können das doch ganz leicht wieder einstudieren. Ich werde Sie begleiten«, verkündet die junge Pfarrersfrau begeistert.

Klara versucht, sie zu bremsen. »Wir sind mit dem Text und der Melodie aber nicht mehr vertraut, gute Frau. Das wird wirklich nichts.«

»Sag doch Mathilda zu mir. Ich fände es echt sehr schön, wenn Sie singen könnten. Jedes Mal, wenn ich irgendwelchen Menschen davon erzähle, bekomme ich zu hören, wie gut Sie singen können.«

Klara schüttelt den Kopf. »Ich bezweifle, dass De Wet zustimmt«, erwidert sie und greift dabei nach dem letzten Strohhalm. »Warum fragen Sie nicht Antonio? Er hat wirklich eine fantastische Stimme.«

»Antonio wird ebenfalls singen und auch Geige spielen. Ehrlich gesagt ist er derjenige, der den Abend gemeinsam mit mir organisiert. Er hat unglaublich viel Ahnung von Musik.«

»Oh«, macht Klara.

»Ich habe auch schon mit De Wet gesprochen. Er meinte, er würde das gern für die Kirche tun, wenn Sie auch damit einverstanden sind.«

»Oh«, macht Klara wieder. Den Rest der Woche kannst du deinen Kaffee selbst kochen, denkt sie, denn du hast mir da etwas eingebrockt, von dem ich nicht weiß, ob ich es wirklich möchte.

»Es ist noch Zeit genug. Der Abend ist ja erst am 13. April«, plappert Mathilda weiter. »Halten Sie mich auf dem Laufenden, wann Sie üben könnten. Das wird vermutlich an einem Nachmittag sein, denke ich, nach Ihrer Arbeit, oder?« Und schwups, weg ist sie wieder, um sich um etwas anderes zu kümmern.

An *einem* Nachmittag?, denkt Klara skeptisch. Sie wird mit Sicherheit mehrere Proben benötigen, um ihre Stimme wieder in Form zu bringen.

»Jau, das ist doch einfach nur ein Auftritt in der Kirche vor unserer Gemeinde«, erläutert De Wet an diesem Abend. »Ist doch nichts Besonderes.«

»Ich mache mich aber nicht gern lächerlich«, entgegnet Klara zögernd.

»Vergiss nicht, dass du mit mir zusammen auftrittst«, antwortet ihr Bruder selbstsicher.

»Nun ja, De Wet! Ab und zu gehst du mir ganz schön auf die Nerven, weißt du das?«

Viel zu schnell ist für Klara der musikalische Abend da. Aus dem gemeinsamen Üben ist kaum etwas geworden. In den Ferien, als Irene zu Hause war, haben sie es zwar versucht, aber De Wet war allzu schnell mit ihrer Leistung zufrieden. Deshalb haben sie mit ihrer Begleitung auch nur zweimal geprobt. »Na ja«, hat die festgestellt, »ihr macht das sehr gut. Wir sehen uns dann am Dreizehnten.«

Klara nimmt ein Bad, wäscht sich die Haare, zieht ein schönes Kleid an und investiert besonders viel Sorgfalt in ihr Make-up. Das ist wichtig, damit sie auf der Bühne gut aussieht, sagt sie zu sich selbst. Aber sie weiß genau, dass mehr dahintersteckt. Das Wissen, dass Antonio ebenfalls dort sein wird, macht aus der ganzen Sache eine besondere Angelegenheit.

Als sie ins Auto steigt, fangen ihre Nerven schon an, mit ihr durchzugehen. »Ich glaube, ich sollte besser zu Hause bleiben«, bemerkt sie niedergeschlagen.

»Jetzt mach keine Witze, Klara«, entgegnet Boelie griesgrämig. »Steig ein, sonst kommen wir zu spät.«

Boelies Gitarre liegt quer über ihrem Schoß. Sogar er muss mitmachen. »Aber nur als Begleitung, hört ihr?«, hat er es von sich abgeschüttelt.

Auf dem Parkplatz wimmelt es schon von Autos. »Es sieht aus, als würde Abendmahl gefeiert«, stöhnt Klara. »Schaut euch doch nur die ganzen Leute an!«

»Jetzt stell dich nicht so an, so schlimm ist es nicht«, erwidert De Wet gelassen. »Wie ich im Vertrauen gehört habe, darf heute Abend nicht gebetet werden.«

»Halt endlich die Klappe, De Wet!«, schimpft Klara. »Ich bin jetzt schon mit den Nerven fertig.«

Er lacht und legt ihr schützend den Arm um die Schultern. »Und du hörst auf, dir so einen Stress zu machen, verstanden?«

»Gut.« Sie weiß allerdings, dass das ein leeres Versprechen ist.

An der Tür wartet schon der junge Pfarrer auf sie.

»Da haben wir drei unserer Stars auf *einmal!*«, verkündet er mit einem Grinsen von einem Ohr zum anderen. »Willkommen! Guten Abend, Herr Fourie, guten Abend, Frau Fourie. Sind Ihre Eltern nicht mitgekommen?«

»Meinem Schwiegervater geht es nicht so gut«, antwortet Mama. »Er hat in den letzten beiden Tagen nur im Bett gelegen.«

»Ach, das tut mir leid«, sagt der Pfarrer. »Die alte Frau Fourie hätte den Abend sicher genossen. Sie ist schließlich so musikalisch.«

Unmittelbar hinter der Türschwelle, schräg hinter dem Pfarrer, steht Antonio in einem blütenweißen Hemd und einer schwarzen Hose und wartet. Klara hält kurz die Luft an und schaut absichtlich in eine andere Richtung. Es ist einfach nicht zu ertragen, wie gut er aussieht!

Da spürt sie, wie seine Augen auf ihr ruhen. »Du siehst … hinreißend aus, Klara«, bemerkt er leise.

Ihr Herz fängt an zu klopfen. Seine Augen sind sehr dunkel und vollkommen wehrlos. »Danke«, sagt sie und schlägt die Augen nieder.

Auf einmal kommt Leonie angelaufen. »Was siehst du heute wieder bildhübsch aus, Klara«, bemerkt sie spontan.

»Danke.«

»Wenn ihr heute Abend nicht singen würdet, wäre ich bestimmt nicht gekommen. Ich mache mir nämlich eigentlich nichts aus klassischer Musik.«

Klara lächelt. »Nun, keine Sorge, es wird auch anderes geben, hörst du? Das Stück, das De Wet und ich aufführen, ist alles andere als klassisch. Das ist aus einem Schulmusical!« Sie ist immer noch ein bisschen zittrig, aber nicht mehr wegen der Nerven, glaubt sie.

»Ich habe gehört, dass ihr wunderschön singen könnt«, berichtet Leonie. »Das haben mir alle erzählt.«

Klara stöhnt erneut. »Bitte, Leonie, bete lieber dafür, dass es nicht total peinlich wird!«

»Wenn du es zusammen mit De Wet machst, kann es doch überhaupt nicht schiefgehen«, erwidert Leonie fest überzeugt.

Da gibt der Pfarrer das Signal, dass sich alle auf ihre Plätze begeben sollen. Vorn in der alten Kirche ist eine kleine Bühne aufgebaut. Die Kirchenbänke sind in ordentliche Reihen geschoben worden und die Menschen müssen einander fast über die Beine klettern, um auf ihre Plätze zu gelangen.

»Setzt ihr euch zu uns?«, möchte Mama wissen.

»Gleich vielleicht«, antwortet Klara. »Ich bin jetzt viel zu nervös, ich bleibe lieber hier hinten stehen.«

Boelie sitzt schon bei dem Schulensemble, das er begleiten soll. Gemeinsam mit De Wet bleibt sie hinten im Saal stehen. »Du singst auch, oder?«, wendet sie sich leise an Antonio, der am Türpfosten lehnt.

Seine Augen lachen. »Ich singe *und* ich spiele Geige. Vergiss nicht, dass ich mit dem Pfarrerehepaar unter einem Dach wohne.«

Sie lächelt und entspannt sich ein bisschen. »Ich habe gehört, dass das Programm mit deiner Hilfe zusammengestellt worden ist.«

»Ja, das hat großen Spaß gemacht.«

»Und wer passt heute Abend auf ihr kleines Töchterchen auf?«

»Ein Mädchen aus der Abschlussklasse. So eine Mollige mit Zöpfen, du kennst sie sicher. Die kleine Hessie hat dicke Tränen geweint, als ich wegmusste. Ich wäre am liebsten bei ihr geblieben.«

»Sie wird dich furchtbar vermissen, wenn du bald wieder nach Italien zurückgehst.«

Er antwortet ihr nicht, sondern nickt nur schweigend.

Der Chor der Volksschule wirft sich als Erster in den Ring. »Das ist ein geschickter Schachzug, auf diese Weise sind wirklich alle aus dem Dorf hier«, bemerkt De Wet leise. »Schließlich wollen alle Eltern ihre Sprösslinge singen hören.«

Es folgen zwei oder drei Beiträge aus der Mittelschule und anschließend tritt der Chor der Mittelschule auf. Tante Bessie gibt ausgesprochen lustlos ein Orgelstück zum Besten, ein junger Farmer und seine Frau singen gemeinsam ein Duett. Sie machen das nicht besonders gut, scheinen einander aber auf jeden Fall sehr zu lieben.

»Das war … ganz nett«, stellt Klara zögernd fest.

»Wenn du das sagst«, bekräftigt De Wet. »Jetzt sind wir an der Reihe.«

Klara stöhnt.

»Hol tief Luft und stell dir vor, du wärst noch in der Schule«, rät er ihr.

»Damals haben wir wochenlang geübt«, widerspricht sie. »Und jetzt sage und schreibe gerade zwei Mal!«

Der Pfarrer kündigt sie an und die Menschen applaudieren ohrenbetäubend. Während sie das steile Treppchen zum Podium hinaufsteigen, spürt Klara De Wets Hand auf ihrem Rücken. Plötzlich ist sie dankbar, dass er bei ihr ist, dankbar für sein selbstsicheres Lächeln während der Ankündigung.

Sobald sie zu singen beginnt, vergisst sie die Welt um sich herum. Es geht nur noch um das Lied und das Mädchen aus dem Musical, das von ihrem Geliebten Abschied nehmen muss. De Wet lächelt ihr zu, vergisst nicht, im richtigen Augenblick die Hand nach ihr auszustrecken und ihre Hand ein kleines bisschen zu zwicken. Du machst das prima, sagen seine Augen.

Klara gibt alles. Sie ist wieder zurück in der Schule – vergiss für den Moment, dass das dein Bruder ist, jetzt ist er dein Geliebter, hat Fräulein Mentz ihr eingetrichtert. Sie schaut zu ihm auf, schlägt im richtigen Augenblick die Augen nieder, lächelt, berührt scheinbar verlegen seinen Arm, krampft sich vor Kummer zusammen.

Es bleibt für einen Moment still, doch anschließend bricht der Applaus los. »Zugabe! Zugabe!«, ruft der Pfarrer begeistert und »Zugabe! Zugabe!« ruft auch Leonie.

»Wir müssen sehen, dass wir von der Bühne herunterkommen«, raunt De Wet ihr zu. »Jetzt denken sie wenigstens noch, dass wir wirklich über ein Repertoire verfügen.«

»Ihr wart großartig!«, lobt Antonio sie, nachdem sie sich ihm wieder angeschlossen haben. Und nebenbei, nur zu ihr allein: »Du warst … hinreißend, Klara.«

Sie spürt die Freude durch ihre Adern pulsieren. »Danke«, antwortet sie.

Jetzt ist Antonio an der Reihe. Die Pfarrersfrau schiebt sich hinter die Tasten. Antonio nimmt neben dem Klavier eine entspannte Haltung ein und lächelt ihr zu. Während die Pfarrersfrau das Intro spielt, schaut Antonio mit lachenden Augen ins Publikum.

Klara erkennt das Musikstück sofort: *Funiculì, funiculà*.

Dann beginnt Antonio zu singen, zuerst auf Italienisch und anschließend die englische Version: »*Some say the world is made for fun and frolic – and so do I, and so do I …* (Manche sagen, die Welt sei für Spaß und Ausgelassenheit gemacht – ich auch, ich auch …)« Er singt das neapolitanische Volkslied aus voller Brust, mit seinem ganzen Körper, lebendig, dynamisch und unwiderstehlich fröhlich. Die Freude des Liedes bricht aus ihm heraus und schlägt gegen die Decke, hallt von den Wänden und erfüllt den Saal. Die alte Kirche verwandelt sich in ein Theater in Mailand, Florenz oder sogar Rom. Das Lied verankert sich in den Köpfen der Zuhörer, bringt ihre Füße und Schultern in Bewegung, zaubert ein Lächeln auf ihre Gesichter. Und als Antonio seine beiden Hände ausstreckt, um anzudeuten, dass alle mitsingen sollen, wird aus der Burengemeinschaft in diesem kleinen Bosvelddorf ein großer, enthusiastischer Chor: *»Funiculì, funiculà, funiculì, funiculà …«*

Die Menschen jubeln und klatschen. »Zugabe! Zugabe!«, rufen alle fröhlich.

Antonio lächelt jedoch nur und steigt von der Bühne herunter. »Es ist Zeit für eine Tasse Kaffee und eine kleine Leckerei«, kündigt der Pfarrer an. »Nach der Pause folgt der zweite Teil des Programms, in dem die ernstere Musik im Mittelpunkt stehen wird.«

»Ich bin sehr froh, dass dieser Kerl bei uns gelandet ist«, bemerkt De Wet zu Klara.

»Das kannst du wohl sagen«, bekräftigt sie.

»Liebe Leute, Antonio, du kannst singen, sag mal!«, ruft Boelie. »Klara, geh uns doch mal einen Kaffee holen. Die Jungs müssen eine unglaublich trockene Kehle haben.«

Die zweite Hälfte des Abends wird durch Opernmusik eröffnet. Tante Gertrude singt eine Arie von Puccini: *»O mio babbino caro«*.

Au, au, au!, denkt Klara, das Publikum klatscht allerdings begeistert.

Ein Mädchen aus der Abschlussklasse spielt eines ihrer Examensstücke. Auch die Pfarrersfrau spielt noch ein etwas schwierigeres Stück, aber dabei werden die jüngeren Kinder langsam ungeduldig.

»Und jetzt unser letzter Programmpunkt«, kündigt der junge Pfarrer an. »Der Abend wird durch einen prächtigen Walzer abgeschlossen werden: ›Wien, Stadt meiner Träume‹, interpretiert von Mathilda Roode aus Südafrika und Antonio Romanelli aus Italien!«

Die Menschen lachen und klatschen.

Mathilda schiebt sich hinter das Klavier, Antonio nimmt sich Omas Geige und klemmt sie sich unters Kinn. Er streicht kurz darüber und nickt anschließend seiner Begleitung zu.

Sie setzen ein. Mathildas Hände tanzen mit Leichtigkeit über die Tasten, Antonio neigt seinen dunklen Kopf, sein großer Körper schwingt ein wenig nach vorn, seine Finger halten den Geigenbogen behände fest.

Klara schließt die Augen. Der fröhliche Wiener Walzer bekommt einen Unterton inniger Wehmut, das Klavier läuft jubelnd voraus und die Geige folgt ihm beinahe tastend, gefühlvoll, feinsinnig.

Selbst die Kinder sind mucksmäuschenstill. Die beiden Musiker auf der Bühne lassen die Handvoll Burenleute im Herzen des Bosvelds etwas von der jahrhundertealten europäischen Kultur schmecken, etwas von ihren tiefsten Wurzeln, kräftige Kost für ihr tägliches Leben unter der Sonne.

»Was für ein herrlicher Abend das gewesen ist«, freut sich Klara, als sie wieder gehen.

»Auf jeden Fall«, bestätigt De Wet.

»Eigentlich sind es vor allem die Pfarrersfrau und Antonio gewesen, die diesen Abend zu so etwas Besonderem gemacht haben«, meint Boelie. »Und ihr beiden wart natürlich auch nicht schlecht. Aber den Rest konntest du vergessen.«

Klara lehnt sich zurück. Die Sterne schieben sich über ihrem Kopf vorbei, die Mondsichel hängt schief am Abendhimmel.

In ihr herrscht eine große Freude, eine Freude, die alle Grenzen der Logik übersteigt. Das ist, weil ich Antonio kennengelernt habe, denkt sie. Gleichzeitig ist sie von einer tiefen, intensiven Wehmut erfüllt. Das Unvermeidliche nähert sich mit raschen Schritten.

So möchte ich Antonio Romanelli in Erinnerung behalten, denkt sie. So wie er heute Abend gesungen und gespielt hat.

Am nächsten Tag hören sie, dass Österreich gefallen ist und Wien sich den Alliierten übergeben hat. Eine Woche später berichtet das Radio, die russische Armee habe die Vororte von Berlin erreicht. Guerillakämpfer in Norditalien, in Genua, Venedig, Mailand und Turin seien dabei, das deutsche Joch abzuschütteln, und hätten Mussolini gefangen genommen. Am 28. April wird er hingerichtet. Seine Leiche hängt kopfüber auf dem Piazzale Loreto in Mailand.

»Wie barbarisch!«, kreischt Klara entsetzt.

»Er ist selbst ein Barbar gewesen«, erwidert Papa. »Er und Hitler, alle beide.«

Wunder über Wunder: Boelie sagt dazu nichts.

Am 1. Mai kapitulieren die deutschen Truppen in Italien. Niemand weiß, wo Hitler ist. Berlin ist in den Händen der Roten Armee und auf einer Brücke über die Elbe stoßen amerikanische und russische Soldaten miteinander auf den Sieg an.

Am 8. Mai sitzt die ganze Familie wieder vor dem Radio. Genau wie vor beinahe sechs Jahren, denkt Klara. Seinerzeit ging Irene noch in die Volksschule und jetzt ist sie schon auf der Universität. Seinerzeit hat niemand ein Wort gesagt, alle haben sie nur still dagesessen und gelauscht, welches Schicksal die Welt getroffen hat.

Gegen drei Uhr zeichnet der Kommentator eine Skizze der verschiedenen Schauplätze: Dörfer und Städte werden mit Fahnen geschmückt, die meisten Geschäfte und Läden haben um ein Uhr geschlossen, kurz vor zwölf ist in der Commissionerstraße in Johannesburg ein Regen aus weißen Papierstreifen und -schnipseln aus den Hochhäusern heruntergeschwebt.

Eine Menge aus mehr als zehntausend Menschen hat sich auf dem zentralen Platz versammelt. Unter ihnen sind viele ehemalige Soldaten. Sie alle lauschen der Ansprache Churchills, gemeinsam mit den kleinen Grüppchen vor den Radioempfängern überall im Land. Genau wie 1939 wird die Rede live aus England übertragen.

Churchill schließt mit den Worten: »*God save the King!* (Gott schütze den König!)« Trompeten ertönen, auf den Plätzen stimmen die Menschen die englische Nationalhymne an. Klar ertönt es durch den Äther. Sirenen heulen, Autos hupen, Straßenbahnglocken läuten unaufhörlich. Menschen jubeln, schreien und singen.

Der Krieg in Europa ist vorbei. Das Dritte Reich besteht nicht mehr. Wie ein räudiger Hund auf einem Müllhaufen zwischen Ruinen leckt die Welt ihre Wunden. Millionen von Menschen sind umgekommen, auf den Schlachtfeldern und in den Lagern. Familien sind auseinandergerissen oder obdachlos geworden, Kinder als Waisen zurückgeblieben, Alte leiden unter Hunger und Kälte, Millionen sind Invaliden geworden. Städte müssen wieder aufgebaut werden, Äcker erneut bestellt, Fabriken wieder eingerichtet werden. Die Welt muss sehen, dass sie den Faden wiederaufnimmt.

»Alle haben verloren, nicht nur Deutschland«, sagt Klara, als Boelie das Radio ausschaltet. »Das ist alles so sinnlos gewesen.«

»Jetzt ist es nur noch eine Frage der Zeit, bis Antonio wieder nach Hause kann«, überlegt Mama. »Was wird dieser Junge sich freuen!«

Klara merkt, wie sie innerlich erstarrt, doch sie rührt sich nicht. Sie blinzelt noch nicht einmal mit den Augen und hält ihren Kopf aufrecht.

»Das kann noch Wochen oder vielleicht sogar Monate dauern«, widerspricht Papa. »Solche Dinge benötigen manchmal sehr viel Zeit und es gibt so viele Gefangene, die nach Hause gebracht werden müssen.«

Das ist kein Trost, denkt sie. Früher oder später wird es doch passieren.

Am zweiten Sonntag im Mai, während Klara, Boelie und De Wet nach dem Gottesdienst ein bisschen abseits von ihren Eltern stehen und auf sie warten, kommt Antonio auf sie zu. Sie plaudern über alles Mögliche und vermeiden das Thema des lang ersehnten Friedens.

Doch dann verkündet Antonio auf einmal: »Ich habe gestern ein Telegramm bekommen. Ich gehöre zur ersten Gruppe der Kriegsgefangenen, die nach Italien zurückgebracht werden.«

Klara fährt der Schock in die Glieder. Sie schaut auf, aber er blickt sie nicht an.

»Zurück nach Italien?«, fragt Boelie. »Junge, Antonio, da bist du sicher sehr froh. Aber für uns ist es ein Verlust, hörst du? Wie sollen wir jemals wieder so einen guten Flügelspieler bekommen? Und das, wo die Rugbysaison vor der Tür steht!«

Antonio lacht nur. »Und wann werde ich jemals wieder Rugby spielen?«, fragt er dann.

»Wann gehst du?«, möchte De Wet wissen.

Antonio fährt sich mit der Zunge über die Lippen. »Wann ich nach Italien abreise, ist noch nicht sicher, aber ich muss schon in der nächsten Woche wieder ins Lager. Ich fahre am Dienstagmorgen mit dem Zug nach Pretoria, zum Zonderwaterterrein. Von dort aus werden wir weitergeschickt, jeder an seinen Ursprungsort.«

Dienstag. Mit dem Morgenzug. Schon übermorgen.

»Nun, dann musst du aber morgen Abend unbedingt noch einmal vorbeikommen, um Auf Wiedersehen zu sagen, Kamerad«, lädt Boelie ihn freimütig ein. »Ich bin mir sicher, dass sich die ganze Familie gern von dir verabschieden möchte, meinst du nicht auch, Klara?«

Jetzt schaut sie Antonio zum ersten Mal richtig an. Seine schwarzen Augen sehen freundlich, aber unpersönlich aus. »Ganz bestimmt«, bekräftigt Klara. »Und dazu laden wir Opa und Oma auch ein.«

»Wie geht es deinem Opa im Moment?«, will Antonio wissen.

»Meistens geht es ihm gut«, antwortet sie, »aber trotzdem machen wir uns weiterhin Sorgen um seine Gesundheit. Und wenn es um das Einnehmen von Medikamenten geht, ist und bleibt er ein Dickkopf.«

»Ich werde dann gleich auch die Geige eurer Oma zurückgeben«, überlegt er. »Zu Hause habe ich selbst eine.«

»Dann kannst du doch über Nacht bei uns bleiben«, schlägt De Wet vor. »Du kannst morgen nach der Arbeit mit Klara und mir auf die Farm fahren. Nimm dir all deine Sachen mit, dann können wir dich am Dienstagmorgen gleich am Bahnhof absetzen.«

Das ist also das Ende, denkt Klara auf dem Heimweg zur Farm.

Sie fühlt sich ganz und gar leer.

Ich habe doch gewusst, dass das irgendwann passieren würde, denkt sie.

Sie fühlt sich taub, so als sei aller Glanz aus dem Leben gewichen.

Es ist besser so, denkt sie und spielt mit dem Verlobungsring an ihrem Finger. Zwischen uns ist doch nichts gewesen, es hätte auch niemals etwas zwischen uns sein können.

Außer dieser plötzlichen Leidenschaft, dieses eine Mal.

Und der Sehnsucht danach.

Und der Gewissheit.

Sie fühlt sich ausgebrannt und leer.

Wenn er erst einmal weg ist, wenn ich erst einmal begriffen habe, dass ich ihn nie wiedersehen werde, dann wird mein Leben wieder in normalen Bahnen verlaufen, überlegt sie. Dann brauche ich nicht mehr von Woche zu Woche auf den Sonntag zu warten, um ihn nach dem Gottesdienst wenigstens kurz zu sehen. Dann brauche ich mich nicht mehr jedes Mal umzuschauen, wenn ich die Post holen gehe, in der Hoffnung, ihm zufällig zu begegnen. Dann brauche ich mich auch beim Handelshaus nicht mehr umzudrehen, weil ich denke, ich hätte seine Stimme gehört.

Sie fühlt sich völlig erschlagen.

Von jetzt an werde ich meine ganze Aufmerksamkeit meiner Beziehung zu Henk widmen, beschließt sie. Ich werde Pläne für unsere Hochzeit schmieden, ich werde mich auf eine Stelle in Johannesburg bewerben, obwohl Henk nicht möchte, dass ich nach unserer Hochzeit noch weiterarbeite. Ich werde … ich werde …

Doch in dieser Nacht weint sie sich selbst zum ersten Mal in ihrem Leben in den Schlaf.

Am darauffolgenden Nachmittag fährt Antonio mit ihr und De Wet zur Farm. Er hat eine Tasche dabei, in der sich seine Kleidung und ein paar Geschenke für seine Familie zu Hause befinden, und auch den Geigenkasten. »Ich brauche nicht viel Gepäck«, sagt er lächelnd, als sie ihn abholen.

Die Atmosphäre im Daimler ist angespannt, obwohl De Wet und Antonio über alltägliche Dinge plaudern. Der Abstand, den Antonio zwischen sich und Klara schafft, bleibt unüberbrückbar. Er hätte ebenso gut ein Fremder sein können – oder auch gar nicht da sein.

Selbst bei Tisch hat die Gesellschaft Mühe, in Form zu kommen. Mama und Oma haben fortwährend Tränen in den Augen, Boelies Scherze hören sich gezwungen an, Antonio ist schweigsamer als gewöhnlich.

Als die Zeit für die Hausandacht gekommen ist, fragt Antonio: »Darf ich heute Abend die Lesung übernehmen, bitte?«

Opa wirft erst Papa einen Blick zu und dann seiner Frau. Anschließend nickt er zögerlich.

Antonio holt seine kleine Bibel aus der Tasche – eine kleine, verschlissene Taschenbibel. »Ich lese auf Englisch – ist das in Ordnung?«

Wieder nickt Opa langsam. »Ja, Antonio, das ist gut.«

Noch nie hat sich Psalm 121 so angehört.

»Das ist auch mein Gebet. Und meine Abschiedsworte an euch alle«, verkündet Antonio, während er seine Bibel zuklappt. »Der Herr behüte euren Ausgang und Eingang von nun an bis in Ewigkeit.« Er wirft Opa einen Blick zu. »Könnten Sie beten, Onkel Cornelius?«

»Bete du lieber, Neels«, erwidert Opa brüsk. Seine Stimme hört sich plötzlich ganz seltsam an.

Papa räuspert sich erst. »Lasst uns beten«, sagt er dann.

Da wird es Klara zu viel und sie kann die Tränen nicht mehr zurückhalten. Unablässig strömen sie ihr über die Wangen. Die salzige Flüssigkeit sammelt sich in ihren Mundwinkeln, läuft ihr am Kinn hinunter, tropft ihr auf die Brust.

Kurz vor dem Amen öffnet sie ihre Augen. Antonio betrachtet sie ganz offen. Seine Augen sehen sehr sanft aus. Als ihre Blicke sich treffen, lächelt er nur kurz und schüttelt sacht den

Kopf. Mit dem Handrücken wischt sie sich die Tränen von den Wangen.

Auch die Wangen von Mama und Oma sind feucht.

»Ja, das ist eine traurige Geschichte«, bemerkt Boelie.

Sie sitzen noch ein Weilchen miteinander auf der Veranda. Schließlich sagt Antonio: »Ich lege mich hin. Morgen wird sicher ein langer Tag werden. Gute Nacht alle zusammen und bis morgen.«

Klara könnte vor Enttäuschung wieder weinen. Das ist ihr letzter gemeinsamer Abend überhaupt und er geht schlafen! Noch lange bleibt sie auf der Veranda sitzen, doch als selbst De Wet ins Bett geht, zieht sie sich ebenfalls zurück. Das Licht in der Vorratsecke der Scheune ist schon lange verloschen.

Sie hat gerade ihr Nachthemd angezogen, als ihre Mutter in ihr Zimmer kommt. »Gehst du schlafen, Mädchen?«, möchte sie wissen.

»Ja, morgen ist wieder ein ganz normaler Schultag«, antwortet Klara gleichgültig. Sie fragt sich, was Mama ihr sagen möchte. Offensichtlich hat sie etwas auf dem Herzen.

Mama setzt sich auf die Bettkante, unbequem. »Hast du noch mal etwas von Henk gehört?«, fragt sie.

»Ich habe am Freitag noch einen Brief von ihm bekommen. Ihm geht es gut«, antwortet Klara gleichmütig. »Er schreibt, dass es in Johannesburg schon allmählich kalt wird.«

Mama setzt sich etwas anders hin und schaut auf ihre Hände. Anschließend schaut sie auf. »Es ist gut, dass Antonio nach Italien zurückkehrt.«

»Ja, ich freue mich auch für ihn«, erwidert Klara.

Mama schaut wieder auf ihre Hände. »Ich habe ab und zu Angst gehabt, dass sich zwischen euch etwas anbahnen könnte«, erklärt sie.

Klara lacht ein bisschen. »Davor hast du *Angst* gehabt?«

Mama lacht verlegen. »Ja, ganz schön sogar. Er ist ein gut aussehender Mann, jemand, in den man sich schnell verlieben kann. Und du bist eine Schönheit, Klara, auch wenn du das nicht immer so siehst. Aber er bleibt doch ein Ausländer.«

»Nein, Mama, da ist wirklich nichts zwischen uns gewesen, hörst du, absolut nichts«, bekräftigt Klara mit Überzeugung. »Und jetzt geht er zurück nach Italien, in sein Vaterland und zu seiner Familie.« Sie schweigt für einen Augenblick, denn sie muss sich dazu zwingen, die harte Wirklichkeit in Worte zu fassen: »Er geht zu seiner Verlobten zurück und dann können sie heiraten.«

Mama schaut erstaunt auf. »Seiner Verlobten? Ich … Wir haben gar nicht gewusst, dass er verlobt ist!«

»Sogar mit einer sehr hübschen jungen Frau«, denkt Klara sich aus. »Sie heißt Gina. Sie sind zusammen groß geworden.«

»Nein, gut, also das freut mich wirklich.« Mama steht auf. »Nun, dann lege ich mich auch wieder hin. Es ist schon spät und morgen wartet wieder ein neuer Tag auf uns.«

Klara bleibt allein in ihrem Zimmer zurück. Morgen geht die Sonne wieder auf, genau wie immer. Morgen ist wieder ein neuer Tag.

Am nächsten Morgen ist De Wet schon sehr früh in der Küche und hantiert mit dem Primuskocher. Boelie kommt mit einer Kanne frischer Milch herein. »Was seid ihr schon so früh auf!«, stellt Klara mit gespielter Aufgewecktheit fest.

Im Stehen trinken sie Kaffee und essen dazu ein Stück Zwieback. Anschließend geht Antonio zum Alten Haus, um sich von Oma und Opa zu verabschieden. Oma schlendert mit ihm zurück zum Auto. Sie weint ganz offensichtlich. Papa steht etwas unbeholfen dabei und Boelie tigert herum wie ein Stier auf einer zu kleinen Weide. »Du musst uns so bald wie möglich schreiben, Antonio«, gibt ihm Mama zum Schluss noch mit auf den Weg.

»Das mache ich, Tante Lulu«, verspricht Antonio noch einmal und winkt zum letzten Mal.

Sie nehmen den neu angelegten Weg über die Pontenilo auf die andere Seite. Klara sitzt vorn, zwischen De Wet und Antonio. Sie spürt ihn neben sich und riecht den Geruch der Seife, mit der er sich heute Morgen gewaschen hat. Sie versucht, sich das alles einzuprägen, um es später noch einmal genießen zu können.

Sie reden nicht viel. Viel zu schnell sind sie am Bahnhof angekommen. Vor dem Bahnhofsgebäude stellt De Wet das Auto auf dem Schotter ab. »Ich warte hier, dann kann Klara mit dir gehen«, schlägt er vor und streckt seine Hand aus. »Auf Wiedersehen, Kamerad, ich hoffe, dass wir uns noch einmal wiedersehen. Vergiss nicht, den Italienern das Rugbyspielen beizubringen, versprochen?«

»Wer weiß, vielleicht irgendwann«, erwidert Antonio mit einem Nicken. Anschließend wirft er sich seine Tasche über die Schulter und marschiert zum Bahnsteig, eine schweigende Klara neben sich.

Der Zug wartet schon. Antonio bleibt stehen und stellt seine Tasche auf den Boden. Anschließend schaut er Klara an. Seine Augen sehen verzweifelt aus. Langsam breitet er seine Arme aus: »Komm noch einmal zu mir, Klara.« Sie schmiegt sich an ihn und er drückt sie sanft an sich. Dabei streicht er ihr übers Haar, wieder und immer wieder. Seine andere Hand gleitet an ihrem Rücken herunter über die Rundung ihrer Hüfte. Gleichzeitig hält er sie fest in seinem Arm.

Seine Stimme klingt ziemlich heiser, als er zu sprechen beginnt. »Du bist so schön, Klara.« Schließlich lässt er sie los und macht einen Schritt zurück. »Es geht nicht anders. Pass gut auf dich auf.«

»Und du auch auf dich, Antonio. Du auch auf dich.«

Sie kann nur hilflos dabei zusehen, wie er sich von ihr abwendet und einsteigt.

Der Zug pfeift und setzt sich mit einem Ruck in Bewegung.

Er steht in der Türöffnung des Waggons. Mit einer Hand hält er sich fest, die andere hebt er zum Gruß.

Puffend und stampfend dampft der Zug aus dem Bahnhof heraus. Er hängt halb aus der Öffnung heraus und winkt.

Sie winkt zurück. Ihre Kehle ist wie zugeschnürt. Die Tränen, die kommen, lässt sie laufen, bis der Zug vor ihren Augen verschwimmt.

Als er um die Kurve verschwunden ist, dreht sie sich um und geht zurück zum Parkplatz, wo De Wet auf sie wartet.

27. Kapitel

Die Menschen im Dorf bereiten ein großes Fest vor. Es wird nicht allzu viel zu essen geben – nur das, was die Mutter Gottes selbst ihnen aus den Gemüsegärten, den Weinbergen und den Streuobstwiesen schenken wird. Kein Gebäck, schließlich gibt es Mehl und Zucker nur auf dem Schwarzmarkt zu erwerben und selbst der Baron von Veneto in seiner steinernen Villa hoch oben am Hang kann es nicht bezahlen. Pater Enrico hat drei Krüge Wein versprochen (nicht überwältigend, aber wenigstens für jeden ein Schlückchen), der Baron wird eine Ziege schlachten lassen und Maria Romanelli hat ein paar besondere Käse gemacht, die in einem gesalzenen Tuch aufbewahrt werden.

Denn Antonio kommt zurück. Endlich kommt er zurück.

Der Bus quält sich nicht mehr einmal pro Woche den steilen Weg zum Dorf hinauf, ja nicht einmal mehr einmal im Monat. Das einzige Fahrzeug, das gelegentlich noch ächzend nach oben kriecht, ist das Motorrad des Postamtes. Zweimal im Monat kommt es den Postsack bringen. Dann müssen Pater Enrico oder eine der Nonnen die Post austragen.

Die Leute im Dorf haben das Motorrad fürchten gelernt, seit dem Tag allerdings, an dem es das Telegramm mit der Nachricht gebracht hat, Antonio komme nach Hause, sehen sie die Dinge ein wenig anders.

Wann genau, hat übrigens nicht dabei gestanden.

Als Antonio also eines Nachmittags kurz vor Sonnenuntergang in der Kurve bei Guiseppe erscheint, sind die Festvorbereitungen noch nicht abgeschlossen.

»Da kommt jemand, ein Soldat!«, ruft einer der Dorfjungen und zeigt mit dem Finger nach unten.

»Es kommt ein Soldat!«, rufen die Mädchen und rennen über den Dorfplatz nach Hause. Soldaten bedeuten schließlich Gefahr.

»Wo? Wo?«, fragen die Mütter und halten angespannt Ausschau.

»Das ist kein Soldat, das ist Antonio!«, keucht Sofia. »Heilige Mutter Gottes, das ist Antonio!«

»Da ist Antonio! Antonio ist da!«, geht es wie ein Lauffeuer durch das Dorf, sodass es von den Hängen widerhallt.

»Wer ist Antonio?«, fragen die ganz Kleinen.

»Geh schnell Guiseppe holen!«, fordern die Mütter ihre Kinder auf. »Er ist im Steinbruch. Sag ihm, dass Antonio wieder da ist.«

Maria Romanelli kommt nach draußen und rennt an den Rand des Weges, von wo aus sie einen guten Blick über das Tal hat. »Heilige Maria, das ist mein Kind. Du bist so gut zu mir, seiner Mutter!« Im Laufschritt rennt sie den Weg hinunter zu ihrem Sohn. Sie ist als Erste bei ihm. Das ganze Dorf folgt ihr auf dem Fuße.

Aus dem Steinbruch kommen die Männer angelaufen, Guiseppe rennt vorneweg. Er schlägt seine kräftigen Arme um seine Frau und seinen Sohn. »Mama, Papa«, sagt Antonio.

»Antonio, Antonio«, sagen alle beide und küssen ihn auf die Wangen.

Die Nachricht von Antonios Heimkehr zieht langsam den Berg hinauf bis zur steinernen Villa. Dort ist nur noch ein Dienstmädchen übrig geblieben, das mit großer Mühe das ganze Haus sauber hält. Geld, um es zu bezahlen, gibt es keines mehr. Die junge Frau arbeitet für die Mahlzeiten, die sie täglich bekommt.

»Gina!«, ruft das Mädchen jetzt. »Komm schnell! Antonio kommt den Berg hinauf!«

Ginas Augen weiten sich vor Schreck. Sie presst sich ihre kalten Hände gegen die glühenden Wangen. Dann dreht sie sich langsam um, kämmt sich gelassen die Haare und geht die breite, ausgetretene Marmortreppe zur Eingangstür hinunter.

Einmal draußen beginnt sie zu rennen. »Antonio! Antonio!«, ruft sie schon aus der Ferne. Die Leute machen ihr Platz, lassen sie wie durch ein Ehrenspalier passieren.

Schweigend wartet Antonio auf sie.

Sie fliegt ihm um den Hals und klammert sich an ihm fest. Sie lacht und weint gleichzeitig, ihr Gesicht ist klatschnass, aber die

Tränen fließen immer weiter. »Du bist wieder da, Antonio, du bist wieder da!«, sagt sie wieder und immer wieder.

Er drückt sie fest an sich. Die sanften Rundungen ihres Körpers fühlen sich fremd an.

Alle Frauen seufzen vor Zufriedenheit. Es ist gut, dass sie wieder zusammen sind. Und auch, dass Antonio so gesund aussieht. Seine Arme und Beine sind von der Sonne gebräunt, sein dichtes Haar lockt sich in seinem Nacken und glänzt im Sonnenlicht. Seine geschmeidige Gestalt bewegt sich behände und schnell.

Er hat genug zu essen gehabt, denken die Leute.

Da schaut Antonio auf. Auf der anderen Seite des Weges, nicht mehr als zehn Meter von ihm entfernt, steht Lorenzo.

Seine Augen fallen Antonio als Erstes auf – sie haben einen eigenartigen Ausdruck. Das dauert jedoch nur kurz, dann lächelt Lorenzo breit und ruft: »Hallo, Fremder!« Er bleibt auf der gegenüberliegenden Seite stehen, gekreuzigt zwischen seinen Krücken.

Antonio reißt sich aus Ginas Armen los und ist mit ein paar Schritten bei seinem Bruder. Gina rennt mit und lässt seine Hand keinen Augenblick los.

»Lorenzo!«, ruft Antonio aus. »Du liebe Leute, Mann, wie schön, dich wiederzusehen!«

Die ganze Familie geht ins Haus. Die Leute lungern weiterhin noch etwas auf dem Dorfplatz herum, unwillig, ins alltägliche Leben zurückzukehren.

Jemand, der lange weg gewesen ist, sieht Dinge, die den Menschen selbst nicht mehr auffallen: wie alt jeder geworden ist, zum Beispiel. Sofia hat Schwierigkeiten mit dem Laufen, sie geht in einem müden Schlurfschritt und Luigis Rücken ist krumm geworden. Die Hände des Arztes sind von der Arthritis gezeichnet und seine Augen hinter den dicken Brillengläsern sehen trübe aus. Pater Enrico ist auch alt geworden – sein Bart ist jetzt ganz grau. Sogar Maria Romanelli ist alt. Ihr einst dichtes Haar ist dünner und stumpfer geworden und das Rot ist von ihren Wangen verschwunden.

Und alle sind sie so furchtbar ausgemergelt! In den Sommermonaten kümmert sich die Natur selbst um ihre Versorgung, aber hier oben in den Bergen dauert der Winter lang und ist eisig kalt – alles ist dann zugeschneit.

Nur Guiseppe Romanelli hat sich nicht verändert: Er ist immer noch kräftig und von kerzengerader Gestalt und durch und durch zuverlässig.

Gina ist sogar schöner als jemals zuvor. Ihre blonden Haare glänzen in der Sommersonne, ihre Wangen glühen, ihre Augen strahlen.

An diesem Abend essen Guiseppe, Maria, Antonio, Lorenzo und Gina ihr einfaches Mahl an dem sauber geschrubbten Tisch in der Küche. »Es ist herrlich, wieder zu Hause zu sein, wieder das zu essen, was Mama gekocht hat, und wieder Italienisch sprechen zu können«, stellt Antonio fest. »Ich habe euch alle so vermisst.«

Am nächsten Morgen läutet Pater Enrico wie immer die Schulglocke. Die Kinder gehen langsam in ihren Klassenraum und die Nonnen schließen die Türen hinter ihnen. Die Ziegenhirten marschieren hinter ihrem Vieh den Berg hinauf, die Steinmetze schlendern mit ihren Spitzhacken und Meißeln den Berg hinunter, die Frauen hängen ihre Wäsche auf die Leine und klopfen den Staub aus den Teppichen.

Nur Gina geht an diesem Morgen nicht zur Arbeit. Sie läuft den felsigen Pfad hinunter, über den Dorfplatz zum Haus der Romanellis. »Es ist gut, dass Antonio wieder da ist«, sagen die Frauen zueinander und nicken dabei. »Sehr gut.«

Es ist nicht leicht, den Faden wiederaufzunehmen. »Vier Jahre sind eine lange Zeit«, bemerkt Maria, »und wir haben uns alle verändert. Der Krieg hat jeden von uns auf jeweils eigene Weise durcheinandergeschüttelt und abgeschliffen.«

Antonio nickt.

»Wenn ich deine Briefe richtig verstanden habe, bist du gut behandelt worden?«, möchte Maria noch einmal zur Sicherheit wissen.

»Ich habe bei zwei verschiedenen Familien gewohnt und alle

beide sind sehr gut zu mir gewesen«, bekräftigt Antonio. »Das Essen war schon anders, vor allem am Anfang, aber daran habe ich mich schnell gewöhnt. Sie essen dort unglaublich viel Fleisch, fast bei jedem Essen.«

»Sind das anständige Leute gewesen? Haben sie dir genug zu essen gegeben?«

»Mehr als genug, Mama. Südafrika ist ein Land, in dem Milch und Honig fließen, und da wohnen nette Leute. Echte Christen.«

»Aber die waren doch nicht katholisch, oder?«

»Nein, das nicht.« Weise schweigt er über die Römische Gefahr. Ebenso wenig erkundigt er sich nach Marco. Die letzten deutschen Truppen sind schon vor Wochen endgültig besiegt worden, die Lager stehen schon seit Wochen offen und die Überlebenden sind in ihre Herkunftsländer und ihre Ursprungsorte zurückgeschickt worden. Es gibt keine zuverlässigen Listen, aus denen man entnehmen könnte, wer den Krieg nicht überlebt hat. Dieses Wissen hängt wie eine finstere Wolke über ihrem Haus, aber die Hoffnung stirbt nie.

»Man kann gut sehen, dass du ordentlich zu essen bekommen hast«, stellt Gina fest und streichelt seinen Arm.

»Ich habe beim Bau gearbeitet«, berichtet er. »Ich habe eine Brücke und eine Kirche gebaut.«

Das haben sie schon gewusst. Schließlich hat er lange Briefe nach Hause geschrieben.

Aber er hat ausschließlich Worte, um die Entfremdung von vier Jahren zu überbrücken.

»Komm, wir gehen ein bisschen spazieren«, schlägt Gina vor. »Wir halten deine Mutter und Lorenzo von der Arbeit ab.«

Wenn man läuft, hat man wenigstens etwas zu tun.

»Da ist eine Sache, die ich gern mit dir besprechen würde«, offenbart Lorenzo spät an diesem Montagabend, während er mit Antonio auf der *patio* sitzt. Über ihnen glitzern die Sterne an einem glasklaren Himmel und hinter ihnen türmen sich die Bergspitzen auf.

Elizabeth Musser

Und im Gepäck das Leben

Ihr Sohn geht nach Europa, ihr Mann verordnet der Ehe eine „Denkpause“ – und Abbie sieht ihr Leben in Trümmern. Kurzentschlossen folgt sie ihrem Sohn auf den Jakobsweg. Auf den Pilgerweg, der sie und ihre Begleiter an die Wurzeln ihrer Existenz führt...

368 Seiten · Paperback · auch als e-Book
erscheint Juni 2021
ISBN 978-3-96362-220-5
€ D 14,95 / € A 15,40 / sFr 23,00

Charles Martin

Das Wasser wird mich an dich erinnern

Murphy Shepherd ist ein Mann voller Geheimnisse. Als er eine verletzte Frau vor dem Untergehen rettet, ist nichts mehr, wie es war. Eine fesselnde, temporeiche Erzählung von Heldenmut und der heilenden Kraft der Liebe. Inspiriert vom Gleichnis des guten Hirten auf der Suche nach dem verlorenen Schaf.

ca. 400 Seiten · Paperback · auch als e-Book
erscheint September 2021
ISBN 978-3-96362-221-2
€ D 15,95 / € A 16,40 / sFr 24,60

»Das hört sich ziemlich ernst an«, antwortet Antonio gemütlich.

»Das ist es auch«, sagt Lorenzo. »Ich …« Er schweigt für einen Augenblick und schüttelt den Kopf. »Ich mache mir Sorgen wegen Mamas Gesundheit.«

»Mamas …« Antonio runzelt die Stirn. »Sag es geradeheraus, Lorenzo, was ist los?«

»Mamas Gesundheit hat einen ordentlichen Knacks bekommen. Sie wird jetzt bei jeder Kleinigkeit krank«, erklärt Lorenzo. »Der Doktor denkt, dass es mit den Entbehrungen und der Anspannung wegen des Krieges zu tun hat, und vor allem mit den Sorgen um Marco.«

»Mir ist aufgefallen, dass sie ziemlich ausgemergelt und bleich ist«, bekennt Antonio. »Ich habe es nicht gewagt, danach zu fragen, aber habt ihr mal etwas von Marco gehört und von Rachel und ihrer Familie?«

»Überhaupt nichts«, antwortet Lorenzo. »Schon mehr als zwei Jahre lang. Und das frisst an Mama. Sie hat auch Probleme mit Herzrhythmusstörungen, vor allem nachts. Ich würde sie gern zu einem Spezialisten bringen, in Turin oder am liebsten gleich in Rom. Ich habe nur überhaupt keine Ahnung, wie, und außerdem würde sie ja doch nicht hingehen.«

»Ich nehme sie mal mit«, antwortet Antonio sofort. »Wenn sie zu müde wird, kann ich ihr helfen, zur Bushaltestelle zu kommen.«

»Sie geht sicher nicht mit. Sie ist furchtbar dickköpfig«, erwidert Lorenzo. »Papa hat es auch schon versucht.«

Antonio schüttelt den Kopf. »Du hättest mir schreiben müssen, wie es um sie steht.«

Lorenzo schaut ihn einen Augenblick lang schweigend an. »Es gibt Dinge, die kann man nicht schriftlich besprechen, Tonio«, entgegnet er dann. »Diese Dinge muss man sagen.«

Morgens ist es windstill und die Sonne scheint. Erst gegen Nachmittag weht vom Berg eine kleine Brise herunter, aber kühl wird es nicht. Die Frauen öffnen die Fenster weit, lüften die Teppiche und Betten und kümmern sich emsig um die kleinen Gemüsegärten bei den Häusern. Die Männer machen sich schon früh an ihr Tagewerk und arbeiten bis zum Sonnenuntergang. Wenn der Winter bald wieder zuschlägt, sind die Tage kurz und der Wind ist so rau, dass man manchmal wochenlang sein Tagewerk nicht verrichten kann.

»Ich möchte so schnell wie möglich mein Studium beenden, Gina.« Eines Morgens weiht Antonio sie in seine Pläne ein. »Ich möchte ein abgeschlossenes Architekturstudium vorweisen können und dann als Architekt ein eigenes Büro eröffnen. Ich habe in Südafrika jemanden getroffen …«

»Ich will kein Wort über Südafrika hören«, fällt sie ihm brüsk ins Wort. »Die Leute dort haben dich gefangen genommen und eingesperrt.«

»Oh«, macht er ein wenig erstaunt. »Also gut.«

»Wirst du von zu Hause aus studieren?«

»Nein, ich möchte zurück an die Universität, nach Turin.«

»Aber Lorenzo studiert auch von zu Hause aus – warum kannst du das nicht?« Ihre glänzend blauen Augen schauen ihn flehend an.

»Lorenzo studiert Jura. Das geht im Fernstudium«, versucht er zu erläutern. »Aber in meinem Studienfach gibt es sehr viele praktische Aufträge. Für die muss ich vor Ort an der Universität sein. Ich muss auch noch eine Examensarbeit schreiben und dafür muss ich wahrscheinlich nach Florenz und nach Rom, möglicherweise auch noch in andere Städte. Es wäre sehr schwierig, das alles von hier aus zu machen, Gina. Hierher fährt ja nicht einmal mehr ein Bus.«

»Kannst du dann nicht einfach etwas anderes studieren? Es ist doch eigentlich egal, was du studierst!«

»Nein, Gina, das geht nicht.«

»Ich habe so lange auf dich gewartet«, erwidert sie mit einem Schmollmund, »und jetzt willst du schon wieder weg. Kannst du nicht bis zum nächsten Jahr warten?«

»Ich möchte das so bald wie möglich hinter mich bringen, verstehst du das denn nicht?«, fragt er sie ernst.

»Nein, das verstehe ich nicht, weil ich mich viel zu sehr nach dir gesehnt habe. Ich möchte einfach nur die ganze Zeit bei dir sein.« Plötzlich klärt sich ihr Gesicht auf. »Ich kann doch mitkommen nach Turin!«

Er blickt sie lächelnd an und schüttelt den Kopf.

»Nein, Mädel, das geht nicht. Ich kann dich doch noch nicht einmal ernähren.«

»Mein Vater kann uns doch Geld geben«, überlegt sie. »Ich muss ihn einfach nur fragen, dann bekomme ich es sofort.«

»Gina, wir befinden uns mitten in einer Wirtschaftskrise. Unser Geld ist furchtbar wenig wert – Italien hat keine Devisen mehr und dein Vater hat auch kein Geld. Selbst wenn er welches hätte, dann könnte ich es niemals annehmen. Das verstehst du doch, oder?«

»Nein«, antwortet sie wieder, »das verstehe ich ganz und gar nicht!« Sie zwinkert mit den Augen, die unnatürlich zu glänzen beginnen. »Das Einzige, was ich verstehe, ist, dass du wieder wegwillst. Du gehst immer nur weg und ich muss immer hierbleiben. Ich habe es satt hier.« Ihre Tränen fangen an zu laufen.

Er tröstet sie und will ihr alles erklären, aber sie scheint vernünftigen Argumenten gegenüber nicht offen zu sein. Nach einer Weile beruhigt sie sich schließlich doch. Er bringt sie nach Hause und schlendert langsam den Pfad hinunter zu seinem eigenen Zuhause.

»Da ist eine Sache, über die ich gern mit dir sprechen möchte«, verkündet Lorenzo an diesem Abend.

»Was denn?«, fragt Antonio träge.

Lorenzo schweigt noch einen Augenblick und schüttelt dann leicht den Kopf. »Erzähl mir erst etwas mehr über Südafrika«, fordert er Antonio auf. »Wie ist es da so? Hast du auch Löwen gesehen? Wie sind die Leute da?«

Antonio lacht. »Da laufen keine Löwen auf den Straßen herum, hörst du, da fahren nur hin und wieder ein paar Autos. Eigentlich ist es da genauso wie hier, nur ein bisschen anders: flach, staubig und heiß, allerdings lange nicht so schlimm wie in der Wüste.«

»Und die Mädels?«

»Bei denen lohnt sich ein Blick«, antwortet Antonio mit einem Lächeln, »sie sind aber nicht so schön wie die Mädels hier. Manche sind wirklich ziemlich weiß. Nicht so richtig bleich, sondern eher hellrosa. Und so richtig rot, wenn sie zu lange in der Sonne gewesen sind. Beinahe so rot wie die Tommies in der Wüste.«

»Rote Nacken anstelle von Rotnacken. Das hört sich nicht besonders toll an«, stellt Lorenzo fest. »Hast du da auch eine besondere Frau kennengelernt?«

»Einen ganzen Haufen sogar«, erwidert Antonio. »Aber vergiss nicht, dass ich verlobt bin.«

Lorenzo nickt. Mit seinem Taschenmesser schneidet er lange, dünne Streifen von einem Stöckchen. »Und die Leute, bei denen du gewohnt hast? Wie waren die so? Waren die nett?«

»Sehr nett, ja. Sie zanken genau wie wir miteinander, wenn es um die Politik geht, arbeiten in der brütenden Sonne, gehen sonntags in den Gottesdienst und sitzen Weihnachten alle zusammen und essen ein Festmahl. Manche Dinge sind da rationiert, Benzin und Zucker zum Beispiel, aber es gibt dort keine so große Nahrungsmittelknappheit und Armut wie hier.«

Für ein Weilchen ist es still zwischen ihnen. Lorenzo wirft die Holzstreifen in das offene Maul des Ofens.

Schließlich fragt Antonio: »Und wie geht es dir? Ich meine: Wie geht es dir nun *wirklich?*«

Lorenzo zuckt mit den Schultern. »Gut«, antwortet er. »Es könnte schlechter sein. Manchmal bin ich allerdings noch ziemlich wütend und verbittert. Nein, nicht manchmal, eigentlich ziemlich oft. Verflixt, Antonio, schau mich doch mal an! Ein halber Mensch, das eine Bein futsch und das andere steif wie ein Stock. Ich werde nie mehr bergsteigen oder Fußball spielen können, ja noch nicht einmal normal gehen!«

»Und wenn du eine Prothese bekommen könntest, irgendwann einmal?«

»Das kostet Geld. Und das hat hier keiner.«

Antonio nickt. »Rudern müsste eigentlich noch gehen.«

»Ja, rudern kann ich noch gut«, bestätigt Lorenzo. Er überlegt einen Augenblick und offenbart dann: »Ich will … äh … ich will hier eigentlich weg, Tonio.«

»Weg? Warum? Wohin denn?«

»Ich muss wieder auf meinen eigenen Beinen stehen, wie man so schön sagt«, erklärt Lorenzo. »Ich würde gern wieder an die Universität gehen, nach Turin, und Vollzeit studieren.«

»Ich habe ebenfalls vor, nach den Sommerferien zurückzugehen, wenn ich die Genehmigung bekomme, mein Studium abzuschließen«, erklärt Antonio. »Wir könnten gemeinsam gehen.«

»Das ist nicht der Punkt, Tonio«, widerspricht Lorenzo ernst. »Ich lasse … Ich würde Mama nur sehr ungern hier zurücklassen. Sie ist ganz schön emotional. Der Arzt hat gesagt, wir sollten dafür sorgen, dass sie ihre Ruhe bekommt.«

Antonio runzelt die Stirn. »So kenne ich Mama gar nicht.«

»Du bist auch beinahe vier Jahre weg gewesen«, erwidert Lorenzo. »Und Marco ist immer noch weg. Wir sind alles, was sie noch hat, Tonio.«

»Du hast recht«, stimmt Antonio ihm zu. »Wir sind alles, was sie noch hat.«

»Da ist noch etwas«, äußert Lorenzo nach einem Weilchen.

»Hm?«

»Ich … Nochmals vielen Dank, dass du mir das Leben gerettet hast, Antonio.«

»Die Sanitäter haben dir das Leben gerettet.«

»Du hast mich dort weggeschleppt, als ich nicht mehr laufen konnte. Wenn du das nicht gemacht hättest, wärst du auch nicht verwundet worden und dann hätten sie dich nicht gefangen genommen.«

»Dann hätten sie mich vielleicht stattdessen erschossen in dieser Hölle, die sie El Alamein nennen«, entgegnet Antonio philosophisch.

»Was ich getan habe, ist ziemlich dumm gewesen – ich stehe tief in deiner Schuld«, fährt Lorenzo fort.

Antonio schaut ihm direkt in die Augen. »Wir sind Brüder, vergiss das bitte nicht.«

»Daran denke ich jeden Tag«, bestätigt Lorenzo.

Die Nacht ist herrlich kühl, der Himmel nah und klar, die Sterne sind vertraut. Die Berggipfel heben sich schwarz vom Himmel ab, die Mondscheibe reißt sich mühsam los und treibt still auf ihrer Bahn durch den Himmelsraum. Der Morgenstern ist besonders hell.

Antonio weiß das alles. Denn er findet keinen Schlaf.

Am Freitag haben die Frauen des Dorfes schon vom Morgengrauen an viel zu tun. »Wir müssen doch wenigstens *einen* Kuchen für das Fest backen«, überlegen sie miteinander. »Selbst wenn jeder nur einen winzigen Bissen davon bekommen kann.« Sie kratzen die letzten Reste Mehl zusammen, jemand hat noch eine halbe Tasse Zucker, Luigi kommt und bringt Eier und dicke Sahne.

»Es geht um den Gedanken«, sagt Sofia, »aber der Himmel weiß, wie wir den Tortenguss machen sollen.«

»Ich habe noch ein Gläschen von der Marmelade, die ich schon vor dem Krieg gemacht habe«, bietet Anna an.

»Dann bring die mal her«, fordert Sofia sie auf. »Ich hoffe nur, dass genügend Zucker drin ist. Du bist immer schon beim Einkochen etwas sparsam mit dem Zucker gewesen.«

»Immer musst du irgendwas an meiner Marmelade kritisieren«, blafft Anna zurück. »Willst du sie nun haben oder nicht?«

»Ich habe doch schon gesagt, dass du sie holen sollst.«

Bevor an diesem Nachmittag die Schulglocke läutet, tragen die Kinder ihre Tische auf den Dorfplatz. Pater Enrico und die Nonnen passen auf, dass sie die Tische an den richtigen Stellen platzieren. Morgen ist *der* Samstag. Anschließend rennen die Kinder wie eine Herde Ziegen in Richtung Berg davon und die Nonnen haben keine Lust, die Tische selbst zu schleppen.

Als die Männer am späten Nachmittag von den Gemüsegärten, den Äckern und den Obstplantagen nach Hause kommen, schaffen sie Körbe voller frischer Produkte heran. Die Frauen begutachten die Ernte mit kritischen Blicken und suchen die schönsten Tomaten und die dicksten Trauben für die Tischdekoration heraus.

Kurz vor Sonnenuntergang hören die Menschen ein Auto röhren. Wer wird noch so spät an einem Freitagnachmittag herumfahren? Es beginnt schon zu dämmern und die Sonne steht tief.

»Es ist der Fiat!«, ruft ein Junge mit scharfen Augen. »Herr Doktor! Ihr Sohn kommt angefahren!«

»Hoffentlich hat er keine schlechten Nachrichten!«, seufzt Sofia. »Von denen haben wir schon mehr als genug gehabt.«

Das kleine runde Wägelchen hält vor der Arztpraxis. Pietro steigt aus. Auf der anderen Seite versucht ein ausgemergelter, alter Mann aus dem Auto herauszukommen, es gelingt ihm jedoch nicht. Er sackt wieder in seinen Sitz zusammen.

Behutsam kommen die Menschen näher. Dann bleiben sie plötzlich stehen, völlig versteinert. Allein ihre Augen starren noch. Sofia schlägt sich die Hände vor den Mund. »Heilige Mutter Gottes, es ist Marco«, ruft sie entsetzt.

Pietro hilft dem alten Mann aus dem Auto.

Schließlich humpelt Lorenzo hastig auf seinen Krücken heran. Pietro stützt den Mann auf der linken Seite und Lorenzo legt dessen rechten Arm auf seine eigenen Schultern. So bringen sie ihn, halb schleppen sie ihn, halb tragen sie ihn, ins Häuschen von Guiseppe und Maria.

Sofia verschließt die Augen. »Heilige Maria, vielleicht hat unser Kind tatsächlich das bessere Schicksal getroffen«, bemerkt sie leise.

Lorenzo macht die Tür des Häuschens zu.

Langsam versinkt die Sonne hinter den Bergkämmen und die Leute auf dem Platz verteilen sich. Schweigend gehen sie einer nach dem anderen nach Hause.

An diesem Samstag wird kein Fest gefeiert und in der Woche darauf auch nicht – die Ratlosigkeit im Dorf ist einfach zu groß.

»Er behält nichts bei sich«, berichtet Gina mit großen Augen. »Die Medikamente, die ihm der Doktor gibt, helfen nicht. Tante Maria weiß nicht mehr, was sie noch tun soll. Selbst Grütze kommt einfach wieder heraus.«

»Katzendärme«, überlegt Sofia. »Ihr müsst eine Katze schlachten und dann den warmen Darm auf seinen Bauch legen.«

»Igitt, Sofia, das ist ja eklig!«, gruselt sich Gina.

»Oder ihr nehmt den frischen Mageninhalt einer jungen Ziege«, kommt Sofia mit einem Alternativvorschlag. »Das wirkt immer.«

»Sollen wir das machen?«, möchte Gina später von Antonio wissen.

»Ich denke, wir sollten uns lieber an das halten, was der Doktor sagt«, antwortet dieser. »Er glaubt immer noch, dass wir Geduld haben müssen. Schließlich geht es um eine Schädigung, die über Jahre entstanden ist.«

Irgendwann später fragt Gina Lorenzo: »Was denkst du, was wohl aus Rachel und Herrn Rosenfeld geworden ist?«

»Ich denke nicht, dass sie noch zurückkommen werden, Gina«, antwortet er und betrachtet sie mit einem seltsamen Ausdruck in den Augen. »Sonst wären sie bei Marco gewesen.«

»Hast du schon etwas gesagt?«, fragt sie.

»Wegen … der anderen Sache? Nein, das habe ich bisher noch nicht geschafft.«

»Ich auch nicht«, antwortet sie und geht nach draußen.

Am nächsten Tag überlegt Maria: »Ich werde einmal etwas Kartoffelsuppe durch ein Tuch sieben und sie ihm Löffelchen für Löffelchen füttern. Gestern hat er das bisschen Wasser auch bei sich behalten.«

Und so, Löffelchen für Löffelchen, Tag für Tag, beginnt es Marco doch etwas besser zu gehen. Nach drei Tagen streckt er seine Hand nach Antonio aus. »Du bist auch wieder da«, sagt er leise.

»Ja, Marco. Wir sind alle wieder zusammen.«

Marco schließt die Augen. »Aber sie ist nicht mehr da, Tonio.«

Antonio legt seine Hand auf Marcos spindeldürren Arm. »Ja, das hatte ich schon befürchtet.«

»Sie ist noch so voll guten Mutes gewesen, das letzte Mal, als ich von ihr gehört habe. Das war kurz vor Weihnachten. Jemand hat es geschafft, einen Brief aus dem Lager herauszuschmuggeln.«

Antonio bewegt sich nicht. Er wartet. Er weiß nicht, was er sonst tun soll.

»Sie hat ihren Mut nicht verloren. Selbst nachdem ihre Schwester gestorben war, hat sie ihren Mut nicht verloren.«

Nachdem Marco danach lange geschwiegen hat, fragt Antonio: »Und was ist mit Herrn Rosenfeld, Marco?«

Marco antwortet nicht, sondern schüttelt nur kaum merklich den Kopf. Nach einer Weile sagt er: »Vielleicht kommt er doch noch zurück. Es ist schon zwei Jahre her, seit ich das letzte Mal etwas von ihm gehört habe.«

Obwohl das Fest nie gefeiert worden ist, sind die Menschen im Dorf dennoch glücklich, weil sich eine schöne Geschichte ihrem Ende nähert. Marco lebt noch und er ist wieder da. Antonio lebt noch und er ist wieder da und Gina und er wandern wieder jeden Nachmittag den Berg hinauf zu dem Ort, wo die Mauern des alten Kastells vor Jahrhunderten in die Höhe gestiegen sind. Und da reden sie miteinander. Man kann sehen, dass sie ernste Gespräche führen.

Es ist sehr gut, dass Antonio wieder da ist, flüstern die Frauen einander zu, hinter vorgehaltener Hand.

Ja, ihre Geschichte neigt sich dem Ende zu. Einem schönen Ende, einem glücklichen Ende. Und Gott weiß, dass sie wirklich ein glückliches Ende gebrauchen können.

Nur der Doktor hat eine kleine Falte auf der Stirn.

Er weiß es noch nicht so recht.

28. Kapitel

In allen möglichen Städten im ganzen Land werden Willkommensfeste für die heimkehrenden Soldaten vorbereitet. Und als der große Tag endlich anbricht, wird überall groß gefeiert: in Kapstadt, in Johannesburg, in Durban, Port Elizabeth, London-Ost und Pietermaritzburg, ja sogar in Pretoria. Von allen hohen Gebäuden sind Fahnen gehisst, Armeelastwagen voller Männer in Uniform rollen langsam durch die Hauptstraße, entlang des Weges steht ein Ehrenspalier aus Menschen mit Fähnchen und Bändern in den Händen und kleine Jungen werden von ihren Vätern auf die Schultern gehoben, damit sie besser sehen können.

»Jetzt kommt mein Kind auch bald nach Hause«, verkündet Onkel Freddie und streicht sich über sein dünnes Haar. »Der Herr weiß, dass das die längsten vier Jahre meines Lebens gewesen sind.«

»Und ihr Opfer hat ihm noch nicht einmal einen Sitz im Parlament gebracht«, stellt Tante Anne fest. Ihre Augen sind hart und ihre Mundwinkel zeigen nach unten.

»Ich bezweifle sehr, dass Christine das im Auge gehabt hat, als sie sich freiwillig gemeldet hat, Tante Anne«, erwidert Klara mit Bestimmtheit. »Wenn du mich fragst, ist sie zur Armee gegangen, weil sie das als ihre Pflicht ihrem Vaterland gegenüber angesehen hat.«

Tante Anne wirft ihr einen kalten Blick zu. Klara sieht, dass Boelie auf der anderen Seite des Tisches etwas sagen will, sie bringt ihn allerdings mit einem Blick zum Schweigen.

»Das ist immer noch eine blöde und idiotische Art und Weise, seine Pflicht dem Vaterland gegenüber zu erfüllen«, bemerkt er ihr gegenüber später auf dem Weg zur Veranda.

»Boelie, ich weigere mich, mir diese Ausdrucksweise anzuhören«, erwidert sie in warnendem Ton.

»Na ja, tut mir leid, okay? Aber du bist im Augenblick auch so schnell angefressen. Mit dir ist wirklich kein Blumentopf zu gewinnen.«

Das ist wahr, denkt sie an diesem Abend, als sie schon im Bett liegt. Sie ist tatsächlich schnell angefressen. Und müde ist sie auch, so unglaublich müde, dass sie sich manchmal am helllichten Tag nach einem tiefen, traumlosen Schlaf sehnt. Nachts kann sie jedoch einfach nicht einschlafen. Denn mit der Dunkelheit kommen auch die Erinnerungen – ungefragt. Und zusammen mit den Erinnerungen nagt die Sehnsucht an ihr, heftig und schmerzhaft.

Vor ihrem geistigen Auge sieht sie sein Profil, sein dunkles Haar und seine rabenschwarzen Augen. Sie spürt erneut seinen Herzschlag durch sein Hemd hindurch, fühlt seinen durchtrainierten Körper und seine Arme, die sich um sie legen. Sie hört ihn singen, seine kräftige Tenorstimme in dem kleinen Kirchenraum, die sich von allen anderen Stimmen abhebt. Ich möchte bei dir sein, hat diese Stimme gesagt, ich möchte mit dir reden. Genau deswegen gehe ich dir aus dem Weg, weil es mir so schwerfällt.

Und jedes Mal, wenn wieder ein Zug pfeift, setzt er sich ruckelnd in Bewegung und bringt ihn weg, dorthin, wo es schwarz und finster ist.

Und über allen Erinnerungen und allem Kummer liegt der dunkle Schatten der Schuldgefühle.

»Mir geht es nicht gut«, bemerkt Boelie ein paar Tage später.

»Vielleicht hast du etwas Verkehrtes gegessen«, überlegt seine Mutter.

»Oder es ist die Grippe. Ich habe gehört, dass sie in diesem Winter besonders schlimm sein soll«, wirft Oma ein.

»Anstelleritis, wenn ihr mich fragt«, diagnostiziert Papa.

»Dann werde ich wohl die ganze Arbeit alleine machen müssen«, schimpft De Wet.

»Sagt das rote Hühnchen[12]«, ergänzt Klara.

»Worüber redet ihr denn jetzt schon wieder?«, fragt Opa verwirrt.

»Ach Papa, die Kinder sind einfach ein bisschen übermütig«, erklärt Mama. »Los jetzt, Jungs, benehmt euch!«

Doch ungefähr einen Tag später hat Boelie überall kleine, rote Bläschen: Windpocken. »Da hilft nichts, du musst im Außenzimmer in Quarantäne, Brüderchen«, verkündet De Wet besserwisserisch. »Alles Gute, ich weiß, wie das ist.«

»Du bist der Einzige, der die Windpocken schon gehabt hat, De Wet«, stellt Mama fest. »Deshalb musst du Boelie versorgen. Das Zimmer abgedunkelt zu lassen, ist das Wichtigste. Wir müssen seine Augen schützen.«

Klara lacht. »Jetzt sitzt du fest, Bruderherz. Nun wirst *du* erst einmal gepflegt.«

Nach einer Woche wirkt Boelie wie ein Stier auf einer viel zu kleinen Weide.

»Du bleibst drinnen, die Vorhänge bleiben zu und du liest auch nichts!«, befiehlt Mama unerbittlich.

»Dann sag De Wet, dass er mir ein Buch vorlesen soll«, jammert Boelie. »Ich langweile mich zu Tode.«

»Ma-ma-a!«, protestiert De Wet. »Das ist ein Cowboybuch! Das ist ja noch schlimmer als diese wöchentliche Serie im Kino.«

»Ihr benehmt euch wirklich wie kleine Kinder«, erwidert Mama genervt. »Los Klara, dann liest du eben Boelie etwas vor.«

»Ich habe die Windpocken aber noch gar nicht gehabt!«, beschwert sich Klara.

»Dann setz dich eben draußen vors Fenster und lies, so laut du kannst«, entgegnet Mama. »Und hört auf, mir zu widersprechen, habt ihr verstanden?«

»Dieses Cowboybuch lese ich nicht, kapiert?«, verkündet Klara in warnendem Ton Boelie gegenüber. »Ich habe *Die Brandwag*

---

12 Anm. d. Übers.: Das rote Hühnchen (*Het rode kippetje*) ist ein bekanntes niederländisches Kinderbuch von Max Velthuijs (1923-2005) über ein Huhn, das darüber jammert, alle Arbeit allein machen zu müssen.

mitgebracht. Darin ist ein Artikel über das Voortrekkermonument.«

»Ich kann es kaum abwarten, fang endlich an«, ruft Boelie hinter dem Vorhang.

»Bist du jetzt sarkastisch?«

»Fang schon an, Klara.«

»Die Einweihung des Voortrekkermonuments war anfänglich für das Jahr 1943 geplant«, liest Klara vor, »musste jedoch wegen des Krieges auf unbestimmte Zeit verschoben werden. Die Baumaßnahmen kommen jetzt gut voran. Der Hauptbauunternehmer, ein Herr Cornelius Pretorius aus Bloemfontein …«

»Dieser Kerl hat einen guten Namen«, wirft Boelie ein.

»Hältst du Pretorius für einen schönen Namen?«, möchte Klara wissen.

»Nein, Mann, er hat einen guten Namen! Lies jetzt weiter.«

»Ach so … Cornelius Pretorius aus Bloemfontein sagt, dass das Bauwerk noch vor dem Jahreswechsel vollendet sein wird. Pretorius hat übrigens den Bau der Steinplatte zu verantworten, während der Herr P. C. L. Smit für die Platzierung der Rundbogenfenster verantwortlich zeichnet. Die Marmorauskleidung des Innenraumes …«

»Was für ein stinklangweiliger Artikel ist das denn?«, brummt Boelie.

»Darf ich gehen?«, fragt sie hoffnungsvoll.

»Nein, geh nicht weg, lies lieber weiter.«

»Die Marmorauskleidung des Innenraumes wird durch die Firma Marble Line übernommen. Die Paneelen auf dem Fries, die in verschiedenen Reliefs die Geschichte des Großen Trecks wiedergeben, wurden zunächst aus Ton modelliert und anschließend aus Gips gegossen. Die Gipsmodelle werden per Schiff nach Italien gebracht, wo der Bildhauer, Professor Romano Romanelli, die Paneele aus …«

Die Worte bleiben ihr im Hals stecken. Sie schluckt.

»Bah, lass mal gut sein«, sagt Boelie. »Bring mir lieber eine Tasse Kaffee.«

Langsam geht sie in die Küche.

Es geht um Altissimo-Marmor aus den Apenninen, weiß sie, denn das hat ihr Antonio erzählt – derselbe Marmor, den auch schon Michelangelo gebraucht hat. Oder ist es Leonardo da Vinci gewesen?

Aber sollte es ihr nicht eigentlich egal sein, wer mit welchem Marmor gearbeitet hat und wo der weiße Stein für die toten Bilder herkommt?

Sollte ihr nicht überhaupt alles egal sein?

Die Mittagssonne brennt ihr auf den Kopf und die Sehnsucht breitet sich wie ein Feuer in ihr aus.

Eine Woche nach der anderen verstreicht. Christine kommt nicht zurück.

Henk ruft jeden Sonntagabend an. Als Klara ihn Ende Mai an der Leitung hat, sagt er: »Ich wollte, du würdest einmal auf einen Besuch vorbeikommen, Klara. Ich bekomme keinen Urlaub, sonst wäre ich sicher zu euch gekommen, aber du kriegst doch Anfang Juli Ferien, oder?«

In seiner Stimme hört sie die Sehnsucht. Und ich sehne mich ebenfalls nach ihm, denkt sie. Es geht mir besser, wenn ich bei ihm bin. »Ich weiß nicht, wie wir das praktisch durchführen sollen, Henk«, antwortet sie zögernd. »Ich kann doch nicht allein zu dir auf Besuch kommen. Außerdem werden wir auch nicht viel voneinander haben, wenn du den ganzen Tag arbeiten musst.«

»Wir könnten ja die Abende miteinander verbringen und ab und zu ausgehen, vielleicht tanzen oder ins Kino«, schlägt er vor. »In Johannesburg gibt es so viele Möglichkeiten. Und ich könnte eine von den Frauen in meinem Betrieb fragen, ob du bei ihr übernachten könntest. Tagsüber könntest du dann …«

»Nein, warte, Henk«, bremst sie ihn schnell aus. »Ich habe wirklich keine Lust, bei fremden Leuten zu übernachten.«

»Aber du würdest schon gerne kommen?«, fragt er zur Sicherheit.

»Ja, Henk, ich würde dich gerne besuchen, wenn sich das regeln lässt. Aber unternimm bitte keine voreiligen Schritte.«

Die Tage sind angefüllt mit Schule, Hockeytraining und Korrekturen. Die Abende sind beinahe zu kurz für alle Unterrichtsvorbereitungen. Die Abschlussprüfungen rücken näher und in den Klassen herrscht eine fast schon panische Hast, die letzten Dinge noch durchzuziehen.

Doch wenn sie abends das Licht löscht, liegt die Nacht vor ihr wie ein finsteres Loch. Unten in dem Loch befindet sich der Verlust, der sie in seinen Klauen hält, eine Einsamkeit, die sie an den Boden festkettet. Dann steht sie nach einer Weile auf und starrt aus dem Fenster. Die Gegend ist finster, der Feldweg bei Neumond kaum erkennbar.

Ich darf einfach nicht nachdenken, sagt sie sich selbst. Ich muss Schäfchen zählen oder ein neues Kleid entwerfen oder …

Sie seufzt. Aber die Gedanken kommen von allein, sie lassen sich nicht zurückhalten, sondern brechen ihren Widerstand und zertrümmern sie.

Vielleicht ist es so, wie wenn man trauert, überlegt sie. Wenn ich mich nun einfach diesen Gedanken und Erinnerungen hingebe, dann wird es nach einer Weile vielleicht ein bisschen besser.

Er ist langsam den Weg entlanggeschlendert, das weiß sie noch. Kurz vor dem Gemüsegarten hat er sich auf den weichen Sand sinken lassen und sein Gesicht in den Händen vergraben. Damals hat sie gewusst: Obwohl sein Mund an jenem Abend vorher gelacht, obwohl sein Kopf genickt und seine schwarzen Augen angedeutet hatten, dass es so besser sei, hat sein Herz doch eine andere Sprache gesprochen.

Sie weiß aber auch: Der Abstand zwischen Südafrika und Italien ist einfach zu groß. Selbst ein Hauptbauunternehmer, der über alle Steine der Welt verfügt, kann ihn nicht überbrücken.

Allerdings spricht auch ihr Herz seine eigene Sprache.

Sie kriecht wieder ins Bett.

Viel später steht sie erneut auf und nimmt etwas ein gegen die Kopfschmerzen. Vielleicht wird ihr das beim Einschlafen helfen.

Am 12. Juni kommen die ersten Südafrikaner, die in Tobruk gefangen genommen worden waren, in Kapstadt an. Die Freude kennt keine Grenzen.

Die Geschichten, die sie erzählen, sind wirklich entsetzlich. Sie waren in enge Lager zusammengepfercht, manchmal mit fünftausend Menschen in einer Baracke, berichten sie. Danach hat man sie auf einen »Durstmarsch« durch die Wüste zu verschiedenen Hafenstädten geschickt. Ihre Tagesrationen haben aus einem Stück trockenem Zwieback und einer halben Tasse Wasser bestanden. In den Häfen wurden sie auf Schiffe verfrachtet. Eines der Schiffe ist die »San Sebastián« gewesen, die am 10. Dezember 1941 von dem britischen Unterseeboot »Porpoise« torpediert worden ist.

»Diese saublöden Khakis«, schimpft Boelie.

»Die Leute, die da ertrunken sind, waren Rotlitzen, hörst du?«, erwidert De Wet trocken.

»Trotzdem«, sagt Boelie.

An Bord sind sie in die Laderäume gestopft worden, ohne Wasser und sanitäre Einrichtungen. Anschließend haben sie eine Reise von vier Tagen angetreten, über das Mittelmeer nach Italien, wo sie endgültig in Lager eingesperrt worden sind …

Klara steht auf und geht nach draußen. Muss sie denn fortwährend und durch *alles* an ihn erinnert werden?

Zwei Tage später bekommt Boelie den Bescheid, dass sein Antrag auf Abschluss seines Studiums genehmigt worden ist. Auch seine Freude kennt keine Grenzen.

»Ich bin auch froh«, stellt seine Mutter fest. »Dann bist du wenigstens in der Nähe von Irene. Die hat es auch nicht leicht, so allein in der Fremde.«

»Mein Rückhaltebecken wird schön rechtzeitig fertig«, verkündet Boelie vergnügt. »Du wirst schon sehen, Papa, wenn wir im nächsten Winter ordentlich Regen bekommen, haben wir im Sommer genug, um alles zu bewässern.«

»Wenn wir ordentlich Regen bekommen und wenn dein Rückhaltebecken ihn hält«, antwortet sein Vater skeptisch. »Das werden wir erst noch sehen müssen.«

Klara geht in ihr Zimmer. Das Letzte, was sie jetzt gebrauchen kann, ist eine Konfrontation zwischen Papa und Boelie. »Ich halte es einfach nicht mehr aus«, hat sie heute Morgen noch zu De Wet gesagt. »Ich wollte, diese ewigen Streitereien würden endlich aufhören.«

»Sie sind sich eben viel zu ähnlich«, hat De Wet erwidert. »Und so schlimm ist es ja nun auch wieder nicht – es kommt dir nur so vor, weil du dich nicht so gut fühlst.«

»Mir fehlt nichts, De Wet«, hat sie gereizt behauptet.

Darauf hat er nicht reagiert, aber sie ahnt, dass er etwas weiß.

Denn der Kummer will einfach nicht vorübergehen. Je mehr sie grübelt, desto tiefer frisst er sich in ihr Innerstes.

In dieser Nacht verwandelt sich das schwarze Loch in eine Seifenblase aus allen Farben des Regenbogens, in der sie in den Himmel schwebt. Vor sich erkennt sie sehr deutlich Antonios Rücken. Sie weiß, dass er es ist, sie würde ihn überall wiedererkennen. Doch als sie ihre Hand ausstreckt, um ihn zu berühren, platzt die Seifenblase plötzlich.

Sie schreckt auf.

In unserer Kultur und in unserem Glauben ist eine Verlobung bindend, hat er gesagt. Die ist durch den Priester eingesegnet.

Sie geht in die Küche, gießt sich ein Glas Milch ein und setzt sich auf die Veranda.

Ich muss strenger zu mir sein, so kann es schließlich nicht weitergehen, erkennt sie. Ich jage einer Seifenblase hinterher, und sobald ich sie berühre, platzt sie.

Antonio hat mich eine besondere Frau genannt. Was würde er sagen, wenn er mich so sehen könnte: ein mitleiderregendes Häufchen Elend, das sich tagsüber hinter einer Maske versteckt und nachts die Bilder aus der Erinnerung hervorholt, um zu trauern?

Er ist weg. Unwiderruflich weg. Es geht nicht anders, hat er gesagt. Du bist so hübsch, Klara. Pass gut auf dich auf. Und anschließend hat der Zug ihn mitgenommen, zurück zu seiner Familie, zurück zu seiner Verlobten.

Sie spricht sich Kraft zu. Von jetzt an gehe ich davon aus, dass es vorbei ist. Ich stehe aus meiner selbst geschaffenen Asche auf und schaue nur noch nach vorn. Ich werde den Berg, der vor mir liegt, barfuß überqueren und die andere Seite erreichen. Ich werde …

Beim Morgengrauen wäscht sie sich das Gesicht mit kaltem Wasser und macht sich fertig, um in die Schule zu gehen.

Und immer noch gibt es keine Nachricht von Christine.

Ich fühle mich um Klassen besser, denkt Klara, während sie ein paar Tage später nachmittags auf dem Heimweg sind. Ich bin todmüde und heute Nacht werde ich schlafen wie ein Stein. »Ich habe beschlossen, die Vergangenheit hinter mir zu lassen«, verkündet sie plötzlich De Wet. »Genug ist genug.«

»Da bin ich aber froh«, erwidert der.

Anschließend fahren sie schweigend weiter.

Doch an einem sonnigen Nachmittag im Juni bricht der Damm dennoch und eine unerwartete Welle aus Sehnsucht, Kummer und Unsicherheit ergießt sich über sie. Klara spürt sie heranrollen und rennt schnell nach draußen, zum Fluss, wo die Pontenilo monumental und stattlich den Nijl überspannt.

Ihr Körper zuckt und sie wird von einem unbezwingbaren Weinkrampf übermannt. Erschöpft lässt sie sich auf einen Felsblock sinken und ergibt sich ihrem Kummer. Irgendwo zwischen dem Schluchzen merkt sie, dass sich jemand neben sie gesetzt hat und seinen Arm um sie legt. Sie lehnt sich an ihn.

Nach einer ganzen Weile hat sie keine Tränen mehr. Nur ein einzelner Schluchzer findet noch ab und zu seinen Weg nach oben.

»Geht es dir ein bisschen besser?«, will De Wet wissen.

»Ja, danke«, antwortet sie und setzt sich aufrecht hin. »Aber ich fühle mich vollkommen leer.«

»Woher weißt du, ob jemand der Richtige für dich ist?«, fragt Klara am ersten Tag der Winterferien ihre Großmutter. Die Wintersonne scheint und sie sitzen auf der Veranda des Alten Hauses und trinken Kaffee. »Woher hast du es gewusst?«

Ihre Oma schiebt ihren Korbstuhl etwas weiter nach vorn, sodass ihre Füße wieder in der Sonne stehen. Sie denkt gut nach, bevor sie eine Antwort gibt.

»Ich bin noch eine ganze Ecke jünger gewesen als du, als mich dein Opa gefragt hat«, berichtet sie dann. »Aber das ist auch eine ganz andere Zeit gewesen. Ich habe Angst gehabt, vor allem deshalb, weil ich gewusst habe, dass er Farmer im Bosveld werden wollte. Ich bin im Hogeveld aufgewachsen und habe mit dem Bosveld nur Gefahren verbunden: Malaria und Löwen. Und ich hatte gehört, dass die Wege da kaum zu gebrauchen waren.«

»Ich bin im Bosveld aufgewachsen«, wirft Klara lachend ein. »Alles, was ich über Johannesburg weiß, sind auch nur die Gefahren, die es dort gibt: Schwindsucht, Räuberbanden und verstopfte Straßen.«

Oma trinkt ein Schlückchen Kaffee. »Ja, ein Mensch weiß nicht alles«, bestätigt sie. »Aber ich habe gewusst, dass ich jeden Tag meines Lebens bei diesem Mann sein will, dass ich mir Kinder von ihm wünsche und zusammen mit ihm alt werden will. Ich habe gewusst, dass dies der wichtigste Mensch in meinem Leben ist und auch immer bleiben würde. Da habe ich Vater und Mutter verlassen und ihn geheiratet.«

»Hast du das jemals bedauert?«

»Ach, so ab und zu schon. Ein Mensch bleibt doch ein Mensch. Zum Glück hat das nie lange gedauert. Wenn ich mich noch einmal zu entscheiden hätte, würde ich es wieder tun.«

»Ich wollte, ich hätte deine Weisheit und deine Erfahrung«, bekennt Klara.

»Dann hättest du aber auch mein Rheuma und mein Herzrasen, denn das bekommst du bei so etwas gratis dazu«, erwidert Oma gelassen. »Du musst die Sache zuallererst ins Gebet nehmen, Kind. Danach solltest du gut darüber nachdenken und eine Entscheidung treffen, im Vertrauen auf die Führung deines himmlischen Vaters.«

»Ja«, sagt Klara, »das werde ich tun.«

Tagsüber wird es nun doch etwas einfacher, selbst wenn ich nicht beschäftigt bin, überlegt Klara. Sie liegt auf dem Bett und liest. Die Sonne scheint behaglich auf ihre Füße und die Ferienträgheit hat sie in Besitz genommen.

Im Flur nähern sich Schritte. »Hier, aus dem Orangenhain«, sagt Boelie an der Tür und wirft ihr eine frisch gepflückte Apfelsine aufs Bett.

»Danke!«, ruft sie ihm hinterher, doch ob er es noch hört, weiß sie nicht.

Sie legt das Buch zur Seite und beginnt, die Orange zu schälen. Ich habe gewusst, dass ich jeden Tag meines Lebens bei meinem Mann sein möchte, hat Oma gesagt. Ich habe gewusst, dass ich gemeinsam mit ihm alt werden möchte.

Ein Orangenstück nach dem andern trennt sie ab.

Eigentlich möchte ich schon jeden Tag meines Lebens bei Henk sein, stellt sie fest. Es ist immer nett, wenn er hier ist, und es ist auch schön, bei ihm zu sein.

Der süße Saft spritzt ihr im Mund herum.

Wir streiten uns zwar gelegentlich, aber nie richtig schlimm. Eigentlich sind wir bei den meisten Dingen einer Meinung.

Sie pult sich noch ein Stück von der Orange ab.

Ich möchte jeden Tag auf ihn warten, bis er von seiner Arbeit nach Hause kommt. Ich möchte für ihn kochen und nach dem Essen gemeinsam mit ihm die Nachrichten hören.

Langsam kaut sie. Sie schmeckt die raue Haut des Orangenstücks, das weiche Fruchtfleisch, den süßen Saft.

Er wird gut für mich sorgen können und das möchte er auch gern.

Sie schmeckt die Sonne in der Orange. Das winzig kleine Stückchen in der Mitte ist der süßeste Teil. Den bewahrt sie immer bis zum Schluss auf.

Ich möchte auch Kinder von ihm haben, denkt sie, Jungen mit kräftigen Körperchen und Mädchen mit blauen Augen.

Sie zieht die Knie an und beißt das kleine Orangenfrüchtchen aus seiner Schale.

Ich möchte gemeinsam mit Henk alt werden, denkt sie, ruhig und glücklich alt werden, genau wie Opa und Oma oder wie Papa und Mama.

Dann steht sie auf und wirft die Orangenschalen in den Abfalleimer. Der ganze Raum riecht danach.

Ich werde Henk heiraten, überlegt sie. Darüber bin ich froh. Wir heiraten und das ist gut so.

Entschlossen zieht sie ihre Schuhe an und geht zielgerichtet zum Gemüsegarten, wo Mama und Willem am Arbeiten sind.

»Ich würde gern nächste Woche ein paar Tage zu Henk fahren, Mama«, offenbart sie. »Wir müssen wegen unserer Hochzeit einmal Nägel mit Köpfen machen.«

Überrascht schaut Mama auf. »Das hätte ich nicht erwartet«, erwidert sie.

Klara lacht. »Wir sind doch schon seit einem halben Jahr verlobt!«

»Ja«, antwortet Mama und streicht sich mit ihren schlammigen Händen die Haare aus dem Gesicht. »Aber wir haben bisher noch gar nicht über die Hochzeit gesprochen und die wird doch hier in der Scheune gefeiert werden.«

»Ich möchte mir einfach mal anschauen, wo wir wohnen werden und welche Schulen es dort in der Gegend gibt, sodass ich anfangen kann, mich zu bewerben.«

»Du hast doch wohl nicht etwa vor, weiter arbeiten zu gehen?«, möchte ihre Mutter wissen, während sie zum Haus zurückschlendern.

»Vielleicht nur am Anfang«, antwortet Klara vage.

»Und du kannst auch nicht allein bei Henk übernachten, hörst du?«, verdeutlicht Mama resolut.

»Mama, ich bin beinahe dreiundzwanzig und wir sind verlobt!«

»Das mag wohl sein«, erwidert Mama. »Aber es gehört sich nicht.«

»Ich werde natürlich irgendwo anders übernachten«, erklärt Klara. »Vielleicht geht es bei Lettie. Sie hat ein Zimmer im Ärztetrakt des Krankenhauses.«

»Ich muss erst noch mit deinem Vater darüber sprechen«, überlegt ihre Mutter.

Doch Klara weiß jetzt schon, dass ihre Mutter auf ihrer Seite steht.

Es ist schön, Lettie wiederzusehen. Seit sie nach der Mittelschule zum Studium an unterschiedliche Universitäten gegangen sind, haben sie sich während der Ferien zwar schon gesehen, aber jetzt, wo sie wieder bis tief in die Nacht hinein miteinander plaudern können, kehrt das alte Band zwischen ihnen wieder zurück.

Es ist auch gut, wieder bei Henk zu sein. In einem kleinen Restaurant im Zentrum gehen sie essen und besuchen an einem anderen Abend ein befreundetes Ehepaar. Lettie laden sie ebenfalls einen Abend in Henks Appartement ein, um gemeinsam Musik zu hören. Henk kauft *Fish and Chips*, die sie einfach direkt aus dem Zeitungspapier essen.

»Das ist eigentlich furchtbar unhygienisch«, stellt Lettie fest. »Dieses Zeitungspapier, meine ich.«

»Dann lass es doch liegen«, erwidert Henk.

Am Freitagabend gehen sie tanzen. »Puh, wir brauchen für Lettie noch einen Tanzpartner«, stellt Klara fest.

»Könnten wir nicht einfach zu zweit gehen?«, möchte Henk wissen.

»Ich würde sie gern mitnehmen, sie geht schließlich nur so selten aus«, antwortet Klara.

Es wird ein schöner Abend. Es ist fein, wieder mit Henk zu tanzen. Und noch feiner ist es, danach bis in die frühen Morgenstunden mit Lettie zu plaudern. Ich vermisse wirklich eine Freundin in meinem alltäglichen Leben, denkt Klara.

»Wann wollt ihr denn heiraten?«, fragt Lettie. »Im Dezember?«

»Ich weiß es nicht genau – so irgendwann dann«, antwortet Klara.

»Du hörst dich nicht gerade begeistert an.«

»Ich habe mir noch nicht so viele Gedanken darüber gemacht«, erwidert Klara in einem Versuch, sich zu entschuldigen. »Meiner Meinung nach sollten wir jetzt lieber schlafen, du hast morgen Bereitschaftsdienst.«

Doch als Lettie schon eine ganze Weile ruhig atmet, liegt Klara noch da und grübelt. Die alte Unruhe kommt wieder zurück, findet einen Weg in ihr Bewusstsein und vertreibt jede Spur von Schlaf.

Und auf einmal schlägt die Sehnsucht wieder zu, heftig, scharf und unvorstellbar schmerzhaft. Heftiger als jemals zuvor.

Sie rollt sich ganz zusammen und presst sich die Hände an die Schläfen. *Vater im Himmel, was soll ich machen*?, betet sie lautlos.

Lettie steht auf, schaltet so wie jeden Morgen den Wasserboiler an und geht ins Badezimmer. Als sie zurückkommt, verkündet Klara: »Ich werde heute Abend meine Verlobung lösen.« Ihre Stimme hört sich in ihren Ohren flach an.

»Bist du dir da sicher?«, fragt Lettie entsetzt. »Hast du dir das gut überlegt?«

»Ja, ich bin mir sicher. Ich weiß eigentlich schon ziemlich lange, dass ich das tun sollte, aber bis jetzt habe ich mich nicht getraut. Wir sind schließlich schon eine ganze Weile zusammen. Und ich mag ihn auch wirklich sehr, Lettie. Ich kann ihn nur nicht heiraten. Das weiß ich einfach.«

Lettie nimmt zwei Tassen vom Regal und schaufelt zwei Löffel Kaffee in den Kaffeefilter. »Ist da jemand anderes, Klara?« Sie gießt das kochende Wasser darüber. »Dieser Italiener vielleicht?«

Klara zuckt mit den Schultern.

»Das habe ich mir gedacht«, bemerkt Lettie mit einem Nicken.

»Da ist nichts zwischen uns, Lettie. Er ist zurück in Italien, zu seiner Verlobten. Sie werden mit Sicherheit demnächst heiraten. Schließlich haben sie sich schon vor dem Krieg verlobt. Er hat mit großer Regelmäßigkeit Briefe von ihr bekommen und ihr auch oft zurückgeschrieben. Wir haben jeden Mittwoch Briefe von ihm zur Post gebracht.« Sie lächelt ein bisschen schief. »Ich weiß sogar, wie sie heißt und wie ihre Handschrift aussieht.«

Lettie gießt den Kaffee in die Tassen. »Aber durch ihn hast du irgendwann gemerkt, dass Henk nicht der richtige Mann für dich ist? Sorry, die Milch ist alle. Ich habe vergessen, neue zu kaufen.«

Klara denkt intensiv nach, bevor sie antwortet: »Meine Oma hat gesagt, dass der Mann, den du heiratest, der wichtigste Mann in deinem Leben sein sollte. Wenn Antonio mich gefragt hätte, ob ich mit ihm nach Italien gehen würde, hätte ich meine Koffer gepackt und wäre gegangen. Für Henk würde ich so etwas niemals tun.«

»Aber er hat dich nicht gefragt.«

»Das weiß ich, deshalb habe ich die Entscheidung auch nicht wirklich treffen müssen. Vielleicht hätte ich bei näherer Betrachtung meine Familie doch nicht hinter mir lassen können – wer kann das schon sagen?«

»Nicht nur deine Familie, sondern dein ganzes Leben«, ergänzt Lettie ernst.

»Du hast recht. Aber ich weiß noch nicht einmal, ob ich eigentlich zu Henk nach Johannesburg ziehen möchte. Ich weiß nur, dass ich ihn nicht genug liebe, um ihn heiraten zu können.« Denn ich weiß, wie sehr ich einen Mann lieben kann, denkt sie, das sagt sie allerdings nicht laut.

Lettie schweigt eine ganze Weile und fragt anschließend: »Wann willst du es ihm denn sagen?«

»Heute Abend«, antwortet Klara direkt. »Er muss heute den ganzen Tag arbeiten, aber heute Abend gehen wir zusammen ins Kino. Ich muss heute Abend mit ihm reden, schließlich fahre ich morgen wieder nach Hause.«

»Heute Abend läuft *Casablanca*. Hast du schon etwas über diesen Film gehört?«, möchte Henk auf dem Weg ins Lichtspielhaus wissen.

»Oh ja! Alle sagen, dass das ein wunderbarer Film ist. Mit Humphrey Bogart und Ingrid Bergman, nicht wahr? Soweit ich weiß, ist der schon vor einem oder zwei Jahren herausgekommen.«

»Hm.« Er steuert behände im Slalom zwischen den Autos und Straßenbahnen hindurch. »Ich bin froh, dass du mich besuchst, Klara. Wir haben bisher nur noch gar nicht über unsere Hochzeit sprechen können! Ich vermute, jetzt muss deine Mutter das mit dir allein besprechen.«

Sie merkt, wie ihre Anspannung wächst. »Eigentlich muss ich etwas mit dir besprechen, Henk.«

»Wenn es dabei um ein Thema geht, das meine ganze Aufmerksamkeit erfordert, muss es noch ein Weilchen warten«, neckt Henk leichtherzig. »Es ist gerade ein bisschen viel Verkehr, deswegen kann ich dem schönsten Mädchen der Welt nicht meine volle Aufmerksamkeit schenken.«

Ich muss wirklich so schnell wie möglich meinen Mund aufmachen, denkt sie.

Doch im Kino stehen sie sofort in einer langen Schlange vor dem Kartenverkaufsschalter. Hier kann ich doch wohl kaum mit ihm reden, oder?, denkt sie.

Als sie endlich sitzen, hat das Vorprogramm schon angefangen. Micky Maus ist nun wirklich nicht der passendste Hintergrund für das, was ich zu sagen habe, denkt sie niedergeschlagen. Wann kommt nun endlich ein guter Augenblick?

Die Wochenschau *African Mirror* zeigt Bilder von dem Gipfeltreffen der »Großen Vier« in Potsdam, vom Krieg im Fernen Osten, der mit aller Heftigkeit weitergeführt wird, und von den letzten Soldaten, die in Südafrika von Bord gehen.

»Onkel Freddie und Tante Anne haben immer noch nichts von Christine gehört«, flüstert Klara. »Onkel Freddie macht die Unsicherheit ganz krank.«

»Vielleicht hat sie sich entschieden dortzubleiben«, überlegt Henk und legt ihr den Arm um die Schulter.

Als der Hauptfilm beginnt, zieht er sie noch dichter an sich heran. Sie legt ihren Kopf auf seine Schulter und fühlt sich wohl, wie zu Hause, so als müsste alles so sein, wie es ist. Was hat mich eigentlich geritten, dass ich ihn nicht heiraten wollte?, denkt sie. Vielleicht muss ich mal ein ernstes Wörtchen mit mir selbst reden und endlich mit dem Überlegen und Grübeln aufhören – und auch mit dem Träumen – und seine Frau werden. Wir werden sicher eine glückliche Ehe führen.

Doch je weiter der Film voranschreitet und je weiter sich die Geschichte auf der weißen Leinwand entfaltet, desto mehr wächst die Einsicht in ihr: Ich kann es nicht. Ich kann ihn nicht heiraten.

Als sie nach dem Ende des Films zum Auto laufen, sagt sie: »Ich muss wirklich mit dir reden, Henk.«

»Ja, das hast du schon gesagt«, erwidert er ernst. »Ich fahre zum Emmarentia-Teich. Da ist es abends so richtig schön.«

Sie fahren schweigend. Auf den Straßen ist es jetzt ruhig. Die Laternenpfähle stehen in Reih und Glied pflichtgetreu auf ihrem Posten.

Am Teich halten sie an. Im Wasser spiegeln sich ein paar Lichter.

Er wartet.

»Ich weiß nicht, wie ich es sagen soll, Henk.«

Er schaut zur Seite. Seine Augen hinter den Brillengläsern wissen es bereits. »Sag es einfach, Klara.«

»Ich …« Sie schüttelt den Kopf. »Ich kann dich nicht heiraten, Henk.«

Die Worte bleiben in dem kleinen Raum hängen, bedrückend. Sie dringen tiefer in seine Augen ein, legen sich um seinen Mund, fließen hinunter bis in seine Finger.

Er legt den Kopf gegen die Rückenlehne und schließt die Augen.

»Es tut mir leid, Henk. Es tut mir wirklich ganz furchtbar leid.«

Er nickt, ohne dabei ein Wort zu sagen.

Neben ihnen bleibt ein Auto stehen. Die Scheinwerfer werfen zwei lange Bahnen Licht über das glänzende Wasser des Teiches. Dann verlöschen sie.

Henk setzt sich aufrecht hin und starrt eine ganze Weile über den Teich hinweg. »Eigentlich weiß ich das schon lange«, verkündet er schließlich. »Ich habe es nur nicht akzeptieren wollen.«

»Du bist ein besonderer Mensch, Henk, und ich mag dich wirklich sehr, aber …«

»Hör auf, Klara, bitte«, sagt er mit einer abwehrenden Handbewegung.

»Sorry.«

Durch die stillen Straßen fahren sie zurück zum Krankenhaus.

»Darf ich dich etwas fragen?«, möchte er nach einer Weile wissen. »Du musst mir auch keine Antwort geben, wenn du nicht willst.«

»Das werde ich aber. Du bekommst eine ehrliche Antwort, egal was du wissen willst.«

Er atmet einmal tief ein. »Ist es wegen dieses Italieners? Antonio?«

Wie scharfe Klingen schneiden seine Worte durch sie hindurch, pressen sich bleischwer auf ihre Brust.

»Ich habe gelegentlich schon über Antonio nachgedacht«, bekennt sie schließlich, »aber das ist alles nur ein Traum gewesen, mehr nicht. Ich kenne ihn nicht einmal besonders gut, viel weniger gut, als ich dich kenne. Abgesehen davon müsste er mittlerweile längst verheiratet sein. Er war verlobt und ist zu seiner Verlobten zurückgegangen.«

Sie merkt, dass er zuhört, er sagt jedoch nichts.

»Ich habe sehr viel nachgedacht, Henk, ich habe sogar mit meiner Oma darüber gesprochen. Seinerzeit bin ich zu dem Schluss gekommen, dass wir miteinander glücklich werden könnten und dass es gut ist, wenn wir heiraten. Aber jetzt glaube ich erkannt zu haben, dass ich es nicht kann. Das liegt nicht an irgendetwas, was du getan hast, es liegt nicht an Johannesburg, es liegt an mir. Ich kann dir nicht logisch erklären, warum mir das auf einmal klar geworden ist. Ich denke, dass ich … dich einfach nicht genug liebe.«

Sie bemerkt, wie es langsam zu ihm durchzudringen scheint.

Sie sieht seinen Kummer, sein Bedauern. »Ich wollte, es wäre anders«, fügt sie hinzu.

Er sagt nichts.

Beim Ärztetrakt parkt er das Auto und geht mit ihr bis zum Zimmer von Lettie.

Sie wollte, sie könnte den Schmerz aus seinen Augen wegnehmen, aber das geht nicht, denn sie ist die Ursache für diesen Schmerz.

»Ich fand, der Film war ganz schön traurig«, verkündet sie, während sie etwas unbehaglich vor der Zimmertür stehen. »Gut, aber ziemlich traurig.«

»Ihre Erinnerungen kann ihnen aber niemand wegnehmen«, antwortet er.

Trotz allem muss sie lächeln. »Nein, ihre Erinnerungen kann ihnen niemand wegnehmen. Das gilt auch für uns, oder?«

Er nickt langsam. »Ja, Klara, das gilt auch für uns.«

Anschließend dreht er sich plötzlich um und geht weg, ohne sich von ihr zu verabschieden.

Am nächsten Tag bringt er sie zum Bahnhof.

Der Zug pufft durch die verlassenen Ebenen zurück ins Bosveld. Das Gefühl der Einsamkeit in Klaras Herz ist größer als die Verlassenheit der Ebenen, durch die hindurch sie fahren, größer als die schlimmste sonntägliche Einsamkeit, die sie je erlebt hat.

Am Bahnhof wartet schon De Wet auf sie. Sie ist froh, dass er es ist, der sie holen kommt. »Und wie war's?«, will er beiläufig wissen.

»Gut«, antwortet sie vage.

Er lädt die Koffer in den Kofferraum und schiebt sich hinter das Steuer. Er hat einen lässigen Fahrstil, die eine Hand auf dem Lenkrad und die andere auf das heruntergelassene Fenster gelehnt. Seine Finger trommeln die ganze Zeit auf die Karosserie.

»Vergiss nicht, dass du es *ruhig* angehen sollst mit Opas Daimler, sonst wird er es dir heimzahlen«, versucht es Klara mit Sorglosigkeit.

Er lacht nur kurz und tritt das Gaspedal noch etwas weiter durch.

Sie sind noch ein ganzes Stück vom Dorf entfernt, als er auf einmal sagt: »Ich werde sie holen gehen, Klara.«

»Wen? Und wo?«, fragt Klara. »Für jemanden, der mit Reden seine Brötchen verdienen muss, bist du ziemlich einsilbig.«

»Christine. Egal wo sie ist.« Er schaut sie nicht an, sondern blickt weiterhin vor sich auf den Weg.

Sie wirft einen flüchtigen Blick zur Seite. Das war kein Scherz von ihm.

»Christine holen? Aber De Wet, wie soll das denn gehen?«

»Onkel Freddie hat sich darum gekümmert. Er hat immerhin gute Freunde im Parlament, die überall Kontakte haben. Ich werde in einer Armeemaschine mitfliegen, sobald irgendwo ein Platz frei ist. Wahrscheinlich in der nächsten Woche.«

Die Angst klammert sich um Klaras Herz. »Das ist doch gefährlich!«

»Nein, gar nicht, der Krieg ist doch vorbei«, erwidert De Wet ruhig.

Langsam schüttelt sie den Kopf. »Nun ja, also … wann habt ihr das denn alles ausgeheckt? Und warum hast du mir nichts davon erzählt? Hast du schon mal darüber nachgedacht, ob Christine überhaupt zurückmöchte? Was wäre denn, wenn sie … längst verheiratet ist oder so?«

»Jetzt stellst du aber eine ganze Reihe von Fragen gleichzeitig«, entgegnet De Wet. »Wir beschäftigen uns schon seit einer ganzen Weile damit, aber so etwas kostet nun einmal auch Zeit. Ich habe bisher mit niemandem darüber gesprochen – nur Onkel Freddie weiß davon. Wir wollen keine falschen Erwartungen wecken. Oh ja, Onkel Bartel weiß es ebenfalls, obwohl er nicht genau weiß, wohin ich gehe und mit welchem Ziel. Aber er musste mir natürlich Urlaub geben.«

»Und was ist mit Papa und Mama? Denen musst du es doch erzählen, oder?«

»Nur dass ich weggehe – aber nicht wohin.«

»Das hast du mir doch auch nicht erzählt.«

»Dorthin, wo Christine jetzt ist«, antwortet De Wet. »Onkel Freddie versucht herauszufinden, wo das genau ist.«

Es kommt Klara immer noch unwirklich vor. Geht De Wet tatsächlich Christine holen? »Und was machst du, wenn sie nicht mitkommen möchte?«

»Dann wissen wir wenigstens, dass sie noch lebt«, antwortet er, »und hoffentlich auch, dass sie glücklich ist.«

Klara muss darüber eine ganze Weile nachdenken. Sie hat das Gefühl, plötzlich aus einem tiefen Schlaf wachgerüttelt worden zu sein. Oder aufgewacht zu sein aus einem Traum, der auf nichts hinauszulaufen schien.

Es passieren viele Dinge viel zu schnell nacheinander. Sogar gleichzeitig.

Sie lehnt ihren Kopf an die Rückenlehne und schließt die Augen.

Erst als sie die Pontenilo überquert haben, sagt sie: »Ich habe meine Verlobung mit Henk gelöst, De Wet. Ich kann ihn nicht heiraten.«

»Das habe ich mir schon gedacht«, antwortet er ruhig.

»Du … du hast dir das gedacht?«

»Früher oder später musste es geschehen. Ich habe nur nicht gewusst, wann.«

Dann hält er vor dem Haus an und stellt den Motor ab.

29. Kapitel

Rom liegt auf sieben Hügeln, elegant zusammengefaltet in tiefe Schluchten und ausgebreitet über die Ebenen rundherum. Wie ein lebendiges Stück Geschichte wurzelt die Stadt tief in der Erde, in die die Kinder der Wölfin sie gepflanzt haben. Uralte Gebäude stehen Schulter an Schulter mit modernen Appartementblöcken, Ruinen, die von Jahrtausenden des Verfalls zeugen, stehen direkt neben den Skeletten der vergangenen sechs Jahre. Die Ruinen sind auf stilvolle Weise gealtert. Väterchen Zeit hat die Bruchstücke geschliffen und poliert, bis sie miteinander eine einzige große Gestalt bilden. Die neuen Ruinen sehen dagegen etwas unansehnlicher aus. Hier und da ist der Beton heruntergebrochen wie ein Stück abgeschürfte Haut und die verbogenen Eisenstäbe zeigen wie knubbelige Finger in die Höhe.

Trotz der frühen Morgenstunde wimmelt es auf den Straßen von Menschen, Fahrrädern, Straßenbahnen und hupenden Autos, eine Kakofonie von Klängen und Gerüchen. Wütende Taxifahrer ziehen Autofahrern das Fell über die Ohren, Fahrradfahrer lassen ärgerlich ihre Klingeln läuten und auf den Bürgersteigen stellen Straßenverkäufer ihre farbenprächtigen Waren zum Verkauf aus.

Rom ist das größte Freiluftmuseum der Welt, hat Onkel Freddie gesagt. Schau dir so viel wie möglich davon an, wenn du schon mal da bist: den Trevibrunnen, den Petersplatz, die Spanische Treppe, das Kolosseum. Sehnsucht hat in seiner Stimme mitgeschwungen.

Den Vatikan hat er nicht erwähnt, denn der Römischen Gefahr sollte man lieber aus dem Weg gehen.

In diesem Augenblick ist ein lebendiges Museum wirklich das Letzte, woran De Wet denkt. Er zwingt sich selbst, langsam zu laufen, seine Ungeduld im Zaum zu halten und einen klaren Kopf zu behalten, wenn er in nur wenigen Minuten das Verwaltungsbüro betreten wird. Dennoch weiß er nur *eins* ganz genau, und das ist, dass er jetzt ganz in ihrer Nähe ist, dass er innerhalb der nächsten halben Stunde Christine wiedersehen wird. Beinahe vier Jahre hat er gewartet – jetzt sind ihm die letzten paar Minuten schon zu viel.

Er hat das Gefühl, als würde eine riesige Hand sich um sein Herz schließen, als ob jemand einen Schraubenzieher in seinen Bauchnabel steckt und damit seinen Bauch straff anzieht.

Vor dem grauen Gebäude mit den verdunkelten Fenstern bleibt er für einen Moment stehen, um sich zu vergewissern, dass er an der richtigen Adresse ist. Anschließend steigt er Stufe für Stufe die Treppe hinauf.

Im Gang kontrolliert ein uniformierter Wachmann seinen Reisepass und seine Papiere. »Zweite Etage«, bedeutet er ihm.

Weil der Aufzug nicht funktioniert, nimmt De Wet die Treppe.

Die junge Frau hinter dem ersten Schreibtisch hat ein dünnes, bleiches Gesicht, eine große Nase und hervorstehende Zähne. »Christine?«, sagt sie. »Die ist im Magazin einpacken.« Sie zeigt den Flur hinunter.

Die Schraube in seinem Bauch wird noch fester angezogen.

Vorsichtig schiebt er die Tür zum Magazin auf.

Überall halb leere Regale. Überall halb volle Kisten. Zwischen den Lattengestellen und den Kisten steht Christine. Spindeldürr.

Sie schaut auf.

Ihre Augen werden groß.

Sie wird weiß wie eine Leinwand.

Langsam weicht sie zurück, bis sie mit dem Rücken gegen einen Regalschrank stößt. Vor Schreck ist sie ganz bleich.

Ihre einst sanften Rundungen haben einem mageren Körperchen Platz gemacht, so zerbrechlich, dass es beinahe unbedeutend wirkt. Ihr blondes Haar hat sie nach hinten gekämmt und zusammengebunden. Ein paar lose Locken fallen ihr auf beiden Seiten ins Gesicht. Die Hände, die sie vor den Mund geschlagen hat, sind dünn, rot und rau von der harten Arbeit.

»Christine?«

In ihren entsetzten Augen sammeln sich die Tränen. Sie strömen ihr über die Wangen, an ihrem Mund entlang. Ihre Knie geben nach. Langsam sinkt sie zu Boden, den Rücken immer noch steif gegen das Regal gepresst.

Mit drei großen Schritten ist er bei ihr und hockt sich neben sie. Er hätte sie vorher informieren sollen, er hätte sie auf sein Kommen irgendwie vorbereiten müssen!

Die Augen, mit denen sie ihn anschaut, haben sich nicht verändert: Es sind dieselben großen, hellblauen Augen von früher. Aber der Blick darin ist anders.

Vorsichtig streckt er seine Hand nach ihr aus. »Christine?«

Sie zuckt vor ihm zurück. »Was machst du hier?« Es hört sich so an, als müsste sie die Worte aus ihrer trockenen Kehle herauswürgen.

Er fühlt sich vor allem unbeholfen. »Soll ich dir etwas Wasser holen?«, fragt er.

Sie antwortet nicht. Er steht auf und geht zum Wasserhahn in der Ecke. Er nimmt die Tasse ohne Henkel und zapft sie voll Wasser.

Langsam steht sie auf. Die Hand, mit der sie die Tasse von ihm entgegennimmt, zittert. »Was machst du hier, De Wet?« Ein Schleier hat sich auf ihre Augen gelegt und ihre Stimme klingt unpersönlich, beinahe feindselig.

»Ich habe geschäftlich in Rom zu tun und da habe ich beschlossen, mal eben kurz bei dir vorbeizuschauen. Es tut mir leid, ich habe dich nicht erschrecken wollen.«

Sie stellt die Tasse auf eines der Regalbretter. »Woher wusstest du, wo ich bin?«

Auf diese Feindseligkeit ist er nicht vorbereitet. Er ermahnt sich selbst zur Ruhe. »Ich habe mich umgehört, bei der Armee. Eigentlich war es ziemlich einfach, Chrissie.«

Er nimmt deutlich wahr, wie berührt sie ist, als er sie mit ihrem Kosenamen von früher anspricht.

Dann beißt sie sich auf die Unterlippe. Sie findet ihr Selbstvertrauen wieder und ihre Augen verengen sich leicht. »Du hättest nicht kommen sollen.«

Er runzelt ein wenig die Stirn und lächelt anschließend beruhigend. »Ich bin nur kurz vorbeigekommen, Christine. Ich beiße nicht.«

»Bestimmt hat dich mein Vater geschickt«, entgegnet sie und wendet ihm den Rücken zu.

»Nicht geschickt«, verteidigt er sich.

»Aber er weiß schon, dass du hier bist.« Sie schließt eine halb leere Kiste. Er nickt und versucht, das Thema zu wechseln. »In diese Kiste kann doch noch etwas rein. Ihr seid am Einpacken, wie ich sehe. Eure Arbeit hier ist sicher vorbei, oder?«

»Ein paar von uns bleiben noch, wenigstens bis nächstes Jahr.«

»Aber zu denen gehörst du nicht, Christine.« Das war keine Frage, er hat einfach eine Tatsache festgestellt. Onkel Freddie und er haben das herausgefunden, kurz bevor er ins Flugzeug gestiegen ist. Ende dieses Monats wird sie entlassen – sie hat nicht einmal die Wahl, ob sie bleiben möchte oder nicht.

Für einen kurzen Augenblick sieht es aus, als würde sie in Panik geraten, doch dann richtet sie sich auf und sagt: »Ich bleibe hier, De Wet. Ich habe eine Stelle bekommen in einem … in einem Geschäft. Und ich habe ein Dach über dem Kopf, bei sehr netten Leuten, und ich gehe nicht zurück nach Südafrika. Richte das meinem Vater aus.«

»Warum denn nicht, Christine?«

»Weil ich es nicht möchte. Das ist jetzt mein Leben und ich bin glücklich hier.«

Er betrachtet sie lange und eindringlich. »Du bist sehr dünn geworden, Christine.« Er nimmt ihre beiden Hände und hebt sie in die Höhe. »Und schau dir mal deine Hände an, die sind doch ganz kaputt gearbeitet. Erzähle mir doch bitte, was los ist.«

Sie schaut ihm kurz in die Augen, aber in ihrem Blick kann er immer noch nichts erkennen. Dann zieht sie entschlossen ihre Hände zurück. »Gar nichts ist los, De Wet. Ich habe mich einfach entschieden hierzubleiben. Das ist alles.«

Die Riesenhand klammert sich noch fester um sein Herz und die Anspannung in seinem Inneren wächst. »Ist da vielleicht … ein Mann in deinem Leben?«

Sie schaut ihn direkt an. »Ja, De Wet. Ich werde heiraten«, antwortet sie laut und deutlich.

Ihre Worte versetzen ihm einen Schock. »Darf ich ihn kennenlernen?«, fragt er sie wirklich ruhig.

Er sieht, dass sie sich in die Ecke gedrängt fühlt, aber das dauert nur ganz kurz. »Ja schon, aber ich weiß nicht, wann das möglich wäre. Im Augenblick ist er nicht in Rom.«

Er nickt. »Gut«, erwidert er, denn er weiß genau Bescheid.

»Er kommt erst in einem Monat wieder zurück.« Sie streicht sich die blonden Haare hinter die Ohren.

»Gut«, sagt er erneut. »Wann hast du Mittagspause? Wie wäre es, wenn wir zusammen etwas essen gehen?«

»Nein, das geht nicht«, antwortet sie hastig. »Du musst jetzt gehen, De Wet.«

»Gut«, sagt er und lächelt sie an. »Es war schön, dich wiederzusehen, Chrissie.« Er berührt sie ganz leicht an der Wange, dreht sich um und marschiert zur Tür hinaus.

Wieder auf der Straße legt er einen Schritt zu. Sein Herz rast. Sie ist großartig, viel hübscher, als er sie in Erinnerung gehabt hat.

Er kommt an einem Park vorbei, die überwucherten Wege und das üppige Grün der Bäume bemerkt er jedoch nicht.

Sie ist erwachsen geworden, sie hat genügend Selbstvertrauen, um unwiderstehlich zu sein, denkt er. Sie ist nur so furchtbar dünn!

Er kommt an einer Frau vorbei, die versucht, all ihre Erbstücke zu Geld zu machen, um sich Essen kaufen zu können. Aber er bemerkt sie gar nicht.

Der wehrlose Zug um ihren Mund lässt sein Herz weich werden – der wachsame Blick in ihren blauen Augen hat seinen Beschützerinstinkt in ihm auf den Plan gerufen. Er hat alle seine Willenskraft zusammennehmen müssen, um sie nicht in die Arme zu schließen und fest an sich zu drücken.

Er geht durch ein kleines Tor und lässt sich auf eine Bank fallen. Die Hand, die sich so fest um sein Herz gelegt hat, gibt etwas nach, aber der Druck lastet immer noch schwer auf ihm.

Er bleibt lange Zeit in dem Park sitzen, um wieder zur Ruhe zu kommen. Ein anderer Mann ist nicht im Spiel, denkt er, das weiß ich genau. Es muss irgendetwas anderes sein. Aber was? Etwas, das sie tief in sich verbirgt.

Still sitzt er auf der harten Bank. Die Tauben picken direkt vor seinen Füßen ein paar Essenskrümel und aus einem Baum starren ihn die runden Augen eines Eichhörnchens mit buschigem Schwanz an.

Gegen halb eins steht er auf. Bei einem Straßenverkäufer holt er sich eine große Pizza und geht damit zurück zu dem Bürogebäude, in dem sie arbeitet.

Er zeigt seinen Reisepass und marschiert anschließend direkt durch bis ins Magazin.

»Hallo, Christine, ich habe uns einen Happen zu essen geholt.«

Sie erschreckt sich furchtbar.

Er lacht. »Sorry, Christine, ich wollte dich nicht schon wieder erschrecken.«

»Ich habe dir doch gesagt, dass du nicht wiederkommen sollst.« Es klingt unterdrückt und beinahe feindselig. Er wittert sofort Gefahr.

»Christine, schau mich einmal an.«

Sie dreht sich um. Ihre Augen sind rot geweint. »Bist du jetzt zufrieden?«

Es verursacht ihm einen schmerzhaften Stich. Instinktiv streckt er seine Hand nach ihr aus, doch sie macht einen Schritt zurück. »Lass das, De Wet.«

Einen Augenblick lang schließt er die Augen. Dann schlägt er das Papier, in das die Pizza eingewickelt ist, zur Seite und legt sie auf eine der Kisten. »Das Mahl ist bereitet, Madame«, sagt er mit gespielter Galanterie.

»Ich habe keinen Hunger.«

»Nimm dir doch ein Stückchen«, fordert er sie gelassen auf.

»Ich kann diese Pizza schließlich nicht allein essen.« Er nimmt einen großen Bissen. »Mhmm, lecker«, sagt er mit geschlossenen Augen.

Sie zögert kurz und greift schließlich doch zu. Aus den Augenwinkeln beobachtet er sie. Jede Bewegung nimmt er begierig in sich auf und sein Herz klopft.

Sie führt die schlaffe Spitze des Pizzastücks an den Mund und beißt mit ihren Zähnen tief in den weichen Belag. Sie zerrt an der zähen Kruste, um ein Stück loszubekommen. Die dünne Käseschicht auf der Oberseite bildet einen langen Faden zwischen ihrer Hand und ihrem Mund. Eine ihrer Locken hat sich wieder gelöst und fällt ihr ins Gesicht. Er macht einen Schritt nach vorn und legt sie ihr vorsichtig hinter das Ohr.

»Bitte, De Wet, mach das nicht.« Es hört sich fast schon flehend an.

In diesem Augenblick weiß er, dass er nicht umsonst gekommen ist. Es ist immer noch da, sosehr sie sich auch bemüht, es zu unterdrücken. »Warum nicht, Christine?«

»Weil …« Sie schließt die Augen. »Mach es einfach nicht, verstanden?«

Sie ist einfach unwiderstehlich, so zerbrechlich und so schön. »Gut, dann mache ich es nicht. Nimm dir noch ein Stück Pizza.«

Sie streckt ihre Hand aus, doch dann zieht sie sie plötzlich wieder zurück. »Ich habe wirklich genug gehabt, danke«, verkündet sie, ohne aufzuschauen. »Aber vielleicht kann ich mir ein Stück für heute Abend mitnehmen, dann brauche ich nicht zu kochen.«

Die Erkenntnis trifft ihn wie ein Hammerschlag. »Nimm dir ruhig alles mit«, erwidert er sofort. »Da, wo ich übernachte, bekomme ich ein Abendessen.«

»Das ist zu viel für mich allein«, wehrt sie sich.

»Dann heb dir doch den Rest für morgen auf«, schlägt er ungezwungen vor. »Ich bin dumm gewesen, ich hätte auch etwas zu trinken kaufen sollen.«

»Ich kann gern ...« Sie schweigt kurz, so als hätte sie zu hastig gesprochen. »Ich kann uns gern noch schnell einen Tee kochen, aber dann musst du wieder gehen, De Wet.«

Er lächelt ihr beruhigend zu. »Das werde ich machen, versprochen. Kann ich dich heute Abend besuchen?« Er fragt es wie beiläufig.

»Nein«, antwortet sie wie aus der Pistole geschossen. »Vergiss nicht, dass ich heiraten werde. Du kannst wirklich nicht bei mir vorbeikommen.«

Das ruhige Lächeln weicht nicht aus seinem Gesicht. »In Ordnung«, sagt er. »Dann koch uns jetzt mal den Tee, bevor ich vor Durst umkomme. Ich habe gar nicht gewusst, dass es in Rom so heiß sein kann.«

Kurz bevor er geht, sagt er noch: »Vielleicht sollte ich doch noch ein Stück Pizza mitnehmen, für unterwegs.«

»Natürlich!«

Er legt die Pizza auf ein Stück Papier und geht zur Tür. Dort dreht er sich noch einmal kurz um. »Du bist noch genauso hübsch wie früher, Chrissie.«

Anschließend zieht er die Tür des Magazins hinter sich zu.

Am vordersten Büro angekommen, geht er zu der jungen Frau mit der großen Nase, die dort hinter ihrem Schreibtisch sitzt. »Hier, da ist ein Stück Pizza übrig geblieben. Magst du es haben?«, fragt er und legt den Bogen Papier vor sie auf den Tisch.

Sie lächelt. »Da sage ich doch nicht Nein.«

Er streckt die Hand aus. »De Wet Fourie.«

»Florence«, antwortet sie und nimmt einen großen Bissen von der Pizza.

»Eine Freundin von Christine?« Er erinnert sich, dass Klara ihm erzählt hat, Christine würde in ihren Briefen oft eine Florence erwähnen – jedenfalls als sie noch Briefe geschrieben hat.

Sie nickt. »Hmm«, macht sie mit dem Mund voller Pizza.

»Wohnt ihr zusammen?«

Auf einmal runzelt sie die Stirn. »Wer bist du eigentlich?«, fragt sie argwöhnisch.

Er schaut ihr direkt in die Augen. »Wir sind zusammen aufgewachsen, Florence. Und jetzt bin ich gekommen, um sie nach Hause zu holen.«

Schweigend blickt sie ihn an.

»Sie bedeutet mir viel«, fügt er hinzu.

Sie saugt ihre Wangen nach innen und beißt sich auf die Lippen.

»Bitte?«, fragt er.

»Das hast du nicht von mir«, raunt sie. Sie stopft sich erst den Rest der Pizza in den Mund und nimmt anschließend ein Stück Papier und schreibt eine Adresse darauf. »Das ist keine gute Gegend«, erklärt sie. »Ich hoffe, du kannst sie zur Vernunft bringen.«

Die vier Kilometer bis zu seinem Hotel legt er zu Fuß zurück. Er muss ein bisschen an die frische Luft, um wieder klar denken zu können. Das ist keine gute Gegend, sagen seine Fußstapfen … Das ist keine gute Gegend … keine gute Gegend …

Er steigt die drei steilen Treppen bis zu seinem Zimmer hinauf. Dort dreht er den Kaltwasserhahn auf und steht eine ganze Weile unter der Dusche. Das kalte Wasser spült ihn von außen sauber, aber die Unsicherheit und die Angst vor allem, was schiefgehen könnte, fressen weiterhin in seinem Innersten.

Kurz nach fünf geht er wieder auf die Straße, wo er sich ein Taxi herbeiwinkt. Er reicht dem Chauffeur den Zettel. »Da fahre ich nicht hin«, verkündet der Mann.

»Dann bringen Sie mich bitte so nahe wie möglich dorthin.«

Als sie wieder anhalten, fordert der Chauffeur einen atemberaubenden Betrag für die kurze Fahrt. De Wet versucht dagegenzuhalten, doch der Mann läuft blutrot an und fängt an, ihn in seiner eigenen Sprache auf das Allerübelste zu beschimpfen. Die Leute auf der Straße schauen noch nicht einmal auf.

De Wet drückt dem Mann eine Handvoll Kleingeld in die Hand und lässt ihn stehen. Das ist das letzte Mal, dass ich mir hier ein Taxi nehme, denkt er.

Jemand zeigt ihm, in welche Richtung er weiterlaufen muss.

In allen Straßen hier befinden sich Berge von Müll, der verrottet. Die Bürgersteige sind vor Dreck ganz schwarz. Hier und da muss er über größere Brocken Unrat steigen. Dieser Teil Roms ist aufgerissen, abgebrochen, eingestürzt – und stinkt abscheulich.

Das Entsetzen schnürt ihm die Kehle zu und liegt ihm wie ein Stein im Magen.

Die Adresse führt ihn zu einem baufälligen Haus in der Nähe des Bahnhofs. Er klopft an, als jedoch keine Reaktion kommt, schiebt er selbst die Eingangstür auf. Im Flur rennt eine Ratte davon.

Er steigt die schmale Treppe hinauf. Oben ist ein finsterer Gang mit allerlei Türen. Bei der ersten klopft er an.

»Ja?« Eine Frauenstimme. Die Tür wird einen Spalt geöffnet.

»Christine?«, fragt er.

Die Frau zeigt auf die zweite Tür auf der anderen Seite des Gangs und macht ihre eigene Tür schnell wieder zu.

Er klopft an. Sie öffnet sofort, so als würde sie jemanden erwarten. Als sie erkennt, dass er es ist, versucht sie, die Tür wieder zuzuschlagen, aber er hat schon seinen Fuß hineingesetzt und schiebt die Tür problemlos wieder auf.

Er geht hinein.

Sie bleibt an der Wand stehen.

Das Zimmer ist ein bisschen beklemmend und dunkel. Durch die beiden kleinen Fensterchen fällt nur wenig Licht hinein. An der einen Wand stehen ein Bett und ein Stuhl und an der anderen ein Schränkchen mit einem Primuskocher darauf. Daneben steht ein Wäschesack.

Der Boden ist kahl – nicht einmal ein Vorleger liegt darauf.

»Chrissie?« Seine Stimme ist vor Schreck ganz rau.

Sie verbirgt ihr Gesicht in den Händen. »Geh jetzt weg, De Wet!«, fleht sie ihn in gedämpftem Tonfall an. »Wenn du je etwas für mich empfunden hast, dann geh jetzt weg, bitte.«

Er schüttelt den Kopf. »Ich gehe nicht weg, das kann ich gar nicht und das weißt du auch.«

Sie seufzt tief. »Trotzdem wäre es mir am liebsten, wenn du abhaust.«

Er schaut sich im Zimmer um. »Du arbeitest doch bei der Armee, Christine. Du kannst in der Kaserne wohnen, warum bist du dann … hier?«

Niedergeschlagen bleibt sie mit dem Rücken zur Wand stehen.

Im nächsten Augenblick geht die Tür wieder auf. Herein kommt eine alte Frau mit einem Kind an der Hand, einem kleinen Jungen. Das Kind reißt sich los und rennt auf Christine zu. »Mama! Mama!«, ruft es und schlägt seine Ärmchen um ihre Beine.

De Wet merkt, wie sein ganzes Wesen plötzlich erstarrt.

Christine hebt ihren Kopf und schaut ihn direkt an. »In der Kaserne sind Kinder nicht erlaubt«, erklärt sie ihm.

Das Kind ist Gerbrand wie aus dem Gesicht geschnitten.

Ach, Herr! Das ist doch nicht …

Ganz langsam dringt es zu ihm durch. Seine Gedanken stehen still, sein Herz krampft sich zusammen – anschließend übernehmen seine Instinkte die Regie.

Er geht in die Hocke. »Guten Tag, junger Mann«, begrüßt er den Kleinen und wühlt in seiner Tasche herum. »Schau doch mal, was ich hier habe.« Er holt einen Apfel heraus, den er noch vom Frühstück übrig hat.

Der Junge lässt Christines Beine gehen und kommt einen Schritt näher auf ihn zu. »Ball«, sagt er.

»Tja, ich nehme an, man könnte es auch als Ball benutzen, aber eigentlich ist es ein Apfel. Den kann man essen.« Er wirft Christine einen Blick zu. »Darf er einen Apfel haben?«

Sie lehnt immer noch völlig entgeistert an der Wand. »Jetzt weißt du es also. Geh bitte weg, De Wet.«

»Ja, jetzt weiß ich es. Ich habe gefragt, ob er einen Apfel essen darf.«

»Happ«, sagt der Junge. »Happ.«

»Warte, ich schneide dir ein Stückchen ab.« De Wet nimmt sein Taschenmesser und klappt es auf.

»Aua«, sagt der Junge und zeigt darauf.

»Ist etwas passiert?«, fragt De Wet. Er hat das Kind doch noch nicht einmal berührt!

»Er möchte dir nur sagen, dass du vorsichtig sein sollst, sonst schneidest du dich«, erklärt Christine matt.

»Gut, ich werde vorsichtig sein«, sagt De Wet zu dem Kind. Er schneidet ein Scheibchen von dem Apfel ab und legt es auf das ausgestreckte Händchen. Anschließend steht er auf, schneidet eine größere Scheibe ab und bietet sie Christine an.

Die schüttelt den Kopf, geht zum Bett und setzt sich darauf.

»Ach, De Wet, warum machst du das alles?«

»Gib das hier mal deiner hübschen Mama«, fordert er den kleinen Jungen auf und reicht ihm das Apfelstück.

Auf kräftigen Beinchen rennt das Kind zu ihr hin und hält ihr das Apfelstück unter die Nase. »Happ, Mama, happ.«

Sie nimmt den Apfel. Mit Augen voller Kummer schaut sie ihn an. »Du spielst mit gezinkten Karten, De Wet.«

Es wird ihm beinahe zu viel. »Ich gehe jetzt wieder«, sagt er, »aber morgen komme ich noch mal. Dann ist Samstag und ich möchte …«

»Ich muss den ganzen Samstag arbeiten.«

»Gut, dann überlegen wir uns etwas anderes.«

Leise zieht er die Tür hinter sich zu.

Ich habe mich noch nicht einmal verabschiedet, fällt ihm ein, als er auf der Straße steht. Aber eine Möglichkeit, noch einmal zurückzugehen, sieht er nicht.

Es wird eine lange, eine sehr lange Nacht.

Denn jetzt ist da auch ein Kind.

So einer Frage muss man sich logisch nähern, man muss die Fakten sauber durchdenken und alle Möglichkeiten abwägen, überlegt er rund zehn Stunden lang. Man muss einen klaren Kopf bewahren, hätte er in so einem Fall seinen Klienten geraten. Man sollte verhindern, dass die Emotionen der richtigen Entscheidung im Wege stehen.

Doch sein logisches Denkvermögen ist in diesem Augenblick eine Tretmühle aus Begriffen und Worten und Buchstaben, die umeinander tanzen, durcheinandergeschüttelt und von unten nach oben gedreht werden, und dann werden sie weggesaugt in ein tiefes Loch, sodass einem nach einer Weile die Ohren pfeifen.

So wird das nichts, denkt er gegen Mitternacht. Und in diesem kleinen Dachzimmer am Ende der steilen, schmalen Treppe gibt es auch keine Möglichkeit, sich einen Kaffee zu kochen.

Am frühen Morgen holt er einen Bogen Papier aus seinem Koffer und zieht in der Mitte eine Linie. Über die eine Spalte schreibt er »Ja« und über die andere »Nein«. Das Papier bleibt jedoch weiß – beide Worte kommen ihm wie eine Anklage vor.

Denn die Liebe zu ihr lässt sich nicht mit Worten und Ziffern ausdrücken.

Vater im Himmel, ich weiß nicht, was ich machen soll, ich bin vollkommen verwirrt. Zeige mir bitte den richtigen Weg.

Lange bleibt er auf seinen Knien liegen. Irgendwann überkommt ihn endlich eine gewisse Ruhe.

Und wenn das der Weg wird, von dem ich hoffe, dass es der richtige ist, dann hilf mir bitte, Christine wieder glücklich zu machen, betet er. Hilf mir auch, ein guter Vater für – ach, Herr, ich weiß nicht einmal seinen Namen – für den Sohn von Gerbrand zu sein.

Denn plötzlich sieht er seinen Weg klar und deutlich vor sich.

An diesem Vormittag kauft er sich einen Stadtplan und macht sich auf den Weg.

Er betrachtet das Kolosseum, läuft um das riesige Bauwerk herum und versucht, sich die jubelnden Menschenmassen vorzustellen. Das ist mit Sicherheit so gewesen, wie wenn die »Springböcke« und die »Löwen« aufeinander losgehen, denkt er.

Von oben schaut er auf die Arena herab. Er versucht, sich hineinzudenken, wie die Gladiatoren dort auf Leben und Tod miteinander gekämpft haben, wie die Streitwagen hier ihre Runden gedreht haben, wie die Sklaven vor die Löwen geworfen wurden.

Christine ist vor die Wölfe geworfen worden, denkt er, und sie hat es überlebt.

Ein Straßenkünstler versucht, ihm eine Zeichnung des Kolosseums aufzuschwatzen. »Das ist wirklich sehr schön gemacht, aber ich habe kein Geld«, antwortet er dem Mann auf Afrikaans. »Ich muss noch einen Ball kaufen für einen kleinen Jungen mit roten Haaren.«

Der Mann geht kopfschüttelnd weiter.

Am Trevibrunnen sitzt er eine ganze Weile und betrachtet sich die Figuren aus weißem Marmor. So werden auch einmal die Friese des Monuments aussehen, überlegt er geistesabwesend.

Er holt ein belegtes Brötchen aus seiner Tasche, das er sich beim Frühstück selbst geschmiert hat, und fängt tief in Gedanken versunken an zu kauen. Sofort sind die Tauben mit von der Partie. Er streut die Krümel direkt vor seine Schuhe. Währenddessen betrachtet er das herabstürzende Wasser, das im Sonnenlicht glitzert wie tausend Diamanten. So müssen ihre Augen auch wieder glänzen, denkt er.

Nach einer ganzen Weile schlendert er zu einem großen Geschäft. Das Angebot ist knapp und alles ist sehr teuer. Er kauft, was er bekommen kann, vor allem frische Produkte aus den Gemüsegärten rund um Rom.

Auch einen großen, roten Ball kauft er.

Er ist ein ganzes Stück gelaufen. Der Weg zurück zu Christines Zimmer ist weit und führt durch endlose Straßen, über kleine und große Brücken und durch schmale Gassen. Die Tasche, die er bei sich hat, wird immer schwerer.

So ist es eigentlich auch mit uns, denkt er. Auch wir haben noch einen weiten Weg vor uns und werden uns unsere eigenen Brücken bauen müssen. Dabei schleppen wir eine schwere Last mit uns herum.

Dennoch bleiben seine Schritte leicht, schließlich ist er auf dem Weg zu ihr.

»Wie heißt er eigentlich?«, fragt er, als sie die Tür öffnet.

»Was hast du dabei?«, will sie wissen. »Ich möchte nicht, dass du mir zu essen bringst, De Wet. Ich kaufe mir mein Essen selbst.«

»Ich würde gern etwas mit dir besprechen«, erwidert er und sucht ein Plätzchen, auf dem er seine schwere Tasche abstellen kann. »Ich kann mir natürlich auch mein Essen selbst kaufen, aber ich kann es nirgendwo zubereiten. Wenn ich jetzt das Essen kaufen würde und du würdest es zubereiten, dann wäre das doch eine hübsche Win-win-Situation, meinst du nicht auch?« Immer noch steht er da mit seiner Fracht auf den Armen.

Sie seufzt kurz. »Ich habe aber nur einen Topf«, antwortet sie warnend.

»Ich habe Zutaten für einen Eintopf gekauft«, lächelt er. »Wo kann ich jetzt meine Tasche loswerden?«

»Stell sie einfach aufs Bett oder auf den Boden.«

»Und wie heißt der Kleine jetzt?«, möchte er wieder wissen.

Sie zuckt mit den Schultern. »Bisher habe ich ihn noch nicht gemeldet.«

»Wie rufst du ihn denn?«

»Junge. Kind.«

»Und diese Frau, die auf ihn aufpasst, wie nennt die ihn?«

»Patrick.« Ihre Stimme hört sich flach und emotionslos an.

»Patrick? Das ist doch noch nicht einmal ein italienischer Name!«

Ein winziger Anflug eines Lächelns huscht über ihr Gesicht. »Im letzten Krieg, in dem von 1914 bis 1918, hat sie einen irischen Soldaten kennengelernt, der Patrick geheißen hat. Der hatte auch rote Haare.«

Schweigend steht er da und betrachtet sie. »Das ist das erste Mal, dass ich dich lächeln sehe, Christine. Du bist so hübsch, wenn du lächelst, weißt du das eigentlich?«

Sie schüttelt den Kopf.

»Ich werde dir das Lachen schon wieder beibringen«, erwidert er und dreht sich unmittelbar darauf zu dem Kind um. »Schau doch mal, was ich für dich mitgebracht habe.«

»Ball«, erkennt der kleine Junge sofort und streckt seine Händchen danach aus.

»Ja, dieses Mal ist es ein richtiger Ball. Komm mit, dann gehen wir zusammen Fußball spielen, während Mama das Essen kocht.«

Er hebt das Kind hoch und trägt es die Treppe hinunter. Komisch, so klein, wie er ist, und so federleicht und doch so ein muskulöses Körperchen!

Der einzige Platz zum Spielen ist das schmale, kopfsteingepflasterte Gässchen vor dem Haus. Hier ist kein Verkehr, hier laufen nur Fußgänger. Hoch über ihren Köpfen flattert die Wäsche an Leinen wie Siegesfahnen.

Das kleine Kerlchen rennt hinter dem Ball her und schießt ihn lachend ein ganzes Stück die Straße hinunter. Der Junge fällt mindestens zehnmal hin, steht danach aber pfeilschnell wieder auf und rennt sofort weiter. »Nein, hierbleiben, komm, dann schießen wir jetzt ein bisschen in die andere Richtung«, versucht De Wet ihn zu bremsen. »Du hast eine gute Kondition, hörst du, aber für Rugby bist du noch ein bisschen zu klein.«

Plötzlich kommt der Junge auf ihn zu. »Pipi machen«, jammert er.

De Wet schaut ihn hilflos an. »Jau, ich habe nicht den leisesten Hauch einer Ahnung, was ich jetzt machen soll. Äh … kannst du nicht einfach dein … äh … Schnippelchen rausholen und es hier machen?«

»Pipi machen«, wiederholt das Kind ängstlich und sperrt seine braunen Augen weit auf.

»Gut, ich habe kapiert, dass es dringend ist«, verkündet De Wet und hebt den kleinen Jungen hoch. »Ich sollte dich lieber zu deiner Mama bringen. Vielleicht hättest du dich schon ein bisschen eher melden können, anstatt mit so etwas bis zum letzten Augenblick zu warten …«

Er hat gerade mal die Hälfte der Treppe hinter sich gebracht, da spürt er, wie es zwischen ihm und dem Kind warm wird, eine Wärme, die sich schnell ausbreitet.

»Du bringst mich in eine missliche Situation«, sagt er zu dem Kind, das ihn mit großen Augen anschaut. »Du musst wissen, dass ich hier bin, um deiner Mama den Hof zu machen. Ich weiß nicht genau, wie ich mich unter den gegebenen Umständen verhalten sollte.«

»Pipi«, bemerkt das Kind, als sie beinahe vor der Zimmertür stehen.

»Bitte nicht noch einmal!«, erwidert De Wet niedergeschlagen und rennt schnell hinein.

»Pipi«, ruft der Kleine und windet sich aus De Wets Armen.

Christines Gesicht verliert jede Spur von Härte. »Ach, mein Junge, musst du …« Plötzlich schlägt sie sich die Hand vor den Mund. »Nicht doch, De Wet!«

»Ich habe versucht, ihn dazu zu überreden, sein äh … Schnippelchen … herauszuholen und auf der Straße äh … du weißt schon …«

»De Wet, wie viel Ahnung hast du eigentlich von kleinen Kindern?«, möchte sie wissen, während sie dem kleinen Jungen geschickt die nasse Kleidung auszieht.

»Pipi«, wiederholt das Kind.

»Ja, Mama hat es gesehen.«

»Überhaupt keine«, muss De Wet zugeben. »Aber ich lerne schnell. Ich weiß jetzt, dass man einen Rettungsplan haben muss, wenn plötzlich Not am Mann ist.«

Zum ersten Mal lächelt sie offensichtlich. Es ist zwar nur ein kleines Lächeln, aber es findet sofort den Weg zu seinem Herzen. Er sagt nichts, saugt jedoch ihr Lächeln in sich auf.

»Ich finde das echt ekelhaft, De Wet. Zieh doch mal dein Hemd aus.«

Der kleine Junge macht sich los und fängt an, nackt den Ball durch das Zimmer zu jagen.

»Ach, das ist nichts – ein bisschen Wasser und es ist schon wieder in Ordnung«, wehrt De Wet sich phlegmatisch und fängt an, sein Hemd aufzuknöpfen.

Sie schaut auf. Ganz kurz sieht er es in ihren Augen, doch unmittelbar darauf legt sich erneut ein Schleier über sie.

»Meine Hose hat es ebenfalls erwischt«, fügt er gelassen hinzu.

»Die Hose musst du anbehalten, hörst du?«, erwidert sie abwehrend.

»Ich kann doch nicht den ganzen Abend mit einer vollgepissten Hose herumlaufen«, entgegnet er. »Kann ich mir nicht ein Handtuch von dir umwickeln?«

Auf ihrem Bett sitzend schaut er zu, während sie seine Klamotten in einer Schüssel mit Wasser ausspült und sie mit ihren zierlichen Händen wäscht und auswringt, bis alles Wasser herausgetropft ist. Währenddessen blubbert die Suppe auf dem Primuskocher vor sich hin. Ein heimeliger Geruch durchzieht das kleine Zimmer.

Der kleine Junge zieht De Wet an der Hand. »Ball, Ball«, fordert er ihn auf.

»Ja, das ist ein Ball.«

»Er möchte, dass du nach draußen gehst und mit ihm Ball spielst«, erklärt Christine, während sie das Hemd ausschlägt. Sie geht zum Fenster, zieht die Wäscheleine zu sich hin und nimmt die Kinderkleidung ab.

»Junger Mann«, erläutert De Wet, »das wird für mich nicht ganz einfach werden, wenn ich nur ein Handtuch zwischen mir und meiner Unsittlichkeit habe und damit hinter dir und dem Ball die Straße entlangrenne. Das siehst du doch sicher auch selbst ein, oder?«

»Der Herr sagt Nein«, übersetzt Christine, während sie sein Hemd und seine Hose auf die Wäscheleine hängt. Anschließend zieht sie die Leine mithilfe der Umlenkrolle zu sich, sodass die Wäsche in dem letzten sonnigen Fleckchen über der Straße hängt.

»Das ist schon … ziemlich knapp zusammengefasst«, überlegt De Wet.

»Das ist das Einzige, was er versteht.«

Sie rührt in der Suppe, wäscht den Jungen und trabt hinter ihm her, um das quirlige Körperchen wieder anzuziehen. Die ganze Zeit über kann er seine Augen nicht von ihr abwenden.

Später essen sie gemeinsam die wohlriechende Suppe. Christine und er sitzen auf dem Bett und der kleine Junge sitzt auf dem Boden. Die Suppe läuft in einem kleinen Rinnsal über den Boden in Richtung Tür.

»Er kleckert entsetzlich«, stellt De Wet fest.

»Ja, aber er findet es ganz furchtbar, wenn man ihm helfen möchte.«

»Dann schlägt er sehr nach seiner Mutter, wenn du mich fragst«, bemerkt De Wet.

Christine antwortet darauf nichts, aber um ihre Mundwinkel herum spielt ein Lächeln.

»Er hat ganz schön Energie«, bemerkt De Wet.

Sie nickt.

»Chrissie, er muss doch einen Namen bekommen!«

»Das weiß ich auch.« Sie steht auf und fängt an, den Fußboden zu wischen.

»Kann ich irgendetwas tun?«, möchte De Wet wissen.

»Nein.«

»Damit ist es bewiesen«, verkündet er und steht auf. »Die Suppe war wirklich ganz köstlich. Soll ich abwaschen?«

»Nein. Du hast schon für das Essen bezahlt. Halte dich an unsere Abmachung.«

Diese neue, erwachsene Christine ist unwiderstehlich. Sie ist einfach … vollkommen, denkt er.

Als das Kind langsam müde wird, verkündet sie: »Ich werde ihn jetzt waschen und ins Bett bringen. Du musst jetzt gehen, De Wet.«

»Mache ich«, antwortet er. »Morgen früh hole ich euch ab, anschließend gehen wir den ganzen Tag im Park picknicken, einverstanden?«

Sie schaut ihn geradewegs an. »Wo willst du damit hin, De Wet?«

»In mein Zimmer im …«

»Du weißt ganz genau, dass ich das damit nicht gemeint habe!«

»Nach Hause, Christine«, bemerkt er dann und geht.

Mit dem Zug fahren sie in eine ruhigere Wohngegend, in der es nach Christines Informationen einen Park gibt. De Wet trägt eine bequeme kurze Hose und ein leichtes Hemd. Christine hat ein sommerliches Kleid an, das er sofort wiedererkennt – es stammt noch aus ihrer Studentenzeit. In der einen Hand hat er die Tasche mit den Lebensmitteln und mit der anderen hält er das Händchen des quirligen kleinen Jungen. Christine trägt eine Decke und eine Tasche, in der sich die Sachen des Kleinen befinden.

Unter einem großen Baum finden sie ein schattiges Plätzchen und er breitet die Decke aus. Sie lässt sich darauf nieder. »Ball, Ball!« Der Junge zerrt schon an De Wets Kleidung.

»Gut, ich komme gleich – ich muss nur noch schnell meine Schuhe ausziehen«, verkündet er. »Heute bringe ich dir Rugby bei – was hältst du davon?«

Christine legt sich auf den Rücken und schließt die Augen. »Er wird niemals Rugby spielen«, behauptet sie mit Entschiedenheit.

»Chrissie! Das ist das Söhnchen von Gerbrand. Ich habe keine Ahnung, wie du ihn daran hindern willst. Nicht mit diesem Körper und diesen beiden kräftigen Beinchen!«

Anschließend rennt er dem Jungen hinterher über die Wiese.

Erst nach einer ganzen Weile kommen sie wieder zurück. »Die Männer haben jetzt Hunger«, erklärt De Wet.

»Hunger«, kommt das Echo von dem kleinen Jungen.

Christine setzt sich auf. »Ich bin doch tatsächlich eingeschlafen«, sagt sie entschuldigend.

»Ich habe uns Brot besorgt und meine Gastgeberin hat mir auch noch Käse und Obst mitgegeben«, verkündet De Wet und setzt sich ebenfalls auf die Decke. »Puh, dieses Kind hat vielleicht Energie!«

Christine lehnt sich leicht nach vorn und fängt an, die Tasche auszupacken. Eine Locke fällt ihr ins Gesicht. De Wet beugt sich vor und streicht sie ihr wieder hinter das Ohr.

Sie schaut auf. Ihre Augen sehen ihn wehrlos und flehend an. Langsam schüttelt sie den Kopf.

Neben ihr steht ihr rothaariges Söhnchen, die Beinchen fest auf dem Boden. Die braunen Äuglein schauen De Wet ernst an. »Mama lieb«, sagt der Kleine plötzlich.

De Wet lächelt. »Ich finde deine Mama wirklich ganz, ganz lieb, schon ganz lange«, stellt er dem Kind gegenüber fest. »Und ich werde sie auch immer lieb finden.«

Die klaren Äuglein blicken ihn weiterhin an. »Weißt du, kleiner Gerbrand, deine Mama ist immer meine Rosenknospe gewesen, aber jetzt ist sie eine Rose, die in voller Blüte steht und schöner ist als jemals zuvor.«

»Hör auf damit, De Wet!«, sagt Christine mit unterdrückter Stimme.

»Und das kann sie leugnen, so oft sie es möchte«, fährt er unbeirrt fort, »aber ich weiß, dass sie mich auch immer noch genauso lieb findet wie früher.«

»Er versteht das doch nicht. Und er heißt nicht Gerbrand! Hör jetzt auf!«

»Sie weiß, dass ich sie mit nach Hause nehmen möchte, sie und dich, für immer. Und ich weiß auch, dass du keine Ahnung hast, worüber ich rede, aber ich rede auch schon eine ganze Weile nicht mehr mit dir«, bemerkt er freundlich zu dem kleinen Jungen.

»Ball«, sagt das Kind. »Ball.«

»Ja, ich komme gleich wieder und spiele Ball mir dir, nur noch einen kleinen Augenblick, einverstanden?«

Er dreht sich zur Seite und nimmt Christine ohne weitere Umschweife in die Arme. Er spürt, wie sie sich wehrt, in seinen Armen erstarrt. Aber seine Arme umklammern sie nur noch fester und er drückt sie an sich, neigt seinen Kopf und lässt seine Lippen über ihr Gesicht streicheln. Ein bisschen gibt sie nach und sein Mund sucht ihren.

Da beginnt sie zu weinen.

»Mama?«

Sie beachtet das Kind überhaupt nicht mehr. Ihr Körper zuckt von den jahrelang eingesperrten Gefühlen und ihre Hände klammern sich an seinem Rücken fest. Er drückt sie an sich und streicht ihr über die blonden Locken.

Dann sieht er auf einmal das entsetzte Gesicht des kleinen Jungen. Mit dem einen Arm zieht er das Kerlchen zu sich hin. Das kleine Händchen fängt ebenfalls an, Christine zu streicheln.

Nach einer Weile beginnt der kleine Junge, sich zu winden. Christine lehnt leer geweint an De Wet.

»Ball«, bemerkt der Kleine und zeigt auf den Ball.

»Geh du ruhig schon mal mit dem Ball spielen, ich komme gleich«, erwidert De Wet. »Ich möchte noch ein bisschen bei deiner Mama sitzen bleiben, ja?«

Der Junge schaut ihn begriffsstutzig an, dreht sich daraufhin jedoch um und schießt den Ball ein ganzes Stück weit weg.

»Warum bist du gekommen?«, möchte Christine müde wissen. Sie schaut immer noch nicht auf, liegt allerdings still an ihn gelehnt.

»Um dich zu holen, Chrissie.«

»Und was ist mit deinen Geschäften?«

»Das sind meine ›Geschäfte‹.«

»Ich kann nicht mit dir zurückfahren, De Wet, das weißt du doch.«

»Und ich werde ohne dich nicht zurückfahren«, erwidert er fest entschlossen.

Sie schüttelt weiterhin den Kopf. »Ich wollte, du wärst nicht gekommen«, bekennt sie. »Wir schaffen es gut und wir sind hier auch sehr glücklich. Jetzt hast du alles durcheinandergebracht.«

»Aber auch wieder einen neuen Weg eröffnet, oder?«, möchte er wissen.

»Ja, das auch.«

»Erzähle mir dann doch bitte mal, warum du nicht zurückkannst«, fordert er sie ruhig auf.

»Ach, De Wet, das weißt du doch genauso gut wie ich. Meine Mutter würde die Schande nicht überleben.«

Er betrachtet das spielende Kind. »Dieses Kerlchen da sieht überhaupt nicht aus wie eine Schande«, erklärt er. »Das ist ein gut gebautes, wunderbares Menschlein und das Ebenbild seines Vaters.«

Sie verbirgt ihr Gesicht in den Händen. »Hör auf damit, De Wet!« Es hört sich an wie ein Hilferuf.

»Gerbrand war von Jugend an einer meiner besten Freunde«, fährt De Wet gelassen fort. »Ich bin mir sicher, dass er nichts dagegen hätte, wenn ich sein Söhnchen großziehen helfe.«

Sie hebt ihren Kopf nicht. »Wir hätten allerdings heiraten sollen«, überlegt sie.

»Das weiß ich.«

»Er hat mich geliebt.«

»Das weiß ich.«

Sie schaut auf. »Hat er dir das geschrieben?«, fragt sie beinahe ängstlich.

De Wet lächelt. »Nein, Gerbrand hat mir nie geschrieben, aber ich weiß es einfach.«

Sie nickt. »Aber trotzdem kann ich nicht nach Hause. Das Kind ist nicht nur außerehelich, es ist auch noch ein Beiwohnerkind.«

»Jetzt hör doch endlich damit auf, ihn ständig ›das Kind‹ zu nennen. Gib ihm einen Namen, egal welchen, wenn du ›Gerbrand‹ nicht gut genug findest. Und ich habe Gerbrand nie als Beiwohner betrachtet.«

Sie setzt sich aufrecht hin und schaut ihn an. »Ich rede von meiner Mutter und dem ganzen Dorf, das weißt du genau«, erwidert sie.

»Du bist unglaublich schön, wenn du so entschieden einen Standpunkt vertrittst, weißt du das?«, entgegnet er lächelnd.

Sie wirft ihm einen mutlosen Blick zu. »Ich wollte, du würdest die Sache etwas ernster nehmen.«

»Das tue ich doch, Christine. Du kommst mit mir nach Hause. Und Gerbrand auch.«

»Er heißt …«

»… nicht Gerbrand, das weiß ich. Wir werden ihn in Südafrika unter welchem Namen auch immer melden. Aber wenn ich meinen Willen bekomme, wird er Gerbrand Fourie. Er soll immer wissen, wer sein Vater gewesen ist. Er soll stolz darauf sein, wer sein Vater gewesen ist. Und ich werde mein Bestes geben, um seinen Vater so gut wie möglich zu ersetzen.«

Sie holt tief Luft. »Einen besseren Vater als dich kann ein Kind nicht bekommen, De Wet, daran habe ich keinen Zweifel. Es ist nur …« Sie schüttelt den Kopf.

»Ich bin doch bei dir, Christine. Du bist keinen Augenblick allein.«

»Ich kann sehr gut auf eigenen Beinen stehen.«

»Daran habe ich auch keinen Augenblick gezweifelt. Das ist dir bis jetzt doch auch schon gelungen. Ich werde dir beistehen, als dein Mann, weil ich dich liebe. Ich möchte nicht hinter dir stehen und dich erst recht nicht tragen.«

»Du tust so, als wäre das alles so einfach«, entgegnet sie beinahe bitter.

»Nein, einfach wird es nicht werden, das weiß ich genau. Aber gemeinsam können wir doch alles schaffen, oder?«

»Wie gut hast du dir das eigentlich überlegt?«

»Eine ganze Nacht lang. Ich habe mich mit allem objektiv auseinandergesetzt und anschließend eine Entscheidung getroffen«, antwortet er.

»Ich kann es immer noch nicht so sehen, De Wet. Ich kann es einfach nicht.«

»Du kannst nicht weiter davor weglaufen, Christine«, widerspricht er ihr streng.

»Jetzt tu mal nicht so väterlich!«, erwidert sie ebenso kurz angebunden.

Er schaut ihr fest in die Augen. »Du liebe Leute, Mädchen, was liebe ich dich so sehr!«

»Jetzt kämpfst du mit unfairen Mitteln!«

»Ich würde mit bloßen Fäusten kämpfen, wenn es nicht anders ginge.«

»Du kannst mich nicht dazu zwingen zurückzugehen.« Um ihren Mund ist ein verbissener Zug erschienen.

»Ich habe doch auch überhaupt nicht vor, dich zu irgendwas zu zwingen, Chrissie. Es wird auf jeden Fall deine eigene klare Entscheidung sein, darauf gebe ich dir mein Wort. Und wenn du dich dafür entscheidest, zwar mit mir zurückzugehen, aber eben nicht nach Hause, sondern irgendwo anders hin, und mich nicht heiraten willst, dann werde ich diese Entscheidung ebenfalls respektieren.« Er lächelt entwaffnend. »Dann würde ich vermutlich den Rest meines Lebens ein schwermütiger alter Mann sein, aber deine Entscheidung werde ich respektieren.«

Auf einmal steht der kleine Junge neben ihm. »Pipi machen.«

»Du lieber Himmel, ich habe ganz vergessen zu schauen, wo hier die Toilette ist«, ruft Christine und schaut sich hastig um.

»Komm mal, wir machen das schnell hinter dem Gebüsch dort«, schlägt De Wet vor und nimmt das Kind an der Hand.

»Das kannst du nicht machen, De Wet! Das ist …«, fängt Christine an.

»Das ist ein kleiner Junge, Chrissie, das dürfte überhaupt kein Problem sein«, beschwichtigt De Wet sie.

Als sie wieder zurückkommen, sagt sie: »Eigentlich habe ich auch keine Ahnung von kleinen Kindern, De Wet. Vor allem nicht von kleinen Jungen.«

Er lächelt und streicht ihr das Haar aus dem Gesicht. Dieses Mal wendet sie ihren Kopf nicht ab. »Dann werden wir es wohl gemeinsam lernen müssen«, antwortet er.

Kurz vor Sonnenuntergang sind sie wieder zurück in ihrem Zimmer.

»Ich gehe jetzt gleich, Chrissie«, kündigt er an. »Ihr seid beide müde und morgen ist wieder ein Tag.«

Sie nickt nur.

»Aber morgen Mittag hole ich dich zum Essen ab«, sagt er fest entschlossen. »Regele es mit Florence oder wem auch immer, dass das klappt.«

Sie lächelt ein wenig. »Wir haben sowieso eine Stunde Mittagspause«, gibt sie zu.

»Das weiß ich«, erwidert er mit einem Lächeln. »Ich liebe dich, Christine.«

Anschließend dreht er sich um und geht.

Am darauffolgenden Tag gibt er sein Bestes, um eine Essensgelegenheit irgendwo in der Nähe ihrer Arbeitsstelle aufzutun. Er reserviert ein Tischchen in einer Ecke. Anschließend geht er ins Verwaltungsbüro, wo er zu Florence sagt: »Wir bleiben wahrscheinlich ein bisschen länger als eine Stunde weg.«

»Nehmt euch gern den ganzen Nachmittag frei«, antwortet

diese und schiebt sich ihren Kaugummi auf die andere Seite ihres Mundes. »Solange du sie dazu bringst, mit dir in die Union zurückzugehen.«

Er schiebt die Tür zum Magazin auf. »Hier muss noch so viel eingepackt werden«, verkündet Christine.

»Hallo Chrissie. Ich hätte dir heute Morgen gern geholfen – du musst es mir nur vorher sagen.«

Sie lächelt träge. »Ich brauche deine Hilfe nicht.«

Er grinst von einem Ohr zum anderen. »Das weiß ich. Komm, wir gehen etwas essen.«

Das Essen ist einfach, zubereitet nur mit den grundlegendsten Nahrungsmitteln, und der Wein dazu ist sehr jung. Aber das Zusammensein ist gemütlich, reinigt die Atmosphäre und tut gut.

Er wartet, bis sie mit dem Essen fertig sind. Erst danach sagt er: »Christine, ich werde dich heute fragen, ob du mich heiraten willst.«

Sie schaut mit einem Ruck auf. »Mach das nicht, De Wet.«

»Warum denn nicht?«

»Weil du mich dann dazu bringst, Nein zu sagen. Und jetzt müssen wir gehen, sonst komme ich zu spät.« Sie schiebt ihren Stuhl nach hinten.

Er legt eine zwingende Hand auf ihren Arm. »Ich habe alles mit Florence geregelt. Wir können den ganzen Nachmittag wegbleiben.«

Sie schaut ihn ernst an. »Du solltest gar nicht erst versuchen, mein Leben für mich zu organisieren, De Wet.«

»Das mache ich auch gar nicht«, erwidert er genauso ernst. »Ich versuche nur, mein eigenes Leben zu organisieren.«

»Du musst mir aber auch immer widersprechen«, entgegnet sie und lässt sich schließlich doch wieder zurück auf ihren Stuhl sinken.

»Nächsten Donnerstag ist der Monat zu Ende«, stellt er unbeirrt fest. »Dann ist deine Arbeit hier in dem Büro vorbei. Das nächste Flugzeug in die Union hebt am Freitag ab. Ich muss mit diesem Flugzeug zurück. Du musst dich also bis Freitag entscheiden, ob du mitfliegst oder nicht.«

»Und … was ist mit dem kleinen Gerbrand?«

Der Gebrauch dieses Namens erfüllt ihn mit Freude. So gleichgültig wie möglich antwortet er: »Darum kümmere ich mich schon.«

Sie schaut auf den Boden. »Ich weiß es nicht, De Wet.« Ihre Stimme klingt hohl. »Was soll ich machen, wenn ich erst einmal dort bin? Wie kann ich meinen Eltern unter die Augen treten, und Klara, und Annabel … Nein, De Wet, ich kann es einfach nicht!«

»Ich bin doch bei dir, Christine, ich stehe dir bei, bedenke das doch! Wir werden ihnen gemeinsam den kleinen Gerbrand vorstellen, seinem Opa Freddie und seiner Oma Anne. Und vergiss nicht seine andere Oma, Tante Jemima.«

Stöhnend schlägt sie sich die Hände vors Gesicht. »Ich kann es einfach nicht, De Wet.«

»Doch, das kannst du«, erwidert er gelassen. »In den ersten Wochen wird es sicher noch etwas holperig sein, aber danach ist er für den Rest seines Lebens eine Freude für uns alle. Und dein Vater bekommt endlich den Sohn, der seine Farm übernehmen kann.«

»Du schmiedest schon wieder irgendwelche unfairen Zukunftspläne, De Wet.«

»Und du willst schon wieder weglaufen.«

Schweigend sitzt sie da und schaut ihn an.

»Du hast jetzt vier Tage Zeit, eine Entscheidung zu treffen, Chrissie. Ich werde dich jetzt auch nicht fragen, ob du mich heiraten möchtest, das mache ich, wenn die Zeit dafür reif ist. Jetzt musst du nur entscheiden, ob du mitkommst in die Union oder doch lieber hierbleibst.«

Immer noch schaut sie ihn nur an.

»Wirst du darüber nachdenken, Chrissie?«

»Ich werde es versuchen. Und, De Wet ...?«

»Ja?«

»Ich liebe dich auch.«

Während sie eine ganze Weile später vor ihrem Zimmer stehen, sagt er: »Ich muss mich auch noch um eine andere Angelegenheit kümmern, Christine. Vermutlich werde ich drei, vier Tage weg sein. Das gibt dir die Zeit, um über alles gründlich nachzudenken und eine Entscheidung zu treffen. Wenn ich wieder zurück in Rom bin, fahrt du und Gerbrand mit mir nach Hause, hoffe ich.«

Anschließend geht er zum Bahnhof und kauft sich eine Fahrkarte nach Turin.

30. Kapitel

»Klara, Telefon!«, ruft ihre Mutter am frühen Dienstagmorgen durch den Flur. »Schnell, De Wet ist in der Leitung!«

»De Wet!«, sagt Klara froh und rennt barfuß zum Telefon. Sie ist schon angezogen, hat sich aber noch nicht die Haare gekämmt. »Hallo, De Wet?«

»Bist du jetzt schon aus den Federn und fertig, in die Schule zu gehen?«, erklingt die etwas schläfrige Stimme vom anderen Ende.

»Ich bin schon lange auf, aber es wundert mich, dass du schon so früh wach bist«, neckt sie ihn. »Wie war dein Urlaub? Wann kommst du wieder nach Hause?« Sie brennt vor Neugierde, aber sie wagt es nicht weiterzufragen, denn ihre Mutter macht sich an der Anrichte zu schaffen.

»Deswegen rufe ich an. Kannst du uns heute Nachmittag am Bahnhof abholen? So gegen vier Uhr?«

»Uns?«, fragt sie zur Sicherheit.

»Ja, Klara, uns. Aber denk daran, allein zu kommen.« De Wet wägt ebenfalls seine Worte ab, bemerkt sie, schließlich hört auf dieser Leitung Tante Anne die ganze Zeit mit.

»Ich werde da sein, gleich nach der Schule«, verspricht sie.

»Was hat De Wet gesagt?«, möchte ihre Mutter wissen, sobald sie aufgelegt hat. »Hat er einen schönen Urlaub gehabt? Kommt er heute Nachmittag wieder nach Hause?«

»Er hat nicht viel erzählt. Wir werden es heute Nachmittag erfahren, wenn er wieder da ist. Oh, Mama, ich bin schon furchtbar spät dran. Kannst du mir bitte, bitte schnell meine Pausenbrote streichen?«

Der Schultag zieht träge vorbei – ganz *ruhig*, würde Opa sagen.

Um halb vier sitzt sie schon auf dem Bahnsteig und wartet.

»Der Vieruhrzug ist immer zu spät«, behauptet der alte Ampie und spuckt seinen Kautabak in einem ordentlichen Bogen zwischen die Gleise. »Der Vieruhrzug ist immer und ewig zu spät. Das kommt daher, weil die Kerle in Warmbad mit ihren Mützen nach ihm werfen.«

»Wie viel Verspätung hat er heute?«, fragt Klara.

»Eigentlich müsste er um vier Uhr hier sein«, erklärt der alte Ampie.

»Ja, das weiß ich, aber wann kommt er denn nun tatsächlich?«

»Nun, ich denke …« Der alte Mann starrt in Richtung Sonne. »… so irgendwann gegen vier, vielleicht früher oder später, denke ich.«

»Oh«, sagt Klara und nickt. Dann wartet sie eben einfach, bis es vier Uhr ist.

»Schau mal, da hinten«, ruft Ampie auf einmal. »Der Vier-Uhr-Rauch.« Wieder starrt er in Richtung der Sonne. »Hm, genau wie ich gesagt habe. Zwei Minuten zu spät.«

Pünktlich um vier Uhr (jedenfalls nach Klaras Armbanduhr) fährt der Zug dampfend in den Bahnhof ein.

De Wet springt als Erster heraus. Der Schaffner reicht ihm durch das geöffnete Fenster einen Koffer und danach eine Kleidertrommel. Die stellt er auf den Bahnsteig neben sich. Der alte Ampie kommt auf seinen strammen Beinen angetrabt, die Gepäckkarre im Schlepptau.

Anschließend streckt De Wet erneut seine beiden Arme aus. Durch das Fenster wird ihm ein Kind gereicht: Zuerst erscheint das Köpfchen, dann sind zwei ausgestreckte Arme zu sehen, ein Körperchen, eine Hose, aus der zwei Schuhe herausschauen.

Klara bleibt stocksteif stehen.

Das Kind legt De Wet eines seiner Ärmchen um den Hals. Gemütlich sitzt es bei De Wet auf dem Arm.

Das Kind hat rote Haare.

Aber das ist doch … Gerbrand. Allerdings in klein.

De Wet kommt auf sie zu. Es ist wie im Film, nur alles in Zeitlupe. Die braunen Augen des kleinen Kerlchens sind auf sie gerichtet. Die Augen von Gerbrand.

»Gerbrand?«, überlegt Klara fragend. Ihr Mund fühlt sich staubtrocken an.

»Ja«, antwortet De Wet, »das ist der kleine Gerbrand.« Und zu dem Kleinen: »Das ist Tante Klara.«

All das Unbekannte wird dem Kind zu viel. »Mama?«, ruft es unsicher und schaut sich um.

Erst in diesem Augenblick bemerkt Klara Christine. Die steht immer noch an der Tür des Zuges, so als wollte sie jede Sekunde wieder in den Waggon hineinspringen.

Blitzartig begreift Klara alles. Sie schnappt nach Luft.

»Geh mal Christine begrüßen«, fordert De Wet sie leise auf.

Ihr Verstand fängt wieder an zu arbeiten, ihre Füße setzen sich in Bewegung, ihr Herz fängt an, schneller zu schlagen. Mit ausgestreckten Armen rennt sie auf ihre Freundin zu. »Christine! Du bist wieder da!«

Christine streckt ihre Arme nach Klara aus. »Klara! Ich … Es tut mir so leid.«

Sie umarmen sich. Was ist sie doch so furchtbar dünn, bemerkt Klara augenblicklich. »Ich bin so froh, dass du wieder da bist«, bekennt sie unter Tränen. »Ach, Chrissie, ich habe dich so sehr vermisst.«

»Ich … ich habe ein Kind«, verkündet Christine.

Klara presst sie noch fester an sich. »Das habe ich gesehen, Chrissie. Das ist ein Prachtkerl!«

»Das ist Gerbrands Kind«, erklärt Christine niedergeschlagen. »Wir hätten heiraten sollen, Gerbrand und ich. Wir waren sozusagen verlobt.«

Klara lässt sie los, sodass sie ihr in die Augen schauen kann. »Chrissie«, erwidert sie mit einem Lächeln, »kein Mensch wird je daran zweifeln können, dass das Gerbrands Söhnchen ist. Und es ist ein sehr schönes Prachtkerlchen!«

Christines Gesichtszüge werden weicher. »Ja, nicht wahr?«, stellt sie mit einem Blick auf ihr Kind fest.

De Wet setzt Gerbrand auf dem Bahnsteig ab und der rennt auf seinen kräftigen Beinchen zu seiner Mutter. Christine fängt ihn auf und streicht sein Haar glatt. »Das ist Tante Klara«, sagt sie.

»Nein!«, ruft der Junge.

»Er fremdelt noch ein bisschen«, erklärt Christine zur Entschuldigung.

»Ich habe nun einmal diese Wirkung auf kleine Kinder«, stellt Klara betrübt fest. »Die kleine Tochter des Pfarrers reagiert genauso.« Antonio mit dem Kind auf dem Arm. Der plötzliche Kummer ist so heftig, dass es sie beinahe niederdrückt.

»Bist du mit dem Daimler da?«, möchte De Wet, der neben ihr steht, wissen. Er streckt seine Arme nach dem kleinen Jungen aus und der geht sofort auf ihn zu.

»Ja«, antwortet Klara. »Ich habe überhaupt nicht an die Kleidertrommel gedacht.«

»Wir bekommen das alles bestimmt verstaut«, versichert De Wet und legt seinen freien Arm um Christines Schultern. »Seid ihr beiden froh, dass ihr wieder zusammen seid?«

»Unglaublich froh«, antworten sie beide gleichzeitig und brechen in Gelächter aus.

Es ist komisch, De Wet so zu sehen, überlegt Klara, immer noch ein bisschen verwirrt. So … väterlich, beinahe häuslich. De Wet ist immer so etwas wie der Hahn im Korb gewesen, ein kalter Frosch, der sich selbst von Annabel nicht hat küssen lassen wollen. Und jetzt *so*, mit einem leicht zerknitterten Hemd und einem kleinen Jungen auf dem Arm? Es ist seltsam und doch scheint ihm die Rolle auf den Leib geschneidert zu sein.

Sie weiß nicht so genau, was sie jetzt zu Christine sagen soll.

Sie möchte nicht fragen, ob sie jetzt aus Ägypten kommt oder aus Italien – beides ist schmerzhaft. Also fragt sie einfach nur: »Fahren wir jetzt auf die Farm?«

»Nein, ins Hotel«, antwortet De Wet ruhig. »Christine und der kleine Gerbrand bleiben dort für eine Nacht.« Er setzt das kleine Kerlchen hinten zu Christine ins Auto, nimmt von Klara den Schlüssel entgegen und schiebt sich hinter das Steuer. »Klara, mir wäre es am liebsten, wenn du gleich Onkel Freddie holen gehen könntest. Wir wollen lieber nicht anrufen, die Leitungen bieten einfach zu wenig Privatsphäre. Bring ihn besser ins Hotel.«

»Gut«, erwidert Klara, »aber er wird wissen wollen, ob Christine hier ist.«

»Beantworte ihm einfach ehrlich seine Fragen und sag nicht mehr als nötig«, erklärt De Wet.

»Der arme, arme Papa«, klagt Christine auf der Rückbank.

Klara schaut sich um. Der kleine Junge sitzt still bei seiner Mutter auf dem Schoß und schaut mit großen Augen nach draußen. »Warte mal, bis er seinen Enkelsohn sieht, Chrissie«, prophezeit sie. »Was wird er froh sein!«

Christine scheint es nicht wirklich zu glauben.

Auf dem Weg ins Dorf stellt Onkel Freddie fest: »Klara, etwas ist nicht in Ordnung, das kannst du ruhig zugeben.«

»Es ist alles in Ordnung, Onkel Freddie«, antwortet Klara. »Die Situation ist nur ein bisschen anders, als du es erwartet hast.« Sie ist dankbar dafür, dass sie das Auto von Onkel Freddie genommen haben. Es wird langsam dämmerig und sie ist noch nie bei Dunkelheit gefahren.

»Christine ist hier und wartet auf dich.«

»Aber …?«

»Kein Aber, De Wet und sie möchten gern etwas mit dir besprechen und dir etwas erzählen.«

»Und du willst es mir nicht sagen?«

»Nein, Onkel Freddie, das möchten sie selbst tun.«

De Wet steht schon auf der Veranda vor dem Hotel und wartet auf sie.

»Wir gehen hinein und setzen uns in die Lounge«, informiert er Klara. »Könntest du Christine rufen gehen? Zimmer 5.«

Ich werde natürlich gleich auf das kleine Kerlchen aufpassen müssen, überlegt Klara niedergeschlagen, während sie durch den Gang marschiert. Sie wollen zuerst in aller Ruhe mit Onkel Freddie sprechen, allein.

Als sie die Zimmertür öffnet, schaut Christine auf. Die Anspannung ist deutlich in ihrem ausgemergelten Gesicht zu erkennen. »Dein Vater wartet auf dich«, verkündet Klara beruhigend. »Der kleine Gerbrand und ich lernen uns in der Zwischenzeit ein bisschen besser kennen.«

»Er ist sehr …«, fängt Christine verzweifelt an.

»Los jetzt, geh«, schneidet ihr Klara das Wort ab und zeigt auf die Tür.

Sobald Christine die Tür hinter sich zuzieht, fragt der kleine Junge: »Mama?«

»Mama ist gleich wieder da«, verspricht Klara. »Sie möchte nur kurz mit deinem Opa sprechen.« Das Kind versteht mit Sicherheit kein Wort davon, denkt sie. Wenn es bloß nicht zu weinen anfängt!

Das Kerlchen starrt sie mit großen Augen an.

»Hast du auch Spielzeug?«, möchte sie wissen. Sie fühlt sich unbehaglich.

Der Junge schaut sie misstrauisch an.

»Hm, vielleicht müssen wir mal schauen, ob wir irgendwo Spielzeug für dich finden können«, verkündet sie. »Das wird sicher in der Trommel sein.«

Sie hebt den schweren Deckel hoch. Obenauf liegt ein Stapel ordentlich zusammengelegter Kleidungsstücke. Vorsichtig holt sie den obersten Stapel heraus und legt ihn aufs Bett. Irgendwo muss sich doch auch so etwas wie Spielzeug finden lassen.

In diesem Augenblick beginnt der kleine Gerbrand ihr beim Auspacken zu helfen. Er macht das viel schneller als Klara. Die Kleidungsstücke fliegen in alle Richtungen. Auf dem Fußboden, dem Bett, dem Nachtschränkchen … überall liegen sie verstreut. »Du lieber Himmel, mach doch nun nicht so ein fürchterliches Durcheinander«, versucht Klara ihn zu bremsen, er ist allerdings so sehr Feuer und Flamme, dass sie ihm nicht schnell genug Einhalt gebieten kann.

»Komm, dann gehen wir ...« Hektisch schaut sie in alle Richtungen. »Dann sehen wir uns eben die Autos auf der Straße an.« Sie versucht, das Kerlchen hochzuheben.

»Nein!«, ruft Gerbrand wütend und wirft verbissen weiter alles, was sich in der Trommel befindet, auf den Fußboden.

»Oh«, gibt Klara auf. »Auch gut.« Sie betrachtet das Durcheinander. »Dann lege ich eben solange die Klamotten zusammen.«

Nachdem die Trommel leer geräumt ist, klettert der Junge hinein. »Komm«, fordert er sie auf und zeigt mit seiner ganzen Hand auf sie.

»Soll ich auch in die Trommel steigen?«, fragt Klara unsicher. Du lieber Himmel, wie lange kann das denn dauern, einfach zu sagen: Papa, ich habe einen Sohn, komm mal mit in mein Zimmer und schau ihn dir an?

»Rein«, fordert der Junge sie auf.

»Also gut«, erwidert Klara und zieht sich die Schuhe aus.

»Rein«, befiehlt der Junge erneut.

»Ich habe ja nur meine Schuhe ausgezogen«, verteidigt sich Klara und stellt sich in die Trommel.

»Sitzen«, befiehlt der kleine Gerbrand.

»Das wird nicht funktionieren, hörst du? Mit meiner Anatomie und den Abmessungen dieser Trommel …«

Doch in diesem Augenblick hat er sein Interesse an ihr und ihren Erklärungen verloren. Er klettert aus der Trommel heraus und zieht sich einen ihrer Schuhe an. Es ist ein neuer Schuh mit einem ziemlich hohen Absatz.

»Nein, lass das!«, versucht Klara ihm Einhalt zu gebieten. »Das darfst du nicht, das sind meine neuen Schuhe. Du wirst sie noch …«

Das Kind zieht sein Füßchen aus dem Schuh und hebt ihn hoch.

»Ja, das ist lieb, gib …«

Wie der Wind holt Gerbrand aus und wirft den Schuh durch das geöffnete Fenster nach draußen.

»Nein, Gerbrand! Das ist sehr unartig von dir!«, schimpft Klara und macht das Fenster zu, bevor noch der gesamte Inhalt der Kleidertrommel auf die Straße weht. Als sie sich umdreht, steht er auf dem Bett. »Ach du meine Güte, ich weiß nicht, ob das so eine gute Idee ist«, hält sie ihm entgegen. »Was ist, wenn du jetzt fällst …«

In diesem Augenblick springt er.

Klara fliegt nach vorn, um ihn aufzufangen, ihr Fuß rutscht jedoch auf dem lose verlegten Teppich aus und sie fällt hart auf die Seite. »Aua!«

Der kleine Junge bricht in schallendes Gelächter aus. In Windeseile ist er wieder auf das Bett geklettert. Bevor sie ihn aufhalten kann, springt er erneut und lässt sich ganz bewusst auf seinen Hintern fallen. »Aua!«, kreischt er und lacht wieder ausgiebig.

»Du bist ein furchtbarer Wildfang!«, schimpft sie ärgerlich. »Und ungehorsam noch dazu. De Wet wird dich etwas kräftiger anpacken müssen, so viel ist schon mal sicher.«

Kurz nach sieben Uhr kommt Christine herein. Klara sitzt mutlos mitten auf dem Bett und der kleine Junge spielt hinreißend mit dem Kreisel, den sie schließlich doch noch gefunden hat. Das Zimmer sieht aus, als sei ein Wirbelsturm hindurchgefahren.

»Ist er lieb gewesen?«, möchte Christine ängstlich wissen.

»Oh ja«, antwortet Klara, »aber er hat alles …«

Christine hört nicht zu. »Opa möchte dich gerne sehen«, berichtet sie und nimmt den kleinen Jungen auf den Arm.

In diesem Augenblick betritt Onkel Freddie den chaotischen Raum. De Wet bleibt im Türrahmen stehen.

Langsam geht Onkel Freddie auf das Kind zu. Er streckt seine Hand nach ihm aus. Das kleine Kerlchen betrachtet ihn misstrauisch. Die alte Hand streichelt sanft über die roten Haare. »Hallo, Gerbrand, Opas großer Junge«, sagt Onkel Freddie. Seine Stimme ist heiser.

Komm, dann lassen wir sie kurz allein, bedeutet De Wet von der Tür aus.

Es ist schon sehr spät, als Onkel Freddie Klara und De Wet zu Hause absetzt. Unterwegs haben sie kaum ein Wort gewechselt. Onkel Freddie hat die ganze Zeit über den Kopf geschüttelt.

»Ich habe Mama nur gesagt, dass du Christine abgeholt hast und dass es spät wird«, berichtet Klara auf der Veranda.

»Wie hat sie reagiert?«

»Sie war überrascht, mehr nicht. Von dem kleinen Gerbrand habe ich ihr nichts erzählt.«

»Dann werde ich das wohl morgen machen müssen«, überlegt De Wet.

Doch als sie das Haus betreten, warten Mama und Papa schon im Wohnzimmer auf sie. Sie sind froh, De Wet wieder bei sich zu haben, und wollen augenblicklich alles über Christine erfahren.

»Können wir nicht zuerst etwas essen?«, erkundigt sich De Wet. »Ich habe wirklich Hunger und eine unglaubliche Lust auf eine ordentliche Tasse Kaffee.«

Nach dem Essen bleiben sie am Tisch sitzen. »Du hast etwas auf dem Herzen, De Wet«, bemerkt sein Vater. »Erzähl es uns ruhig.«

»Ja, du hast recht, es gibt etwas, was ihr wissen solltet.« Und auf seine eigene ruhige Art berichtet De Wet, was vorgefallen ist.

»Ein Kind?«, fragt Mama entsetzt. »Von Christine?«

»Ja, Mama.«

»Aber … sie hat uns doch überhaupt nicht informiert?«

»Nein, Mama. Da ist nämlich noch etwas.« De Wet dreht seinen Teelöffel zwischen seinen Fingern hin und her.

Seine Eltern warten.

»Das Kind ist von Gerbrand.«

»Von Gerbrand?« Seine Mutter schlägt sich die Hände vor den Mund. »Ich habe gar nicht gewusst, dass … Ich habe gedacht … Aber De Wet, sie waren doch gar nicht verheiratet, oder?«

»Nein, Mama.«

»Aber …«

»Im Augenblick hat Christine große Angst davor, abgewiesen zu werden«, fährt De Wet ruhig fort. »Sie ist so ganz … wehrlos.«

»Und ihr kleiner Sohn ist wirklich ein Prachtkerl«, fügt Klara hinzu. »Gerbrand wie aus dem Gesicht geschnitten, mit großen, braunen Augen und roten Haaren.«

»Roten Haaren?«, ruft Mama. »Ich hoffe nur, dass er nicht so wild ist wie Gerbrand.«

»Er ist wilder als wild«, entgegnet Klara.

Ihre Mutter runzelt die Stirn. »Das wird für Anne sehr schwer werden, sehr schwer«, überlegt sie.

»Ich weiß, dass Tante Anne Schwierigkeiten haben wird, das zu akzeptieren, aber dann soll sie sich ihr dummes Gehabe wenigstens einmal verkneifen«, erwidert De Wet resolut. »Was bildet sie sich überhaupt ein, dass sie meint, das Recht zu haben, auf andere herabzuschauen und sich für etwas Besseres zu halten als die anderen Leute auf ihrer Farm?«

Klara sieht, dass Papa und Mama sich einen kurzen Blick zuwerfen. Anschließend erklärt Papa: »Vielleicht ist es besser, wenn sie es erfahren, Lulu.«

Klara und De Wet schauen gleichzeitig ihre Mutter an. Die trinkt erst noch ein Schlückchen Kaffee und bestätigt anschließend: »Ihr müsst etwas mehr über Tante Annes Hintergrund wissen, dann versteht ihr sie vielleicht etwas besser.«

»Inwiefern?«, fragt Klara.

»Tante Anne ist selbst in einer Familie von armen Weißen aufgewachsen«, berichtet Mama. »Sie hieß früher Anna Jacobs und ist die vierte Tochter eines gewissen Jan Schoen.«

»Jan Schoen?«, fragt Klara verdutzt. Dieses spindeldürre, ungeschliffene Männchen, das noch nicht einmal *ein* Paar Schuhe pro Monat fertig bekommen konnte? Das im letzten Jahr irgendwann ganz plötzlich gestorben ist, mutterseelenallein in seinem baufälligen Häuschen?

»Ja, Jan Schoen«, bestätigt Mama mit einem Nicken. »Tante Anne hat ihre Mutter nie kennengelernt – sie ist schon sehr früh gestorben. Als Kind hat Tante Anne kein anderes Leben gekannt als das harte Dasein der ärmsten Afrikaaner. Selbst ist sie ein hübsches Mädchen gewesen und hat über ihrem Stand geheiratet. Das ist an sich natürlich nichts Falsches, sie hat danach allerdings ihre Familie in jeder Hinsicht fallen gelassen. Auf der Straße hat sie geradewegs durch sie hindurchgeguckt und ist auch nie mehr zu Hause gewesen, nicht einmal, als ihr Vater alt und krank geworden ist. Und das kann ich ihr nicht einfach so vergeben.«

»Dann muss sie ein ganz schön hartherziges Wesen haben«, stellt Klara fest. »Vielleicht sind es aber auch die Umstände gewesen, die sie so haben werden lassen.«

»Weiß Christine das alles?«, möchte De Wet wissen. Sein Gesicht sieht sehr ernst aus.

»Das bezweifle ich«, antwortet seine Mutter. »Ich habe es euch auch nur deshalb erzählt, damit ihr verstehen könnt, womit ihre Haltung armen Weißen gegenüber zu erklären ist.«

»Das gibt ihr allerdings immer noch nicht das Recht, auf andere Menschen herabzusehen«, bekräftigt Klara.

»Damit hast du recht, Klara«, pflichtet ihr Vater ihr bei. »Was jetzt passiert, ist einfach das blinde Schicksal. Das schlägt immer zu, wenn man am wenigsten damit rechnet.«

»Wenn sie Christine und den kleinen Gerbrand bloß nicht auch fallen lässt«, beginnt De Wet. »Wenn sie …« Er schließt die Augen und schüttelt den Kopf. »Das lasse ich nicht geschehen.«

»Du kannst gar nichts dagegen machen, De Wet«, widerspricht ihm sein Vater niedergeschlagen. »Das Einzige, was du tun kannst, ist, dich hinter Christine zu stellen, wenn das deine Entscheidung ist.«

De Wet nickt. »Das ist meine Entscheidung, Papa. Ich werde sie heiraten. Nicht sofort, schließlich werden wir erst noch ein bisschen Zeit brauchen, um uns an die neue Situation zu gewöhnen. Aber heiraten werden wir, und zwar so schnell wie möglich.«

»Hast du ihr denn überhaupt schon einen Antrag gemacht?«, möchte Klara mit dem Anflug eines Lächelns wissen.

De Wet lächelt – es ist sein altes, selbstsicheres Lächeln. »Nein, aber sie möchte es auch, das weiß ich ganz genau«, antwortet er.

Am darauffolgenden Morgen ist Onkel Freddie schon sehr früh bei ihnen, noch bevor Klara und De Wet ins Dorf aufbrechen. Die Niedergeschlagenheit steht ihm ins Gesicht geschrieben. »Sie will nichts von alledem hören, Lulu«, verkündigt er mutlos.

»Wenn es nach ihr geht, setzen Christine und das Kind keinen Fuß auf unseren Hof.«

»Ich werde einmal mit ihr reden, Freddie«, erwidert Mama. »Das hat einfach mit dem Schock zu tun. Im Laufe der Zeit wird sie sich schon an den Gedanken gewöhnen.«

»Christine kann nicht die ganze Zeit über mit dem kleinen Gerbrand im Hotel bleiben«, überlegt De Wet besorgt.

»Auf gar keinen Fall. Dann bleibt von dem Hotel nichts mehr stehen«, pflichtet Klara ihm bei.

»Vielleicht sollten sie vorläufig in unser Außenzimmer ziehen«, schlägt De Wet vor. »Solange kann ich gern im Verandazimmer bei Oma und Opa schlafen.«

»Oder noch besser: im Zimmer von Irene und mir – das ist wenigstens im selben Haus«, wirft Klara ein. »Dann kann ich ja bei Oma schlafen.«

Mama zerschlägt den gordischen Knoten. »De Wet, wenn du Klara an der Schule abgesetzt hast, holst du Christine und das Kind und bringst die beiden hierher. Sie können das Mädchenzimmer bekommen, bis sich die ganze Geschichte geklärt hat.«

»Vielen Dank, Lulu, du bist die Beste«, sagt Onkel Freddie.

»Danke, Mama«, stimmt De Wet ein und umarmt seine Mutter. »Und vergiss nicht: Er heißt nicht ›das Kind‹, sondern Gerbrand.«

»Hast du noch einen Augenblick?«, möchte Klara von ihm wissen und rennt hastig in ihr Zimmer. Dort holt sie aus der untersten Schublade ihres Schränkchens den Stapel Briefe hervor, die sie so sorgfältig aufbewahrt hat. Die Briefe, die Gerbrand aus Ostafrika geschrieben hat, sucht sie heraus. Die wird sie eines Tages seinem Söhnchen geben. Sie enthalten kostbare Informationen über Gerbrands Zeit bei der Armee. Sie legt das Stückchen Schnur wieder um sie herum und knotet die Enden zusammen. Anschließend legt sie den Stapel zurück in die Schublade.

Mit dem Rest des Stapels, den Briefen aus Nordafrika, geht sie in die Küche. Sie öffnet den Ofen, stochert ein wenig in den glühenden Kohlen herum, um eine Flamme anzufachen, und wirft anschließend die Briefe einen nach dem anderen hinein.

Die Flamme schießt sofort hoch auf. Die Briefe knäulen sich zusammen und die Sätze verschwinden in den Flammen. Alle Worte vergehen zu Asche.

Auch die Worte von Gerbrands letztem Brief.

Er hat nichts von dem Kind gewusst, sonst hätte er das niemals geschrieben, denkt sie.

Aber so ganz sicher ist sie sich trotzdem nicht.

»Ihr solltet es so schnell wie möglich Tante Jemima erzählen«, überlegt Klara, während sie mit De Wet über die Pontenilo fährt. »Es braucht ja nur einer der Arbeiter den kleinen Gerbrand zu sehen und schon geht die Gerüchteküche los.«

»Wir werden das heute noch machen«, stimmt De Wet zu. Er streicht sich über sein leicht wirres Haar. »Wir haben ein paar schwere Tage vor uns. Und Christine ist jetzt schon so verletzlich.«

»Du siehst aus, als hättest du nicht viel geschlafen«, bemerkt Klara.

»Hmm.«

Als das Auto vor der Schule anhält, fragt Klara noch: »Wo hast du sie denn nun hergeholt? Aus Ägypten?«

»Nein, aus Italien. Ich sehe dich um drei Uhr wieder, in Ordnung?«

Es fährt ihr wie ein schmerzhafter Stich durch den Körper: De Wet ist in Italien gewesen. Er hat italienischen Boden unter seinen Füßen gespürt, die Luft dort eingeatmet, denselben Sternenhimmel gesehen. Den Schmerz wird sie den ganzen Tag nicht los. Immer wieder muss sie tief Luft holen. Sie erzählt hingebungsvoll ihre historischen Geschichten, sie scherzt mit Leonie über einem Tässchen Tee, sie lauscht aufmerksam den Beschwerden von einem ihrer jüngsten Schüler. Sie lebt bewusst von einer Minute zur anderen und so kommt sie durch den Tag. Doch die ganze Zeit über ist ihr Herz schwer von Kummer.

Erst am späten Nachmittag haben Klara und Christine einen Augenblick Zeit, um miteinander zu plaudern. De Wet ist mit dem kleinen Gerbrand an der Hand zum Stall gelaufen, in dem die Kälbchen sind.

»Wir sind heute mit Gerbrand bei Tante Jemima gewesen«, erzählt Christine.

»Das freut mich«, erwidert Klara. »Wie war es denn?«

Christine schüttelt langsam den Kopf. »Klara, ich habe überhaupt nicht gewusst, wie es dort bei ihnen zu Hause aussieht!«

»Ich hätte es dir erzählen sollen, wird mir jetzt klar«, antwortet Klara. »Aber dazu bin ich nicht gekommen.«

»Es ist wirklich … schrecklich. So kann ein Mensch doch nicht leben!«

»Es gibt Tausende von Menschen, die so leben«, stellt Klara fest. »Menschen wie wir, Afrikaaner.«

»Ich habe das nicht gewusst«, bekennt Christine. »Ich habe neben ihnen gesessen und die Schulbank gedrückt und habe es nicht gewusst. Ich habe eigentlich nie wirklich hingehört, wenn irgendjemand über die Probleme der armen Weißen gesprochen hat. Heute ist mir deutlich geworden, dass ich gern etwas verändern würde. Ich würde diesen Leuten gerne helfen, auf welche Weise auch immer.«

»Im Augenblick verbessert sich ihre Situation auch so schon, Chrissie. Die Regierung hat Programme aufgelegt, die jetzt schon Früchte tragen. Vor zehn Jahren hat alles sehr viel schlimmer ausgesehen. Aber jetzt erzähle mir doch mal: Wie hat Tante Jemima reagiert, als du ihr die Sache erzählt hast?«

Christine schüttelt immer noch den Kopf. »Ach, Klara, ich hätte nie gedacht, dass es noch jemanden geben könnte, der sich so über dieses kleine Kerlchen freuen kann.«

»Es ist aber auch so niedlich«, bekräftigt Klara.

»Vielleicht wird mir das erst jetzt langsam klar«, überlegt Christine. »Tante Jemima hat einfach nur mucksmäuschenstill dagestanden und zugehört, während De Wet ihr alles erzählt hat. Er kann so gut reden, Klara, und er hat ihr alles so wunderbar erklärt. Das ist wirklich der großartigste Mann, den ich kenne.«

»Das weiß ich«, lächelt Klara. »Und wie hat Tante Jemima nun reagiert?«

»Ich habe zuerst gedacht, dass sie es einfach nicht versteht – in ihrem Gesicht war nichts zu erkennen. Sie schien nicht böse zu sein oder schockiert, sie war einfach nur … nichts eigentlich.«

»Und dann?«

»Dann hat sie ihre Hand nach Gerbrand ausgestreckt und ihn angefasst, beinahe so, als wäre er etwas Heiliges. Hast du dir die Hände von ihr schon einmal angeschaut?«

»Ja.«

»Ich habe Angst gehabt, dass Gerbrand wieder so eklig zu ihr sein könnte. Er mag es überhaupt nicht, wenn ihm ein Fremder zu nahe kommt. Er hat aber einfach stillgehalten und sie angeschaut. Und dann hat sie ihm über die Haare gestreichelt, aber immer noch kein Wort gesagt. Und dann hat er gesagt: ›Mit‹, und er hat ihre Hand genommen und sie mitgezogen zu der alten Pflugschar oder welches Gerümpel da auch immer vor ihrem Haus liegt.«

Klara lacht kurz auf. »Es hat eine starke Persönlichkeit, dieses Söhnchen von dir.«

»Das kann man wohl sagen. De Wet hat gemeint, wir sollten sie einfach ein Weilchen in Ruhe machen lassen. So sind wir zu einem Felsblock in der Nähe gegangen und haben uns hingesetzt und gewartet.«

Sie schweigt einen Augenblick lang und fährt anschließend fort: »De Wet hat mir auch Gerbrands Grab gezeigt. Er wird immer der Vater meines Kindes bleiben, Klara.«

Klara nickt.

»Er hat es nicht einmal gewusst«, bemerkt Christine. »Er hat es nicht einmal gewusst.«

»Ich komme einfach nicht darüber hinweg, dass du Henk nicht heiraten möchtest«, verkündet Christine ein paar Tage später, während sie in der Sonne sitzen, damit ihre Haare trocken werden. »Ihr seid so ein wunderbares Paar gewesen.«

»Wir haben wirklich gut zueinander gepasst«, bestätigt Klara, »aber mir ist immer mehr klar geworden, dass ich ihn nicht genug liebe, um ihn heiraten zu können.«

»Hat es da jemand anderen gegeben?«

Klara zuckt mit den Schultern. Nach einer Weile eröffnet sie ihr: »Einen Kriegsgefangenen. Er ist hierhergekommen, um die Pontenilo zu bauen, und danach ist er nach Italien zurückgekehrt.«

Christine nickt. »So etwas hatte ich mir schon gedacht. Wie schlimm für dich.«

Lange Zeit sitzen sie schweigend nebeneinander. Dann fragt Christine: »Wie geht es dir jetzt damit?«

Klara überlegt eine Weile. »In der ersten Zeit habe ich mich ziemlich einsam gefühlt – es war so, als würde irgendetwas fehlen. Aber gleichzeitig habe ich gewusst, dass ich das Richtige getan habe. Das ist irgendwie komisch, Christine, aber nach einer Weile war ich sogar erleichtert.«

»Meinst du jetzt wegen Henk?«

»Ja.«

»Darum geht es mir gar nicht: Was macht das mit dir, dass dieser Italiener jetzt weg ist?«

Darüber möchte ich gar nicht nachdenken, überlegt Klara. Wenn ich nicht daran denke, wenn ich mich nur mit anderen Dingen beschäftige, ist der Kummer weniger schlimm. Nur die Nächte …

»Klara, ich habe dich etwas gefragt.«

»Ach, Chrissie, die Einsamkeit ist geblieben, die Sehnsucht auch. Das ist blöd, das weiß ich auch. Ich weiß, dass das alles nur ein Traum gewesen ist, der niemals wahr werden kann. Selbst wenn er hier hätte bleiben können, hätte ja doch nichts daraus werden können.« Ihre Kehle ist wie zugeschnürt, hinter ihren Augen wird es heiß. »Er kommt aus einer ganz anderen Kultur, er spricht eine andere Sprache, er ist römisch-katholisch. Die … die andere Seite ist einfach zu weit weg.«

Für einen Augenblick ist es still. Schließlich sagt Christine: »Ich bin auch auf so etwas wie einer Seite eines Abgrunds gewesen. Ich weiß, wie allein man sich da fühlen kann.«

»Ja, das ist so.«

Wieder ist es lange still zwischen ihnen. Es ist eine angenehme Stille, eine Stille des gegenseitigen Verstehens, eine Stille des jahrelangen Zusammenseins. Schließlich bekennt Klara: »Ich bin so froh, dass du wieder zurück bist, Chrissie. Es ist so schön, mit dir zu reden.«

Christine legt ihre Hand auf Klaras Arm. »Es ist wirklich schön, wieder hier zu sein. Es ist auch schön, dass wir wieder miteinander reden können. Aber die Einsamkeit wirst du damit nicht los, da bin ich mir sicher.«

»Onkel Freddie bekommt es einfach nicht auf die Reihe«, erklärt De Wet zwei Wochen später. Gemeinsam mit Klara ist er nach der Arbeit auf dem Weg nach Hause. »Ich lasse dich nur raus und fahre anschließend sofort weiter, um mit Tante Anne zu reden.«

»Es wird sich zeigen, ob dabei etwas herauskommt«, überlegt Klara skeptisch. »Die hat sich bombenfest in ihrem Stolz eingemauert.«

»Aber Christine ist ihr einziges Kind, irgendwann wird sie die Segel streichen müssen«, erwidert De Wet gelassen. »Deck heute Abend mal lieber für zwei Personen mehr. Ich werde sie mitbringen, selbst wenn ich sie fesseln und knebeln muss.«

»Gut, De Wet«, sagt Klara lachend, »obwohl es sicher besser wäre, wenn es ohne Knebel gehen würde.«

Klara bringt ihre Tasche in das Verandazimmer von Omas Haus und schlendert auf ein Tässchen Kaffee zum Großen Haus. In der Küche macht sich ihre Mutter zu schaffen. Christine steht mit einem Schüsselchen Essen in der Hand neben ihr. »Ist De Wet auch da?«, möchte sie wissen.

»Der kommt gleich«, antwortet Klara vage.

»Ich gehe dann mal schauen, ob ich Gerbrand seinen Brei füttern kann«, verkündet Christine und marschiert hinter dem kleinen Jungen den Flur entlang.

»Ich hatte ganz vergessen, wie viel Arbeit man mit so einem kleinen Kerlchen hat«, bemerkt Mama, sobald sie weg sind.

»Machen alle kleinen Kinder so viel Arbeit?«, fragt Klara ernst. »Denn dann bin ich mir gar nicht mehr sicher, ob ich überhaupt Kinder haben möchte.«

Ihre Mutter lacht. »Sie machen alle Arbeit, aber nicht so sehr wie der kleine Gerbrand.«

»Ach, er ist alles in allem trotzdem ein süßes Kerlchen«, meint Klara.

»Ein wunderbarer kleiner Junge«, bestätigt Mama. »Hält einen allerdings ordentlich auf Trab.«

Aus dem Wohnzimmer ertönt fröhliches Gelächter. »Nein, pass auf, sonst kleckerst du noch das ganze Zimmer voll!«, ist Christines entsetzte Stimme zu vernehmen.

Mama fängt an zu lachen. »Dieser Junge kann seine Mutter ganz schön um den Finger wickeln, fürchte ich. Wo ist De Wet?«

»Er geht Tante Anne holen.«

»Tante Anne holen? Nun, wenn er das hinbekommt, dann wird ihm alles im Leben gelingen«, stellt ihre Mutter skeptisch fest. »Das ist wie gegen eine Wand reden.«

»De Wet schafft das«, behauptet Klara überzeugt.

Später decken sie den Tisch und stellen schon einmal die Tassen für den Kaffee heraus. Papa kommt mit der Milchkanne herein und sie gießen die frische, warme Milch vorsichtig durch das Tuchsieb.

»Wo bleibt De Wet denn nun?«, möchte Christine besorgt wissen.

»Der kommt gleich – er musste noch schnell etwas erledigen«, erklärt Klara. »Komm her, Gerbrand, dann schauen wir mal, wo diese eine Henne heute ihre Eier versteckt hat.«

Das Kind rennt schnell vor ihr her über den Hof. Die Hühner fliegen gackernd in alle Richtungen weg und Gerbrand gluckst vor Freude. »Ja, du bist wirklich ein echter kleiner Hahn im Korb!«, lacht Klara. »So finden wir diese Henne natürlich nie.«

»Ich stecke ihn lieber gleich in die Wanne«, verkündet Christine, als sie wieder hereinkommen.

Kurz darauf rollt der Daimler auf den Hof. Klara wirft einen vorsichtigen Blick auf den Wagen und geht anschließend ins Badezimmer. »De Wet ist da, Christine«, verkündet sie so ruhig wie möglich. »Er hat deine Mutter geholt.«

Christines blaue Augen öffnen sich weit und sie schlägt sich die Hände vor den Mund. »Meine Mutter?«, fragt sie erschrocken.

»Ja, ich habe sie gerade ankommen sehen. Sie sitzt neben ihm im Auto.«

»Im Auto? Oh, Klara, ich kann das nicht!« Christines Augen sehen sie flehend an. »Ihr hättet … Ich will …«

»Du schaffst das schon«, ermutigt sie Klara. »Ich kann ja Gerbrand weiterbaden und ihn dann anziehen. Geh du mal schön ins Wohnzimmer.«

»Ich …«

»Auf jetzt, geh schon!«, fordert sie Klara streng auf und schiebt ihre Freundin aus dem Badezimmer hinaus.

»Mama?«, macht Gerbrand ein bisschen ängstlich.

Klara hebt ihn aus der Badewanne und wickelt das muskulöse Körperchen in ein Handtuch. »Komm jetzt, los, dann gehen wir dich im Schlafzimmer anziehen. Mama ist gleich wieder da«, beruhigt sie ihn und trägt ihn durch den Flur. Sie schließt erst die Zimmertür hinter sich, sodass er ihr nicht entwischen kann, und stellt ihn anschließend auf den Boden. Sofort befreit er sich von seinem Handtuch und rennt als Nackedei zur Kleidertrommel. »Ball, Ball«, ruft er.

Durch das Fenster sieht Klara De Wet aus dem Auto steigen und langsam zur Veranda schlendern. Tante Anne bleibt sitzen.

»Ball«, ruft Gerbrand.

»Gut, dann spielen wir mit dem Ball, sobald du deinen Schlafanzug angezogen hast«, verkündet Klara und versucht, den kleinen Jungen einzufangen. Als sie ihn zu fassen bekommt, zwingt sie seine kleinen Beinchen in die Schlafanzughose. »So, jetzt haben wir schon einmal die Hälfte geschafft«, bemerkt sie erleichtert.

Tante Anne sitzt immer noch im Auto.

Klara nimmt das Schlafanzugoberteil. »Langsam bekomme ich das Gefühl, dass dein zukünftiger Papa deine widerspenstige Oma tatsächlich gefesselt und geknebelt hat.« Sie schaut sich um, bückt sich und starrt unter das Bett. »Gerbrand, komm jetzt wieder heraus«, befiehlt sie streng. »Ich möchte nicht noch einmal hinter dir herkriechen.«

»Ball«, sagt der Junge noch einmal und kommt wieder zum Vorschein.

»Komm, jetzt zieh dein Schlafanzugoberteil an, dann können wir endlich Ball spielen«, verkündet sie. »Du lieber Himmel, es ist wirklich kein Wunder, dass deine Mutter so dünn ist!«

In diesem Augenblick wird die Tür geöffnet und De Wet kommt herein. »Ball!«, ruft Gerbrand sofort.

De Wet nimmt Klara das Schlafanzugoberteil aus der Hand. »Du kannst ja einmal versuchen, ob es dir gelingt, Tante Anne aus dem Auto zu bekommen«, fordert er sie auf. »Gerbrand! Jetzt halt mal still, damit ich dir dein Oberteil anziehen kann und wir danach die Kälbchen anschauen können.«

Zu Klaras Überraschung steht der Junge postwendend brav da und streckt seine Ärmchen in die Ärmel. Das hätte ich auch mal gern, denkt sie, während sie das Zimmer verlässt.

Sie kommt ins Wohnzimmer, wo Christine ängstlich steht und wartet. »Bleib du mal lieber hier«, fordert sie sie auf. »De Wet ist jetzt bei Gerbrand. Er nimmt ihn gleich mit zum Kälberstall.«

Christine nickt. Sie sieht ziemlich bleich aus.

Klara läuft über den Hof, öffnet die Tür des Daimlers und setzt sich hinter das Lenkrad. »Tag, Tante Anne«, begrüßt sie sie ruhig.

»Tag, Klara.«

Schweigen.

»Mit der Trockenheit will es wirklich kein Ende nehmen, stimmt's? Und es bleibt auch heiß.«

»Ja, es ist sehr trocken.«

Schweigen.

»Ich wollte, es würde einmal ordentlich regnen.«

»Ja.« Tante Anne schaut weiterhin geradeaus.

»Du solltest lieber mit hereinkommen. Christine wartet auf dich im Wohnzimmer.«

Tante Anne ruckt ganz leicht mit ihrem Kopf. »Ich komme gleich, Klara«, verkündet sie. Ihre Finger fummeln an einem Taschentuch herum.

»Das Kind ist im Augenblick nicht da, Tante Anne«, erklärt Klara. »De Wet hat es zum Kälberstall mitgenommen. Nur Christine wartet auf dich.«

»Gut.«

Schweigen.

»Und … was ist mit Jemima?«

»Die kommt nie hierher, Tante Anne.«

»Gut.«

Schweigen.

»Geh schon mal vor, ich komme gleich.«

»Gut, Tante Anne«, sagt Klara und steigt aus.

Während sie gerade die Wagentür schließen möchte, fragt Tante Anne: »Hast du gerade gesagt, dass sie allein im Wohnzimmer ist?«

»Ja, Tante Anne, sie wartet auf dich.«

Kurze Zeit später bemerkt sie durch das Fenster des Esszimmers, wie Tante Anne langsam aus dem Auto steigt. Sie richtet sich auf, ordnet ihre rabenschwarz gefärbte Frisur und marschiert mit einem entschlossenen Gesicht nach drinnen.

Meine arme, arme Freundin, denkt Klara und wendet sich ab.

Nach einer Weile kommt auch Onkel Freddie angefahren. »Ist sie schon drinnen?«, möchte er ängstlich wissen.

»Ja, schon seit über einer halben Stunde. Ich denke, du kannst auch gern ins Wohnzimmer gehen.«

Er lächelt ein wenig. »Du meinst, Christine braucht mich als Beistand, oder?«

»Ja, Onkel Freddie, das kann ich mir gut vorstellen«, bekräftigt Klara mit einem Lächeln.

»Soll ich das Kind auch mit hineinnehmen?«

»Nein, Onkel Freddie, meiner Meinung nach sollte das lieber De Wet gleich machen«, erläutert Klara. »Und denk daran: Der Junge heißt Gerbrand.«

»Das werde ich nie mehr vergessen«, verkündet Onkel Freddie und marschiert ins Wohnzimmer.

De Wet kommt mit einem quengelnden Gerbrand an der Hand vom Stall zurück. »Er müsste eigentlich ins Bett«, tut De Wet kund, »aber ich habe keine Ahnung, wie ich das schaffen soll.« Sein Blick ist auf die Tür des Wohnzimmers gerichtet.

In diesem Augenblick geht sie auf und Christine steht auf der Schwelle. Ihre Augen sind geschwollen und sie streckt eine Hand nach De Wet aus.

Er nimmt sie in seine Arme und drückt sie fest an sich. Eine seiner Hände legt sich schützend um ihren Kopf.

Die Sehnsucht schlägt wie eine Welle über Klara zusammen.

»Komm ruhig herein«, fordert Christine ihn auf.

De Wet nimmt Gerbrand hoch, wirft Christine ein Lächeln zu und sagt: »Ich bin stolz auf dich.«

»Sollen wir sagen, dass das Essen fertig ist?«, fragt Papa nach einer ganzen Weile.

»Nein, Mann, bloß nicht, lass die Leute doch«, widerspricht ihm seine Frau.

»Können wir dann nicht schon einmal essen?«, fragt Papa, kurz bevor die Abendnachrichten beginnen.

»Nein, lass uns lieber erst die Nachrichten hören«, entscheidet Mama.

»Also gut, ich werde jetzt etwas essen, verflixt«, brummt Papa nach der Wettervorhersage. »Klara, erkundige dich doch mal, ob sie jetzt mitessen wollen oder nicht.«

Klara klopft leise an die Tür und schaut anschließend um die Ecke. »Das Essen ist fertig.«

»Wir kommen gleich, danke«, erwidert die ruhige Stimme von De Wet.

Zunächst kommt Onkel Freddie allein nach draußen. Anschließend folgen Christine und De Wet. De Wet trägt den schlafenden kleinen Jungen ins Schlafzimmer. »Wir können uns ja schon einmal an den Tisch setzen«, schlägt Christine ruhig vor.

Jeder setzt sich an seinen Platz: Papa ans Kopfende, Mama rechts von ihm, De Wet, Klara und Christine ihr gegenüber. Der Stuhl neben Onkel Freddie bleibt leer.

Da erscheint Tante Anne in der Türöffnung. Unschlüssig bleibt sie auf der Schwelle stehen und fingert an ihrem Taschentuch herum. Ihre Augen blinzeln. »Du sitzt neben mir, Anne«, verkündet Mama und steht auf. »Hier, zwischen Freddie und mir.«

Da macht die Mutter von Christine einen Schritt über die Schwelle und fügt sich in den Rest der Gesellschaft ein.

31. Kapitel

Das Weihnachtsfest ist in diesem Jahr anders als sonst. Boelie schneidet einen Zweig von einem wilden Obstbaum ab, genau wie in den Jahren davor, und Klara und Irene schmücken ihn mit gefärbten Tannenzapfen und Bändern. Als allerdings Gerbrand an diesem Freitagabend zusammen mit seiner Mutter und De Wet zum Essen kommt, fängt er sofort damit an, die Tannenzweige abzupflücken.

»Nein, nein, lass das«, versucht Christine ihn daran zu hindern, aber er macht genauso flott weiter wie zuvor.

»Gerbrand, nein«, sagt De Wet ruhig. Der kleine Junge schaut sofort auf. »Bälle«, ruft er und seine Händchen gehen auf und zu.

De Wet nimmt ihm die Tannenzapfen ab. »Komm, wir hängen sie wieder an den Baum«, fordert er ihn auf. Er reicht Gerbrand den größten Tannenzapfen. »Schau doch mal, du kannst gleich mit diesem schönen Ball spielen. Hilf mir aber jetzt erst einmal dabei, die anderen Bälle wieder aufzuhängen.«

Für die ungeschickten Händchen ist es eine richtige Plackerei, die Tannenzapfen wieder auf ihren Platz zu bekommen. »Ich helfe dir schnell«, verkündet Klara.

»Nur gut, dass wir unsere Geschenkpäckchen noch nicht daruntergelegt haben«, überlegt Irene, »sonst wären sie mit Sicherheit jetzt schon alle ausgepackt und das Fest ist doch erst morgen.«

»Vielleicht sollten wir sie morgen auch nicht vorher darunterlegen«, ergänzt De Wet, »sonst läuft es vielleicht auf eine hässliche Konfrontation mit diesem kleinen Rotschopf hinaus.«

Der Heilige Abend ist ebenfalls anders als sonst. Die Geschenke liegen auf dem Tisch statt unter dem Weihnachtsbaum. Und es ist nicht mehr nur ihre eigene Familie, die um den Baum herumsitzt. Christine und Gerbrand sind ebenfalls da, genauso wie Onkel Freddie und Tante Anne.

Im letzten Jahr ist Henk auch noch hier gewesen, denkt Klara. Und Antonio ebenfalls. Es tut weh.

Sie versucht, an Henk zu denken. Wie wird es ihm jetzt wohl gehen? Anrufen möchte sie ihn nicht, das würde nur alte Wunden aufreißen.

Geistesabwesend lauscht sie der uralten Weihnachtsgeschichte aus der alten niederländischen Familienbibel. Die Kerzen im Raum flackern leicht.

Opa sitzt schweigend in seinem Sessel. Er scheint kleiner geworden zu sein und seine wässrigen Augen starren ausdruckslos den Baum an. Es ist, als wäre er in seiner eigenen kleinen Welt, denkt Klara.

Im letzten Jahr hat Christine Weihnachten mutterseelenallein gefeiert, mit dem kleinen Gerbrand, wahrscheinlich in einem kleinen Zimmerchen irgendwo im winterlichen Italien.

In Italien ist die ganze Welt jetzt weiß. Antonio hat immer gesagt …

Sie muss versuchen, nicht an ihn zu denken!

Der Schmuckanhänger, den er eigenhändig für sie angefertigt hat, ist eines ihrer kostbarsten Besitztümer geworden.

Es hilft nichts. Und eigentlich möchte sie auch gar nicht an etwas anderes denken.

Antonio hat erzählt, wie märchenhaft schön sein Dörfchen jetzt aussieht, erinnert sie sich – zugedeckt unter einer dicken Schneedecke, aus der die schwarzen Bergspitzen herausschauen, die schon seit Ewigkeiten über dem Dorf wachen.

Antonio hat berichtet, dass sie dort am ersten Weihnachtstag in die Messe gehen, dass sie Weihnachtslieder singen und anschließend das Weihnachtsessen einnehmen. Seine Stimme ist voller Sehnsucht gewesen, während er das alles erzählt hat. Er ist so weit weg von seinem Land und seiner Familie gewesen.

Heute Abend ist er wieder bei ihnen, denkt sie. Heute Abend

ist er bei den Leuten aus seinem eigenen Dorf, bei seiner Familie und bei seiner Verlobten. Bei Gina.

Sie spricht den Namen beinahe laut aus, damit ihr Herz es endlich begreift.

Aber ein Herz hat keine Ohren.

Und die Wand, hinter der sie sich verschanzt, wird im Laufe der Zeit auch immer dünner.

Sie singen Weihnachtslieder. Onkel Freddie versucht mitzusingen, Tante Anne betrachtet mit ausdruckslosem Gesicht den Weihnachtsbaum und die Augen des kleinen Gerbrand sind riesengroß.

Im letzten Jahr hat Antonio ihren Gesang mit seinem kräftigen Tenor noch unterstützt.

Das dritte Lied singt Gerbrand aus voller Brust mit. Sie schaffen es kaum bis zum Ende und brechen dann in schallendes Gelächter aus. »Du meine Güte, Gerbrand, was kannst du so schön singen!«, lacht Mama.

»Noch mal!«, ruft der Junge fröhlich.

»Ich fürchte, die andächtige Stimmung würde darunter leiden«, stellt Papa fest. »Boelie, zünde doch bitte die Gaslampe an, damit wir etwas besser sehen können.«

Bisher ist es immer Opa gewesen, der bei Kerzenlicht nicht so gut hat sehen können.

»Aua«, sagt Gerbrand zu De Wet, während Boelie ein Streichholz anreißt.

»Ja, da hast du recht, ein Streichholz ist gefährlich«, bekräftigt De Wet und streicht dem kleinen Jungen über den Schopf.

Das ist Gerbrands erstes richtiges Weihnachtsfest. Als er herausfindet, dass sich in diesen Päckchen allerlei interessante Dinge verbergen, ist er vor Aufregung ganz aus dem Häuschen.

»Ach nein, ich habe doch auch schon einen Ball für ihn gekauft«, bedauert Irene, als Gerbrand von ihren Eltern einen Ball bekommt.

»Bälle kann man nie genug haben«, stellt De Wet fest.

»Der wird mit Sicherheit einmal ein Springbock«, behauptet Boelie. »Wir müssen ihm von klein auf alles beibringen.«

»Das ist ein echter Wildfang«, bemerkt Opa aus seinem Eckchen.

Es ist doch jedes Jahr das Gleiche, erkennt Klara wehmütig. Auch die Feier des Weihnachtsfestes folgt denselben ausgetretenen Pfaden zwischen Kerzen, Tannenzapfen und Geschenkpapierrollen.

Am Ende des Abends ergreift De Wet das Wort. »Es wird euch sicher nicht überraschen«, verkündet er, »aber Christine und ich haben beschlossen, uns heute Abend zu verloben.«

Es ist tatsächlich keine Überraschung, nichtsdestotrotz kennt die Freude in der Familie keine Grenzen. De Wet wird auf die Schultern geklopft, Christine wird umarmt und geküsst und Dapper bellt, als ginge es um sein Leben. Onkel Freddie steht mit Tränen in den Augen da.

Was mir von meiner eigenen Verlobung am deutlichsten in Erinnerung geblieben ist, sind die Augen von Antonio, wird Klara auf einmal bewusst. Es ist besser so, Klara, haben die schwarzen Augen gesagt.

Nur: Es ist *nicht* besser so! Und es wird auch nicht besser. Denn tief in der Nacht ist er langsam den Feldweg entlanggeschlendert. Er hat sich in den weichen Sand gesetzt und das Gesicht in den Händen vergraben.

Klara presst sich die Handflächen an die heißen Wangen. Ihr Mund erscheint wie eingefroren, so gezwungen ist ihr Lächeln.

Später am Abend, als Gerbrand schon im Bett und Opa in seinem Sessel in einen tiefen Schlaf gesunken ist, steht Klara auf und sagt: »Ich gehe Kaffee kochen. Für jeden ein Tässchen?« Sie hört nicht wirklich auf die Antworten, sondern muss jetzt etwas zu tun haben, um wegzukommen, um für ein Weilchen allein zu sein.

Doch als sie die Küche betritt, sagt De Wet hinter ihr: »Ich kann auch Kaffee kochen, Klara, ich muss allerdings erst noch kurz mit dir reden.«

»Das hört sich ziemlich ernst an«, erwidert sie und zapft den

Kessel voller Wasser. »Die Tassen stehen schon auf dem Tablett, okay?«

»Das sehe ich«, antwortet De Wet. »Klara, da ist jemand für dich.«

Jemand für sie? Sollte es Probleme bei Tante Jemima zu Hause geben? Aber dann würden sie doch ...

»Es ist Antonio, Klara. Er ist in Südafrika«, verkündet De Wet gelassen.

»Antonio?« Klara sinkt auf den erstbesten Stuhl. »Hier?«

»Er steht draußen und wartet auf dich, Schwesterherz.«

Das ist doch unmöglich! »Willst du mich etwa veräppeln?«

»Das würde ich niemals tun, Klara.« De Wet schaufelt den Kaffee löffelweise in den Kaffeefilter. »Er ist wieder in Südafrika.«

»Ich glaube dir kein Wort«, entgegnet Klara und mechanisch fügt sie hinzu: »Du machst den Kaffee viel zu stark.«

De Wet legt noch einen gehäuften Löffel nach. »Geh du mal lieber zur Pontenilo, da ist er nämlich.«

Ihr Körper erhebt sich langsam vom Stuhl und ihre Füße setzen sich in Bewegung.

Das geht doch gar nicht! Antonio hier?

Wie in einem Rausch läuft sie nach draußen. Das Bosveld ist in tiefe Ruhe gehüllt, die Gegend schläft.

De Wet hat ihr doch wohl keinen Bären aufgebunden?

Nein, so ist er nicht.

Der Mond ist beinahe voll. Der Weg, das fahle Gras und die gelben Blüten des Doringbaumes baden im sanften Licht.

Antonio? Hier?

Ihr Herz schlägt plötzlich schneller, während sie zu rennen beginnt. Wenn jetzt ...?

Ihre Füße können nicht mehr mit ihrem Herzen Schritt halten.

Unter der breiten Krone der Weide bleibt sie stehen. Der Mond spiegelt sich in der kleinen Wasserpfütze.

»Ich bin hier, Klara.«

Er steht im Schatten an den rauen Stamm der Weide gelehnt. In der Dunkelheit kann sie sein Gesicht nicht erkennen, nur das helle Weiß seines Hemdes reflektiert ein bisschen Licht.

Dann breitet er weit seine Arme aus. »Komm mal zu mir, Klara.«

Sie fühlt, wie seine Arme sie umklammern und nicht mehr freigeben wollen.

Irgendwo in der Milchstraße verschwindet die Zeit.

Nach einer ganzen Weile sagt er: »Ich hatte solche Sehnsucht nach dir.«

»Ich auch nach dir. Warum bist du heute Abend nicht reingekommen? Warum hast du nicht mit uns zusammen Weihnachten gefeiert?«

»Ich bin erst am späten Nachmittag hier angekommen und ich wollte dich zuerst allein sehen, um sicher zu wissen, dass …« Er macht einen Schritt zurück. »Erst wollte ich dich einmal so richtig anschauen.«

Seine Augen gleiten zärtlich über ihr Gesicht, ihren Hals, ihre Taille, die Hüften. Er schüttelt den Kopf. Sie lächelt ihn an, dreht sich im Kreis, legt den Kopf ein wenig schief und spitzt die Lippen. »Zufrieden?«

»Du bist so unbeschreiblich schön.«

»Ich habe mich heute Abend doch so sehr nach dir gesehnt«, erklärt sie.

»Nun, dann komm her.«

Lange stehen sie so beieinander – während die Welt außerhalb von ihnen aufgehört hat zu existieren.

Eine ganze Weile später will sie von ihm wissen: »Wie bist du eigentlich hierhergekommen, Antonio?«

»Die Regierung der Union hat ein besonderes Programm aufgelegt, womit sie Ex-Kriegsgefangene zurückholt, wenn sie das wollen«, erläutert er und streicht ihr übers Haar. »Ich habe mich über ein Jahr lang täglich danach gesehnt, dich berühren zu können, weißt du das? Und ich habe es nie gekonnt. Jetzt möchte ich nie mehr damit aufhören.«

»Aber … bleibst du denn dann hier?« Es ist immer noch zu schön, um wahr zu sein.

»Ja, Klara. Ich habe mein Studium abgeschlossen. Herr Moerdyk hat mir eine Stelle als registrierter Praktikant in einem Architekturbüro in Pretoria besorgt.«

Sie kann es immer noch nicht fassen. »Du hast Italien den Rücken gekehrt? Alle Brücken dorthin abgebrochen?«

Mit ernstem Blick schaut er sie an. »Ohne dich habe ich es einfach nicht mehr ausgehalten. In meiner Bibel steht, dass ein Mann seinen Vater und seine Mutter verlassen wird, um seiner Frau anzuhängen.« In seinen Augen tanzen kleine Lichtlein. »Steht das nicht auch in eurer Bibel?«

Sie bleibt ernst. »Wir lesen die gleiche Bibel wie du, das weißt du ganz genau. Ihr habt nur noch ein paar andere Bräuche, zum Beispiel … dein … nun ja, du weißt schon, deine Verlobung.«

Seine Hand gleitet an den Konturen ihres Gesichtes entlang. »Offensichtlich hat Gina ihr Gelöbnis, mir treu zu sein, nicht im Angesicht der heiligen Jungfrau abgelegt«, erwidert er ruhig. »Und mein Bruder … Nun ja, er glaubt, dass in der Liebe und im Krieg alles erlaubt ist. Ich werde dein Gesicht in Marmor meißeln und das auf einer Weltausstellung zur Schau stellen, damit alle sehen können, wie schön du bist.«

»Antonio!«, ruft sie entsetzt. »Wie schlimm!«

»Dass ich dich in Marmor meißeln will?«, fragt er mit gespielter Überraschung.

»Nein, Mann, das mit deinem Bruder und Gina.«

Er nickt kurz. »Mich hat es erst ganz schön aus der Bahn geworfen. Aber dann ist mir klar geworden, dass es so besser ist. Die heilige Jungfrau kümmert sich um ihre Kinder, Klara. Lorenzo und Gina sind eigentlich von klein auf füreinander bestimmt gewesen. Sie haben es nur nicht gemerkt und ich genauso wenig. Ich liebe dich, weißt du das eigentlich?«

»Aber woher hast du dann gewusst … Ich bin doch verlobt gewesen!«

»De Wet ist gekommen und hat es mir erzählt, als er in Italien war. Hörst du mir eigentlich zu, was ich dir sage? Ich liebe dich.«

»Aber Antonio, das ist doch schon einige Monate her und …«

Da neigt sich sein Kopf und er bringt sie mit einem Kuss zum Schweigen.

Nach wieder einer ganzen Weile sagt sie: »Wir müssen eigentlich zurück zum Haus.«

»Nein«, antwortet er, »jetzt noch nicht.«

»Aber wenn sie mich jetzt suchen gehen?«, entgegnet sie zögernd.

»Boelie und De Wet wissen, dass ich hier bin. Sie werden sich schon irgendeine Geschichte ausdenken, damit Irene nicht auf dumme Gedanken kommt. Vielleicht erzählen sie es ihr auch einfach, ich weiß es nicht.«

Sie sitzen im Sand, der sich weich und freundlich anfühlt.

Und dann dringt die Wirklichkeit auf einmal zu ihr durch. Unvermittelt schlägt die Panik zu. Sie setzt sich aufrecht hin. »Aber wie soll es denn jetzt weitergehen, Antonio? Mein Vater …«

Er streicht ihr über die Augen. »Ich habe monatelang Zeit gehabt, um darüber nachzudenken, Klara. Ich weiß, dass ein schwerer Weg vor uns liegt.«

»Wenn …« Sie denkt einen Augenblick nach. »Du hast selbst gesagt, dass es nie wirklich etwas mit uns werden kann, weil die Unterschiede einfach zu groß sind. Dass es dein Herz immer zu deinem Land und deiner Familie hinziehen wird. Das hat sich doch nicht verändert, oder, Antonio?«

»Und du hast gesagt, dass eine Brücke zwischen zwei Konfessionen oder Kulturen immer damit verbunden ist, dass einer von beiden über die Brücke auf die andere Seite gehen muss.«

»Das weiß ich«, bestätigt sie. »Und das ist auch immer noch so.«

Er nickt. »Das weiß ich auch alles. Ich habe auch noch gar keine Ahnung, wie ich das hinbekommen soll, Klara, aber ich möchte nicht mehr ohne dich leben.«

»Das gilt auch für mich«, bekräftigt sie ernst.

»Ein paar Dinge haben sich schon verändert«, verkündet er schließlich. »Mein Land ist von den Alliierten und den Deutschen in einen Trümmerhaufen verwandelt worden. Die Menschen in meinem Land sind zerschlagen und unsere Wirtschaft existiert nicht mehr. Wie jemand da von Grund auf ein Geschäft aufbauen kann, ist mir ein Rätsel. Hier in der Union sind die Aussichten sehr viel besser.«

»Und deine Eltern?«

»Das ist das Einzige, was mir wirklich Schmerzen bereitet«, bekennt er. »Aber ich wollte nun einmal bei dir sein.«

Ihr Herz schwillt über vor großer, intensiver Freude und ein tiefer Friede legt sich auf sie. Sie lehnt sich an ihn und lauscht durch das dünne, weiße Hemd seinem Herzschlag.

»Ich werde gleich morgen früh mit deinen Eltern reden, Klara. Wenn es uns gelingt, diese Brücke zu bauen, dann klettern wir den steilen Berg auf der anderen Seite Schritt für Schritt hinauf, was meinst du?«

»Der Abgrund ist wirklich ganz schön breit, hörst du?«, warnt sie.

Er grinst. »Und gefährlich, oder?«

Sie lacht glücklich. »Ja, du Römische Gefahr, spotte nur darüber. Morgen wirst du bauen müssen, dass die Steine nur so fliegen, denn an diesem Unternehmen führt kein Weg vorbei.«

»Weißt du eigentlich, wie schön du bist, wenn du so lachst?«

Klara bricht in schallendes Gelächter aus. »Und ich muss nie mehr sagen: ›Hör auf damit, Antonio!‹.«

»Nie mehr, Klara«, bekräftigt er. »Nie mehr.«

Das Kreuz des Südens ist hinter den Bergen versunken und der Morgenstern glänzt schon, als sie endlich leise in ihr Zimmer geht.

Epilog

Das Dorf hat lange warten müssen, bis Antonio wieder zurückgekommen ist. Er hat gesagt, dass er zurückkommen würde, irgendwann, das haben die Menschen schon gewusst. Für manche hat es zu lange gedauert, als er jedoch endlich gekommen ist, hat der alte Arzt noch gelebt.

»Die Leute aus Afrika sind anders als wir, versteht ihr?«, hat er gewarnt. »Pietro meint, sie essen anders und sie leben auch anders – und sie denken auch anders über die Dinge als wir.«

Die Leute haben zu zweifeln begonnen. Was wäre nun, wenn Antonio sich ebenfalls verändert hätte, wenn er einfach so wäre wie die Menschen dort?

»Antonio ist Antonio«, hat Maria dann mit Entschiedenheit festgestellt. »Und Antonio würde sich nur den Leuten anschließen, die wirklich zu ihm passen.«

Alle Mütter haben sich leidenschaftlich ans Kochen gemacht. »Glaubst du, dass den Leuten in Afrika *pasta con ragu* schmecken könnte?«, fragt Maria ängstlich. »Und *polenta e sezzatino?* Das sind immer Antonios Lieblingsgerichte gewesen.«

»Mach doch einfach das Essen, von dem du weißt, dass dein Kind es gerne isst«, erwidert Anna streng. »Die Leute aus Afrika werden sich schon an unsere Gewohnheiten anpassen, so wie es sich gehört – das ist meine Meinung.«

Denn im Dorf wächst die Skepsis gegenüber dieser fremden Frau, die mit Antonio kommen wird.

»Ich backe eine *torta con crema* für dich«, verkündet Anna am nächsten Tag.

»Du liebe Güte, bist du denn völlig verrückt geworden?«, ruft Sofia entsetzt aus. »All die Sahne! Und das für die Kinder von Antonio? Die werden sich alle den Magen verderben, Maria, darauf kannst du Gift nehmen!«

Dieselbe Sofia steht allerdings am Tag darauf bei Maria vor der Tür mit einem riesigen Früchtebrot. »Ich habe ein *panettone* für dich gebacken, Maria. Das ist wenigstens gesund.«

Einen Tag, bevor Antonio kommen soll, hält das glänzend neue Automobil von Lorenzo vor dem Häuschen der Familie Romanelli an. Lorenzo hat sich zwei volle Wochen Urlaub genommen, also die ganze Zeit, in der Antonio und seine Familie zu Besuch kommen. Mit ihren beiden Kindern sind Gina und er den ganzen Weg aus Mailand gekommen. Das ist ein reicher Mann, dieser Lorenzo, er hat es im Leben zu etwas gebracht, obwohl er nur mit einem Bein auf dem Boden stehen kann, sagen die Leute im Dorf zufrieden. Mailand ist ganz schön weit weg, hört ihr?

»Südafrika ist noch weiter weg«, widerspricht der Doktor.

»Mailand ist *weit«,* bekräftigt Luigi resolut. »Ich muss es wissen, schließlich bin ich dort gewesen.«

»Schade, dass Marco nicht ebenfalls kommen kann«, stellt der Arzt traurig fest. »Zum Glück schreibt er, dass es ihm gut geht.«

Später fährt das neue Auto weiter zur steinernen Villa des Barons, mit allen Kindern aus dem Dorf im Schlepptau.

»Gina hat Koffer voller Kleider bei sich«, tuscheln die Frauen miteinander. »Sie wird mit Sicherheit hinreißend aussehen.« Diese Frau aus Afrika wird im Vergleich dazu bestimmt ein bisschen zurückstecken müssen, denken sie mit einer heimlichen Genugtuung, aber das sagen sie natürlich nicht laut. Schließlich möchte man ja auch nicht als herzlos gelten.

»Ich kann es kaum erwarten«, eröffnet Maria an diesem Abend Guiseppe. »Ich habe neun Jahre gewartet und jetzt ist jede Minute zu lang.«

Er lächelt und nickt. Dann legt er seinen kräftigen Arm um ihre molligen Schultern.

Die Leute sehen das fremde Auto schon von ferne ankommen. »Antonio ist da!«, rufen sie.

Das fremde Auto fährt auf den Dorfplatz und hält vor dem Haus von Guiseppe.

Hinter dem Steuer sitzt Antonio.

Sie steigen aus. Zuerst Antonio. Er hat sich überhaupt nicht verändert, bemerken die Menschen. Vielleicht sind seine Schultern etwas breiter geworden, vielleicht ist er auch ein bisschen brauner geworden, von der afrikanischen Sonne, aber ansonsten ist er unverkennbar ihr Liebling.

Er öffnet die Beifahrertür und streckt seine Hand aus.

Dann steigt die afrikanische Frau aus.

Die Leute starren.

Sie hat glänzendes Haar, eine gesunde Hautfarbe, ausgeprägte Gesichtskonturen und weiche Augen, die ihnen freundlich entgegenlächeln.

So hübsch wie Gina ist sie nicht, aber trotzdem … schön.

Anschließend kommen die Kinder zum Vorschein: ein Junge und zwei Mädchen. Auch hübsch, allerdings ein bisschen schüchtern.

Maria breitet ihre Arme aus. Antonio und die Frau gehen auf sie zu, während die Kinder neben dem fremden Auto stehen bleiben. Guiseppe umarmt sie, sie küssen sich und Maria weint.

Antonio hebt eines der Mädchen hoch und nimmt das andere an der Hand. Der Junge ist schon etwas größer, er geht allein mit. »Schaut mal, das sind Oma und Opa«, sagt er auf Italienisch.

Maria küsst alle drei und Guiseppe berührt sie vorsichtig.

Dann schaut die afrikanische Frau zum Berg hinauf und sagt etwas in ihrer eigenen Sprache.

»In der Tat«, bestätigt Antonio in der Sprache des Dorfes, »märchenhaft schön.« Und die Leute merken, dass seine Frau ihn versteht.

Da entspannen sie sich, denn das ist wichtig.

Die Kinder sprechen ganz gut Italienisch, vor allem der Junge. Ein schlaues Kind ist das – man merkt sofort, dass das Antonios Sohn ist. Die Mädchen sind kleiner und schüchterner.

Während die beiden Mädchen jedoch am nächsten Morgen gemeinsam mit dem Töchterchen von Lorenzo und Gina den Berg zur Villa des alten Barons hinaufgaloppieren und die beiden

Romanelli-Cousins auf dem Plateau in der Nähe des Dorfes ein paar Bälle schießen, wird den Menschen deutlich, dass sie über die Sprachunterschiede hinweg eine Brücke zueinander bauen können. »Wo es nicht hinlaufen kann, kriecht das Blut eben, das habe ich euch doch gesagt«, erklärt Sofia mit einem zufriedenen Nicken.

Antonio sitzt an diesem Tag mit seinem Vater und seinem Bruder bei einer Flasche Wein auf der *patio* und plaudert. Später gesellen sich alle Männer des Dorfes zu ihnen, auch der Baron von Veneto und Pater Enrico. »Ich glaube, dass sie morgen auf dem Stura di Lanzo rudern gehen«, erzählt einer der Männer später.

»Bis ganz nach Turin?«, ruft Luigi entsetzt. »Und das nur, um mal rudern zu gehen?«

Die fremde Frau, Klara heißt sie, braucht ein wenig, bis sie alles Ungewohnte zwischen sich und Gina überbrücken kann. Mit Maria tat sie sich leichter. »Sie hat mir gleich am ersten Abend erzählt, dass sie auch *polenta* essen«, berichtet Maria vergnügt. »Sie nennen sie allerdings *mieliepap*.«

Am dritten Tag sehen die Leute, dass Gina Klara zeigt, wie sie ihre Haare zu einem französischen Knoten hochsteckt. An diesem Nachmittag wandern sie gemeinsam ein ganzes Stück den Berg hinauf. Gina zeigt ihr die kleine Schule von Pater Enrico, in die Antonio auch gegangen ist. Anschließend überqueren sie die Ponte del Bartolini und klettern auf der anderen Seite zu dem uralten Kastell hinauf. »Ich hoffe, dass Gina ihr die Geschichte von Prinzessin Clotilde erzählt, der Tochter von Victor Emmanuel, dem König von Piemont, aus der Zeit, in der Italien noch ein Flickenteppich gewesen ist«, überlegt Anna.

»Das tut sie doch bestimmt«, erwidert Sofia voller Überzeugung. »Sie ist doch eine von uns, oder?«

Da wartet man beinahe neun Jahre und dann sind zwei Wochen im Handumdrehen vorbei. »Wir kommen wieder, okay?«, verspricht Klara immer wieder. »Antonio braucht sehr viel Marmor für die Kirchen, die er baut, deshalb wird er regelmäßig geschäftlich nach Italien kommen. Dann kommen die Kinder und ich mit. Wir werden dieses Dörfchen am Fuß der Alpen niemals vergessen können. Und die Menschen hier auch nicht. Wir mögen euch alle sehr.«

»Ich bin glücklich«, stellt Maria fest, während der Mietwagen um die Kurve von Guiseppe verschwindet. »Meinem Kind geht es gut. Antonio ist glücklich.«

Und die Leute im Dorf sind zufrieden.

Letztendlich ist ihre Geschichte doch eine schöne Geschichte geworden, die sie bis zum Ende der Tage ihren Kindern und Enkeln erzählen können. Und den Fremden in ihren Reihen, die die Geschichten des Dorfes nicht kennen.

Danke!

Mein größter Dank gilt meinem himmlischen Vater, der schon in meiner Jugend dafür gesorgt hat, dass ich nach meiner Pensionierung beschäftigt bleiben konnte, indem er mir immer wieder neue Geschichten eingibt.

Ich danke meiner Mutter, Alida Moerdyk, die in der Zeit rund um die Hundertjahrfeier und im Zweiten Weltkrieg etwa so alt wie Klara war und mir aus erster Hand wertvolle Informationen verschaffen konnte.

Mein Dank gilt auch Onkel Charles Holloway, der sich trotz seiner neunzig Jahre noch glasklar daran erinnert, was sie in Ostafrika gegessen haben, wohin sie in Ägypten ausgegangen sind, wie es in El Alamein gerochen hat und dass in eine italienische Feldflasche anderthalb Liter hineingegangen sind und in eine südafrikanische nur ein halber. Das sind Informationen, die man in einem Geschichtsbuch vergeblich sucht.

Ein ganz besonderer Dank gilt meinen beiden besten Freundinnen. Zuallererst Elize, die mich unaufhörlich mit guten Ratschlägen versorgt hat und trotz der traurigen Umstände, in denen sie sich in dieser Zeit befunden hat, meinen Text redigiert hat. Und dann auch Suzette, die uns während unseres Umzugs und des Umbaus jeden Abend mit einem Teller wunderbar heißem Essen versorgt hat.

Zum Schluss danke ich meinem Mann Jan, der während jenes Umzugs und Umbaus nicht *ein einziges Mal* die Geduld mit seiner schreibfreudigen Frau verloren hat.